LE GERFAUT DES BRUMES

**

UN COLLIER POUR LE DIABLE

DU MÊME AUTEUR
CHEZ POCKET

Le Gerfaut des Brumes

1. LE GERFAUT
2. LE COLLIER POUR LE DIABLE
3. LE TRÉSOR
4. HAUTE SAVANE

Marianne

1. UNE ÉTOILE POUR NAPOLÉON
2. MARIANNE ET L'INCONNU DE TOSCANE
3. JASON DES QUATRE MERS
4. TOI, MARIANNE...
5. LES LAURIERS DE FLAMME - 1re PARTIE
6. LES LAURIERS DE FLAMME - 2e PARTIE

Le jeu de l'amour et de la mort

1. UN HOMME POUR LE ROI
2. LA MESSE ROUGE
2. LA CONTESSE DES TÉNÈBRES

Secret d'État

1. LA CHAMBRE DE LA REINE
2. LE ROI DES HALLES
3. LE PRISONNIER MASQUÉ

Le boiteux de Varsovie

1. L'ÉTOILE BLEUE
2. LA ROSE D'YORK
3. L'OPALE DE SISSI
4. LE RUBIS DE JEANNE LA FOLLE

Les Treize Vents

1. LE VOYAGEUR
2. LE RÉFUGIÉ
3. L'INTRUS
4. L'EXILÉ

Les Loups de Lauzargues

1. JEAN DE LA NUIT
2. HORTENSE AU POINT DU JOUR
3. FÉLICIA AU SOLEIL COUCHANT

(suite en fin de volume)

Juliette Benzoni

Juliette Benzoni est née à Paris. Fervente lectrice d'Alexandre Dumas, elle nourrit dès l'enfance une passion pour l'Histoire. Elle commence en 1964 une carrière de romancière avec la série des *Catherine*, traduite en 22 langues, qui la lance sur la voie d'un succès jamais démenti à ce jour. Depuis, elle a écrit une soixantaine de romans, recueillis notamment dans les séries *La Florentine* (1988-1989), *Les Treize Vents* (1992), *Le boiteux de Varsovie* (1994-1996) et *Secret d'État* (1997-1998). Outre la série des *Catherine* et *La Florentine, Le Gerfaut des Brumes* et *Marianne* ont fait l'objet d'une adaptation télévisuelle.
Du Moyen Âge aux années trente, les reconstitutions historiques de Juliette Benzoni s'appuient sur une ample documentation. Vue à travers les yeux de ses héroïnes, l'Histoire, ressuscitée par leurs palpitantes aventures, bat au rythme de la passion. Figurant au palmarès des écrivains les plus lus des Français, Juliette Benzoni a su conquérir 50 millions de lecteurs dans 22 pays du monde.

JULIETTE BENZONI

LE GERFAUT DES BRUMES

**

UN COLLIER POUR LE DIABLE

J-C LATTÈS

ISBN : 2-266-11274-0

PROLOGUE

LE NID DU GERFAUT

Automne 1783

Le vent d'automne déchirait les nuages en longues écharpes, les roulait et les emportait dans ses tourbillons pour les accrocher aux cimes des arbres, mais la forêt semblait les refuser. Elle secouait son immense chevelure roussie, chassant les oiseaux de leurs nids démantelés. Ils jaillissaient des branches dans un grand tapage de cris et de battements d'ailes, pour s'élancer vers le ciel fuligineux, s'y regroupaient puis, en formations harmonieuses, prenaient la grande route du sud chaleureux...

Seuls, les étourneaux poursuivaient leur ronde imperturbable autour des remparts de La Hunaudaye, muette et sombre comme un tombeau abandonné depuis longtemps. Pourtant la vieille forteresse des Tournemine, rénovée par les Rieux qui leur avaient succédé, n'avait rien d'une ruine. Sa cuirasse pentagone dressait, au creux du vallon, cinq tours encore redoutables unies par d'épaisses courtines, cinq donjons toujours menaçants avec leurs parapets intacts et leurs mâchicoulis soulignés de grandes vernissures noires qui étaient les glorieux paraphes des défenses de jadis. Une douve profonde prolongeant l'étang voisin cernait le château...

La nuit venait. Le jour déclinait rapidement. Pourtant les trois cavaliers qui se tenaient à la corne de l'étang ne semblaient pas disposés à bouger. Très droits sur leurs montures, ils restaient là, dans le vent du soir qui s'engouffrait sous les plis lourds de leurs manteaux, aussi immobiles que s'ils eussent été taillés dans le même granit que le château lui-même. Comme s'ils attendaient quelque chose... quelque chose qui ne venait pas.

Ils formaient un groupe étrange, disparate et cependant harmonieux comme les horizons différents qui les avaient vus naître. Très grand et vigoureux mais sans lourdeur, Gilles de Tournemine semblait aussi indestructible que sa Bretagne natale. Son visage hâlé échappait au piège de la beauté parfaite par l'arrogance du nez, la glace bleue du regard, l'énergie des maxillaires et la nonchalante ironie du sourire, rare, mais qui alors découvrait l'éclat sans défaut des dents.

Auprès de lui, Jean de Batz semblait petit, encore qu'il n'en fût rien. De type méridional achevé, il avait les yeux et les cheveux noirs, la peau ambrée, le regard facilement étincelant, la main et la jambe nerveuses et, si son compagnon semblait échappé à quelque roman de la Table Ronde, lui-même évoquait à la moustache près le mousquetaire de Louis XIII, le fameux d'Artagnan dont il gardait dans ses veines quelques gouttes de sang.

Le troisième cavalier était laid mais d'une laideur sauvage et parfaitement insolite sous un ciel de France. Si sa figure, grâce à deux longues incisives, faisait penser à la gueule d'un lapin, son maintien farouche le préservait très suffisamment des sourires moqueurs. C'était un Indien Onondaga, un Iroquois, mais en dehors de son teint foncé aucun signe particulier dans sa vêture ne le signalait à l'attention des foules. Un sévère habit de drap noir, du linge blanc et de hautes bottes souples en recouvrant un torse puissant et des jambes trop courtes dissimulaient les anciennes cicatrices rituelles, celles reçues au combat et les traces indélébiles d'anciennes peintures de guerre. De même que le tricorne et la perruque à marteau recouvraient un crâne en forme d'œuf, entièrement rasé à l'exception d'une longue mèche noire soigneusement entretenue qui en ornait le sommet et dont l'étrange personnage faisait une sorte d'amusant petit chignon sous sa coiffure occidentale.

Dans la langue de son pays, son nom, à peu près imprononçable, signifiait « le-Castor-qui-a-trouvé-la-plume-magique-de-l'aigle » mais Gilles de Tournemine, qui se l'était attaché en lui sauvant la vie, avait simplifié le tout en le rebaptisant Pongo.

Durant plus d'une année, Pongo et celui qu'il s'était donné spontanément pour maître avaient été séparés. Revenu précipitamment en France, avec le duc de Lauzun, pour rapporter au Roi la victoire de Yorktown, Gilles avait dû, non sans regret, laisser Pongo derrière lui. Il pensait n'effectuer qu'un rapide voyage et revenir aux jeunes États-Unis afin d'y achever une campagne que le général Washington, aidé du corps expéditionnaire de Rochambeau, tenait désormais bien en main. Le jeune homme s'était pris à aimer en effet ce grand, ce magnifique pays où la nature encore vierge semblait sortie la veille même de la main de Dieu, où les cœurs des hommes avaient encore la fraîcheur, la témérité, l'ardeur, la cruauté et l'inconscience des cœurs d'enfants. Ce pays où le Destin bienveillant lui avait rendu un instant le père qu'il n'espérait jamais retrouver et qui d'un petit bâtard nommé Gilles Goëlo avait fait le chevalier de Tournemine de La Hunaudaye. Ce sont de ces choses qui attachent quand on a l'âme bien placée...

La volonté royale n'avait pas permis au nouveau chevalier, promu lieutenant aux Dragons de la Reine, de rejoindre ses compagnons de combat et de reprendre avec eux ces coups de main et ces embuscades foudroyantes qui lui avaient valu un totem indien : « le Gerfaut implacable qui frappe dans le brouillard » bientôt raccourci en Gerfaut tout court.

Mais au retour du général de Rochambeau et de ses troupes au printemps de cette année 1783, Gilles avait eu la surprise de retrouver Pongo dans les bagages de son ami Axel de Fersen.

— Si je ne l'avais emmené, il aurait été capable de venir à la nage, lui confia le Suédois après la première, et chaude, embrassade : Tu as acquis là, chevalier, une fidélité à toute épreuve. Cet homme n'a pas vraiment vécu depuis ton départ. Jusqu'à ce que je lui donne ma parole de l'emmener, il n'a quitté les quais d'embarquement ni de jour ni de nuit !

Pongo avait donc rejoint Gilles, tout aussi naturellement, tout aussi simplement qu'une rivière rejoint la mer. Il avait repris son rôle de serviteur-garde du corps sans que l'adaptation à un mode de vie si nouveau pour lui se marquât sur son visage impassible. Et si sa présence, sur les talons du chevalier, suscitait bien des curiosités Pongo, pour sa part, n'en montrait aucune en face des villes, des rues, des coutumes et des habitudes que lui offrait la France. C'était sa manière, à lui, de rester fidèle à une race qui se voulait aussi impavide dans la joie que dans la souffrance.

Pour son jeune maître, son arrivée avait marqué la fin d'une longue pénitence car, lorsqu'il avait rejoint, après le cauchemar de Trécesson[1], son régiment cantonné alors à Pontivy, Gilles s'était trouvé confronté à une situation très différente de ce qu'il attendait. Lieutenant « à la suite », il pensait accomplir une simple formalité en se présentant à son colonel-commandant, le chevalier de Coigny. Or, il s'était trouvé bel et bien incorporé grâce aux effets désastreux de certain duel qui, la veille même de son arrivée, avait opposé deux officiers dudit régiment et envoyé fort proprement ses protagonistes l'un à l'hôpital et l'autre au cimetière.

— Vous tombez comme marée en Carême, Monsieur, lui déclara le chevalier de Coigny dont l'œil intéressé considérait ce combattant d'Amérique qui lui arrivait si juste à point. Pour une fois que l'on ne m'envoie pas un muguet de cour uniquement attaché à l'éclat de ses bottes et à la blan-

1. Voir *Le Gerfaut des Brumes.*

cheur de ses manchettes, vous souffrirez que je vous garde. Savez-vous jouer aux échecs ?

— Un peu... oui, fit Gilles, initié depuis longtemps aux finesses de ce noble jeu par les soins de l'abbé de Talhouët, son parrain.

— Parfait, nous aurons au moins des soirées convenables car, en dehors de cela, on meurt d'ennui ici ! Vous prendrez logis chez la veuve Jan, place du Martray... en remplacement de votre malheureux prédécesseur...

Et Gilles, qui brûlait de galoper vers Paris pour y chercher la trace de celle qu'il aimait, pour essayer d'y retrouver la rousse Judith de Saint-Mélaine disparue dans de si étranges circonstances, dut user près d'une année sous l'uniforme vert et garance et sous le casque de cuivre garni de panthère sans autres distractions que les manœuvres du régiment, quelques promenades avec Merlin, son cheval, sur les bords du Blavet, la rivière de son enfance d'où Judith était sortie un beau soir pour bouleverser sa vie, les rares lettres que lui envoyaient d'Amérique Axel de Fersen et Tim Thocker, et les échecs avec son colonel. Encore cette dernière distraction lui fut-elle enlevée quand, à l'automne, le chevalier de Coigny fut remplacé par le marquis de Jaucourt qui venait de mitrailler Genève... et qui n'aimait pas les échecs.

L'arrivée en trombe de Fersen, fraîchement débarqué à Brest, vint dissiper la grisaille routinière de la garnison bretonne. Le Suédois apportait une lettre du général de Rochambeau, exprimant courtoisement le désir de voir son ancien secrétaire figurer à Versailles avec tous ceux du corps expéditionnaire. Et Gilles, frémissant de joie, pourvu en outre d'un congé en due forme, enfourcha Merlin, non plus en galopade nostalgique à la quête d'une ombre au long des berges du Blavet mais pour dévorer le grand chemin de la capitale, à l'horizon duquel se levait un soleil d'espoir dont les rayons ressemblaient infiniment plus à quelque flamboyante chevelure de femme qu'à l'éclat d'une cour royale...

La lumière devenait grise. L'éclat rouge du soleil couchant se fondait dans les ombres du soir mêlées à la brume qui montait de l'étang. Trompé par l'immobilité des trois cavaliers, un blaireau imprudent quitta son gîte presque sous les sabots de Merlin qui, dérangé, tressaillit, hennit furieusement et se mit à encenser, secouant d'importance son maître dont il coupa net la rêverie. Mais il fut rapidement ramené au calme.

— Paix, mon fils ! fit doucement le jeune homme en flattant la longue encolure soyeuse. Je te demande encore un instant...

Mais le charme était rompu. Jean de Batz vint aligner sa monture sur celle de son ami.

— Dans un instant il fera noir, dit-il. On ne pourra seulement plus distinguer les tours des murailles. Qu'espères-tu encore ?

Les yeux sur l'énorme tour d'entrée près de laquelle s'emmanchait le double pont-levis, Gilles haussa les épaules.

— Je ne sais pas. Un miracle peut-être... Il me semblait qu'en approchant ce château il se passerait quelque chose... qu'il me reconnaîtrait de lui-même et s'ouvrirait à moi comme une main qui se tend. Peut-être... qu'il m'offrirait ses propres clefs !...

Le rire sonore du Gascon éveilla les échos de la forêt et fit envoler une sarcelle.

— La clef... car il n'y en a qu'une, tu la trouveras quand tu voudras si tu m'écoutes : elle se nomme l'argent ! L'argent qui ouvre toutes les portes, même celles des cœurs. Deviens son maître et cette vieille demeure s'ouvrira pour toi comme une femme amoureuse.

Les yeux clairs du chevalier s'attachèrent à la figure du baron gascon dont le regard, dans l'ombre grandissante, brillait d'une flamme presque diabolique. Mais l'ancien élève du collège Saint-Yves de Vannes avait depuis longtemps perdu cette crainte superstitieuse du Malin qu'on lui avait si soigneusement enseignée dans son jeune âge et si, à plusieurs reprises, il avait pu constater, chez son ami, des théories fleurant volontiers le soufre, cela n'altérait en rien l'amitié qui s'était tissée entre eux, spontanément, quelques mois plus tôt.

Bien que Batz appartînt, comme lui-même, aux Dragons de la Reine, cette amitié n'était pas née au régiment pour l'excellente raison que le Gascon n'y mettait jamais les pieds. Depuis quelques années tout au moins car il y était entré comme volontaire... à l'âge de douze ans, s'y comportant de telle façon qu'en 1776, à quinze ans, il devenait sous-lieutenant... au prix d'ailleurs d'une gasconnade car, pour obtenir ledit grade, il s'était vieilli de cinq ans, falsifiant son acte de naissance sans la moindre hésitation. Mais l'épaulette d'officier une fois amarrée à son uniforme, Batz, aussi satisfait de lui-même que s'il eût conquis un bâton de maréchal, s'était totalement désintéressé du sort d'un régiment qui s'obstinait à demeurer cantonné dans des garnisons aussi peu attrayantes que Vesoul ou Pontivy. Car l'endroit où il souhaitait vivre, c'était Paris, cette étonnante boîte de Pandore assez proche du soleil de Versailles pour que toutes les fortunes y fussent possibles et assez éloignée cependant pour que l'on pût s'y faire oublier ou même mourir de faim sans que personne s'en souciât.

À Paris, le jeune baron était certain d'arriver très vite à se tailler un chemin qu'il voulait confortable et largement pavé d'argent grâce aux relations qu'il ne manquerait pas de s'y créer. L'argent, c'était, en effet, le maître mot pour lui, l'argent qui seul pouvait apporter la puissance à un garçon de bonne noblesse, certes, mais né beaucoup trop loin des grandes charges du royaume ; l'argent dont, comme beaucoup de nobles provinciaux, il avait toujours cruellement besoin, l'argent enfin qu'il déclarait aimer au-dessus de toutes choses avec le cynisme encore naïf de sa jeunesse. S'il souhaitait si fort devenir riche, d'ailleurs, ce n'était pas pour le plaisir de thésauriser mais pour s'offrir tout ce que la fortune représentait de bien-être, d'éclat et de beauté introduits dans la vie de chaque jour... et aussi pour la possibilité de corriger, ici et là, les criantes injustices du Destin. Car ce Gascon avide, rapace même, capable de dépouiller froidement au jeu une douairière endiamantée ou de spéculer sur telle ou telle denrée coloniale, était tout aussi capable d'abandonner ses derniers écus sur la table boiteuse d'un maçon aux jambes brisées, menacé d'expulsion par un propriétaire impitoyable. Lequel propriétaire se voyait d'ailleurs rossé d'importance quelques heures plus tard, au plus profond d'une nuit obscure...

Cynique, réaliste et volontiers amoral surtout en ce qui concernait les femmes mais follement brave, généreux jusque dans le dénuement et d'une intelligence passablement diabolique, c'était pourtant cet homme-là que le Destin avait présenté un beau soir à Gilles pour en faire un ami.

Cette rencontre mémorable avait eu lieu le 28 avril précédent. Ce soir-là, Paris inaugurait la nouvelle salle construite pour la Comédie Italienne sur un vaste terrain proche des Boulevards concédé par le duc de Choiseul et adossé à son hôtel [1]. La soirée s'annonçait particulièrement brillante car la Reine devait y assister et avait elle-même choisi le programme : une œuvre de Grétry, *Les événements imprévus*, dans laquelle la charmante Madame Dugazon, l'étoile de la Comédie Italienne, devait tenir le rôle de Lisette.

On s'était arraché les places qui n'étaient pas retenues pour Marie-Antoinette et sa suite avec d'autant plus d'enthousiasme qu'une cabale, comme cela se produit presque toujours en pareil cas, avait été montée pour saboter la soirée. Les tenants de l'Opéra, jaloux de voir les Italiens quitter le vénérable mais fort vétuste hôtel de Bourgogne pour cette salle luxueuse, étaient en effet très décidés à faire autant de bruit que possible.

L'opération avait été assez bien montée. D'abord on avait critiqué, depuis longtemps, l'architecture du nouveau théâtre en prenant bien soin de monter contre les futurs occupants tout le reste de la corporation théâtrale. Les Italiens n'avaient-ils pas exigé que le bâtiment tournât le dos au Boulevard afin que son entrée ne risquât pas d'être confondue avec les multiples petits théâtres qui y fleuris-

1. Notre actuel Opéra-Comique mais le bâtiment fut reconstruit en 1883.

saient ?... Pour les punir de leur outrecuidance, un quatrain fielleux courut Paris.

Dès le premier coup d'œil on reconnaît très bien
Que ce nouveau théâtre est très italien
Car il est disposé d'une telle manière
Qu'on lui fait, aux passants, présenter le der-
[rière...

On avait également fait circuler des libelles perfides attaquant la protection que la Reine accordait à la Comédie Italienne et insistant assez lourdement sur l'obstination qu'elle mettait à accorder ses faveurs à qui n'en valait pas la peine.

Naturellement, ces débordements pseudo-littéraires produisirent effet et, au soir de l'inauguration, la belle salle neuve ressemblait assez à un chaudron de sorcière où bouillonnaient de concert les spectateurs venus pour applaudir à tout rompre et ceux qui entendaient contester systématiquement.

Un chaudron fort brillant, d'ailleurs, car tandis que les loges s'emplissaient de femmes ruisselantes de pierreries sous les dômes extravagants de leurs coiffures qui dressaient dans la salle même un bizarre décor de montagnes neigeuses surmontées d'objets hétéroclites, le parterre non moins éclatant résonnait sous les talons rouges d'une foule de gentilshommes.

C'était grâce à Fersen que Gilles y avait trouvé place. Depuis son arrivée à Paris, le jeune Suédois s'était institué l'hôte et le mentor de son ami. En attendant sa présentation à la Reine, dont il ne voulait laisser le soin à personne, il le promenait dans tous les salons parisiens où il était habitué, depuis celui du comte de Creutz, ambassadeur de Suède, à celui de l'ancien ministre Necker en passant par ceux des nombreux membres de la puissante famille financière des Lecoulteux. Le jeune homme y rencontrait un franc succès. Sa haute mine et son charme lui assuraient, auprès des femmes, un accueil flatteur qui se changeait en vif intérêt lorsque Fersen, bon camarade, se lançait dans le récit de ses exploits.

Passant pudiquement sur le vol de son cheval, le Suédois ne se lassait pas de conter comment Tournemine lui avait sauvé la vie à Yorktown puis, entraînant deux ou trois jolies filles dans un coin de salon, il leur confiait *sotto voce* le secret du passionnant roman des amours de son ami avec une éblouissante princesse indienne et ainsi, peu à peu, le jeune homme devenait une sorte de héros aux yeux de la bonne société féminine. Au point d'en être parfois gêné...

— Tu me fais une réputation incroyable, lui dit-il un jour. Tu devrais cesser de chanter mes louanges comme tu le fais. Ma vie passée ne mérite pas tant d'éloges. Et puis, pourquoi donc vouloir à toute force intéresser les gens à moi ?

— Pas les gens, les femmes ! Tu souhaites refaire ta fortune : marie-toi ! Tu as, dès maintenant, l'embarras du choix.

— C'est inutile. Il n'y a pour moi au monde qu'une seule femme. Je ne veux qu'elle, avec ou sans fortune. J'épouserai Judith ou personne...

— Qui peut se vanter de n'avoir jamais changé d'avis, un jour ?...

Et Fersen continuait de plus belle ses contes héroïco-galants. Mais, en dépit de ces succès de salon, la soirée théâtrale n'en était pas moins, pour le jeune Breton, la première grande soirée parisienne et il ne songeait pas à dissimuler le plaisir qu'il y prenait.

Beaucoup des hommes qui l'entouraient étaient en effet d'anciens compagnons d'armes. Il y avait là Lauzun, Noailles, les Lameth, Ségur et bien d'autres que leur récent retour d'Amérique mettait à la mode. Certains spectateurs, s'ils ne lui étaient pas encore familiers, n'étaient plus tout à fait des inconnus, telle cette trinité réjouissante et fort peu sainte de jeunes lurons rencontrés chez Creutz et qui se composait d'un charmant boiteux, le jeune abbé de Périgord, d'un séduisant bâtard du feu roi Louis XV, le comte Louis de Narbonne-Lara, et de leur inséparable, le comte de Choiseul-Gouffier, jeune diplomate plein d'esprit.

Les femmes, évidemment, étaient beaucoup plus étrangères au chevalier et s'il examinait avec tant d'attention la guirlande scintillante courant le long des loges, c'était moins par curiosité que dans l'espoir de reconnaître un visage parmi tous ces visages, un sourire parmi tous ces sourires... Ses yeux qui savaient fouiller les profondeurs d'une forêt noyée de brume ou les ombres de la nuit la plus opaque détaillaient avidement chacune de ces figures de femmes dont presque toutes étaient à la fois jeunes et belles. Mais son cœur, qui aurait tant voulu battre plus vite sous l'effet de la joie, dut, bon gré mal gré, conserver son rythme tranquille : aucune de ces femmes n'était Judith...

— Toujours rien ? demanda Fersen qui n'ignorait plus l'amour secret de son ami et qui l'observait du coin de l'œil. Elle n'est pas là ?

— Non ! Paris est trop grand, vois-tu ! J'ai été fou d'imaginer que je pourrais la retrouver dans une fête et en pleine lumière. Après ce qu'elle a vécu, elle doit plutôt se cacher, chercher l'ombre car elle ignore que j'ai tué l'un de ses frères. Il est vrai que l'autre court toujours !

— Mais il n'a vraiment aucune raison d'être venu à Paris. Quant à ta belle Judith, je te rappelle qu'elle passe pour morte, que personne ne la connaît ici et qu'en conséquence elle n'a aucune raison de se cacher !

— Peut-être ! Pourtant, il y a des moments où je perds courage, où il me semble que je ne la retrouverai jamais.

Le Suédois sourit.

— Voyons, chevalier, tu n'es ici que depuis peu de temps ! Le Gerfaut qui savait guetter l'ennemi durant des heures aurait-il désappris la patience ? Nous n'avons encore rien tenté de sérieux pour la retrouver. Demain, mon ami Creutz te donnera une introduction pour le Prévôt de Paris et puis... dans deux jours, je te conduirai à Versailles ! Dans deux jours, tu seras devant celle qui peut tout, à qui tout obéit, celle qui règne plus haut que le Roi parce qu'elle règne aussi sur le Roi, celle qui...

Fersen s'interrompit au moment précis où un brusque silence s'abattait sur la salle. Surpris, Tournemine regarda son ami qui semblait frappé d'extase, suivit son regard jusqu'à la loge royale et s'immobilisa enfin, lui aussi saisi d'admiration. La Reine venait d'entrer.

Pour qui voyait Marie-Antoinette pour la première fois, son apparition causait toujours un certain choc. Il existait sans doute des femmes plus belles, il n'en existait pas de plus rayonnante. Elle avait tant de grâce et tant d'éclat, tant de majesté naturelle aussi que l'on ne remarquait même pas sa lèvre inférieure un peu épaisse et le fait que ses yeux, d'un joli bleu doux, étaient légèrement globuleux.

Ce soir-là, elle portait une immense robe de satin de Chine d'un blanc crémeux brodé de légères feuilles d'or. Ses beaux cheveux blonds, coiffés très haut et légèrement poudrés, supportaient un chapeau de feuilles d'or d'où fusait un bouquet d'aigrettes. Elle n'avait que très peu de bijoux : des bracelets de perles à ses poignets et, au creux de son corsage, un seul diamant, mais splendide, étincelait : le fabuleux Sancy. Le comte d'Artois tout de blanc vêtu lui aussi et la duchesse de Polignac l'accompagnaient.

Le parterre s'inclina d'un seul mouvement, présentant un étonnant damier de dos de toutes couleurs ponctués de perruques blanches tandis que, dans les loges, la révérence des dames abaissait brusquement le niveau des montagnes neigeuses derrière les rampes de velours rouge. La Reine sourit, salua et s'assit tandis que le parterre éclatait en une longue ovation qui s'adressait peut-être davantage à la beauté de la femme qu'à la dignité de la souveraine.

C'est alors que le chevalier de Tournemine remarqua l'homme qui occupait sa gauche et qui faisait preuve d'un enthousiasme réjouissant. Irréprochablement vêtu de satin gris tourterelle, il poussait de retentissants « vivats » d'une voix éclatante, ensoleillée d'accent gascon et plutôt disproportionnée avec sa taille qui était moyenne. À lui tout seul, le gentilhomme gris tourterelle faisait plus de bruit que le reste du parterre.

Cette ardeur ne fut pas du goût de son voisin de gauche, un élégant de grande taille et d'une trentaine d'années qui portait avec assurance un fort beau costume de velours incarnat et un admirable profil romain malheureusement gâté par un air de fatuité assez insupportable.

Tapant sur l'épaule de l'enthousiaste, le gentilhomme incarnat l'apostropha.

— Holà, mon petit monsieur, moins de bruit, s'il vous plaît ! En voilà un tapage !

L'autre sursauta comme si une vipère l'avait mordu.

— Tapage ? Comment l'entendez-vous ?

— Comme je le dis ! Je trouve que vous faites beaucoup de bruit pour... pas grand-chose !

— Je regrette que ce bruit vous déplaise, mais il s'adresse à la Reine !

— C'est bien ce que je dis : pour pas grand-chose !

Le teint bronzé du gentilhomme tourterelle prit une curieuse teinte olivâtre.

— Ou bien vous êtes fou, Monsieur, ou bien vous êtes le dernier des goujats. Choisissez ! Mais choisissez vite !

— Ni l'un ni l'autre ! Une reine qui traîne les mauvais lieux et qui s'offre des amants...

Il n'eut pas le temps d'en articuler davantage. Vif comme l'éclair, le Gascon s'était emparé du chapeau qu'il tenait sous son bras et le lui avait enfoncé sur la tête avec tant de vigueur que le fond se déchira tandis que tout le haut du visage de l'insulteur disparaissait.

La scène s'était déroulée très rapidement pendant le temps des acclamations et n'avait attiré que très peu l'attention : tout le monde regardait la Reine. Ainsi Fersen, qui semblait en adoration, n'avait rien vu mais Gilles n'en avait rien perdu.

Et quand, écumant de fureur, le gentilhomme incarnat réussit à se débarrasser du couvre-chef qui lui avait, en passant, endommagé le nez, il se pencha vers son voisin.

— Si vous souhaitez un second, Monsieur, je vous suis tout acquis.

Le regard étincelant du Gascon l'évalua.

— Ma foi, Monsieur, je ne dis pas non ! Dans cette foule il n'est guère facile d'en appeler à ses amis et le spectacle va commencer.

L'insulteur de la Reine semblant n'avoir éprouvé, à cet égard, aucune difficulté, les quatre hommes quittèrent leurs places au moment précis où toute la salle se rasseyait et où l'orchestre attaquait le prélude.

— Où vas-tu ? demanda Fersen, surpris.

— Je reviens. Ce gentilhomme a besoin d'aide. Non, ne bouge pas, nous n'en avons pas pour longtemps...

Adversaires et seconds se retrouvèrent sous le péristyle du théâtre. On délibéra un instant. La grande place qui s'étendait devant le bâtiment était bien éclairée et encombrée d'une foule d'équipages, de valets, de cochers et de porte-falots attendant les spectateurs sans voiture pour les ramener chez eux. Mais les deux rues qui la reliaient au boulevard en longeant le théâtre étaient désertes et plutôt obscures. D'un commun accord on choisit la future rue Favart et l'on se dirigea de ce côté.

Tout en marchant, le gentilhomme gris tourterelle s'enquit de l'identité de son compagnon.

— Vous êtes fort obligeant, Monsieur, mais puis-je savoir à qui j'ai l'honneur ?

— Chevalier de Tournemine de La Hunaudaye, lieutenant aux Dragons de la Reine.

Le Gascon éclata de rire.

— Vous aussi ? La rencontre est plaisante. Je suis le baron Jean de Batz, lieutenant également aux Dragons de la Reine. Enfin... en principe !

Ce fut le tour de Gilles de se mettre à rire.

— Ah, c'est vous ? Je suis ravi de vous connaître.

— Comment cela ? Vous me connaissez ?

— Vous êtes presque célèbre aux Dragons. On vous y surnomme l'Homme Invisible.

— Il est vrai qu'on ne m'y voit guère. Mais je crois qu'ici nous serons bien, ajouta-t-il en se retournant pour faire face aux deux autres hommes qui venaient derrière. Sans même ôter son habit, il tira son épée dont il fouetta l'air avec impatience.

— Ça ! Dépêchons un peu ! J'aimerais assez ne pas manquer tout le premier acte. Mme Dugazon a beaucoup de charme et j'aime infiniment sa voix. Au fait, monsieur le goujat, me ferez-vous la grâce de me dire votre nom ? Malgré vos manières, vous me semblez tout de même gentilhomme, si j'en crois cette lame qui vous bat les mollets !

— Je suis le comte d'Antraigues... et sans doute de meilleure maison que vous, monsieur de Batz !

— Ah, vous me connaissez ? Décidément c'est mon jour ! Je n'en dirais pas autant de vous mais comme nous ne sommes pas ici pour comparer nos arbres généalogiques : en garde, Monsieur... et faites votre prière : je ne suis pas comte mais je descends de d'Artagnan !

Tandis que le combat s'engageait avec une fureur qui en disait long sur les sentiments réciproques des deux duellistes, Gilles alla proposer au personnage qui secondait Antraigues de mesurer son épée à la sienne, comme cela se faisait encore fréquemment mais celui-ci, petit bonhomme sans grande apparence, le regarda avec une sorte d'horreur.

— Avez-vous votre bon sens ? Je ne suis ici que pour obliger un ami mais je réprouve vivement ces engagements. Ils ne riment à rien !

Tournemine se pencha pour regarder l'autre sous le nez et ricana.

— Vous êtes un homme prudent à ce que je vois ?

— Je suis un homme sage, un magistrat ! Je me nomme Jean-Jacques d'Epréménil, avocat au Parlement.

— Un robin ! conclut Gilles. Cela explique tout.

Et, le laissant à ses réflexions, il se retira dans l'angle d'une porte cochère afin d'observer le combat. Très vite, d'ailleurs, le plaisir qu'il y prit lui fit oublier l'avocat si prudent... Les deux hommes savaient incontestablement manier l'épée encore que leurs jeux fussent fort différents. Antraigues se battait avec beaucoup de technique et de méthode, en homme qui traite une affaire et entend la mener à bien, mais Batz y mettait une sorte de génie. Il se battait avec une ardeur et une agilité incroyables, en homme pressé, mais sans que cette hâte lui fît faire la moindre faute. Il tournait comme une guêpe autour de son adversaire, changeant sans cesse ses gardes et son terrain. Au bout de son poignet d'acier sa lame voltigeait, cherchant l'ouverture.

Par l'une des portes latérales du théâtre, entrouverte, un flot de musique leur parvenait, assourdi, léger comme la brise du soir. Puis ce fut une voix de femme, limpide, fraîche comme un ruisseau de printemps.

— Voilà Mme Dugazon qui chante ! gémit Batz. La plaisanterie a assez duré.

Il chargea avec une fureur telle que son adversaire, surpris, voulut rompre trop vite et, déséquilibré, fit un faux pas. Son exclamation de mécontentement fut suivie aussitôt d'un gémissement de douleur : la lame de Batz venait de disparaître sous le velours incarnat de son bel habit. Il chancela, tomba dans les bras de d'Eprémenil qui se précipitait pour le recevoir tandis que Batz, après un bref salut, remettait tranquillement son épée au fourreau.

— Êtes-vous mort, Monsieur ? demanda-t-il aimablement. Ou bien souhaitez-vous que nous poursuivions ?

— C'est impossible... à mon grand regret ! J'en réchapperai, cependant, soyez-en sûr... et nous nous retrouverons !

— Rien ne pourra me faire plus plaisir et je suis tout à votre service. Puis-je cependant vous conseiller, à l'avenir, de veiller sur votre langue ?

— Allez au diable !

— Certainement pas ! J'aurais trop peur de vous y retrouver. Venez, chevalier, ajouta-t-il en passant son bras sous celui de Gilles. En nous pressant un peu nous pourrons entendre la fin de cet air délicieux...

La fin de la soirée se passa sans autre incident. La Dugazon remporta un tel triomphe que la cabale si soigneusement préparée se vit étouffée dès qu'elle tenta de se manifester. En quittant le théâtre, Jean de Batz remercia encore Gilles de son assistance et l'invita à souper chez lui, rue Cassette.

Copieusement arrosé, le souper fut des plus gais. Les deux jeunes gens, tout en faisant honneur à la cuisine du traiteur voisin, firent plus ample connaissance. Ils se découvrirent nombre d'idées communes et, enchantés l'un de l'autre, se portèrent tant de toasts qu'ils finirent la soirée royalement ivres.

Ce fut le début d'une solide amitié qui se tissa d'autant plus vite que, quelques jours après avoir présenté le chevalier de Tournemine à la Reine, Fersen quittait Paris pour rejoindre son maître, le roi Gustave IV de Suède, qui réclamait sa compagnie pour un voyage à travers l'Europe. Afin d'éviter à son nouvel ami de rester à l'hôtel d'York, assez onéreux pour sa bourse légère, Batz lui offrit de partager à la fois son logis de la rue Cassette... et les jolies créatures qui venaient l'y visiter.

Tous deux, en effet, aimaient les femmes et en usaient avec l'appétit de leur âge sans d'ailleurs y attacher beaucoup plus d'importance qu'à un bon déjeuner. Le cœur de Gilles, entièrement occupé par l'image de Judith l'absente, était bien à l'abri des surprises ; mais son corps vigoureux, habité par un tempérament ardent, ne lui permettait guère les longues abstinences. Batz lui ressemblait et bientôt tous deux furent inséparables.

Les tours de La Hunaudaye n'étaient plus qu'une masse noire vaguement profilée sur un ciel à peine moins sombre. Pourtant, le chevalier ne parvenait pas à s'en éloigner.

Il fallait s'y résoudre, cependant, à regret et avec

l'impression d'arracher un petit morceau de sa propre chair. Avec un soupir, il faisait volter Merlin quand le grincement d'une lourde porte vint s'ajouter aux bruits de la forêt nocturne.

Balancée au bout d'un bras, une lanterne apparut sur le pont-levis, éclairant le bas du corps d'un homme vêtu comme un paysan et chaussé de sabots à demi recouverts par des guêtres à boutons.

Gilles considéra un moment l'apparition puis, lançant brusquement son cheval :

— Suivez-moi ! s'écria-t-il.

Les trois cavaliers dévalèrent vers le château. Un bref galop arrêté au ras des planches du pont. L'homme, surpris, leva sa lanterne, révélant, sous l'ombre d'un chapeau rond, un jeune visage verni de bonne santé et encadré de cheveux raides, couleur de paille mûre.

— Qui va là ? demanda-t-il, employant le vieux langage celte sans paraître autrement effrayé par l'apparition de ces cavaliers inconnus.

— Nous sommes des voyageurs égarés, répondit le chevalier dans la même langue. Nous avons aperçu votre lanterne. Le maître de ce château accepterait peut-être de nous loger pour cette nuit ?...

Le jeune homme sourit, salua avec cette politesse innée des paysans bretons.

— Le maître ne vient guère ici, mon gentilhomme. Mais mon grand-père, Joel Gauthier, intendant de ce château, sera heureux et fier de vous offrir l'hospitalité si vous voulez bien faire cet honneur à sa modeste maison, car le logis seigneurial n'est plus en état depuis bien longtemps.

— Qu'importe ! Nous sommes des soldats : une simple paillade suffira. Merci de votre accueil.

Ce ne fut pas sans émotion que Tournemine franchit la profonde voûte ronde, large de plus de deux mètres et timbrée d'armes cernées d'une cordelière qui ouvrait sur le cœur du château. La lanterne du jeune paysan fit d'abord surgir de l'ombre un arbre immense, un frêne géant dont les branches noueuses s'étendaient au-dessus de la grande cour comme des bras protecteurs. Mais, si grand qu'il fût, il semblait écrasé par la masse des tours et par le jaillissement des hautes lucarnes fleuronnées du grand logis appuyé aux murailles de l'ouest. C'était une magnifique construction parée des grâces de la Renaissance, flanquée d'un noble escalier à volées droites dont les pilastres cannelés annonçaient qu'il avait dû naître au début du siècle précédent ; mais l'ensemble, malgré sa beauté, donnait un sentiment d'invincible tristesse, celle d'une demeure faite pour l'activité, pour la lumière, pour la vie et laissée à la solitude, à l'abandon...

Lentement, Tournemine, les yeux fixés sur ce fantôme de granit, mit pied à terre, s'efforçant de maîtriser le tremblement subit de ses mains. Il avait envie de courir vers le perron dont les pierres se disjoignaient, vers la porte dont le bois sculpté se fendillait, vers ces murs où déjà se montraient de dangereuses lézardes. Il avait envie d'étreindre, d'embrasser le tout et il sentait son cœur tiré vers cette grandeur passée des siens comme un chien par sa laisse.

— C'est par ici, Monsieur, fit la voix tranquille du jeune paysan.

À regret, le chevalier se détourna pour suivre

son guide vers les communs, adossés à la courtine est et dont les petites fenêtres laissaient paraître une lumière rougeâtre. Au bruit des chevaux, la porte s'était ouverte et la silhouette d'un homme de haute taille, coiffé d'un grand chapeau noir et appuyé sur une canne, s'y encadrait, vigoureusement découpée sur la lumière jaune de l'intérieur.

En approchant, les trois cavaliers virent qu'il s'agissait d'un vieillard, droit et robuste, à la figure sévère encadrée de longs cheveux blancs. Les rides de son visage proclamaient son grand âge ; pourtant l'éclair de son regard disait assez qu'il n'avait rien perdu de sa vigueur. Devant lui, son petit-fils s'inclina comment devant un seigneur.

— Mon père, dit-il avec respect, voici des voyageurs égarés qui demandent abri pour la nuit.

— Leur as-tu dit, Pierre, que l'abri était celui d'un paysan ?

— Je leur ai dit, mon père.

— Alors, entrez, Messieurs, et prenez place auprès du feu. Le souper sera servi dans un moment. Pierre, tu prendras soin des chevaux.

Il s'écarta pour leur livrer passage. Impressionnés malgré eux par la noblesse étrange émanant de cet homme, les deux gentilshommes saluèrent en franchissant son seuil tandis que Pongo, toujours muet, réunissait dans sa main les brides des trois chevaux pour les mener à l'écurie. La pièce où l'on pénétra était basse, plafonnée de lourdes poutres aboutissant toutes à une cheminée occupant toute la largeur. Deux femmes vêtues de noir, l'une déjà âgée, l'autre à peine sortie de l'enfance, s'activaient devant l'âtre flambant, préparant le souper.

— Voici ma bru Anna et ma petite-fille Madalen, dit le vieux Joel. Prenez place, elles vont nous servir dans l'instant.

Les hommes s'assirent autour de la longue table de châtaignier et, après que le vieillard eut dit le *Benedicite,* les femmes entamèrent le silencieux ballet du service. Personne ne parlait. Le vieux Joel et son petit-fils mangeaient avec gravité, en hommes pour qui chaque bouchée de nourriture est sacrée parce qu'elle est le produit du travail quotidien. Les femmes ne se fussent pas permis d'ouvrir la bouche sans l'accord de l'ancêtre et, en outre, l'aspect farouche de Pongo, à qui elles jetaient furtivement de craintifs coups d'œil, leur inspirait une visible inquiétude. Jean de Batz, silencieux contre son habitude, n'avait pas ouvert la bouche depuis le porche franchi. Quant à Gilles, il s'emplissait les yeux et le cœur de ce décor austère qu'il aurait voulu familier, sans s'apercevoir que, sous la broussaille blanche de ses sourcils, le vieux Joel l'observait attentivement. En effet, depuis que le jeune homme était entré dans la lumière du foyer, ses yeux ne l'avaient pas quitté un seul instant.

Tout le repas, qui se composait de choux, de lard, de « lait cuit » et de tartines beurrées, se déroula tout entier sans qu'une seule parole fût prononcée à l'exception de quelques mots chuchotés par le vieillard à l'oreille de sa belle-fille, à la suite desquels, avec un regard effaré, elle s'éclipsa en compagnie de sa fille. À l'exception aussi des grâces finales clôturant le repas.

Ce fut Gilles qui, le premier, rompit le silence tandis que l'on quittait la table, en remerciant son hôte pour la nourriture et l'hospitalité reçues.

— Vous nous avez accueillis à votre table

comme des amis, et pourtant vous ne savez rien de nous, pas même nos noms !

Pour la première fois, un léger sourire flotta sur les lèvres sévères du vieillard.

— L'hôte, envoyé de Dieu, est toujours un ami dans cette maison. Quant à votre nom... ajouta-t-il avec une étrange inflexion.

Il s'interrompit, prit dans un coin de l'âtre une torche résineuse qu'il plongea dans les flammes au moment précis où les deux femmes reparaissaient. Il leur jeta un coup d'œil rapide.

— Est-ce fait ?

— Oui, Père. Vos ordres sont exécutés.

— C'est bien.

La torche flambante fermement tenue dans son poing noueux, il se tourna vers ses hôtes.

— Suivez-moi, Messieurs. Je vais vous conduire à votre chambre. Vous n'y serez pas bien... mais vous y serez chez vous.

Sans plus s'expliquer il se mit en marche, sortit de la maison et, levant haut la torche, d'un geste plein de majesté il traversa la cour, se dirigeant droit sur le logis seigneurial à travers les fenêtres duquel rougeoyait à présent le reflet d'un feu. La porte vermoulue s'ouvrit en criant sous sa main, découvrant une salle lourdement voûtée, des piliers assez épais pour soutenir une cathédrale, une majestueuse cheminée armoriée dont l'écu, simplement écartelé, fit battre plus vite le cœur de Gilles. Un tronc d'arbre y flambait...

La salle n'avait aucun meuble. Simplement trois tas de paille fraîche recouverts de blanches peaux de mouton. Et puis, devant une fenêtre, l'accueil d'un bouquet : les derniers genêts et de brillantes branches de houx dans un grand pot de bronze.

Gilles, Batz et Pongo, celui-ci chargé des sacoches des deux gentilshommes, s'avancèrent dans cette salle aussi lentement, aussi précautionneusement que dans une église. À mi-chemin, le chevalier se tourna vers le vieil homme :

— Votre petit-fils avait parlé d'une grange. Ceci est le logis du maître...

— En effet ! Ne vous ai-je pas dit que vous seriez chez vous ? Tout à l'heure, Monsieur, vous vous êtes étonné que je ne m'enquière point de votre nom. Mais ce nom, je l'ai connu dès la minute où vous êtes apparu dans ma maison. Vous êtes, n'est-ce pas, le dernier des grands Tournemine ? Et moi, seigneur, je suis votre serviteur... trop heureux de voir enfin revenir le descendant des anciens maîtres, des vrais maîtres !

Lentement, il ôta le grand chapeau noir que les hauts paysans bretons ne quittent jamais et, s'agenouillant, il prit la main de Gilles et la porta respectueusement à ses lèvres. Vivement, le jeune homme s'inclina, prit le vieillard aux épaules pour l'obliger à se relever et l'embrassa, les larmes aux yeux.

— C'est vrai. Je suis Gilles de Tournemine. Mais comment avez-vous su ?...

— Il y a une vingtaine d'années, un homme est venu ici. Il s'appelait Pierre de Tournemine et il partait pour un long, un très long voyage dont il espérait rapporter assez d'or pour racheter ce château où, depuis le XVIe siècle, aucun mâle du nom de Tournemine n'avait vécu. Le propriétaire d'alors, le baron Louis-François de Rieux, se trouvait par hasard au château mais il n'a pas daigné recevoir ce parent lointain et visiblement pauvre qui lui arrivait. C'est moi, alors simple garde-chasse, qui l'ai reçu dans ma maison des bois où il a pleuré, de honte et de colère. Oui, seigneur, j'ai vu pleurer cet homme qui vous ressemblait... comme un père ; j'ai vu pleurer devant moi, pauvre homme, le dernier descendant du redoutable Gerfaut et j'ai pleuré avec lui. Mais il s'est vite repris : « Je reviendrai, Joel Gauthier, sur la mémoire de mes pères, je jure que je reviendrai et que je reprendrai ce fief que le ventre des femelles a égaré dans des nids étrangers. » Ce soir, quand je vous ai vu, j'ai compris qu'il était revenu...

— Non, soupira Gilles, il n'est pas revenu ! Il est mort, loin d'ici, sur la terre d'Amérique, devant une ville qui s'appelle Yorktown, comme Olivier le Gerfaut devant Mansourah, comme Geoffroy devant la Roche-Derrien, comme Olivier II devant Auray, comme Jean devant Pontorson, comme René, le dernier, devant Rouen. Il est mort glorieusement, mais il était toujours aussi pauvre ! Il n'a laissé que son rêve...

— Mais vous, seigneur, vous qui êtes jeune, qui êtes fort, vous allez, n'est-ce pas, accomplir le vœu de votre père ! Vous allez, n'est-ce pas, reprendre La Hunaudaye à ceux qui la méritent si peu et qui la laissent périr ! Le baron Louis-François l'avait vendue à un riche seigneur, le comte de La Moussaye, mais de lointains descendants de vos ancêtres se sont jetés sur lui comme des vautours. Il y a eu procès et ces gens se sont fait adjuger le fief : l'un a pris le château, les métairies, les droits féodaux, l'autre a pris la forêt... Cela ne leur a pas été difficile, ce sont des « robins », ajouta Joel avec mépris. Il faut que vous repreniez au moins le château, mon maître, pour que je puisse mourir heureux...

— Je le voudrais ! Oui, je le voudrais de tout mon cœur, mais je doute d'y parvenir. La Reine, pourtant, m'a promis que château et fief me seraient rendus si l'actuel propriétaire consentait à me les céder. Mais celui-ci, que j'ai vu à Rennes, ne veut rien entendre pour céder au moins La Hunaudaye... à moins que je ne lui paie un prix exorbitant, un prix qu'il m'est impossible de demander à Sa Majesté, si bien disposée soit-elle à mon égard...

En effet, le jour où Axel de Fersen avait conduit son ami à Trianon, Marie-Antoinette avait réservé au jeune homme l'accueil le plus charmant. Elle avait écouté avec un intérêt non dissimulé le récit de ses exploits et, singulièrement, celui du sauvetage du Suédois dans les bois de Virginie [1]. L'histoire lui avait tant plu qu'elle avait spontanément tendu au chevalier sa main royale :

— Vous m'avez conservé, seigneur Gerfaut, le meilleur de mes serviteurs. C'est à moi de vous récompenser. Que souhaitez-vous ?

Sans laisser à son ami le temps de répondre, Fersen s'était alors chargé du vœu :

— Sa Majesté le Roi a bien voulu rendre au chevalier son nom et son titre. Mais, comme il souhaite se marier, il aimerait retrouver la terre et le domaine de ses ancêtres qui, par malheur, appartiennent à d'autres.

— Qu'à cela ne tienne ! Voyez ces autres, chevalier, et revenez me dire quel prix ils mettent à une cession. La Reine, Monsieur de Tournemine, n'a rien à vous refuser.

1. Voir *Le Gerfaut des Brumes.*

La parole était royale, le ton d'une grande gentillesse, la Reine, visiblement pleine de bonne volonté, mais, après avoir rendu visite au marquis de Talhouët-Boishorand, cousin cependant de son parrain, le recteur d'Hennebont, Tournemine avait vu s'évanouir le bel espoir qu'il avait emporté en Bretagne. Le moyen de revenir à Versailles demander à la Reine la somme fabuleuse qu'on lui réclamait ?...

— Voulez-vous me dire quel prix l'on vous demande ?

Ce fut Batz qui se chargea de la réponse :

— 500 000 livres[1] ! Une bagatelle comme vous le voyez. C'est parfaitement incompréhensible quand on considère l'état du château et le fait qu'il n'y a plus guère de terres autour puisque la forêt appartient à un autre.

Le vieux Joel parut soudain vieilli, vidé de cette étonnante vitalité qui le tenait si droit, si fièrement dressé au-dessus du niveau des autres hommes. Mais ce ne fut qu'un instant. Très vite il se reprit :

— Je crois que je peux expliquer. Pour refuser de vendre – car de telles prétentions équivalent à un refus – je ne vois qu'une raison : il espère trouver un jour le trésor...

L'éclat du feu émigra brusquement dans les yeux de Batz.

— Un trésor ?... murmura-t-il. Quel trésor ?

— Celui de Raoul de Tournemine, l'homme qui, après avoir combattu en Italie, fut ambassadeur auprès du roi d'Angleterre et du Pape Jules II. Extrêmement riche, il adorait les joyaux et en pos-

1. Il s'agit de livres or, donc d'une très forte somme.

sédait une grande collection, dont beaucoup pris en Italie. Il ne permettait à personne qu'à lui-même de la contempler. Elle reposait dans un coffre de la maîtresse tour mais quand il a compris que la mort était proche, il l'a cachée dans un lieu que personne n'a jamais pu découvrir. Ce n'est pourtant pas faute d'avoir cherché au cours des siècles...

— Pourquoi ne pas l'avoir simplement léguée à ses enfants ? Pourquoi cacher ?

— Parce qu'il ne pouvait pas supporter, je crois, l'idée que d'autres pourraient toucher ses pierres, les manier. Et puis il craignait que la collection ne soit dilapidée. Enfin, il n'aimait pas ses enfants. Le sang du Gerfaut est un sang redoutable. Il est difficile à porter sans y laisser son âme...

— Il ne me fait pas peur, affirma Gilles.

— Alors, je vous en prie, essayez de lui rendre son nid. Et moi, je vais prier Dieu de me laisser sur la terre assez longtemps pour voir ce retour.

Dignement, le vieillard salua puis se retira. La porte cria sur ses pas, se referma. Demeurés seuls, les deux amis se regardèrent un long moment sans rien dire tandis que Pongo, près de la cheminée, ouvrait les sacoches de son maître. On n'entendait plus que le crépitement du feu car Joel avait laissé derrière lui assez de rêves pour occuper bien des nuits et ces rêves habitaient à présent l'esprit de ces trois hommes si différents, réunis au cœur d'une formidable coquille de granit comme des grains de blé dans un poing fermé. À l'aube, le poing s'ouvrirait pour les jeter au vent des lendemains afin qu'ils puissent germer et porter leurs fruits.

Lentement, Gilles s'approcha de Pongo. Celui-ci

lui tendit, débouchée, une gourde qu'il venait de tirer des sacoches.

— Du rhum ? Tu crois que j'en ai besoin ?

L'Indien hocha la tête :

— Eau de feu bonne pour stimuler l'esprit ! Toi, devoir prendre une décision.

— Il a raison, coupa Jean. Tu as, devant toi, trois chemins entre lesquels il faut choisir. Le premier est droit, plat et sans aventures. C'est celui qui t'attend si tu renonces à reprendre ton domaine. Tu rejoindras Reine-Dragons et tu y continueras une carrière honorable, pas très éclatante peut-être sauf en cas de guerre mais qui te fera vivre convenablement. Évidemment cela m'étonnerait que tu décroches le bâton de maréchal...

— Tu sais parfaitement à quoi t'en tenir. Je veux La Hunaudaye ! Je la veux pour y bâtir mon propre nid. Je la veux pour Judith et pour moi... si Dieu permet que je la retrouve un jour.

— Ce n'est qu'une question de temps. Elle est vivante, elle est sans doute à Paris et le Prévôt Boulainvilliers a remis l'affaire entre les mains de M. Lenoir, le lieutenant de Police. C'est un homme habile et, dès qu'il aura des nouvelles, il te fera prévenir où que tu sois. Il en a engagé sa parole.

— On peut toujours espérer, soupira Gilles. Voyons tes autres chemins...

— Tu peux rester ici, te faire paysan et fouiller, chercher, creuser partout, démolir le château pierre à pierre pour trouver ce trésor... mais ça peut être long.

— C'est surtout absurde !

— Je le pense aussi mais je voyais là... une image poétique un peu dans le style du père Rousseau. Le troisième chemin, tu le connais, c'est celui de l'Espagne. Imite-moi : demande l'autorisation de servir un temps le Bourbon de là-bas au titre du Pacte de Famille. Tu partiras avec le grade de capitaine et, là-bas, je me fais fort de te faire gagner une fortune. C'est le pays d'Europe où il y a le plus d'or.

— Tes amis les banquiers, toujours ?

— Eh oui ! Tu as tout intérêt à ce qu'ils deviennent aussi les tiens. L'Espagnol paie bien et, entre leurs mains, même la solde d'un simple officier peut prendre d'intéressantes proportions. Alors, que décides-tu ?

Le jeune homme ne répondit pas, incapable justement de se décider. Il s'était mis à parcourir la grande salle qui, contemporaine des premières fondations du château, avait dû voir briller les colliers d'or sur les plumes blanches de Taran, le gerfaut légendaire. Ses mains s'attardaient à caresser les vieux murs rugueux, les lourds piliers noircis où s'appuyait la voûte. Les racines profondes de sa race, enfouies dans cette terre bretonne, avaient fait surgir de vigoureux surgeons, aussi durs que des chaînes, aussi solides que ces lianes tropicales qui s'emparent d'un homme et ne le lâchent plus, des pousses vivaces qui s'enfonçaient à présent au plus profond de sa chair et qu'il n'était plus possible d'arracher sans blessures. C'était ici « sa » maison, « son » toit, « son » foyer. C'était ici que, navigateur des tempêtes, passager des vents sauvages, il voulait bâtir son nid avec celle, aussi farouche que lui-même, qu'il s'était choisie pour compagne...

Mais un autre possédait ce domaine qu'il sentait sien si intensément et, paradoxalement, il lui fallait, pour le conquérir, s'en éloigner. Le château, pareil à quelque dieu impitoyable, exigeait déjà de lui un sacrifice cruel : quitter la France, s'arracher encore de la terre natale pour s'en aller demander à l'Espagne un peu de l'or qu'elle extrayait toujours, avec le sang et les larmes, de son Amérique à elle où elle n'avait cependant d'autres droits que ceux de la conquête et de la redécouverte par un mercenaire illuminé.

Pire encore : s'exiler c'était renoncer à chercher lui-même la trace, chaque jour plus ténue, de Judith ; c'était confier à d'autres, à des fonctionnaires capables peut-être mais indifférents, cette quête de la bien-aimée, pour lui tendre et douloureuse à la fois...

La voix de Pongo perça le silence obstiné où il s'enfermait en contemplant, des larmes au fond des yeux, l'écu rongé d'humidité des Tournemine.

— Quitter terre des ancêtres est cruel, dit-il. Mais dans pays indien, Sages qui cherchent vérité dans cœur brûlant du feu disent que Vallée Heureuse s'ouvrir seulement après long et difficile chemin avec épines et pierres tranchantes. Savoir choisir chemin difficile c'est souvent choisir victoire... et c'est être homme vrai !

— « ... car le chemin est malaisé et la porte étroite ! » récita gravement Batz. On dirait qu'entre la sagesse indienne et l'Évangile il existe bien des points communs. Allons, chevalier mon ami, bois un peu de cet excellent rhum pour chasser les humeurs noires et dormons ! Demain tu décideras de ta route : celle de Madrid via Versailles avec moi... ou celle de Pontivy tout seul !

Gilles saisit la gourde, en lampa une longue rasade, s'essuya la bouche à sa manche puis rendit le flacon à son ami. Son regard était redevenu clair.

— Celle de Madrid, morbleu ! Et que le Diable t'emporte !...

Alors seulement le vieux Joel qui, debout, aussi immobile qu'une pierre, derrière la porte, avait écouté passionnément leur conversation, se signa d'un geste large, murmura quelques paroles d'actions de grâces puis, appuyé sur son bâton noueux, s'éloigna vers son logis. Il souriait, heureux depuis bien longtemps car il avait l'espoir de voir revenir un jour le jeune maître. En attendant, avec Pierre, il allait reprendre les recherches du trésor, interroger les vieilles pierres, les troncs noueux, les souterrains écroulés, ce qu'il s'était toujours refusé à faire. Mais à présent, il savait pour qui lui et son petit-fils allaient peiner...

PREMIÈRE PARTIE

LA NUIT D'ARANJUEZ

Printemps 1784

CHAPITRE PREMIER

LA REINE DE MAI

Les notes d'une chanson montaient dans l'air bleu du matin portées par les voix joyeuses d'une troupe de jeunes filles. Elles venaient des profondeurs du jardin et grandissaient d'instant en instant. C'était comme si la rivière avait choisi de remonter le coteau pour rafraîchir le parc et à l'approche de la chanson, les oiseaux se taisaient.

Soudain, près du boulingrin, il y eut, sous les arceaux de la vigne, comme un bouquet de fleurs mais un bouquet singulièrement animé. Les jupons rouges et les tabliers bariolés dansaient autour des chevilles, minces dans leurs bas blancs bien tirés, sur lesquels s'entrecroisaient les rubans des espadrilles neuves. Les longues franges des châles voltigeaient dans le vent léger.

Les filles allaient deux par deux, celles qui venaient en tête portant un grand arceau fleuri de lilas, les autres des bouquets de ces hautes bruyères bleuâtres qui adoucissent la rudesse de la sierra ; la dernière, enfin, tenait entre ses mains avec la gravité d'un évêque portant le saint sacrement une légère couronne de jasmin et d'églantines.

Sur le point de quitter la demeure de ses amis Cabarrus, le château de San Pedro de Carabanchel où il avait passé la nuit, pour regagner Aranjuez, Gilles, occupé à mettre ses gants avant d'enfourcher Merlin que lui amenait un laquais, s'arrêta, surpris par la nouveauté du spectacle.

— Qu'est-ce qui nous arrive là ?

L'homme sourit largement :

— Le cortège de la Reine de Mai, señor ! Nous sommes aujourd'hui le 3 mai et chaque année, à pareille date, les jeunes filles des villages élisent la plus belle d'entre elles afin qu'elle règne toute la journée sur le pays. Probable qu'aujourd'hui, elles ont choisi notre demoiselle.

— Il est vrai que, malgré son jeune âge, il est difficile d'en trouver une plus jolie.

À cet instant, un tourbillon de mousseline blanche et de rubans roses jaillit des portes-fenêtres et se précipita impétueusement sur lui.

— Chevalier ! Mon beau chevalier ! Vous n'allez pas partir déjà ?

Thérésia avait dû s'échapper des mains de sa camériste car la masse noire de sa chevelure croulait en désordre sur son dos. D'ailleurs ladite camériste arrivait derrière elle une brosse à la main, suivie de près par la gouvernante derrière laquelle trottait la petite Madame Cabarrus. Le père, le banquier François Cabarrus, fermait la marche avec plus de retenue. Le jeune homme sourit.

— Il le faut, Thérésia ! Je suis de garde à Aranjuez ce soir et, vous le savez, le propre des Gardes du Corps est de rester toujours le plus près possible de la personne du souverain.

Les magnifiques yeux sombres de la fillette – elle n'avait que onze ans, même si sa taille et les formes de son corps lui en donnaient quinze – s'emplirent de larmes.

— Cela, c'était la vérité d'hier. Mais aujourd'hui, regardez, Gilles, je vais être reine, moi aussi, Reine de Mai ! Il faut que vous restiez auprès de moi. Si vous n'êtes pas là, cette fête n'aura plus aucun sens !

Elle avait joint les mains. De grosses larmes rondes roulaient déjà sur ses joues dont l'ambre se teintait si délicatement de rose. En même temps elle souriait et ce sourire avait tant de charme que le jeune homme dut faire appel à toute sa force de caractère pour lui résister. Il y avait de la magicienne, dans cette gamine, et l'on pouvait, en toute sécurité, parier que les années feraient d'elle une assez dangereuse sirène. Mais si, depuis son arrivée en Espagne, Gilles s'était pris pour elle d'une véritable affection, son cœur, bien protégé, ne risquait pas de lui jouer un tour en cet endroit.

— Savez-vous qu'il y a près de douze lieues entre Carabanchel et Aranjuez ? Il faut les faire !

Pour éviter que les « demoiselles » de la jeune reine ne trouvassent leur souveraine en pleurs, François Cabarrus intervint :

— Une plaisanterie pour les jambes d'acier de votre beau coursier, mon ami ! Restez au moins jusqu'après la messe... le temps de saluer notre Thérésia sur son trône.

— Pas du tout ! intervint la fillette. Je veux

qu'il reste jusqu'au bout ! Je veux danser avec lui ce soir.

— Cette fois tu en demandes trop. Un soldat est prisonnier de son devoir. Et tu ne voudrais pas que notre ami soit mis aux arrêts pour un caprice ?

La menace fit son effet. Pourtant, Thérésia, suspendue au bras de Gilles, ne se décidait pas à lâcher prise.

— S'il reste jusqu'après la messe, je veux bien le laisser aller, dit-elle enfin sans trop d'enthousiasme, mais j'y mets encore une condition.

— Voyons la condition ?

— Vous m'accompagnerez à la Pradera de San Isidro.

C'était, douze jours plus tard, le 15 mai, la grande fête madrilène en l'honneur de San Isidro, le patron de la ville. Ce jour-là, après la messe, les gens de Madrid, sans distinction de classes ou de fortune, envahissaient les prairies bordant le Manzanarès pour s'y mélanger en une fête joyeuse, y faire ripaille, y danser presque jusqu'à l'aube suivante. Les jeunes filles n'y allaient qu'avec leurs parents ou leurs fiancés.

Gilles se mit à rire.

— Avez-vous tellement besoin de moi ? Je connais vingt jeunes gens qui meurent d'envie de vous y accompagner.

— C'est vous que je veux ! Et si vous ne promettez pas, je ne vous lâche pas.

La petite main, fragile comme une patte d'oiseau, tremblait légèrement sur le bras du jeune homme qui, fraternel, la recouvrit de ses grands doigts. Elle était un peu trop fraîche, presque froide.

— Je vous le promets, Thérésia... si je ne suis

pas consigné ! Maintenant, Majesté, vous vous devez à vos sujets.

Les jeunes filles approchaient du perron cependant qu'avec des glapissements indignés, la camériste reprenait possession de sa jeune maîtresse qu'elle coiffait avec une ardeur sauvage. En un tournemain, la Reine fut prête et livrée à ses suivantes qui dansèrent autour d'elle une sorte de ronde en chantant. Puis la couronne printanière fut posée sur les boucles noires ; après quoi, environnée de son escadron de jeunes filles, la Reine de Mai prit place sous l'arceau fleuri et se dirigea gravement vers l'église du village dont les cloches à présent sonnaient à toute volée.

Madame Cabarrus, qui s'était absentée un instant, reparut sous un immense chapeau de paille à la mode de Paris orné d'une profusion de choux en taffetas bleu nattier et d'un long jet de plumes d'autruche blanches, amarré tant bien que mal sur la mousse de ses cheveux poudrés et qui lui donnait assez l'apparence d'un champignon. C'était une toute petite femme, vive et sautillante comme un moineau. Sans cesse en mouvement, douée d'un tempérament fatigant pour un mari et d'un esprit acerbe auquel bien peu de personnes pouvaient se vanter d'échapper. En plus de cela, snob comme il n'est pas permis et vaniteuse à l'extrême de ce titre de comte que le roi Charles III avait, trois ans plus tôt, accordé à son époux, devenu l'un des plus importants financiers espagnols, en même temps que ses lettres de naturalisation.

Évidemment, la sévère noblesse espagnole ne cachait guère son dédain pour ce « comte » de Cabarrus fabriqué à partir de l'armateur François Cabarrus, natif de Cap-Breton dans les Landes, et pour cette comtesse dont le nom de jeune fille était tout uniment Antoinette Galabert. Mais leur propre grandeur suffisait aux parents de Thérésia qui vivaient volontiers à l'écart dans leur opulente demeure de Carabanchel avec leurs trois enfants, sachant fort bien d'ailleurs que leur fortune permettrait à leur fille, le moment venu, de choisir, si elle le voulait, sans difficulté un époux dans la noblesse locale, arrogante, couverte de titres et de noms mais en majorité impécunieuse.

Avec détermination, la comtesse Antoinette s'empara du bras laissé vacant par sa fille.

— Trouvez-vous pas, chevalier, que nous formons un couple bien assorti, vous et moi ? Le bleu de votre uniforme est tout à fait le même que celui de ma robe...

Le jeune homme portait en effet l'élégant costume des Gardes, copié par le premier roi Bourbon sur son équivalent de Versailles à quelques différences près : habit bleu aux revers incarnat soutachés d'argent, culotte et gilet chamois, large baudrier brodé, hautes bottes à entonnoir et chapeau lampion.

Il devait à sa haute taille, à son nom et à son aspect physique son entrée dans ce régiment privilégié tandis que son ami Batz devait se contenter de celui, infiniment moins élégant, des Dragons de Numance. Le Gascon s'en consolait aisément en ne s'y montrant guère plus assidu qu'à Reine-Dragons, fréquentant par contre avec beaucoup d'application les tripots madrilènes où il jouait un jeu d'enfer et certains fonctionnaires du Tribunal des Indes grâce auxquels il lui était possible, à ce qu'il disait, de conclure d'avantageux marchés sur les importations des colonies américaines. Il avait même convaincu son ami de lui confier une partie du modeste pécule amassé au service du roi de France pour l'investir dans des denrées alimentaires de luxe telles que les épices et le cacao.

Pour le reste, Gilles, sage et prudent, l'avait confié à ce François Cabarrus dont l'ancien ministre Necker lui avait chaudement recommandé le talent lorsque, avant de quitter la France, il était allé lui faire une visite d'adieu car, s'il avait entière confiance dans les talents financiers réels de son ami, il craignait un peu sa passion pour le jeu. Il s'en trouvait d'ailleurs très bien : le banquier, avec une régularité d'horloge, le tenait au courant mois par mois de l'état de ses affaires et, lorsque le jeune homme venait passer deux ou trois jours à Carabanchel, l'initiait peu à peu à ce jeu redoutable des finances pour lequel il n'avait eu, jusqu'alors, aucune disposition et même quelque répugnance très aristocratique.

— Vous seriez surpris, lui avait-il dit le premier jour, du nombre de Grands d'Espagne qui, non seulement comptent aussi bien que mes employés, mais encore rendraient des points au Shylock de Shakespeare. La hauteur méprisante de quelques-uns est solidement étayée sur des piles de livres de caisse...

— Alors, enseignez-moi ! fit le jeune homme joyeusement. Ma future famille vous en sera chaudement reconnaissante... et au moins je cesserai d'avoir l'air d'un imbécile quand Batz me délivre ses grandes tirades sur l'agiotage, les taux d'escompte et tout ce fatras beaucoup plus hermétique pour moi que le latin de mon enfance...

Fermement tenu en laisse par la petite Madame Cabarrus, Gilles assista à la messe du village puis escorta la Reine de Mai au trône fleuri que l'on avait disposé pour elle devant le portail de l'église. Mais avant d'être admis à baiser la petite main que Thérésia brûlait visiblement d'offrir à ses lèvres, il dut acquitter le droit de péage que lui réclamaient joyeusement les suivantes ainsi que le voulait la coutume. Il remit donc son obole, plia le genou devant Thérésia et posa un baiser léger sur les doigts menus qui retinrent les siens avec une vigueur inattendue.

— Vous viendrez me chercher le 15 ? Vous promettez ? pria la fillette.

— Si c'est en mon pouvoir, je serai là. Je vous le promets. Et, de toute façon, je promets aussi de n'aller à la Pradera avec aucune autre...

— *Vaya con Dios, señor !...* Je vous attendrai...

D'autres « fidèles sujets » approchaient amenés par les « suivantes » qui les raccolaient sans vergogne pour peu qu'ils leur parussent séduisants ou bien habillés. Gilles s'éloigna pour rejoindre l'ombre des platanes sous lesquels un valet attendait avec son cheval.

Il était moins pressé, tout à coup, de retrouver l'atmosphère étouffante d'un palais royal, fût-ce celui, plein de grâce, d'Aranjuez. Le temps était merveilleux. Très haut par-dessus les neuves frondaisons des arbres, le soleil étalait sa gloire chaleureuse dans un ciel outremer et, sur la place de l'église, la fête s'organisait. Des guinguettes de plein vent avaient poussé où l'on pouvait manger des piments, des saucisses à l'ail, des tomates, des melons, des gâteaux d'amandes en buvant des vins épais et parfumés. Des forains étalaient leurs tapis pour y montrer les tours de leurs singes savants ou de leurs chèvres dressées. Des porteurs d'eau, des marchands d'ombrelles circulaient à travers la foule à chaque instant plus dense qui entourait le trône de la Reine : hidalgos d'autant plus arrogants qu'ils étaient plus misérables, « petimetres[1] » caquetant et sautillant dans leurs vêtements de soie à la mode de Versailles, « majos » brillants comme des coqs de combat, le jarret tendu dans le bas de soie de couleur tendre, tous unis pour un instant dans leur commune admiration pour Thérésia dont ils proclamaient à l'envi la beauté en termes parfois osés.

— Béni soit le ventre qui t'a faite si belle !

— L'homme qui t'aura dans son lit sera l'égal d'un dieu !...

Les femmes aussi étaient nombreuses, paysannes en robes bariolées, un châle sur la tête, majas insolentes, l'œil aguichant sous la mantille de mousseline, la taille cambrée dans le corset sans baleines et la jambe nerveuse sous les volants de l'ample jupe. Toutes étaient jolies...

Le son des guitares vibra dans le soleil, animant plus encore le tableau. Les pieds, légers dans leurs espadrilles, s'envolèrent dans le tournoiement des jupes au rythme du fandango ou de la séguedille. Une légère poussière se leva sous le martèlement impérieux des talons. Gilles s'accorda un regret, un soupir. C'était dommage de quitter tout cela...

De l'abri des arbres une voix joyeuse l'interpella :

— Quelle mine pour un jour de fête, *señor capitano* ! Le ciel est pur, le vin frais, les filles

1. Du français : petits-maîtres.

sont belles et la Reine plus belle que toutes les autres ! Que te faut-il de plus ?

Clignant sous l'éclat du soleil, le regard du jeune homme fouilla l'ombre et finit par découvrir, appuyé à un platane, un homme vigoureusement charpenté qui crayonnait négligemment en fumant un cigare. Son visage s'éclaira aussitôt.

— Paco ! Vrai Dieu ! Il y a des siècles que je ne t'ai vu...

— Les grandeurs de la Cour te brouillent la vue, mon ami. Ce n'est pas moi qui suis parti, à Pâques, pour Aranjuez. Tout ce que je sais, c'est qu'à la taverne de Los Reyes, les « Manolas » pleurent et se lamentent parce que tu ne viens plus !

Dans le large visage couleur d'olive pâle, les yeux très noirs scintillaient sous l'arcade sourcilière en surplomb. C'était un visage aux traits lourds, encadré de longues « pattes » noires coupées carrément. Sans beauté mais fascinant : celui d'un paysan habité d'une lumière intérieure. Le corps, puissant quoique dépourvu de graisse, était coulé dans un superbe costume de majo : courte veste de velours incarnat, garnie d'épaisses épaulettes de passementerie noire, ouverte sur une fine chemise de batiste brodée et laissant voir la large ceinture de satin noir, culotte collante de soie paille garnie de boutons et de pampilles d'argent, bas de même nuance, souliers à boucles et, retenant sur la nuque les longs cheveux, épaisse résille de soie noire. Une grande cape noire attendait, jetée sur une branche d'arbre.

Cet opulent personnage s'appelait don Francisco de Goya y Lucientes. Il avait trente-sept ans. Il était peintre du Roi depuis quatre ans...

Gilles de Tournemine l'avait rencontré peu de temps après son arrivée à Madrid, sur la Plaza Mayor, au cours de la dernière corrida où il s'était rendu parce qu'on lui avait dit que c'était un spectacle à ne pas manquer. Mais il n'avait pas tardé à regretter sa curiosité et, en fait, il n'avait jamais vu la fin de ladite corrida. Le spectacle d'une arène ponctuée de cadavres de chevaux éventrés par les cornes du taureau avait soulevé à la fois son horreur et son indignation.

Sans accepter d'en voir davantage et peu habitué à cacher ce qu'il pensait, il avait fait connaître son sentiment à la ronde à haute et beaucoup trop intelligible voix. Ses protestations déchaînèrent alors une mini-révolution chez les fanatiques qui l'entouraient. En un instant il se trouva affronté à une meute hurlante fermement décidée à l'étriper pour mieux lui faire apprécier les mérites de la tauromachie.

Trop furieux pour juger le danger à sa juste valeur, Tournemine tira son épée dont quelques moulinets purent tenir un moment à distance la foule des aficionados outragés. Mais de longs couteaux étaient apparus dans quelques mains et le jeune homme finalement aurait succombé immanquablement sous le nombre si l'homme qu'il appelait à présent si familièrement Paco ne s'était frayé un chemin jusqu'à lui.

— Vous insultez l'honneur espagnol pour des charognes sans intérêt ? Vous devez être fou, señor !

— Je n'ai jamais considéré les chevaux comme des charognes sans intérêt ! J'aurais plutôt tendance à réserver ce vocable au genre humain. Le cheval, monsieur, est le plus noble animal sorti des mains de Dieu ! Il n'a pas été créé pour des massacres imbéciles.

— Dès l'instant où l'homme joue sa vie, qu'importe le cheval ? Vous deviez voir la corrida jusqu'au bout avant de juger !

— J'en ai vu assez... à moins que vous ne m'assuriez le plaisir de voir le taureau venger les chevaux !

Un hurlement de fureur salua cette déclaration. Gilles salua ironiquement de l'épée.

— À votre disposition, messieurs ! Je peux aussi bien jouer le rôle du taureau.

— Pas question, coupa vivement l'homme. Vous allez vous battre avec moi d'abord !

— Ce sera un plaisir... mais vous n'avez pas d'épée.

— N'en concluez pas que je ne sais pas m'en servir. Simplement je ne l'ai pas avec moi. Mais j'ai des poings, ajouta-t-il en mettant sous le nez du Français des poings gros comme des jambonneaux. Nous nous battrons à ma manière, si vous le voulez bien. Évidemment un gentilhomme ne doit pas connaître ce genre de combat...

— Croyez-vous ?... Essayons toujours !...

Au milieu d'un large cercle, les deux hommes s'empoignèrent et ne tardèrent pas à rouler dans la poussière. L'inconnu était d'une force redoutable mais plus petit et moins rapide que Gilles, lequel avait poussé à la perfection, avec Pongo, la science de la lutte indienne acquise dans les forêts de Virginie. Le combat fut dur, s'éternisa sans parvenir à une conclusion. Au bout d'un temps qu'aucun d'eux ne put mesurer, les deux hommes se retrouvèrent assis par terre, face à face, à bout de souffle... et parfaitement seuls à l'exception d'un gamin déguenillé qui les contemplait en mangeant un morceau de pastèque : leur public, lassé, avait préféré retourner au spectacle plus épicé de l'arène. L'Espagnol alors éclata de rire.

— Je crois que nous pouvons nous en tenir là ! De toute façon, vous ne risquez plus d'être massacré...

— Autrement dit, vous ne vous êtes battu que pour me sauver ? J'avoue ne pas en voir la raison... à moins que vous ne soyez pas espagnol.

— Je suis d'Aragon, donc plus espagnol que toute l'Espagne. Mais je suis peintre et j'aimerais faire votre portrait... tout au moins quand vous aurez changé de couleur ! Allons boire un pot d'amontillado à la taverne de Los Reyes qui est voisine pour nous remettre... et je vous expliquerai la corrida. Je la connais bien, il m'arrive parfois encore de « matar el toro... [1] ».

Deux heures plus tard, superbement ivres et toujours aussi sales, les deux adversaires ronflaient avec application de chaque côté d'une table de cabaret... Mais ils étaient désormais amis à la vie à la mort.

Gilles se pencha pour voir ce que dessinait son ami. C'était le trône de la Reine de Mai environné de ses suivantes et de ses adorateurs.

— Un nouveau carton de tapisserie pour l'Académie de San Fernando ?

— *Naturalmente !* C'est la seule peinture avec des portraits mondains que ma femme admette que j'exécute, répliqua Paco avec un rien d'amertume teintée de mépris. Gilles savait déjà que son

1. Tuer le taureau.

mariage avec Josefa Bayeu, prude, sévère et uniquement tournée vers l'académisme, n'était pas une réussite. « Cela ne durera pas toujours !... » continua le peintre qui, brusquement, fourra son carnet dans sa poche. « Mais assez pour aujourd'hui ! Allons boire un verre de vin, manger des saucisses à l'ail et puis nous irons danser !... »

Le chevalier secoua la tête.

— Impossible, Paco ! Je suis de garde au palais ce soir. Il faut que je rentre. Cela doit t'expliquer pourquoi je n'ai pas l'air plus gai.

— Je vois ! Mais dis-moi, *amigo*, quel genre de garde montes-tu au palais ?

— Quel genre de... Que veux-tu dire ? Tu es peintre du Roi, tu devrais être au courant du service des Gardes du Corps ?

— En effet. Reste à savoir de quel corps il s'agit. Est-ce celui de notre vieux roi... ou bien celui de la princesse des Asturies ?

Brusquement détendu, Gilles partit d'un éclat de rire.

— Paco, mon ami, tu écoutes trop les mendiants aveugles de la Puerta del Sol qui servent de gazette et chantent à tous les vents les ragots, vrais ou faux, de la Cour.

— Les aveugles disent quelquefois la vérité. Ou bien ai-je rêvé qu'un de tes camarades aux Gardes vient d'être discrètement licencié parce qu'il allait, la nuit, donner des leçons de guitare à Son Altesse ?

— On dit tant de choses, fit Gilles, évasif et peu désireux de s'étendre sur une affaire qui, selon lui, ne le regardait pas.

Goya tira un long cigare noir d'une poche intérieure de sa veste et l'alluma avec grand soin tandis que son œil en coin observait son ami. Puis il tira quelques voluptueuses bouffées avant de déclarer enfin :

— Tu es discret, c'est bien. L'esprit de corps, sans doute ? Quoi qu'il en soit personne n'ignore plus, à Madrid, que la princesse Maria-Luisa est douée d'un tempérament excessif que son gros lourdaud de mari n'arrive pas à contenter et que les Gardes l'intéressent énormément. Ton tour viendra s'il n'est pas encore venu. Mais fais attention !

— À quoi ?

— À trois personnages : la duchesse de Sotomayor, d'abord, la Camerera Mayor qui a l'espionnage dans le sang, le Confesseur du Roi ensuite, l'impénétrable don Joaquin d'Eleta qui est si maigre qu'il doit pouvoir se glisser même dans les fentes des volets, ensuite et enfin, le ministre Florida Blanca qui est en général chargé de faire le ménage dans celui du couple princier. C'est lui qui a si habilement escamoté le guitariste. Mais celui-ci appartenait à une grande famille de Castille. Toi qui es étranger tu pourrais bien être escamoté... définitivement ! Et comme je n'ai pas encore fini ton portrait, cela me ferait de la peine !

— N'aie crainte ! Tu auras tout le temps de le finir. La princesse ne pense pas plus à moi que je ne pense à elle. Entre nous, ton guitariste était un garçon singulièrement courageux et, pour ma part, je préfère de beaucoup les jolies danseuses de Los Reyes ! Adios, Francisco. Je viendrai avant la fin de la semaine te demander à souper.

— Adios, Francés... Je te retiens... mais à mon atelier d'El Rastro. Josefa te ferait faire carême !

Les deux amis s'embrassèrent et, tandis que

Paco reprenait son dessin, Gilles rejoignit enfin son cheval, sauta en selle et se prépara à quitter Carabanchel. Il se disposait à rejoindre Thérésia, dont les yeux le cherchaient avec avidité, pour la saluer une dernière fois quand son attention fut détournée par une voiture qui arrivait dans un grand bruit de sonnailles.

C'était, traîné par un cheval andalou particulièrement fringant, un petit cabriolet aux cuivres étincelants que tout Madrid connaissait car il appartenait au plus célèbre matador de l'époque, le grand Pedro Romero qui le conduisait lui-même.

Des « Viva ! » et des acclamations saluèrent l'apparition de l'idole somptueusement vêtue de velours canari brodé d'or et qui souriait de toutes ses dents blanches. Mais Gilles ne lui accorda qu'un regard distrait car, assise auprès de Romero, sur les coussins rouges de la voiture, il venait de reconnaître la seule femme qui eût réussi à éveiller réellement son intérêt depuis son arrivée en Espagne, une superbe maja au regard de feu qui avait fait resurgir brusquement dans son sang le souvenir brûlant de Sitapanoki, la princesse indienne dont l'image, parfois, revenait visiter ses nuits de veille.

L'Espagnole était moins belle que l'Indienne mais une vitalité quasi démoniaque émanait de chaque pouce de sa personne. Une masse de cheveux noirs et bouclés, mal retenus par une résille garnie de rubans multicolores, descendait jusqu'au milieu de son dos, encadrant un pâle visage dévoré par des yeux énormes et dans lequel saignait une bouche capable à elle seule d'éveiller la sensualité d'un ermite hors d'âge. Son corsage noir, garni d'épaulettes en passementerie ton sur ton, s'ouvrait en pointe jusqu'à la large ceinture rouge vif où étaient piquées deux roses sombres traçant entre les seins arrogants un long triangle de peau lumineuse. Un mince collier de corail serrait son cou élégant. Une mouche au coin de l'œil gauche, un étroit ruban noir nouant une autre rose à son poignet fin et un grand éventail de dentelle noire complétaient la parure de la maîtresse du torero car, à voir l'air glorieux dont se comportait celui-ci, la belle maja ne pouvait pas être autre chose...

Cette découverte fut désagréable à Gilles. Pourtant c'était seulement la seconde fois qu'il rencontrait cette fille. La première, c'était le dernier soir du Carnaval à Madrid, sur la plaza de la Cebada. Elle avait surgi d'une ruelle sombre pour saisir la main du jeune homme et l'entraîner dans la farandole grimaçante et hurlante qui passait à cet instant dans la lumière fumeuse des torches. Gilles l'avait prise d'abord pour un fantôme car elle était toute vêtue de blanc. En outre elle portait un masque sous sa mantille de mousseline et ce masque était celui de la Mort. Le mouvement de recul du jeune homme l'avait fait rire.

— Tu es soldat, *hombre*, et tu as peur de la Mort ?

— Je n'en ai jamais eu peur. Puisse la mienne être aussi belle que toi... car je devine que tu l'es...

Elle se contenta de rire et un moment tous deux se laissèrent emporter par la longue chaîne dansante. Et puis tout à coup l'inconnue s'était détachée, entraînant Gilles avec elle aussi subitement qu'elle était entrée. Tous deux se retrouvèrent sous le porche d'une église dont, par les portes ouvertes, on pouvait voir le chœur illuminé. La fille lâcha la main de Gilles et fit un mouvement pour entrer mais il la retint fermement.

— Montre-moi ton visage, jolie Mort, que je sache si je peux rêver de toi.

Elle avait hésité un moment. Sous les dentelles du corsage Gilles pouvait voir palpiter sa gorge. Son souffle haletait doucement. Il l'attira à lui sans qu'elle résistât.

— Tu le veux ? murmura-t-elle.

— Je t'en supplie...

Elle arracha le masque grimaçant qui vola loin d'elle et une longue minute ils se regardèrent sans prononcer une parole. Puis, à la même seconde, tous deux se rejoignirent dans un mouvement naturel. Gilles resserra son étreinte et se pencha tandis que la fille levait la tête pour offrir ses lèvres...

Le jeune homme eut l'impression de plonger dans les flammes. La bouche de la fille était de feu, son baiser une œuvre d'art tandis que son corps, comme une cassolette, dégageait un envoûtant parfum d'ambre. Mais, au moment où il allait poursuivre plus loin l'aventure, la fille glissa de ses bras et s'enfuit avec un éclat de rire...

À revoir ainsi, dans la grande lumière du soleil, sa fugitive compagne d'un instant, Gilles la trouva plus belle encore. Elle souriait et le soleil faisait briller ses lèvres rouges sur ses dents aiguës de joli fauve... La mine suffisante du torero, ses airs de propriétaire exaspérèrent le jeune homme qui résolument fonça sur la voiture. Si impétueusement même que Romero dut retenir son attelage, craignant la collision. Mais déjà Merlin, enlevé par la poigne vigoureuse de son maître, s'était cabré. Ses jambes fines battirent l'air assez près de la tête du torero pour le faire pâlir et lui arracher un juron tandis que Gilles, enlevant son tricorne d'un geste large, saluait sa compagne.

Elle n'avait pas eu peur. À son sourire, à l'œillade provocante qu'elle lui adressa, le chevalier vit qu'elle l'avait reconnu. Romero, lui, s'était contenté de reconnaître l'uniforme des Gardes et, malgré la morgue habituelle à ceux de sa profession, les injures prêtes à jaillir de sa bouche crispée se muèrent en un grondement indistinct mais ses yeux eurent pour l'officier un regard meurtrier.

Content d'avoir retrouvé son fantôme du Carnaval, celui-ci n'y prit même pas garde.

— Quand tu voudras, où tu voudras, ma belle ! lança-t-il quand Merlin eut retrouvé ses aplombs. Un mot, un signe et j'accourrai vers toi ! Je m'appelle Gilles de Tournemine.

Sans se soucier davantage du visible mécontentement de son compagnon, la maja sourit de nouveau avec une grâce plus appuyée. Tandis que l'aile noire de l'éventail accélérait son rythme, la main de la jeune femme monta à sa gorge, y prit l'une des roses pourpres et la jeta au jeune homme qui l'attrapa au vol. Il en respira le parfum avant de la glisser sous sa veste, chaude encore de la peau qu'elle avait touchée. Puis, saluant aussi profondément que si la belle eût été reine :

— *Adios, señorita !* Nous nous reverrons...

Et, piquant des deux, il laissa, sans se retourner, le joyeux galop de Merlin l'emporter sur la route du sud, mais les yeux noirs de la belle maja suivirent sa silhouette aussi longtemps que la poussière le permit.

Alors, devant l'église, il se passa quelque chose. Personne ne comprit, à Carabanchel, pourquoi, au plus joyeux de la fête, alors que les adorateurs assiégeaient son trône fleuri, la plus jolie des Reines de Mai s'était échappée brusquement et, les yeux pleins de larmes, avait repris en courant le chemin du château paternel...

Bâti à l'origine par le sombre Philippe II mais reconstruit après incendie par le premier des rois bourbons, le palais d'Aranjuez n'était sans doute pas le plus majestueux ou le plus riche des châteaux royaux, surtout depuis la récente construction du monumental Palais Royal de Madrid, mais il était certainement le plus agréable...

Joyau couleur d'aurore, noble sans raideur, serti dans le foisonnement d'une « vega » luxuriante inventée par le Tage au milieu d'une steppe brune, Aranjuez étirait la grâce rose de ses bâtiments au milieu des molles douceurs de ses jardins où le jaillissement des vertes frondaisons luttait avec celui des jeux d'eaux. Tout cela s'intégrait aux méandres du fleuve dont les berges s'abritaient de saules et servaient de port aux gondoles royales habillées de soie jaune et de crépines d'or.

C'était l'un de ces endroits privilégiés créés pour le repos, la détente, la joie des sens et si les jardins ne voyaient plus courir les autruches, les gazelles et les dromadaires comme au temps de Philippe II, les milliers de fleurs qui les peuplaient ne s'en portaient pas plus mal.

Hélas, le malheur voulait que ce charmant palais subît, de compte à demi avec les autres résidences royales, le nivellement de l'ennui. Qu'il eût plus de gaieté que l'austère Escurial, plus de grâce que le Palais Royal, plus de confort que le palais montagnard de la Granja entre lesquels se partageaient les saisons de la Cour ne le sauvait pas pour autant du poids intolérable de l'étiquette espagnole ni de la morne sévérité que faisait régner autour de lui son maître, le roi Charles III.

C'était pourtant un excellent roi, le meilleur sans doute de toute la dynastie Bourbon d'Espagne : grand bâtisseur, grand politique, nourri de philosophie, grand réformateur et sachant choisir ses serviteurs mais, veuf depuis vingt-quatre ans de Marie-Amélie de Saxe qui avait mis au monde treize enfants, il était demeuré obstinément fidèle à son souvenir. Roi veuf, roi chaste, il traquait impitoyablement les amours illicites dans son entourage, ne s'accordait que le plaisir de la chasse, portait toujours les mêmes vêtements et haïssait cordialement tout ce qui était plaisir frivole. À sa cour, point de bals, point de concerts, point de festins ! La seule distraction était le « baisemain », insipide cérémonie qui avait lieu à date fixe et au cours de laquelle le Roi, assis sur son trône, voyait défiler devant lui, en grand costume d'apparat, la totalité de sa cour et de ses grands serviteurs. On s'inclinait, on baisait les phalanges royales posées sur l'accoudoir du trône, on se relevait et on laissait la place au suivant. Après quoi, chacun s'en retournait chez soi... Les princes et princesses avaient droit, eux aussi, à ce très relatif amusement... mais n'en usaient guère.

Lorsque Gilles aperçut enfin le fronton baroque du palais la nuit était presque tombée. Merlin avait perdu l'un de ses fers sur la route et l'avait retardé. Mais il savait que cette excuse ne serait guère acceptée du duc d'Almodovar, capitaine de la Garde Royale, qui ne plaisantait ni sur l'heure exacte ni sur la discipline.

La chance, cependant, était avec lui. Alors qu'il

forçait l'allure de son cheval, assez inquiet de ce qui l'attendait, il s'aperçut que, bienheureusement, son arrivée au moins ne serait probablement pas remarquée car le Roi, à cette même minute, revenait de la chasse. Sous la lumière des lanternes, une véritable foule encombrait l'esplanade du palais et dominant cette foule de toute la hauteur de son grand cheval, le retardataire reconnut son capitaine qui se tenait auprès du Roi.

Sans s'amuser à contempler le souverain, toujours pareil à lui-même dans sa casaque grise en gros drap de Ségovie et ses culottes en peau de buffle, Gilles sauta à terre et tenant son cheval par la bride, il regagna le quartier des Gardes établi près du Palais, dans les Casas de Oficios y Caballeros. L'ombre des portiques sous lesquels s'ouvraient les Casas acheva de l'escamoter.

À sa surprise, il y trouva Pongo qui, abandonnant pour une fois son impassibilité indienne, faisait les cent pas en se rongeant les ongles. Celui-ci se jeta littéralement sur lui.

— Toi oublié l'heure, maître...

— Non, mais Merlin s'est déferré. Il faudra que tu regardes cela de près car je n'ai guère confiance dans le maréchal-ferrant qui s'en est occupé ! Mais pourquoi es-tu si inquiet ? On m'a demandé ? Qui ?... Le duc ?

Pongo fit signe que oui, puis ajouta :

— Lui se mettre en colère mais, par chance, Roi rentrer de chasse plus tôt que d'habitude. Lui reparti et pas encore revenu. Moi demander Grand Esprit te faire revenir vite !

— On dirait que depuis que tu as quitté la Virginie, le Grand Esprit n'a plus rien à te refuser, fit Gilles en riant. Avec un peu de chance j'aurai même le temps de rendre ma tenue plus présentable avant son retour.

Jetant la bride à son serviteur, il s'élança dans l'escalier menant à son logis car, ayant tous rang d'officiers, les Gardes du Corps de Sa Majesté Très Catholique possédaient chacun une chambre individuelle dans les communs quand il s'agissait des résidences extérieures à Madrid. Dans ce cas, le régiment n'envoyait qu'une ou deux brigades, par roulement, les autres demeurant dans la capitale où ils possédaient une fastueuse caserne. Gilles ayant le grade de lieutenant en second avait droit à un petit appartement de deux pièces.

Il abordait en courant le couloir qui y menait quand il entra en collision avec l'un de ses camarades, le jeune Don Rafael de Molina qui arrivait en sens inverse. Le choc fut rude mais l'Espagnol le prit avec un flegme tout britannique.

— Tiens, Tournemine, fit-il en se frottant l'épaule. Quelle heureuse rencontre ! Savez-vous qu'on vous cherche partout, mon cher ?

— Vous aussi ? Mais, sacrebleu, pourquoi suis-je devenu indispensable, tout à coup ? Ma demi-brigade est de service ce soir et je suis légèrement en retard mais je ne vois pas...

— Vous allez voir tout de suite ! Autant que vous soyez prévenu avant de voir notre capitaine : votre demi-brigade n'est plus au complet, il vous manque un homme.

— Pourquoi ? Un malade ?

— Une maladie grave : la disgrâce ! Ordre de quitter le palais dans les deux heures !

— Dans les deux heures ? Diable ! Et la raison ?

Le jeune Molina prit un air mystérieux.

— Cela, mon cher, je ne me sens pas autorisé à vous le dire. Son Excellence s'en chargera elle-même. J'ajoute qu'en votre absence et celle du marquis de Peñaflor, notre brigadier, qui soigne une ancienne blessure, Son Excellence a dû procéder elle-même à une exécution fort indigne d'elle et que cela l'a mise de fort méchante humeur. Un duc d'Almodovar n'est pas fait pour balayer la poussière !

— Quand on est un véritable soldat, on fait bien plus que cela ! riposta vertement le chevalier. Vous seriez surpris de ce que j'ai vu faire au général Washington, cependant l'un des plus grands hommes de ce temps. Il est vrai que le général a très peu de points communs avec Son Excellence ! ajouta-t-il avec un rien d'insolence.

Le nom de l'Américain tombé si brutalement dans la conversation arracha au jeune Espagnol une sorte de hoquet horrifié. Il se signa précipitamment comme si son camarade venait d'évoquer l'Antéchrist.

— Ce général-là n'est point un grand seigneur ! Chacun sait que ces Américains sont de véritables sauvages et que...

Peu désireux d'entamer une controverse avec Molina, Gilles préféra couper court. Le roi Charles III était sans doute un « despote éclairé » mais, à sa cour, il était bien le seul à posséder quelques teintes de libéralisme. Seuls, des hommes tels que Paco pouvaient considérer avec sympathie la nouvelle république américaine...

— Au fait ! dit-il. Qui est l'homme renvoyé ?

— Don Luis Godoy.

— Ah !... Eh bien, merci de m'avoir prévenu, mon cher...

Tout en procédant à une rapide toilette et en changeant ses bottes fatiguées par la route pour d'autres immaculées, Tournemine essaya de deviner ce que Molina ne lui avait pas dit. Il n'avait besoin d'aucun effort de mémoire pour retrouver le personnage de Luis Godoy, jeune hidalgo issu d'une bonne famille d'Estrémadure dont le teint frais et les yeux clairs tranchaient vigoureusement sur l'aspect général des Gardes du Corps où les peaux olivâtres l'emportaient de beaucoup sur les teints de lait. C'était en plus un garçon aimable, souriant, aimant la vie et les plaisirs avec une ardeur juvénile. Courtois, toujours de bonne humeur, accomplissant son service avec une parfaite rectitude, qu'avait bien pu faire Don Luis pour se faire ainsi chasser comme un laquais indélicat ?...

Gilles trouva de lui-même la réponse quand, un quart d'heure plus tard, il affronta les six pieds de hautaine splendeur de son chef. Non que le premier duc d'Almodovar daignât donner des explications dont selon lui un officier étranger n'avait que faire car, après avoir fait comprendre au jeune homme son mécontentement au sujet d'une « absence que rien ne justifiait » et refusé d'entendre sa défense quelque peu agacée, il se borna à lui dire :

— Vous aurez, Monsieur, à prendre vous-même la garde à la porte de l'appartement de Son Altesse Royale la princesse des Asturies. Votre consigne : n'y laisser entrer personne, vous m'entendez bien, personne ! Sauf, bien entendu, le Roi ou Monseigneur le Prince Héritier !

Ainsi c'était cela ? Après Montijo, après San Fernando, c'était le tour de Luis Godoy ? L'avertissement de Goya lui revint en mémoire.

— Les Gardes du Corps intéressent énormément la princesse. Ton tour viendra s'il n'est pas encore venu. Mais prends garde !

Le tempérament frondeur de Tournemine, nourri au lait de la liberté par la jeune Amérique, le poussa à demander justement, et non sans insolence, ces explications que l'on ne souhaitait pas lui donner.

— Puis-je savoir, Monseigneur, à quoi je dois une si flatteuse distinction ? Ce n'est tout de même pas au fait que j'étais en retard ?

Les yeux un peu ronds de Don Alfonso le fusillèrent sur place.

— Au seul fait que vous n'êtes pas espagnol, Monsieur ! Et qu'à ce titre, rien de ce qui se passe dans ce palais ne doit présenter d'intérêt pour vous... pas plus que vous ne pouvez présenter d'intérêt aux yeux de ses habitants ! J'ajoute que c'est encore à ce titre que vous devrez de ne pas être puni pour avoir osé me poser une question !

Parce qu'il était étranger... ou bien parce que l'on avait besoin de lui ? Car cette fois la chose s'éclairait : on lui confiait la garde de l'incandescente princesse parce que, selon les idées courtes de l'entourage royal, les yeux d'une princesse des Asturies ne pouvaient seulement s'arrêter sur un barbare du Nord, à plus forte raison son cœur...

L'énoncé de ce principe un peu simpliste lui rappela une anecdote qui avait couru les corps de garde. Après l'aventure Montijo, alors que le Roi indigné mettait son fils en face de ses responsabilités et de son infortune conjugale, le bon prince Charles s'était mis à rire en déclarant que tout cela n'était qu'un conte de bonne femme et qu'il était, quant à lui, parfaitement tranquille parce qu'une princesse de sang royal ne pouvait, de toute évidence, avoir des bontés pour un homme de race inférieure. Cette parfaite tranquillité conjugale avait plongé Charles III dans un tel abîme de stupéfaction qu'il avait tout juste réussi à soupirer.

— Quel idiot tu fais, Charles ! Tu devrais savoir qu'elles sont toutes les mêmes, toutes des p... !

Le bon prince héritier s'était obstiné à ne pas suivre son père sur ce chemin qu'il jugeait inconvenant et peu confortable mais, à la Cour, il n'était pas le seul et de loin à professer ce genre de théorie. Même si Maria-Luisa prenait pour amants la moitié des Gardes du Corps ou même le régiment tout entier, il s'en trouverait toujours pour affirmer sans rire que la chose étant impensable ne pouvait pas être... et moins encore avec un être de race inférieure comme un Français. L'idée ne serait même pas venue au noble duc que la princesse des Asturies, étant née Bourbon-Parme et petite-fille du roi Louis XV, pouvait trouver quelque plaisir à rencontrer un compatriote de son séduisant grand-père.

Avec un haussement d'épaules intérieur, Tournemine, peu désireux d'approfondir les concepts par trop obscurs d'un grand d'Espagne, alla rassembler ses hommes et se dirigea vers le palais pour y procéder à la relève des Gardes du Corps.

Debout dans une rigidité de statue, à l'entrée d'un salon, il assista au souper que la princesse prenait toujours seule, sans en rien voir que le moutonnement silencieux des dos de femmes et de moines qui encombraient la pièce. Sans d'ailleurs y prêter non plus la moindre attention. Dans la hiérarchie de cour il n'était, il le savait, rien de plus qu'un meuble, l'égal des lourds candélabres de bronze doré posés à même le sol et qui supportaient les bougies de l'éclairage, mais cela ne le gênait pas car le salon baignait dans un silence de sacristie que troublait à peine le cliquetis de la vaisselle et des couverts et il pouvait laisser son esprit vagabonder autant qu'il le voulait dans le sillage parfumé de la belle maja retrouvée à Carabanchel. Les aventures extraconjugales de la princesse étaient déjà oubliées...

L'esprit peuplé d'idées agréables, du projet d'un souper chez Goya et d'une attentive visite des lieux fréquentés habituellement, à Madrid, par Pedro Romero, Gilles ne vit pas passer l'interminable cérémonie du souper. Il revint seulement sur terre quand la sévère silhouette de la Camerera Mayor vogua vers lui dans ses dentelles noires comme une galère funèbre, poussant devant elle à la manière d'un troupeau le groupe révérencieux des témoins du souper qui refluaient pour laisser Son Altesse se coucher.

— Vous prendrez votre veille dans la première antichambre, lui dit la grande dame. Fermez toutes les portes car Son Altesse Royale le prince héritier, victime d'un léger malaise, restera chez lui cette nuit. Vous vous assurerez que les soldats de la Garde Wallone sont bien à leur poste dans la galerie.

Cette dernière recommandation arracha un demi-sourire à l'officier à l'idée des réactions d'Almodovar s'il avait pu entendre l'autoritaire duchesse de Sotomayor empiéter ainsi sur son territoire. Mais, souhaitant surtout être rapidement délivré de cette femme dont le regard sans tendresse le détaillait avec une sorte de dégoût poli, il se contenta de s'incliner et s'en alla exécuter les consignes.

Peu à peu, le palais s'endormit. Les bruits s'éteignirent l'un après l'autre, et en tout dernier lieu le murmure feutré des prières vespérales. Bientôt l'on n'entendit plus que le pas cadencé des sentinelles sur le gravier du jardin. La chanson des jets d'eau elle aussi se tut...

Enfermé dans sa petite antichambre, Gilles contempla un long moment le merveilleux spectacle du fleuve argenté par un rayon de lune avant de se résoudre à prendre place sur un très inconfortable tabouret pour y attendre la fin de cette nuit sans agrément. Peu à peu il perdit la notion du temps...

Mais il devait être tard et il avait même commencé à s'assoupir quand un crissement léger, si léger pourtant, le remit debout instantanément, l'oreille au guet. Cela venait de chez la princesse...

Il eut tôt fait de l'identifier : quelqu'un, de l'autre côté de la porte qu'il avait consigne de garder si sévèrement, tournait une clef dans la serrure soigneusement fermée tout à l'heure par la Camerera Mayor.

Avec encore plus de précautions, le vantail s'écarta, laissant couler sur le parquet un mince ruban de lumière jaune puis la porte s'ouvrit un peu plus, assez pour laisser passer une tête féminine coiffée d'un bonnet garni de rubans.

— Monsieur l'officier ? souffla une voix prudente, Monsieur l'officier, vous êtes là ?...

— Naturellement, je suis là.

— Venez avec moi, mais par pitié ne faites pas le moindre bruit ! Son Altesse veut vous parler...

CHAPITRE II

ÉTRANGE MARIA-LUISA...

La porte une fois franchie, la tête féminine se révéla être celle d'une jeune camériste à l'œil singulièrement éveillé pour une heure aussi tardive. Cette agréable personne tenait une bougie d'une main cependant que l'autre, un doigt barrant la bouche, intimait à l'officier l'ordre de se taire.

Recommandation superflue d'ailleurs : le salon qu'on lui fit traverser sur la pointe des pieds était transformé en dortoir où quatre femmes d'âges variés dormaient à poings fermés. Le registre de leurs respirations variait du souffle léger de l'adolescence au ronflement majestueux des duègnes.

Si profonds que fussent les sommeils, la vue de cette troupe endormie inspira au jeune homme une légitime inquiétude. Si l'une d'elles se réveillait, ce serait lui qui se trouverait dans de beaux draps ! Mais, comme si elle devinait sa pensée, la soubrette se retourna, sourit.

— Rien à craindre ! souffla-t-elle. J'ai fait ce qu'il fallait pour qu'on dorme bien, mais il vaut tout de même mieux prendre quelques précautions...

La chambre dans laquelle on introduisit Gilles était d'une grande magnificence : les tentures de soie couleur d'or faisaient ressortir le faste d'un lourd mobilier Renaissance et la splendeur austère de quelques toiles du Greco qui montaient autour du grand lit à colonnes une garde décourageante. Louchant discrètement sur ces longues figures olivâtres, Tournemine ne put s'empêcher de penser que les folies amoureuses ne devaient guère être encouragées sous les yeux réprobateurs de ces personnages de toile peinte. Mais il n'était pas là pour contempler des peintures.

Assise près d'une fenêtre, une femme en robe de nuit, la blancheur du linge moussant sous une sorte de dalmatique rouge toute raide de broderies d'argent, attendait dans une agitation évidente : ses mains se croisaient et se décroisaient continuellement cependant que sa tête, tournant de côté et d'autre comme celle d'un moineau inquiet, semblait ne pouvoir fixer son regard.

Quand le jeune homme apparut et s'inclina avec tout le respect dû à une princesse héritière, Maria-Luisa se leva aussi brusquement qu'un diable sortant de sa boîte !

— Venez, Monsieur, venez ! s'écria-t-elle en français. Il faut que je vous parle !

Gilles rectifia la position :

— Aux ordres de Votre Altesse Royale !

Elle eut un geste agacé.

— J'ai dit : parler !... causer avec vous, si vous préférez ! Pas discourir seule devant un mur peint en bleu. Laissez là votre comportement militaire, mon ami, et venez vous asseoir sur ce siège, ajouta-t-elle en désignant un tabouret placé près de son fauteuil. Fiametta, veille dans la pièce voisine pour voir si aucune de ces vieilles pies ne se réveille !

Tandis qu'elle parlait, Gilles examinait la princesse qu'il n'avait jamais vue d'aussi près. Marie-Louise de Parme, devenue Maria-Luisa de las Asturias, était âgée de trente-trois ans. Elle avait déjà donné huit enfants à son époux dont deux jumeaux nés au mois de septembre de l'année précédente, et, selon les augures de la Cour, elle était de nouveau enceinte. Néanmoins, elle était fraîche encore, avec de jolis bras, des mains admirables et une gorge épanouie dont la fierté n'avait en rien souffert de toutes ces maternités ainsi que le proclamait le large décolleté de sa chemise de nuit. Mais à cela et à l'éclat de ses yeux trop brillants se limitait une beauté qui avait été celle du Diable, toute de vivacité et de gaieté, avant que l'étouffement des palais espagnols et de leur inhumaine étiquette n'éteignît tout cela et ne le changeât en stérile agitation. Son visage, déjà touché par la couperose aux joues et aux ailes du nez, évoquait irrésistiblement une tête d'oiseau nocturne. Cela tenait aux yeux trop ronds, au mince nez aquilin qui, plus tard sans doute, rejoindrait le menton légèrement proéminent, à la bouche presque sans lèvres qui tirait un mince trait rouge, presque rectiligne, sous la pointe un peu tombante du nez. Des cheveux noirs trop frisés encadraient ce visage sans grâce mais non sans esprit.

La porte, en se refermant, coupa court à l'examen de Gilles qui, voyant la princesse revenir vers lui, détourna la tête et ne contempla plus que deux mules argentées dépassant d'un large volant de dentelle.

Il y eut un silence que la princesse dut employer à son tour à examiner son garde du corps.

— On m'a dit que vous étiez français et que vous aviez le grade de sous-lieutenant ?

Ainsi interpellé, Gilles releva la tête. Son regard bleu glacier rencontra celui de Maria-Luisa.

— En effet, Votre Altesse. Je suis français... et breton !

— Vous avez bien de la chance. J'aurais tellement préféré que l'on me marie à un prince français ! Mais il est bien rare que l'on demande son avis à une jeune fille... et moins encore à une princesse. On nous jette aux quatre vents !

La voix, fragile, accentuant la ressemblance avec l'oiseau, était si amère, la petite crispation au coin des lèvres trop minces si douloureuse qu'une compassion s'éveilla dans le cœur du jeune homme. Au quartier des Gardes du Corps, la réputation de Maria-Luisa était fort apparentée à celle de Messaline et devait à sa seule naissance royale d'être un peu moins malmenée que celle d'une fille à soldats. Il ne serait venu à l'idée de personne que cette femme pût être tout simplement malheureuse...

— Votre Altesse semble souffrir, dit-il très doucement, du ton qu'il eût employé pour approcher un animal blessé. Dois-je comprendre qu'elle est... malheureuse ?

Maria-Luisa eut un haut-le-corps.

— Malheureuse ? Comment le pourrais-je ? Une future reine d'Espagne est une morte en puissance. Les morts n'éprouvent rien.

Puis, sans transition, comme si ses lèvres ne pouvaient plus retenir les mots qui les brûlaient :

— Qu'est devenu Don Luis Godoy ?

Gilles sentit que le terrain s'inclinait dangereusement sous ses pas et devenait glissant. Il se voyait mal discutant d'affaires intimes avec cette femme instable dont la sensibilité semblait remonter à fleur de peau. Il fit un détour prudent.

— J'ai été absent tout le jour, Madame, et ne suis revenu de Carabanchel que tard dans la soirée, juste à temps pour prendre mon service. Il y a donc peu de temps que j'ai appris le départ de Don Luis. Un départ quelque peu... précipité à ce que l'on m'a dit.

— Scandaleusement précipité ! s'écria la princesse en martelant les syllabes. Toutes les règles de l'armée, toutes les lois de ce royaume ont été violées ! C'est une honte, un déni de justice !... Pauvre garçon ! Presque sans fortune ! se voir ainsi chassé comme un valet indélicat ! Où a-t-il pu aller, mon Dieu ?

Elle rougissait sous l'assaut de la colère. Gilles chercha un apaisement.

— Mais... chez lui, Altesse, en Estrémadure où son père possède quelques biens à ce que je crois savoir. Il y a des sœurs, un jeune frère...

Comme par enchantement l'expression douloureuse quitta le visage de Maria-Luisa.

— En effet, Don Luis m'en avait parlé : un jeune frère, mais à peine plus jeune que lui. Un an ou deux je crois. Un cadet... très beau paraît-il. N'est-ce pas... Don Manuel ?

— Je ne sais pas, Madame. Don Luis et moi n'étions pas absolument intimes. Il n'y a pas sept mois que je suis entré au service de la Couronne d'Espagne...

Mais la princesse, visiblement, n'entendait rien de ce qu'il lui disait. Elle semblait poursuivre quelque image intérieure.

— Oui... il me semble que c'est bien Manuel... répéta-t-elle se parlant à elle-même. Nous verrons à le faire venir l'an prochain car ce sera justice. La solde d'un Garde du Corps est importante, surtout pour une famille peu fortunée...

Tournemine retint un sourire. Dans cette charitable perspective, la future souveraine songeait-elle davantage à cette « famille peu fortunée »... ou à son propre lit désert ?... Mais elle ne lui laissa pas le temps de creuser la question. Une angoisse venait de la reprendre, qu'elle traduisit aussitôt.

— Êtes-vous certain que Don Luis soit parti... vraiment parti ?

— Je ne comprends pas bien la question que Votre Altesse me fait l'honneur de m'adresser...

— Elle est claire, cependant, il me semble ! fit-elle avec colère mais, instantanément, elle se calma. Il est vrai que vous êtes français et qu'à ce titre elle est moins intelligible qu'il n'y paraît. Je veux dire qu'il y a... bien des façons pour un monarque de faire... partir quelqu'un...

— Je vois ! Si Votre Altesse pense que Don Luis a pu gagner non l'Estrémadure mais un monde meilleur, qu'elle se rassure pleinement : plusieurs de mes camarades ont pu le voir monter à cheval et quitter, seul, le palais. Et je sais qu'il était porteur d'une lettre du comte de Florida Blanca pour son père. Dans ces conditions, je crois que même un accident de voyage n'est pas à redouter.

— Ah !... Que vous me faites du bien ! soupira Maria-Luisa en se laissant aller parmi les coussins qui rembourraient son fauteuil. Je me sens soulagée d'un tel poids, d'une telle angoisse ! Depuis ce matin j'étais dans l'inquiétude pour ce pauvre garçon mais cela va mieux ! J'enverrai quelqu'un chez lui afin de m'assurer qu'il est arrivé à bon port.

Jugeant son audience terminée, Gilles se leva.

— Votre Altesse Royale m'autorise-t-elle à retourner à mon poste ?

Pour la première fois, Maria-Luisa sourit. Un sourire d'une espièglerie parfaitement inattendue dans ce visage inquiet. Elle eut brusquement dix ans de moins.

— Rien ne presse ! Vous devez être fort mal dans votre antichambre et je ne vois pas bien qui pourrait avoir l'idée étrange d'essayer d'y pénétrer pour voir si vous y êtes.

— Moi non plus, mais j'ai reçu une consigne...

— Et moi je vous en donne une autre : restez encore un peu. Cela me distrait de bavarder avec vous. Ne sommes-nous pas presque compatriotes ?... Tenez ! ouvrez cette fenêtre ! On étouffe dans cette chambre... et la nuit semble belle, soupira la princesse avec, dans la gorge, un léger roucoulement qui donna l'éveil au jeune homme. Aussi fit-il toute une affaire d'ouvrir la fenêtre. La nuit était belle, en effet, toute brillante d'étoiles qui argentaient ses profondeurs bleues. Les parfums du parc lui montèrent au visage avec l'odeur, plus fade, du fleuve voisin.

Mais sur sa nuque, son dos, ses épaules, il sentait le regard de la princesse comme autant de piqûres d'épingles...

— Rappelez-moi votre nom, murmura-t-elle si près de lui qu'il tressaillit.

Elle avait dû se lever, s'approcher sans qu'il l'entendît. Un parfum d'œillet très poivré se mêlait à présent aux senteurs du jardin.

Il se retourna courageusement, fit face à deux yeux étincelants, à une bouche humide, à une forme toute blanche et vaguement nuageuse. Son Altesse avait si chaud qu'elle avait retiré sa dalmatique.

Le terrain glissait de plus en plus mais dans un autre sens. S'efforçant de préserver un semblant de décorum, Gilles déclina :

— Chevalier de Tournemine de La Hunaudaye ! Aux ordres de Votre...

— Pas ce nom-là... l'autre... Celui que vous donnent les femmes...

— Ma mère m'a donné le prénom de Gilles, Madame, fit-il, surpris lui-même de sa réponse. – Fallait-il que le péril lui parût extrême pour qu'il cherchât à s'en protéger par ce rappel à la sévère Marie-Jeanne Goëlo qui lui avait, si fort à contrecœur, donné le jour. Mais Maria-Luisa était à cent lieues d'imaginer ce que pouvait être exactement la mère de ce beau garçon.

— Quel joli nom, roucoula-t-elle, la respiration soudain écourtée. Votre mère doit être une femme de goût, chevalier... Mais... est-ce que vous n'avez pas trop chaud, vous aussi ?... ces draps d'uniforme sont intolérablement épais ! Ôtez votre veste un moment... vous vous sentirez mieux après...

Pour étrange que fût cet ordre, ce n'en était pas moins un et il en sous-entendait un autre que l'on ne formulerait peut-être pas. Tout en s'exécutant, Gilles songea qu'il allait falloir pour l'honneur de son nom et de son pays accomplir un exploit peu ordinaire : faire l'amour à une femme dont il n'avait pas envie. Mais le corps de cette femme, après tout, semblait assez agréable pour que l'envie lui vienne car, aux jeux de l'amour, il n'avait jamais eu besoin d'encouragements...

Avant que Maria-Luisa ait pu seulement émettre un son, il l'enleva de terre, l'emporta jusqu'au lit où il la jeta sans trop de ménagement, empoigna à deux mains la chemise de nuit, qu'il déchira tout du long sans le moindre respect pour les précieuses dentelles de Malines qui l'ornaient et, se coulant contre la princesse, il l'enlaça d'un bras tout en commençant à caresser son corps ainsi dénudé. Mais le désir qui secouait Maria-Luisa n'avait pas besoin d'être excité. Elle s'enroula autour de lui comme un liseron et colla sa bouche à la sienne avec tant d'ardeur que leurs dents s'entrechoquèrent.

Il eut l'impression qu'une pieuvre aspirait son souffle mais les lèvres de la princesse étaient habiles et son propre corps s'enflamma brusquement. Il voulut s'écarter d'elle un instant pour achever de se dévêtir mais elle le retint avec une incroyable force nerveuse et râla contre sa bouche.

— Garde tes bottes !... J'ai toujours rêvé d'être violée par un soudard dans le sac d'une ville...

Avant de tout oublier dans les jeux furieux de la chair, Gilles se surprit à penser que les rêves des princesses présentaient parfois des aspects bien inattendus...

Le « sac de la ville » dura trois bonnes heures. Trois heures qui furent sans doute les plus épuisantes que le Breton eût jamais vécues. C'était la première fois qu'il avait affaire à une nymphomane et force lui était de constater que l'appétit de Maria-Luisa une fois éveillé, elle était parfaitement insatiable.

La réputation française n'en sortit pas moins intacte et même magnifiée, et lorsque enfin le nouvel amant de la princesse reçut l'autorisation de regagner son antichambre, Maria-Luisa épanouie et radieuse murmura, en s'étirant dans le lit ravagé comme une chatte heureuse :

— Comme tu ne seras pas de garde la nuit prochaine, tu n'as qu'à m'attendre à minuit au pavillon du jardin de la Isla. Je t'y rejoindrai.

— À minuit ? C'est impossible ! Comment sortirez-vous ? On vous enferme. En outre le Prince votre époux peut décider de vous rejoindre. Enfin, le pavillon est assez loin du palais...

Maria-Luisa se mit à rire :

— C'est bien pour cela que je l'ai choisi. Quant à tes autres objections, écoute bien : d'abord, je dors seule quand je le veux. Ensuite mes duègnes ont le meilleur sommeil de toutes les Espagnes grâce à Fiametta qui y veille. Elle m'est dévouée corps et âme car elle m'a suivie depuis Parme où son père est apothicaire. Va vite, maintenant, et surtout n'écoute pas les bruits de la Cour : ce soir je serai malade... les soirs suivants aussi d'ailleurs ! Mon époux craint la maladie comme le feu !...

Gilles allait sortir quand elle sauta à bas du lit, le rattrapa, jeta ses bras autour de son cou et se plaquant à lui de tout son corps, l'embrassa une dernière fois avec voracité.

— N'oublie pas ! Ce soir, minuit ! Pas une seconde de plus. Cela va déjà être si affreusement long !

Gilles quitta cette chambre trop chaude comme on se sauve. Il retrouva Fiametta et son antichambre avec une sorte de soulagement. Il y régnait un silence apaisant, délicieux, après les grondements de lionne en folie dont Maria-Luisa avait empli ses oreilles. Son seul regret était de ne pouvoir allumer une bonne pipe, l'usage du tabac étant formellement interdit durant les heures de garde. Il se consola en s'installant aussi commodément que possible pour achever une nuit somme toute plus agréable qu'il ne l'aurait imaginé.

Mais les jours qui suivirent prirent peu à peu, pour le jeune Garde du Corps, les couleurs affligeantes du cauchemar. Tandis que, réfugiée au fond de son lit assiégé par les médecins, les moines et les vieilles duchesses, Maria-Luisa jouait à la malade et s'évadait dans un sommeil aussi prolongé que possible où elle puisait des forces nouvelles, les journées de Gilles prenaient un rythme accablant.

En dehors de ses heures de service, il devait demeurer confiné dans son appartement en compagnie de Pongo ou bien il errait dans l'immense parc, sans aucune possibilité de s'éloigner, même une journée, d'Aranjuez. Terrifiée à l'idée qu'il pourrait ne pas rentrer à temps pour la rejoindre, la princesse des Asturies le lui avait formellement interdit. Il devait, comme elle le disait romantiquement, « passer ses jours dans l'attente des délices de la nuit... ».

Et puis, chaque nuit, dans le petit pavillon au bord du Tage où il devait attendre dans une obscurité totale, la même scène se renouvelait, identique : la porte bien huilée s'ouvrait sans un bruit pour livrer passage à la noire silhouette d'une femme vêtue comme une camériste puis se refermait.

— Tu es là ? soufflait une voix prudente.

— Oui...

Il y avait un bruit d'étoffes froissées et, l'instant suivant, Maria-Luisa déjà délirante et complètement nue s'abattait dans ses bras pour l'entraîner avec elle au plus fort d'une incroyable tempête sensuelle dont il sortait, chaque matin, un peu plus las, moralement tout au moins car, sur le plan physique, sa vigoureuse constitution et son exigeante virilité en faisaient un partenaire à la hauteur des désirs de sa royale maîtresse.

Mais il se prenait peu à peu à la détester pour cette faim inapaisable qu'elle avait de lui. La pitié du premier soir s'était éteinte devant l'égoïsme de cette femme qui, sans se soucier un seul instant de la vie qu'il menait en dehors d'elle, savait déployer pour parvenir à ses fins une science amoureuse que lui aurait enviée une prostituée gitane. Il y avait de la mante religieuse chez Maria-Luisa. Avec elle, Gilles pénétrait dans une sorte d'enfer où il avait parfois l'impression qu'il ne lui serait jamais possible de remonter à la lumière. Leurs étreintes se muaient peu à peu en combats furieux, sans merci, chacun d'eux semblant chercher à éteindre toute l'ardeur de l'autre. Et Gilles n'était pas sans inquiétude sur la façon dont tout cela se terminerait.

Un matin, alors qu'il rentrait chez lui après la revue que venait de passer le colonel-duc, Pongo lui tendit une lettre qui venait d'arriver.

— Vient de Madrid ! dit-il seulement. (Puis, voyant que le jeune homme jetait la lettre sur une table sans même l'ouvrir :) Pongo croit toi devrais lire ! Peut-être important...

— Cela peut sûrement attendre ! Ce doit être Jean de Batz qui m'annonce qu'il a gagné au jeu... ou perdu... et j'ai un affreux mal de tête !

— Mal de tête passera, fit Pongo en obligeant son maître à s'asseoir et en commençant à lui malaxer le crâne à deux mains. Et l'écriture pas celle de ton ami...

Gilles reprit la lettre. L'Indien avait raison. Batz n'y était pour rien. Elle était de Goya et ne contenait que quelques mots.

« Où est ta prudence, amigo ? Les aveugles de la Plaza Mayor parlent depuis deux jours du nouvel amour d'une certaine dame. Prends garde ! La mort est un serpent qui se cache aisément sous les fleurs. Et puis, tu as oublié que tu devais venir me demander à souper. Viens-tu ?... »

La mise en garde du peintre était sérieuse. Gilles décida d'en tenir compte.

— Quel jour sommes-nous ? demanda-t-il à Pongo.

— Le 13.

— Déjà ?... Tu as bien fait de m'obliger à lire cette lettre. Elle est, en effet, importante.

Tandis que Pongo achevait son massage, Gilles songeait que le surlendemain avait lieu la Pradera de San Isidro, qu'il avait promis à Thérésia de l'y emmener, que la fillette serait cruellement déçue s'il lui manquait de parole... et que, tout compte fait, il avait vraiment très envie d'aller à la fête ! D'abord parce qu'il aimait bien Thérésia et qu'elle était trop charmante pour être déçue. Ensuite parce que la belle maja dont l'image revenait depuis quelques jours occuper son souvenir plus que de raison ne pouvait décemment pas manquer la plus grande fête de l'année...

Sa première idée fut de laisser Maria-Luisa l'attendre en vain au rendez-vous de la nuit. Mais connaissant son caractère imprévisible, il se ravisa. Elle était très capable d'une sottise qui les perdrait tous les deux. Puis il songea que ce grand feu dont elle brûlait pour lui ne pouvait durer encore bien longtemps. La paille brûle bien mais ne tient guère. En outre, la princesse ne pouvait jouer éternellement les malades pour écarter le prince Charles de son lit... Le mieux serait peut-être d'avoir avec elle une bonne et claire explication. Après tout il n'y avait aucune raison pour qu'elle lui refusât un bref voyage à Madrid, ne fût-ce que pour qu'il pût se rendre compte par lui-même de l'étendue et de l'exactitude des potins dont les mendiants aveugles se faisaient l'écho...

Mais une explication avec la tumultueuse princesse était la chose la moins aisée du monde. À peine Gilles eut-il ouvert la bouche sur le sujet qui lui tenait à cœur qu'elle jeta feux et flammes, criant sans plus se soucier d'être entendue qu'il voulait seulement courir la Pradera et que les fameux bruits n'étaient qu'un mauvais prétexte.

— Qui pourrait savoir que nous nous retrouvons ici la nuit ? Seule Fiametta est au courant et elle se ferait tuer plutôt que me trahir.

— De toute façon nous ne pouvons continuer ainsi très longtemps. Vous n'allez pas, j'imagine, passer votre vie dans votre lit ?

— J'y resterai le temps qu'il me plaira et je ne vois pas qui pourrait m'en dénier le droit ?

— Le Roi, par exemple... Il peut trouver

étrange pour une malade la mine superbe que vous avez.

— Je suis enceinte. J'ai droit à tous les ménagements...

— Vous faites bien de me le rappeler. Dans votre état, Madame, il serait peut-être prudent d'éviter certains exercices violents.

À la lumière de la chandelle qu'elle avait allumée parce qu'il lui semblait difficile de s'expliquer dans l'obscurité totale, il vit soudain des larmes dans ses yeux et comprit qu'il lui avait fait mal.

— Est-ce bien à toi de me reprocher l'ardeur de nos caresses ? murmura-t-elle douloureusement. Je croyais que tu y prenais autant de plaisir que moi...

Pour la consoler il lui sourit, l'attira contre lui et posa un baiser sur ses cheveux dénoués.

— La question ne se pose même pas. Seulement, il faut que tu comprennes que tu n'es pas une femme comme les autres : tu es la future reine d'Espagne et le Roi a de bons yeux...

— Ce vieillard insupportable, bigot, qui croirait se damner s'il ne restait pas stupidement fidèle à sa femme morte depuis plus de vingt ans ? s'insurgea Maria-Luisa. Si seulement il ne se refusait pas le plaisir dont il meurt d'envie, il serait plus indulgent envers les faiblesses des autres ! Il ne les traquerait pas jusque dans leurs pensées ! Il se venge par l'intransigeance !

— Sans doute. Mais si les mendiants aveugles commencent à parler de nous, c'est que tu es en danger. Tu dois être prudente, non seulement pour toi mais pour l'enfant que tu portes. Et d'abord, il faut reprendre tes occupations habituelles, par exemple à l'occasion des cérémonies religieuses de la San Isidro auxquelles on ne te pardonnerait pas de ne pas assister...

— Je sais... Mais que va-t-il advenir de nous, de nos délicieuses rencontres ?...

— Nous trouverons un moyen... fit Gilles sans grande conviction. Il le faudra bien...

Mais déjà elle n'y songeait plus, s'accrochait à lui, ronronnante comme une chatte amoureuse, cherchant de nouvelles caresses. Il essaya de s'en défendre.

— Il est tard. Il faut rentrer...

— Non, pas encore ! Je vais être si malheureuse ! Aime-moi encore... rien qu'une fois... Et, tiens, je t'ai apporté un présent mais avec tout cela j'allais l'oublier.

Elle courut pieds nus jusqu'au petit tas de vêtements abandonnés près de la porte, fouilla dedans puis revint se blottir dans les bras du jeune homme, tenant au creux de sa main quelque chose qu'elle glissa entre les doigts de Gilles. Il protesta :

— Mais je ne veux pas de présent... et surtout pas de cette valeur ! s'écria-t-il quand la lumière pauvre de la chandelle fit jaillir les feux d'une magnifique émeraude montée en bague.

— Pourquoi ne te ferais-je pas un cadeau de valeur ? Ce que tu me donnes est sans prix pour moi.

— Mais justement parce que je le donne. Avec cette bague, tu as l'air de me payer !

— Ne sois pas stupide, mi amor ! L'émeraude est un talisman. Elle est verte comme l'espérance, verte comme le printemps et un vieux savant m'a dit autrefois que les anciens Égyptiens la considéraient comme la pierre des amants. Et puisque tu es venu en Espagne pour faire fortune, eh bien permets-moi de commencer cette fortune... et ne m'offense plus en refusant !

Il fallait bien accepter. D'ailleurs Gilles éprouvait une émotion nouvelle, plus pure. Il avait cru n'être pour la princesse qu'un instrument de plaisir dont les sentiments l'intéressaient peu. Ce joyau lui faisait découvrir une sorte de tendresse, une chaleur de cœur qui n'était peut-être pas vraiment de l'amour mais qui, à tout prendre, y ressemblait. Il baisa tendrement la main qui venait de lui faire ce royal présent.

— Cela, ma reine, je ne l'oublierai pas...

L'étreinte qui suivit se ressentit de la chaleur de sa reconnaissance et quand, une demi-heure plus tard, Maria-Luisa s'arracha enfin de ses bras pour regagner le palais, il n'éprouva pas le soulagement des autres matins. Sa première impression avait été la bonne quand elle l'avait fait venir dans sa chambre le premier soir : la future reine d'Espagne quêtait désespérément le bonheur. Et Dieu seul savait quelle puissance un homme habile pourrait tirer d'elle lorsqu'elle porterait la couronne, car point n'était besoin de fréquenter longtemps la Cour pour savoir que le prince Carlos n'était qu'un gros benêt, paisible et crédule jusqu'à la stupidité, en perpétuelle et béate admiration devant sa femme. Le vrai roi ce serait Maria-Luisa mais qui serait le maître de Maria-Luisa ?

— Dieu protège l'Espagne, murmura-t-il pour lui-même en enveloppant la bague dans son mouchoir avant de la glisser dans sa ceinture, avec l'agréable sensation de serrer contre lui quelques-unes des vieilles pierres de La Hunaudaye.

Il se sentait le cœur content, l'âme en paix. L'aventure qui commençait à lui peser allait, par la force des choses, s'achever d'elle-même très certainement, sans cris, sans douleur, et quand plus tard il en évoquerait le souvenir, elle ne lui laisserait pas le goût amer qu'il avait craint.

Une horloge, quelque part, sonna trois heures. Il était plus que temps d'aller prendre un peu de repos... Doucement, Gilles sortit du pavillon, referma la porte, fit quelques pas le long du fleuve en respirant à pleins poumons l'air frais de la nuit. Il faisait délicieusement bon et tout le jardin embaumait...

Le cri d'un nocturne éclata tout près de lui. Presque simultanément, plusieurs hommes masqués jaillirent d'un buisson et s'abattirent sur le jeune homme qui, sans même pouvoir tirer son épée, se trouva ligoté et bâillonné avec une habileté qui dénotait un long entraînement.

Quand il fut totalement réduit à l'impuissance, l'un de ses agresseurs, une sorte de géant noir, le chargea sur ses épaules et l'on se mit en marche sur le chemin du bord de l'eau jusqu'à un petit carrefour planté de pins parasols où quelques marches descendaient jusqu'au Tage.

Malgré sa position inconfortable, le captif distingua une silhouette d'homme debout au milieu de ce carrefour et qui semblait attendre, une silhouette qui lui rappela quelque chose. Une voix autoritaire qui ne jugeait pas utile de baisser le ton se fit entendre :

— Est-ce fait ?

— C'est fait, Sire ! Nous l'apportons, dit quelqu'un.

— Parfait ! Posez-le là.

Le porteur de Gilles le laissa glisser à terre sans la moindre précaution, circonstance qui n'aggrava qu'à peine ses inquiétudes. Si le Roi s'était donné la peine de tendre lui-même cette embuscade, l'amant de l'imprudente Maria-Luisa était perdu.

Couché de tout son long sur le petit quai de marbre froid, Gilles vit le Roi s'approcher de lui avec cette curieuse démarche cahotante que lui donnaient ses jambes trop arquées de vieux cavalier. Une angoisse brutale lui serra l'estomac. Si ses mains avaient été libres, il se fût, instinctivement, protégé d'un signe de croix car jamais homme n'avait à ce point ressemblé au Diable. Avec son nez tombant, sa bouche grimaçante, ses yeux morts et son dos voûté, Charles III était d'une laideur à la fois repoussante et satanique. Derrière lui apparut soudain la robe noire d'un moine...

Le Roi considéra un instant le long paquet déposé à ses pieds puis, hochant la tête :

— Ôtez-lui un moment son bâillon afin que le Père Joaquin puisse l'entendre en confession. Puis vous le lui remettrez et vous accomplirez ce que j'ai ordonné.

Il tournait déjà les talons pour s'éloigner mais il se ravisa, revint vers le captif :

— Je regrette de devoir vous faire exécuter, mon garçon, mais si je ne fais pas un exemple, tous les gardes du corps passeront à tour de rôle sur celui de ma bru !

Momentanément délivré du bâillon, Gilles en profita pour protester avec véhémence :

— Ceci n'est pas une exécution, Sire, mais un assassinat ! Une exécution se fait au grand jour, en place publique. Alors seulement elle est exemplaire. Faites-moi supplicier si vous le voulez, mais devant tous.

— Une exécution est ce que je décide. En outre, vous admettrez avec moi que si l'on vous menait à l'échafaud, on y mènerait par la même occasion la réputation de votre maîtresse... sans oublier celle de son époux ! L'important est que cette femme prenne peur et se tienne tranquille. Et quand on retrouvera votre cadavre elle aura peur car elle ne manque pas d'esprit et saura d'où vient le coup.

La mort approchait trop vite pour que Tournemine ne tendît pas tous ses efforts pour tenter de la repousser.

— Je suis français, Sire, et officier du roi Louis, seizième du nom ! Je ne vous appartiens pas ! Et vous n'avez pas le droit...

— J'ai tous les droits ! Vous-même me les avez reconnus le jour où vous avez signé votre engagement à mon service. Vous saviez parfaitement qu'en échange de mon or j'avais le droit de vous demander votre sang jusqu'à la dernière goutte. J'admets volontiers qu'il est plus glorieux de mourir au combat que noyé comme un rat dans une rivière, même royale. Mais il fallait y songer avant de faire cornard un prince des Asturies. Et vous pourrez toujours vous consoler en pensant que, d'une certaine manière, votre mort aura servi la couronne d'Espagne ! Adieu, Monsieur. Que Dieu vous ait en sa sainte miséricorde ! Faites votre office, mon père !

Il s'éloigna à grands pas. Furieux, Gilles se tordit dans ses liens.

— Si vous vouliez dissimuler votre forfait, il fallait me tuer vous-même ! Vos bourreaux peuvent parler, répéter ce que vous venez de dire de votre fils, de votre bru...

Charles III se retourna un instant, haussa les épaules.

— Ils sont muets et j'ai pris soin qu'ils n'apprennent jamais à écrire ! Mourez en paix, Monsieur.

L'instant suivant les ombres de la nuit l'avaient englouti. Le moine, qui était le père Joaquin d'Eleta, le confesseur royal, s'agenouilla auprès du condamné après avoir fait signe aux muets de s'écarter.

— Confessez vos fautes, mon fils ! Il en est temps !...

La voix onctueuse du moine, sucrée d'une fausse commisération, acheva de porter à son paroxysme la rage de Gilles.

— Allez au Diable ! Je n'ai pas besoin du complice d'un assassin pour aller au-devant de Dieu ! Tuez-moi, puisque vous êtes là pour ça, mais fichez-moi la paix !

— Vous ne voulez pas vous confesser ? fit l'autre d'un ton d'horreur si incrédule que Gilles ricana :

— Pas à vous, en tout cas ! Pour que vous alliez répéter à votre maître tout ce que je vous aurai confié !

— Le secret de la confession est sacré, vous devriez le savoir.

— Cela dépend du confesseur !

Le Père Joaquin se releva, dominant le condamné de toute sa hauteur. Il se signa avec ostentation.

— Dieu ait pitié de votre âme ! Il est vrai que vous venez d'un pays où les idées impies font leur chemin à la vitesse du vent. Mourez donc dans le péché puisque c'est votre désir !

Il fit un signe à l'adresse des muets, s'éloigna de quelques pas. Les bourreaux s'approchèrent, replacèrent le bâillon et arrachèrent Gilles du sol, l'empoignant l'un par les pieds, l'autre par les épaules. Ils le descendirent ainsi jusqu'à la dernière marche de l'embarcadère. Un court balancement puis le corps ligoté s'envola, décrivit une courbe courte et plongea dans l'eau noire du Tage avec un « plouf ! » retentissant. Désespérément Gilles emplit ses poumons d'air avant de disparaître sous les flots.

Il chercha les premiers mots d'une prière mais ne trouva qu'une idée, saugrenue à pareil instant : l'émeraude cachée dans sa ceinture n'aiderait pas à sauver La Hunaudaye et le vieux Joel Gauthier l'attendrait en vain...

Il avait gardé les yeux ouverts et eut l'impression de descendre au fond d'un abîme d'encre. L'eau était fraîche mais ce fut sa dernière sensation agréable. Inexorablement, ses bottes qui s'emplissaient d'eau l'entraînaient vers le fond. Bientôt il eut l'impression que ses poumons allaient éclater. Le sang battait à ses tempes. L'air qu'il avait gardé dans sa poitrine voulait sortir à tout prix.

De toutes ses forces, il le chassa par le nez car sa bouche bâillonnée lui refusait tout secours mais l'eau se rua aussitôt dans ses narines soudain dilatées tandis que des images échevelées de sa courte vie défilaient à vive allure dans son cerveau. Il étouffait. La mort venait vite et elle lui venait par l'eau qui avait été de tout temps son amie. Son corps se tordit dans un ultime spasme et, miséricordieusement, il s'évanouit...

Quand il reprit conscience, il se crut en enfer. Il faisait toujours noir et une sorte de démon ruisselant s'acharnait sur sa poitrine comme s'il cherchait à en arracher les côtes.

Avec un gémissement de douleur, il vomit un geyser qui fit pousser à son bourreau une exclamation satisfaite :

— Va mieux, commenta Pongo en retournant son maître sur le ventre pour qu'il pût mieux évacuer l'eau ingurgitée.

Gilles s'aperçut alors qu'il était couché sur l'herbe de la rive, non loin du petit embarcadère... et qu'il était toujours bien vivant. On lui avait enlevé ses bottes et sa tunique. La fraîcheur de la nuit finissante le fit grelotter.

— Pongo ! exhala-t-il en claquant des dents, co... comment as-tu fait ? Par... quel miracle étais-tu... làààà ?

— Pongo a désobéi. Il t'a suivi toutes les nuits. Le Grand Esprit lui faire savoir toi en danger... la femme te faire du mal.

Tournemine s'abandonna un instant à la douceur de l'herbe, retrouvant lentement son souffle et les battements réguliers de son cœur. Mentalement, il remercia Dieu d'avoir fait reculer une mort qu'il n'avait encore jamais vue de si près. Certes, le jour où il avait tiré Pongo de la Delaware en crue, il avait sans doute réalisé le meilleur placement de sa vie !

— Je n'ai plus une idée claire, murmura-t-il quand, enfin, il réussit à se relever sans que la tête lui tournât. Que proposes-tu de faire maintenant ?

— Fuir, bien sûr... ; fuir avant jour ! On te croit mort. Toi savoir où aller ?

— Ce n'est pas cela qui me tourmente. Francisco de Goya saura bien où me cacher, ou encore le baron de Batz si je peux le retrouver. Peut-être même les Cabarrus. J'ai beaucoup d'amis, heureusement ! Mais je ne veux pas partir sans Merlin. Il est resté à l'écurie et je ne laisserai pas mon cheval à ces brutes !

— Pongo y penser. Lui aller le chercher. Mais toi sortir d'ici. Vois ! ajouta-t-il en désignant l'autre rive du fleuve. Là-bas près chemin qui va à grande ville, bouquet d'arbres et buissons. Toi t'y cacher pour attendre.

La route de Madrid longeait en effet l'autre rive du Tage. Il n'y avait là ni grilles ni postes de gardes, la largeur du fleuve paraissant une suffisante protection pour le parc royal qu'il enveloppait de ses méandres.

— ... mais, reprit l'Indien, mieux serait toi traverser à la nage. Toi assez fort ?...

Gilles se mit à rire.

— Si je te disais que je meurs d'envie de prendre un bain, tu ne me croirais sans doute pas mais sois tranquille ça ira très bien. Grâce à toi, je suis non seulement vivant mais en aussi bon état que si rien ne m'était arrivé. Je n'oublierai pas ce que tu viens de faire, mon ami, ajouta-t-il avec émotion en posant sa main sur l'épaule de l'Indien qu'il serra avec une vigueur rassurante. Dans la nuit, les longues dents de lapin brillèrent de contentement.

— Toi sauver Pongo jadis dans rivière Delaware, Pongo sauver toi aujourd'hui dans rivière espagnole. Normal ! Tout en ordre et Pongo heureux !

Resté seul, Gilles s'étira longuement pour éprouver l'élasticité de ses muscles. Puis il fit un paquet de son habit d'uniforme trempé, des bottes qui avaient failli lui être fatales et qu'il n'avait aucun moyen de transporter de l'autre côté, et lesta le tout de quelques grosses pierres avant de le restituer à la rivière : autant laisser le moins de traces possible !

Brusquement, il repensa au présent que lui avait fait Maria-Luisa, tâta sa ceinture et constata avec joie que l'émeraude y était toujours. Mentalement, il envoya une pensée reconnaissante à cette femme qui, peut-être, allait le pleurer un moment avant de le remplacer. Au moins, il n'aurait pas tout perdu car l'évolution de sa fortune allait subir un sérieux ralentissement à présent. Puis, avec décision, il se coula dans l'eau noire et nagea avec vigueur vers l'autre berge où il réussit à se hisser sans trop de difficulté. Là, il s'accorda un instant de repos pour reprendre son souffle. Le lieu était parfaitement désert et le silence était complet quand la voix enrouée d'un coq vint le troubler. Cette fois, le jour n'était plus loin... Se relevant, Gilles prit sa course vers le bouquet d'arbres que lui avait indiqué Pongo comme lieu de rendez-vous sans même sentir les aspérités du chemin : de son séjour en Amérique il avait rapporté une épaisse couche cornée qui protégeait efficacement la plante de ses pieds et lui permettait, quand le besoin s'en faisait sentir, de se passer de chaussures, exactement comme les Indiens.

Un moment plus tard, juste comme le ciel commençait à blanchir vers l'Orient, un galop de chevaux se fit entendre et Pongo apparut monté sur son propre coursier qu'il n'avait eu garde d'oublier et conduisant Merlin par la bride. Au troussequin de la selle, Gilles reconnut son portemanteau et adressa au ciel une nouvelle action de grâces : l'irremplaçable Pongo avait trouvé moyen de faire un tour dans la chambre de son maître et d'y rafler ses armes et la majeure partie de ses affaires. Du coup, Gilles l'embrassa :

— Tu es vraiment mon bon génie, Pongo ! Je ne sais pas ce que je ferais sans toi... En selle, maintenant ! Je m'habillerai tout à l'heure. Le jour arrive vite.

En enfourchant Merlin, Gilles se sentit envahi d'une joie toute neuve. Il y avait longtemps qu'il ne s'était senti aussi heureux d'être vivant. Aussi heureux, au surplus, de reprendre la route ! Mort en Espagne, il lui restait à regagner la France pour y ressusciter tout à son aise.

Certes, il ne regretterait guère cette terre brûlante et plus sauvage encore que sa Bretagne. L'amour de Maria-Luisa lui était devenu une charge et, tout au fond de son cœur, il avait gardé une nostalgie de la France et du double service qu'il y avait laissé : celui du bon roi Louis qui lui faisait l'effet d'un exaltant maître, celui de Judith dont, après chaque aventure féminine, il retrouvait le souvenir doux-amer fidèlement lové au creux le plus chaud de son cœur, de Judith dont, depuis son arrivée, il n'avait pas reçu la moindre nouvelle. Le Prévôt de Paris et le Lieutenant de Police l'avaient-ils vraiment recherchée ou bien ne lui avait-on délivré que de bonnes paroles ? Au fond, Gilles se connaissait assez pour savoir qu'il n'aurait pas supporté ce silence, cette ignorance durant des années, ni même des mois... même s'il avait pu contenter le caprice violent que lui avait inspiré la belle maja inconnue.

« Tu ne connaîtras jamais le goût de ses baisers, mon garçon, soliloquait-il mentalement tandis que les sabots allègres de Merlin volaient dans la poussière jaune de la route. Une nuit ou deux chez Paco, le temps de prévenir Jean pour qu'il ne me croie pas mort et ne s'attribue pas prématurément mon héritage... et à nous le grand chemin de la douce France ! Allons rejoindre un peuple civilisé ! »

Après une heure de chevauchée qui acheva de réchauffer les muscles transis du rescapé, on s'arrêta près d'une grange à demi ruinée qui s'élevait non loin de la route afin que Gilles pût s'habiller de façon moins sommaire. Le soleil, le vent de la course et la chaleur de son corps avaient à peu près séché sa chemise et sa culotte. Il se contenta d'endosser une veste de drap gris, d'enfiler une paire de bottes souples en daim de même nuance et de recoiffer ses épais cheveux blonds. Puis adressant à Pongo un large sourire :

— Je meurs de faim ! Je ne sais pas si c'est compatible avec ma qualité de défunt, mais je pourrais manger des pierres. Tu n'as rien dans tes sacoches ?

— Rien ! Temps manquait pour faire tour cuisines.

— Alors il faut trouver une auberge. Il y en a une près du pont de la Jajama. Elle n'est sûrement pas plus fameuse que les autres mais on y trouvera toujours du pain, des oignons et un pichet de vin. L'avantage de ma situation de mort est que l'idée ne viendra à personne de me courir après !...

En dépit de cette belle certitude, ce fut avec l'instinctive inquiétude des gens qui vivent en dehors de la loi que Gilles et Pongo franchirent l'étroit pont romain dont l'arc brisé enjambait la Jajama et arrivèrent en vue de l'auberge, pour s'apercevoir qu'une voiture était arrêtée devant.

Et ce n'était pas n'importe quelle voiture habituée du sentier défoncé qui portait en Espagne le nom pompeux de Camino Real. Ce n'était ni une de ces lourdes diligences aux mantelets de cuir où s'entassait une humanité résignée, ni l'un de ces « coches de colleras », sortes de berlines grinçantes où seulement six passagers pouvaient trouver place, ou encore l'un des rapides cabriolets de « petimetres » mais un équipage trop superbe pour ne pas appartenir à quelque grand d'Espagne ainsi d'ailleurs que le proclamaient les armoiries compliquées peintes sur les portières.

D'une main posée sur l'épaule de son maître, Pongo le retint cependant que de l'autre il désignait le carrosse dont la laque noire et les cuivres étincelants à peine voilés de poussière brillaient sous les rayons du soleil. Mais Gilles avait déjà pris son parti.

— Mon « exécution » a été secrète, fit-il en haussant les épaules, et il n'y a pas assez longtemps que je vis en Espagne pour connaître tout le monde et en être connu. Et puis, au diable ! J'ai vraiment trop faim !

Suivi d'un œil intéressé par l'escouade des valets et les piqueurs en livrée rouge et or qui entouraient le carrosse, il attacha son cheval à l'un des piliers de bois de l'auberge et s'élança vers l'entrée. Mais, sur le point de la franchir d'un bond, il s'arrêta net, le souffle court : une femme venait d'apparaître sur le seuil et cette femme n'était autre que la belle maja dont l'image avait si fort occupé son esprit. La belle maja... son seul regret au moment de quitter l'Espagne.

C'était elle et pourtant ce n'était plus tout à fait elle. Le costume qu'elle portait ne ressemblait en rien à celui des femmes de sa condition. Une sorte d'amazone en épaisse soie mate, du même rouge profond que ses lèvres, drapait ses plis gracieux autour de sa taille mince. D'admirables dentelles moussaient autour de ses poignets et dans l'échancrure du vêtement cependant que, sur la masse sombre des cheveux coiffés à la dernière mode de Paris, se perchait, à un angle hardi, un grand chapeau rouge orné d'une insolente plume blanche. Les mains gantées de blanc dont l'une retenait la longue traîne de la robe s'ornaient d'une seule bague, mais fabuleuse, aussi fabuleuse que le rubis qui ensanglantait la gorge de la belle, tremblant au bout d'une mince chaîne d'or.

Les deux regards se croisèrent, s'accrochèrent l'un à l'autre puis ne se quittèrent plus. Fasciné, Gilles avait oublié sa faim, sa fatigue et sa hâte d'arriver à Madrid. La beauté de cette femme effaçait l'univers, le paysage de terre brûlée aux arbres rares et tordus par les vents de l'hiver castillan, les silhouettes boucanées de quelques paysans loqueteux en espadrilles poussiéreuses.

Un brusque sourire retroussa soudain les belles lèvres peintes, gagna les yeux noirs qu'il illumina.

— Par quel hasard vous trouvez-vous ici, Monsieur ? murmura la jeune femme en un français sans défaut, à peine relevé par un léger accent chantant.

Devinant que cette femme n'était pas tout à fait

ce qu'il avait cru tout d'abord, Gilles recula d'un pas pour lui livrer passage et salua d'un geste large.

— Un hasard heureux, Madame, puisqu'il permet que je vous revoie alors même que je ne l'espérais plus !

Elle apprécia son salut d'un air amusé, tapotant sa jupe à l'aide d'une mince badine qu'elle tenait à la main.

— Vous voilà bien cérémonieux tout à coup, chevalier. Lors de notre dernière rencontre, à Carabanchel, il me semble bien que vous m'appeliez « ma belle »... et que vous me tutoyiez ?...

— Les majas aiment, à l'ordinaire, qu'on leur parle leur langage. À Carabanchel, vous étiez l'une d'entre elles...

— Et que suis-je aujourd'hui, s'il vous plaît ?

— Je ne sais pas ! Probablement une noble dame, car cet équipage va trop bien avec votre toilette pour qu'il ne soit pas à vous mais je ne vous ai jamais vue à la Cour. Vous n'en demeurez pas moins, à mes yeux, la plus jolie femme de toutes les Espagnes !

Le sourire s'accentua.

— Une femme qui ne sait pas apprécier un compliment un peu brutal n'est qu'une sotte ou une hypocrite. Mais... pourquoi donc disiez-vous que vous n'espériez plus me revoir ?

— Parce que je pars, Madame, je quitte l'Espagne sans espoir d'y revenir jamais...

Les beaux sourcils noirs se relevèrent délicatement au-dessus des grands yeux sombres.

— Vous quittez l'Espagne ?... alors même que votre faveur est, à ce que l'on prétend, sur le point d'atteindre les sommets ? Comme c'est étrange !

— Les sommets sont pleins d'embûches. Et il est des faveurs redoutables. Je dois rentrer en France, Madame. Et le plus tôt sera le mieux. Vous n'imaginez pas les regrets que j'en ai...

Mais elle ne l'écoutait plus. Depuis un instant, son regard s'était détaché de lui et se fixait avec une attention inquiète sur un point du paysage. Étonné, Gilles suivit la direction de ce regard et vit deux cavaliers, lancés comme des boulets de canon, qui dévalaient la pente pierreuse menant au pont suivie par lui quelques instants plus tôt. Et il n'était pas besoin de regarder ces cavaliers pour reconnaître des alguazils.

Ils franchirent le pont en trombe, atterrirent non loin de l'auberge devant un gros arbre mort. L'un d'eux tira des fontes de sa selle un rouleau de papier qu'il entreprit de dérouler. La main gantée de la jeune femme vint se poser nerveusement sur celle de Gilles.

— Rentrez dans l'auberge ! ordonna-t-elle. Elle est vide pour le moment.

— C'est exactement ce que j'avais l'intention de faire car j'ai grand faim mais...

— Pas de discours, chevalier ! Faites ce que je vous dis ! Si vous avez faim, dites à Pedro, l'aubergiste, de vous servir quelque chose. Il a un jambon acceptable. Mais ne sortez sous aucun prétexte ! Allons, faites vite... Emmenez votre valet, bien sûr. Et attendez-moi !

Sans plus discuter, Gilles obéit et plongea dans les semi-ténèbres de l'intérieur. Il avait eu le temps d'entendre l'un des alguazils rassembler les gens épars sur l'aire de la halte à l'aide d'un petit tambour cependant que l'autre, visiblement, s'apprêtait à lire son papier.

À l'intérieur, il était impossible d'entendre quoi que ce soit. Dans un coin de la salle enfumée, une vieille, accroupie dans les cendres de l'âtre, récurait des chaudrons avec un bruit de tambour cependant que, dans un autre coin, un jeune garçon coupait du petit bois pour le feu. Un homme de mauvaise mine, vêtu de toile sale, un grand couteau barrant la ceinture de laine rouge drapée autour de ses reins, sortit presque sous les pieds de Gilles, venant d'une caverne qui devait être la cave.

— Que voulez-vous, hombre ? fit-il rudement.

— Manger ! Boire !...

— Je n'ai rien. Passez votre chemin...

La réputation des auberges espagnoles n'était plus à faire pour Tournemine. Il savait depuis longtemps que si l'on voulait y trouver quelque confort il fallait l'apporter soi-même. Pourtant, il était en général possible de s'y procurer du pain, des oignons, parfois des tomates avec lesquels on vous confectionnait une salade, assaisonnée d'ailleurs avec l'huile qui servait à l'éclairage.

— Pas très accueillant pour un aubergiste, commenta Gilles en tripotant la garde de son épée. La dame qui sort d'ici m'a pourtant parlé d'un jambon...

— La dame... oh ! alors, prenez place, señor ! On va vous servir dans l'instant.

Devenu soudainement toute grâce et toute obséquiosité, il s'empressait, torchonnait une table branlante, y faisait apparaître comme par magie un gros jambon à peine entamé, des galettes de pain point trop dures, la traditionnelle salade de tomates et oignons à l'huile de lampe et un pichet de vin qui ne sentait pas trop le vinaigre. Mais Gilles avait trop faim pour s'interroger longtemps sur l'étrange transformation de son hôte. Il s'attabla en face de Pongo et se mit en devoir de réparer ses forces.

Au bout d'un court instant d'ailleurs, la belle inconnue reparut, si visiblement soucieuse que Gilles, reposant son gobelet, se leva. Chassant l'aubergiste d'un geste vif de ses doigts gantés, la dame rejoignit le jeune homme.

— Achevez rapidement votre repas, chevalier : je vous emmène. Aussi bien, je n'ai plus rien à faire à Aranjuez.

— Vous m'emmenez ? Pardonnez-moi, Madame, mais je ne comprends pas !

— Nous n'avons guère le temps pour les longues explications et vous aurez tout le temps, à Madrid, pour me raconter votre aventure. Sachez seulement ceci : vous êtes recherché. Votre tête est mise à prix et les alguazils que vous avez vus arriver vont le crier tout au long des routes d'Espagne.

— Mais enfin c'est impossible. Comment me rechercherait-on ? On m'a jeté dans le Tage par ordre et sous les yeux du Roi ! Tout le monde me croit mort !

— « Ordre à quiconque rencontrera le Français nommé Gilles de Tournemine de La Hunaudaye, lieutenant aux Gardes du Corps de Sa Majesté Très Catholique le roi Charles III, en fuite après avoir été condamné à mort par la justice de Sa Majesté, de l'appréhender et de le remettre aux autorités compétentes », récita la jeune femme qui ajouta : Suivent une assez bonne description de votre personne, de votre serviteur et la somme qui sera payée pour votre capture : 5 000 réaux. Il est probable que votre sauvetage a dû avoir un témoin.

Le palais est truffé d'espions... Alors, acceptez-vous de me suivre ? J'ajoute qu'à cette minute, mes gens sont en train de couvrir vos chevaux de tapis de selle à mes armes et que deux de mes serviteurs vont venir changer de vêtements avec vous afin de vous permettre de gagner Madrid sans encombre. Dans mon palais vous serez en sûreté... Venez-vous ?

Gilles dévisagea un instant la jeune femme. À la fois impérieuse et suppliante, elle dégageait un charme étrange auquel il était certainement difficile de résister. Le jeune homme essaya cependant :

— Nous ne nous connaissons pas, dit-il. Pourtant vous voilà prête à bouleverser tous vos plans pour me venir en aide... Ce n'est pas normal. Vous alliez à Aranjuez, m'avez-vous dit ? Alors il faut y aller !

— Non ! Je vous ai dit aussi que je n'avais plus rien à y faire. Si vous tenez à le savoir, c'est pour vous que j'y allais, pour vous mettre en garde. Les bruits qui courent sur la Plaza Mayor m'ont fait comprendre que, si vous n'étiez pas encore en danger, cela ne tarderait guère. Je n'avais pas envie d'apprendre votre mort et je n'en ai toujours pas envie !

— Cela me touche profondément. Mais je n'ai pas le droit, Madame, de vous faire courir à vous un aussi grave danger. Je ne vous suis rien et vous n'avez aucune raison de risquer quoi que ce soit...

La jeune femme se mit à rire, un rire très doux, bas et musical tout à la fois tandis qu'elle s'approchait de Gilles presque à le toucher.

— Des raisons j'en ai mille, fit-elle en levant la tête vers lui si hardiment qu'il crut un instant qu'elle lui offrait ses lèvres. La meilleure de toutes est que je hais Maria-Luisa autant que je la méprise. C'est une folle, une malade et un monstre d'égoïsme ! J'adore lui jouer des tours ! Quant aux risques que je cours, ils sont minimes, chevalier, pour ne pas dire inexistants. Ne vous montez donc pas la tête ! Je ne suis pas amoureuse de vous. Mais vous me plaisez comme me plaît tout ce qui est beau ! Voilà tout !...

— Je vous remercie. Mais j'ai peine à croire que vous ne risquiez rien...

— Absolument rien ! Je suis même, en Espagne, la seule femme qui puisse se permettre de narguer impunément le Roi et toute sa cour. Quiconque se trouve chez moi est à l'abri car ni Charles III, ni ses ministres, ni même la Très Sainte Inquisition n'oseraient y porter la main parce que, dans toute les Espagnes, il n'est pas de plus grande dame que moi.

— Vraiment ? En ce cas, vous êtes...

— J'avais espéré que vous me reconnaîtriez au moins à ma réputation détestable et aux nombreux portraits, plus ou moins faux, que l'on fait de moi ! Oui, chevalier, je suis la duchesse d'Albe. Acceptez-vous, à présent, de porter un moment ma livrée ? Au moins pour entrer dans Madrid ?

Pour toute réponse, Gilles s'inclina profondément, la main sur le cœur dans le meilleur style castillan...

— Ordonnez, Madame, j'obéirai.

CHAPITRE III

TRAQUÉ !

Ainsi, c'était elle ! Maria-Pilar-Cayetana de Silva Alvarez de Toledo, treizième duchesse d'Albe, titulaire de huit couronnes ducales, de quinze marquisats, de vingt comtés et de quelques autres titres ! La plus grande dame de toutes les Espagnes à coup sûr, ainsi qu'elle l'avait si hautement annoncé, sans d'ailleurs y mettre la moindre morgue : ce n'était pour elle qu'une très naturelle vérité !

La plus grande mais aussi la plus fantasque, la plus étrange. Les échos de la Cour et de la Ville retentissaient journellement du bruit de ses caprices et des péripéties de la lutte incessante qu'elle menait contre les deux autres femmes les plus en vue de la haute société : la princesse des Asturies et la duchesse de Benavente.

Encore, avec la première, le combat se situait-il sur un plan plutôt abstrait. Enfermée dans ses châteaux royaux sous la garde sourcilleuse de son beau-père, Maria-Luisa ne participait guère à la vie madrilène. Avec elle, Cayetana d'Albe s'en tirait avec des coups d'épingle et des insolences vestimentaires les jours de « baisemain » où elle se rendait, en général, vêtue d'une petite toilette du matin laissant porter par les gens de sa suite ses fabuleux bijoux.

Lesdits bijoux étaient d'ailleurs le seul terrain sur lequel les deux femmes s'affrontassent ouvertement. Toutes deux, en effet, nourrissaient la même passion pour les belles pierres ; une passion que les joailliers s'entendaient parfaitement à exploiter encore qu'elle leur posât parfois quelques problèmes de diplomatie car, si la duchesse était plus riche que la princesse, il pouvait être imprudent de lui donner toujours, et d'emblée, la préférence.

Avec Doña Josefa, duchesse de Benavente et d'Ossuna, les choses en allaient tout autrement : on se disputait à visage découvert l'influence suprême sur la société espagnole.

De dix ans plus âgée que Cayetana, Doña Josefa s'était vu souffler par elle son titre de reine de la mode. En outre, affligées toutes deux de la même manie bâtisseuse, dès que l'une construisait un palais, l'autre s'empressait d'en faire autant, en plus fastueux, et dans ce but elles se partageaient les artistes.

Fort amies en apparence, ennemies jurées en profondeur, elles ne pouvaient s'accorder en rien sinon sur leur commune antipathie pour la princesse des Asturies qui semblait avoir le curieux privilège de déplaire à toutes les femmes...

Caracolant sous un habit de piqueur à la portière de la duchesse d'Albe, Gilles jetait de temps en temps un coup d'œil au charmant profil qu'il découvrait à travers les glaces des portières. Cayetana était plus belle encore que dans son souvenir. Le faste déployé autour d'elle lui convenait et magnifiait encore sa grâce impérieuse. Pourtant, il se sentait déçu. Il regrettait un peu la « maja » provocante, ses regards lourds de promesses et sa sensualité à fleur de peau. Celle-là était plus simple, plus directe et l'amour, avec elle, devait être une aventure tonique, mais sans conséquence. Celle-ci était une trop grande dame. Elle occupait un sommet qu'il était difficile d'oublier même si elle se plaisait parfois à l'abandonner pour les couches d'air moins pur et moins raréfié.

Goya, qui entretenait d'excellentes relations avec la duchesse de Benavente dont il avait déjà fait un fort beau portrait, disait sur sa jeune rivale des choses qu'il voulait définitives mais qu'inspirait, peut-être, un dépit caché de n'avoir pas encore été appelé au palais d'Albe pour y fixer sur la toile l'attirant visage de Doña Cayetana, comme cela eût été normal après l'achèvement du portrait de Josefa. Il y avait là une anomalie si l'on considérait l'ardeur que mettait la première à enlever ses amis à la seconde. Une anomalie que le peintre n'était pas loin de considérer comme une offense à son talent.

— Elle semble prendre un vif plaisir à susciter le scandale, disait Paco. Elle aurait plutôt tendance à en rajouter à la liste des nombreux amants qu'on lui prête. Les femmes la détestent et elle, loin de s'en désoler, se complaît dans cette hargne quasi universelle comme si rien ne pouvait l'atteindre là où elle respire... Son charme est celui d'une sorcière !...

Pourtant, ledit charme était à cette minute presque sans pouvoir sur Tournemine. Son aventure avec Maria-Luisa lui avait ôté toute envie de servir à nouveau de distraction à une grande dame, si belle fût-elle. Il n'aimait pas que l'on disposât de lui, même pour lui sauver la vie et s'il avait désiré la belle maja, Dieu sait avec quelle ardeur, il n'était aucunement disposé à devenir l'amant de l'impérieuse Cayetana.

Madrid s'ouvrit comme la mer sous l'étrave d'un bateau devant les chevaux écumants de la duchesse d'Albe. C'était l'heure des vêpres. En dépit de la chaleur encore forte, la ville était animée. Toute une population occupait les petites rues mal tracées, bossuées de pavés inégaux et cabriolant de colline en colline entre les blancs cubes hermétiques des maisons basses aux étroites ouvertures défendues de barreaux, aux épaisses portes de bois sombre. De loin en loin la masse encore féodale d'un vieux palais s'adoucissait à la verdure brillante d'un jardin. Les murs patinés par le temps s'enlevaient avec la vigueur d'un dessin à la plume sur la blancheur sans cesse renouvelée des demeures paysannes.

Le carrosse traça son chemin sans ralentir un instant son allure, semant la terreur parmi le peuple des poules, des oies, des chiens et des chats qui encombraient la chaussée presque autant que les passants, et gagna les quartiers plus aérés de l'est. Il franchit une grille, monta une rampe aboutissant à une fière façade de pierres neuves puis s'arrêta devant une immense porte qui s'ouvrit, comme par magie, découvrant la silhouette sombre d'un majordome, une armée de laquais et les courbes nobles d'un grand escalier. Mais déjà la duchesse avait elle-même ouvert la portière et, sautant à terre, s'élançait vers l'escalier, non sans avoir, d'un geste, ordonné à Gilles de la suivre.

Il eut à peine le temps de jeter la bride de son cheval à Pongo qui le suivait. Elle était déjà à mi-chemin de l'escalier après avoir, au passage, lancé un ordre à son majordome qui s'inclina et chassé d'un geste désinvolte l'escouade de caméristes qui s'empressait vers elle.

Rapide et légère, elle s'engouffra dans une longue galerie où d'admirables tableaux flamands alternaient avec des tapisseries françaises. Une porte s'ouvrit sous sa main découvrant une petite pièce toute en rocaille d'or et soie vert d'eau où le soleil, filtré par les jalousies baissées, mettait les ombres glauques d'une grotte marine.

Arrivée là, Cayetana ôta les épingles qui retenaient son chapeau, secoua la masse bouclée de ses cheveux qui doubla de volume, alla remplir deux verres à un cabaret d'écaille blonde posé sur une console, en offrit un à son hôte et se laissant finalement tomber sur un délicat fauteuil crapaud qui protesta :

— Vous voilà en sûreté, chevalier, soupira-t-elle. Causons, maintenant, tandis que l'on vous prépare un appartement. Et d'abord, asseyez-vous ! Ou vous êtes trop grand ou la pièce est trop petite, mais vous l'emplissez.

Gilles commença par vider son verre. La route lui avait paru interminable. Il avait soif et ce vin d'Alicante était excellent. Puis, sans autre préambule :

— Est-il bien nécessaire de préparer un appartement ? Vous m'avez permis, Excellence, d'entrer dans Madrid sans tomber aux mains des alguazils et je vous en suis profondément reconnaissant... Mais je n'ai pas l'intention de vous encombrer longtemps...

— Où voulez-vous donc aller ? Ne vous ai-je pas dit que dans ma maison vous n'auriez plus rien à craindre ?

— Je n'en doute pas un seul instant. Mais je suis soldat, Madame, et la vie d'un soldat n'est pas de celles qu'il faille protéger de la crainte. Puisque, à présent, on me recherche je désire rentrer immédiatement en France, d'où je ne suis qu'en congé, pour y reprendre mon service.

— Qu'êtes-vous en France ?

— Lieutenant aux Dragons de la Reine. J'aurais dû y rester car, en vérité, rien ne vaut le service du roi légitime.

— Si vous le pensez, pourquoi être venu ici ? Que veniez-vous chercher en Espagne ?

Gilles se mit à rire :

— Ma réponse va sans doute me perdre de réputation à vos yeux, Madame la Duchesse : je cherchais de l'or.

Ainsi qu'il l'avait prédit, un dédain léger, poli, incurva les lèvres de Cayetana.

— De l'or ? Pour quoi faire ?

La naïveté de la question amusa Gilles. Depuis des siècles les trésors de Flandres, d'Espagne et des Amériques se déversaient dans le coffre des ducs d'Albe et leur descendante, trop habituée au « vil métal », ne voyait pas bien, en effet, pourquoi d'autres pouvaient le rechercher. L'appétit d'un affamé provoque toujours la nausée d'un homme en proie à l'indigestion.

— Pour racheter le château de mes ancêtres et

mes terres pour lesquels on me demande une très forte somme.

— Voyons la somme ?

— 500 000 livres. C'est énorme !

— C'est bien peu de chose ! Mais j'imagine que votre royale maîtresse a dû se faire un plaisir de vous offrir cette... misère si j'en juge votre hâte à regagner la France ? Il n'y a en effet...

Elle n'acheva pas. Le jeune homme était déjà debout. Son regard avait pris la dureté et le reflet de l'acier.

Il s'inclina froidement.

— Je suis à vos pieds, Madame la Duchesse... mais laissez-moi vous dire ceci : quand une femme, fût-elle reine, accorde ses faveurs à un gentilhomme, ce gentilhomme... fût-il pauvre comme Job, se perdrait d'honneur en laissant deviner ses soucis financiers.

— Pourtant... vous me les contez bien, à moi !

— Vous m'avez interrogé, je vous ai répondu. Et je ne crois pas avoir eu l'honneur d'être votre amant !

L'insolence du ton ne parut pas déplaire à Cayetana. Elle sourit tout en fermant à demi ses paupières pour laisser filtrer son regard à travers ses cils avec un art éprouvé.

— Pourquoi ne le seriez-vous pas ? lança-t-elle avec hardiesse. Ne vous ai-je pas dit que vous me plaisiez ?

— En effet, mais je n'ai pas eu l'impudence de vous prendre au mot. Et puis cela ne suffit pas.

— À moi cela suffit. Ai-je perdu la mémoire ou bien ne m'avez-vous pas dit, il n'y a pas si longtemps : « Où tu voudras, quand tu voudras !... »

Gilles s'inclina avec un respect si outré qu'il devenait insolent.

— Je l'ai dit, en effet... mais pas à vous, pas à la duchesse d'Albe. Je l'ai dit à une autre, à une inconnue, à la reine de ces manolas qui font des rues de Madrid un champ de fleurs sauvages. Sa beauté hardie m'a attiré, je l'avoue. Elle était simple, libre, joyeuse... et je sais maintenant qu'elle n'était qu'un rêve !

Il saluait, tournait les talons, se dirigeant vers la porte. Le pied de Cayetana frappa furieusement le miroir du parquet.

— Où allez-vous à la fin ? Êtes-vous fou ?

— Nullement. J'ai déjà eu l'honneur de vous le dire : je rentre en France et, pour l'instant présent, je vais demander l'asile de deux ou trois jours à un ami sûr.

— Vous ne voulez pas rester ici ?

Sa voix, tout à coup, devenait douce, fragile, comme celle d'une petite fille à qui l'on va prendre son jouet préféré.

— Non. Je vous remercie. Je craindrais trop de jouer, dans ce palais, un rôle déplaisant. Vous êtes mariée, je crois, Madame la Duchesse, et le duc d'Albe...

— Il n'y a pas de duc d'Albe ! Mon époux ne porte le titre que parce qu'il est mon époux. Vous pourriez l'oublier, comme vous aviez oublié le prince des Asturies. Ce pauvre imbécile de Carlos n'a guère plus d'importance auprès de sa femme que le marquis de Villafranca, mon époux, n'en a auprès de moi.

— Ce n'est pas une raison pour l'offenser sous son toit. Et je sais que, vivant auprès de vous, je ne pourrais me défendre de pensées qui lui seraient une offense continuelle. Adieu, Madame la Duchesse. Vous m'avez sauvé et, à cause de cela, ma vie vous appartient. Vous pouvez en disposer à votre gré...

— Mais je ne peux pas disposer de vos nuits ? fit-elle avec un demi-sourire.

— C'est à peu près cela... Ah ! J'allais oublier !

Rapidement, il ôta la livrée de piqueur qu'on lui avait fait endosser à l'auberge, la jeta sur un siège.

— Voulez-vous être assez bonne pour me faire rendre mon habit, mon serviteur et nos chevaux ?

— Vous êtes fou, vous êtes fou ! vous dis-je. On vous cherchera dans Madrid plus activement que n'importe où ailleurs. Et dans cet équipage vous êtes aussi reconnaissable que l'Escorial au milieu de la Sierra. Jusqu'à ce Peau-Rouge qui vous sert et qui est connu comme le loup blanc à Madrid. Et d'abord où prétendez-vous aller ? Qui est cet ami sûr ?

— Un peintre de la Cour : Don Francisco de Goya y Lucientes. Il possède un atelier... secret dans le quartier du Rastro, un atelier que sa femme ignore et où il s'enferme pour peindre... à sa manière.

Un éclat de colère monta aux joues de la jeune femme :

— Goya ! L'ami, le peintre favori de la Benavente... Et c'est chez lui que vous prétendez aller ?

— Mais oui. Il est mon ami, Madame. C'est un homme droit, loyal, courageux. Je sais que vous ne l'aimez pas. Pourtant, vous devriez essayer de vous l'attacher car c'est un grand artiste, le plus grand peintre que l'Espagne ait produit depuis bien longtemps.

— Ses œuvres ne me sont pas apparues si éblouissantes, fit Cayetana avec une moue légère. Mais c'est en effet un homme courageux et... un bon matador. Je l'ai vu combattre une fois et j'ai trouvé qu'il y avait une ressemblance entre lui et le taureau. Eh bien, soit, allez chez lui si vous y tenez, mais un bon conseil : reprenez votre livrée et laissez sur votre cheval le tapis de selle à mes armes. Cela vous protégera un peu. Demain je vous enverrai votre serviteur et l'autre cheval sous un déguisement. Ce sera plus prudent. Au revoir, chevalier...

Il revint vers elle, mit un genou en terre pour baiser la main qu'elle lui offrait.

— Adieu, Excellence. J'emporterai le souvenir de votre bonté... et un immense regret que les choses ne soient point autres que ce qu'elles sont !

D'un geste charmant, elle porta à sa joue la main qu'il venait de baiser.

— J'ai dit « au revoir », chevalier... pas adieu ! Nous nous reverrons.

— S'il plaît à Dieu !

— Puisqu'il me plaît, à moi, il faudra bien qu'il lui plaise, à lui...

Après les splendeurs du palais d'Albe, Tournemine s'enfonça avec une sorte de soulagement dans le dédale des « barrios bajos », les « quartiers bas ». Certes, l'odeur de l'oranger en fleur et des parfums français faisait place aux relents de l'oignon frit, du vin épais et des corps mal lavés mais la foule des filles aux cheveux luisant d'huile tordus autour d'un œillet, des gamins insolents et dépenaillés, des vieilles drapées de châles noirs marbrés de poussière, des Gitans efflanqués à l'œil sournois reculait au fond des temps les fastes d'Aranjuez et le danger parfumé de ses jardins. La livrée d'Albe était d'ailleurs un bon passeport. On la respectait autant que l'on aimait la fantasque duchesse et le flot épais qui coulait vers les rives du Manzanarès se faisait amical pour laisser place à celui que l'on prenait pour l'un de ses serviteurs.

Ce fut donc sans le moindre incident que Gilles gagna l'étroite place pavoisée de guirlandes de linge, sur laquelle ouvrait la maison que le peintre avait élue pour jardin secret. Il ne lui restait plus qu'à espérer qu'il y serait mais l'approche de la Pradera, dont les liesses populaires devaient se dérouler à proximité dès le lendemain, permettait tous les espoirs.

Assis à même la pierre du seuil un petit mendiant, qui avait l'air tout juste descendu d'une toile de Murillo, caressait un petit chat en fredonnant la tonadilla qu'un guitariste invisible faisait entendre par la porte ouverte d'une taverne voisine.

— *Está el señor Goya aquí ?* demanda Gilles en glissant une piécette dans la main de l'enfant.

— *Sí, caballero !...*

Le marteau de la porte résonna plusieurs fois. Le peintre était là, en effet, mais il devait travailler car la porte fut longue à s'entrouvrir sur sa figure basanée et son œil méfiant.

— C'est moi, Paco, souffla Gilles. Ouvre vite, il ne fait pas bon pour moi rester dehors.

Mais le battant était déjà ouvert en grand et la poigne vigoureuse de l'artiste tirait tout à la fois le jeune homme et le cheval qu'il tenait par la bride pour les faire pénétrer dans la petite cour intérieure inondée de soleil où, sur un mur, un gros chat roux faisait la sieste.

— Comme te voilà accoutré ! s'exclama Goya en considérant son ami avec stupeur. Te voilà au service de l'Albe maintenant ?

— Donne-moi un verre de vin frais et je te dirai tout. Mais peux-tu me garder ici un jour ou deux ?

— Ah !... Tu en es déjà là ?

— Toi qui écoutes si attentivement les mendiants aveugles, est-ce que tu ne le sais pas ?

Goya montra sa blouse et sa culotte abondamment maculées de peinture plus ou moins fraîche. Il en avait jusque dans les cheveux.

— Voilà deux jours et deux nuits que je travaille enfermé ici. Je ne comptais sortir que demain, pour la Pradera. Mais, bien sûr, je te garderai aussi longtemps que tu le voudras. Ma maison est la tienne. Nous allons boire et nous donner du bon temps...

— J'ai peur que nous n'en n'ayons pas beaucoup, fit Gilles en riant. Il faut que je quitte l'Espagne au plus vite si je veux rester en vie. Et puis, je n'ai aucune envie de te causer des ennuis. Je suis recherché...

— Je m'en doute. Mais comment vas-tu faire pour quitter le pays ?

— Je crois que j'ai une idée. Mais si tu pouvais faire prévenir mon ami Jean de Batz, cela m'arrangerait. D'ailleurs il doit se demander ce qui se passe car c'est sans doute chez lui que l'on me cherche en premier.

Goya glissa son bras sous celui de son ami.

— Ne restons pas là. Même à l'abri des murs il n'est jamais bon à Madrid de discuter en plein vent. On n'est jamais certain qu'une oreille du Saint-Office ne traîne pas à portée. Il a beaucoup perdu de sa virulence mais il existe encore, hélas !

Nous serons mieux à l'intérieur. Et puis Micaela peut se poser des questions...

— Micaela ?

— Entre, tu verras ! Tu es mon ami. Tu as le droit de tout savoir de moi.

L'atelier du peintre était une assez vaste pièce sur laquelle une longue lucarne exposée au nord et drapée d'un vélum déversait une lumière plus froide que le brillant soleil ne permettait de le supposer. Peu de meubles, en dehors d'une grande statue de bois polychrome de Notre-Dame-de-la-Atocha, pour laquelle Goya éprouvait une vénération sincère, un grand chevalet, des toiles en désordre, des pots de peinture, des palettes sales, un divan bas couvert d'un fouillis de châles et de coussins. Mais à peine entré dans l'atelier, Gilles ne remarqua rien de tout cela. Il ouvrit simplement de grands yeux sans oser avancer car, en face de lui, sur une petite estrade, une très belle fille relevait d'une main la masse noire de ses cheveux comme si elle allait entrer dans son bain. Toutefois, ce n'était pas sa présence qui surprenait à ce point le Français mais le fait qu'elle était absolument nue, d'une nudité ravissante ainsi qu'il avait pu s'en rendre compte au premier coup d'œil.

— Voici Micaela, commenta le peintre en français. Jolie, n'est-ce pas ? Je parle du corps car le visage ne correspond malheureusement pas...

— Très ! approuva Gilles dont les yeux rencontrèrent soudain ceux de la jeune femme. Il y vit passer une courte flamme de gaieté malicieuse, comme si elle se moquait de son visible embarras. Mais, ajouta-t-il tandis que son regard glissait vers la toile commencée, j'ignorais quel genre de travail tu accomplissais ici. Ceci ne ressemble guère...

— À mes cartons de tapisseries, à mes fêtes champêtres, à tous ces aimables tableaux que se doit d'exécuter un peintre de la Cour ? Je l'espère bien ! Je ne suis pas fait pour la grâce, *amigo mío* ; je suis fait pour l'ardeur, pour faire craquer et saigner la vie sous mes dents comme une tomate juteuse, pour peindre tout ce qui bouge, flambe et rampe au fond de l'âme des hommes, les fantasmes comme les extases, la boue comme la plus pure lumière !

Pensif, Gilles contemplait le portrait de Micaela. Peu accoutumé à juger une peinture, il avait aimé d'instinct ce que faisait son ami, sentant qu'il était un grand peintre avec autant de certitude et de naturel qu'il avait foi en Dieu. Mais ceci le dépassait. En entrant dans l'atelier il n'avait vu qu'une belle fille dévêtue mais, sur la toile, Micaela se muait en une bacchante impudique et hardie dont chaque pouce de chair, passionnément modelé, était un appel à la volupté. Goya n'avait pas besoin d'avouer avec quelle violence il désirait cette fille : son tableau le criait à crever les tympans...

La voix du peintre parvint à Gilles comme à travers une brume légère.

— Tu comprends pourquoi j'ai choisi ce quartier misérable, pourquoi je me terre ici ? Pour peindre ce que j'ai envie de peindre, il me faut me cacher comme un voleur. Personne ne comprendrait... ni ne me pardonnerait. Surtout pas Josefa ni... la Très Sainte Inquisition.

L'évocation de la señora Goya arracha un sourire à Gilles. Doña Josefa avec ses yeux baissés et son maintien compassé ressemblait à une religieuse déguisée en bourgeoise riche. Elle n'appréciait pas la peinture de son époux. Seuls les portraits conventionnels qu'exécutait son frère, le peintre Bayeu, trouvaient grâce à ses yeux. C'était, selon elle, la seule peinture convenable et elle se fût évanouie d'horreur si elle avait pu pénétrer dans cet atelier qui contenait aussi pas mal d'esquisses dramatiques, voire atroces : une vieille mendiante trop vraie, un cheval éventré perdant ses entrailles sur le sable d'une arène, un condamné à mort agonisant sous le garrot...

Quant à la Très Sainte Inquisition, elle eût vraisemblablement envoyé sans hésiter l'audacieux artiste au fond de son plus sombre cul de-basse-fosse à l'instant même où, sur la Plaza Mayor, elle faisait un feu de joie de ses peintures.

De la toile, Gilles revint à son ami qu'il regarda avec curiosité.

— Qu'y a-t-il au juste au fond de ton cœur, Paco ?

Le peintre lui offrit le plus enfantin, le plus désarmant de ses sourires avant d'en envoyer le reflet sur la fille.

— Beaucoup d'amitié pour mes semblables... et plus encore pour toi, *hombre*... Rhabille-toi, Micaela. C'est fini pour aujourd'hui et je dois maintenant causer avec mon ami.

Le modèle dûment réintégré dans sa robe et dans son personnage de servante sans éclat, les deux hommes s'installèrent bientôt autour du petit repas qu'elle leur apporta.

Lorsque Gilles eut fini de se restaurer et de conter son histoire, Goya alla chercher dans un coin un grand pot de faïence rouge et noir contenant de longs cigares qu'il offrit à son ami.

— En tant qu'homme, tu as eu raison de river son clou à Cayetana d'Albe, dit-il. Mais en tant que fugitif tu as eu tort. Elle avait sans doute le moyen de te faire quitter le pays sans dommage. Comment espères-tu t'en tirer à présent ?

— Peut-être avec l'aide de François Cabarrus, le banquier. Il possède des entrepôts, des navires, de nombreuses relations avec la Chancellerie. Un faux passeport ne devrait pas être très difficile à obtenir pour lui. Avec cela, un bon déguisement et l'aide de Dieu, je me fais fort de quitter l'Espagne sans trop de peine. Ce n'est certainement pas plus difficile qu'échapper à une tribu indienne dans une forêt.

— Seulement le señor Cabarrus habite Carabanchel et pour y aller il faut franchir les portes et, comme elles sont en général bien gardées, je ne vois pas comment tu pourrais faire. Par contre, moi, je peux y aller sans difficulté.

— Tu ferais cela pour moi ?

Goya haussa les épaules.

— Croirait-on pas qu'il s'agit d'un exploit ? Une simple promenade jusqu'à Carabanchel. Personne ne me soupçonne, moi... Au fait, ton ami le Gascon sait-il ce qui t'arrive ?

— Non. Aller chez lui c'était risquer de me faire prendre. On m'y cherchera tout naturellement. Pourtant, j'aurais bien aimé lui demander un peu d'argent : je n'ai pas un maravédis.

— J'y passerai aussi, ne t'inquiète pas...

— Mais, Paco, ton travail ?

Le peintre ne l'écoutait pas. Il était déjà en train de faire passer par-dessus sa tête sa blouse bariolée de peinture. Quand son crâne hirsute émergea des plis neigeux d'une chemise fraîchement repassée, il déclara paisiblement :

— Mon travail peut attendre. Micaela aussi ! En mon absence elle aura suffisamment à faire avec sa vaisselle en retard et la garde d'une maison que tu peux considérer comme la tienne. Bois, mange, dors ! Tu es chez toi... Tu auras sans doute besoin de tes forces avant peu.

Goya revint à la nuit close. La porte, en se refermant, réveilla Gilles qui s'était endormi sur le divan et se redressa en sursaut. À la lumière jaune du chandelier qu'il tenait, le visage de Goya apparut creusé de plis soucieux, plus tourmenté que jamais.

— Alors ? demanda Gilles.

Le peintre haussa les épaules, rejetant le grand manteau noir et le sombrero dont il s'était recouvert. La chaleur était tombée avec le jour et, audehors, la nuit balayée par le vent de la sierra était froide.

— J'ai couru partout sans parvenir à trouver ton ami, dit-il enfin. Je l'ai cherché dans les tavernes, les maisons de jeu et jusque chez la Benavente où on l'a vu beaucoup ces derniers temps. Chez lui il n'y avait personne mais sa logeuse, en revenant du salut, m'a appris que les Dragons de Numancia étaient partis hier soir pour Salamanque où les étudiants s'agitent.

Gilles fit la grimace.

— On dirait que mes chances s'amenuisent...

— Plus encore que tu ne l'imagines. Je pensais aller chez tes amis Cabarrus mais, cette nuit, c'est impossible, les portes sont gardées. Le quartier est plein d'alguazils.

— Le quartier ? Mais pourquoi ? On m'a reconnu, suivi ?...

— Je ne crois pas mais quand un homme cherche à se cacher et ne connaît pas beaucoup de monde, c'est dans les quartiers populaires qu'il a le plus de chance... C'est un simple...

Il n'acheva pas. Micaela surgit de sa cuisine, la mine effarée.

— On frappe à la porte ! Je me demande qui peut venir à cette heure...

Les deux amis se regardèrent sans rien dire, saisis par la même angoisse. Si c'était la police, ils finiraient l'un et l'autre la nuit en prison et la semaine peut-être bien dans l'autre monde.

— Je me le demande aussi, marmotta Goya en se précipitant pour retourner contre le mur ses esquisses et jeter une toile sur l'impudique portrait de sa servante, tandis qu'au-dehors le heurtoir de cuivre s'énervait.

— J'arrive ! hurla le peintre qui ajouta, plus bas : Va dans la cuisine avec Micaela. Tu pourras tout entendre de ce qui se dira. Si ça tourne mal, escalade le toit et restes-y jusqu'à ce que j'aille te chercher.

— Il vaudrait mieux que je parte, Paco. Ce serait le meilleur moyen de ne pas te compromettre.

— Ce serait le meilleur moyen de te faire prendre. Je t'ai dit que les sbires de la police patrouillaient dans tout le quartier. Fais ce que je te dis ! Crois-moi ! L'heure n'est pas à l'héroïsme...

Silencieusement Gilles suivit la servante dans la petite cuisine encombrée de pots et de chapelets d'oignons où régnait un assez fabuleux désordre qui ne plaidait guère en faveur des qualités ménagères de Micaela. Mais par la petite fenêtre arrondie on pouvait voir ce qui se passait dans la cour. Voir et entendre.

La voix puissante de Paco leur parvint :

— Qui frappe ? demanda-t-il rudement. Que voulez-vous ?

Malgré la finesse de son ouïe, Gilles ne put saisir la réponse étouffée par l'épaisseur du mur mais il vit Goya lever sa lanterne après avoir ouvert la porte et se courber aussitôt en un profond salut.

Une femme enveloppée d'un long châle noir apparut dans le halo lumineux, une femme que Gilles n'eut pas besoin de regarder à deux fois : entre les plis sombres du châle s'inscrivait le pâle visage de Cayetana d'Albe... Déjà, d'ailleurs, toute inquiétude envolée, il s'élançait avec, au cœur, quelque chose qui ressemblait à de la joie. Pour quelle raison la fière duchesse serait-elle venue jusqu'au fond de ce barrio misérable sinon pour le voir ?

Il la rejoignit comme elle pénétrait dans l'atelier suivie du peintre visiblement encore mal remis de la surprise que lui causait cette visite inattendue. Mais quand il fut en face d'elle il ne put rien trouver de plus brillant à dire que :

— Vous !... C'est vous !...

Elle eut un rire clair qui contrasta avec l'atmosphère de catastrophe qui régnait dans la maison.

— Naturellement c'est moi ! Je tenais à m'assurer par moi-même que vous étiez à peu près à l'abri et pas encore trop occupé à de nouvelles sottises...

Elle laissait tomber son châle pour apparaître dans le costume de maja que Gilles lui avait vu lorsqu'elle était arrivée à la fête de la Reine de

Mai en compagnie de Romero et, sans se soucier de le ramasser, s'avançait dans la pièce posant sur toutes choses ses yeux lumineux.

— J'espère que vous me pardonnerez d'envahir ainsi votre... jardin secret, señor Goya. Il paraît que vous ne m'aimez guère ! C'est, du moins, ce que prétendent les nombreux amis – dont vous êtes ! – de Doña Josefa.

L'artiste se courba, une main sur le cœur.

— Les nombreux amis de Doña Josefa, qui s'en voudraient de compter un simple peintre dans leurs rangs élégants, parlent trop souvent sans savoir, Votre Excellence. Comment peut-on aimer, ou détester, qui l'on ne connaît pas ? Au surplus, la duchesse d'Albe n'a jamais paru s'apercevoir de mon humble existence...

— Touché ! s'écria joyeusement Cayetana. J'ai amplement mérité la banderille, señor... et je crois qu'à l'avenir je me souviendrai de vous.

Tout en parlant, elle virevoltait sur ses pieds menus chaussés de cothurnes de satin noir que la jupe courte découvrait jusqu'aux chevilles et marcha vers le chevalet dont elle fit glisser d'un geste décidé la toile de protection.

Gilles, qui l'observait, vit une brusque rougeur envahir son visage et sa gorge tandis qu'un éclair étrange traversait son regard. Elle se tenait debout, dans la pose favorite des majas, les mains nouées autour de sa taille et il pouvait voir blanchir les jointures tandis que les doigts fins se crispaient sur la soie du corsage. Mais quand elle se retourna pour dévisager le peintre, son visage était redevenu impénétrable.

— Je ne crois pas qu'il me soit désormais possible de vous oublier, señor Goya, dit-elle lentement. Votre ami français m'a dit que vous étiez un très grand peintre. Il a raison... Puis-je à présent vous demander de mettre un comble à votre amitié en me laissant seule avec lui ? J'ai des choses à lui dire et le temps presse...

Le peintre s'inclina silencieusement, reculant vers la porte qu'il referma soigneusement derrière lui.

— À nous deux maintenant ! dit Cayetana. Vous avez fait une folie en venant vous terrer ici, mon cher, et moi j'en ai fait une plus grande encore en venant vous y rejoindre, mais je ne pouvais pas vous laisser dans le pétrin où vous vous êtes jeté. Puis-je savoir où vous en êtes de vos projets et me confierez-vous au moins comment vous comptez sortir de Madrid ? Les portes sont verrouillées, les alguazils patrouillent dans les rues...

— Est-ce vraiment bien moi que l'on recherche ? Après tout, le Roi souhaitait que je disparaisse le plus discrètement possible. Et je ne vois pas comment il a pu savoir si vite que je n'étais pas resté dans le Tage aussi longtemps qu'il l'espérait...

— De la façon la plus simple du monde : un jardinier qui s'était caché pour surveiller les abricots de son potager attaqués un peu trop souvent par les gamins d'Aranjuez, a assisté à toute votre aventure. Il a tout vu, tout entendu : votre condamnation, votre refus des sacrements de l'Église et finalement votre sauvetage par un démon à face rouge et votre fuite. J'ajoute que ce dernier épisode, cependant brillant, a achevé de le persuader que vous étiez un suppôt de Satan. Revenu de sa terreur il a fait tant de bruit qu'il n'a plus été possible de vous passer sous silence et vous voilà recherché aussi bien par les gens du Roi que par ceux de la Très Sainte Inquisition comme blasphémateur et sorcier. Autrement dit, si l'on vous reprend, c'est le bûcher qui vous attend. Vous voyez que cela justifie assez ce grand déploiement fait en votre honneur...

En dépit de son courage, Tournemine pâlit. Le bûcher, cette horreur moyenâgeuse pour un crime qui se résumait en une paire de cornes supplémentaire sur l'auguste front d'une altesse royale déjà fort ornée ? Il y avait de quoi faire reculer les plus braves. Pourtant, se refusant à montrer son émotion, ce fut d'une voix très calme qu'il fit remarquer :

— S'il en est ainsi, pourquoi Goya ne m'a-t-il pas tout dit ? En cherchant refuge chez lui, je lui fais courir un danger pire encore que je ne l'imaginais.

Le beau visage passionné de la duchesse se chargea d'une soudaine gravité.

— Pire, en effet, car si vous êtes pris chez lui les gens de la police trouveront ceci... et ceci... et ceci, fit-elle en désignant tour à tour le portrait de Micaela et quelques toiles qu'elle retournait prestement. Il flambera de concert avec vous. Mais cela prouve seulement que le señor Goya est doué d'une âme plus haute que je n'imaginais et qu'en tout cas le nom d'ami est, chez lui, lourd de signification. Et maintenant vos projets ?

Gilles secoua la tête :

— Je n'en ai plus, Madame. Mon ami Jean de Batz est parti pour Salamanque avec son régiment et il est hors de question que je fasse appel à d'autres amis dans de telles circonstances.

— À qui pensiez-vous ?

— Au banquier Cabarrus. Mon idée était de lui demander de quoi passer en France en contrebande, soit par l'un de ses navires, soit par l'un de ses comptoirs de la frontière. Mais ce n'est plus possible. Il a une famille.

— ... et puis les sentiments chevaleresques fleurissent rarement chez les hommes d'argent. Eh bien ! conclut Cayetana avec un soupir, je crois que vous n'avez plus le choix : il ne vous reste que moi.

Il eut un haut-le-corps :

— Vous n'avez jusqu'à présent que trop fait, Madame, et cela néanmoins ne vous donne pas le droit de m'insulter. Pensez-vous que je sois capable de faire courir à une femme, fût-elle duchesse et aussi puissante qu'une reine, le risque mortel que court mon ami Paco ? Si cela était, vous auriez de moi une bien pauvre opinion...

Les mains toujours plaquées à ses hanches qui ondulaient au rythme de sa démarche, Cayetana vint vers lui, levant haut le menton pour le regarder au fond des yeux.

Elle eut un petit rire :

— Si j'avais de vous cette opinion, mon ami, je ne serais pas ici car les couards me font horreur et plus encore ceux qui cherchent refuge derrière les faiblesses du cœur. Cela dit, vous savez bien que je ne suis pas une duchesse comme les autres, ou bien l'avez-vous déjà oublié ? Quant à la femme... elle croit bien vous avoir déjà donné son sentiment à votre sujet. Enfin, je le répète, vous n'avez pas le choix... Acceptez mon offre !

— Non, non ! Mille fois non ! Je refuse ! Vous n'allez pas, j'imagine, m'enlever de force ?

— Qui sait ?...

— Vous ne pourrez pas. Avant une heure j'aurai quitté cette maison...

— Vraiment ? Alors... voyons ce que nous allons faire de cette heure-là car il ne me plaît pas de vous quitter avant. Tenez, puis-je vous confier un secret ?... Je meurs de faim, de soif. N'iriez-vous pas jusqu'à la cuisine pour voir s'il ne s'y trouve pas quelque relief ? Vous aussi, d'ailleurs, allez avoir besoin de vos forces. La fuite est un exercice fatigant.

Perplexe, il la dévisagea, incapable de comprendre quelles idées s'agitaient sous ce petit front têtu. Cayetana était étrange, insaisissable. Elle passait de la gravité à la désinvolture la plus insouciante, du drame à la comédie-bouffe, avec une aisance stupéfiante. Dure comme l'acier à certaines minutes, elle se faisait l'instant suivant aussi flexible qu'une lame d'épée mais sans rien perdre de sa force. Elle était aussi changeante et redoutable que la mer bretonne. Mais les droits qu'elle s'était déjà acquis sur lui étaient impérieux et l'idée n'effleura même pas Gilles de les lui contester. Il s'inclina donc, heureux au fond de ce caprice imprévu qui allait lui permettre de jouir, un moment encore, de sa présence, de sa beauté sensuelle qui réveillait en lui le désir né un soir de carnaval et que seul l'orgueil lui avait permis de repousser.

— Je vais essayer de vous satisfaire, dit-il en se dirigeant vers la cuisine.

La pièce étroite, sentant l'ail et l'huile froide, était déserte car Goya et Micaela avaient dû trouver un moyen simple de charmer leurs loisirs forcés. Gilles réunit sans trop de peine une gargoulette de vin, quelques poivrons, un peu de jambon et des gâteaux de sésame cuits à l'huile. Il entassa le tout sur un plateau, ajouta deux gobelets, deux écuelles et des couverts puis revint vers l'atelier dont il poussa la porte du pied. Mais là, il faillit bien, devant le spectacle offert à sa vue, laisser son fardeau s'écraser sur les dalles du sol...

Au-delà d'un archipel de soie noire et de dentelles blanches et face au portrait dévoilé de la servante, la petite estrade était de nouveau occupée par une femme nue qui, dans un geste identique à celui du modèle, relevait la masse noire de sa chevelure en faisant saillir les globes durs de ses seins. Mais cette femme n'était plus Micaela...

Les yeux qui guettaient sa réaction à travers les épaisses boucles noires mangeant la moitié du visage étaient aussi sombres que ceux de la servante mais plus brillants. La bouche, très rouge, s'entrouvrait sur de petites dents parfaites en un sourire provocant et le corps dévoilé avait des reflets de nacre.

Si une boule se noua soudain dans la gorge de Gilles, il n'en montra rien, ne cilla même pas. Avec des gestes mesurés il se contenta de déposer calmement son plateau sur un escabeau puis, à la manière d'un bestiaire face à un fauve dangereux, il captura l'impudent regard de la femme et le garda prisonnier du sien. Alors seulement, debout à quelques pas d'elle, sans dire un mot, il se déshabilla, révélant avec une impudeur égale à celle de la jeune femme la puissance de son désir. Il vit ses yeux se rétrécir, l'entendit haleter doucement.

Alors seulement il la rejoignit d'un bond sur l'estrade et, sans lui laisser la moindre possibilité d'échapper, s'empara d'elle d'une brutale poussée qui l'enleva du sol tandis qu'il lui écrasait la bouche d'un baiser.

Déséquilibrée, elle gémit de douleur, planta ses ongles dans les épaules du jeune homme, se tordant comme une couleuvre pour échapper à la brûlure soudaine de son corps mais déjà il se jetait avec elle sur le divan.

Jamais encore il n'avait fait l'amour avec cette violence, inhabituelle chez lui et qu'il n'essayait même pas d'analyser. Il était soulevé hors de lui-même, emporté par une impulsion primitive et complexe où entraient de la rancune pour la désinvolture avec laquelle cette femme lui avait imposé sa loi par son impudeur pleine de défi, de la colère contre lui-même pour n'avoir pas su résister, enfin du désespoir, car il y avait de fortes chances pour que ce corps soyeux fût le dernier dont il pût encore triompher. Le piège était bien dressé et ses chances de quitter Madrid vivant fort minces. Mais il s'aperçut bien vite que sa brutalité était loin de déplaire car la jeune femme, tendue comme un arc, les yeux noyés et les joues inondées de larmes, râlait sous l'assaut mais hâtait de toute son ardeur une conclusion dont la violence les jeta presque hors du divan...

Un moment plus tard, tandis qu'il reposait sur elle les bras en croix, son cœur battant lourdement contre la gorge de Cayetana, elle se mit tout doucement à lui caresser le dos d'une main étrangement timide comme si elle craignait de réveiller le démon endormi en lui ; puis, posant très doucement sa bouche contre la sienne :

— Brute, chuchota-t-elle d'un ton câlin qui démentait l'injure. Tu m'as fait mal, tu sais ? Est-ce là une façon de traiter une grande dame ?

Il s'écarta d'elle aussi brusquement que si elle l'avait brûlé, plantant dans le sien son regard glacé où rien ne subsistait de l'amoureux délire.

— Était-ce donc la grande dame ? persifla-t-il. Je n'ai vu qu'une chatte des rues en chaleur, une simple manola à la recherche de son instinct. Et comme c'était celle-là même dont j'avais envie depuis longtemps...

L'insulte la fit sourire tandis que ses mains souples couraient sournoisement sur le corps du jeune homme.

— Dont tu avais ?... Quel déplaisant imparfait !... L'heure n'est pas encore finie, mon bel ami, mais toi, apparemment, tu l'es déjà.

Le démenti fut instantané. L'heure fut dépassée, puis une autre, puis une troisième, toutes rythmées par le cri mélancolique du sereno dont le pas lourd éveillait les échos de la rue. Et quand, enfin, la jeune femme se retrouva inerte, reposant contre la poitrine de son amant, ce fut très humblement qu'elle murmura :

— Et maintenant... acceptes-tu de m'écouter, de me suivre ?

Il l'embrassa doucement, délicatement, sur les yeux, sur la bouche et sur chacun de ses seins.

— Non, ma douce... maintenant moins encore que jamais ! Grâce à toi j'ai désormais assez de force pour affronter en riant tous les bourreaux du Saint-Office.

Tout de suite elle s'emporta :

— Triple mule entêtée ! On ne rit pas sur le bûcher ! Et il s'agit bien de bourreaux ! Crois-tu que je supporterais à présent de te voir affublé du grotesque *sanbenito*, te tordre sous la morsure des flammes enchaîné à un poteau... et cela à cause de cette garce de Maria-Luisa ? M'as-tu dit, oui ou non, hier que ta vie m'appartenait ?

— Je l'ai dit, mais...

— Ce genre de parole ne souffre aucun mais... Je considère donc que j'ai droit de faire, de cette vie, ce que bon me semblera et, en conséquence, j'ordonne, tu entends... j'ordonne que tu attendes ici que je revienne te chercher demain matin. Non, ne proteste pas, ne dis pas non... tu n'as pas le droit car, vois-tu, je crois que j'ai trouvé un moyen excellent de te faire quitter Madrid... un moyen à peu près sans danger.

— À peu près ! Tu vois bien...

— Ne sois pas bête ! Il faut toujours compter avec le sort mais j'aime le danger, j'y trouve le goût véritable de la vie et, malheureusement, je ne le rencontre pas souvent. Ce que nous allons faire ensemble m'amusera follement et je ne te pardonnerais pas de m'en priver. Enfin, si tu veux le savoir, j'ai besoin de toi, en France. Tu pourras peut-être m'y rendre un service important, un service que je ne peux demander qu'à toi... Tu vois, nous serons à égalité.

— Est-ce bien vrai ? Je n'en crois rien ! Ou alors parle, dis-moi ce que je pourrai faire...

— Non. Demain !... Demain le Diable lui-même sera pour moi car il n'aura pas autre chose à faire à cause de la fête ! Et sois sans crainte, je n'oublierai pas ton serviteur indien. Maintenant il est temps que je rentre au palais. Non, n'aie pas peur, ajouta-t-elle en voyant Gilles esquisser un mouvement de protestation, je ne risque rien la nuit dans les rues de Madrid. Le petit peuple me connaît et m'aime. Assez tout au moins pour que les mendiants aveugles, que je secours secrètement, ne parlent pas de ma visite dans ce quartier mal famé. Ils se contentent de mes démêlés avec la Benavente où, en général, j'ai le beau rôle. Aie confiance et attends-moi !... D'ailleurs je vais dire au señor Goya de t'enfermer. Tu ne pourras pas quitter la maison à moins de la démolir.

Elle l'embrassa et disparut aussi soudainement et beaucoup plus silencieusement qu'elle était venue. Seul demeura après elle son parfum d'ambre chaud, évocateur comme une présence et doux comme une dernière caresse. La maison, le quartier tout entier étaient retournés au silence. Seul, le cri mélancolique du sereno se fit entendre au fond de la nuit.

— Il est minuit, chrétiens, dormez !

Repris par l'espoir, Gilles décida de s'abandonner à la volonté de Dieu... et de Cayetana qui était fort capable d'infléchir les décrets du Seigneur lui-même car elle était de ces femmes auxquelles rien ne saurait résister parce qu'elles ne croient pas que ce soit possible.

L'apaisant silence vola en éclats dès la pointe du jour, chassé par les cloches des innombrables églises, les accords de guitare, les ronflements des tambourins, les rires des filles et les cris joyeux des garçons : Madrid s'éveillait tumultueusement sous les reflets mauves d'un beau ciel d'aurore et commençait à célébrer la fête de San Isidro, son patron.

L'apparition de Paco, superbement vêtu en majo de grand luxe, de satin couleur d'or et de passementeries noires, fit entrer la fête jusque dans l'atelier. Les effluves qu'il répandait étaient presque aussi capiteux que ceux de la duchesse et il semblait d'humeur joyeuse, exactement comme si la présence du Français sous son toit ne lui faisait pas courir le risque de rôtir tout vivant par une de ces prochaines nuits.

— Si je ne veux pas me faire remarquer, il faut que j'accompagne ma femme à la messe de San Isidro. Mais toi, mon ami, qu'as-tu décidé... ou plutôt qu'a décidé la belle dame descendue pour toi jusqu'à cette misérable maison ?

— Elle doit venir me chercher ce matin. Elle prétend avoir trouvé un moyen miraculeux de me faire quitter Madrid ; mais je crains qu'elle ne s'abuse...

— Sur quoi ? Sur son pouvoir ? Cette femme est capable de battre le Diable en personne. Je t'envie d'être de ses amis.

— Pourquoi ne le serais-tu pas ? Elle a dit qu'elle ne t'oublierait pas, souviens-toi...

Une joie brûlante, inattendue, transfigura soudain le visage rude du peintre et Gilles comprit que l'image de la duchesse, jamais encore contemplée d'aussi près, était entrée dans les yeux... peut-être dans le cœur de son ami.

— Tu crois ? murmura-t-il avec une douceur qui fit sentir au Français qu'il avait deviné juste, ... j'aimerais tant travailler pour elle, la peindre, la peindre encore et encore car elle est à la fois toujours la même et toujours une autre : une idole, une femme, une fille de Madrid, une reine...

— Disons qu'elle est la Femme, sourit Gilles. Et maintenant, Paco, laisse-moi t'embrasser et te dire adieu. Quand tu reviendras je ne serai plus ici sans doute et je ne sais si nous nous reverrons un jour. Mais je veux te dire que jamais mon cœur n'oubliera ce que tu as risqué, ce que tu risques encore pour moi.

— Tu es devenu un frère pour moi, Francés... on doit tout à un frère et je sais que nous nous reverrons un jour. Va avec Dieu ! Je prierai pour toi San Isidro et Notre Dame de la Atocha...

Les deux hommes s'étreignirent, les larmes aux yeux. Puis, recommandant une dernière fois à Micaela de n'ouvrir sa porte qu'à bon escient, Goya quitta l'atelier comme on se sauve, sans doute pour cacher une émotion qu'il ne parvenait pas à maîtriser.

Il n'avait certainement pas encore atteint l'église quand la rue s'emplit d'un majestueux vacarme : celui du cortège de Son Excellence la duchesse d'Albe. C'est-à-dire une manière de déménagement composé d'une grande berline de voyage suivie de deux ou trois voitures de moindre importance pour les domestiques, le tout attelé de chevaux portant tous un haut plumet sur la tête et de joyeuses sonnailles. Plusieurs postillons venaient devant traçant la route aux cochers imposants dans leurs manteaux à triple collet revêtus malgré la chaleur. Des laquais s'accrochaient aux ressorts de la berline et, enfin, après une escouade de piqueurs à cheval, venait tout un cortège de mules encore plus tintinnabulantes que les chevaux, portant des coffres de cuir ou des ballots : tout le petit matériel de voyage d'une grande dame en déplacement.

Le tout s'arrêta devant la maison de Goya dont le heurtoir fut vigoureusement agité. L'instant suivant, Micaela, débordante d'humilité, vint offrir une révérence presque agenouillée à Sa Grandeur la duchesse d'Albe qui, vêtue d'un fort élégant costume de voyage et coiffée d'un chapeau tellement empanaché qu'il en devenait presque une provocation, effectuait une entrée bien dans sa manière, c'est-à-dire tumultueuse, à laquelle participait, beaucoup plus silencieusement, une longue duègne maigre empaquetée d'épais voiles noirs.

Pour l'édification du petit attroupement qui se formait autour de son équipage, la duchesse cria très fort que, se rendant à sa villa de San Lucar de Barrameda, elle venait chercher le tableau qu'elle avait acheté la veille au señor Goya, tableau qu'elle destinait justement à ladite villa. Elle ajouta qu'elle serait aussi reconnaissante au señor Goya de lui prêter un cheval car l'un de ceux de son attelage venait de se déferrer et la hâte qu'elle avait de poursuivre son voyage ne lui permettait pas de rentrer au palais.

En résultat de quoi, tandis qu'elle pénétrait dans la maison, l'un de ses valets échangeait un des chevaux de l'attelage contre Merlin en personne...

L'instant suivant, et sans se soucier le moins du monde de la présence de la duègne, elle tombait dans les bras de Gilles qu'elle étreignait rapidement mais ardemment.

— Nous avons peu de temps, murmura-t-elle contre sa bouche. Vite, déshabille-toi !

Il la considéra avec effarement

— Que je me... Êtes-vous folle ? Maintenant ?...

Elle eut un rire joyeux, clair comme une fontaine.

— Pas pour ce que tu crois, nigaud ! Voici ma plus fidèle servante, Doña Concepción ! Elle a veillé sur mon enfance et elle a toute ma confiance. Tu vas prendre ses vêtements... et sa place à mes côtés dans ma voiture. Par bonheur elle est grande et, même si cela ne te va pas très bien, personne n'aura l'idée de te chercher sous les habits d'une respectable duègne. D'autant plus que nous ne sommes pas censés nous être jamais rencontrés. Fais vite. L'agitation de la Pradera relâche un peu la surveillance aux portes. Nous passerons sans encombre et ce soir tu seras loin.

Incontestablement Cayetana avait trouvé là un excellent moyen. Sans protester, Gilles commença à se dévêtir tandis que, derrière un paravent, Doña Concepción en faisait autant sans perdre un pouce de sa dignité. Le paravent était d'ailleurs parfaitement superflu car elle portait d'autres vêtements, ceux d'une femme du peuple, sous les siens.

— À la nuit tombée, expliquait la duchesse, Concepción regagnera le palais sans attirer l'attention de personne.

Avec l'aide des deux femmes, Gilles revêtit la longue et large robe noire, les colliers de jais, les coiffes de dentelle qui retombaient jusque sur sa figure et l'ample cape à capuchon qui devait envelopper le tout. Pour plus de sûreté, Cayetana lui noircit les sourcils, posa un pied de rouge sur ses joues afin de lui donner l'aspect de bois peint qui était celui de Concepción. Après quoi, elle prit du recul pour juger de l'effet.

— Ce n'est pas mal du tout, fit-elle avec satisfaction. Les coiffes font merveille et cachent suffisamment ton visage. Maintenant, le tableau...

— Mon serviteur, coupa Gilles. Qu'est-il devenu ?

Occupée à examiner les toiles restées contre le mur, la duchesse répondit sans se retourner :

— Il est dans le coffre à victuailles de ma voiture. Nous l'en sortirons quand nous serons assez loin. Je crois que celui-ci fera l'affaire, ajouta-t-elle en brandissant une scène de rue, représentant des mendiants à la porte d'une église. Tiens, fit-elle à l'adresse de Micaela en lui lançant une bourse généreusement arrondie. Tu présenteras mes excuses à ton maître et tu lui remettras ceci. J'espère qu'il jugera le paiement suffisant. Et maintenant en route !...

Suivie de Gilles qui faisait de son mieux pour ne pas s'empêtrer dans ses jupes et de Micaela portant le tableau qu'elle remit à un valet, la duchesse d'Albe remonta dans sa voiture. Le passage sous le grand soleil au milieu d'une véritable foule représenta pour Gilles une épreuve assez redoutable ; aussi fut-ce avec un profond soupir de satisfaction qu'il prit place dans l'ombre de la voiture et s'enfonça dans les profonds coussins de velours.

À travers les vitres, il pouvait apercevoir toute une frise de visages curieux aux regards avides ; des gosses en guenilles, des femmes en mantilles, pas très propres, pas très neuves mais des mantilles tout de même pour la messe de ce jour de fête. Un bariolage de couleurs violentes sur fond de murs aveuglants, de ciel outremer et de soleil radieux. Et puis, là-bas, dans l'ombre froide d'un auvent, la robe noire d'un moine faisant pendant aux silhouettes sinistres de deux alguazils en faction : l'Inquisition et la police, un condensé vivant de la menace qui pesait sur le fugitif. Comme s'ils avaient été créés juste pour la circonstance, le capuchon du moine encadrait un visage maigre, blême, où s'ouvraient, comme des meurtrières, des yeux étroits de fanatique. Quant aux soudards, ils avaient bien l'air de ce qu'ils étaient : deux brutes bornées envahies par la conscience de leur pouvoir comme par une mauvaise graisse.

Le fastueux équipage de la duchesse d'Albe sembla leur donner à penser, ce qui ne devait pas être facile. Inquiet, Gilles les vit s'ébranler, marcher du pas pesant du Destin vers la voiture, écartant brutalement la foule à coups de fourreau de sabre, peut-être d'ailleurs simplement pour offrir des hommages, des services obséquieux. Mais Cayetana les avait vus, elle aussi. Son cocher reçut un ordre bref et aussitôt se pencha, pêcha sous son siège un sac pesant qu'il ouvrit et dans lequel il plongea une main grosse comme un petit jambon. Cette main s'ouvrit au bout d'un geste large de semeur et une poignée de pièces d'or s'abattit sur la foule, saluée par un grondement de fauves.

— Son Excellence Madame la Duchesse d'Albe vous invite à fêter en son nom le grand San Isidro. Elle regrette de devoir quitter Madrid en ce jour béni et vous demande de prier pour elle et pour sa maison. Que Dieu et San Isidro vous gardent tous ! brailla-t-il à pleins poumons.

Un nouveau rugissement lui répondit et la foule, comme la mer à l'assaut d'une plage, se rua sur les pièces qui roulaient de tous côtés. D'autres poignées suivirent, judicieusement répandues de part et d'autre de la voiture afin de laisser autant que possible un chemin libre et cela jusqu'à ce que le sac se trouvât vide. Les hommes de police se jetèrent eux aussi à la curée et le moine lui-même, abandonnant pour un instant les hauteurs où planait son regard vide, l'abaissa jusqu'à la poussière de la rue juste à temps pour arrêter adroitement de sa sandale deux pièces qui avaient roulé jusqu'à lui. Tous, acharnés à leur récolte, avaient oublié la voiture qui s'ébranla doucement et commença à cahoter le long de la rue en pente.

Sans quitter la pose d'idole inaccessible qu'elle avait adoptée pendant que son cocher déchaînait sa pluie d'or, Cayetana laissa glisser vers la fausse duègne un sourire moqueur.

— Il y a des précautions qui sont bonnes à prendre, murmura-t-elle. Quelque chose me disait que nous tomberions sur des imbéciles décidés à faire du zèle... et contre la bêtise, l'or est le seul remède.

— Disons que vos précautions sont fabuleuses, ma chère. Vous avez jeté aux quatre vents une petite fortune.

Elle haussa les épaules avec insouciance.

— Qu'est-ce que l'or ? Les anciens Aztèques l'appelaient l'excrément des Dieux. Ces malheureux n'en voient jamais et moi j'en ai trop. Et puis je dois soutenir ma réputation d'excentricité.

Doucement, Gilles prit la main gantée de blanc qui reposait auprès de lui sur le drap pourpre de la robe, fit glisser légèrement le gant pour trouver la peau et y colla ses lèvres avec une sorte de dévotion reconnaissante. La duchesse, alors, se tourna vers lui, l'enveloppant de son regard étincelant de malice.

— Ce soir... et les autres soirs, dit-elle, il faudra que Doña Concepción, comme elle en a l'habitude en voyage, partage ma chambre. J'avoue que je n'avais encore jamais imaginé jusqu'à présent qu'il m'arriverait de trouver follement amusant de faire l'amour avec une duègne...

Pour toute réponse, Gilles baissa légèrement la vitre de la voiture. Il avait terriblement chaud tout à coup...

Les portes furent franchies, non seulement sans incident mais avec les honneurs militaires. Les armes de la famille d'Albe étaient presque aussi célèbres et aussi respectées que celles du Roi en personne. Les sentinelles leur présentèrent les leurs, gracieuseté dont ils furent remerciés par le rayonnant sourire que la duchesse mit à la portière. Quant à la duègne, elle était prise d'une quinte de toux qui la faisait râler dans son grand mouchoir.

La quinte dura tant que l'on passa, au ralenti, le pont de Tolède envahi d'un charroi intense par ceux de la campagne qui accouraient en foule pour prendre part à la Pradera. À l'abri derrière son mouchoir, Gilles put apercevoir les rives du Manzanarès transformées pour la circonstance. Les vertes prairies riveraines montraient une étonnante éruption de baraques de plein vent qui avaient poussé pendant la nuit : débits de boissons, pâtisseries improvisées déjà assiégées par des nuages de mouches, petits marchands de pacotilles où les images du saint se mêlaient à des herbes guérisseuses, Gitanes prestes à saisir au vol une main vite transformée en livre de lecture, roulant des hanches dans leurs jupes volantées, un œil guettant les éventuelles robes monastiques, danseurs aux jambes agiles tournoyant autour d'un guitariste dans le claquement rythmé des castagnettes : un étonnant mélange de kermesse et de carnaval coulant entre les tentes de toile blanche qui ressemblaient à du linge mis à sécher sur la berge. Tout à l'heure, après la messe, viendraient les équipages débordant de toilettes claires, les majas scintillantes, les gentilshommes et les jolies filles de la Société. Et Gilles, avec un soupir, regarda filer à son côté, le pont franchi, le chemin qui menait à Carabanchel : il allait, pour la première fois, manquer à sa parole et Thérésia, sans doute, à cette heure, devait le vouer à tous les diables si les bruits publics n'étaient pas venus jusqu'à elle. Reverrait-il jamais la gentille fille des Cabarrus qui lui avait voué une si puérile admiration ?

— Regrettez-vous tellement de quitter Madrid ? dit Cayetana, qui avait entendu le soupir. Ou bien est-ce la fête que nous manquerons tous les deux ?

— L'un et l'autre peut-être ! Mon séjour en Espagne, que j'espérais plus long, se solde par un échec. Aucun homme n'aime à perdre...

— Aucune femme non plus ! Mais ne vous désolez pas : vous reviendrez. Le Roi ne sera pas éternel. Un jour, votre amie Maria-Luisa sera reine et... et je crois que nous pouvons maintenant délivrer momentanément votre serviteur, ajouta-t-elle en se penchant pour soulever le couvercle du coffre à vivres placé devant elle où Pongo, pourpre de chaleur, attendait avec une impassibilité toute indienne.

Les chevaux, en effet, avaient pris le grand trot, s'élançant sur la route de Tolède où l'on bifurquerait bientôt vers Talavera pour, de là, remonter au nord en tournant la capitale. Madrid, toute blanche sous ses carillons de fête, s'estompait dans la brume dorée d'un beau jour de printemps.

Résigné à subir son destin, Gilles s'arrangea de son mieux de ses voiles et s'accota pour faire semblant de dormir... ne fût-ce que pour ne plus voir les yeux ronds de Pongo. Mis brutalement en présence de l'étonnante transformation de son maître, l'Iroquois qui savait endurer la torture sans perdre un pouce de son impassibilité, faisait visiblement des efforts énergiques pour étouffer une folle envie de rire...

CHAPITRE IV

L'AUBERGE DE FONTARABIE

Ce fut un étrange voyage, un voyage dont le chevalier de Tournemine devait garder un souvenir à la fois ému et agacé. Il abominait cette défroque de vieille femme dans laquelle on l'avait introduit et qui, cependant, était sa sauvegarde. Il brûlait d'envie de la jeter aux orties mais, alors même que l'on traversait les plateaux les plus désertiques de la vieille Castille, Cayetana s'y opposait si vigoureusement qu'il en vint à la soupçonner de prendre un certain plaisir à la mascarade.

Chaque soir, d'ailleurs, à la halte, le cauchemar se muait en une bien charmante réalité car, ainsi que l'avait annoncé la duchesse, les aubergistes, pliés en deux de respect, trouvaient on ne peut plus normal que cette grande dame refusât farouchement de se séparer de sa duègne.

Aussi, une fois enfermé avec celle qui était à présent doublement sa maîtresse, Gilles, débarrassé de ses jupons, retrouvait-il avec joie son prestige et ses prérogatives d'homme dans le lit de la belle duchesse. Chaque nuit était plus délicieuse et plus folle que la précédente... plus exténuante aussi. Tellement même que le jeune homme finit par trouver à son déplaisant rôle diurne une solution toute simple et toute naturelle : à peine réinstallé dans la voiture il se calait dans son coin, adressait un large sourire à Cayetana et s'endormait du sommeil du juste pour ne se réveiller que le plus tard possible.

Quant à Pongo qui, une fois hors de Madrid, n'avait plus grand-chose à craindre pris isolément, on l'avait nanti d'une livrée, d'un habile grimage et d'un emplâtre couvrant une partie de son visage et qui en corrigeaient suffisamment le type un peu trop exotique, même pour l'Espagne, et il voyageait placidement, en selle sur Merlin qu'il avait fallu dételer et rendre à une certaine autonomie à une demi-lieue de la capitale, jouant imperturbablement le rôle tranquille du serviteur muet. Il comprenait d'ailleurs suffisamment l'espagnol à présent pour s'en tirer honorablement...

On voyageait lentement, presque paresseusement, comme il convient à une grande dame pour ne pas éveiller la curiosité.

La halte de Ségovie, où l'on arriva assez tard à cause d'une roue qui menaçait de s'évader, trancha brusquement sur le rythme monotone du voyage. Un glorieux coucher de soleil rougissait la ville couleur de chair tendre et faisait flamber une cathédrale, dorée comme un abricot sous ses étranges coupoles pointues comme des temples birmans. L'air était doux, parfumé par tous les lichens blonds des coteaux que le soleil avait chauffés tout le jour. La perspective d'une des meilleures auberges d'Espagne ajoutait à la satisfaction des voyageurs d'arriver à l'étape.

Mais quand la caravane déboucha sur la place du Marché aux Grains, en vue de l'auberge de Los Picos, Cayetana eut une exclamation de contrariété : tout un régiment campait sur ladite place ou entre les arches du vieil aqueduc romain et il était visible que les officiers avaient pris possession de l'auberge.

— *Madre de Dios !* Qu'est cela ? soupira-t-elle.

— La chose me paraît évidente, marmotta Gilles, morose, c'est un régiment ! Celui des Dragons de Numance pour être plus précis.

— Mais que fait-il là ? s'impatienta la duchesse.

— Il vient de Salamanque où il est allé réprimer je ne sais quelle révolte à l'Université.

Elle lui jeta un regard mi-respectueux, mi-inquiet.

— Les Gardes du Corps ont-ils coutume d'être à ce point au fait des mouvements de troupes ?

— Si vous entendez par là que je me livre à l'espionnage, rassurez-vous, ma chère. Simplement mon ami Jean de Batz, un Français comme moi, appartient à ce régiment.

— Mon Dieu ! Et s'il vous reconnaît ?

— Le risque ne sera pas grand pour vous car je vous l'ai dit, c'est un ami. Mais moi je risque d'être à jamais perdu de réputation à ses yeux s'il me découvre sous cette défroque ridicule. De toute façon, ajouta-t-il avec un haussement d'épaules agacé, il nous faut courir ce risque. Nous ne pouvons plus reculer.

En effet, l'équipage de la duchesse produisait son effet habituel. Les soldats s'écartèrent respectueusement pour lui livrer passage cependant qu'au seuil de l'auberge, quelques officiers se massaient. L'un d'eux s'avança quand le cocher baissa le marchepied et, balayant la poussière des plumes blanches de son tricorne, offrit à l'arrivante la bienvenue de tout l'état-major.

— Comte Ignacio de San Esteban !... aux ordres de Votre Seigneurie, annonça-t-il avec un nouveau salut.

Il s'avança, offrit dévotieusement sa main gantée pour aider la duchesse d'Albe à descendre tandis que trois de ses camarades commençaient à se disputer l'honneur d'abandonner leur chambre à la plus jolie des grandes dames.

Elle accepta cette main, descendit avec sa grâce habituelle, souriante mais assez distante, cependant que Gilles, empêtré dans son personnage, baissait fébrilement ses coiffes et faisait toute une affaire de quitter à son tour l'ombre de la voiture. Il était partagé entre la satisfaction de cette occasion que le sort lui procurait de revoir son ami et la crainte de l'entendre éclater de rire. Heureusement, un coup d'œil circulaire lui apprit que Batz n'était pas en vue.

Un peu rassuré, il traversa le groupe chamarré des officiers, gagna la voûte de l'auberge en suivant la robe de Cayetana qui ondulait comme une couleuvre sur les gros pavés ronds, s'engagea dans la porte de la grande salle... et reçut de plein fouet un personnage qui sortait en courant et qui lui écrasa un pied.

— Quel fichu maladroit ! gronda-t-il furieux et s'apercevant trop tard qu'il avait parlé français.

L'autre se retourna, saisi... c'était Jean de Batz. Son regard, d'abord sans expression, accrocha la fausse duègne et, brusquement se figea, s'arrondit sur un haut-le-corps. Gilles, alors, grimaça un sourire accompagné d'un clin d'œil puis, ramassant ses jupes, se précipita dans l'escalier à la suite de la duchesse, pas assez vite cependant pour ne pas entendre le hoquet dont Jean accompagnait sa sortie. Mais le plus dur était fait, et en outre il savait son ami pourvu de trop d'esprit pour ne pas jouer le jeu. Très certainement, il imaginerait une aventure amoureuse avec l'inflammable duchesse et saurait se montrer discret.

Dans la chambre que l'on débarrassait hâtivement pour elle en attendant que ses serviteurs en prissent possession, Cayetana recevait les dernières salutations de San Esteban qui faisait visiblement tous ses efforts pour obtenir une invitation à souper en échange de sa courtoisie mais allait devoir se contenter d'un remerciement gracieux et d'un :

— Je vous suis tellement reconnaissante, Don Ignacio ! Votre courtoisie m'est d'un si grand secours ! Voyez-vous, je me rends à Luchon pour ma santé mais ce voyage m'éprouve affreusement ! Je ne sais ce que je serais devenue sans vous...

L'hidalgo se cassa en deux, rouge d'orgueil.

— Notre honneur à tous n'aurait pas résisté à une mauvaise nuit de la duchesse d'Albe ! Déjà, cette auberge est tout à fait indigne d'elle !

Cayetana baissa les yeux, soudain confite de dévotion.

— La pénitence est salutaire quand on veut obtenir du Ciel la guérison ! Je vous souhaite la bonne nuit, Don Ignacio.

L'officier salua de nouveau, marchant à pas

comptés vers la porte en homme qui espère de tout son cœur et contre toute logique d'ailleurs qu'on le rappellera. Ce fut d'ailleurs ce qui se produisit mais pas comme il l'attendait.

— Don Ignacio !

— Excellence ?

— N'avez-vous pas un Français dans votre régiment ? Un Gascon à ce que l'on m'a dit. Un certain... baron de Batz ?

— Si fait, mais...

— Mon époux l'a rencontré plusieurs fois et il connaît bien, à ce que l'on prétend, ces Pyrénées sauvages où je me rends pour y prendre les eaux. Puisque le hasard le met sur mon chemin, voulez-vous lui dire que je désire m'entretenir avec lui quelques instants ?

La commission visiblement ne plaisait guère à don Ignacio.

— Un tel honneur ! Pour ce petit gentilhomme... Mais...

Le ton de Cayetana se fit alors d'une inquiétante douceur.

— Mes amis ne discutent jamais mes désirs, Don Ignacio. C'est, d'habitude, à qui les réalisera le plus vite.

Don Ignacio sortit, dompté...

— C'est bien ce que tu voulais, n'est-ce pas ? murmura Cayetana dès que la porte se fut refermée sur le colonel.

— Vous êtes la femme la plus étonnante qui soit au monde, déclara-t-il tout en se débarrassant hâtivement de sa défroque de duègne sous laquelle il ne souhaitait pas que son ami puisse le contempler une seconde fois.

Quelques instants plus tard, Jean de Batz, sanglé dans son uniforme jaune canari, le bonnet de police à flamme garni de cuir sur l'oreille, franchissait le seuil de la pièce et offrait à la duchesse d'Albe un salut dont se fût contentée une reine. Mais ses vifs yeux noirs, une fois rendu à la jolie femme l'hommage admiratif naturel à tout Français digne de ce nom, allèrent discrètement explorer les profondeurs de la chambre et singulièrement les rideaux du lit, cherchant quelque chose. Cayetana ne lui laissa pas beaucoup de temps pour se poser des questions.

— Il y a ici quelqu'un qui désire vous voir, baron, fit-elle avec un sourire en se dirigeant à son tour vers ce lit. Vous pourrez parler en toute sécurité.

Le nouveau salut, encore plus profond, de Batz tourna un peu court lorsque Gilles quitta l'abri des rideaux du lit tandis que le Gascon éclatait de rire.

— Ainsi, c'était bien toi ? Sacrebleu, mon ami, j'en étais à douter de ma raison et à me demander comment, n'ayant bu depuis ce matin que deux gobelets de mauvais vin, je pouvais en être aux hallucinations...

— Te voilà rassuré... et j'ajoute qu'il n'y a pas de quoi rire. Sans cette défroque de malheur et la protection de la duchesse, je serais à l'heure présente en train de me morfondre au plus profond d'un cachot de l'Inquisition, en attendant d'aller rôtir en public sur la Plaza Mayor au chant du *Dies Irae*...

Batz changea de visage.

— L'Inquisition ? Mais que lui as-tu fait ?

— À elle ? Rien du tout...

Et Gilles rapporta brièvement ce qui s'était

passé à Aranjuez et à Madrid puis conclut son récit en tirant de sa ceinture la bague d'émeraude de Maria-Luisa.

— Tiens ! Voilà tout ce qu'il me sera permis d'ajouter encore à ma fortune espagnole, car tu penses bien que ma situation de mort en fuite ne m'a guère permis de passer chez l'économe du régiment pour toucher ma solde. Tu la donneras à Cabarrus.

Avec l'habileté d'un professionnel Batz fit jouer les pierres dans la lumière puis, fourrant le bijou dans son gousset avec un large sourire :

— Je saurai parfaitement en quoi la transformer ! fit-il. Nos affaires vont bien d'ailleurs car j'ai fait, par l'entremise de la banque de San Carlos et de ton ami Cabarrus justement, quelques placements avantageux, dont plusieurs parts dans l'affrètement d'un navire marchand à destination de la Côte de l'Or...

— La Côte de l'Or ? Pour en rapporter quoi ?

— Mais... différentes choses. Du café, du cacao...

— Tu es sûr ?

— Voilà qu'à ton tour tu joues les inquisiteurs ! Je ne comprends pas ta question et moins encore le ton que tu emploies.

— Excuse-moi. Mais, vois-tu, j'aurais horreur d'apprendre que nous essayons de faire fortune avec l'ignoble trafic de ce que l'on appelle pudiquement le « bois d'ébène ». J'ai vu des esclaves, en Amérique. J'admets que certains sont bien traités, heureux même, mais ce n'en sont pas moins des rebuts d'humanité... bien que pourvus d'une âme comme toi et moi...

Batz haussa les épaules avec une désinvolture

qu'un observateur averti eût peut-être trouvée un peu forcée.

— Il y a des moments où je me demande si tu n'as pas gardé au fond de toi un vague regret de la prêtrise. Quel évêque tu aurais fait ! Non, rassure-toi, il n'a été jusqu'ici question que de denrées alimentaires. Fais-moi confiance, sacrebleu ! Évidemment je regrette de te voir partir mais tu peux être certain que tes affaires ne s'en porteront pas plus mal. Un détail, pourtant : cette bague est tout ce que tu possèdes, si j'ai bien compris. De quoi vivras-tu le temps de reprendre du service chez les Dragons et de toucher ta solde ?

Gilles se mit à rire.

— Ne m'as-tu pas montré le chemin au temps bienheureux de notre rencontre ? Je ferai comme toi : des dettes...

Batz leva les yeux au ciel.

— Et voilà ! Cela s'indigne vertueusement quand il est question de trafiquer des esclaves mais cela envisage le plus sereinement du monde de faire souffrir d'honnêtes commerçants parisiens.

— Faire des dettes ne signifie pas que l'on refuse de les payer.

— De toute façon, il n'en sera pas question.

Cayetana venait d'entrer dans la conversation avec l'entière sérénité de quelqu'un qui sait parfaitement que personne n'osera lui reprocher d'avoir écouté aux portes. Gilles se tourna vers elle, sourcils froncés, déjà sur la défensive.

— Que voulez-vous dire ?

— Simplement ceci : lorsque nous avons quitté Madrid, je vous ai dit que j'avais besoin de vous, en France, pour une mission de confiance. Je crois que le moment est venu de vous révéler la nature de cette mission. Votre ami, qui semble s'intéresser de près aux affaires, pourra, je pense, nous y aider.

— Nous sommes l'un et l'autre à votre service, mais...

— Pas de mais ! Je déteste ce mot-là !

Elle alla se poser gracieusement sur le seul fauteuil de la chambre, invitant du geste les deux amis à s'établir qui sur un tabouret, qui sur un coffre de voyage.

— Vous n'ignorez pas la chaude amitié qui m'unit à la princesse des Asturies, fit-elle malicieusement. Lorsqu'il s'agit de notre commune passion pour les pierreries, cette « amitié » atteint une sorte de paroxysme. Or, la veille de notre départ de Madrid, j'ai appris... de bonne source, que le chevalier d'Ocariz, consul général d'Espagne en France, avait été chargé par Doña Maria-Luisa, au moment de rejoindre Paris, d'une mission aussi importante que confidentielle : faire l'achat, chez les joailliers de la Reine de France, d'un certain collier de diamants unique au monde, paraît-il, mais d'un prix tellement élevé que la reine Marie-Antoinette, malgré le vif désir qu'elle en avait, n'a pu réussir à l'acheter.

— Vous voulez parler, Madame la Duchesse, du fameux collier de Boehmer et Bassange, le collier aux six cent quarante-sept diamants ? demanda Batz dont les yeux s'étaient soudain rétrécis.

— Celui-là même. On dit que c'est une merveille, un fleuve de feu qui eût été admirablement au noble cou de la Reine de France..., mais qui, selon moi, serait tout à fait déplacé sous le visage ingrat de la future Reine d'Espagne !

Bien qu'il s'intéressât peu aux colifichets féminins, Tournemine connaissait lui aussi l'histoire du fabuleux collier commandé quelques années plus tôt par le roi Louis XV pour la comtesse Du Barry. Les joailliers de la Reine avaient mis longtemps à trouver sur tous les marchés du monde les pierres parfaites que le goût exigeant du souverain réclamait. Malheureusement pour eux, le Roi mourut à peu près au moment où les derniers diamants arrivaient à Paris, privant les deux hommes, qui s'étaient endettés jusqu'aux oreilles, d'un client à peu près irremplaçable. Et Gilles croyait entendre encore la voix méprisante de Fersen qui lui avait conté l'histoire.

— Quelques mois de vie supplémentaires au roi Louis XV et une catin se parait d'un trésor qu'une souveraine ne pourra pas porter...

— En ce qui concerne Sa Majesté, coupa-t-il avec un peu d'agacement, Votre Grâce est mal renseignée. Elle aurait parfaitement pu posséder le collier car chez nous chacun sait que le Roi voulait le lui offrir, en 1778, pour la naissance de leur premier enfant, la princesse Marie-Thérèse. La Reine l'a refusé, épouvantée par le prix qui correspondait à celui d'un vaisseau de ligne. C'est peut-être un peu grâce à elle si nous avons la meilleure marine du monde !

La duchesse d'Albe partit d'un éclat de rire un peu forcé.

— C'est bien possible. Mais moi qui n'ai aucune raison d'offrir des vaisseaux à mon seigneur époux qui n'en saurait que faire, ni même à l'Espagne qui ne m'en aurait aucune reconnaissance, j'ai décidé que ce collier m'appartiendrait. Vous aurez donc, mon cher ami, l'obligeance de le négocier pour moi... à quelque prix que ce soit, vous m'entendez bien ? L'important est de l'emporter sur Maria-Luisa. Cela fait, vous l'apporterez vous-même jusqu'à la frontière d'Espagne, où votre ami ici présent viendra le chercher, puisqu'il ne vous sera pas possible, jusqu'à nouvel ordre, de fouler à nouveau le sol espagnol.

Batz intervint :

— Acheter, surtout à n'importe quel prix – et il me semble bien me rappeler que celui des joailliers voyage autour d'un million et demi –, cela suppose la mise à disposition de l'acheteur d'une très forte somme d'argent !...

— Tout est réglé de ce côté, baron. Le señor Cabarrus transférera deux millions à la succursale de Cadix de la banque parisienne Lecoulteux.

Tournemine et Batz échangèrent un regard.

— Nous connaissons très bien les Lecoulteux, fit le premier.

— Tant mieux. Vos lettres d'introduction s'en trouveront simplifiées d'autant et cela me permet de constater, une fois de plus, que j'ai fort bien choisi mon messager, ajouta Cayetana avec un sourire. En ce qui vous concerne, Diego vous remettra à la frontière, avec tous les papiers de banque, une somme en or et une lettre de change pour vos frais. Non ! fit-elle impérieusement, coupant court au geste de protestation du jeune homme, vous devez accepter : l'homme qui représentera les ducs d'Albe chez messieurs Boehmer et Bassange ne saurait être impécunieux et je n'ai jamais entendu dire qu'un ambassadeur, fût-il prince, eût dérogé en acceptant de son souverain une juste rétribution pour ses travaux. Et puis, ne vous y trompez pas, chevalier, les choses ne seront pas aussi simples qu'elles le paraissent vues d'ici.

Telle que je connais Maria-Luisa, son envoyé fera tout au monde... tout, vous m'entendez bien ?... pour lui rapporter ce joyau dont elle a une envie maladive. Il faudra vous garder soigneusement, être extrêmement prudent car vous allez tout simplement risquer votre vie.

— Eh bien, j'aime mieux cela ! dit Gilles avec un soulagement qui fit sourire Batz. Le danger rendra ce marché plus amusant.

— Il n'y a pas que ce danger-là. Vous aurez peut-être aussi quelques ennuis avec votre ministre des Affaires extérieures. Dès l'instant où Ocariz, qui est consul général, je vous le rappelle, vous saura sur les rangs, il fera feu de tout bois. Vous risquerez peut-être aussi votre carrière... ou la Bastille !

— Ces risques-là aussi je les prends. À moins que le monde ne s'écroule, vous aurez votre collier !

— Je n'en doute pas un seul instant. Eh bien, puisque nous sommes d'accord, mieux vaut nous séparer. Mais soyez sûrs, à présent, l'un et l'autre de ma reconnaissance.

Batz salua avec une joie qu'il avait beaucoup de mal à atténuer. Visiblement, son entrée en relations avec la duchesse d'Albe le ravissait. Ce fut avec enthousiasme qu'il embrassa son ami.

— Encore un mot, dit celui-ci contre son oreille. Tu n'as reçu aucune nouvelle du comte de Boulainvilliers, ni du lieutenant de Police ?

— Aucune ! Mais cela ne veut rien dire. Ces affaires-là vont rarement vite, sauf par miracle. À bientôt et que Dieu te garde !

Pour échapper à Don Ignacio, un peu trop désireux de pousser plus avant ses relations avec la duchesse d'Albe et qui prétendait l'escorter avec une partie de son régiment, Cayetana décida de quitter Ségovie avant le lever du jour et d'accélérer la marche de son cortège. Mais cette accélération devint de la hâte quand, passé Aranda de Duero que l'on brûla pour éviter à la duchesse de faire halte dans le château qui lui appartenait, on fut dépassé, sur le Camino real[1], par l'équipage d'un personnage qui semblait fort pressé... et qui n'était autre que le consul général regagnant Paris à grandes guides. Cette fois il n'était plus question de flâner. On roula aussi vite qu'il était possible pour ne pas éreinter les chevaux, on coucha même en pleine campagne après avoir traversé Burgos où Ocariz s'était arrêté et, quatre jours après avoir quitté Ségovie, on arrivait en vue de la Bidassoa, petit fleuve côtier dans les flots duquel s'inscrivait la frontière entre la France et l'Espagne.

À cette hâte, Gilles adhérait de tout son cœur car il aspirait ardemment à se retrouver un homme parmi les hommes. Il était las jusqu'à l'écœurement d'une mascarade, salutaire peut-être, mais qui l'irritait d'autant plus qu'il soupçonnait Cayetana d'y prendre un plaisir pervers. En réendossant ses cotillons, chaque matin, il avait l'impression de grimper au pilori.

Et puis, le désir violent qu'il avait éprouvé pour la belle maja commençait à s'émousser. Son rôle nocturne se muait insensiblement en celui d'un galérien de l'amour enchaîné aux caprices sensuels

1. La grande route reliant Madrid à Irún et œuvre du ministre Florida Blanca.

d'une femme sans cesse à la recherche de sensations nouvelles, ces sensations qu'elle traquait, sous son déguisement de manola, jusque dans le petit peuple des toreros et des Don Juan de rues. Un homme nouveau, pourvu qu'il eût une certaine flamme au fond des yeux, un corps vigoureux et qu'il éveillât sa curiosité, faisait apparaître en elle l'instinct le plus primitif.

Bien souvent, par exemple, au cours des longues journées de route dans la poussière et la chaleur, la pensée et la conversation de l'a duchesse s'étaient dirigées vers Goya. Le peintre avec son physique brutal, sa parole directe et sa passion de vivre intéressait visiblement Cayetana qui réclamait toujours plus de détails sur la vie secrète de cet homme en qui elle voyait à présent, tout comme Gilles lui-même, un futur géant de l'art.

« Si un jour je reviens en Espagne, songeait Gilles mi-amusé, mi-inquiet, je suis prêt à jurer qu'elle en aura fait son amant ! Lui ne demande que cela. Il avait un regard, l'autre jour, quand elle voltigeait à travers son atelier ! Reste à savoir ce que Paco retirera de cet amour : une inspiration plus ardente encore... ou un désastre ? »

Quant à lui-même, c'était avec une sorte d'avidité qu'il suivait des yeux le chemin déroulé devant lui à l'infini... vers la France. Parfois, son regard glissait vers Pongo qui chevauchait paisiblement à la portière, en selle sur le superbe Merlin, et Gilles se sentait étouffer sous l'envie violente d'arracher ses ridicules oripeaux noirs, d'enfourcher son cheval bien-aimé pour retrouver sa chaleur et sa vitalité puissante et pour s'envoler avec lui jusqu'au bout de l'horizon, à la recherche de sa propre existence, d'un rêve coiffé de flammes qui s'était dissous dans les nuages depuis trop longtemps...

L'apparition des vieux remparts de Fontarabie reflétés dans les eaux verdâtres de la Bidassoa lui arracha une exclamation dont il ne fut pas maître et qui fit froncer les beaux sourcils de Cayetana.

— Es-tu donc si pressé de me quitter ? murmura-t-elle.

Il lui sourit avec beaucoup de gentillesse et un peu de contrition.

— Je suis pressé de redevenir moi-même, Cayetana... et aussi de me lancer dans l'aventure que vous m'offrez. Dieu m'a créé de telle sorte que je crois être beaucoup plus fait pour les bagarres et les horions que pour filer la laine sous les yeux d'une femme, ces yeux fussent-ils les plus beaux du monde ! ajouta-t-il en baisant doucement la main de sa maîtresse. Mais quand il voulut la reposer sur la robe cette main s'accrocha nerveusement à la sienne.

— Regarde ! Qu'est-ce que cela ?

On arrivait en vue de Behobia et du vieux pont jadis construit par les Romains dont les arches vigoureuses avaient porté durant tant de siècles le poids des foules de pèlerins en route vers Compostelle de Galice. Mais, cette fois, l'antique chaussée était déserte. À la hauteur de la croix de pierre portant les attributs de saint Jacques, un cordon de soldats rejoignait les deux parapets : le chemin était barré.

La voiture s'arrêta, cependant qu'avec l'assurance d'un serviteur de grande maison, Diego poussait son cheval jusqu'à la poitrine des soldats :

— Place ! cria-t-il, place à la voiture de Son Excellence la duchesse d'Albe !

L'officier qui rêvait, adossé à la croix, mit le chapeau à la main pour répondre.

— Nous livrerons passage à Son Excellence dès l'instant où elle nous aura remis son laissez-passer, dit-il tranquillement.

Diego tira de sa poche une liasse de papiers.

— Voici les passeports de Son Excellence et de sa suite. Nous nous rendons aux bains de Luchon où le docteur de Barrié attend Madame la Duchesse.

L'officier hocha la tête.

— J'ai parlé de laissez-passer, mon ami, non de passeports. Depuis une semaine, nul ne peut franchir la frontière française sans être muni d'un laissez-passer spécial, signé par le Roi en personne ou par le marquis de Florida Blanca. Et cela jusqu'à nouvel ordre.

— Mais enfin, cela ne peut concerner la plus grande dame d'Espagne et...

— Cela concerne tout le monde... même les membres de la famille royale s'il leur prenait fantaisie de se présenter ici.

Cayetana, qui avait tout entendu, pâlit mais habituée à faire front, elle baissa la glace et passa la tête par la portière.

— Venez ici, lieutenant ! Venez m'apprendre au moins la raison d'un ordre aussi extravagant.

L'officier s'approcha de la voiture et salua respectueusement.

— Un criminel en fuite, Excellence, recherché à la fois par la Justice et par la Très Sainte Inquisition. Et comme il s'agit d'un Français, il est naturel de lui barrer le retour vers son pays. Nous avons son signalement et, s'il se présente ici, Votre

Seigneurie peut être certaine que nous ne le laisserons pas échapper.

— J'en suis tout à fait certaine et je vous en félicite, lieutenant. Mais voulez-vous me dire comment je vais pouvoir me rendre à Luchon dans ces conditions ? Je n'ai jamais eu l'habitude de demander d'autorisation à qui que ce soit en ce bas monde... pas même au Roi ! En outre, je suis souffrante, je dois me soigner. Vous n'envisagez pas, j'imagine, de me renvoyer à Aranjuez faire antichambre chez Florida Blanca ? Allons, lieutenant, un bon mouvement. Personne ne vous reprochera d'avoir ouvert votre frontière à la duchesse d'Albe. Je ne suis pas recherchée par l'Inquisition, moi... ni aucun des miens d'ailleurs. Je suis prête à en jurer.

L'officier était visiblement au supplice. Il eût sans doute mille fois préféré subir l'estrapade plutôt que le feu indigné des yeux de cette femme dont il connaissait la puissance et qui pourrait, s'il lui en prenait fantaisie, briser sa carrière d'un claquement de doigts.

— Excellence ! Excellence, je vous supplie de me pardonner. Je sais qu'auprès de Votre Seigneurie je ne suis rien. Je n'ai que mon honneur de soldat mais fussiez-vous la princesse royale elle-même que, sans le laissez-passer en question, je ne pourrais livrer passage...

— Vous avez de ces comparaisons ! marmotta Cayetana furieuse. Mais ce n'est pas vous, j'imagine, qui commandez tout votre régiment. Vous avez bien quelque part un colonel, un général, que sais-je ? Allez me le chercher !

— Je le voudrais mais c'est impossible : Don Garcia Morales, notre colonel, est parti ce matin pour Burgos, appelé par le Gouverneur... mais... il y a là-bas, à Fontarabie, en face du vieux château, une auberge acceptable, où j'ai déjà envoyé tout à l'heure la voiture de deux dames qui se trouvent dans la même situation. Votre Excellence pourrait s'y établir quelques jours, le temps d'envoyer l'un de ses courriers à Madrid pour ramener l'autorisation... ou à Burgos pour en ramener Don Garcia !

Cachée par les plis des robes, la main de Gilles chercha celle de Cayetana, la serra vivement pour attirer son attention.

— Ne vous entêtez pas, chuchota-t-il. Il faut céder. Allons à cette auberge et voyons ce qu'il est possible de faire.

La duchesse poussa un soupir plein de lassitude.

— Eh bien ! Je vois que je n'ai pas le choix ! Je vais suivre votre conseil, lieutenant. Et rassurez-vous, ajouta-t-elle en voyant le regard inquiet dont il l'enveloppait, je ne vous en veux en aucune façon. Vous faites votre devoir et vous le faites bien : c'est tout à votre honneur. À bientôt ! Pedro ! À Fontarabie ! fit-elle à l'adresse de son cocher.

La lourde voiture fit demi-tour dans un nuage de poussière au moment précis où un autre véhicule débouchait à toute allure du dernier tournant. C'était, attelée d'une paire de chevaux fumants, une élégante « calesa », un cabriolet à deux roues dont le devant était fermé par un rideau de cuir et que menait un petit cocher aussi noir et remuant que l'enfer. Une « calesa » que les occupants de la berline ducale reconnurent avec désespoir.

Raide d'indignation, Cayetana vit, après un bref échange de paroles et la production d'un papier, la ligne des soldats s'ouvrir devant le chevalier d'Ocariz qui franchit tranquillement la Bidassoa avant de s'élancer sans la moindre entrave sur la route de Paris.

— Apparemment il possède, lui, le fameux laissez-passer ! Maria-Luisa me paiera cela avec le reste !

Malgré une déception qui n'avait duré que le temps de prendre une nouvelle décision, Gilles se mit à rire.

— Allons, ma chère, ne faites pas cette mine d'apocalypse !

« Rien n'est perdu ! Votre Ocariz aura un peu d'avance sur moi mais je ne désespère pas de le rattraper... et même de le dépasser !

— Vraiment ? Pensez-vous le rattraper en nous morfondant durant des jours derrière les vieilles murailles de Fontarabie qui donnèrent jadis tant de fil à retordre à mon aïeul le duc de Berwick[1] ?

— Je verrai bien !...

Un moment plus tard, la berline et son escorte de mules et de cavaliers franchissaient les antiques remparts du XVe siècle par la porte Santa-Maria, écussonnée d'anges vénérant l'image de Notre-Dame de Guadalupe, et n'eurent aucune peine à trouver la *Fonda de los Reyes Católicos.* Deux voitures, bien différentes, stationnaient devant : la lourde et confortable berline de voyage d'un seigneur dont les portières ensevelies sous une épaisse couche de poussière ne permettaient pas de lire les armoiries et une sorte de vaste diligence

1. La duchesse d'Albe descendait en effet de ce bâtard du roi Jacques II d'Angleterre. Ce titre ducal appartenait depuis 1707 aux ducs d'Albe.

dételée, brancards en l'air, dont les rideaux de cuir relevés montraient l'intérieur misérable et désert. Mais, établi sur le siège, un « mayoral[1] » aussi crasseux que superbe sous ses culottes de mouton, sa courte veste brodée et le foulard rouge noué autour de sa tête, fumait majestueusement un long cigare noir, en laissant peser un regard d'empereur sur le tumulte de la place.

Un grand concours de peuple s'y agitait autour d'un théâtre en plein vent que l'on construisait devant l'ancien palais des Rois Catholiques. On travaillait d'ailleurs en musique car trois guitaristes grattaient leurs instruments tandis qu'une troupe d'hommes et de femmes en costumes bariolés participait joyeusement à l'édification des tréteaux.

— Je ne songe pas un seul instant à y demeurer plus de quelques heures. Avant l'aube de demain, Doña Cayetana, je prendrai pied sur le sol de France. Je vous en donne ma parole !

— Comment ferez-vous ?

Tournemine désigna la Bidassoa. L'eau coulait bleue, rapide entre ses berges encombrées de roseaux, encadrant la petite île des Faisans, puis elle s'élargissait, s'évasait en un large estuaire où les vagues formaient, au loin, une légère frange d'écume à l'endroit de la barre.

— Ce n'est que de l'eau, dit-il tranquillement, et moi je suis breton, c'est-à-dire à peu près amphibie. Pongo nage comme le castor, son totem, et Merlin, mon cheval, s'arrange à merveille de l'élément liquide...

1. Cocher.

— Êtes-vous fou ? Il y a bien un quart de lieue entre la pointe de Fontarabie et la rive française.

— Dans mon pays, et dans ce même océan, il m'est souvent arrivé de nager deux lieues. Croyez-moi, j'en viendrai à bout sans peine. Mais peut-être sera-t-il plus difficile de sortir de cette ville, si les portes sont gardées la nuit.

— Pour cela, soyez en repos. Les murailles sont vieilles, elles ont beaucoup souffert lors du siège de 1719 et nul n'a songé à les réparer. Quant à une garde, pour quoi faire ? La France et l'Espagne ne sont-elles pas liées par le Pacte de Famille ? Fontarabie n'a plus d'ennemis..., par contre, peut-être y a-t-il des patrouilles le long du fleuve.

— Des comédiens ambulants ! soupira Cayetana changeant de sujet comme cela lui arrivait fréquemment. Il ne nous manquait plus que cela !

— Vous devriez les bénir, répondit Gilles. Je pourrai traverser l'eau tranquillement pendant la représentation. Toute la ville sera sur la place...

L'aubergiste y était déjà. L'arrivée de la cavalcade de la duchesse d'Albe le jeta dans un désespoir bruyant. Dégoulinant de respect et de crainte, il expliqua que sa fonda était pleine comme un œuf, envahie par ces comédiens du diable mais qu'il allait jeter tout ce monde-là dehors, les envoyer coucher dans une grange ou aux enfers, eux et tout ce que son auberge contenait pour faire place nette à Son Excellence.

— Vous n'allez tout de même pas nous jeter dehors nous aussi ? gémit une voix qui semblait venir du ciel. Nous vénérons Madame la Duchesse d'Albe mais nous la supplions de tolérer au moins notre présence et de considérer que nous sommes non seulement femmes mais femmes de la bonne société.

Deux dames, en effet, se tenaient sur le balcon de bois qui régnait tout au long de la façade et Gilles, cette fois, retint péniblement un juron car ces deux dames n'étaient autres que la señora Cabarrus et Thérésia...

— Nous descendons ! cria encore Antoinette. Que Votre Excellence veuille bien nous faire la grâce de nous attendre.

— Doux Jésus, souffla Cayetana. Qui peut bien être cette perruche ?

— La femme de votre banquier, ma chère. La comtesse « de » Cabarrus et sa fille. D'excellentes amies à moi, mais pour l'heure je préfère qu'elles ne me voient pas et je vais rester un moment dans la voiture. Je me demande ce qu'elles font là !

Retranché derrière les mantelets baissés, il put suivre la rencontre des trois femmes. Cayetana, renseignée par lui sur l'identité de son interlocutrice, fut aimable. Antoinette Cabarrus, volubile à son habitude, l'assassina de son amabilité envahissante, protestant de la joie qu'elle éprouvait à rencontrer la « plus grande dame de toutes les Espagnes », assurant ladite grande dame de son dévouement et l'implorant de lui laisser une « toute petite chambre » pour elle et sa « pauvre enfant ». Ses deux fils, François et Dominique, ainsi que le précepteur ecclésiastique, Don Bartholomeo, se contenteraient très certainement, pour leur part, de la grange ou même du poulailler...

La vue réduite que Gilles avait de la scène par la fente des rideaux lui permettait d'apercevoir Thérésia. La fillette ne disait rien. Elle avait salué la duchesse d'Albe en fille qui connaît son monde puis elle s'était insensiblement écartée du groupe bruyant. Elle semblait curieusement indifférente à ce qui l'entourait.

En un mois, la petite Reine de Mai avait changé. Son ravissant visage semblait porter un masque. C'était comme une brume de mélancolie qui en pâlissait les couleurs et voilait l'éclat des yeux marqués de cernes bleuâtres trahissant les nuits sans sommeil. Que faisait-elle, avec sa famille, dans ce village de la frontière ? Pourquoi ce brusque départ pour la France dont, au moment de son couronnement champêtre, il n'était aucunement question chez les Cabarrus ? L'amitié que le jeune homme éprouvait pour l'enfant lui faisait chercher cent réponses aux questions que posait la tristesse de Thérésia. Le chagrin, et elle en avait indubitablement, lui allait bien mal !

Elle s'écarta encore des deux femmes dont la conversation paraissait l'ennuyer. Tout en elle disait le désœuvrement et, en même temps, l'envie d'évasion d'une enfant surveillée de trop près. Son mouvement lui fit quitter le champ d'observation de Gilles qui ne la vit pas se tourner un instant vers les comédiens, puis revenir vers la voiture dont la portière demeurée ouverte montrait le somptueux intérieur de velours.

Et, brusquement, elle se pencha, passa la tête. Son visage apparut à quelques centimètres des genoux de la fausse duègne qui ne s'y attendait pas et qui n'eut même pas le temps de se rejeter en arrière. Un instant ils furent face à face, presque nez à nez, le fugitif et la fillette... mais il ne se passa rien.

— Eh bien, Thérésia ? cria Antoinette, apparemment en veine d'autoritarisme. À quoi pensez-vous ? Quelle inconvenance ! Quelle curiosité ! Pardonnez-lui, Excellence... ce n'est qu'une enfant.

— Une enfant ravissante si j'ai bien vu. Venez là, petite ! Venez me montrer votre frimousse ! dit Cayetana.

La tête de Thérésia disparut laissant à Gilles la quasi-certitude qu'elle l'avait reconnu. Mais il n'en éprouva aucune inquiétude. Même si elle le croyait coupable d'un crime, Thérésia n'était pas fille à le dénoncer : elle était son amie.

Les deux femmes, cependant, se mettaient d'accord pour se partager la fonda. Les comédiens, généreusement dédommagés par la duchesse qui promit d'ailleurs d'assister, du balcon, à leur représentation, acceptèrent avec bonne humeur de loger dans la grange. Et l'on procéda à l'installation. « Doña Concepción », que sa maîtresse avait annoncée comme souffrant de vapeurs, gagna hâtivement, sous l'abri de ses coiffes, une petite chambre voisine de celle de la duchesse et primitivement réservée à la femme de chambre d'Antoinette qui avait tenu instamment à la lui offrir.

— Si elle est malade, il vaut mieux qu'elle soit seule. Avec la chaleur qui nous vient, les gens incommodés répandent souvent des odeurs fort déplaisantes qu'il ne peut être question d'imposer à une femme raffinée.

Gilles l'eût volontiers embrassée pour cette phrase acidulée. L'idée d'être seul, même dans un placard, même pour les quelques heures qui le séparaient de son aventure nocturne, l'enchantait. La cohabitation incessante et étroite avec une femme, fût-elle aussi séduisante que Cayetana, finissait par lui devenir insupportable.

Avec délices, il se déchaussa, rejeta les odieuses robes, bien décidé à ne plus jamais les réintégrer, s'enveloppa de son manteau et se jeta sur l'étroite couchette aux draps douteux où il s'endormit du sommeil d'un homme qui pense n'avoir rien de mieux à faire.

Quand il s'éveilla, le jour commençait à baisser et quelqu'un frappait à sa porte doucement mais avec insistance.

— Qui est là ? fit-il en s'efforçant de contrefaire sa voix, ce qui n'alla pas tout seul car le sommeil l'avait enrouée.

— Moi, Thérésia ! Je vous en prie, ouvrez. Il faut que je vous parle.

Il tira vivement le loquet et la fillette, la blancheur de sa robe éteinte par une cape sombre, glissa dans l'ouverture et, sans autre préambule, lui sauta au cou pour lui plaquer deux gros baisers sur les joues. Il les lui rendit d'instinct puis la repoussa doucement.

— Thérésia ! reprocha-t-il. Quelle imprudence ! Si l'on vous voyait, si l'on vous entendait ?

— Pas de danger ! Ma mère et la duchesse d'Albe... je devrais dire la duchesse d'Albe et ma mère qui éclate d'orgueil soupent ensemble dans la salle. Moi, j'ai dit que je n'avais pas faim, que j'avais mal à la tête. Oh, Gilles ! Est-ce que cette femme est votre maîtresse ?

— En voilà une question pour une petite fille bien élevée ? C'est pour me demander cela que vous êtes venue ici ?

— Bien sûr que non. Mais d'abord je ne suis plus une petite fille et ensuite, si elle vous cache, c'est sûrement parce qu'elle vous aime. Elle est plutôt belle, d'ailleurs... encore qu'elle ne me plaise pas. Elle a trop l'air de croire qu'il n'y a au monde que Dieu, elle et quelques accessoires.

— Thérésia ! gronda le jeune homme. Encore une fois...

— Qu'est-ce que je viens faire ? Vous aider. Oh ! grand ami, j'ai été si heureuse tout à l'heure quand je vous ai reconnu ! Les gens disaient des choses si affreuses ! Et je ne savais même pas si vous étiez vivant !

La spontanéité de l'enfant était rafraîchissante et Gilles se radoucit.

— Si je comprends bien, vous n'avez pas cru à ces choses affreuses ?

Elle le considéra avec cet air de commisération indignée que prennent les enfants quand les grandes personnes disent des sottises.

— Êtes-vous fou ? Je vous connais et je sais juger un homme, ajouta-t-elle avec une dignité comique. Mes parents non plus, d'ailleurs, n'y ont pas cru. On vous aime bien chez nous. Papa disait que c'était une histoire de fous et que ça avait quelque chose à voir avec la princesse des Asturies. Les femmes jouent un grand rôle dans votre vie, n'est-ce pas ?

Pour le coup, Gilles se mit à rire.

— Elles jouent un grand rôle dans la vie de tous les hommes, Thérésia. Vous aussi jouerez, plus tard, ce grand rôle... et dans la vie de beaucoup d'hommes peut-être.

Elle se laissa tomber sur le bord de la couchette et poussa un soupir qui contenait toute l'expérience du monde.

— Oh, je sais. J'ai déjà commencé.

— Vraiment ?

— Vraiment ! Vous ne vous êtes pas demandé

pourquoi vous nous retrouvez ici, en route pour la France comme si toute l'Espagne s'était mise à flamber ? C'est à cause de moi.

— Tiens donc ! De vous ?

— De moi... et de l'oncle Maximilien ! Il est tombé amoureux de moi et il a demandé ma main à mon père. Ça a fait un horrible scandale.

Abasourdi, Gilles la considéra avec stupeur. Elle paraissait pourtant avoir tout son bon sens.

— Votre oncle ?... Le frère de votre mère ?

— Oui, l'oncle Galabert bien sûr. Vous le connaissez. Il ne m'aurait pas déplu, d'ailleurs : il est charmant.

Plusieurs fois, en effet, Gilles avait rencontré, chez les Cabarrus l'« oncle Maximilien » qui était arrivé de Bayonne au tout début de l'année pour les affaires familiales. Et il n'y avait, en effet, rien d'étonnant à ce que Thérésia l'eût jugé charmant : trente ans, élégant, distingué, il avait l'œil vif, la bouche gourmande et une silhouette à la fois vigoureuse et souple, bien prise dans des vêtements de bon goût et de coupe parfaite. Il était en plus assez spirituel et fort galant : de quoi tourner plus d'une tête féminine, même celle d'une nièce un peu grande pour son âge. Mais de là à vouloir l'épouser...

— Est-ce à dire que ce mariage insensé ne vous aurait pas déplu ? On dirait, ma parole, que vous emportez certains regrets ?

Le sourire que lui offrit l'adolescente fut un étonnant mélange de candeur enfantine et d'inconscience féminine.

— Bien sûr ! J'aime beaucoup l'oncle Maximilien. Il sait dire de si jolies choses...

— Mais sacrebleu, c'est votre oncle, le frère de votre mère !

— C'est un homme et un homme est un homme. Pour moi, il n'y a que deux catégories : ceux qui sont séduisants et ceux qui ne le sont pas. Vous êtes un homme séduisant... mais l'oncle Max aussi. Et puis, j'avais besoin d'être consolée. Vous m'aviez complètement abandonnée... vous ne vous occupiez pas de moi parce que vous aviez d'autres idées en tête : votre duchesse par exemple ! Je l'ai bien vu le jour où j'ai été couronnée Reine de Mai. Si vous...

— Thérésia, Thérésia, nous nous égarons. Revenons à vos parents. Ils ont pris très mal la chose, si j'ai bien compris ?

— Encore plus mal que ça ! Maman s'est évanouie, Papa s'est emporté comme je n'avais jamais vu et puis, quand il a eu fini de tout mettre à feu et à sang dans son cabinet, il a décidé que nous irions en France sans délai, Maman, mes frères et moi, parce qu'il n'était décidément pas possible, en Espagne, de faire de nous autre chose que des sauvages. Il nous envoie à l'un de ses correspondants à Paris, un certain M. de Boisgeloup, conseiller au Parlement, qui nous hébergera dans son hôtel de l'île Saint-Louis le temps que nous trouvions une maison à nous. Voilà toute l'histoire.

— Seulement, conclut Gilles, votre père était si pressé qu'il n'a pas eu le temps d'apprendre qu'il fallait un laissez-passer pour franchir la frontière ?

— Bien sûr que si, soupira Thérésia. Papa n'oublie jamais rien. Mais vous connaissez Maman. C'est une tête folle : elle a oublié le fameux laissez-passer sur sa table à coiffer. Mais demain matin nous entrerons tout de même en France. Voilà pourquoi je dis que je viens vous aider.

— Comment ferez-vous ?

— Je vous ai réveillé, n'est-ce pas, et vous dormiez bien ? Vous n'avez pas entendu arriver un cavalier ?

— Ma foi, non. Je dormais, en effet.

— C'était un serviteur de mon père qui nous courait après depuis Madrid. Il apportait le maudit papier. Alors, demain, nous vous faisons passer la frontière avec nous... ce que votre belle amie ne saurait faire, toute duchesse d'Albe qu'elle est !

— Tout simplement ? Et vous me ferez passer comment ?...

Thérésia se leva, alla coller son oreille à la porte puis déclara avec satisfaction :

— On va vous le dire car je crois que les voilà...

Avant que Gilles ait pu protester, elle avait entrouvert la porte pour livrer passage à ses deux frères aînés, François quatorze ans et Dominique treize ans, qui arrivaient sur la pointe des pieds avec des mines de conspirateurs.

— Alors ? interrogea impérieusement Thérésia. Où en êtes-vous ?

François, l'aîné, beau garçon brun qui avait beaucoup de points communs avec sa sœur, fouilla sous les basques de son habit et en tira un petit paquet enveloppé dans un chiffon douteux.

— J'ai ce qu'il faut. Près de l'église, il y a une espèce d'apothicaire que m'a indiqué le gardien du château. Je lui ai dit que j'avais un cheval tellement nerveux qu'il n'arrivait plus à dormir. Il m'a donné ça.

— Il paraît que c'est excellent, renchérit le jeune Dominique, un blondinet qui avait hérité de sa mère la langue agile et l'œil fureteur. Avec le tiers d'une once il dormira comme un bienheureux pendant vingt-quatre heures...

Les bras croisés et l'œil en bataille, Gilles avait assisté à l'invasion de son domaine.

— Et si vous m'expliquiez ce que vous êtes en train de mijoter, messieurs ? Je ne doute pas de la pureté de vos intentions mais vos préparatifs m'inquiètent. Si j'ai bien compris, vous songez à endormir quelqu'un ?

Dominique leva sur lui un regard non seulement bleu mais angélique.

— Notre précepteur, Don Bartholomeo ! Il aime beaucoup le vin. Ce soir on lui en servira un grand pot, du meilleur pour qu'il ne soit pas malade, et on lui mettra de cette poudre dedans.

— Une fois qu'il dormira, continua François, on lui enlèvera ses vêtements, on l'installera confortablement, on donnera de l'argent à l'aubergiste pour qu'il s'occupe de lui après notre départ...

— Et vous, conclut triomphalement Thérésia, vous mettrez ses habits et vous prendrez sa place dans notre voiture. Ainsi vous rentrerez en France sans ennui puisque le laissez-passer mentionne un précepteur ecclésiastique. Est-ce que ce n'est pas bien imaginé ?

Sous l'œil admiratif des deux garçons, Gilles saisit Thérésia par la taille, l'enleva de terre aussi aisément que si elle n'eût pas pesé plus qu'une enfant de cinq ans et l'embrassa sur chacune de ses joues rondes et duvetées.

— À merveille ! s'écria-t-il en riant. Vous êtes de véritables amis... et d'admirables conspirateurs. Mais...

— Ah non ! protesta Thérésia déjà prête à pleurer. Vous n'allez pas refuser ?

— Mais si, je vais refuser. En vous remerciant de tout mon cœur mais refuser tout de même.

— Mais pourquoi ? firent les trois enfants avec un bel ensemble.

— Pour plusieurs raisons. La première est qu'il est inutile de faire courir un danger quelconque à votre mère. Le passage de la frontière dans de telles conditions pourrait la mettre mal à l'aise...

François fronça les sourcils.

— Vous voulez dire qu'elle pourrait commettre une gaffe ? Ça, évidemment, avec Mère, c'est toujours possible mais en lui expliquant bien...

— Ce n'est pas tout. Votre précepteur pourrait trouver fort mauvaise son aventure. Que fera-t-il après votre départ ? Il retournera à Madrid et, comme c'est un religieux, il est bien capable d'aller se plaindre à l'Inquisition... qui me recherche. Est-ce que vous imaginez le genre d'ennuis que pourrait avoir votre père, tout puissant qu'il soit auprès du Roi ?

Il se tut un instant pour laisser à ses paroles le temps de faire leur chemin dans les esprits de ses petits amis. Puis comme, visiblement déconfits, ils baissaient la tête, il ajouta plus doucement :

— Enfin, votre plan ne prévoit que moi et je ne veux pas partir sans mon serviteur indien. Le signalement de Pongo a été donné avec le mien et je ne vois pas quel rôle vous pourriez lui faire jouer à moins de mettre vos domestiques dans la confidence.

— Ceux de la duchesse d'Albe y sont bien, j'imagine, dans votre affaire de duègne ? lança Thérésia avec rancune.

— En effet. Mais elle n'a emmené que des gens à toute épreuve qui la connaissent depuis l'enfance et se feraient tuer pour elle. Pouvez-vous en dire autant des vôtres ?... Là, vous voyez bien ! Maintenant, après toutes ces raisons, je vais vous donner la meilleure : demain matin je serai en France et je vous attendrai sur la route de Bayonne. Pendant que les comédiens donneront leur représentation, je passerai le fleuve à la nage avec Pongo et nos chevaux. Ce n'est pas plus difficile que cela...

— Mais c'est un fleuve très très large... vous allez vous noyer ? dit Dominique.

— J'espère bien que non. Sauvez-vous maintenant ! Le souper est certainement près de finir, on va vous chercher. Mais j'inscris à votre compte ce que vous avez voulu faire pour moi. Un jour peut-être je pourrai vous le rendre. À demain... en France !

Il serra la main des deux garçons, à la mode anglaise, embrassa Thérésia déjà à moitié consolée et mit tout le monde dehors.

La nuit était tombée à présent et, sur la place, les tambours de basque des comédiens commençaient à ronfler, appelant les habitants de Fontarabie à leur spectacle. Des torches s'allumaient un peu partout et, sur les tréteaux, un homme en costume mi-partie rouge et bleu battait le briquet pour allumer les chandelles. Cette dernière nuit d'Espagne était peut-être la plus belle que le Français y eût connue. Jamais le ciel n'avait été d'un bleu si chaud et si profond, jamais les étoiles n'avaient brillé si clair et la silhouette imposante du vieux palais s'allégeait sous cette lumière irréelle jusqu'à se parer des brumes du rêve. Le crépuscule vert avait fait place à des ténèbres chatoyantes.

L'orchestre de plein vent préludait en contrepoint des rires de la foule, qui s'assemblait. Les comédiens ambulants réveillaient pour un soir la vieille forteresse délaissée que le temps assoupissait au bord de l'océan, et l'Espagne, ce soir, avait pour celui qui allait la quitter les couleurs tendres d'un regret fugitif.

Aussi lorsque Cayetana, dans le bruissement parfumé de ses robes de soie, poussa la porte de sa chambre, il la prit dans ses bras avec une tendresse qu'il n'avait encore jamais mise dans leurs étreintes car, à cet instant, le sentiment qu'elle lui inspirait ressemblait beaucoup à l'amour.

— Il nous reste une heure, murmura-t-il contre son cou tiède. Cette heure-là personne ne nous la prendra...

Quand il rejoignit Pongo qui l'attendait avec les chevaux dans l'ombre épaisse des vieilles murailles, il emportait avec lui l'image brillante d'une femme en robe de soie rouge, debout sur un balcon, un éventail aux doigts et regardant, avec des yeux brillants de larmes, danser quelques baladins.

Aucun bruit ne se faisait entendre. Les patrouilles, s'il y en avait, devaient faire confiance à la mer pour effectuer leur travail.

La marée était basse. L'estuaire, si large tout à l'heure, montrait des bancs de sable que la lune en se levant faisait ressortir, mats sur les rubans argentés du flot. Dans le petit port, les barques étaient couchées sous les flèches penchées de leurs mâts. Debout au bord des sables, près d'une touffe de fétuques, Pongo regardait l'eau avec méfiance.

— À quoi penses-tu ? demanda Gilles qui venait d'enfourcher Merlin avec la joie profonde d'un homme qui retrouve un ami perdu depuis longtemps.

L'Indien fit la grimace.

— Sables ! Pas bon !... Mortels peut-être !

— Tu crains que nous ne trouvions des sables mouvants ? Regarde là-bas, un peu plus haut. Il y a des oiseaux de mer sur ce banc de sable. Là, nous n'aurons rien à craindre si ce n'est peut-être le courant, rapide à cet endroit. Mais en face, ces petites lumières, c'est la France. C'est chez moi. Nous avons assez vécu avec des femmes, tu ne crois pas ?

Les grandes incisives de l'Indien brillèrent sous la lune.

— Femmes pareilles au sable ! Dangereuses...

Pour toute réponse, Gilles éclata de rire puis, talonnant son cheval, il descendit vers le lit du fleuve...

DEUXIÈME PARTIE

LE SORCIER

1784

CHAPITRE V

LE GERFAUT DU ROI

Dix jours plus tard, Gilles, Pongo et Merlin, escortant la voiture des dames Cabarrus, revoyaient Paris à la fin d'une belle matinée d'un printemps déjà estival et gagnaient l'île Saint-Louis où les voyageuses devaient prendre logis dans l'hôtel de l'aimable M. de Boisgeloup.

Ce fut pour y essuyer une déception : l'aimable M. de Boisgeloup était mort quelques jours plus tôt, enterré de l'avant-veille et sa veuve, inconsolable au dire du majordome, les reçut avec un visage tellement délavé par les larmes au fond de ses draperies funèbres qu'Antoinette, n'osant s'installer au milieu d'un deuil aussi spectaculaire, gratifia Mme de Boisgeloup d'une honnête ration de paroles de circonstance, l'assura de la part profonde qu'elle prenait à son malheur et, en réponse à la très molle invitation qu'on lui fit de demeurer malgré tout, pria son hôtesse de bien vouloir lui indiquer une maison meublée digne de recevoir l'épouse et les enfants du plus puissant banquier d'Espagne.

D'un air un peu égaré car ses pensées n'étaient visiblement pas tournées vers la géographie hôtelière parisienne, Mme de Boisgeloup en indiqua une, située dans le quartier Saint-Eustache et « fort propre à ce que l'on disait ». Ainsi renseignée, Antoinette remercia gracieusement, jura de faire dire un « trentin » de messes pour l'âme enfuie de feu l'ami de son époux, fit une belle révérence et remontant dans sa voiture abondamment crottée, repartit avec tout son monde à la grande déception de son fils Dominique, séduit par les beaux arbres et l'eau ensoleillée de la Seine qui coulait devant l'hôtel.

— Puisque cette dame offrait de nous garder, quel besoin avons-nous de chercher ailleurs ? Nous sommes fatigués et sales. Regardez Thérésita, c'est tout juste si elle peut ouvrir les yeux.

— Peut-être, riposta la fillette, mais je n'ai aucune envie de les ouvrir sur une chambre mortuaire. Mère a eu tout à fait raison : nous ne sommes pas venus à Paris pour pleurer. Connaissez-vous l'endroit où l'on nous envoie, señor Gilles ?

— Non, dit le jeune homme en souriant, mais il n'aura aucune peine à être plus joyeux que celui-ci.

En fait, la maison, tenue par une autre veuve, infiniment plus souriante que la première, était charmante avec des appartements agréablement meublés et un joli jardin. Ce fut donc sans la moindre inquiétude que Gilles, laissant ses amis s'installer, les quitta pour aller à ses propres affaires qui, si une plainte le concernant était arrivée à Versailles, émanant du cabinet de Madrid, risquaient de les trouver en assez mauvais état.

Il se hâta donc de retraverser la Seine, gagna la rue du Colombier[1] pour poser son sac à l'hôtel d'York, où Fersen l'avait installé à son arrivée de Bretagne en espérant qu'il y aurait de la place car c'était, sans contredit, l'une des meilleures maisons de la capitale. Ancienne demeure d'une noble famille bretonne[2], l'hôtel d'York recevait des clients de marque tel l'ambassadeur anglais, sir David Hartley, quand il était venu, l'été précédent, signer à Versailles avec Benjamin Franklin le traité de paix reconnaissant l'indépendance des États-Unis.

La chance le servit. L'hôtel était plein, en effet, mais l'hôtelier, Nicolas Carton, reconnut le jeune homme au premier coup d'œil et l'accueillit en vieil ami.

— Depuis que Monsieur le comte nous est arrivé, le 7 de ce mois, je m'attends chaque jour à voir arriver Monsieur le chevalier, lui dit-il en le précédant au long du large escalier de pierre.

— Monsieur le comte ? Quel comte ?

— Mais... Monsieur le comte de Fersen. Monsieur le chevalier ne sait donc pas que ma maison est pleine de Suédois ?

— Tant que cela ? Avons-nous donc subi une invasion nordique ?

— Je vois que Monsieur le chevalier aime toujours à rire. Il s'agit de la suite de Sa Majesté le roi Gustave III, je veux dire de Monsieur le comte

1. Actuelle rue Jacob. L'hôtel, très refait, situé au n° 56, appartient à présent à l'imprimerie Didot.

2. La famille de Rosambo.

de Haga qui, de retour d'Italie, visite notre pays. M. de Fersen fait partie de cette suite. Il loge ici avec Monsieur le baron de Stedingk.

— Ah ? fit Gilles enchanté de la nouvelle. Ainsi, il est ici ?

— Pas à cette heure, Monsieur le chevalier. Ces messieurs sont à Versailles pour la journée. Ils rencontrent un très grand succès. On les reçoit beaucoup... Votre ancienne chambre est justement libre mais elle n'est pas tout à fait prête.

— Aucune importance. Je ne vais pas me coucher en plein midi. J'ai seulement besoin d'un bain, de quelque chose à manger pour moi et mon valet... et d'un cheval. Le mien a besoin de repos et il m'en faut un frais. J'ai une visite urgente à faire.

Une heure plus tard, Tournemine lavé, rasé, sanglé dans son ancien uniforme des Dragons, enfourchait le cheval que lui avait préparé Carton et, laissant Pongo prendre lui aussi quelque repos tout en renouant connaissance avec la brune Louison, une vigoureuse chambrière qui, lors de l'arrivée de l'Indien sur la terre française, s'était montrée sensible à son charme exotique, à son crâne rasé et à ses incisives de lapin géant, l'officier prit, au petit trot, la direction de l'hôtel de Rochambeau.

Cette fois, le chemin était court, la demeure des Rochambeau étant située rue du Cherche-Midi, près du couvent des Filles-du-Bon-Pasteur, mais Gilles l'employa tout entier à invoquer intérieurement le Seigneur, la Vierge et tous les saints pour que son bon pasteur à lui ne fût pas parti au bout du monde ou, tout au moins, pour ses terres de Touraine.

La chance ne l'abandonnait pas. Le général, non

seulement était à Paris mais il était chez lui et la simple déclinaison de ses nom et qualités fit ouvrir toutes grandes devant le jeune homme les portes d'une maison qui semblait cependant en proie à l'agitation des grands départs. Ce n'étaient, dans la cour et les escaliers, que soldats allant et venant avec des papiers, serviteurs charriant des coffres et des sacs de voyage.

— Est-ce que le général s'apprête à partir en campagne ? demanda Gilles, ramené quelques années en arrière quand, à Brest, on préparait l'expédition américaine, à un jeune cornette du régiment de Touraine qui passait, un gros registre sous le bras.

Reconnaissant un officier, le jeune homme s'arrêta, salua.

— Pas en campagne, mon lieutenant, mais pour Calais. Le Roi vient de donner au général de Rochambeau la succession du maréchal de Croy en le nommant au commandement de la plus importante des régions militaires, celle du Nord.

— Diable ! Et le départ est pour bientôt ?

— À la fin de ce mois. Si vous voulez bien m'excuser, j'ai à faire...

« Eh bien, pensa Gilles en regardant s'éloigner ce jeune soldat qui ressemblait comme un frère à ce qu'il avait été, il était temps que j'arrive ! »

Rochambeau reçut son ancien secrétaire comme un fils retrouvé, l'embrassa sur les deux joues, lui allongea dans les côtes quelques bourrades cordiales, lui fit compliment sur sa mine et, pour finir, le précipita dans un large fauteuil avant d'ameuter à grands cris ses domestiques pour obtenir sur l'heure du champagne.

— Vrai Dieu, chevalier, tu n'imagines pas

comme je suis heureux de te voir ! s'écria-t-il après que le jeune homme lui eut fait des compliments pour sa récente nomination. Tu apportes avec toi le grand vent de l'Atlantique, des jours d'autrefois, de nos gloires américaines qui laissent bien loin les plus brillants commandements. Ah ! oui, je suis heureux... mais pas autrement surpris. J'aurais juré que l'Espagne ne te conviendrait pas longtemps. Cette Cour empesée et bigote, traînant l'ennui comme un dragon son sabre, après les forêts de Virginie, cela ne pouvait pas te convenir !

— Je crois plutôt que c'est moi qui ne lui conviens pas, mon général. Et avec votre permission, laissez-moi vous dire que vous devriez attendre le récit de mes aventures avant de faire sauter les bouchons de champagne.

— Attendre ? Et pourquoi s'il te plaît ? Le champagne est comme les jolies femmes : il ne faut jamais le faire attendre, sinon il ne vaut plus rien.

— Parce que vous n'aurez peut-être plus envie de trinquer avec un condamné à mort en fuite. Je suis poursuivi à la fois par la police royale et par l'Inquisition.

Le visage balafré du héros de la guerre d'Indépendance ne marqua d'autre surprise plus intense qu'un léger haussement de sourcils. Pour toute réponse, il pêcha lui-même une bouteille noire dans le rafraîchissoir, la déboucha, emplit deux flûtes translucides et tendit l'une à son visiteur.

— Quand es-tu arrivé ?

— Il y a deux ou trois heures.

— Alors commence par boire, cela te donnera du cœur à l'ouvrage pour me raconter ton histoire.

D'ailleurs, si tu avais quelque chose de grave à te reprocher, tu te serais bien gardé de venir me le raconter. Si tu es là c'est que c'est l'Espagne qui a tort. Quant à leur Inquisition, cette institution barbare qui cache ses instincts sanguinaires sous le manteau du Christ... je préfère ne pas te dire ce que j'en pense. Bois et raconte !

Ainsi encouragé, Gilles fit, de son aventure, un récit aussi sincère, aussi scrupuleux qu'il eût pu le faire au confessionnal. L'homme qui lui faisait face lui inspirait une telle confiance et un respect si proche de la vénération qu'il était prêt à accepter sans un murmure sa sentence quelle qu'elle fût.

Rochambeau l'écouta dans un silence et une impassibilité parfaits bien que, par deux fois, Gilles eût cru voir l'ombre d'un sourire glisser sur ses lèvres et quand ce fut fini, il n'exprima pas davantage son opinion, se contentant de se lever, d'aller jusqu'à la cheminée et de tirer le cordon de soie qui pendait le long du trumeau pour faire apparaître un valet.

— Mes chevaux et ma voiture ! commanda le général. Nous allons à Versailles.

Puis, comme Gilles l'interrogeait des yeux sans comprendre :

— Mais oui, toi aussi ! Je t'emmène chez le Roi. Tu as tout juste de temps de boire un dernier verre tandis que l'on attelle.

— Chez le Roi ? balbutia Gilles abasourdi. Mais, mon général...

— Bien sûr chez le Roi ! Il n'y a que lui qui puisse débrouiller cela. Ton affaire est grave, inutile de se le dissimuler : coucher avec une future reine d'Espagne, cela relève de la lèse-majesté. Mais moi, je n'ai nullement l'intention de laisser au comte d'Aranda, le remuant ambassadeur de Sa Majesté Très Catholique, le temps de réclamer la tête d'un de mes hommes au nom du Pacte de Famille.

Tout en parlant il remplissait de nouveau la flûte du chevalier qui l'avala d'un trait, en homme qui a besoin de se remettre.

— Et, fit-il après une toute légère hésitation, vous avez l'intention de... tout dire à Sa Majesté ?

— Tout ! Le Roi n'est pas très porté sur les choses de l'amour. Il est de mœurs austères avec un grand sens de l'honneur et de la famille mais, ce qui est plus rare chez un roi, il a un cœur et ce cœur est bon, juste et généreux. En outre, il sait apprécier la franchise. Enfin si tu es coupable de lèse-majesté c'est bien, j'imagine, à ton corps défendant... si je peux m'exprimer ainsi ! Tu es prêt ?

Gilles salua avec un respect chaudement teinté d'affection.

— Il y a longtemps, mon général, que j'ai choisi de vous suivre là où vous decideriez de me conduire, fût-ce en enfer !

— Tu n'auras pas à aller si loin... Et si le Roi ne veut rien entendre, il restera toujours la solution de t'emmener à Calais dans mes bagages !...

Son regard qui faisait le tour de la pièce à la recherche d'une canne qui se trouvait en définitive posée sur une console, s'arrêta soudain sur un petit secrétaire de bois précieux hissé sur des pieds fragiles puis revint se poser, critique, sur le jeune homme.

— Il te manque quelque chose, marmotta-t-il, quelque chose que j'avais le sentiment d'oublier...

Il marcha à grands pas vers le petit secrétaire,

l'ouvrit et y prit une boîte de maroquin bleu sombre qu'il garda un moment entre ses mains sans lever le couvercle.

— Voici un an, dit-il avec un rien de solennité dans la voix, en mai 1783, les officiers de l'armée américaine se sont associés et constitués en une société d'amis qui doit vivre aussi longtemps qu'eux-mêmes ou que l'aîné de leur postérité mâle ou, à défaut de celle-ci, celui des branches collatérales qui sera jugé digne d'en devenir membre. Parce qu'ils étaient partis de la vie civile et revenus à la vie civile ils ont choisi pour les représenter le nom de l'illustre Romain Lucius Quintus Cincinnatus, le laboureur revenu à sa charrue après avoir sauvé Rome, et ils ont pris le nom de Société des Cincinnati.

« Cela fait, étant désireux de rendre hommage à leur compagnons d'armes français, ils ont décidé d'admettre comme membres de la Société, outre les ministres plénipotentiaires de chez nous, nos amiraux, capitaines de vaisseau, généraux et colonels.

« Le Roi a donné sa gracieuse permission pour que soit constituée la section française au mois de janvier passé et la première réunion, sous la présidence de l'amiral d'Estaing, a eu lieu dans la maison où nous sommes...

— Pourquoi d'Estaing ? coupa Gilles scandalisé. N'avez-vous pas fait cent fois plus que lui pour la cause américaine ?

— Ce n'est ni ton affaire ni la mienne ! Et ne m'interromps pas s'il te plaît ! nous sommes pressés... Je reprends : à cette réunion tu étais absent, bien sûr, et, en principe, n'ayant jamais eu le grade de colonel tu ne devrais pas avoir droit d'entrée chez les Cincinnati ; mais il nous est apparu à tous, comme il était d'ailleurs apparu au général Washington qui nous en a écrit, que le Gerfaut avait bien mérité de porter l'aigle d'or.

Sous les yeux du jeune homme soudain pâle d'émotion, Rochambeau ouvrit le coffret découvrant une curieuse décoration : le *bald-eagle,* l'aigle chauve d'Amérique mais en or massif et suspendu à un ruban bleu qu'il prit entre deux doigts et agrafa rapidement sur l'uniforme soudain tendu à craquer de l'officier.

— Par permission spéciale de Son Excellence le président des États-Unis d'Amérique, général George Washington et de Sa Majesté Louis, seizième du nom, par la grâce de Dieu roi de France et de Navarre, vous êtes désormais membre de la Société des Cincinnati, chevalier de Tournemine de La Hunaudaye. Votre fils le sera après vous et les fils de vos fils après lui. Je souhaite qu'ils sachent, autant que vous, en être dignes...

À la mode américaine, Rochambeau serra vigoureusement la main de son ancien secrétaire qui avait bien du mal à retenir ses larmes puis, virant brusquement sur ses talons pour chasser l'émotion qui le gagnait :

— Holà, Poitevin ! Mon chapeau, mes gants ! nous partons...

Deux heures plus tard, introduit par un gentilhomme de la Porte, Gilles pénétrait, derrière le large dos de son général, dans la bibliothèque du Roi, au premier étage du palais de Versailles, et s'inclinait devant l'homme d'à peine trente ans [1] qu'il se reconnaissait pour maître.

1. Il était né le 23 août 1754.

Le Roi était d'excellente humeur. Il revenait de la chasse à Marly et la chasse avait été bonne, comme elle l'était souvent d'ailleurs pour ce veneur passionné. Autrement dit, comme le Roi chassait tous les jours, il était dans son humeur habituelle.

Encore botté, vêtu d'un habit de drap gris fer sans autre ornement que l'éclatante blancheur du jabot et des manchettes et qui avait l'avantage de dissimuler un peu une obésité déjà prononcée, il se tenait debout au milieu de la vaste pièce aux boiseries blanc et or largement éclairée, qui avait été jadis le salon de Jeux de son aïeul Louis XV et que, en roi savant, ami de l'étude, il avait converti en une imposante bibliothèque où s'entassaient les ouvrages les plus sérieux. Auprès de lui, sur une table, un grand plan de Paris était étalé auprès de quelques maquettes de bâtiments.

— Ah ! Monsieur de Rochambeau ! s'écria le Roi coupant court aux excuses que lui présentait le visiteur pour l'incongruité d'une visite impromptue. Venez, venez ! Et surtout ne vous excusez pas : j'ai toujours grand plaisir à vous voir.

— C'est que... je crains véritablement d'être importun, Sire. Votre Majesté, à ce que je vois, travaillait...

— Point du tout. Je regardais le travail des autres et ce travail m'apparaissait fort intéressant. Depuis que j'ai créé, l'an passé, la Commission d'Examen de tous les Plans et Projets d'utilité, salubrité et embellissement de Paris[1], mes archi-

1. 10 mai 1783.

tectes s'en donnent à cœur joie et j'avoue que ce qu'ils me proposent ne manque pas d'intérêt. Voyez plutôt : Monsieur Soufflot, qui est contrôleur des Bâtiments pour Paris, propose la percée d'une grande artère est-ouest qui longerait le Louvre et les Tuileries [1]. Quant à Monsieur Patte, il souhaite que l'on transporte les Halles hors de Paris, que l'on supprime l'Hôtel-Dieu car tout cela est générateur d'infections, que l'on dégage l'île de la Cité et que l'on perce une autre grande artère, nord-sud, cette fois, parallèlement à la rue Saint-Jacques [2]. Et que dites-vous de mon idée à moi ? On m'a apporté tout à l'heure cette maquette faite d'après mes dessins.

Avec une agilité inattendue chez un homme aussi replet, Louis XVI traversa la bibliothèque et prit sur une console une grande maquette représentant une belle place plantée d'arbres ornée, en son centre, d'une magnifique fontaine.

— La place est belle, fit Rochambeau avec un sourire. La fontaine superbe, mais où donc le Roi pense-t-il faire édifier ces merveilles ?

— Si je ne vous le dis, vous ne devinerez jamais car, je ne crains pas de l'affirmer, mon idée est révolutionnaire : cette place existera lorsque j'aurai fait démolir la Bastille !

— La Bastille ? Votre Majesté ne veut pas dire qu'elle songe...

— Mais si ! J'y songe même beaucoup ! Cette vieille forteresse noire offense ma vue quand je

1. Approximativement la rue de Rivoli.

2. Le boulevard Saint-Michel, mais la Révolution allait empêcher ces réalisations. Ce fut seulement Haussmann qui reprit les plans.

vais à Paris. Elle est laide, hors d'âge ! Je ne suis pas un roi médiéval, que diable ! En plus, elle obstrue toute la rue Saint-Antoine... et puis elle ne sert plus à rien... ou si peu. Il y a bien assez d'autres prisons pour les coquins de Paris. Quant aux lettres de cachet, je les ai en horreur. Alors, qu'en dites-vous ?

Rochambeau s'inclina.

— Que le Roi est un père pour son peuple, ce dont je n'ai jamais douté... et que voici, en tout cas, un garçon qui ne pourrait qu'applaudir des deux mains à la destruction de la prison d'État.

Le sourire qui illuminait le visage plein du Roi s'effaça. Il reposa la grande maquette avec une sorte de regret puis, lentement, les mains nouées derrière son dos, il alla vers sa table de travail mais ne s'assit pas. Quand il se retourna, Gilles, soudain inquiet, vit qu'il s'était métamorphosé : ce n'était plus le gentilhomme aimable, l'homme de science qu'il avait en face de lui, c'était bien le Roi, tout empreint d'une majesté qu'en dépit de ses détracteurs, Louis XVI savait parfaitement revêtir quand il le fallait.

— Qu'est-ce à dire ? fit-il. En quoi ce jeune homme peut-il encourir la Bastille ? C'est l'un de vos soldats, j'imagine, si j'en crois la décoration que je vois briller sur sa poitrine. Votre nom, Monsieur ?

Gilles rectifia la position :

— Chevalier de Tournemine de La Hunaudaye, Sire ! Lieutenant en disponibilité aux Dragons de la Reine.

— En disponibilité ? Pourquoi ?

— S'il plaît au Roi, j'avais obtenu permission de prendre du service en Espagne. J'étais, tout récemment encore, sous-brigadier aux Gardes du Corps de Sa Majesté Très Catholique.

— Il ne me plaît guère ! Je n'aime pas beaucoup que mes soldats s'en aillent servir sous d'autres drapeaux. Morbleu, Monsieur, avez-vous la bougeotte ? Après l'Amérique, l'Espagne ? La France ne vous semble-t-elle pas bonne à servir ?... Au fait, je vous ai déjà vu, il me semble ?

— J'ai eu l'honneur d'être présenté au Roi par Monsieur le duc de Lauzun, à l'occasion de la victoire de Yorktown que nous avions été chargés d'annoncer à Votre Majesté.

La figure du Roi s'éclaira légèrement.

— J'y suis ! Vous êtes le compagnon d'armes du marquis de La Fayette, le coureur des bois, l'homme habitué à combattre à la mode indienne. Vous portiez même un nom d'oiseau, il me semble ?

— Celui du gerfaut, Sire...

— C'est cela. J'avais même dit que je souhaitais vous revoir pour que vous m'appreniez la chasse à la manière des Iroquois, mais vous n'êtes pas venu.

— Je n'ai pas osé, Sire.

— Vous avez eu tort ! Plus grand tort encore d'aller chez mon cousin d'Espagne. Fort bien, Monsieur ! Puisque nous nous connaissons déjà je me trouve mieux disposé à vous entendre. Racontez-moi votre histoire que je voie ce que vous avez pu faire pour mériter la Bastille.

Étranglé, soudain, Gilles jeta vers Rochambeau un regard lourd d'angoisse que celui-ci intercepta. Il avait suivi avec une visible inquiétude les débuts orageux de la conversation et pensait qu'il était peut-être temps pour lui d'intervenir. Il commença par toussoter légèrement.

— Sire..., commença-t-il en s'efforçant d'adoucir sa voix au maximum, si le Roi le permettait...

— Quoi donc ?

— Je le mettrais moi-même au fait. C'est une affaire grave... délicate en tout cas, très délicate même et je crains que le chevalier, confronté à la majesté royale...

Le poing du Roi s'abattit sur son bureau, faisant sauter les papiers.

— Que me chantez-vous là, Rochambeau ? Essayez-vous de me faire croire que je puisse terrifier un garçon qui n'avait peur ni des sauvages ni des Anglais, qui sont parfois une manière de sauvages quand ils s'y mettent ? Vous ne vous en mêlerez pas. S'il a su se mettre dans un mauvais cas, il saura bien, j'imagine, me l'avouer lui-même. Quel est le chef d'accusation, d'abord ?

— Euh !... lèse-majesté, Sire !

— Comment ?

Sous la poussée d'une brusque colère, Louis XVI devint rouge brique et Rochambeau se hâta d'ajouter :

— Envers Son Altesse Royale Madame la princesse des Asturies, Sire ! Je dirai, si le Roi permet... lèse-majesté involontaire... mais obligatoire...

— Ah !...

Il y eut un silence chargé d'incertitude. Puis, avec un soupir, le Roi se laissa tomber dans son fauteuil.

— Eh bien, chevalier, racontez-moi votre crime.

Sans hésiter, Gilles s'exécuta. L'atmosphère, il

le sentait, s'était légèrement détendue et il en profita. Il fit son récit avec une grande pudeur mais une totale franchise puis, quand il fut achevé, il plia le genou mais sans baisser la tête.

— Que le Roi me permette encore de dire que je ne cherche pas à me défendre en accusant une femme. Je suis coupable, ne fût-ce que d'avoir pris quelque plaisir à ce que je viens de raconter. Si l'Espagne demande ma tête, que Votre Majesté n'hésite pas un instant à la lui donner mais qu'au moins elle sauvegarde mon honneur. Je suis breton, Sire, et je tiens à ma foi. Fidèle à mon Dieu autant qu'à mon Roi, je refuse d'être condamné pour sorcellerie et blasphème et s'il me faut mourir que ce soit par la hache, Sire, comme il convient à un gentilhomme, non par le feu comme le mériterait un adorateur du Diable !

Louis XVI ne répondit rien. Après avoir regardé longuement le jeune homme il avait laissé tomber sa tête sur sa poitrine et semblait perdu dans une profonde méditation. Le silence qui s'établit dans la vaste pièce, troublé seulement par le tintement presque imperceptible de la grande pendule de Boulle posée sur la cheminée, était lourd de pensées inexprimées. Figé dans une attitude respectueuse, Gilles osait à peine respirer et, derrière lui, le général lui aussi retenait son souffle, attendant les paroles qui allaient tomber de cette bouche royale.

Louis XVI, avec un nouveau soupir, releva enfin la tête.

— Relevez-vous, Monsieur, dit-il doucement, et écoutez-moi...

À cet instant, le gentilhomme de service qui avait introduit les visiteurs reparut, annonçant le comte de Vergennes, ministre des Affaires étrangères, qui parut aussitôt derrière lui en homme qui n'a pas le temps d'attendre et auquel d'ailleurs ses fonctions donnaient le droit d'entrer chez le Roi à toute heure.

— Sire, fit-il de sa voix posée de diplomate teintée d'un léger accent bourguignon, je souhaiterais entretenir un instant Votre Majesté d'une affaire urgente...

Apercevant Rochambeau qu'il connaissait bien, il s'arrêta, salua, considéra un instant le général puis le lieutenant des Dragons. Son regard accrocha la décoration neuve qui éclatait sur la poitrine du plus jeune et, enfin, il sourit, ce qui chez lui était plutôt rare et, de ce fait, lui conférait un grand charme. Séduire était un art que n'avait point appris ce grand commis de l'État, ce diplomate discret mais d'une efficacité que seuls les hommes rompus au difficile métier de la diplomatie pouvaient apprécier car, doué d'une grande hauteur de vues et du besoin impérieux de servir son pays, il dédaignait le métier de courtisan, ce qui lui valait peu d'amis en haut lieu. Il n'intéressait pas les grands dont il n'était ni le maître ni le jouet. La Reine, comme jadis Choiseul, ne l'aimait pas. En outre, on lui reprochait d'avoir, au temps où il était ambassadeur à Constantinople, épousé par amour une femme « sans nom », une certaine Madame Testa, ce qui avait bien failli briser sa carrière et l'avait contraint à une retraite de deux ans dans sa terre de Toulongeon, en Bourgogne.

Mais Louis XVI l'aimait et savait reconnaître son mérite. Depuis qu'il était aux Affaires étrangères, Vergennes avait eu l'honneur de négocier les traités qui reconnaissaient l'indépendance des

États-Unis, indépendance à laquelle il avait vigoureusement travaillé. En outre, il s'entendait à merveille à maintenir l'équilibre d'une Europe secouée par les ambitions de Frédéric II de Prusse, de Joseph II d'Autriche et de Catherine de Russie, sans que d'ailleurs l'opinion publique s'aperçût le moins du monde de sa valeur.

« On me rendra justice dans cent ans, avait-il coutume de dire. C'est le moins qu'il faut aux Français pour être justes envers eux-mêmes... »

Pour le présent, il était, à soixante-cinq ans, un homme de belle stature au front haut, au regard direct, au visage bien dessiné autour d'une bouche mince et circonspecte. Une bouche qui, en dépit de ses détracteurs, savait parfaitement sourire.

— Je gagerais, sire, que cet officier est le chevalier de Tournemine ?

— Gagez, mon cher Vergennes, gagez, vous gagnerez ! Mais cela tient de la magie...

— Une magie bien modeste, Sire : j'ai dans mon cabinet le comte d'Aranda qui réclame à cor et à cri l'extradition de ce jeune homme afin qu'il soit, si j'ai bien compris, livré au Saint-Office, pour toutes sortes de méfaits parfaitement inaccessibles à un cerveau ouvert aux idées modernes.

Louis XVI se mettait rarement en colère. Cette fois il y entra de plain-pied :

— L'extradition ! Le Saint-Office !... le bûcher naturellement ! Et tout cela parce que ce garçon a fait cocu ce benêt de Don Carlos ? Quelle sottise !

Cette fois Vergennes se mit à rire.

— En bon mathématicien, le Roi possède à fond l'art des synthèses ! J'ajoute que l'ambassadeur, qui est un homme d'esprit, m'a paru assez encombré de sa commission mais il ne pouvait faire autrement que la délivrer. Le chevalier d'Ocariz est arrivé hier portant des lettres impératives à ce sujet.

— Ne pouviez-vous régler cette affaire tout seul, Monsieur le Ministre ?

— Il s'agit de la famille de Votre Majesté et je sais le Roi fort attaché aux liens du sang, ainsi d'ailleurs qu'à l'honneur des siens.

— Les miens, oui... mais mon frère d'Espagne m'a toujours fait l'effet d'un frère... plutôt éloigné. Qu'il veille sur la vertu de l'Infante me paraît de bonne guerre, encore qu'il soit bien difficile de veiller le néant, mais qu'il ne me demande pas de lui tenir compagnie.

— Néanmoins, je devais avertir Votre Majesté. Qu'ordonne le Roi ?...

Pour toute réponse, le Roi marcha jusqu'à sa table de travail, ouvrit un tiroir, en tira un papier d'aspect imposant déjà revêtu de son sceau et couvert d'écriture à grandes majuscules sur lequel il griffonna quelques mots, remplissant, de toute évidence, des blancs. Puis, après avoir séché l'encre et jeté sa plume, il fit fondre un peu de cire rouge sur le document avant d'y appuyer le chaton de la lourde bague qu'il portait au doigt.

— Voilà votre réponse, mon cher Vergennes. Vous direz à l'ambassadeur que ni son roi ni le Saint-Office n'avaient le droit de condamner Monsieur de Tournemine, sujet français et qui, de plus, n'était plus, à l'époque, au service de l'Espagne, attendu que, depuis le 1er mars... et ce brevet en fait foi, j'avais ordonné son retour en France afin d'y prendre auprès de moi son service comme second lieutenant dans la Première Compagnie des Gardes du Corps.

Le sourire de Vergennes s'épanouit littéralement.

— La Compagnie Écossaise, celle qui possède les plus grands privilèges ? À merveille, Sire ! Je vais, de ce pas, rapporter fidèlement à l'ambassadeur les paroles du Roi.

— Ma parole, on dirait que cela vous fait plaisir ? Pourtant, tout à l'heure, vous aviez une mine à demander la tête de tout un régiment !

— Je ne pouvais que compatir aux soucis du comte d'Aranda, Sire, mais j'étais prêt... s'il ne s'était déjà pourvu d'un avocat bien meilleur que moi, à assumer moi-même la défense du coupable car l'eussions-nous livré à l'Espagne que nous eussions été perdus de réputation aux yeux de tous nos alliés américains. Ni le général Washington, ni Monsieur Franklin, ni le général de La Fayette, bien sûr, ne nous l'auraient pardonné. Nous étions, à coup sûr, taxés de féodalisme rétrograde...

Le ministre des Affaires étrangères reparti, Louis XVI tendit le document à Gilles qui, pour le recevoir, mit à nouveau le genou en terre, mais sans pouvoir dire un seul mot car l'émotion l'étranglait. Simplement, il saisit la main du Roi et, avec un respect infini, il y posa ses lèvres.

— Eh bien, Monsieur, dit Louis XVI avec bonhomie, êtes-vous content de votre Roi ?

Miraculeusement, les cordes vocales de Gilles se remirent à fonctionner.

— Sire, dit-il, c'est la seconde fois que Votre Majesté me rend la vie. La première fois, ce fut en consentant à entériner le testament de mon père ; cette fois c'est en me protégeant avec cette royale générosité. Je lui ai toujours appartenu mais désormais, puisque je vais avoir l'honneur d'être gardien de sa personne, je veux que le Roi sache qu'il peut tout exiger de moi, tout attendre de mon dévouement et, si gerfaut il y a, je serai à l'avenir celui du Roi, qu'il pourra lancer à quelque instant que ce soit, sur quelque ennemi que ce soit, dans la paix comme dans la guerre, dans l'ombre comme dans la lumière.

Une émotion anima le visage lourd de Louis XVI tandis qu'il considérait celui, passionné, tendu vers lui, contrastant avec ce regard de glace bleue qui donnait au jeune officier un aspect si redoutable.

— Soit, Monsieur ! Le Roi accepte votre hommage et enregistre votre promesse. Vous serez donc une arme sûre dans sa main, une arme dont il n'usera, soyez-en certain, que pour les plus justes causes. Vous serez à l'avenir le Gerfaut du Roi mais seulement pour trois personnes : moi, vous et... Monsieur de Rochambeau ici présent qui est témoin de votre engagement.

— Et qui témoigne dès maintenant que Votre Majesté n'aura jamais de meilleur serviteur que ce jeune homme car il est de ceux qui, jadis, eussent siégé avec honneur à la Table Ronde. Le Roi permet-il que je le remercie ?

Pour toute réponse, Louis XVI serra les mains des deux hommes qui se retirèrent, le cœur plein de joie. Gilles, encore secoué par l'émotion qui l'avait bouleversé, ne parvenait pas à réaliser ce qui lui arrivait. Il était venu à Rochambeau comme l'homme en train de se noyer tend la main vers la seule branche à sa portée et Rochambeau, d'ailleurs, ne lui avait pas caché à quel point son affaire était grave. Le Roi eût-il accepté de respecter à la lettre les termes du Pacte de Famille que le coupable était, sinon livré au bûcher, du moins incarcéré à la Bastille et conduit à l'échafaud dans les plus brefs délais. Mais Louis XVI préférait visiblement ses sujets à tous les pactes, à tous les papiers officiels. Il savait jauger un homme et, au lieu de rejeter dans les ténèbres extérieures celui que recherchait son cousin, il le gardait sous sa main royale et, plus encore, se confiait à lui.

En quittant le palais où tout se préparait pour l'heure importante entre toutes qu'était le souper du Roi, Gilles ne put retenir un frémissement de joie en franchissant les portes gardées par ceux qui, demain, seraient ses camarades : les Gardes du Corps, le premier des régiments de la Maison du Roi, celui pour lequel les quartiers de noblesse étaient obligatoires autant que la haute taille et la régularité du visage[1]. Demain, il porterait avec orgueil l'uniforme bleu fumée soutaché d'argent,

1. Les Gardes du Corps, dont la création remontait à Charles VII et à sa fameuse compagnie d'archers écossais, était le régiment destiné par excellence à la garde des personnes du Roi et de la Reine. Il était chargé d'assurer cette garde à l'intérieur des palais royaux, les autres régiments officiant dans l'enceinte des palais étant les Cent-Suisses, les Gardes de la Porte et les Gardes de la Prévôté. L'extérieur était assuré par les Chevau-légers, les mousquetaires (jusqu'en 1776) et les Grenadiers à cheval.

À l'époque qui nous intéresse le régiment des Gardes du Corps se composait de quatre compagnies (écossaise, anglaise, bourguignonne et flamande) de 367 hommes chacune, répartis en 8 escouades ; en tout 1468 cavaliers. Pour y être admis, il fallait être noble, grand, beau, majeur et catholique. Leur capitaine était toujours un duc et le dévouement au Roi de ce magnifique régiment était total, inconditionnel. Il devait le prouver hautement lors de l'assaut du palais de Versailles en octobre 1789.

à grands revers et col rouges galonnés, les culottes de daim blanc enfoncées dans les grandes bottes vernies à entonnoir, le grand bicorne à cocarde et ourlet de plumes blanches, tandis que Merlin recevrait le tapis de selle bleu galonné d'argent et le nœud bleu qui relèverait coquettement sa longue queue soyeuse. Il allait appartenir à la Compagnie Écossaise, celle qui, fondée au XVe siècle par le connétable John Stuart of Buchan, avait donné naissance, non seulement à la gendarmerie royale mais à tous les régiments de la Maison du Roi. Demain, le maréchal de Castries, chef suprême du régiment, le recevrait...

— Vous vous êtes engagé à une lourde tâche, mon ami, lui dit rêveusement Rochambeau en remontant en voiture. C'est un métier de chien de garde... et d'homme de main que vous avez réclamé et notre Sire, malgré toute sa bonté, sa science et son humanité et peut-être à cause d'elle, est sans doute celui de nos rois qui aura le plus à souffrir de ses contemporains.

— Tant qu'il me restera un souffle de vie, mon général, je servirai, je défendrai le Roi. Malheur à qui osera le toucher car à moins que je ne sois mort, je saurai le venger si je n'ai pas réussi à le défendre. Et si je ne parvenais ni à l'un ni à l'autre, malgré la crainte de Dieu qui m'habite, je me donnerais la mort moi-même car l'engagement que j'ai pris équivaut pour moi à l'entrée dans la plus austère des religions. Un oiseau chasseur ne connaît que son maître !

— Alors, mon cher enfant, laissez-moi vous donner trois conseils car vous ne connaissez encore ni la Cour ni ses dangers. Si vous voulez protéger efficacement votre maître faites-vous, d'abord, recevoir dans l'une de ces loges maçonniques dont Paris commence à regorger de nos jours, la plus puissante que vous trouverez. Quand vous y serez, ouvrez grands vos yeux et vos oreilles mais cultivez le silence.

— Je suivrai ce conseil-là. Voyons les deux autres ?

— Ils tiennent en deux noms d'hommes, tous deux extrêmement dangereux pour le Roi. Le premier, c'est le duc de Chartres, son cousin, fils aîné du duc d'Orléans. Une tête folle sans méchanceté réelle, sans mauvaises intentions véritables mais blessé, ulcéré même depuis que la coterie de la Reine, après la bataille d'Ouessant, lui a fait une réputation de lâcheté, d'ailleurs parfaitement imméritée, car si Philippe de Chartres est fou et un peu trop démagogue, il n'a jamais été un lâche.

— Et... le second ?

— C'est le propre frère du Roi !

— Lequel ? Le Roi en a deux si je ne m'abuse.

— Oh ! je ne vous parle pas de Monseigneur d'Artois, le plus jeune. C'est un prince aimable, joyeux, aimant avant tout le plaisir sous toutes ses formes. Celui-là n'est qu'un papillon, un prince charmant dans la meilleure tradition des contes du bonhomme Perrault avec une cervelle à peine plus grosse qu'un petit pois. Celui-là aime tout le monde : son frère, sa belle-sœur surtout qu'il amuse et dont il partage les plaisirs, les hommes, les femmes... sauf peut-être la sienne qui ne lui inspire guère qu'un ennui aimable et courtoisement dissimulé. Non, je vous parle de la seule tête vraiment politique de la famille, je vous parle du prince de l'ombre et du silence, de l'homme qui fourbit ses armes dans le secret, de l'homme qui longtemps s'est cru l'unique héritier de son frère, le futur roi de France, puisque Louis XVI ne parvenait pas à faire d'enfants à sa femme, mais dont les espoirs se sont réduits avec la naissance de Madame Royale et à peu près anéantis avec celle de Monseigneur le Dauphin car la Reine, peut-être, n'a pas encore dit son dernier mot. Je vous parle de l'homme qui est capable de tout faire... et qui fera tout, vous m'entendez bien, pour supplanter son frère et coiffer cette couronne de France qui lui a toujours paru faite pour sa tête beaucoup plus que pour celle de Louis, je vous parle de Monseigneur le comte de Provence, je vous parle de Monsieur [1] !

Impressionné par la rudesse du ton et par l'expression du visage couturé de son chef, Gilles murmura :

— Êtes-vous sûr de votre fait, Monsieur ? Vous portez là de bien graves accusations ! Les Bourbons ressemblent-ils donc aux Atrides ?

Rochambeau haussa les épaules et se pencha pour essuyer la buée formée sur la glace de la voiture car, avec la nuit tombante, la pluie venait de faire son apparition : une de ces pluies légères et douces d'Île-de-France qui savent si bien soulager la sécheresse de la terre altérée comme les larmes soulagent un cœur trop longtemps contraint. Il ouvrit une boîte d'argent encastrée

1. Le frère puîné du Roi avait seul droit à ce titre de « Monsieur » sans autre appellation. Son épouse était « Madame ».

dans la paroi du carrosse, y choisit l'un de ces cigares dont il avait pris l'habitude en Amérique, en offrit un à son jeune compagnon puis battit le briquet et alluma les deux cylindres brun clair dont l'arôme parfumé emplit instantanément l'espace réduit.

— Au cours de l'Histoire, dit-il, la ressemblance est apparue bien souvent. Il n'y a pas de frère qui tienne lorsqu'il s'agit de la Couronne. Rappelez-vous Gaston d'Orléans, conspirant inlassablement contre Louis XIII, son frère. Combien de têtes sont tombées durant cette recherche obstinée d'un trône auquel il n'avait alors aucun droit ! Le prince abandonnait ses amis, demandait son pardon... et recommençait. Rappelez-vous François d'Alençon complotant contre Henri III. Les rois, bien souvent, n'ont pas eu de pires ennemis que leurs propres frères. Monsieur n'échappe pas à la règle mais se cache avec plus de soin car il est, lui, il faut bien l'admettre, redoutablement intelligent... bien plus que notre bon roi. Et, par malheur, il en a très nettement conscience.

— Comment espère-t-il obtenir le pouvoir, maintenant que le Roi a donné un héritier au royaume ? En fomentant une révolution ?...

— Je vous ai dit qu'il était intelligent. Que Louis XVI soit déchu, pour incapacité par exemple... ou qu'il meure, et Monsieur devient Régent durant la minorité de son neveu.

— Pourquoi lui ? Pourquoi pas la Reine ?

— Elle s'est fait trop d'ennemis dans la haute noblesse et, en outre, elle devient impopulaire. Non, ce serait Monsieur. Et c'est long d'élever un futur roi. Difficile aussi quelquefois !

— Vous n'imaginez pas tout de même...

— Avec Monsieur, on peut tout imaginer ! Son corps est épais mais son esprit est fin, subtil, rusé. Quant à son cœur, s'il en a un, ce dont je doute fort, il est si bien caché qu'il a dû lui-même oublier où il se trouve...

« Voyez-vous, Monsieur tisse sa toile dans l'ombre avec l'aide tacite de tous les grands du royaume qui, depuis Louis XIV, rêvent de féodalité et fondent en lui leurs espoirs. Chaque fois qu'il advient au Roi un mécompte, un souci, une douleur, soyez certain que Monsieur n'est pas loin. Il est à la fois vautour et serpent...

— Mais enfin, il est homme aussi j'imagine et il n'est pas d'homme si noir soit-il chez qui ne se trouve un coin même tout petit de ciel bleu.

— Que vous êtes jeune ! Et voilà où vous vous trompez ; Monseigneur de Provence n'est pas un homme au sens où vous l'entendez parce qu'il est à peu près impuissant. Au point que sa femme, la princesse Marie-Joséphine, en est réduite à s'initier aux charmes discrets de Lesbos avec sa lectrice, Madame de Gourbillon. C'est un cerveau !

— N'ai-je pas entendu dire, cependant, qu'il avait une maîtresse ?

— Si fait. Mais c'est, je crois bien, une maîtresse selon l'esprit. La jeune comtesse de Balbi en possède une dose quasi diabolique et elle en joue en virtuose. Ses mots cruels et ses reparties enchantent Monsieur qui les apprécie en connaisseur. En outre, elle est plus qu'agréable à regarder alors que Madame est laide. Cela suffit pour qu'elle règne en maîtresse au Luxembourg, en rêvant parfois elle aussi d'un règne sur Versailles...

La main de Rochambeau s'abattit soudain sur l'épaule du jeune homme qu'elle serra fortement comme si elle cherchait à lui communiquer la conviction de son maître.

— Servez le Roi, mon ami, défendez-le, aimez-le, vous ne rencontrerez guère la foule de ce côté. Ses gentilshommes lui reprochent ses goûts bourgeois, son amour de la science et du travail manuel... son indécision aussi bien souvent. Le vrai pouvoir est entre les mains de la Reine à qui son époux ne sait rien refuser. Quant aux « entours » de la Reine, ils se moquent du Roi presque ouvertement.

— Et la Reine tolère cela ?

— Elle l'ignore le plus souvent mais elle est prisonnière de sa coterie écervelée de perruches et de courtisans, les Polignac, les Vaudreuil, les Besenval avec qui elle mène une vie de fêtes perpétuelles et qui l'isolent à la fois de la Cour, laquelle ronge son frein aux portes de Trianon où elle n'a pas accès, et du peuple qui paie les fabuleuses pensions de tous ces gens et qui commence à montrer les dents. Vous comprendrez ce que je veux dire si vous avez un jour la faveur d'être admis à voir Sa Majesté jouer à la fermière dans son domaine.

— Est-il si difficile d'être admis à Trianon ?

Rochambeau se mit à rire mais d'un rire qui ne sonnait pas tout à fait clair et où perçait une pointe d'amertume.

— Les écriteaux qui délimitent le domaine et qui portent la mention « De par la Reine » sont plus ardus à franchir qu'une frontière pour qui n'est pas admis au cercle privé de Sa Majesté. Vous verrez cela à l'usage. Holà ! Martin, plus vite ! Nous ne serons pas à Paris avant demain matin à ce train et j'aimerais fort à souper ailleurs qu'au bord de la route !

CHAPITRE VI

NOCTURNE DANS UN BOSQUET DE TRIANON...

En dépit des prédictions pessimistes du général, Gilles de Tournemine franchissait, sept jours plus tard, le 21 juin 1784, la limite des fameux écriteaux à l'occasion de ce qui allait être la dernière grande fête de l'Ancien Régime donnée dans les jardins de Trianon, lieu privilégié des délassements royaux.

La pièce s'achevait en apothéose. Comme par magie, le petit théâtre bleu et or de la Reine venait de s'illuminer tandis que sur le devant de la scène fleurie de gigantesques bouquets qui montaient jusqu'aux cintres comme des fusées blanches, les artistes de la Comédie Italienne et les danseuses de l'Opéra ne cessaient de plonger dans leurs révérences, courbés comme les fleurs des champs sous la tempête des applaudissements.

Le *Dormeur éveillé* de Marmontel, musique de

Grétry, connaissait un vrai triomphe auprès du très noble public. Le jeune Hassan, devenu calife en dormant, venait de choisir définitivement, à la satisfaction générale, l'amour de la jeune esclave qu'il avait élevée. On applaudissait à tout rompre et, tout le premier, l'hôte d'honneur de cette fête, le roi Gustave III de Suède qui, sous le pseudonyme transparent de « comte de Haga », visitait la France incognito au retour d'un voyage en Italie.

Debout, bras croisés contre l'un des montants dorés d'une petite loge où s'empilaient les aides de camp du visiteur : Taube, Stedingk et Armfelt qui étaient tous pour lui d'anciens compagnons d'armes d'Amérique, Tournemine n'avait guère écouté la pièce, fasciné qu'il était par la splendeur du spectacle offert par la salle.

En effet, pour honorer son hôte nordique, la reine Marie-Antoinette qui avait ordonné cette jolie fête avait désiré qu'elle fût aux couleurs des neiges suédoises et ce n'étaient partout que satins, dentelles, tulles, velours, plumes d'une éclatante blancheur sur laquelle scintillait une profusion de diamants. On aurait dit qu'il avait tout à coup neigé sur le petit théâtre, les fleurs et l'opulente verdure de Trianon.

Pourtant, en regardant le roi Gustave, petit blond de trente-huit ans à la carrure vigoureuse, au grand front intelligent et aux yeux d'azur clair mais aux jambes trop courtes et sans véritable beauté, Gilles ne pouvait s'empêcher de songer – et cela gâtait son plaisir depuis le début de la soirée – que ce n'était pas lui le véritable héros de la soirée mais bien le beau gentilhomme qui se tenait debout derrière lui, magnifique dans son habit de velours blanc givré d'argent et vers lequel, si souvent, se tournait le regard de la Reine : son ami Axel de Fersen.

Oh ! ce regard ! le Garde du Corps un peu plus inquiet chaque fois qu'il revenait, en venait à se demander si la magie de cette douce nuit d'été n'agissait pas sur son jugement et ne l'incitait pas à imaginer des folies. Car enfin, il était inconcevable qu'une reine de France regardât ainsi un jeune étranger alors même qu'auprès d'elle se tenait l'homme bon, paisible et simple qui partageait avec elle sa couronne et son lit. Se pouvait-il que Marie-Antoinette en fût venue à rendre l'amour passionné dont Tournemine savait trop qu'il emplissait la vie et le cœur de Fersen ?

À cette minute même, tandis qu'elle quittait son fauteuil dans le gracieux balancement de ses « paniers » de satin nacré brodé de grands lys d'eau argentés aux cœurs de perles, tandis qu'elle acceptait la main offerte par le comte de Haga pour la mener souper, c'était encore à Fersen que retournait son regard bleu, furtif et caressant avec cette légère inquiétude des gens qui aiment et qui craignent toujours de voir l'être aimé s'évanouir dans les brumes du soir. C'était vers lui aussi que s'inclinaient, imperceptiblement, dans une invite à les suivre, la belle tête couronnée d'aigrettes et le long cou gracieux de la Reine.

Marie-Antoinette était royalement belle, ce soir, et surtout elle semblait heureuse, plus heureuse qu'elle ne l'avait jamais paru aux yeux du jeune chevalier auquel elle avait toujours montré tant de grâce, plus heureuse même qu'au moment où elle venait de connaître les joies du triomphe en donnant un Dauphin à la France. Beauté de reine, sans doute, magnifiée par l'apparat, la parure et l'atmosphère irréelle qui l'environnait, mais beauté de femme aussi et la plus émouvante de toutes : celle de la femme au plein de l'épanouissement, celle que, seul, peut donner l'amour partagé...

Et Gilles, assombri, ne savait plus très bien s'il devait se réjouir du bonheur dangereux, aux limites du vertige, qui arrivait à son ami ou s'inquiéter du mal que l'amour de la Reine pour Fersen risquait de faire au Roi.

Les sentiments que Louis XVI portait à son épouse n'étaient un secret pour personne. C'était un amour sans éclat, sans romantisme peut-être mais profond, sincère, où entraient l'humilité, due aux sept années où, à cause d'un empêchement physique, l'union du couple s'était révélée incomplète et décevante, et une sorte d'éblouissement depuis que cette princesse ravissante, devenue réellement sa femme, lui avait donné des enfants. Et la dévotion qu'il lui portait en était venue à un tel point qu'il ne savait plus rien lui refuser, pas même, hélas, les ingérences les plus inconsidérées dans les affaires du Royaume...

Et Gilles qui se voulait gardien de la vie, de l'honneur et de la grandeur de son roi ne pouvait s'empêcher de trouver amer que le premier ennemi qu'il devinât fût l'un des hommes qu'il aimât le plus au monde.

Se méfiant, toutefois, de son imagination bretonne, il s'efforça de secouer l'espèce de malaise qui s'était emparé de lui et suivit, dans les jardins illuminés, l'élégante foule des spectateurs. Son service, ce soir, était des plus simples car, si la Reine avait naturellement autorisé la présence des Gardes du Corps, il leur avait été interdit de monter une faction quelconque et ils devaient s'efforcer de rendre leur surveillance des personnes royales aussi discrète que possible. Étant officier d'ailleurs, Tournemine avait rang d'invité plus que de gardien.

Lorsque Fersen, littéralement collé aux basques du comte de Haga, passa auprès de lui, il tenta de le retenir un instant mais le comte ne lui offrit qu'un sourire incertain et le regard vaguement halluciné d'un dormeur éveillé avant de se jeter, avec plus d'ardeur, sur la piste de la robe blanche dont la longue traîne balayait doucement le marbre des dallages.

— Plus tard ! murmura-t-il, nous nous verrons plus tard...

Gilles haussa les épaules avec agacement. Décidément Axel n'était plus le même ! Il s'en était aperçu le lendemain même de son arrivée quand il était allé visiter son ami dans sa chambre de l'hôtel d'York. Fersen l'avait accueilli avec joie, bien sûr, et une joie certainement sincère mais qui se teintait curieusement d'une légèreté peu habituelle chez lui. C'était comme si, prisonnier de sa propre vie, il était devenu incapable de s'intéresser à celle des autres...

Occupé à une toilette d'une extraordinaire minutie, le Suédois lui avait donné, en outre, l'impression de ne plus pouvoir respirer ailleurs qu'au soleil de Versailles. Seule la nouvelle de l'entrée de son ami aux Gardes du Corps réussit à forcer l'entrée de cette espèce d'égoïste jardin secret.

— Merveilleux ! s'écria-t-il. Quelle chance tu as ! Lieutenant aux Gardes du Corps ! Tu vas vivre désormais toute ton existence auprès de la... famille royale ! Tu vas appartenir au monde de

Versailles ! Ainsi, à mon retour, nous nous verrons souvent.

— À ton retour ? Est-ce que tu repars ?

Fersen haussa les épaules en homme que la perspective n'enchante guère.

— Par force ! Je ne peux pas abandonner le comte de Haga en plein milieu de son voyage. Il me faut bien le ramener en Suède. Cela me permettra au moins d'embrasser mon père puisque la dernière fois que je t'ai quitté, je ne suis pas allé plus loin que l'Allemagne où j'ai retrouvé Sa Majesté Gustave III en route pour l'Italie. Cela me permettra, en outre, de régler avec lui certaines affaires... tout au moins je l'espère.

Gilles ne releva pas les derniers mots. Par Rochambeau, il avait appris de quelles affaires il s'agissait. Fersen, dans sa passion pour la France, désirait ardemment faire l'acquisition du régiment Royal-Suédois mais ses moyens ne le lui permettaient guère et son père, le comte Frédéric-Axel, se faisait quelque peu tirer l'oreille pour effectuer une lourde dépense qui non seulement éloignerait son fils de lui durant des années mais encore risquait fort de mettre la famille sur la paille.

Il se borna à demander :

— Quand repars-tu ?

— Je ne sais pas exactement. Le Roi pense reprendre le chemin de son pays le 10 ou le 12 juillet mais rien n'est encore arrêté. Évidemment, cela ne nous laisse pas beaucoup de temps, d'autant moins que les journées, trop remplies, passent à une folle allure. Nous nageons dans les fêtes, les plaisirs et les divertissements de tout genre. Gustave III en raffole mais moi cela m'excède un peu et je ne vois pas pourquoi il ne cesse d'accepter des invitations dans les salons parisiens...

— Alors qu'il serait tellement plus agréable de passer le temps dans ceux de Versailles ! conclut Gilles tranquillement. Eh bien ! mon ami, je te laisse à tes plaisirs... et je vais à mon déménagement.

Axel l'embrassa alors avec l'ancienne chaleur brusquement revenue.

— N'oublie pas mes paroles : c'est toi le plus heureux puisque tu vas vivre... là-bas.

Décidément c'était une obsession, une maladie dont Tournemine n'eut guère de peine à formuler le diagnostic avec une indulgence apitoyée : le malheureux devait être plus épris que jamais de la Reine et cela tournait à l'idée fixe. Mais, à la lumière de ce qu'il venait de voir durant la représentation théâtrale, ce mal qu'il croyait innocent prenait une couleur autrement inquiétante. Amoureux de la Reine, Fersen n'était qu'un doux rêveur inoffensif ; aimé d'elle, il devenait un homme dangereux pour le royaume... et pour le Roi.

Les silhouettes blanches des invités voguaient à présent dans les jardins merveilleusement illuminés de lampes couvertes qui donnaient des reflets si doux, si légers que chaque femme, chaque homme paraissait voltiger au long des allées du jardin anglais comme autant de scintillants fantômes.

Près de la cascade, de grands transparents peints à la détrempe figuraient des herbes, des rochers, des buissons de fleurs fantastiques cependant que, derrière le Temple de l'Amour, un immense bûcher venait de s'embraser qui faisait monter au fond des jardins une aurore dorée repoussant la nuit.

Une main énergique saisit Gilles par le bras tandis qu'une voix joyeuse s'écriait :

— Eh bien ! que faites-vous donc là à rêver aux étoiles au lieu d'aller souper comme tout le monde ? N'avez-vous pas faim ?

Arraché à une songerie qui s'assombrissait d'instant en instant Gilles de Tournemine eut une exclamation de plaisir en reconnaissant le joyeux vicomte de Noailles, l'un de ses tout premiers compagnons d'aventure et l'un des plus chers, car c'était lui qui avait donné à son destin un important coup de pouce en éloignant le secrétaire de Rochambeau pour qu'il pût prendre sa place.

— Non, c'est vrai, je n'ai pas faim ! Pardonnez-moi, vicomte, mais tout est si nouveau ici pour le sauvage mal dégrossi que je suis. Il me faut m'habituer.

— Quelle idée ? Vous y êtes chez vous autant que nous. Il y a ici un grand nombre de nos amis d'Amérique...

— Pas tous ! Je n'ai vu ni le général de La Fayette ni Lauzun.

Noailles fit la grimace en chiquenaudant avec application une admirable cravate de Malines.

— Vous avez toujours le génie de mettre le doigt sur ce qui cloche, mon cher Gilles. En effet, ils ne sont là ni l'un ni l'autre. La Fayette, s'il est plus que jamais le héros de Paris, fréquente un peu trop Monseigneur le duc d'Orléans pour être bien vu à Versailles où l'on exècre fort les gens du Palais-Royal, en outre il vient de repartir pour l'Amérique. Quant à Lauzun, il est en disgrâce.

— Ah bah ! Et pourquoi donc ?

— Il aurait fait une cour... un peu trop pressante à la Reine. Il prétend d'ailleurs qu'il y aurait été chaudement encouragé mais l'affaire aurait mal tourné ! Notre souverain l'a interdit de séjour à Versailles.

— La cour... à la Reine ? Comme à n'importe quelle fille d'honneur ? exhala Gilles abasourdi. Est-ce que Lauzun est devenu fou ?

Noailles haussa les épaules.

— Allons, chevalier, si sauvage que vous soyez, ne me dites pas que vous n'êtes pas au courant des bruits, un peu trop fréquents, qui courent sur les amitiés de notre belle souveraine. On lui a déjà prêté... je dis bien prêté, vous voyez que je suis objectif, tant d'amants : Coigny, Vaudreuil, Besenval que Lauzun a pu se sentir encouragé. Il a beaucoup de succès auprès des femmes !

— Je ne m'habituerai jamais à considérer la Reine comme une femme, coupa Gilles avec une certaine froideur. Et je m'étonne...

— Cessez de monter sur vos grands chevaux et de jouer les puritains, sacré Breton ! Il est possible qu'il n'y ait rien de vrai dans tout cela mais... mais êtes-vous aveugle ou n'avez-vous pas remarqué que notre cher et romantique Fersen est le héros de la fête ? Alors, vraiment, vous ne voulez pas souper avec moi ?

— Je ne veux pas souper du tout, mon ami. Ces jardins sont si beaux, si nouveaux pour moi ! J'ai envie de profiter de leur solitude momentanée. Vous n'aurez qu'à manger pour deux.

— Soyez sûr que je n'y manquerai pas. J'ai un appétit à dévorer un veau, deux moutons, quelques poulardes et beaucoup, beaucoup de desserts !

Et Noailles, virevoltant sur ses talons rouges,

s'en alla rejoindre les invités du souper qui était servi dans les différents pavillons du parc.

Ils ressemblaient, de loin, ces pavillons, à de grosses lanternes blanches d'où s'échappaient, sur un fond de musique douce, des rires et le murmure policé des conversations, mais Gilles s'en détourna. Il avait vraiment envie d'être seul dans ce jardin anglais qui, ce soir, semblait sorti, tout paré, d'un conte de fées et qui, pour un instant, n'était qu'à lui...

Pour mieux jouir encore de la paix et ne plus même entendre le crissement de ses propres pas sur le sable des allées, il alla s'adosser à un arbre au bord du Petit Lac et resta là un assez long moment, sans bouger, à respirer l'air frais de la nuit, la senteur des roses et celle des tilleuls. Les bruits de la fête ne lui parvenaient plus que de loin. Il avait rompu les amarres, il était hors du temps, presque hors de son propre personnage, goûtant un instant de félicité pure au bénéfice de laquelle il s'était efforcé de repousser les idées sombres qui lui étaient venues.

Un bruit de pas, cependant léger, vint l'arracher à l'espèce de léthargie où il s'engourdissait et il se redressa, prêt à se montrer car le promeneur qui approchait n'avait pas l'air de se cacher. Le pas était rapide mais décidé. C'était celui de quelqu'un qui allait quelque part et qui y allait vite. Mais Gilles n'eut pas le temps de s'avancer et, au contraire, se rejeta en arrière car, au détour d'un if illuminé, apparut l'énorme bulle blanche d'une robe surmontée d'une autre bulle neigeuse : celle de la gigantesque coiffure de la dame qui courait presque au long de l'allée, relevant à deux mains son immense jupe et découvrant le gracieux ballet de deux pieds charmants chaussés de soie claire.

Pensant que cette jeune femme allait peut-être à un rendez-vous galant dans la partie non éclairée du parc, et ne voulant pas paraître indiscret, Gilles s'efforça au contraire de se dissimuler le plus possible derrière son arbre. Et la dame passa si près de lui qu'une bouffée de parfum frais vint jusqu'à ses narines avec le froissement léger de la soie.

Mais, à ce moment précis, la promeneuse attardée passa dans la faible lumière déversée par l'un des fameux lampions couverts et Gilles, soudain cramponné à son arbre, dut faire appel à tout son sang-froid pour ne pas crier à la fois de surprise et de joie car, sous la haute coiffure poudrée ornée d'un fil de perles et d'une conquérante petite plume d'autruche blanche, il venait d'entrevoir le visage de Judith.

Si maître de lui-même qu'il fût habituellement, le jeune homme crut que ses pieds quittaient la terre et qu'il allait prendre son vol vers les profondeurs bleues du ciel étoilé. Judith ici ! Judith à Trianon ! L'introuvable Judith que n'avaient pu dénicher ni les recherches du Prévôt de Paris ni les sbires du Lieutenant de Police, hantait tout simplement les ombrages royaux de Trianon avec autant de simplicité que, jadis, le Frêne familial, comme si c'eût été la chose du monde la plus naturelle et comme d'ailleurs lui en donnaient droit son nom et ses antiques quartiers de noblesse. Il n'y avait aucune raison pour que Mademoiselle de Saint-Mélaine ne fût pas admise aux honneurs de la Cour.

Mais la gracieuse forme blanche n'avait pas attendu la fin des étonnements de Gilles et, toujours aussi rapide, s'enfonçait à présent dans les profondeurs d'une allée obscure, filant vers la lisière du parc et l'instant de bonheur de Gilles s'éteignit comme une chandelle sous l'éteignoir. Où donc allait-elle si vite ?

L'idée première d'un rendez-vous d'amour lui revint, s'implanta, amenant avec elle l'inévitable crispation de jalousie. Oubliant superbement, avec la belle inconscience masculine, les femmes qui l'avaient aidé, en agitant son sang, à supporter l'absence, Gilles se retrouva uniquement et plus que jamais amoureux de Judith. Sa réaction fut instantanée : ôtant vivement ses souliers pour ne pas faire le moindre bruit et sacrifiant ainsi délibérément ses bas de soie, il s'élança sur les traces de la fugitive non sans accorder un regret à ses vieux mocassins de jadis.

Ils coururent ainsi l'un derrière l'autre durant quelques instants, le jeune homme ne pouvant s'empêcher d'admirer avec une espèce de rage la solidité parfaite de l'absurde coiffure de la jeune fille qui supportait vaillamment la course sans abandonner autre chose qu'un léger nuage de poudre parfumée à l'iris.

Arrivée en vue de l'une des grilles du parc, la belle coureuse obliqua brusquement puis s'enfonça dans un bosquet à une allure beaucoup plus réduite. Gilles suivit avec précaution jusqu'à ce qu'un bruit de voix proche l'arrêtât net. Apparemment on était arrivés.

— Il me semble que vous avez beaucoup tardé, ma chère, disait une voix d'homme plutôt maussade. J'étais sur le point de m'en aller car il fait diantrement humide dans ces bois.

— Mais aussi pourquoi Votre Altesse a-t-elle

tenu à venir ici ? J'aurais aussi bien pu aller chez elle demain matin...

— Vous savez parfaitement que vous ne devez plus y paraître en aucun cas. Mon épouse est stupide mais pas à ce point et je vous rappelle que je ne suis pas censé vous connaître. Quant à l'affaire de ce soir, je tenais à m'assurer moi-même de sa bonne marche. Aussi bien, je n'avais rien d'autre à faire puisque le Roi qui, à ce qu'il paraît, est mécontent de nous, n'a pas voulu que les princes soient de la fête de ce soir.

— Le Roi... ou la Reine ?

— Je pencherais plutôt de ce côté, ricana l'Altesse inconnue. Je suppose qu'elle ne souhaitait pas faire montre, devant des yeux avertis, de l'extrême faveur dont jouit Monsieur de Fersen. C'est pour lui qu'elle donne cette fête et le bon Gustave III n'est qu'un prétexte. Mais oublions cela ! Avez-vous eu confirmation de ce que j'avais appris ?

— Oui, Monseigneur. Cela n'a pas été sans peine car, pas plus que Votre Altesse, je n'étais invitée à la fête. J'ai dû attendre que l'on soit au théâtre pour entrer à Trianon.

Dans son buisson de feuilles Gilles, qui avait silencieusement remis ses chaussures, passait par toutes sortes de sentiments contradictoires touchant la femme qu'il avait suivie et un début de déception car, si le visage était celui de Judith, il ne parvenait pas à reconnaître sa voix. Celle-ci était claire, avec des résonances métalliques absentes de celle de la jeune fille ; mais l'étrangeté du dialogue lui fit bientôt oublier son analyse de timbres. Quelle que soit cette femme, elle l'avait mené tout droit à ce qui semblait bien être quelque conspiration ; sinon, pourquoi une Altesse aurait-elle consenti à faire le pied de grue en pleine nuit dans un bois humide ? Restait à savoir qui était cette Altesse et ce qu'elle était en train de tramer.

— Qui vous a vue ?

— Eh bien... personne ! J'en ai été surprise car on pouvait ce soir entrer au château comme au moulin. Il n'y avait pas âme qui vive. Les serviteurs et les dames étaient tous à regarder les illuminations ou à essayer de voir la comédie. Jamais maison royale n'a été si mal gardée et j'ai pu gagner le boudoir sans encombre. Vous pouvez constater d'ailleurs que j'avais endossé la livrée de la soirée : il n'y a rien qui ressemble autant à une femme en blanc qu'une autre femme en blanc et j'avais une excuse toute prête si j'avais rencontré quelqu'un.

— Parfait. Alors, où en sommes-nous ? Savez-vous si le comte Esterhazy [1] est bien venu ce tantôt ?...

— Bien qu'il soit officiellement occupé à sa lune de miel en Normandie ? Il est venu, Monseigneur. La Reine, dont il est le courrier d'amour privilégié, ce qui lui vaut toutes sortes d'honneurs et d'agréments, l'a certainement averti dès l'arrivée des Suédois.

— Mais vous, avez-vous vu le comte ? Est-il passé chez vous ?

— Non. Si Votre Altesse ne m'avait fait

1. Note de l'auteur : suit ce qui est le fruit de mes recherches personnelles et pourrait éclairer différemment les relations de la Reine avec la comtesse de La Motte-Valois. Quant à ce comte Esterhazy il est le grand-oncle de l'homme qui joua dans l'affaire Dreyfus un si triste rôle.

connaître son arrivée... discrète, je l'ignorerais. Vous savez, Monseigneur, le comte Esterhazy ne tient pas tellement à entretenir avec moi des relations habituelles. Je ne suis, pour cela, ni assez riche ni assez puissante. Il a été ma chance, le 2 février dernier, lorsque, sur le conseil du cardinal de Rohan, j'ai profité de la procession des Cordons Bleus pour aller me jeter aux pieds de la Reine à sa sortie de la chapelle et implorer sa charité. Mon nom, alors, a éveillé l'intérêt d'Esterhazy car l'un de ses meilleurs amis autrichiens, le comte de Ferraris, gouverneur de Bruxelles, est lui-même fils d'une Valois de Saint-Rémy qui était cousine issue de germain de mon père. C'est donc grâce à lui que la Reine s'est intéressée à mon sort pénible et m'a fait venir discrètement à Trianon quelques jours après la procession. Mais là s'est borné son rôle. Je ne dois qu'à moi d'avoir été reçue, tout aussi discrètement d'ailleurs par la suite, parce que la Reine me trouve à la fois intéressante et amusante. Je la distrais avec des potins parisiens... et surtout avec cette grande passion dont le cardinal de Rohan prétend brûler pour elle et à laquelle d'ailleurs elle refuse de croire.

L'Altesse inconnue se mit à rire.

— J'allais l'oublier celui-là. Où en êtes-vous avec lui ?

— Toujours aussi fou ! Il est tout à fait persuadé que je possède le moyen de le faire rentrer en grâce... alors qu'en réalité la haine que lui porte la Reine est toujours aussi tenace. Cela m'ennuie, car j'aurais bien aimé, pour la bonne marche de nos affaires, qu'elle accepte de le rencontrer ne fût-ce qu'une fois, mais c'est à peu près impossible.

— Il y a peut-être un moyen... et un moyen qui amuserait la Reine en lui donnant l'occasion de se divertir aux dépens de son ennemi par l'une de ces comédies quelle aime tant.

— Un moyen ? Si Votre Altesse arrive à cela, je dirai qu'elle a du génie.

— Ma chère comtesse, vous devriez dire à votre mauvais sujet de mari de fréquenter davantage ces belles galeries neuves du Palais-Royal qui contribuent si fort à augmenter les agréments de Paris et à démolir la réputation de mon cousin d'Orléans qui se retrouve boutiquier, comme le lui a si bien dit le Roi. Mes espions m'ont appris que l'on y voit parfois une fille de joie, très jolie d'ailleurs, une certaine Nicole Legay qui se fait appeler d'Oliva... et qui ressemble beaucoup à la Reine... Mais nous verrons cela plus tard. La clef a-t-elle bien fonctionné ?

— À merveille, Monseigneur. Le petit secrétaire s'est ouvert sans pousser une plainte. Les lettres y étaient, nouées d'un ruban de ce joli bleu Nattier que la Reine affectionne. Il y en avait une datée d'aujourd'hui, d'où j'ai pu conclure qu'Esterhazy est bien venu. Les autres, datées d'Italie, sont adressées à une certaine Joséphine qui est un nom de code bien entendu et elles sont arrivées par un nommé Fontaine. Ce Fontaine, si j'ai bien compris, est absent d'où la nécessité d'appeler Esterhazy pour porter le courrier entre Paris et Versailles.

— Vous avez bien travaillé, comtesse, et j'ai là de quoi vous récompenser. Mais que disait cette dernière lettre ? L'avez-vous lue ?

La femme, dont Gilles savait maintenant qu'elle n'était pas Judith, qu'elle ne pouvait pas être Judith – et malgré sa déception il ne pouvait s'empêcher d'en éprouver un certain soulagement –, la femme eut un petit rire de triomphe assez vulgaire.

— J'ai fait mieux, mon prince... je l'ai volée et la voici !

— Êtes-vous folle ? Et si quelqu'un vous a vue ? Qui vous dit, après tout, qu'il n'y avait absolument personne ? À Versailles tous les murs ont des yeux et des oreilles. Quant à la Reine, elle va chercher cette lettre, naturellement, interroger ses femmes...

— Pour retrouver une lettre de son amant ? Allons donc, Monseigneur ! Je ne vois pas bien comment elle pourrait s'y prendre. Elle pensera plutôt que dans le tohu-bohu de la soirée elle l'aura rangée ailleurs. Elle cherchera, oui, mais toute seule et sans rien dire à personne...

— Il n'empêche que vous n'auriez pas dû la prendre. Il fallait... je ne sais pas, moi... la copier !

— Et cela aurait prouvé quoi ? Quand vous aurez lu cette lettre, Monseigneur, vous comprendrez qu'il « fallait » que je la prenne car, entre vos mains, elle sera une arme terrible. Songez donc : la preuve formelle, irréfutable du commerce d'amour entre la Reine et le comte de Fersen.

— Évidemment ! Il n'empêche que cela m'inquiète. Vous ne connaissez pas bien ma belle-sœur. Elle est coléreuse, emportée et, alors, ses réactions sont parfaitement imprévisibles... au point de faire douter, parfois de son intelligence.

— Écoutez, Monseigneur, fit la femme avec une nervosité qui trahissait son agacement, il faut savoir ce que vous voulez. M'avez-vous, oui ou non, promis de me rendre les terres, biens, titres et prérogatives de ma famille le jour où vous deviendrez Régent ?

— Je ne m'en dédis pas. Vous avez ma parole !

— Alors laissez-moi me dévouer à votre cause à ma manière. Je sais qu'il y avait un risque à voler cette lettre... mais tellement minime en regard de la valeur qu'elle représente ! Vous voulez la preuve que Fersen est l'amant de la Reine ? Vous l'avez et si nous parvenons à exploiter convenablement la passion du cardinal de Rohan pour cette même reine vous n'aurez guère de peine à la faire renvoyer en Autriche... et à demander la déchéance de vos neveux comme de naissance incertaine.

Il y eut un silence que le bruit d'un soupir acheva.

— Vous avez raison. Pardonnez-moi et soyez remerciée ! Décidément, ma chère comtesse, je serai toujours reconnaissant à Madame de m'avoir parlé de vous après ce malaise dont vous aviez été victime dans son antichambre. Vous êtes une femme précieuse. Mais n'oubliez jamais que, jusqu'au jour de notre triomphe commun, nous ne nous sommes jamais rencontrés, nous ne nous connaissons pas !

— N'ayez crainte, Altesse. Personne ne saura rien, jamais. Je connais trop mon intérêt !

Les oreilles de Gilles bourdonnaient tandis qu'un filet de sueur froide coulait désagréablement le long de son dos. Ces deux misérables étaient en train de comploter de la plus ignoble façon contre l'honneur de leur roi, de leur reine. Faire déclarer bâtards les enfants de France ! De quelle boue étaient-ils donc faits, cette femme qui prétendait descendre des rois Valois et son complice, ce prince du sang qui ne craignait pas de souiller ses mains dans la boue la plus nauséabonde pour mieux en éclabousser le trône !

Les paroles de Rochambeau lui revenaient à présent en mémoire et l'identité du royal conspirateur ne faisait plus aucun doute pour lui ; c'était Monsieur, c'était le gros comte de Provence, le mauvais génie de Louis XVI. Ce ne pouvait être que lui.

Dans le bosquet l'entretien s'achevait. La femme que le prince avait appelée comtesse prenait congé, s'apprêtant à rejoindre une voiture qui l'attendait dans l'allée des Matelots. Quant au prince il avait laissé un cabriolet à la porte de la Ferme pour le ramener à Paris.

Frémissant d'impatience dans son buisson, Gilles, malgré l'envie qu'il avait de suivre le sosie de Judith pour voir où elle le mènerait, attendait avec impatience qu'elle voulût bien s'en aller car, pour ce qu'il allait faire, il n'avait aucun besoin d'un témoin. Il fallait reprendre la lettre de Fersen, dût-il pour cela assommer un prince du sang. Il ne se dissimulait d'ailleurs pas qu'il éprouverait même un certain plaisir à tordre quelque peu le cou de ce vilain bonhomme !

Soudain, alors même qu'il croyait l'entretien terminé, le prince le reprit :

— Pendant que j'y pense, comtesse. Il se peut, malgré tout, que vous ayez besoin de me rencontrer d'urgence. On ne sait jamais quelles éventualités peuvent se présenter dans une affaire comme la nôtre.

— C'est bien mon avis mais Votre Altesse ne m'a-t-elle pas enjoint de ne jamais me présenter chez elle ?

— Il n'est pas question que vous y veniez. En

cas de nécessité faites-moi tenir un billet anodin, le texte importe peu mais vous le signerez J. de Latour et vous dessinerez une étoile sous cette signature. Je vous donnerai alors un rendez-vous. Vous n'oublierez pas ? J. de Latour ?

— Pas de danger, Monseigneur. Il se trouve que la sœur de mon époux a épousé un Monsieur de Latour. C'est un nom facile à retenir pour moi.

— À merveille. Partez, à présent. Nous nous sommes assez attardés sous ces arbres. Je sens la fraîcheur de la nuit.

Cette fois c'était fini. Un pas léger se fit entendre sur les feuilles tombées. La comtesse revenait, Gilles eut tout juste le temps de s'aplatir derrière un arbre car elle arrivait droit sur lui. La robe de soie blanche frôla sa botte au passage.

Le prince avait quitté lui aussi le bosquet mais son pas beaucoup plus lent et plus pesant ne lui permettait guère la vitesse. Dès que la femme eut disparu, Gilles s'élança sur sa trace. Restait à savoir s'il était seul ou si quelques-uns de ses gentilshommes l'attendaient un peu plus loin.

Mais il était seul. Sa silhouette courte et noire, presque aussi large que haute, s'avançait lentement à travers les arbres et, en l'apercevant, Gilles sentit sa conviction se renforcer, en admettant qu'il en fût encore besoin : c'était bien l'aîné des frères du Roi, c'était bien Monsieur !

Il allait tranquillement, faisant craquer des branchettes mortes sous ses pas, écartant de la main les feuillages qui se présentaient sur son chemin. Mais aucune autre silhouette n'était en vue. Par contre, les quelques lumières restées éclairées à la Ferme apparurent à travers les arbres. Gilles comprit qu'il n'était plus possible d'attendre et qu'il était temps, pour le Gerfaut, de reparaître un instant. Un rapide signe de croix pour demander pardon à Dieu du crime de lèse-altesse royale qu'il allait commettre, et il s'élançait sans faire plus de bruit qu'un chat.

L'attaque fut foudroyante. À l'instant même où Gilles tombait sur un dos douillettement habillé de graisse et de velours, son avant-bras coinçait le menton de sa victime, qui n'eut la possibilité que d'un faible cri, bloquant à la fois la respiration et la circulation. Quelques secondes et le prince glissait à terre comme un gros sac de sable.

Lorsqu'il ne sentit plus la moindre résistance, le chevalier l'étendit confortablement sur la mousse, fouilla ses poches, trouva des papiers qu'il fourra dans la sienne sans trier. D'ailleurs on n'y voyait goutte puis, se relevant, il prit sa course en direction des écuries de Trianon. Il fallait à présent reprendre son cheval et essayer de retrouver la femme pour la suivre, savoir où elle allait et peut-être lui reprendre à elle la fausse clef dont elle se servait si bien.

Cela devait être possible. Elle n'avait pas sur lui une grande avance car l'attaque du prince n'avait demandé que quelques secondes. En outre, elle n'avait plus aucune raison de courir, exercice qui, affublée d'une robe à paniers, n'était pas tellement commode même pour une femme jeune et agile. Enfin, peu d'hommes pouvaient se vanter d'être, à la course, plus rapides que le Gerfaut.

Les jardins de Trianon, où de nouvelles merveilles s'allumaient pour la joie des yeux des convives qui avaient achevé leur souper et commençaient à sortir, furent traversés en trombe, à la grande surprise de quelques invités qui virent passer sans bien savoir ce que c'était une sorte de météore bleu et argent. Mais quelques minutes plus tard, Gilles sautait en voltige sur le dos de Merlin et, passant comme un boulet de canon devant le poste des Suisses, disparaissait sous les grands arbres bordant l'allée des Trianons.

Il déboucha dans celle des Matelots si impétueusement qu'il dut faire cabrer l'irlandais pour éviter une collision avec une voiture de louage qui débouchait juste à cet instant de l'allée et qui s'arrêta pile dans une bordée d'injures du cocher. À la lumière de la lanterne pendue à l'angle des deux routes, Gilles vit surgir la tête courroucée d'un jeune homme blond, coiffé d'un chapeau anglais à la dernière mode, qui lui lança d'une voix affectée :

— Faites donc attention, espèce d'imbécile ! Vous avez failli nous jeter au fossé.

— Mille excuses, Monsieur. Mais je suis fort pressé ! Service du Roi !... fit Gilles qui crut un instant s'être trompé.

— La peste soit de ces Gardes du Corps qui se croient tout permis ! Allez, mon ami ! Et un peu rondement ! Nous ne serons jamais à Paris avant demain matin si nous allons de ce train.

Gilles retint son cheval pour laisser la voiture prendre un peu d'avance puis le lança de nouveau afin de la rattraper et de la dépasser. Quand la voiture s'était arrêtée, il s'était traité mentalement de triple idiot. Se faire remarquer ainsi, quelle stupidité. Mais elle avait eu sa contrepartie car le bref arrêt du fiacre lui avait permis d'apercevoir, derrière le beau chapeau du jeune dandy, le pâle visage de la femme qui osait ressembler à Judith et en outre, il avait recueilli une information précieuse : ces gens allaient à Paris. Il fallait donc y être avant eux et les attendre à la barrière, ce qui, grâce aux jambes fines de Merlin, infiniment plus rapides que celles d'un cheval de fiacre, ne présentait guère de difficulté. Cela lui laissait même le temps d'échanger son uniforme contre une tenue plus discrète afin de ne pas attirer une seconde fois l'attention du grincheux occupant de la voiture.

Mais, comme dans tous les régiments, les Gardes du Corps proposent et leurs supérieurs disposent. Second lieutenant, Gilles débouchant dans la cour de l'hôtel où il était logé provisoirement en attendant qu'il se fût trouvé une habitation convenable, eut la désagréable surprise d'y trouver le comte de Vassy, capitaine en second qui s'apprêtait à monter à cheval mais se ravisa en le voyant surgir.

— Vous tombez à merveille, Monsieur de Tournemine. Je viens d'être averti que le lieutenant de Castellane qui assurait la garde au palais cette nuit vient d'être victime d'un malaise... une... ancienne blessure qui s'est rouverte. Allez le relever !

— À vos ordres ! Puis-je seulement monter chez moi donner un ordre à mon valet et mettre des bottes propres ?

— Allez, vous avez cinq minutes.

Maudissant sa malencontreuse idée de changer de costume, il grimpa quatre à quatre jusqu'à son logis où il savait trouver Pongo debout et habillé : jamais il ne se couchait avant le retour de son maître.

— Selle un cheval, lui dit-il, prends la route de Paris et... retrouve un fiacre... une voiture de louage à caisse jaune portant le numéro 12. Il y a dedans un homme et une femme. Je veux savoir où ils vont et, si possible, où la femme habite. Tu as compris ?

Pongo fit signe que oui, grimaça un sourire qui fit briller ses longues incisives, endossa son habit noir, enfonça son chapeau sur sa tête et, glissant à sa ceinture une paire de pistolets dont il avait aisément appris à se servir en maître, il disparut dans l'escalier. Rassuré, car il savait que l'Indien ne lâchait jamais une piste, Gilles consulta la pendule, vit que les cinq minutes n'étaient pas encore écoulées et se hâta de sortir de ses poches les papiers pris dans celles de Monsieur.

En dehors de la lettre de Fersen qu'il trouva sans peine, les autres étaient sans importance : quelques vers galants, une autre lettre, signée Montesquiou et annonçant à Monseigneur un tonnelet d'armagnac, un ou deux placets demandant un secours. Mais le billet de Fersen valait son pesant de poudre à canon.

À peine le chevalier eut-il jeté les yeux sur les lignes tracées par son ami que la répugnance qu'il éprouvait à violer ainsi le secret d'une correspondance, se doubla d'une profonde tristesse. Quelle folie que cette lettre ! Quelle folie que ces mots d'amour brûlants adressés à une Reine ! Dans ces deux petites pages, il y avait de quoi ruiner à jamais le bonheur du Roi, sa confiance en son épouse et, peut-être, faire répudier Marie-Antoinette !

Axel commençait par remercier avec émotion sa souveraine d'une avance de cent mille livres et d'une pension de vingt mille qui allaient lui permettre d'acheter le régiment Royal-Suédois et « de reparaître la tête haute » devant son père. Puis il se désespérait à l'approche de son inévitable départ avec le comte de Haga qu'il devait escorter encore jusqu'en Suède. Enfin il suppliait la bien-aimée de lui permettre de retourner la nuit suivante « dans ce délicieux asile où la Divinité avait daigné venir à lui ».

Soucieux, Gilles replia la lettre, la glissa dans la poche de son gilet, refermant par-dessus plus étroitement, pour une protection encore plus efficace, l'habit d'uniforme. Puis, battant le briquet, il fit brûler dans la cheminée les autres papiers pris sur le prince. Enfin, sans même s'accorder le réconfort d'un verre de vin, encore qu'il en éprouvât le plus vif désir, il s'en alla rejoindre dans la cour son chef qui s'impatientait.

— Vos cinq minutes ont été longues, Monsieur. Je vous excuse parce qu'il n'était pas prévu que vous preniez la garde cette nuit et que vous venez d'arriver au corps, mais veillez à l'avenir à ne pas utiliser sept minutes quand on vous en donne cinq !

Il n'y avait rien à ajouter. Gilles enfourcha son cheval pour rejoindre le palais et s'en aller attendre, à la porte des appartements royaux, le retour de Louis XVI qui, au contraire de la Reine, ne couchait jamais à Trianon.

C'était la première fois qu'il prenait la garde à Versailles et, malgré l'habitude des palais royaux que lui avait donnée l'Espagne, il en éprouvait une émotion bizarre qui lui ôta le sommeil et l'empêcha de rejoindre la petite pièce réservée chaque nuit à l'officier de quartier.

Toute la nuit, il visita les différents postes de garde, parcourant couloirs, galeries et escaliers étendus entre les divers appartements royaux. Le bruit de ses pas éveillait les échos endormis où se confondait le temps. De loin en loin, à l'appel de l'officier, résonnait le vieux cri dont avaient retenti, depuis le XVe siècle, toutes les demeures royales de France.

— Hamir[1] !...

Pour celui qui, comme le jeune homme, assumait pour la première fois cette garde nocturne l'impression était profonde. Les siècles s'abolissaient pour ne laisser subsister que la seule grandeur de cette monarchie française. La nuit se peuplait des fantômes surgis des profondeurs du temps, à l'appel des voix vivantes de ces hommes qui, en venant occuper les places toujours chaudes des disparus, juraient à leur tour de vivre et de mourir à leur poste de confiance.

Et lui, Gilles de Tournemine prenait, dans cette nuit qui semblait ne devoir jamais finir, une conscience plus aiguë encore de son devoir envers ce roi dont il s'était fait volontairement l'homme lige et le défenseur, l'épée et le rempart. Sur sa poitrine il y avait la lettre de Fersen et cette lettre lui semblait s'alourdir d'instant en instant. Elle pesait le poids d'un honneur de reine et d'une menace étendue sur toute une famille. À cet instant où il pouvait mesurer les misérables mots de l'amour humain à l'échelle de la grandeur d'un trône, Gilles se prenait à détester Marie-Antoinette, femme avant d'être reine, à cause de l'écrasante

1. Contraction de l'anglais *I am here*, ce cri était une survivance demeurée traditionnelle de la première compagnie des archers écossais formée pour le service du roi Charles VII.

responsabilité qu'elle lui faisait inconsciemment porter.

Il réfléchit longuement à ce qu'il convenait de faire et lorsque, à sept heures du matin, les Gardes de la Porte vinrent relever la Compagnie Écossaise, sa décision était prise : il fallait restituer la lettre à Fersen mais en l'obligeant à regarder en face les conséquences possibles de sa conduite ; en lui faisant comprendre, par tous les moyens, la vilenie de sa conduite envers celui dont il souhaitait devenir le serviteur à part entière et qui, par sa générosité, lui en donnait même les moyens.

— Cent mille livres ! grommelait Gilles bouillant de colère, cent mille livres et encore vingt autres mille livres de pension annuelle ! Et qu'est-ce que monsieur le comte de Fersen va offrir en échange à Sa Majesté le roi Louis, seizième du nom ? Une vie de dévouement, un respect et une admiration totals ? Allons donc ! Une paire de cornes !... Et cela se dit gentilhomme !... Ayant ressassé cela toute la nuit, il était encore si furieux en rejoignant l'hôtel des Gardes du Corps, qu'il ne sentait aucune fatigue.

Avec la sensation d'entrer dans un bain calmant il y trouva Pongo drapé dans un grand tablier blanc, aussi frais que s'il n'avait pas galopé une partie de la nuit et occupé à étaler sur une nappe propre le déjeuner qu'il était allé chercher à l'auberge voisine et qui se composait d'une noix de veau à l'oseille, d'artichauts frits et d'échaudes accompagnés de cerneaux de noix.

Il accueillit son jeune maître avec le large sourire d'un homme content de son travail. Mais celui-ci considéra la table d'un œil sévère.

— Pourquoi n'as-tu pas mis ton couvert ?

Quand nous ne sommes que nous deux, il n'y a aucune raison pour que nous ne mangions pas ensemble. Tu es mon frère d'armes, pas mon valet !

Avec l'air bienheureux qu'il prenait chaque fois que Gilles, en mettant l'accent sur leur passé commun, lui rendait sa place de guerrier, Pongo compléta prestement le couvert et les deux hommes s'installèrent l'un en face de l'autre.

— Alors ? fit Gilles en attaquant son veau à l'oseille tandis que Pongo remplissait les verres de rubis liquide avec une générosité qui indiquait clairement le goût qu'il avait pris pour les vins de France, tu as retrouvé le fiacre n° 12 ?

Pongo fit signe que oui, puis ajouta :

— Voiture jaune entrée dans Paris, pris le grand chemin où mur être construit [1], roulé longtemps jusqu'à petite rue donnant sur grand chemin.

— Tu as pu savoir le nom de la rue ?

Le sourire de l'Indien s'élargit jusqu'à lui couper la figure en deux parties presque égales.

— Pongo tout savoir. Rue Neuve-Saint-Gilles au Marais, numéro 10, déclara-t-il après avoir tiré de sa vaste poche un petit papier couvert d'une écriture enfantine. Dame s'appeler comtesse de La Motte-Valois. Habite là avec époux, vieille cousine et homme de plume avec ridicule chapeau noir.

– Tu veux dire que ce jeune homme qui était avec elle dans la voiture est un écrivain ?...

— Non, pas écrivain. Lui écrire lettres pour la dame.

1. Le mur des Fermiers Généraux était commencé depuis quelques mois.

— Son secrétaire alors ? Voilà qui est bizarre ! Cette femme qui n'a pas de voiture personnelle peut s'offrir un secrétaire ? Au fait, comment as-tu pu savoir tout cela ?

— Causé avec homme qui allume et éteint lumières dans rue. Homme aimer beaucoup vin blanc et cabaret pas loin !

Gilles se mit à rire et remplit de nouveau le verre de son précieux serviteur.

— Tu l'as emmené boire un pot ? Et il n'a pas eu peur de toi ?

Les épais sourcils noirs de l'Iroquois s'arrondirent, épousant parfaitement la forme de ses yeux assez semblables à des billes d'agate.

— Peur ? Pourquoi ? Pongo dire être serviteur grand seigneur espagnol amoureux de dame. Donner argent et homme-lanterne très content, dire même Pongo nom jolie camériste : « Rosalie Brissaut »...

— Comment sais-tu qu'elle est jolie ? Tu l'as vue ?

— Oui. Sortait pour aller église... très, très jolie !

Et les mains de Pongo esquissèrent la forme d'un corps féminin aux appas exubérants, tandis que la mine de leur propriétaire virait à l'extase.

— Je vois ! soupira Tournemine. Juste ce que tu aimes ! Eh bien mon ami, je ne t'empêche pas de tenter ta chance, bien au contraire. Si tu peux, grâce à la femme de chambre, pénétrer dans la maison de la comtesse, tu me rendras un grand service. Mais nous en reparlerons ce soir. Pour le moment, viens m'aider à me laver et à me changer. Il faut que j'aille à Paris. Pendant mon absence promène-toi un peu dans Versailles et tâche de nous trouver un logement convenable... et pas trop cher. Ma solde est de deux mille livres et j'ai l'intention de toucher le moins possible à l'argent de la duchesse. Quelque chose dans les cinquante livres par mois serait bien.

Un moment plus tard Gilles, nu comme un ver dans un grand baquet à lessive, s'ébrouait sous la douche froide que Pongo, grimpé sur un tabouret, lui dispensait généreusement à l'aide d'un arrosoir.

CHAPITRE VII

UNE MATINÉE BIEN REMPLIE...

Axel de Fersen n'avait pas dû se coucher de bonne heure car, lorsque Gilles pénétra dans sa chambre de l'hôtel d'York vers midi, les volets étaient hermétiquement clos et le comte étalé, bras en croix, sur son lit, dormait encore comme un bienheureux.

La chambre sentait fortement le cognac. Un flacon entamé et quelques verres disaient assez que les Suédois avaient dû avoir soif à leur retour de Versailles à cause de la route, peut-être, et de la fraîcheur du petit matin. Tournemine alla ouvrir la fenêtre et les volets, afin de laisser entrer l'air frais du dehors, referma la bouteille demeurée débouchée, non sans s'être adjugé une honnête ration puis, enjambant l'archipel de vêtements épars sur le superbe tapis rouge, posa la main sur l'épaule de son ami et se mit à le secouer avec modération.

— Axel ! appela-t-il, Axel, réveille-toi ! J'ai à te parler.

Mais l'autre ne bougeant toujours pas, il le secoua vigoureusement et comme cela n'opérait pas davantage, il décida d'employer les grands moyens. Passant derrière les grands paravents qui fermaient le cabinet de toilette, il empoigna le pot de belle faïence de Nevers et, calculant soigneusement sa position, laissa couler un mince filet sur la figure du dormeur. Cette fois il obtint un résultat :

Fersen toussant, crachant et vociférant se dressa d'un bond, sauta sur ses pieds et, vacillant quelque peu sur ses jambes en homme qui ne sait trop de quel côté il va tomber, décocha à son ami un regard où l'hébétude faisait place peu à peu à la colère.

–... pas fou, non ? En voilà une façon de réveiller les gens ! articula-t-il d'une voix épaissie par l'alcool et le sommeil. Ce sont là des façons... des façons...

— Des façons d'ami ! J'ai à te parler, Axel, et de choses graves qui ne pouvaient attendre que tu consentes à ouvrir les yeux. Et comme ils ne m'apparaissent pas encore très ouverts...

Reposant son pot à eau, le chevalier sortit dans le couloir, appela Nicolas Carton qui, ayant assisté sans oser l'empêcher à son entrée tumultueuse, patrouillait dans les environs, il commanda un pot de café très fort et un déjeuner « un peu solide ». Après quoi, refermant la porte, il alla remplir la cuvette d'eau.

— En attendant le café, va te plonger la tête là-dedans, tu verras plus clair.

Fersen, en chemise fendue montrant ses jambes maigres, fourrageait dans ses cheveux avec une grimace douloureuse, en homme dont la tête n'est pas au mieux de sa forme.

— Quelle heure est-il ? demanda-t-il enfin en se dirigeant vers la table de toilette.

— Midi ! Est-ce que tu n'as rien à faire, aujourd'hui ? Je croyais que ton roi avait les journées les plus remplies de la terre.

— C'est vrai mais la fête s'est terminée tard et, comme il ne faisait pas chaud, au petit matin, sur la route...

— Vous avez éprouvé le besoin de vous remonter ? C'est tout naturel. Mais je crois qu'il est temps, maintenant, de reprendre l'entière possession de tes esprits. Est-ce que tu n'as pas rendez-vous, ce soir ?

— Rendez-vous ?... oui... peut-être. Avec qui ?

— Avec la Reine !

Fersen qui, tout en parlant, avait plongé son visage dans la cuvette en ressortit si brusquement qu'il en renversa la moitié. Mais quand son regard mi-effrayé mi-indigné croisa celui, impénétrable, de son ami, celui-ci vit qu'il était à peu près dégrisé et lucide.

— Ai-je bien compris ? articula-t-il. Qu'as-tu osé dire ?

Tournemine saisit une serviette et la lança à Fersen qui tâtonnait à sa recherche.

— Tu as très bien compris, Axel. Tu as rendez-vous, ce soir, avec la Reine de France. Et ne me dis pas le contraire car je ne te croirai pas. Ou alors dis-moi que le comte Esterhazy n'est pas venu ici hier... et qu'il ne t'a rien rapporté. Mais je sais qu'il est venu.

Décidé à plaider le faux pour savoir le vrai, Gilles avait tout de même pris la sage précaution de se renseigner discrètement auprès d'une des jolies chambrières de l'hôtel, cette Louison qui avait pour Pongo des bontés si marquées...

L'entrée de la même Louison chargée d'un plateau à café et suivie d'un valet portant un plateau plus grand où s'alignaient des plats couverts d'argent, interrompit un instant l'entretien. Fersen en profita pour s'essuyer rageusement, passer ses culottes, arracher sa chemise trempée pour la remplacer par une robe de chambre de soie à grands ramages et, quand il en émergea, aboya hargneux à l'adresse des serviteurs :

— Posez tout cela ici et sortez ! Ah ! aussi !... tâchez de trouver Sven, mon valet. Dites-lui de me faire chauffer un bain mais de ne venir que quand je sonnerai.

Louison et son compagnon disparus, le Suédois avala coup sur coup trois tasses de café brûlant.

Assis dans un fauteuil près de la fenêtre ouverte sur le charroi de la rue et le cri rythmé d'une poissonnière proposant « Carpe vive, carpe vive ! Voyez ma carpe vive !... », Gilles considérait avec attention les bottes soigneusement cirées qui terminaient ses longues jambes étendues devant lui, attendant que son ami eût fini à la fois de boire son café et de reprendre complètement ses esprits, l'un comme l'autre ne paraissant pas s'opérer, d'ailleurs, de façon tellement satisfaisante car, plus il retrouvait ses moyens physiques, plus Fersen s'assombrissait. Connaissant son caractère entier, orgueilleux et volontiers méfiant, Gilles se prenait à penser qu'il serait peut-être moins facile de lui faire entendre raison qu'il ne l'avait imaginé.

Brusquement, le Suédois repoussa la table et reprit le débat :

— Peux-tu me dire à présent où tu as pris des informations aussi invraisemblables ? Je m'étonne qu'à peine admis aux honneurs de Trianon tu choisisses d'emblée de rejoindre le méprisable parti des potineurs et des commères !

Gilles fronça les sourcils. Il n'aimait pas le ton que venait de prendre Axel et, même en faisant la part de la mauvaise humeur inhérente à une solide gueule de bois et à son corollaire la migraine, il ne se sentait pas disposé à le supporter passivement.

— Ces informations invraisemblables, comme tu dis, je les ai prises cette nuit, dans un bosquet de Trianon où deux personnes inconnues de moi, un homme et une femme, s'intéressaient de près à ta vie privée... et à celle de quelqu'un d'autre. Connais-tu une comtesse de La Motte-Valois ?

— Jamais vue... jamais entendu parler non plus d'ailleurs !

— Eh bien, c'est une femme qui me paraît fort entreprenante et qui s'entend à merveille à manier les fausses clefs ouvrant des meubles dont une parfaite inconnue ne devrait jamais pouvoir s'approcher. En tout cas, toi, elle te connaît fort bien et...

— Tu es en train de m'apporter la preuve formelle de ce que je te disais il y a un instant, coupa Fersen avec impatience. Tu en es aux ragots.

— Et ça... c'est aussi un ragot ?

Surgie tout à coup au bout des doigts du jeune homme la lettre, à demi dépliée, frissonnait à présent sur le compotier de cerises comme si elle était animée d'une vie propre. Fersen s'en saisit, y jeta un coup d'œil et, brusquement, son visage s'empourpra d'une subite et violente poussée de sang.

Le regard qu'il releva sur le chevalier brûlait d'une fureur trop brutale pour n'être pas aveugle.

— Où as-tu volé ça ? s'écria-t-il.

Instantanément Gilles fut debout, s'assurant la supériorité de la taille car il dépassait le comte d'un bon tiers de tête.

— Si tu veux que nous poursuivions cet entretien plus avant, tu vas me faire le plaisir de retirer ce mot-là ! ordonna-t-il froidement. Mais Axel, emporté par la colère qui bouillonnait en lui, était déjà au-delà de tout raisonnement lucide.

— Pourquoi le retirerais-je ? ricana-t-il. Après tout ce ne serait pas la première fois que tu volerais quelque chose !...

Cette fois Gilles blêmit. Les ailes de son nez se pincèrent cependant que son regard bleu prenait la teinte minérale d'un glacier sous la lune. Aucune fureur ne l'habitait cependant mais une sorte de froid intérieur qui, à cet instant, engourdissait ses sentiments. Il savait que quelque chose était en train de mourir, que l'amitié peut-être allait s'achever là stupidement et qu'il en souffrirait sans doute plus tard mais, pour l'heure présente, il refusait de s'y arrêter.

— J'ai en effet volé cette lettre, déclara-t-il calmement, je l'ai volée à l'homme qui venait de se la faire remettre par sa complice, à un prince dont je ne suis pas certain de l'identité mais qui s'apprêtait à en faire un usage désastreux pour la Couronne. Et comme c'était pour la rendre à son auteur, ce vol ne m'était pas apparu si coupable...

Fersen haussa les épaules avec rage.

— Un prince, maintenant ! Et un prince inconnu ! Comme tout cela est vraisemblable ! Je t'ai connu plus inventif.

Gilles serra les poings, s'efforçant de garder son calme jusqu'au bout.

— Et moi je t'ai connu plus intelligent ! Que tu refuses d'admettre tes relations... anormales avec la Reine, relations qui offensent aussi bien la majesté royale que l'honneur d'un homme qui t'a comblé de bienfaits... et qui continue, si j'en crois le don que l'on te fait pour acheter le Royal-Suédois, que tu refuses de les admettre, dis-je, c'est après tout assez naturel. On n'avoue pas ces choses-là, même à un ami ! Mais je pensais que tu comprendrais mon intention en venant ici. Ce que j'ai fait, je l'ai fait par amitié ; par reconnaissance pour tout ce que je te dois,... par devoir aussi envers le Roi. Alors, réponds-moi, veux-tu oui ou non entendre tout ce que j'ai à te dire... et renoncer à ce rendez-vous qui serait une folie ?

— Non ! Cent fois non ! Je ne veux pas entendre un mot de plus sur ce sujet, hurla Fersen fou de rage, aveuglé par la colère que lui faisaient éprouver les paroles trop véridiques du jeune homme, et je ne veux plus t'entendre prononcer une seule fois un nom trop sacré pour traîner dans la bouche d'un damné bâtard !

Le poing de Tournemine partit comme une catapulte, atteignit en pleine figure le Suédois qui s'écroula comme une masse en émettant un vague hoquet à l'instant précis où la porte, en s'ouvrant, livrait passage à la plus parfaite des gravures de mode...

Vêtu avec une élégance extrême d'un frac à l'anglaise en drap fin rayé de bleu et de gris, culotte grise et bas de soie rayée assortis au costume dont le haut col encadrait la cravate de mousseline blanche artistement nouée, manchettes immaculées de batiste plissée, coiffé, comme un palais de son fronton, d'un grand chapeau noir, relevé devant et derrière à l'« androsmane » avec au bout de ses doigts gantés une longue canne d'ébène à pommeau d'or dont il avait en entrant poussé la porte mal fermée, Armand de Gontaut-Biron, duc de Lauzun, effectuait une entrée qui était une manière d'œuvre d'art elle aussi, mais dont la majesté subit tout de même quelques dégâts quand le corps du Suédois lui arriva pratiquement sur les pieds.

Il le considéra un instant, dégagea ses admirables souliers à boucle d'argent et reporta son attention sur l'autre visiteur occupé à rajuster un uniforme un peu débraillé par la violence du geste.

— On dirait que je dérange, hé ? dit-il du ton affecté qui venait d'être mis lui aussi à la mode. Heureux de vous revoir, Tournemine... et de vous revoir sous ce plumage ! Lieutenant aux Gardes du Corps, hein ? Et l'on vous dit en grande faveur auprès du Roi... ainsi d'ailleurs que je vous l'avais prédit, souvenez-vous ! Belle promotion néanmoins ! Votre carrière s'annonce brillante.

— Les nouvelles vont vite à ce que l'on dirait, marmotta Gilles à qui l'entrée de Lauzun, à une minute aussi délicate, ne causait aucun plaisir. Mais il ne l'en salua pas moins avec une courtoisie parfaite tandis que l'autre, tirant avec affectation un petit face-à-main de vermeil de son gilet d'épaisse soie blanche, en coiffait son nez avant de courber sa longue taille sur Axel toujours inconscient :

— Hum ! Beau travail ! Technique irréprochable ! La grande tradition du marquis de Queensberry, hé ? J'ignorais que vous pratiquiez mais, arrêtez-moi si je me trompe, est-ce que cette belle amitié qui faisait l'édification de tout le corps expéditionnaire aurait subi quelques avaries.

— Qu'est-ce qui peut vous faire supposer cela ?

— Dame ! Quand je vois Castor boxer Pollux, je me pose des questions...

— Vous avez tort, fit Gilles gravement. Je montrais seulement à notre ami un coup dont je me suis beaucoup servi lorsque nous combattions sous le général Washington. J'ai évidemment frappé un peu fort...

— Un peu ? Peste ! Comme vous y allez ! Je ne vous demanderai jamais de leçons, mon ami. Mais que faites-vous donc ? ajouta-t-il en voyant Gilles se courber, empoigner Fersen et le hisser jusque sur son lit sans paraître souffrir apparemment de l'effort.

— Vous le voyez. Je l'installe de façon plus décente pour recevoir un visiteur de votre qualité, mon cher duc.

Lauzun haussa les épaules, alla s'asseoir dans le fauteuil abandonné par Tournemine et se mit à tapoter ses talons rouges du bout de sa canne.

— Bah ! La position de Monsieur de Fersen ne me gênait en rien car, à ne vous rien cacher, je venais lui demander raison et lui proposer une promenade commune jusqu'à certain endroit vert, tranquille et ombragé que je connais bien...

Tournemine haussa les sourcils et croisa les bras sur sa poitrine.

— Un duel ? Comme cela ? Sans témoins, sans bruit ? Je dirais presque clandestinement ?

— Que voulez-vous, il y a des cas pour lesquels la publicité n'est pas de bon goût. Il n'empêche qu'il me soit difficile d'admettre que votre ami ait fait savoir hier, au club de Valois, qu'il me tenait pour un menteur.

— C'est assez difficile en effet mais, si l'insulte a été publique, je comprends mal que vous choisissiez la... clandestinité comme vous dites pour en demander réparation.

— Ce n'est pas si clandestin puisque vous voilà. Vous nous servirez de témoin, mon cher ami. J'ajoute que je m'en tiens à mon idée de secret. Cela est infiniment préférable quand le centre de la querelle est une dame d'un rang... qui devrait normalement la mettre à l'abri de ce genre d'aventure !

Cette fois, le chevalier fronça les sourcils, saisi par le désagréable pressentiment qu'il s'agissait encore une fois de la Reine. Est-ce que Noailles ne lui avait pas confié, la veille, que Lauzun était interdit de séjour à Versailles pour avoir fait la cour à Marie-Antoinette et s'être même vanté du succès de ladite cour ? Si un tel bruit était venu aux oreilles de Fersen, le Suédois n'avait pu réagir qu'en cherchant querelle à un homme qui ne devait plus être à ses yeux qu'un vantard insupportable. Mais si un duel opposait Lauzun qui, à tort ou à raison, passait pour l'ancien amant de la Reine, à Fersen qui avait de grandes chances d'être l'amant présent, l'honneur de la souveraine risquait d'en sortir à tout jamais sali. Et le duel, au point où en étaient les choses, allait faire la joie des pamphlétaires venimeux dont Paris était plein. À moins que... Oui, il y avait un moyen, un seul, d'éviter jusqu'au départ de Fersen la rencontre des deux hommes. Encore ce moyen n'était-il pas infaillible mais Gilles n'avait pas le choix...

— Mon cher duc, dit-il doucement, vous

comprendrez aisément que, si je dois être le témoin... le seul témoin d'une rencontre, je ne saurais l'accepter sans être au fait de la querelle. Pourquoi donc Fersen prétend-il que vous êtes un menteur ?

Lauzun éclata d'un rire dont le son parut légèrement déplaisant au chevalier.

— Parce que est menteur, à ses yeux, quiconque avance une vérité qui ne lui convient pas.

Sur son lit, Fersen s'agita et poussa un soupir qui laissait présager un prochain retour à la conscience. Cela ne faisait pas l'affaire de Tournemine qui, sans hésiter, renvoya, d'un coup de poing bien étudié, le Suédois au pays des songes.

— Ah ça !... mais que faites-vous donc ? souffla Lauzun qui avait suivi l'affaire avec étonnement.

— Je m'arrange pour qu'il ne vienne pas se mêler à notre conversation, répondit tranquillement le chevalier en massant ses métacarpes légèrement endoloris. Nous en étions à « une vérité qui ne lui convient pas... ». Me confierez-vous quelle est cette vérité ?

Ce fut au tour de Lauzun de froncer les sourcils.

— Vous ne trouvez pas que vous allez un peu loin, Tournemine ? Ceci ressemble à un interrogatoire.

— Pourtant ce n'en est pas un. Simplement je veux vous obliger à prononcer un nom... un nom que je connais déjà, d'ailleurs, mais dont je souhaite avoir confirmation : celui de la dame en question.

Le duc éclata de rire, découvrant des dents parfaites mais aussi aiguës que celles d'un loup.

— Que ne le disiez-vous plus tôt, mon ami !

soupira-t-il. Je ne vois pas pourquoi je ferais mystère devant vous d'un nom que tous, au club de Valois, ont pu entendre. J'ai dit, en effet, qu'avant de tomber dans les bras du comte de Fersen, la reine Marie-Antoinette était tombée dans les miens. Et c'est cette vérité-là qui a déplu.

— Et qui me déplaît à moi aussi ! Vous êtes, Monsieur le duc de Lauzun, le plus infâme menteur de la planète.

L'interpellé jaillit de son fauteuil comme si une guêpe l'avait piqué.

— Perdez-vous l'esprit, chevalier ? Je croyais que nous étions amis...

— Peut-être est-ce parce que je suis encore votre ami que nous allons nous battre. Un duel entre vous et Monsieur de Fersen serait d'un effet désastreux pour la réputation de la personne royale à laquelle ma vie appartient !

— Vraiment ?... Ainsi, vous voilà aligné, vous aussi, au régiment des amoureux de la Reine ? J'aurais dû m'en douter...

— Non, Monsieur, mais je suis, ainsi que vous l'avez si bien remarqué, lieutenant aux Gardes du Corps. Je sers le Roi, Monsieur de Lauzun, votre Roi ! L'époux de cette femme dont vous traînez la réputation dans une boue capable de rejaillir jusqu'à la Couronne. Voilà pourquoi je vais vous mettre hors d'état de nuire pendant un certain temps, tout au moins je l'espère...

Lauzun haussa les épaules et s'en alla vérifier devant une glace la parfaite ordonnance de sa cravate.

— À moins que je ne vous tue, ce qui briserait dans l'œuf votre belle carrière à venir... et ne changerait rien à la situation car, à peine serez-vous mort, que je me ferai une joie d'aller embrocher proprement votre gentillâtre Suédois pour lui apprendre à traiter un Biron de menteur !

— C'est un risque à prendre et j'estime qu'il en vaut la peine. Quand souhaitez-vous que nous réglions cette affaire ?

— Mais... si vous n'y voyez pas d'inconvénient, tout de suite ! Ma voiture est en bas et peut nous conduire dans un lieu fort tranquille. À moins que vous ne souhaitiez que nous nous mettions à la recherche de ces témoins qui semblent vous tenir si fort à cœur ?

— Allons donc ! j'allais vous prier d'en finir le plus vite et le plus discrètement possible ! Quant à votre voiture, si vous voulez bien m'y donner une place, je serai ravi de faire route avec vous...

En quittant la chambre, Tournemine trouva Sven dans le couloir et répondit par un sourire au coup d'œil interrogateur du Suédois.

— Votre maître a besoin de vous, dit-il en anglais car Sven ne comprenait pas le français. Allez vers lui, soignez-le... et ne vous étonnez pas trop si vous constatez un changement de couleur autour de son œil gauche.

Une demi-heure plus tard, la voiture de Lauzun pénétrait sous les ombrages du Bois de Boulogne. Il faisait un temps idéal, bien ensoleillé mais pas trop chaud et, par-dessus les frondaisons touffues des arbres, le ciel était d'un bleu si profond que les rares petites plumes de nuage qui s'y égaraient semblaient n'être là que pour mieux le mettre en valeur.

Aux environs de la Croix Catelan, Lauzun fit arrêter la voiture et ordonna à son cocher de les attendre. Les deux hommes avaient, en effet, choisi de continuer à pied jusqu'à une petite clairière qui, au dire du duc, était tout à fait propice au genre de conversation qu'ils allaient avoir et qu'ils ne souhaitaient pas mener sous les yeux d'un serviteur, si dévoué fût-il. Mais la voiture devant servir au moins à ramener celui des deux combattants qui ne pourrait plus se tenir sur ses jambes, mieux valait ne pas la laisser trop loin...

Un moment plus tard, tous deux étaient face à face au milieu d'un rectangle d'herbe rase, bien sèche sur un sol suffisamment dur pour n'être point traître. L'élégant frac rayé et l'habit bleu galonné d'argent touchèrent le sol au même instant, les chapeaux suivirent et, comme s'ils participaient à un ballet bien réglé, les deux combattants se saluèrent de l'épée et tombèrent en garde à la même seconde.

Les premières passes furent rapides, silencieuses. Lauzun se battait avec une certaine nonchalance, en homme peut-être un peu trop sûr de son talent, Gilles en homme pressé qui a autre chose à faire mais cette hâte faillit lui être fatale car l'épée de son adversaire manqua sa poitrine d'une toute petite ligne.

— Le fameux Gerfaut a bien failli finir à la broche ! railla Lauzun.

— La broche qui le rôtira n'est pas encore forgée... mais je ne vois aucun inconvénient à reconnaître mes fautes. Trop de hâte nuit !

— Bah ! C'est un péché de jeunesse. Cela vous passera.

— C'est passé !

Se forçant au calme, Gilles se mit à étudier froidement le jeu de son adversaire et s'aperçut bientôt qu'il était un peu trop académique pour être efficace. En outre, la vie mouvementée que menait Lauzun, le vin, les femmes lui ôtaient de l'endurance. Gilles s'en assura en liant brusquement l'épée de son adversaire et en la faisant, d'un vigoureux coup de fouet, sauter à dix pas.

— Diable ! grogna Lauzun. Vous êtes plus dangereux qu'il n'y paraît ! Me voilà désarmé.

— Ramassez votre épée, Monsieur le duc, nous n'en avons pas terminé !

Le combat reprit, plus serré, plus acharné aussi. Mais, tandis que Lauzun s'énervait visiblement, Tournemine, à mesure que le combat durait, se refroidissait de plus en plus. Il se contenta bientôt de parer mais d'un mouvement aussi méthodique et aussi précis que s'il eût été à la salle d'armes. Lauzun s'en aperçut.

— Morbleu, Monsieur ! Quel jeu jouez-vous ? Est-ce que vous me ménageriez ?

— N'en croyez rien... et voyez plutôt !

Un dégagement rapide, une fente encore plus rapide et l'épée, glissant le long des côtes du duc, ouvrit un sillon sanglant dans la fine batiste de sa chemise.

Lauzun vacilla, l'épée lui échappa des mains et il serait tombé si Gilles, se précipitant, ne l'avait rattrapé dans ses bras.

— Vous ai-je gravement touché ?

— Je ne crois pas, fit Lauzun en s'efforçant de sourire ; mais soyez aimable de me ramener à la voiture, je ne me sens pas bien...

Pris d'un malaise subit, en effet, il s'évanouit entre les bras du chevalier brusquement très inquiet car il n'avait pas souhaité frapper gravement son adversaire. Il le déposa dans l'herbe aussi doucement que possible afin d'essayer de se rendre compte du dommage, et de voir s'il pouvait appliquer un premier secours comme il avait appris à le faire aux armées.

Le sang coulait assez abondamment de la blessure. Pour tenter de l'arrêter, il arracha la chemise déjà largement tachée, en fit un gros tampon qu'il appliqua et maintint à l'aide de son ceinturon tout en maudissant la précaution illusoire qu'avait prise Lauzun en laissant la voiture à l'écart, comme si le cocher pouvait avoir le moindre doute sur ce qu'allaient faire sous les arbres deux hommes armés et légèrement trop courtois l'un envers l'autre durant le trajet. Évidemment, la voiture n'aurait pu franchir le rideau d'arbres et de broussailles qui les entourait, mais le cocher aurait pu être d'un sérieux secours pour ramener son maître. Tout ce qu'il restait à faire maintenant était d'emporter lui-même le blessé.

Confiant dans sa force il allait se décider à le charger sur ses épaules quand une voix courtoise murmura derrière son dos :

— Il vaudrait mieux ne pas déplacer cet homme avant de savoir s'il est gravement atteint. Puis-je l'examiner ?

En bon Breton nourri du lait des légendes, Gilles crut un instant qu'un génie de la forêt était tout juste sorti des taillis pour venir à son aide. L'homme qui lui faisait face était une sorte de gnome aux jambes grêles, au buste étroit surmonté d'une tête énorme dont le visage n'était pas plus réussi : teint plombé, nez écrasé au-dessus d'une bouche légèrement tordue, yeux jaunes tachés de gris qui lui donnaient un regard assez effrayant ; mais cette laideur était pleine d'intelligence et la voix grave, profonde et musicale à la fois qui en sortait possédait un charme étrange :

— Faites, Monsieur ! murmura le jeune homme. Êtes-vous médecin ?

— J'ai pris mes grades à l'Université d'Édimbourg.

— Êtes-vous donc écossais ? fit Gilles en anglais. Vous n'avez pourtant aucun accent.

Le petit homme qui s'était agenouillé pour enlever le pansement sommaire et examiner la blessure, se détourna légèrement avec un demi-sourire qui ne le rendait pas beaucoup plus beau.

— J'ignorais que l'on cultivât les langues chez Messieurs les Gardes du Corps ! répondit-il dans la même langue. Leur culture, en général, ne va pas si loin...

— Cela ne signifie pas que la mienne soit tellement étendue. J'ai appris l'anglais tout enfant. L'Amérique a fait le reste.

— Ah ! Vous avez combattu là-bas, pour la liberté d'un peuple et vous en êtes à vous battre les uns contre les autres ? L'humanité, décidément, ne peut pas dépasser l'étape de la chenille, elle n'aura jamais d'ailes. Le goût de la fraternité devrait suivre pourtant celui de la liberté...

Le curieux regard jaune, qui rappelait assez celui d'un chat ou d'un tigre, enveloppa cependant le jeune homme d'une sorte de sympathie mais, tout en parlant, les mains du médecin, qui étaient belles et soignées, avaient poursuivi leur ouvrage, sondant la blessure avant de remettre en place le pansement sommaire, substituant seulement sa propre cravate au ceinturon qu'il rendit à son propriétaire.

— Ce ne sera pas grave. Deux ou trois semaines de lit et il n'y paraîtra plus. L'épée a glissé le long des côtes, malheureusement !

Tournemine crut avoir mal entendu.

— Malheureusement ? Je pense que la langue vous a fourché ?

— En aucune façon ! Je refuse de croire que ce serait une perte pour le genre humain que Monsieur de Lauzun disparût de la surface de la terre.

— Comment ! Vous savez qui il est ?

— Tout le monde connaît Monsieur de Lauzun, ricana l'étrange praticien. Il est assez turbulent et assez débauché pour cela ! Lui et ses pairs sont l'ivraie qui étouffe et détruit ce bon grain qu'est le peuple, ce géant malade qui respirerait mieux si on l'en délivrait !

Le ton, à la fois amer et sarcastique du petit médecin, frappa le chevalier qui murmura :

— Mais... vous le haïssez ?

— Moi ? Je ne hais personne, Monsieur, mon art me l'interdit ! À preuve, lorsque vous aurez remis cet homme dans sa voiture, vous lui ferez prendre quelques gouttes de ceci, ajouta-t-il en tirant de sa poche une petite fiole emplie d'un liquide de couleur sombre. Il se sentira mieux. Mais... si je cessais un jour d'être médecin, alors, oui... je crois que je saurais très bien haïr !

— Cesser d'être médecin ? Comment cela est-il possible ? N'avez-vous pas voué votre vie au service de l'humanité dont vous parlez si bien ?

— Qui vous dit que je m'en désintéresserais ? Je crois, au contraire, que je m'occuperais d'elle plus encore qu'à présent, mais autrement ! Voyez-vous, Monsieur, il n'y a pas que le corps que l'on puisse soigner chez l'homme. Il y a aussi l'esprit et celui de ce temps est bien malade. Enfin !... Si vous voulez bien m'aider, nous allons transporter votre blessé à sa voiture. Ensuite, je retournerai à mes travaux.

— Vous travaillez ici, dans ce bois ?

— J'y pose des pièges afin de me procurer les animaux dont j'ai besoin pour mes expériences sur l'électricité. Voyez-vous, jusqu'à ces derniers temps, j'étais médecin des Gardes du Corps du comte d'Artois, mais mes travaux ne plaisant pas à ces messieurs de l'Académie, on m'a retiré ma charge et mes finances s'en ressentent...

Lauzun dûment installé dans sa voiture sous l'œil d'ailleurs parfaitement indifférent de son cocher, Gilles lui fit absorber quelques gouttes tirées du flacon brun et voulut ensuite le rendre au médecin qui refusa.

— Ma foi, non, vous pouvez encore en avoir besoin car vous me semblez manier l'épée avec une grande aisance.

— Alors permettez-moi au moins de vous rétribuer, fit Gilles en portant la main à son gilet, et vous remercier de vos soins.

— Laissez ! Cela n'en vaut pas la peine. Quant à me remercier... eh bien venez me faire visite un jour. Rien ne me cause plus de joie qu'une bonne conversation avec l'un de mes semblables. Et c'est une joie dont je manque beaucoup depuis que je ne suis plus qu'un médecin comme les autres. J'habite rue du Vieux-Colombier, quartier Saint-Germain-des-Prés, au n° 47...

— Fort bien, Monsieur ! J'aurai un de ces jours plaisir à vous la donner, fit Gilles en s'inclinant légèrement. Mais me direz-vous qui je dois demander ?

Le petit homme parut grandir tout à coup de quelques coudées.

— Je suis le docteur Jean-Paul de Marat[1], dernier rejeton, né en Suisse, d'une illustre famille espagnole, fit-il avec une emphase qui eût prêté à sourire avec un visage moins dramatique que le sien. Tout à votre service !

Il salua à son tour puis disparut dans les broussailles du bois aussi prestement qu'un furet. Gilles le regarda s'évanouir dans la nature puis remonta dans la voiture où Lauzun reprenait lentement ses esprits, non sans s'être un instant penché vers le chauffeur.

— Ramène vite ton maître à l'hôtel de Biron[2], lui dit-il, mais arrête-moi à la barrière.

— Je peux aussi bien vous déposer à l'hôtel d'York, mon officier, puisque vous y avez laissé votre cheval...

— Merci. Mais fais ce que je te dis. Ton maître a besoin de soins urgents. Une voiture de place fera aussi bien l'affaire.

Tandis que l'agréable route des bords de Seine déroulait son paysage derrière les vitres du carrosse et que le blessé, sous l'influence de la potion offerte par l'étrange docteur, sombrait dans un sommeil déjà réparateur, Gilles se permit quelques instants de détente. Il était satisfait d'avoir paré au plus pressé car il était assuré maintenant que Lauzun ne traînerait pas Fersen sur le pré avant le départ du Suédois pour la Suède et d'autre part il était peu probable que celui-ci, en admettant que

1. Tant qu'il fut un médecin à la mode, Marat porta particule et chevalière armoriée.

2. C'est actuellement le musée Rodin.

l'avertissement donné fût demeuré lettre morte et une fois passé le premier accès de mauvaise humeur, osât se rendre à un rendez-vous d'amour, surtout avec une reine, décoré d'un œil « au beurre noir » et d'un menton enflé. Et quand la voiture l'arrêta, généreusement, passé le pont Louis XVI [1], le jeune homme s'aperçut qu'il était près de deux heures [2], qu'il avait grand faim et il décida de s'offrir un bon déjeuner avant d'entamer la seconde partie de son programme du jour : les affaires de Maria-Cayetana et les siennes propres.

Grâce à Jean de Batz, il connaissait quelques-unes des meilleures tables de Paris. Parmi celles-ci, Tournemine affectionnait particulièrement celle du sieur Hue, passage des Petits-Pères, où, dans un beau salon fleuri capable de contenir près de quatre-vingts personnes, on trouvait d'admirables écrevisses et des matelotes d'anguilles dignes d'éloges. Aussi, passant rapidement à l'hôtel d'York pour récupérer Merlin, se hâta-t-il de repasser la Seine, au Pont-Neuf cette fois, et de gagner les abords du Palais-Royal que la construction des galeries neuves décidées par le duc d'Orléans transformait en un vaste chantier, poussiéreux par temps sec et affreusement boueux par temps de pluie.

Ce jour-là, le temps était à la poussière et Gilles se sentait le gosier tapissé de bure quand il atteignit la ruelle, encombrée de carrosses, de cabriolets, de chevaux, et de chaises à porteurs où se balançait la belle enseigne peinte et dorée du sieur

1. Actuel pont de la Concorde, première construction.
2. Le déjeuner de midi s'appelait alors le dîner et se prenait chez les gens élégants entre 2 et 3 heures.

Hue annonçant que l'on se trouvait là chez le meilleur « restaurateur » de Paris [1]. Mais les odeurs qui emplissaient l'atmosphère auraient réveillé un mort tant elles annonçaient de succulences.

Il y avait beaucoup de monde sous les lambris pimpants du célèbre « restaurant » : hommes élégants appartenant aux couches les plus huppées de la capitale, magistrats, financiers, officiers aussi, souvent accompagnés de femmes toujours jolies et très parées mais dont les atours un peu trop riches dénonçaient clairement pour la plupart la profession. Quelques-unes même étaient seules et paraissaient chercher un compagnon. Quant aux rares femmes du monde qui s'y mêlaient, elles étaient sans doute de celles qui, suffisamment affranchies de préjugés, trouvaient follement original de jouer l'audace en coudoyant des filles entretenues.

Le sieur Hue en personne, voltigeant à travers son salon dans un frou-frou de taffetas puce comme un bourdon affairé, conduisit le nouvel arrivant vers le fond de la pièce en s'excusant beaucoup d'être obligé de l'installer à une table déjà occupée. Il l'amena ainsi devant une petite table parée de lin blanc et fleurie de candides marguerites où un vigoureux jeune homme portant la

1. Le mot « restaurant » datait d'une vingtaine d'années. « Les restaurateurs, disait le Dictionnaire de Trévoux, sont ceux qui ont l'art de faire de véritables consommés, dits restaurants ou bouillons de prince, et le droit de vendre toutes sortes de crèmes, potages au riz, au vermicelle, œufs frais, macaronis, chapons au gros sel, confitures, compotes et autres mets salubres et délicats »...

Jusque-là, on ne trouvait que des « traiteurs » pratiquant la table d'hôtes et le menu unique. Avec le « restaurant » sont venues les tables séparées et la carte.

petite tenue bleu et rouge d'officier des Cent-Suisses, très semblable d'ailleurs à celle que portait Gilles – à cette différence près que les galons du Suisse étaient d'or au lieu d'être d'argent –, était occupé à faire disparaître méthodiquement un buisson d'écrevisses capable de servir d'abri à un escadron.

— J'ai pensé que ces Messieurs de la Maison du Roi ne seraient pas trop contrariés de dîner face à face, murmura Hue après avoir salué révérencieusement ce bon client ; je manque affreusement de place et les rares tables qui sont encore libres sont retenues. Vraiment, je suis navré...

— Vraiment, il ne faut pas ! Je suis très honoré...

Le mangeur d'écrevisses avait levé un œil noisette de sur le tas de débris encombrant son assiette, s'en était servi pour considérer celui qu'on lui amenait et venait d'articuler cette bienvenue gracieuse avec un accent qui avait dû voir le jour dans les cantons du nord de l'Helvétie. Après quoi, il posa sa serviette, déplia une carcasse aussi longue que celle de Gilles mais deux fois plus épaisse, claqua les talons et ajouta d'une voix si grave qu'elle frisait le caverneux :

— Baron Ulrich-Ernst-August-Friedrich von Winkleried zu Winkleried ! Prenez place, je vous prie !

À son tour, Gilles se présenta, s'installa en face du Suisse et, tandis que celui-ci reprenait l'exploration soigneuse de son buisson, commençait à consulter la carte superbement calligraphiée sur un épais papier à filets d'or.

— Prenez les écrevisses ! conseilla aimablement Winkleried, c'est un régal !...

Tournemine le remercia d'un sourire, commanda en effet des écrevisses, une matelote d'anguilles et du vin de Chablis. Son voisin en profita pour réclamer un autre buisson car le sien avait subi des dommages irréparables et il avait envie d'en goûter encore quelques-unes. Pendant ce temps le restaurant achevait de se remplir au point qu'il n'y eut bientôt plus une place de libre. L'air se chargeait du fumet des plats, du bourdonnement des conversations et le sieur Hue pouvait contempler avec satisfaction une salle qui réunissait nombre de personnalités parisiennes : le marquis Ducret frère de la célèbre Mme de Genlis, « gouverneur » des enfants du duc de Chartres, le duc d'Aiguillon, l'affreux et tonitruant marquis de Mirabeau, le commissaire général à la chancellerie d'Orléans Brissot, l'avocat Pétion de Villeneuve, l'orateur toulousain Barère de Vieuzac, le Conseiller d'Eprémesnil, le docteur Charles, le célèbre physicien dont les cours d'électricité au Louvre faisaient courir les élégants et enfin les fameux frères Robert, les constructeurs de montgolfières dont les ateliers de la place des Victoires étaient immédiatement voisins.

Toutes les conversations – Gilles n'eut guère besoin de tendre l'oreille pour s'en apercevoir – roulaient justement sur le dernier-né des gigantesques ballons dont les exploits passionnaient les Parisiens, une montgolfière nommée Caroline, dont le dôme de taffetas gommé bleu et or se gonflait déjà au-dessus des toits voisins et qui allait avoir l'honneur insigne d'emporter dans les airs, le 3 juillet prochain, le propre cousin du Roi, le duc Philippe de Chartres, et les frères Robert. Les uns disaient que le prince allait là à un triomphe, qui ferait oublier le désastre d'Ouessant, les autres avec, à leur tête, le docteur Charles[1] que l'engin et ses nouvelles dispositions n'offrait pas une stabilité très remarquable et que le duc allait tout simplement risquer sa vie dans l'aventure...

Brusquement, le brouhaha cessa un court instant pour reprendre aussitôt après, amplifié en une manière d'ovation à l'adresse d'un couple assez remarquable qui venait de franchir le seuil du restaurant. Lui, très grand, très élégant malgré un début d'obésité, dans un habit gris et jaune à la toute dernière mode de Londres, avait de jolis yeux bleus et un visage qui eût été séduisant si gâté par un vice de sang il n'était apparu rouge et boutonneux. Elle, petite brune avec un teint d'ambre chaud et des yeux d'Orientale, fort bien faite pardessus le marché, appartenait visiblement à la meilleure aristocratie. Dans sa toilette de mousseline blanche et sous son grand chapeau de paille retroussé de côté par un piquet de fleurs blanches, elle semblait tout juste descendue d'une toile de Gainsborough ou de Lawrence mais l'expression de son regard, le pli un peu sceptique de sa bouche tendre démentaient ce que sa toilette pouvait avoir d'un peu trop virginal. Cette femme avait l'air d'une jeune fille, mais très certainement elle n'en était pas une.

En effet, aussi célèbre et adulée par la jeunesse dorée de Paris que mal vue à la Cour où l'on ne la recevait plus guère, la baronne Aglaé d'Hunolstein était sans doute l'une des plus jolies femmes

1. C'est ce docteur Charles que devait épouser plus tard Julie Bouchaud des Hérettes, l'Elvire de Lamartine, celle pour la mort de laquelle il écrivit *Le Lac*.

de France mais à coup sûr l'une des plus décriées. La haute position de son père, le marquis de Barbantane, ambassadeur de France auprès du grand-duc de Toscane, et de sa mère, gouvernante de la princesse Louise-Bathilde d'Orléans, ne pouvait plus sauver sa réputation et Mme de Barbantane avait essuyé un refus courtois quand elle avait proposé sa fille aînée pour le poste de dame d'honneur quand son élève était devenue duchesse de Bourbon.

Cela n'avait pas autrement affecté la belle Aglaé : le poste de dame d'honneur avait des allures de corvée beaucoup trop astreignante et elle tenait à la vie indépendante qu'elle menait car, fille de la chaude Provence, elle portait, sous sa peau douce et dans son sang, tout le brûlant soleil de son pays et ses amants ne se comptaient plus. Ainsi La Fayette, amoureux d'elle depuis longtemps, avait fini par trouver dans ses bras la plus douce et la plus parfumée des récompenses dues aux héros chéris des peuples.

Mais il n'avait pas pour autant obtenu la suprématie car, de cette belle collection d'amants, le fleuron était l'homme qui accompagnait la baronne ce jour-là : le duc Philippe de Chartres que les convives du sieur Hue venaient d'accueillir si chaleureusement.

Naturellement ce fut à qui offrirait sa place, mais le regard du duc avait déjà fait le tour de l'assemblée et venait tout juste de se poser sur les deux officiers qui, très occupés de leurs écrevisses, n'avaient prêté aucune attention à son entrée.

Ce fut vers eux qu'il se tourna.

— Que personne ne se dérange ! s'écria-t-il de la voix traînante et affectée qu'il aimait à prendre quand il était en veine de mauvaise plaisanterie. À Dieu ne plaise que je chasse l'un de mes amis quand il y a ici de bons serviteurs de mon cousin Louis qui seront trop heureux, j'imagine, d'obliger un prince du sang ! Hé ! Messieurs de la Maison du Roi, n'entendez-vous pas ? C'est à vous que je m'adresse !...

Ainsi interpellés les deux jeunes gens levèrent les yeux. Winkleried abandonna une fois de plus ses crustacés et Tournemine se retourna sur sa chaise.

— Est-ce à nous que vous en avez, Monsieur ? demanda-t-il.

— On dit Monseigneur, chuchota précipitamment l'un de ses proches voisins. C'est le duc de Chartres !

— Ah !... Merci !

Poliment alors il se leva, salua :

— Veuillez m'excuser, Monseigneur, mais je n'avais pas l'honneur de connaître Votre Altesse.

— C'est l'évidence même, ricana Philippe. Eh bien, à présent que vous me connaissez, cédez-nous donc votre table ! Nous avons grand faim !

Le ton, dédaigneux, était plus offensant que s'il eût été agressif. Rapidement, le regard du Breton fit le tour de tous ces visages déjà réjouis. De toute évidence, le duc n'avait là que des amis qui se réjouissaient à l'avance d'une humiliation publique infligée à deux serviteurs du Roi. Leurs figures avaient cette expression d'attente cruelle qu'il avait déjà remarquée à Madrid, autour de l'arène de la Plaza Mayor. Mais il n'était nullement disposé à jouer le rôle du taureau. Ces princes conspirateurs ou délibérément frondeurs commençaient à lui porter singulièrement sur les nerfs.

— Je n'en doute pas un seul instant, fit-il avec bonne humeur. Puis-je cependant demander à Votre Altesse si ce restaurant lui appartient ?

— Naturellement non ! Me prenez-vous pour un croquant ?

— Dans ce cas, Monseigneur, souffrez que nous achevions tranquillement notre déjeuner. Les écrevisses ne valent rien quand elles sont froides et il se trouve que nous aussi avons grand faim. Votre Altesse n'aura aucune peine à trouver dix tables plus agréables que celle-ci. Elle aurait l'air d'y être en pénitence : nous sommes dans un coin !...

Et, saluant de nouveau, il se disposait à reprendre à la fois sa place et son repas quand une véritable clameur d'indignation parcourut la salle. En un instant tous les dîneurs furent debout, toutes les bouches proférèrent des invectives, tous les poings se tendirent vers l'insolent. D'autres firent même jaillir des épées cependant que le pauvre Hue, épouvanté, courait de l'un à l'autre, s'efforçant de ramener le calme sans y parvenir.

Pour sa part, le duc de Chartres, devenu couleur lie-de-vin, n'avait pu retenir un geste de fureur et s'élançait déjà vers le jeune homme, prêt à frapper du poing. Froidement alors, Gilles tira son épée, la prit par la lame et en offrit la poignée au prince qu'il retint ainsi à distance de toute sa longueur.

— Je suis gentilhomme, Monseigneur ! Employez ceci et tuez-moi... mais ne me frappez pas ! Sinon dussé-je être tiré à quatre chevaux sur la place de Grève pour ce geste, j'aurais le regret de vous le rendre !

— Monsieur, je vous en prie, Monseigneur, par grâce !...

Vive comme l'éclair Mme d'Hunolstein s'était jetée entre les deux hommes. Elle ne souriait plus et l'inquiétude que reflétait son joli visage n'était pas feinte.

— Vous ne savez ni l'un ni l'autre ce que vous faites ! Vous, Monseigneur, êtes trop impulsif et trop porté à chercher querelle à ceux qui n'ont pourtant d'autre tort que de servir là où vous n'aimez pas. Quant à vous, Monsieur, que je ne connais pas, vous devriez vous souvenir qu'un prince du sang a droit à plus de respect et d'égards que vous n'en montrez.

— On a le respect que l'on mérite ! marmotta Winkleried qui, derrière le dos de Gilles, avait mis lui aussi la main à son épée, prêt à prêter main forte à son compagnon de table.

Il y eut un silence car le tumulte s'était apaisé à la voix de la jeune femme, personne ne voulant perdre un mot de ce qu'allait répondre le duc, mais ce fut le Breton qui, le premier, rompit ce silence. Souriant à celle qui venait de s'instituer si courageusement l'ange de la paix, il remit son épée au fourreau et s'inclina courtoisement :

— Je ne me pardonnerai jamais, Madame, d'avoir assombri d'aussi beaux yeux et je vous rends les armes ! Cette table est vôtre, bien entendu, et nous eussions été trop heureux de vous l'offrir si les choses s'étaient passées différemment.

— *Natürlich !* approuva le Suisse en écho.

Le duc, d'ailleurs, s'était calmé. Il avait repris graduellement une couleur plus normale cependant que son regard bleu, passablement myope, s'attachait à l'aigle d'or agrafé sur la poitrine de son adversaire d'un instant.

— Inutile de vous déranger, Messieurs, nous partons ! Vous avez fait la guerre d'Amérique à ce que je vois, Monsieur ?

— Oui, Monseigneur.

— À ce titre... mais à ce titre seulement, vous avez droit à ma considération. Au fait, comment vous appelle-t-on, tous les deux ?

Tournemine présenta son compagnon et se présenta lui-même non sans se demander ce que le duc pensait faire de leurs identités et si une lettre de cachet n'était pas dans l'air mais le prince se contenta d'un signe de tête presque aimable accompagné d'une ombre de sourire.

— C'est bien ! Je vous remercie ! Allons, ma chère, ajouta-t-il en glissant son bras sous celui de la baronne, il faudra vous contenter de l'ordinaire du Palais-Royal. Nous reviendrons ce soir pour le souper et j'invite ceux de mes amis qui sont présents à y participer.

Ces derniers mots apaisèrent les protestations qui se levaient autour de lui et ramenèrent le sourire sur le visage du sieur Hue qui se voyait déjà en disgrâce et se plia en deux pour raccompagner le prince et sa compagne à leur voiture.

L'incident était clos. Gilles, par-dessus la table, tendit la main à Ulrich von Winkleried qui s'en saisit avec enthousiasme.

— Merci ! Voulez-vous que nous soyons amis ?

— Je crois bien ! Vous me plaisez !

— Vous aussi ! Que faisons-nous à présent ?

Le Suisse eut un large sourire qui découvrit des dents aussi larges et aussi blanches que des touches de clavecin.

— Nous achevons le dîner ! J'ai encore une petite faim !...

— Et moi donc ! Holà, maître Hue ! faites-nous servir votre matelote !

Mais il était écrit que les gardes du Roi n'achèveraient jamais ce déjeuner qui leur plaisait tant. Ils étaient tout juste en train de lever leurs verres pour sceller leur nouvelle amitié quand, par-dessus le brouhaha redevenu léger, des conversations entre gens de bonne compagnie, une phrase leur parvint qui les remit debout instantanément.

— La guerre d'Amérique ne donne pas tous les droits j'imagine ! Le duc a eu tort ! S'il nous avait laissés faire nous aurions corrigé de la bonne manière les sbires du gros cochon !... Il est tout de même inadmissible qu'un prince du sang, sur son propre territoire, n'ait même pas la possibilité...

Le grossier personnage n'alla pas jusqu'au bout de ses propos injurieux. Tournemine qui n'avait eu aucune peine à le situer était déjà sur lui et d'une poigne irrésistible l'arrachait de sa chaise, qui retomba derrière lui avec fracas, en l'empoignant par sa cravate.

— Tiens ! C'est donc vous, Monsieur d'Antraigues ? fit-il en reconnaissant le visage déjà rougi par les vins qu'il tenait au-dessus de son poing. Décidément, quand vous ne crachez pas votre venin sur les reines, vous insultez les rois ! Mon ami, le baron de Batz qui vous avait si galamment accommodé certain soir au sortir de la Comédie Italienne, vous avait cependant recommandé de veiller sur votre langue !

— Lâchez-moi ! râla l'autre. Vous m'étouffez !

— Vraiment ? Si c'est la seule façon de vous faire taire je ne vois pas pourquoi je vous lâcherai...

Les trois hommes qui partageaient la table du comte tentaient bien de dégager leur ami mais Winkleried arrivait à la rescousse et comme il n'y avait apparemment pas de limites à ses forces, les deux qu'il s'était contenté de repousser cherchaient leur souffle assis par terre près de la cheminée et le troisième gigotait comme un pantin de foire au bout de son immense bras.

— Continuez, chevalier, fit-il avec bonne humeur. Voulez-vous encore un peu de place ?

— Inutile, mon cher baron. Nous allons aller, Monsieur et moi, régler cette affaire dans la rue. Nous avons assez dérangé. Et puis, c'est le seul endroit qui convienne parfaitement au genre d'esprit de Monsieur.

Et, moitié portant Antraigues, moitié le traînant, Gilles sortit du restaurant au milieu d'un silence de mort, suivi par Winkleried qui n'avait pas lâché lui non plus son prisonnier.

— Venez donc, mon petit Monsieur, lui dit-il gracieusement. Nous allons servir de témoins à ces Messieurs !...

Derrière lui tout le contenu du restaurant se précipita vers les fenêtres et la porte pour voir ce qui allait se passer.

Arrivé dans la rue, le chevalier lâcha Antraigues si brutalement qu'il l'envoya rouler contre une roue de carrosse puis tira son épée.

— Allons, Monsieur, en garde ! Je sais que vous savez tenir une arme mais j'espère, à mon tour, vous donner une leçon que vous n'oublierez pas.

À moitié étranglé de fureur, le comte voulut se relever mais ne put y parvenir et retomba lourdement avec un gémissement.

— Je ne peux pas ! Maudite brute !... Je crois que vous m'avez cassé la jambe.

— Vraiment ?... Voyons cela !

— Ne me touchez pas ! Je vous interdis de me toucher, entendez-vous ! À moi ! Mes gens !... Quelqu'un ! Mais pas vous !

— Laissez-moi voir ! intervint le Suisse en se penchant sur l'homme étendu. Les fractures, on connaît ça dans nos montagnes !

Avec une étonnante délicatesse de toucher, sa grosse main palpa le membre douloureux.

— Il n'y a pas de doute, c'est cassé ! diagnostiqua-t-il. Il faut un médecin !

— Dans ce cas, dit Tournemine en remettant son épée au fourreau, je me tiens pour satisfait. La leçon est donnée.

— Vous peut-être, mais pas moi ! Je vous retrouverai, Monsieur, je vous jure que je vous retrouverai !

— Je n'y vois aucun inconvénient et vous n'aurez pas loin à aller. Je suis lieutenant en second de la Compagnie Écossaise des Gardes du Corps. On nous trouve en général à Versailles pour peu que l'on s'en donne la peine. À vous revoir, Monsieur ! Mais croyez-moi, suivez le conseil de mon ami Batz : tenez votre langue ! Sinon elle vous jouera encore plus d'un tour !

Et sans plus s'occuper de son adversaire humilié qui continuait à déverser sur lui un torrent d'injures, qui faisait plus d'honneur à son imagination qu'à son éducation, Gilles prit une pièce d'or dans son gousset et la lança à Hue qui accourait avec ses garçons pour ramasser le blessé.

— Tenez, mon ami ! Il était écrit que je ne goûterais pas à votre matelote aujourd'hui... mais je reviendrai un autre jour. Venez-vous, baron ? Je vous propose d'aller achever notre repas dans un endroit tranquille où nous pourrons trouver à la fois un dîner convenable et des dîneurs qui ne s'occupent que de ce qu'il y a dans leur assiette !

— Volontiers ! J'ai un compatriote, près des Tuileries, chez qui l'on mange bien ! Et tranquillement.

Et sur ce, bras dessus, bras dessous, les deux nouveaux amis s'en allèrent tranquillement à la recherche du plat de résistance et de leur dessert.

CHAPITRE VIII

... ET UNE SOIRÉE QUI NE L'EST PAS MOINS !

La maison de messieurs Boehmer et Bassange, joailliers de la Reine[1], située au numéro 2 de la rue de Vendôme[2] en bordure de l'enclos du Temple et au voisinage d'un jeu de paume appartenant au comte d'Artois, ressemblait un peu à une maison bourgeoise, un peu à un entrepôt et beaucoup à une manière de forteresse. Les bâtiments encadraient une vaste cour où les carrosses des riches clients de la maison pouvaient manœuvrer à l'aise, mais les portes, bardées de fer comme celles d'une prison, étaient capables de soutenir l'assaut d'un bélier et les barreaux qui défendaient les fenêtres étaient de taille à décourager les limes les plus solides. Mais, afin de charmer l'humeur bucolique

1. C'est seulement un an plus tard qu'ils deviendront joailliers de la Couronne. Le titre appartient alors à M. Aubert.
2. Actuelle rue Béranger.

de l'excellente Madame Boehmer, un attendrissant chèvrefeuille escaladait ses murs et, par les beaux soirs d'été, lui apportait sa douceur et son parfum.

C'est devant cette espèce de sanctuaire que, convenablement restaurés enfin, Tournemine et son nouvel ami Ulrich-August arrivèrent aux environs de cinq heures. Le Suisse avait tenu à escorter le Breton encore novice à Paris dans l'espoir de lui être utile, car il était assez lié avec le plus âgé des deux associés, Charles-Auguste Boehmer, Allemand d'origine et ancien joaillier du roi de Pologne au service duquel feu le baron, son père, avait usé quelques années de sa vie. Ce fut même grâce à lui si l'envoyé de la duchesse d'Albe eut l'honneur d'être reçu sans attendre et en visiteur de marque.

Le valet qui apparut derrière le guichet commença en effet par leur répondre que « ces Messieurs étaient en conférence avec un grand personnage » et avaient fait savoir « qu'ils ne recevraient plus d'autres visiteurs ».

De toute évidence, l'homme n'était pas français mais il était jeune et Winkleried ne l'avait encore jamais vu. À tout hasard il lui aboya aux oreilles, en allemand, deux phrases énergiquement accentuées et qui firent miracle : le garçon plongea dans un profond salut et disparut en disant qu'il « allait voir ».

Un instant plus tard, il revenait, tirait les verrous du portail afin de livrer passage aux cavaliers qui pénétrèrent dans la cour où stationnait un élégant attelage tiré par une paire de chevaux de bonne race mais dont l'aspect fit froncer le sourcil du Breton. La caisse de la voiture était peinte d'un vert sombre discret mais la discrétion s'arrêtait là car les armes d'Espagne soigneusement peintes sur les portières étaient suffisamment révélatrices : le grand personnage en question avait toutes les chances d'être le chevalier d'Ocariz... ou l'ambassadeur lui-même.

— Si ces Messieurs veulent bien me suivre... fit le valet après avoir remis les brides des chevaux à un palefrenier, je vais avoir l'honneur de les introduire dans un petit salon d'attente. Monsieur Boehmer est désolé de les prier de prendre patience jusqu'à ce qu'il en ait fini avec son client.

— Pas trop longtemps ! précisa Winkleried. Je dois rentrer à Versailles...

Mais, en fait, l'attente se réduisit à rien car, tandis que les deux jeunes gens montaient le bel escalier de pierre derrière le dos du laquais, les joailliers, encadrant un personnage en qui Gilles n'eut aucune peine à reconnaître le Consul d'Espagne, commençaient à le descendre.

Le cortège montant se rangea pour laisser passer le cortège descendant et, au passage, Boehmer adressa un salut amical à l'officier helvète.

— Je suis à vous dans l'instant, Monsieur le Baron !

— Prenez votre temps, ami Boehmer, prenez votre temps ! répondit Ulrich-August, tandis que Gilles s'efforçait de ne pas regarder l'Espagnol et de prendre un air indifférent.

— Vous connaissez cet homme ? chuchota le Suisse tandis que le Français et lui reprenaient leur ascension.

— Qui ? Cet étranger ? Ma foi non, mais d'après les armes de sa voiture et la couleur de la figure, je suppose qu'il est espagnol. Pourquoi me demandez-vous cela ?

— Parce qu'il vous a beaucoup regardé, lui !...

— Ah ! Nous nous sommes peut-être rencontrés à la Cour du roi Charles III mais je n'en ai pas gardé le souvenir, fit Gilles hypocritement.

On les introduisit alors dans un beau salon, fort bien meublé mais dont la décoration principale consistait en vitrines renfermant quelques pièces de joaillerie et d'orfèvrerie d'un style un peu lourd peut-être, mais fort belles cependant et qu'Ulrich entreprit d'examiner d'un œil expert.

— Vous vous connaissez en bijoux, mon cher baron ? demanda Gilles amusé de le voir sortir de sa poche une petite lorgnette et la visser sur son œil droit.

— Je me connais en tout ce qui est beau ou bon : les vins, les chevaux... les femmes ! Quant aux bijoux, c'est vrai, je m'y connais un peu : la baronne, *meine mutter*, en avait beaucoup et de très jolis !

Un instant plus tard Boehmer, habit de velours rouille tendu sur un ventre respectable et cheveux de même nuance, faisait irruption dans le salon et se précipitait vers Winkleried les mains tendues :

— Monsieur le baron ! Quelle joie de vous revoir ! Il me semble qu'il y a un siècle ! Mais prenez donc la peine de vous asseoir... J'espère que vous n'êtes pas venu jusqu'ici ces jours derniers ? Nous étions absents pour affaires, mon associé et moi. Et que puis-je faire pour vous ?

— Pour moi, rien, fit le Suisse tranquillement. Mais pour mon ami, beaucoup ! Il désire acheter votre sacré collier !...

— Mon collier ?... Quel collier ? Tout de même pas le...

— Mais si, mais si, « le »...

— Vous pensez bien, Monsieur, que je ne viens pas acheter pour moi ! coupa Gilles, vexé par la mine effarée du joaillier. Je ne suis, auprès de vous, que l'envoyé de l'une des plus grandes et des plus riches dames de ce temps : Son Excellence, Madame la duchesse d'Albe, ainsi qu'en fait foi la lettre que voici ! ajouta-t-il froidement en tirant de sa poche quelques-uns des papiers que lui avait remis l'intendant Diego. J'ajoute que les fonds nécessaires à l'achat sont déjà déposés à la banque Lecoulteux où ils n'attendent que notre accord pour vous être remis ! Mais je vous en prie, lisez !

Boehmer chaussa ses lunettes, parcourut sans hâte excessive la lettre qu'on lui avait remise, puis retira ses lunettes, essuya son front où la sueur perlait puis, avec un profond soupir, rendit le papier au jeune homme.

— Je vois, Monsieur, je vois ! Malheureusement, je suis contraint, à mon grand... très grand regret, croyez-le bien, de vous refuser : le collier n'est plus à vendre !

— Comment cela : plus à vendre ? Mais il est à peu près invendable !

La mine contrite de Boehmer était à peindre :

— Pourtant il est vendu... ou peu s'en faut : j'ai donné ma parole et je...

— Permettez, Monsieur ! coupa le chevalier. C'est au personnage qui sort d'ici que vous avez donné parole ?

— Eh bien... oui ! C'est à ce personnage. Il représente une princesse qui...

— La princesse des Asturies, je sais ! Et votre parole est formellement donnée ? Irrévocablement ?

— Pas tout à fait malgré tout ! Vous comprenez bien que je ne peux laisser une telle pièce sortir de France tant que Sa Majesté la Reine, à qui nous destinions ce collier, ne nous en aura pas donné permission formelle en refusant une dernière fois d'en faire elle-même l'acquisition. À cet effet, nous devons, mon associé et moi, nous rendre demain à Versailles.

Gilles laissa s'installer un court silence pour permettre à Boehmer de contempler encore un peu le sceau et les armes de la fastueuse maison d'Albe dont il semblait ne pouvoir détacher ses yeux, des yeux dans lesquels le Breton crut bien voir le reflet d'un regret.

— Le prix du collier était bien de seize cent mille livres, n'est-ce pas ? demanda-t-il avec beaucoup de douceur.

— Seize cent mille livres, en effet...

— Et... c'est le prix que va vous payer l'ambassade d'Espagne ?

Le joaillier devint tout à coup très rouge. Gilles comprit qu'il avait touché une corde sensible.

— Ou... i. Enfin...

— Enfin... pas tout à fait ! On vous a fait ressortir, n'est-ce pas, les difficultés où vous êtes de vendre ce collier, l'énormité de la somme et l'honneur qu'il y aurait pour vous à ce que ce bijou devienne le trésor d'une royale cassette ? On vous a peut-être aussi demandé... quelques délais de paiement.

— C'est assez l'usage.

— Allons donc ! Pas quand on s'apprête à devenir reine d'Espagne et que l'on a derrière soi l'or d'Amérique ! Sa Majesté le Roi vous l'aurait payé comptant si la Reine n'avait eu ce beau geste de refuser un tel présent ! Et moi, Monsieur, au nom de Madame la Duchesse d'Albe, je vous dis ceci : donnez-nous la préférence et non seulement vous aurez l'argent le jour où sera conclu le marché mais nous paierons cinquante mille livres de mieux !

Boehmer à présent transpirait comme une gargoulette. Il tira son mouchoir, épongea à grands tapotements nerveux son front, ses joues, son cou...

— Vous êtes le diable, Monsieur ! Je vous l'ai dit... j'ai donné ma parole et...

— Pas tout à fait : vous l'avez dit aussi ! Ne pouvez-vous répondre à... ce personnage que Sa Majesté la Reine désire réfléchir encore un peu avant de prendre sa décision ?...

— C'est difficile... très difficile ! Tôt ou tard, l'envoyé espagnol saura...

— Rien du tout ! Ou tout au moins, il ne pourra rien dire si nous savons nous y prendre !... Au fait, ne pouvez-vous me montrer cette merveille ? Cela vous permettrait de réfléchir un instant, de consulter votre associé peut-être...

— C'est une idée ! s'écria Winkleried. Montrez-lui donc l'objet, mon cher Boehmer !

— Mais... tout de suite ! Je vais seulement chercher Bassange : nous avons chacun une clef du coffre où il est enfermé.

Boehmer reparut au bout d'une minute, flanqué d'un homme brun, plus jeune que lui, pas très grand mais bien tourné avec une figure agréable, qui était Paul Bassange, son associé. Celui-ci portait sur ses deux bras un gigantesque écrin de cuir rouge et or, à joints de cardan, d'où pendait une étiquette grande comme un mouchoir sur laquelle le prix était inscrit en gros chiffres bien noirs.

Le jeune associé de Boehmer salua Winkleried avec un sourire et Gilles avec un regard à la fois surpris et admiratif.

— C'est Monsieur qui désire acquérir notre collier ?

— Pour la duchesse d'Albe, oui, mon ami. Ouvrez l'écrin !

Bassange posa la boîte sur une table où jouait un rayon de soleil, fit fonctionner les serrures et souleva le couvercle.

— Voilà ! dit-il simplement.

Les deux jeunes gens ne purent retenir un cri d'admiration. L'écrin ouvert venait de s'emplir d'éclairs. Sur le lit de velours noir un fleuve de feu étincelait, rayonnait par ses milliers de facettes, renvoyant en flèches aveuglantes les couleurs du prisme aux quatre coins de la pièce.

— Six cent quarante-sept diamants ! commenta Boehmer.

— Deux mille huit cents carats ! fit Bassange en écho.

D'un doigt respectueux Winkleried toucha le rang de dix-sept pierres, grosses comme des noisettes, qui formait le premier tour de cou.

— Superbe ! souffla-t-il soudain enroué, vraiment... admirable ! J'espère que la princesse des Asturies est belle ! Autrement, ce serait dommage... !

— Elle est loin d'être belle, marmotta Gilles qui, juste à cet instant, imaginait le visage passionné de Cayetana surgissant de ce joyau fabuleux qui envelopperait ses épaules d'un manteau scintillant et allumerait des éclairs jusqu'aux pointes de ses seins. Par contre Madame d'Albe est l'une des femmes les plus séduisantes que je connaisse...

— C'est à la reine Marie-Antoinette qu'il irait le mieux ! s'écria Boehmer avec une espèce de rage. Il a été fait pour une blonde ! Nous aurions été comblés qu'elle le prenne et si nous n'avions à ce point besoin d'argent, jamais nous n'accepterions de le laisser sortir de France. Mais nous avons des créanciers et la plus grande partie de ce que nous possédons est englouti dans ce collier.

— Alors ayez au moins la satisfaction de le savoir à l'un des plus jolis cous d'Europe ! Allez à Versailles demain, Messieurs, mais ne donnez aucune réponse à votre acheteur avant de m'avoir vu. Pouvez-vous au moins me promettre cela ?

Les deux bijoutiers se consultèrent du regard. Ce fut Bassange qui répondit.

— Si nous vous revoyons très vite, oui. Mais que pensez-vous faire ?

— Voir la Reine, moi aussi, et lui demander de vous dire, si elle refuse encore, qu'elle préférerait savoir ce collier chez la duchesse d'Albe plutôt que chez une cousine pour laquelle je ne crois pas qu'elle déborde d'affection ! À moins, ajouta-t-il avec une perfide douceur, que vous ne préfériez prendre ce soir votre décision ? En ce cas, vous me trouverez jusqu'à demain matin à l'hôtel d'York, rue du Colombier...

Le valet qui avait introduit les deux jeunes gens reparut donnant tous les signes d'une intense agitation.

— Eh bien quoi ? Qu'y a-t-il, Werner ? demanda Boehmer avec agacement. As-tu encore laissé entrer quelqu'un ? Il m'a semblé entendre le marteau de la porte.

— C'est que... cette fois c'est un prince : Monseigneur le comte de Provence !

— Quoi ?... Mon Dieu, Messieurs, il me faut vous chasser. Il est impossible de faire attendre, même une seconde, un prince du sang et...

Gilles reprit son chapeau qu'il avait posé sur une chaise.

— Ne vous troublez pas, Monsieur Boehmer : nous partons ! Nous n'avons d'ailleurs plus rien à nous dire pour ce soir ! Mais songez à ma proposition !...

Il avait hâte à présent de sortir dans l'espoir d'apercevoir l'homme qu'il croyait bien avoir attaqué la nuit précédente mais, comme on pouvait déjà entendre le bruit de pas dans l'escalier, Bassange barra le chemin vers la porte.

— Pas par là, s'il vous plaît ! Sinon vous allez vous trouver face à face avec le prince. Vous ne souhaitez pas être vus, j'imagine ?

— J'aimerais mieux pas, encore que le prince ne me connaisse pas.

— Mais il pourrait poser des questions... ennuyeuses ! C'est un homme très curieux. Venez plutôt par ici...

Il ouvrait une petite porte dissimulée dans une boiserie supportant un panneau de glace, découvrant un étroit couloir obscur dans lequel il les fit entrer tandis que Boehmer se portait au-devant de l'illustre visiteur.

— Vous allez connaître les secrets de la maison, dit-il avec un sourire, mais vous êtes devenu d'emblée un fort important client. Suivez ce couloir. Au bout, vous trouverez un petit escalier qui aboutit derrière une tenture et qui vous ramènera presque dans la cour. Excusez-moi seulement de ne pas vous accompagner.

— Mais nous n'allons rien y voir ! protesta Winkleried.

— Que si ! Laissez-moi seulement refermer la porte. Bonsoir, Messieurs !

En effet, la porte refermée, Gilles s'aperçut qu'on y voyait autant que lorsqu'elle était ouverte grâce au panneau de miroir qui était fait d'une glace sans tain.

— Ah ! Je comprends, murmura Ulrich. Eh bien, allons !

— Un instant !... rien qu'un instant !

À travers la glace il pouvait voir en effet les deux joailliers qui revenaient dans le salon, escortant deux hommes dont l'un présentait une certaine ressemblance avec le Roi.

Le profil était semblable et aussi le haut front intelligent mais, nettement plus petit que son frère, le comte de Provence était aussi beaucoup plus gros. À cause de son amour immodéré de la bonne chère et des vins généreux son corps, vêtu d'un taffetas du même bleu que ses yeux, brodé, avec un art infini, de fleurs étranges au cœur d'argent, était si lourd, malgré sa jeunesse [1], que ses petites jambes courtes et déjà envahies par la graisse semblaient avoir peine à le porter.

— Eh bien ? chuchota Ulrich. Vous venez ?

— Encore un instant, je vous prie ! répondit-il les yeux rivés au miroir.

À voir cet homme au teint vermeil, au visage

1. Le prince avait alors vingt-sept ans.

aimable et souriant et qui jetait autour de lui des regards pleins de satisfaction, un doute lui venait. Était-ce bien celui qu'il avait laissé inanimé dans un fourré de Trianon, la nuit précédente ? Sa victime lui avait paru plus grande, moins étoffée aussi... Mais le prince se mit à parler et les derniers doutes désertèrent l'esprit du jeune homme : c'était bien lui !

— Messieurs, disait Provence, je viens comme le bon badaud parisien que je suis contempler vos trésors. On dit tant de merveilles de votre fameux collier que l'envie m'est venue de le contempler à mon tour. Montrez-le-moi donc !

— Rien de plus facile, Monseigneur. Nous l'avions justement sorti de son coffre afin de procéder à l'examen de l'un des fermaux dont l'émaillage nous avait paru un peu faible. Votre Altesse Royale n'aura même pas à patienter un instant : le voici.

Quelle que pût être l'envie de Tournemine de demeurer plus longtemps et d'entendre tout ce que le prince avait à dire, il se résigna cependant à abandonner la place pour ne pas se donner aux yeux de Winkleried les couleurs déplaisantes d'un espion.

Sur la pointe des pieds, évitant de faire le moindre bruit, les deux jeunes gens suivirent le couloir qui était heureusement habillé de tapis, descendirent un petit escalier pris dans l'épaisseur du mur et, après avoir soulevé une portière, se retrouvèrent en effet dans une petite antichambre assez obscure qui, par une petite porte simplement fermée d'un gros verrou, les fit passer dans la cour.

— Vous me direz si je me trompe, fit Winkleried en se hissant sur le vigoureux mecklembourgeois qui semblait supporter si aisément sa pesante carcasse, mais j'ai eu l'impression que vous n'aimiez pas beaucoup le comte de Provence ?

— Qu'est-ce qui peut bien vous faire penser une chose pareille ?

— L'expression de votre visage quand vous le regardiez, tout à l'heure... et puis cette grande sympathie qui m'est venue pour vous. Monsieur Mesmer, l'homme au baquet...

— Au baquet ?

— Oui, au baquet... la grande cuve autour de laquelle il fait asseoir les gens pour les guérir. Jamais entendu parler du docteur Mesmer ?

— Jamais... ou si vaguement !

— Je vous expliquerai ! C'est un grand homme !... Eh bien, Monsieur Mesmer prétend que, si l'on a de la sympathie pour quelqu'un, on éprouve tout ce qu'il ressent.

— Mais le comte de Provence dans tout cela ?

— C'est très simple : je ne peux pas le voir en peinture ! C'est un homme faux et dissimulé. Voilà pourquoi j'ai si bien deviné que vous ne l'aimiez pas !

Gilles se mit à rire.

— Winkleried, mon camarade, j'ai l'impression que nous allons être de grands amis tous les deux ! Je vous ai déjà bien des obligations.

— Rien du tout ! Vous rentrez à Versailles avec moi ?

— Pas ce soir. J'ai encore à faire à Paris et dans ce quartier justement.

— Alors, je vous laisse. Où habitez-vous à Versailles ?

Tournemine lui expliqua alors qu'il était provisoirement campé à l'hôtel des Gardes du Corps mais qu'il avait chargé son domestique de lui trouver un logis capable de convenir à la fois à sa situation dans le monde et à une bourse modestement garnie.

— J'ai ce qu'il vous faut, je crois ! En face de chez moi il y a un joli pavillon où il y a un appartement libre : je m'en occupe si vous voulez ?

— Avec joie ! Nous serons voisins ! Et cela fait une obligation de plus !

Tirant de sa poche un petit carnet, le baron griffonna quelques lignes dessus, arracha la page et la tendit à Gilles qui put lire dessus « Pavillon Marjon, rue de Noailles au Petit Montreuil » car s'il prononçait mal le français il l'écrivait bien.

— Vous m'inviterez à dîner ! dit-il seulement avec un bon sourire.

— Marché conclu ! Je vous promets des écrevisses !

Là-dessus, le Suisse et le Breton se serrèrent la main à l'anglaise et se séparèrent, l'un pour remonter vers le boulevard Saint-Martin, l'autre pour continuer la rue de Vendôme, rejoindre la rue Saint-Louis[1] et atteindre enfin la rue Neuve-Saint-Gilles au Marais où habitait cette comtesse de La Motte-Valois qui osait ressembler à Judith.

C'était une rue étroite et mal pavée mais tranquille et plutôt déserte. L'angle était orné d'une statue de saint Gilles, ce que le jeune homme considéra comme un heureux présage. Trois ou quatre hôtels particuliers retranchés derrière de massives portes cochères, les murs arrière du couvent des Minimes percés d'une porte basse et une

1. Actuelle rue de Turenne.

échoppe de cordonnier occupaient toute cette rue qui n'était pas bien longue et rejoignait le boulevard planté d'arbres qui occupait les anciennes fortifications du roi Louis XIII[1].

Au pas de Merlin, Gilles parcourut la longueur de la petite artère, se donnant tout le loisir de bien regarder le nº 10, une maison haute et de peu de largeur, d'assez belle apparence d'ailleurs mais plus bourgeoise qu'aristocratique. Par les fenêtres élevées on pouvait apercevoir de grands rideaux de soie bleue et le reflet d'un lustre à cristaux dans un miroir.

Cheval et cavalier venaient tout juste de dépasser la maison quand une voiture de louage arriva en sens inverse, venant du boulevard, et s'arrêta tout justement devant le nº 10. Le jeune homme n'eut qu'à se tourner sur sa selle, avec la mine indolente et intéressée d'un garçon cherchant fortune, pour apercevoir un pied charmant, élégamment chaussé de soie « ventre de puce » puis une cheville dans un bas ajouré, enfin le bas d'une robe de la couleur des violettes de Parme. Enfin, une jeune femme apparut, brune, élégante, coiffée d'un chapeau extravagant sous lequel l'observateur n'eut aucune peine à reconnaître le profil de la fausse Judith.

À la lumière du jour et sous sa propre chevelure, la dame lui parut moins ressemblante. Il en éprouva quelque satisfaction, heureux de constater que le charme de sa bien-aimée était trop parfait pour être convenablement copié. La glorieuse chevelure rousse donnait à Judith un éclat que celle-ci

1. Actuel boulevard Beaumarchais.

n'avait pas. Et puis, les yeux de la comtesse semblaient bleus, ceux de Mlle de Saint-Mélaine étaient noirs et pailletés comme un diamant. Et puis...

Tandis qu'il faisait ainsi le compte des différences, la comtesse avait payé son cocher et s'apprêtait à rentrer chez elle mais, apercevant ce beau cavalier qui s'éloignait comme à regret en la regardant, elle lui décocha le plus naturellement du monde un sourire tellement provocant qu'il pouvait passer pour une invite.

« Je ne sais pas si elle a réellement le droit de s'appeler Valois, pensa le jeune homme, légèrement choqué, mais elle a d'étranges manières pour une grande dame... »

Il eut envie, un instant de l'accoster mais, pensant qu'il était plus sage de ne pas entrer trop vite en relation avec elle, il se contenta d'ôter son chapeau pour un large salut accompagné d'un sourire puis continua son chemin tandis que la dame rentrait dans sa maison.

Il n'alla pas loin. Peu avant le boulevard, la rue Saint-Gilles se dédoublait pour former une seconde ruelle rejoignant elle aussi le boulevard en formant un U. Gilles s'y engagea, trouva un renfoncement où il attacha son cheval et resta là, aux aguets, bien décidé à observer pendant un moment les allées et venues et, si possible, les habitudes de cette maison.

Pendant un assez long temps, il ne se passa rien, ou si peu que rien : un gamin, qui s'en allait acheter de la moutarde en sautant d'un pied sur l'autre, vint regarder Gilles presque sous le nez et lui décocha en passant :

— C'est pas un endroit pour faire le pied de

grue, militaire. Y a pas beaucoup de belles filles par ici !

— Mais des gamins qui se mêlent de ce qui ne les regarde pas on dirait que ça ne manque pas ! File si tu ne veux pas que mon pied fasse connaissance avec tes fesses !

— Oh, ça va ! Ce que j'en disais, c'était manière de parler ! Bonne soirée, militaire !

Gilles vit aussi passer une vieille femme qui, un missel sous le bras et un voile sur la tête, s'en allait au salut en rasant les murs. Elle lui jeta un coup d'œil furtif et poursuivit son chemin. Mais, commençant à penser qu'il perdait son temps et risquait tout juste de se faire remarquer, Gilles allait remonter sur son cheval et abandonner sa faction quand le roulement d'une voiture qui se faisait entendre sur le boulevard depuis un moment, ralentit quand la voiture s'engagea dans la rue Saint-Gilles et s'arrêta tout à fait, tout justement devant le nº 10.

Il s'agissait cette fois d'une élégante berline de ville à caisse noire sans autre ornement qu'une simple rose peinte sur les portières. Les hautes roues fines étaient laquées de rouge et le siège du cocher se drapait d'un beau velours noir à quilles rouges et glands d'or : une véritable voiture de seigneur ! Un homme d'une quarantaine d'années en descendit. Il était de taille moyenne mais, grâce à son teint olivâtre, son cou épais, son nez épaté et retroussé du bout, ses yeux à fleur de tête mais très noirs et dont le regard semblait singulièrement perçant, il ne passait pas facilement inaperçu. Malgré la température estivale, un grand manteau noir l'enveloppait presque entièrement et un vaste tricorne surmonté d'une curieuse plume rouge était enfoncé jusqu'à ses sourcils.

À peine à terre, il drapa son manteau sur son bras pour offrir sa main à une femme en robe blanche qui jaillit de la voiture plutôt qu'elle n'en descendit en repoussant avec un éclat de rire la main tendue.

— Je ne suis pas assez vieille pour que l'on m'aide à descendre, mon ami ! Gardez cela pour les douairières.

Au son de la voix, Gilles sursauta et retint un cri. Entre le grand fichu de mousseline blanche drapé sur la poitrine ronde de la jeune fille – car c'en était une – et le grand chapeau de paille naturelle garni de feuilles vertes, il venait d'apercevoir une cascade de boucles enflammées, l'étincellement d'un regard sombre, la grâce impertinente d'un profil, l'éclat d'un sourire, tout un ensemble sur l'identité duquel il ne pouvait plus se tromper : c'était Judith, Judith elle-même, Judith en personne qui, escortée d'un homme inconnu, pénétrait de son allure dansante dans la maison d'une conspiratrice.

Le ciel s'ouvrit. Le cœur cognant contre ses côtes sur le rythme enragé d'un tambour battant la charge, il se sentit envahi d'une sorte de paix bienheureuse, proche voisine de ce qu'il avait déjà ressenti dans le parc de Trianon mais plus pure, plus fraîche car elle avait les couleurs claires de la certitude. L'instant suivant, par exemple, il lui fallut faire sur lui-même un terrible effort pour résister à l'impulsion qui allait le jeter en avant. S'il ne s'était maîtrisé, il se fût rué à l'assaut de cette maison pour y chercher celle que, de toutes les femmes au monde, il aimait le plus, celle qui avait été, était et serait toujours l'impulsion secrète de tous ses travaux, leur but final et leur récompense tout à la fois, si Dieu le voulait ainsi. Un but toujours à atteindre peut-être, une récompense sans cesse remise en question car Judith appartenait à cette race de femmes que l'on ne peut garder qu'à condition de les conquérir sans cesse, de mériter continuellement leur tendresse et leur admiration, l'une n'allant jamais sans l'autre.

Quel bonheur Gilles n'eût-il pas éprouvé à enfoncer la porte de cette maison pour en arracher Mlle de Saint-Mélaine à la barbe de ces gens dont il savait bien qu'ils ne pouvaient pas être pour elle une société convenable ; mais, s'il voulait essayer de comprendre quelque chose à ce qui se manigançait derrière cette façade si paisible et si apparemment respectable, il lui fallait contenir des élans d'une jeunesse par trop irréfléchie.

Fermement décidé à ne plus bouger de son poste d'observation, dût-il passer dans la rue une seconde nuit blanche, et à suivre l'élégante voiture noir et rouge où qu'elle allât, fût-ce en enfer, le jeune homme croisa les bras sur sa poitrine et reprit sa faction, une faction d'ailleurs singulièrement ensoleillée par la vision rapide qu'il avait eue de la jeune fille et par l'émerveillement que lui avait causé une beauté, non seulement inchangée, mais affinée, accrue encore par l'élégance d'une toilette parfaitement inhabituelle chez la sauvageonne des landes bretonnes... Mais qui diable pouvait être ce bonhomme replet aux allures de propriétaire qu'elle appelait son ami avec la désinvolture de l'intimité ?

Le soleil était couché depuis longtemps déjà. La nuit venait emplissant d'une ombre plus dense les profondeurs de cette rue encaissée entre les murs de ses maisons. Toujours immobile dans son recoin, figé dans cette immobilité totale qu'il avait apprise de la guerre indienne, et qu'il savait imposer à Merlin, Gilles, devenu à peu près invisible, vit arriver avec son échelle l'allumeur de lanternes qui avait si bien renseigné Pongo à l'aube de ce jour. Quelques instants plus tard, deux fanaux s'allumaient, balancés à leur corde tendue de part et d'autre de la rue : l'un presque à l'angle du boulevard, près de la boîte aux lettres[1] peinte en bleu qu'il éclairait en plein, l'autre à l'extrémité de la rue à côté de la petite statue de saint Gilles, mais on ne pouvait dire qu'entre les deux, l'endroit fût parfaitement éclairé.

Un instant, l'homme s'était arrêté auprès de la berline pour aider le cocher descendu de son siège à allumer ses propres lanternes puis, toussant et traînant les pieds, il s'éloigna pour continuer son ouvrage laissant la rue à sa solitude.

Le temps continua de couler, difficile à évaluer. Un peu d'animation se manifesta tout de même. Des bruits de voix sortant de quelques fenêtres ouvertes sur la fraîcheur du soir et le parfum des tilleuls dont les cimes frissonnantes dépassaient le mur du couvent. Une lumière se montrait aussi de loin en loin mais la façade du n° 10, que Gilles alla contempler dans l'espoir d'apercevoir quelque chose, demeurait noire et muette. Le seul être vivant était le cocher qui somnolait sur son siège, le dos rond, avec la résignation des gens de son état habitués aux longues patiences...

1. Il y en avait alors une soixantaine réparties dans Paris, mais il s'agissait encore d'une nouveauté.

Enfin, comme l'horloge de la Bastille venait de sonner la demie de dix heures, la maison muette se réveilla. Le cocher en fit autant. Un valet parut, armé d'une lanterne qui répandit une lumière jaune sur les gros pavés ronds, sur la voiture et sur quatre personnes en qui Gilles n'eut aucune peine à reconnaître Judith, l'homme qui l'escortait, la comtesse et l'élégant aux cheveux rouges qui remplissait auprès d'elle les fonctions de secrétaire à tout faire.

Les adieux furent brefs. On échangea des saluts cérémonieux sans qu'il fût possible au guetteur de saisir une seule parole ; puis la jeune fille et son mentor remontèrent en voiture tandis que la porte se refermait et que tout s'éteignait. La rue était redevenue presque entièrement obscure quand la berline s'ébranla. Mais Gilles était déjà en selle.

Sans bouger, il laissa l'attelage descendre l'artère, tourner dans la rue Saint-Louis en direction de la place Royale et alors seulement s'élança sur sa trace, comptant sur le vacarme des roues ferrées sur le pavé pour étouffer le pas de son propre cheval.

La nuit était très sombre et la chaleur, devenue étouffante, tournait à l'orage mais il n'eut aucune peine, en gardant les yeux sur les lanternes de la voiture, à la suivre à travers le dédale des rues de Paris sans s'en trop approcher.

Le voyage dura assez longtemps. On prit successivement la rue Saint-Antoine, la rue de la Tisseranderie, la rue de la Coutellerie et la rue de la Boucherie jusqu'au Grand-Châtelet puis, par le pont au Change, la rue de la Barillerie et le pont Saint-Michel, on atteignit la rue de La Harpe que l'on remonta sur toute sa longueur jusqu'à la place

Saint-Michel[1]. Alors apparurent, surgissant des frondaisons d'un grand parc, le dôme, le haut toit d'ardoises et les murs à l'italienne hérissés d'échafaudages du palais du Luxembourg[2], résidence parisienne habituelle de Monsieur.

La voiture tourna à angle aigu se dirigeant vers la façade brillamment éclairée du Théâtre Français[3] où il devait y avoir représentation, passa devant sans s'arrêter pour s'engager, presque aussitôt, sous l'imposante tour-porche sommée d'un dôme où veillaient, en uniforme rouge soutaché d'or et d'argent, la poitrine barrée d'un baudrier rayé d'or et argent, les Gardes de la Porte de Monsieur.

Elle s'arrêta un instant sous le porche, sans doute pour satisfaire au contrôle du corps de garde puis, pénétrant dans la vaste cour, disparut aux yeux de Gilles qui revint sur ses pas, alla attacher Merlin à l'un des anneaux de bronze scellés dans le mur puis revint, à pied, trouver l'une des sentinelles qui, voyant approcher un officier, rectifia la position, salua. Elle ouvrait déjà la bouche pour lui faire rendre les honneurs dus à son grade quand Gilles l'arrêta.

1. Actuelle place Edmond-Rostand.

2. C'est en 1775 que le comte de Provence reçut le palais du Luxembourg, alors passablement délabré. Voulant une résidence fastueuse, il entreprit d'énormes travaux qui ne furent achevés qu'en 1790. Jusque-là, il s'installa au Petit Luxembourg qu'il louait au prince de Condé moyennant un loyer annuel de 25 000 livres.

3. L'actuel Odéon, inauguré deux ans plus tôt, était alors la seule salle de la Comédie-Française. Deux mois plus tôt, le 24 avril 1784, on y avait donné la première représentation publique du *Mariage de Figaro*.

— N'appelle pas, mon ami : je ne veux pas entrer. Simplement je désire un renseignement.

— À vos ordres, mon lieutenant !

— Moins haut, que diable ! Je ne viens pas te demander de me livrer un secret d'État, mais j'aimerais tout de même un peu de discrétion ! Dis-moi, connais-tu la dame qui vient d'entrer à l'instant dans une berline noir et rouge ?

Le visage du garde se fendit en un large sourire tandis qu'il clignait de l'œil d'un air finaud. S'il s'agissait d'une histoire de femme il était à son affaire et comprenait sans peine pourquoi un lieutenant des Gardes du Corps de Sa Majesté le Roi venait causer avec un simple soldat.

— Sûr que je la connais ! Elle habite le palais... c'est même la plus jolie fille de toute la maison. Je comprends qu'elle vous intéresse, mon lieutenant.

— Alors, qui est-ce ?

— L'une des deux lectrices de Madame ! Il y a environ deux ans qu'elle est entrée au service de la princesse.

— Et elle s'appelle ?

— Mademoiselle de Latour, Julie de Latour. Elle est belle comme le jour, mais pas commode par exemple ! Si vous avez dans l'idée de lui faire la cour, mon lieutenant, vous feriez bien de prendre garde : elle a la main leste, la langue encore plus et on ne lui connaît pas d'amoureux !

La voix du jeune soldat, cependant agrémentée d'un vigoureux accent bourguignon, fit l'effet à Gilles de la plus céleste musique.

— Pourtant, reprit-il, elle était accompagnée d'un homme dans cette voiture. Sais-tu qui il est ?

— Pas très bien. On ne l'a vu que deux ou trois

fois ici. Il est venu ce tantôt voir Monseigneur et il est ressorti avec Mademoiselle de Latour dans une voiture de la maison. Je crois que c'est un provincial, ou plutôt un étranger car il a un drôle de nom.

— Il n'habite pas le palais, alors ?

— Absolument pas. Ça m'étonnerait même qu'il y reste encore longtemps maintenant qu'il a ramené la belle Ju... je veux dire Mademoiselle de Latour. Il a laissé son cheval !

— C'est bien, mon ami, je te remercie !

Un demi-louis passa de la poche du chevalier à la main du jeune garde ravi de l'aubaine.

— À ce prix-là, mon lieutenant, vous pouvez revenir poser des questions sur toute la maison de Monsieur, je m'appelle Gaubert, dit La Pervenche.

— Entendu, la Pervenche ! Je me souviendrai de toi...

Répondant au salut du jeune soldat il fit quelques pas hors de l'ombre du porche monumental.

Sur le point de retourner vers son cheval, il se ravisa. Il ne pouvait pas s'éloigner de la demeure de Judith sans lui avoir seulement adressé la parole et essayé de percer, si peu que ce soit, le mystère dont s'enveloppait la jeune fille. C'était déjà quelque chose d'avoir appris qu'elle était lectrice de la comtesse de Provence mais pourquoi sous un faux nom ? Par crainte de ses frères, car, ignorant l'exécution de Tudal, elle devait toujours les évoquer au pluriel ? Que pouvaient deux hobereaux crasseux contre un membre d'une aussi puissante maison princière ? Pour mieux se cacher peut-être et peut-être même de ses propres et terrifiants souvenirs puisqu'elle avait jugé bon de changer aussi son prénom. Julie de Latour ! Pourquoi ce nom ?...

Brusquement, les dernières paroles échangées entre Monsieur et la comtesse de La Motte lui revinrent en mémoire : « En cas de nécessité faites-moi tenir un billet anodin, le texte importe peu, mais vous le signerez J. de Latour... Vous n'oublierez pas, J. de Latour... »

Le rapprochement était aveuglant. Le prince avait indiqué à sa complice le nom sous lequel Judith était connue chez lui. Mais alors, qu'est-ce que la jeune fille était allée faire chez cette femme que, normalement, elle ne devait pas connaître ? L'homme qui l'accompagnait était-il simplement chargé de mettre les deux femmes en contact ?...

Incapable d'apporter une réponse satisfaisante à ces questions, il revint vers la sentinelle.

— Qui commande le poste de garde, cette nuit ?

— Monsieur le Comte de Thézan, Premier Lieutenant.

— Alors va me le chercher !

Normalement le soldat La Pervenche aurait dû partir au petit trot mais, à la surprise du chevalier, il ne bougea pas.

— Eh bien ? Qu'attends-tu ?

— Faites excuse, mon lieutenant... mais si j'étais vous, je n'en ferais rien.

— Et pourquoi, s'il te plaît ?

— Parce que cela ne vous servira à rien. Si c'est dans l'espoir d'approcher Mlle de Latour, ni Monsieur de Thézan ni d'ailleurs Monsieur le Comte d'Auger, notre capitaine, ne pourrait vous y aider. Le règlement du palais est très sévère en ce qui concerne les dames et demoiselles de Madame. La princesse est austère, rigide et, si Mlle de Latour était surprise parlant la nuit avec un homme, elle serait chassée immédiatement.

— Et celui avec lequel elle vient de rentrer, alors ?

— Ce n'est pas la même chose. S'il appartient à sa famille Madame a pu l'autoriser à l'emmener mais, croyez-moi, il a sûrement dû montrer patte blanche.

— Mais enfin, je peux avoir un message à délivrer. Je pourrais être... son frère !

— Selon Madame il n'y a pas de message qui ne puisse attendre le jour lorsqu'il s'agit de ses demoiselles d'honneur. Quant à vous faire passer pour son frère, c'est une aventure que je ne tenterais pas si j'étais vous.

— Tiens donc ! Tu as une bonne raison à me donner ?

— C'est une question que vous ne poseriez pas, mon lieutenant, si vous aviez une seule fois rencontré Mme de Montesquiou qui remplit le rôle de surintendante chez Madame. Il n'y a pas un homme ici qui ne préfère affronter les balles anglaises plutôt que son œil de granit. Si vous vous obstinez à demander Mlle de Latour, vous vous retrouverez forcément en face d'elle... et si vous en sortez vivant vous aurez des cauchemars pendant six mois !

Gilles se mit à rire.

— C'est bon ! Je renonce pour ce soir, mais demain je reviendrai.

— Demain il fera jour. Vous aurez beaucoup plus de chance.

— Dieu t'entende ! Merci du conseil en tout cas...

Il s'éloigna, détacha Merlin, se remit en selle... et ne bougea pas. Il avait envie à présent de savoir ce que c'était au juste que ce bonhomme assez bien en Cour pour avoir le droit d'emmener Judith où bon lui semblait. Il devait être intéressant d'apprendre où cet oiseau de nuit gîtait...

Cette fois l'attente ne fut pas longue. Le pas d'un cheval retentit sous la voûte et un cavalier, enveloppé d'un manteau noir, coiffé d'un chapeau noir orné d'un plumet trop reconnaissable, fit son apparition.

— Voilà mon homme, marmotta Gilles entre ses dents. Voyons un peu où il va.

Il espérait de tout son cœur que le personnage habitait sinon le quartier, du moins un endroit point trop éloigné car la fatigue commençait à peser assez lourdement sur ses épaules, cependant habituées à de rudes tâches mais, décidément, la vie en pays civilisé et, singulièrement, la vie à Paris était beaucoup plus éprouvante qu'une longue chevauchée à l'air libre ou même la vie du guerrier en campagne. Mais quand il vit briller devant lui le large ruban de la Seine, le jeune homme comprit que son lit n'était pas encore pour tout de suite...

Pourtant, et sans qu'il pût vraiment savoir pourquoi, une impulsion plus forte que sa volonté, sa curiosité ou son envie de dormir le poussait sur la trace de cet homme. Il éprouvait un besoin presque physique d'en savoir davantage, d'approcher un être qu'il devinait mystérieux et qui l'attirait comme l'aimant fait de la limaille de fer.

Passé la Seine, l'étranger reprit à peu près le même chemin qu'à l'aller, encore qu'à une allure nettement plus rapide, et ramena son poursuivant jusqu'à la rue Saint-Louis. Il était très tard à présent. Pourtant, les deux cavaliers qui se suivaient à distance respectueuse n'avaient rencontré aucun détachement du guet. Même le poste du Grand Châtelet était tranquille et silencieux comme si tout le monde y dormait. Cela tenait peut-être au temps. L'orage qui ne s'était pas encore décidé à éclater tournait toujours autour de Paris qu'il environnait de grondements sourds et de brefs éclairs. Personne n'avait envie d'être dehors par un temps aussi menaçant, peut-être même pas les malandrins...

Pourtant, brusquement, ce fut l'attaque. Comme le premier cavalier ralentissait l'allure en arrivant à la hauteur d'un hôtel de belle apparence, cinq ou six hommes surgirent du renfoncement de la porte charretière et se jetèrent sur lui. L'un s'élança à la tête du cheval, les autres se pendirent à l'homme lui-même qu'ils n'eurent aucune peine à jeter à terre. Une lanterne, accrochée un peu plus loin, avait permis aux yeux aigus de Gilles de ne rien perdre de la scène. Un bref galop de Merlin qu'il fit cabrer et il fondait sur les malfaiteurs l'épée haute. Par deux fois la lame s'enfonça dans de la chair humaine tandis que, assommé par les sabots du cheval, un troisième s'écroulait contre le mur de l'hôtel. L'étranger, avec une étonnante souplesse pour un homme de sa corpulence, avait réussi à se relever et à tirer son épée. Il luttait courageusement contre deux spadassins. Sautant à terre, Gilles courut à lui, le débarrassa d'un de ses adversaires avec lequel il engagea le fer en constatant avec un certain étonnement qu'il portait un masque, comme d'ailleurs les autres malandrins.

— Êtes-vous blessé, Monsieur ? demanda-t-il tout en ferraillant.

— Non, un peu contusionné mais...

Le reste de la phrase se perdit dans le fracas

d'un coup de tonnerre qui se répercuta tout au long de la rue. À la même seconde l'orage éclatait. Les vannes du ciel s'ouvrirent, précipitant sur la terre une véritable cataracte qui fit voler la poussière avant de la transformer en boue épaisse puis en ruisseaux. Atteint à l'épaule, l'adversaire de Tournemine préféra en rester là et s'enfuit sans que le jeune homme cherchât à le poursuivre. Voyant son dernier compagnon prendre le large, celui de l'étranger sauta en arrière et, sans demander son reste, s'élança sur ses traces. Tranquillement, Gilles essuya son épée et la remit au fourreau.

— Je vous dois sans doute la vie, Monsieur, dit l'étranger en fort bon français mais avec un accent italien prononcé, et vous m'avez rendu le plus grand service que l'on puisse rendre à un être humain... Mais pourquoi donc me suiviez-vous ?

L'obscurité permit au jeune homme de rougir tout à son aise.

— Comment savez-vous que je vous suivais ? Je suis cependant demeuré à bonne distance.

— Je n'ai pas besoin de voir pour distinguer, ni d'entendre pour percevoir... mais il fait un temps à ne pas mettre un chrétien dehors. Me ferez-vous l'honneur d'accepter de boire avec celui que vous avez sauvé ? Je loge dans cette maison... ajouta l'étranger en désignant la haute porte cochère qui avait abrité ses agresseurs. Nous pourrons au moins causer au sec.

— Volontiers, Monsieur. J'accepterai l'abri plus volontiers encore que le verre et pour mon cheval avec plus de joie encore que pour moi-même.

— Alors, entrons !

L'inconnu alla agiter la cloche dont la chaîne

pendait le long d'un pilastre et, presque aussitôt, la lourde porte tourna sur ses gonds, laissant voir une cour de belles dimensions faiblement éclairée par deux lanternes placées de part et d'autre du perron et, abritée sous un parapluie grand comme une petite tente, la silhouette d'un gigantesque concierge auquel l'étranger s'adressa en une langue totalement inconnue de Gilles. L'homme se contenta d'un signe de tête pour toute réponse et prenant les brides des chevaux les entraîna vers le fond de la cour tandis que l'étranger guidait Gilles vers l'entrée de l'hôtel à travers une cour assez mal entretenue, et le faisait pénétrer dans une vaste et confortable bibliothèque habillée de chêne clair. En dépit de la température qui avait régné avant l'orage, un feu de plantes aux senteurs sauvages brûlait dans la cheminée de marbre gris. Il donnait plus de parfum que de chaleur et, grâce aux grands rideaux de soie rayée de gris et de brun clair, la pièce, malgré ses dimensions, donnait une agréable impression de confort et d'intimité.

L'étranger se débarrassa de son manteau taché de boue, de son chapeau trempé qu'il jeta dans un coin et offrit à son visiteur la vue d'un homme pas très grand mais vigoureusement bâti et bien proportionné avec une légère tendance à l'embonpoint, élégamment corrigée par l'art du maître tailleur qui avait coupé l'admirable habit de soie rouge sombre dont il était vêtu avec des culottes et des bas de soie noire. La hauteur d'un front plein d'intelligence corrigeait l'impression de brutalité que pouvait laisser le reste du visage que Gilles avait aperçu devant la maison de la comtesse de La Motte. La bouche, bien dessinée, s'entrouvrait sur des dents très blanches et le regard, noir et étincelant, dégageait une fascination qui le rendait à peu près inoubliable.

— Approchez-vous du feu, Monsieur, et prenez un siège, dit-il en désignant un grand fauteuil de tapisserie. Vous êtes ici chez vous, plus encore que je ne le suis moi-même car cette maison appartient à l'un de mes amis, le comte Ossolinski, qui veut bien m'en accorder l'hospitalité lors de mes voyages à Paris. Je vois, ajouta-t-il avec un sourire qui lui conférait un charme étrange, que vous appartenez à la Maison du Roi et que vous êtes l'un de ceux qui se sont distingués au cours de la glorieuse Révolution américaine. Je pense que vous êtes provincial... breton sans doute, que vous êtes à Paris depuis peu, que vous êtes célibataire... amoureux et sans doute très fatigué ! Ainsi, prenez place mais faites-moi cependant la grâce d'un dernier effort en m'apprenant votre nom car je peux deviner bien des choses mais pas l'identité d'un homme.

— C'est trop juste, Monsieur. J'aurais même dû me présenter avant même de franchir le seuil de votre maison ! Je me nomme Gilles, chevalier de Tournemine de La Hunaudaye. Mais vous-même ?...

— Je pourrais vous répondre : je suis celui qui est !... mais je craindrais que la chose ne vous semble un peu difficile à assimiler. Aussi me bornerai-je à vous apprendre le nom sous lequel je suis connu en ce bas monde : je m'appelle Cagliostro, le comte Alexandre de Cagliostro...

CHAPITRE IX

L'ÉTRANGE COMTE DE CAGLIOSTRO

Le nom était de consonance bizarre et convenait bien au personnage, mais ne disait rigoureusement rien au chevalier. Quant à l'homme, en dépit d'une certaine grandiloquence, il était sympathique et même attirant. Aussi Gilles accepta-t-il sans plus de façon le grand fauteuil qu'on lui offrait et dans lequel il se laissa tomber sans pouvoir retenir un soupir de soulagement dont il s'excusa aussitôt.

— Comme vous l'avez si bien deviné, comte, je suis très fatigué. Aussi dès que l'orage se sera un peu calmé, je vous demanderai la permission de me retirer. Je craindrais trop de m'endormir très impoliment sous vos yeux.

— Vous comptez rentrer à Versailles cette nuit ?

— Non. J'avais décidé de loger à l'hôtel d'York, rue du Colombier, où l'on me connaît mais comme je n'ai pas retenu ma chambre il se peut que je doive me contenter d'une écurie. Ce qui n'aurait d'ailleurs aucune importance.

— Vous partirez quand vous voudrez... mais tout de même pas sans avoir partagé avec moi ce pâté et cette bouteille de vin de Champagne. Rien de meilleur pour un organisme fatigué que cette association-là ! Et puis, vous n'avez pas répondu à ma question, tout à l'heure...

Tout en parlant, il attirait près du feu une petite table toute servie, coupait de larges tranches d'un pâté de caille dont la croûte dorée luisait de bonne santé, emplissait deux flûtes translucides d'un pétillant vin couleur d'or pâle, ce qui permit à son invité de constater que l'Italien avait de fort belles mains, admirablement soignées et ornées de diamants et de rubis en quantité peut-être un peu trop importante pour un homme...

— C'est vrai, fit Gilles en acceptant le verre qu'on lui tendait. Vous vous êtes aperçu que je vous suivais et vous m'en avez demandé la raison. Seulement, depuis, vous avez vous-même répondu à votre question puisque vous avez deviné... Dieu sait comment !... que j'étais amoureux ! C'est vrai, je le suis, et de la jeune fille avec laquelle vous avez passé la soirée. Maintenant me direz-vous comment vous pouvez connaître, ne m'ayant jamais vu, ces détails me concernant ?

Cagliostro se mit à rire.

— C'est bien peu de chose ! Votre visage et surtout votre voix m'ont dit que vous étiez breton. Certes, vous êtes beaucoup plus grand que la normale mais vos traits dénoncent la plus ancienne et la plus pure race celte. En outre, sans avoir d'accent, vous avez une façon presque imperceptible d'insister sur les consonnes qui m'a renseigné alors que j'hésitais encore un peu entre Normandie et Bretagne. Vous avez fait la guerre en Amérique, ce n'est pas difficile à deviner, c'est écrit sur votre poitrine. Vous êtes depuis peu à Paris car vous n'êtes pas encore versé dans les habitudes de la Société. Sinon vous sauriez que les goûts bucoliques de la comtesse de Provence et son amour de la discrétion l'ont incitée, sur les voitures dont elle ne se sert pas de façon officielle – par exemple pour ses visites de charité –, à faire peindre une simple rose au lieu de ses armes. Vous êtes célibataire parce qu'on ne court pas les rues la nuit quand, à votre âge, on est marié. Enfin vous êtes amoureux. En effet vous ne pouviez suivre que la personne que j'accompagnais tout à l'heure car pas un instant, lorsque je vous ai remarqué, alors même que nous suivions cette rue, je n'ai imaginé que j'étais l'objet de votre poursuite. Voyez-vous, je suis très peu connu encore à Paris où je viens rarement pour régler quelques affaires. J'habite actuellement Bordeaux où je me suis installé l'automne dernier venant de mes terres napolitaines.

— Vous y êtes tout de même suffisamment connu pour que des hommes s'embusquent dans la porte de votre demeure, vous guettent et vous attaquent...

— Quand je dis que vous ne connaissez pas Paris ! Le comte Ossolinski, maître de cette maison, est un seigneur polonais fort riche et je ne suis pas non plus un misérable. On en voulait à ma bourse, à mes bijoux, ajouta-t-il en étendant avec quelque complaisance ses belles mains chargées de bagues. Maintenant dites-moi ce que je peux faire pour vous car, naturellement, je souhaite ardemment acquitter ma dette envers vous.

— Si ces gens n'en voulaient qu'à votre bourse, comte, la dette n'est pas grande et je vous en tiens quitte si vous me dites, tout simplement, quel genre de relations vous entretenez avec Mademoiselle de... Latour !

— Très paternelles, je vous assure ! Elle est la nièce d'une aimable femme que j'ai eu la joie de soulager de quelques maux fort pénibles lorsque je suis venu, voici trois ans, soigner le maréchal de Soubise. Je leur rends visite fidèlement à chacun de mes voyages à Paris. Ce soir, nous avons fait ensemble une visite à des amis communs. Voilà tout le mystère. Mais reprenez donc de ce pâté, il est parfait... et encore un peu de ce vin, il met la joie au cœur.

— Êtes-vous donc médecin ?

— Je vous ai dit : je suis celui qui est ; j'aurais pu dire aussi je suis celui qui sait ! Oui, mon jeune ami, je suis médecin et, sans me flatter, peut-être le meilleur de tous car je soigne l'âme autant que le corps. Certains de mes malades ne peuvent se passer de moi et cela m'oblige à de nombreux voyages.

L'instinct de Gilles lui disait que tout n'était pas absolument exact dans ce que disait cet homme. Quelque chose n'allait pas, ne « collait » pas mais il ne pouvait préciser ce que c'était. Peut-être l'explication était-elle trop simple, trop naturelle et rien de ce qui gravitait autour de l'étrange comtesse et du Monsieur ne pouvait être aussi simple. Pour en avoir le cœur net, il chercha à pousser son enquête sans trop avoir l'air d'y toucher.

— Soignez-vous quelqu'un au palais du Luxembourg ? La comtesse, peut-être, ou Monseigneur lui-même ?

— Monseigneur, en effet, veut bien faire appel, parfois, à mes modestes services quand ses maux le tourmentent par trop... encore qu'il n'en use qu'avec la plus grande discrétion, je dirais même... dans le plus grand secret afin de ne pas offenser ceux qui ont la charge habituelle de sa santé.

— Ses maux ? Le prince n'a pas trente ans...

— L'âge ne fait rien à la chose. Il mange et boit beaucoup trop. Imaginez que Son Altesse consomme, chaque jour, environ dix bouteilles de vin vieux. En outre, bien qu'il adore les chevaux et possède dans ses écuries quelques-uns des plus beaux pur-sang d'Europe, le prince ne prend aucun exercice, contrairement au Roi qui mange presque autant mais boit beaucoup moins et est sauvé par la chasse quotidienne. Chez Monsieur, voyez-vous, les misères qui découlent de cet état de choses sont multiples. Il souffre d'accès de goutte, de varices, de pénibles coliques hépatiques et d'érysipèle. Or, je possède certains élixirs qui lui sont parfois d'un grand secours. Le seul qu'il cherche, car lorsque je parle de régime il refuse de m'écouter.

— Je vois ! Et... le prince est malade ces jours-ci ?

— Assez souffrant en tout cas. Ce tantôt je l'ai trouvé aux prises avec une cruelle crise au foie que j'ai eu le bonheur de soulager.

Cette fois Gilles sut que ce Cagliostro était en train de lui mentir et que les relations « médicales » qu'il entretenait avec le prince cachaient sans doute autre chose car l'homme qui était venu tout à l'heure chez Boehmer était peut-être trop gros et trop rouge mais il ne donnait aucun signe de souffrance côté du foie, ni d'aucun autre côté d'ailleurs.

— Voilà tout le mystère, soupira le médecin en se penchant en avant pour mieux mirer l'éclat du feu à travers son verre de champagne. Et je bénis le sentiment que vous inspire cette charmante Mademoiselle de Latour puisque c'est à lui que je dois votre heureuse intervention, tout à l'heure. Mais... si vous êtes depuis peu à Paris, quand donc l'avez-vous rencontrée ? Elle sort très peu...

L'esprit de Gilles vagabondait autour de l'énigme que lui posait ce curieux personnage. Il n'était plus sur ses gardes et ce fut assez distraitement qu'il répondit :

— Oh ! Il y a bien longtemps que j'ai rencontré Judith pour la première fois...

Il se rendit compte de sa sottise quand la voix de son hôte s'enfla.

— Judith ?... Mademoiselle de Latour ne s'appelle-t-elle pas Julie ?

Les yeux étincelants du médecin s'attachèrent, impérieux, à la figure, brusquement rougie, du chevalier qui sourit, s'efforçant de lutter assez maladroitement contre la gêne qu'il éprouvait.

— Ai-je dit Judith ? La langue m'aura fourché.

— Non. La langue ne vous a pas fourché. Vous avez dit Judith en pleine connaissance de cause, parce que, en effet, vous la connaissez depuis longtemps... très longtemps même ! Sans doute en savez-vous, sur elle, beaucoup plus long que moi !

Le ton aimable et bon enfant du médecin avait changé. Une vague menace s'y faisait sentir et Gilles eut la brusque sensation que l'apparence souriante, le charme de cet homme cachait quelque chose d'infiniment plus redoutable. En même temps une crainte lui vint : sa parole imprudente n'avait-elle pas fait naître un danger autour de celle qu'il aimait ?... Le regard de Cagliostro devenait proprement insoutenable...

Le tintement de la cloche extérieure éloignée de toute la largeur de la cour l'en débarrassa et le dispensa de répondre. Le médecin avait tressailli et se détournait de lui, sourcils froncés.

— Qui peut venir ici à cette heure ? murmura-t-il entre ses dents.

Le gigantesque concierge entra presque aussitôt et vint dire quelques paroles à l'oreille de son maître qui eut un haut-le-corps puis, se précipitant vers Gilles, le saisit par le bras pour l'entraîner au fond de la pièce où se voyait une petite porte, non sans rafler au passage un chandelier allumé.

— Vite ! entrez ici et ne vous montrez pas !... Un visiteur inattendu ! Ce ne sera pas long.

— Je n'ai aucune envie de vous déranger, protesta Tournemine. D'ailleurs je ne devais pas rester longtemps. Dites à votre domestique de m'amener mon cheval et je vous laisse...

— Il n'en est pas question ! Nous avons encore à parler. Vous êtes décidément un personnage beaucoup plus intéressant que je ne l'imaginais...

— Mais enfin, Monsieur...

La protestation était vaine. D'une main devenue soudain aussi dure que le fer Cagliostro avait introduit son hôte dans un cabinet assez étroit, déposé son chandelier sur une table couverte d'un tapis de velours noir et était déjà ressorti refermant soigneusement la porte derrière lui. Si soigneusement même que le jeune homme crut bien avoir entendu une clef tourner dans la serrure. Outré, il s'élança contre le vantail mais cela tenait bon et, à la réflexion, il maîtrisa l'impulsion qui lui venait de se libérer par n'importe quel moyen. Il serait peut-être intéressant d'essayer de voir qui pouvait être le visiteur inattendu.

À bien examiner la porte il s'aperçut d'une assez longue fente dans le bois, étroite bien sûr, mais qui, en y collant l'œil, permettait d'apercevoir une fraction suffisante de la bibliothèque pour distinguer à la fois le médecin italien et le personnage qui venait d'entrer.

C'était un homme d'une cinquantaine d'années, très beau de visage et d'aspect imposant dans un habit de soie noire éclairé d'un jabot et d'admirables manchettes de dentelle. De beaux cheveux gris argent, coupés assez court, bouclaient autour d'une calotte ronde comme en portent les prêtres mais cette calotte était de pourpre et Gilles connaissait trop la hiérarchie ecclésiastique pour ne pas comprendre qu'il avait affaire à un prince de l'Église, devant lequel d'ailleurs Cagliostro s'inclinait très bas.

— Ainsi, dit le nouveau venu d'une voix douce et bien timbrée, mon secrétaire, Ramón de Carbonnières, qui vous a vu ce soir sortir de chez la charmante comtesse, ne s'est pas trompé ! Vous êtes bien à Paris, mon cher sorcier... et vous n'êtes point chez moi ! Savez-vous que je pourrais m'en montrer offensé ?

— Votre Éminence aurait grand tort, car lorsque je me suis présenté chez elle, on m'y a dit qu'elle se trouvait sur sa terre de Coupvray.

— La belle affaire ! Quelques lieues ! Ne pouviez-vous me rejoindre, ou encore m'envoyer prévenir ? Et d'ailleurs, pourquoi ne pas avoir annoncé votre passage ? Vous savez combien j'ai besoin de vous. Voilà des mois que je vous supplie de venir vous installer à Paris et que vous vous obstinez à demeurer chez ces robins de Bordeaux ! Que représentent un chevalier de Rolland, un marquis de Canolle même [1] quand un Rohan a besoin de vous ? Que sont-ils pour que vous restiez ainsi à leur disposition ?

Du fond de son cabinet Tournemine ne put s'empêcher de penser que cette éminence, qui ne pouvait être que le Grand Aumônier de France, le prince Louis de Rohan, cardinal archevêque de Strasbourg, avait tout l'air de faire une scène de jalousie à l'Italien et sa curiosité s'en accrut. Quel était donc ce médecin inconnu qu'un prince du sang appelait secrètement auprès de lui et qu'un Rohan suppliait avec des inflexions de maîtresse délaissée, cet homme qui se disait l'ami de Judith ? Son étonnement grandit encore en entendant s'élever de nouveau la voix cuivrée de Cagliostro car elle s'était chargée d'une sévérité parfaitement incompréhensible, celle du maître envers l'élève.

— Mon œuvre auprès des jurats de la ville n'est pas encore terminée et Votre Éminence sait fort bien que je reviendrai vers elle dès que la chose sera possible. Puis-je cependant me permettre de lui demander comment elle a pu savoir que je me trouvais dans cette maison ?

Le cardinal alla s'asseoir avec un soupir de lassitude dans le fauteuil précédemment occupé par Gilles.

— Ramón, qui professe pour vous une immense

1. Jurats de la ville de Bordeaux qui protégeaient alors Cagliostro. Celui-ci habitait l'hôtel du marquis de Canolle.

admiration, a réussi à en arracher l'adresse à la comtesse ! Vous n'allez pas en vouloir, au moins, à cette adorable femme ? ajouta-t-il en voyant se froncer les sourcils de Cagliostro. Apprenant que je venais d'arriver à Paris, elle a dû penser que je serais profondément heureux de vous voir, même un instant. Elle ne sait pas résister au plaisir de donner de la joie à ceux qu'elle aime. Mais, dites-moi, mon cher sorcier, j'ignorais que vous entreteniez de si bonnes relations avec les grands de Pologne ? Cet hôtel n'est-il pas celui du comte Ossolinski ?

— Votre Éminence appartient au monde de la diplomatie. Elle devrait savoir que j'entretiens des relations avec bien des Cours d'Europe, répondit le médecin plus sévèrement encore. J'ajouterai, pour sa documentation, qu'elle serait étonnée si elle pouvait savoir combien de princes, en Asie ou en Afrique, et d'hommes importants en Amérique veulent bien se compter au nombre de mes amis... ou de mes obligés !

— Pardonnez-moi !... Mon Dieu ! Mais je vous ai dérangé affreusement !

Le regard du prince s'était posé sur la petite table où demeuraient deux verres encore à demi pleins et des reliefs de pâté dans les assiettes.

— Votre Éminence ne me dérange jamais, fit Cagliostro froidement. Sa visite est toujours une joie pour moi ou mes amis...

— Les amis que je mets en fuite n'est-ce pas ? Tenez, mon cher, pardonnez-moi doublement... triplement même si cet ami est... une femme ? ajouta-t-il en baissant la voix sur le dernier mot.

Cagliostro s'inclina sans répondre et Gilles n'entendit plus rien car les deux interlocuteurs s'étaient mis à chuchoter mais il put voir le cardinal quitter la pièce peu après en donnant au médecin, dont il serra la main plusieurs fois avec effusion, tous les signes de la plus chaude amitié.

Pour ne pas être pris en flagrant délit d'espionnage, Gilles se détourna enfin de la porte et alla s'asseoir dans l'un des deux fauteuils qui, avec la table où était posé le chandelier, meublaient seuls une pièce qu'il n'avait pas pris le temps de regarder attentivement et dont l'aspect le surprit.

C'était un endroit plutôt funèbre. Les murs, tendus de noir, portaient, découpées en cuivre, des figures étranges qui semblaient toutes graviter autour de deux épées croisées. Noir aussi était le velours qui habillait les fauteuils et la table mais, à mieux considérer ce dernier meuble, Gilles s'aperçut que des objets bizarres y étaient disposés suivant une certaine symétrie : une rose, une croix, un triangle et une très petite tête de mort, le tout ciselé dans l'argent et avec une grande finesse d'exécution. Au centre, le chandelier était posé devant un miroir qui en reflétait la lumière et en doublait l'éclat.

Machinalement, le jeune homme se laissa tomber dans l'un des fauteuils, les yeux fixés sur la flamme qui lui parut tout à coup augmenter d'intensité avec de brefs éclairs réguliers dus au fait que le miroir, inexplicablement, s'était mis à tourner sur lui-même.

Cagliostro était sans doute occupé à raccompagner son visiteur jusqu'à sa voiture. Le silence était profond, feutré. Il agissait insidieusement sur les nerfs à vif de Gilles avec une intense force d'apaisement. Son regard s'était attaché invinciblement au foyer lumineux mais, la fatigue aidant, ses paupières s'appesantissaient d'instant en instant.

Conscient tout à coup d'être en train de s'endormir il tenta de se secouer, de réagir ; mais plus il s'en défendait, plus sa lassitude semblait s'accroître tandis que devenait irrésistible la tentation de céder au sommeil. C'était comme si deux mains, à la fois douces et fortes, pesaient sur ses épaules pour le maintenir dans ce fauteuil dont il avait de moins en moins envie de sortir.

Quelque part, dans les profondeurs insondables de son inconscient, il lui sembla qu'une voix murmurait avec une impérieuse douceur, une voix qui lui ordonnait de dormir, de dormir, de dormir... Le miroir continuait sa lente rotation et Gilles ne pouvait plus échapper à sa fascination. Il n'entendit pas, il ne vit pas l'Italien s'approcher lentement, lentement, derrière le fauteuil les mains étendues devant lui comme pour une conjuration. L'univers bascula pour lui tandis qu'il plongeait dans l'abîme moelleux d'un sommeil plein de songes...

Les paysages et les sensations d'autrefois remontèrent tout à coup des profondeurs de sa mémoire. Il retrouva ces personnages qu'il avait été au cours de sa brève existence. Il fut de nouveau Gilles Goëlo, le petit paysan aux pieds nus des landes de Kervignac, le bâtard mal aimé de Marie-Jeanne, l'élève à la fois nonchalant et révolté du collège Saint-Yves de Vannes, l'amoureux ébloui et plein de rancœur de l'insolente Judith de Saint-Mélaine, le futur prêtre en rupture de séminaire qui, pour courir plus vite vers son destin, avait volé un cheval. Puis le secrétaire de Rochambeau, le petit soldat émerveillé de Royal Deux-Ponts, l'officier d'ordonnance de La Fayette, de George Washington, le coureur des bois compagnon de Tim Thocker, le prisonnier des Iroquois, l'amant passionné de Sitapanoki, la princesse indienne, le combattant glorieux de Yorktown, reconnu, au bord même de la tombe, par l'homme qui lui avait donné le jour, enfin l'officier des Dragons de la Reine et le vengeur désespéré de Judith, condamnée par ses misérables frères à une mort abominable.

Les événements plus proches reparaissaient eux aussi ; des visages souriants fleurissaient la trame serrée du souvenir, des visages de femmes qui étaient ceux de Maria-Luisa, de Cayetana, de la mystérieuse comtesse dédoublant celui de Judith, celui de la Reine aussi. Des visages d'hommes surgirent aussi : le comte de Provence sortant des bois obscurs de Trianon, Fersen, avec un œil au beurre noir, et enfin l'étrange médecin italien...

Mais à mesure que le rêve déroulait ses brumes transparentes, l'évocation se faisait pénible, douloureuse comme si une fatigue nouvelle accablait le dormeur et comme si les portes de sa mémoire s'efforçaient vainement de se refermer.

Enfin, tout se fondit en un maelström d'éclairs et de taches colorées plongeant vers d'insondables abîmes habités par les ténèbres du temps du fond desquelles une voix s'élevait, absurde et menaçante, une voix qui criait : « Le Sceptre a frappé le Temple mais le Temple à son tour frappera le Sceptre qui tombera dans la boue et dans le sang ! Malheur aux Lys de France et à ceux qui les servent ! Malheur aux Lys de France et à ceux qui les servent ! Malheur aux Lys... »

Et puis il n'y eut plus rien qu'une profonde eau

noire, tiède et caressante au sein de laquelle Gilles se laissa porter bienheureusement, délivré...

Un rayon de soleil matinal filant dans l'interstice des épais rideaux de soie rayée vint frapper les paupières du chevalier qui battirent et clignotèrent. Il se frotta les yeux, bâilla largement et, cherchant à se soulever sur un coude, se retrouva étendu de tout son long sur le tapis au pied de l'étroit canapé sur lequel il était étendu précédemment, jurant comme un diable.

Vivement relevé, il s'étira, regarda autour de lui et constata qu'il était revenu dans la bibliothèque où la veille le médecin italien l'avait reçu. Mais il n'y avait plus aucune trace de leur souper ou même d'une présence quelconque. La pièce, à l'exception des bottes du jeune homme disposées devant un fauteuil et de son habit étalé sur le dossier du même fauteuil, était dans un ordre parfait. Aucun bruit ne se faisait entendre.

Gilles alla tirer les rideaux, laissant le soleil inonder toutes choses. Il vit que les fenêtres donnaient sur un petit jardin mal entretenu où les églantines qui avaient remplacé les anciens rosiers couraient dans les herbes folles avec des grâces de ronces sauvages jusqu'à un mur couvert de lierre derrière lequel foisonnaient de grands arbres.

Le bruit d'une porte qui s'ouvrait le fit se retourner et il vit apparaître une grosse femme en bonnet et tablier, armée d'un balai, d'un plumeau et d'une pelle qui, en l'apercevant, commença par pousser un cri puis lâcha d'un coup tout son attirail qui se répandit sur le sol.

— Par tous les saints du Paradis ! Qu'est-ce que vous faites là ? Et d'abord qui vous êtes ?

— Comment cela qui je suis ? Je ne vois pas en quoi cela vous regarde, ma bonne femme ! Voulez-vous dire à Monsieur le Comte de Cagliostro que j'aimerais le saluer avant de partir... et que je ne refuserais pas une tasse de café !

— À qui ?

— À votre maître, enfin ! À Monsieur de Cagliostro.

— Mais qui c'est ça ?

Quand il ne s'agissait pas d'une embuscade ou de son service la patience n'était pas la vertu majeure du chevalier. Il commença par enfiler ses bottes pour mieux asseoir sa dignité, réendossa son habit, rajusta sa perruque et vint se camper devant la servante qui avait, à tout hasard, ramassé son balai, peut-être dans l'intention de s'en servir contre l'intrus.

— Essayons de nous entendre. Cette maison appartient bien au comte Ossolinski ?

— Oui. Autant dire à un fantôme parce qu'il n'y vient jamais.

— C'est bien possible mais vous n'ignorez pas, j'imagine, que le comte Ossolinski laisse la disposition de sa maison à son ami le comte de Cagliostro lorsque celui-ci vient à Paris ?

— Mais encore une fois, mon gentilhomme, qui c'est celui-là ? J'en ai jamais entendu parler.

— C'est impossible, voyons ! Le comte m'a reçu hier soir ici même... Il m'a même offert à souper. Allez me chercher le concierge !

— Quel concierge ? Y a des mois que cette maison est vide.

— Mais vous ? Qui êtes-vous ?

— Moi ? Je suis la veuve Radinois. J'habite tout à côté dans la rue Saint-Anastase. Feu Gratien

Radinois, mon défunt, était payé par Monsieur le comte Ossolinski pour venir ouvrir les fenêtres et faire un peu de ménage toutes les semaines et comme l'argent arrive toujours depuis sa mort, je continue à sa place. Mais, sur la croix de ma pauvre défunte mère, je jure que j'ai jamais entendu parler de votre comte... Machin, ni d'un concierge d'ailleurs !

— Essayez de vous souvenir ! un grand gaillard, un étranger. Il doit être polonais, j'imagine...

— Jamais vu, jamais entendu ! affirma péremptoire la veuve Radinois. Quand Monsieur le Comte vient à Paris, il amène tout son monde avec lui et ça lui est pas arrivé depuis une bonne pièce de cinq ans ! Notez que, s'y veut prêter sa maison à des amis, j'y vois rien contre. Probable qu'il a dû lui donner une clef à votre comte... Chose ! Il a pas pu passer à travers les murs. Seulement Monsieur le Comte y pourrait me le faire savoir. Ça serait honnête ! Et maintenant qu'est-ce qu'on fait, mon gentilhomme ?

— Rien du tout ! Ou plutôt si ! Faites votre ménage comme si de rien n'était. Moi, je m'en vais voir si je peux retrouver mon hôte d'hier soir. Mais auparavant...

Tout en parlant, il se dirigeait vers le fond de la bibliothèque, ouvrait la petite porte donnant sur le cabinet tendu de noir et reculait avec une exclamation de surprise : il n'y avait plus trace de tentures noires, de fauteuils de velours ni de table à objets d'argent. Ce qu'il découvrait c'était un réduit aux murs nus où il n'y avait rien qu'une pile de vieux livres posés à même le sol et une petite échelle de bibliothèque. Rien ne restait de l'inquiétant décor de la nuit précédente...

Il n'eut pas le temps de s'appesantir sur ce nouveau mystère. La voix de la veuve Radinois le rappelait :

— Dites voir, mon gentilhomme, ça serait pas des fois pour vous, ça ?

— Où avez-vous trouvé cela ? dit-il en prenant la lettre qu'elle lui tendait.

— Là, sur la cheminée. Y a quelque chose d'écrit, mais, pour rien vous cacher, j'ai jamais appris à lire ! Mon défunt lui savait. C'était un homme qu'avait de l'instruction. Le curé de l'église Saint-Louis-des-Jésuites y disait même que s'il avait voulu...

Mais Gilles ne s'intéressait pas aux dons intellectuels de feu Radinois. La lettre était bien pour lui comme l'indiquait son nom tracé en grandes lettres énergiques sur le pli et elle était aussi brève qu'inquiétante :

« Ne cherchez pas à retrouver Mademoiselle de Saint-Mélaine pour le moment. Ce serait mettre inutilement sa vie en danger... »

C'était à n'y rien comprendre ! Avec un geste de colère, il fourra la lettre dans sa poche, chercha son chapeau qu'il enfonça sur sa tête et se dirigea vers la porte.

— Dites voir, mon gentilhomme, fit la veuve qui, les poings sur ses hanches rebondies, observait chacun de ses mouvements avec son plus gracieux sourire. Des fois que ça vous chanterait de revenir coucher ici, dites-le-moi : je vous préparerai une chambre. Ça sera toujours mieux qu'un canapé et puis, les beaux militaires, moi, j'aime ça ! J'habite au 2, rue Saint-Anastase...

Mais Gilles n'avait aucune envie de revenir dans cette maison, du moins avec la bénédiction de la veuve Radinois. Il la remercia néanmoins, toucha son chapeau et sortit pour se mettre à la recherche de l'écurie en priant le Seigneur pour que son beau Merlin ne se soit pas évanoui en même temps que le médecin italien, le concierge polonais et les phantasmes de la petite pièce noire.

Crainte vaine ! L'irlandais était bien là, confortablement installé dans l'unique stalle propre et aménagée d'une vaste écurie, son harnachement accroché au mur. Il hennit de joie en apercevant son maître et tourna vers lui sa tête intelligente pour aller au-devant de la caresse qu'on ne lui ménagea pas.

— Tu as beau être un grand bonhomme de cheval, marmotta Gilles tout en commençant à le seller, ce n'est tout de même pas toi qui as fait ta litière, garni ta mangeoire et qui t'es à la fois étrillé et dessellé tout seul ! Comme je ne pense pas que ce soit ton ange gardien, il faut bien que quelqu'un s'en soit chargé ! Ou alors c'est moi et je suis somnambule, sujet aux visions par-dessus le marché ! Bon sang ! ajouta-t-il en ajustant fermement les sangles sous le ventre de l'animal, si seulement tu pouvais parler, tu pourrais au moins me dire que je ne suis pas fou ! D'ailleurs, il y a cette lettre... Ce damné sorcier connaît Judith bien mieux qu'il ne veut l'admettre. Sinon comment saurait-il son véritable nom ?...

Il s'arrêta brusquement, traversé par une idée. Il y avait quelqu'un qui pouvait lui assurer que tout cela n'était pas un songe et c'était l'illustre visiteur qu'il avait aperçu par la fente de la porte. On ne ment pas quand on est Rohan, c'est-à-dire prince et breton, et quand on est cardinal par-dessus le marché. Évidemment, il était peut-être difficile à un simple Garde du Corps d'aller interroger sur ses amitiés secrètes et ses expéditions nocturnes un Grand Aumônier de France.

— Il peut tout de même, sans en être offensé, me donner l'adresse de son sorcier ! marmotta Gilles. Il ne va quand même pas m'excommunier pour le lui avoir demandé. Et puis, on verra bien !...

Tirant Merlin après lui, il sortit dans la cour. La femme de ménage l'y avait précédé.

— Ah ! Parce que vous avez aussi un cheval qu'a couché là lui aussi ? Faut dire qu'un cavalier sans cheval...

— ... Ce n'est que la moitié de lui-même ! Mes hommages, Madame Radinois, ajouta-t-il en lui offrant, avec son plus étincelant sourire, un salut qui la fit rougir jusqu'aux oreilles et plonger dans une révérence éperdue.

— Qu'est-ce que vous êtes mignon tout de même ! s'exclama-t-elle. Revenez quand vous voulez ! Et attendez ! j'vais vous ouvrir le portail ! Grimpez plutôt sur votre beau cheval que j'vous voie dessus !...

Pour faire plaisir à la brave femme, Gilles s'offrit le luxe de faire un peu de spectacle, sauta en selle en voltige, fit exécuter à Merlin quelques courbettes, un peu de pas espagnol sous les applaudissements enthousiastes de son public puis, sur un dernier salut, franchit d'un air d'empereur la porte qu'elle lui tenait ouverte... juste à temps pour voir sortir d'une des maisons voisines certain magnifique chapeau anglais qui lui rappela quelque chose en même temps qu'il constatait avec plaisir que les cadavres de la nuit avaient été enlevés.

Sur le point de piquer des deux en direction de

la Bastille, il retint son cheval pour s'assurer qu'il ne se trompait pas. Mais c'était bien l'élégant secrétaire de la comtesse de La Motte qui, une badine sous le bras et très occupé à introduire ses mains dans une admirable paire de gants beurre frais, venait d'apparaître avec la mine reposée de l'homme qui sort de chez lui après une bonne nuit et s'arrête un instant au seuil de sa maison pour humer l'air frais du matin avant de se diriger vers ses occupations quotidiennes.

Il aperçut Tournemine au moment précis où celui-ci l'apercevait. Or, la vue de ce cavalier sortant de l'hôtel Ossolinski parut lui causer un choc. Une expression d'abord étonnée puis franchement scandalisée s'étendit sur son visage blond et bien rasé. Achevant précipitamment d'ajuster ses gants, il agita sa badine d'un air vaguement menaçant puis prit d'un pas nerveux la direction de la rue Saint-Gilles.

Cette étrange attitude laissa Gilles perplexe. Le beau secrétaire ne le connaissait pas, ne pouvait pas le connaître. Leur brève rencontre à la sortie des Trianons, l'autre soir, n'avait pas pu lui laisser une impression ineffaçable puisqu'il ignorait qu'alors Gilles était attaché aux pas de sa maîtresse. Alors, pourquoi diable faisait-il une tête pareille en le voyant sortir de cette maison ? À moins que ce ne soit, justement, parce que c'était de cette maison-là qu'il sortait. Était-ce simplement parce qu'il la savait inoccupée ou bien parce qu'il n'ignorait rien de ce qui s'était passé devant la porte dans la nuit ?

Tout en faisant prendre à Merlin un petit trot allègre à travers le trafic matinal de la rue Saint-Louis où les cris des marchands ambulants semblaient répondre à la chanson du rémouleur installé au coin de la rue Saint-Anastase, le chevalier se prit à penser que tout ce petit monde qui s'agitait aux abords de l'enclos du Temple avait un bien étrange comportement... Et, soudain, son esprit s'arrêta sur ce mot « Temple » qui venait de traverser sa pensée. D'un seul coup la voix géante qui, du fond de son rêve rétrospectif, avait proféré, contre les lys de France, une si terrible malédiction, gronda de nouveau à son oreille, accentuant l'impression de malaise qu'il avait éprouvée en apercevant le secrétaire. Qu'était donc venu faire cet anathème à l'échelle d'un royaume au milieu de la vie, apparemment sans importance, d'un soldat de fortune né dans la honte et que rien ne semblait destiner à mêler son humble fil aux broderies somptueuses des destins royaux ?...

Il était impossible de répondre à pareille question. Et puis dans le beau soleil matinal qui dorait Paris les ombres de la nuit perdaient de leur puissance. Enfin, Gilles ne voulait, à cette heure, s'occuper que de lui-même et de celle qu'il aimait : avant tout retrouver Judith, même si elle avait choisi de s'appeler Julie, même et surtout si elle était mêlée à d'étranges et dangereux agissements... Il savait bien qu'il avait au cœur assez d'amour et assez de détermination pour l'arracher au complot dont il découvrait chaque jour un peu des méandres obscurs. Que ce complot soit éventé et, comme d'habitude, ce ne serait pas le principal coupable qui porterait la responsabilité mais bien ceux qui l'auraient aidé et qui n'avaient pas la chance d'être nés sur les marches d'un trône...

Le jeune homme n'eut aucune peine à se faire indiquer l'hôtel de Rohan-Strasbourg où habitait le cardinal[1]. Mais ce matin la chance n'était pas avec lui : lorsqu'il arriva rue des Francs-Bourgeois, ce fut pour y apprendre que Son Éminence avait quitté Paris aux premières lueurs de l'aube sans daigner indiquer où elle se rendait. Était-ce sa terre de Coupvray, était-ce son évêché de Strasbourg ? Il fut impossible de tirer la moindre indication d'un portier obstiné à demeurer incorruptible.

Il ne restait plus à Gilles, déçu et furieux, qu'à chercher dans une autre direction mais le Diable seul savait dans laquelle ! Fallait-il aller à Bordeaux ?... Ce Cagliostro paraissait bien trop malin pour cela...

Mais après tout, tant qu'il savait où trouver Judith, qu'avait-il besoin de courir après le sorcier ? Il est vrai que, enfermée derrière les murs sombres du vieux palais des Médicis, elle était à peu près aussi inaccessible, aussi lointaine qu'une habitante d'une autre planète. Qu'elle y fût en danger s'il essayait de l'en arracher, cela, Gilles voulait bien le croire même si son amour s'en révoltait.

Il commençait à comprendre que la fréquentation des grands de ce monde est plus souvent génératrice de peine et de douleur qu'une obscure existence, surtout pour les cœurs purs, et il souhaitait passionnément, à cette heure, retrouver avec Judith l'obscurité dont, adolescent, il avait tant désiré sortir.

Jadis il avait rêvé d'emporter Judith jusqu'aux rives sauvages d'Amérique pour y recommencer

1. Les archives de France occupent actuellement l'hôtel de Soubise et son complément l'hôtel de Rohan.

une vie en fondant avec elle une nouvelle dynastie de gerfauts. À présent c'était au cœur du vallon de La Hunaudaye, à l'abri des vieilles tours que la forêt enveloppait comme un manteau, qu'il souhaitait l'emmener, loin du bruit des Cours, loin des ambitions des hommes... loin de ses propres ambitions parce qu'un jour de bonheur auprès de Judith lui semblait à présent infiniment plus précieux qu'une année entière sous les lambris dorés de Versailles...

L'heure cependant n'était pas encore aux rêves. Affamé et désireux de faire un peu de toilette, le chevalier prit la direction de l'hôtel d'York où il était certain de trouver, auprès de Nicolas Carton, tout ce dont il pouvait avoir besoin.

Par la place de Grève il gagna le Pont-Neuf et sa foire permanente qui avait toujours le privilège d'amuser en lui l'adolescent encore si proche.

C'était le seul pont qui ne fût pas transformé en rue par la double rangée de maisons qui chargeait tous les autres. Celui-ci ressemblait davantage à un jardin grâce aux étalages des fleuristes et des marchands de fruits qui débordaient jusque sur la chaussée. Mais on y trouvait bien d'autres choses encore aux éventaires de plein vent : des ravaudeuses et des fripiers, des cordonniers et des marchands de rubans, des gargotiers qui mijotaient dans d'énormes marmites une inquiétante cuisine, des cireurs de bottes et des tondeurs de chiens, des charlatans qui vous arrachaient une dent au son d'une musique assourdissante ou vous vendaient des élixirs capables de guérir aussi bien de la vieillesse que des cors aux pieds. Une étonnante kermesse quotidienne.

Ce matin Paris semblait de bonne humeur. L'orage de la nuit l'avait lavé de frais. Et puis, les nouvelles que les chalands descendus de Montereau dans la nuit avaient apportées étaient bonnes. Elles disaient que les récoltes seraient superbes, qu'il y aurait du pain pour tous et en abondance, que les prix n'en seraient point trop élevés...

Tandis que le jeune homme guidait son cheval à travers le pittoresque déballage des marchands en répondant d'un sourire à l'invite d'une poissarde ou au clin d'œil d'une fille, son regard fut attiré par le plumail rouge flottant sur le chapeau d'un grand gaillard qui portait l'uniforme blanc à plastron rouge du régiment de Soissonnais. C'était un sergent recruteur et il était au travail car sa main gauche reposait sur l'épaule d'un jeune homme de seize ou dix-sept ans, tandis que dans sa main droite il faisait sauter négligemment une bourse de cuir qui semblait confortablement garnie.

La voix sonore de l'homme s'entendait de loin mais ce qu'il disait n'intéressait personne car lui et ses pareils n'étaient pas rares sur le pont et, en outre, n'importe quel Parisien un peu au fait des choses aurait pu débiter son boniment sur la gloire et le plaisir que l'on trouvait à servir le Roi, sur l'élégance de l'uniforme, son pouvoir sur les filles, l'excellence de la cuisine des armées et les hauteurs extravagantes de la paie. Mais le jeune garçon pour lequel le sergent se mettait ainsi en frais ne semblait pas disposé à se laisser convaincre. Il secouait la tête avec un sourire gêné, faisant des efforts timides pour échapper à la lourde patte rivée à son épaule. Gilles l'entendit balbutier :

— J'aimerais bien, monsieur le sergent, mais je

ne peux pas... Il faut que je m'occupe de ma sœur. Elle n'a que moi au monde et vous voyez bien qu'elle est infirme.

En effet, accrochée à l'autre bras du jeune homme, une fillette de quatorze ou quinze ans suivait avec des yeux pleins d'angoisse le dialogue des deux hommes. Elle avait un visage doux, assez joli mais trop pâle, une épaule plus haute que l'autre et elle boitait visiblement.

— Tu t'occuperas bien mieux d'elle quand tu lui enverras une partie de ta solde. Elle pourra rester tranquillement chez elle, peut-être même avoir une servante... T'as pas idée de tout ce que tu pourras arriver à gagner avec nous ! Qu'est-ce que c'est ton métier ?

— Mon métier ? J'en ai pas... Je gagne ma vie et la sienne en faisant le portefaix...

— Et tu fais la fine bouche ? Sacré tonnerre, mon garçon, le fourniment du soldat en campagne est deux fois moins lourd qu'une bille de bois ou un sac de sable. Tu peux dire que t'as une vraie chance de m'avoir rencontré ! Tiens, on va aller boire un pot au cabaret, c'est moi qui régale. Et puis tu me signeras un papier...

La fillette se mit à pleurer, tirant son frère par la manche.

— L'écoute pas, Gildas ! Il veut nous séparer ! Viens ! Allons-nous-en !... Je t'en supplie !

— Tu ne sais pas ce que tu dis, la fille ! Je te dis moi que c'est pour son bien... et pour le tien ! Allons, laisse-le ! Vous me remercierez plus tard !

D'une bourrade il repoussa la fillette qui trébucha et tomba sur le bord du trottoir avec un cri de douleur. En même temps il faisait un signe à deux de ses hommes qui se tenaient aux aguets un peu plus loin puis empoignait solidement le jeune homme qui se jetait déjà au secours de sa sœur.

— Ça a assez duré ! Tiens-toi tranquille...

— Cela a assez duré, en effet ! Lâchez cet homme ! ordonna sèchement Tournemine qui avait interposé le large poitrail de Merlin entre le sergent et ses hommes.

Le racoleur grimaça un sourire.

— Y a aucune raison, mon lieutenant ! Ce garçon ne demande pas mieux que servir le Roi... Le tout est de s'entendre.

— C'est pas vrai ! s'écria le garçon qui reprenait visiblement courage devant ce secours inattendu. Ça fait une heure que je lui dis que je ne veux pas m'enrôler... à cause de ma sœur. Je vous en prie, Monsieur l'officier, dites-lui de me laisser tranquille...

— C'est ce que je fais. Allons, sergent, vous savez très bien que le Roi veut que cessent ces pratiques de l'enrôlement forcé.

— Y me l'a jamais dit ! riposta l'homme, visiblement de mauvaise humeur. Et mon colonel non plus ! On manque de monde chez nous et si je reviens sans personne ça va être ma fête !

— La journée n'est pas encore finie : tenez, allez donc réfléchir à la question au cabaret... à ma santé !

Une pièce sauta de sa main dans celle du sergent brusquement radouci qui l'attrapa au vol.

— On voit bien qu'on n'est pas en peine de trouver du monde chez les Gardes du Corps ! fit-il avec un haussement d'épaules. Enfin ! on essaiera de boucher le trou avant ce soir ! Merci quand même, mon lieutenant... Mais au cas où ça serait un effet de votre bonté d'aller vous promener ailleurs ? Vous me cassez le travail.

— Rassure-toi, je m'en vais dans un instant...

Il descendit de cheval tandis que le jeune garçon aidait sa sœur à se relever et essuyait les larmes qui coulaient sur sa figure.

— Tu t'appelles Gildas. Tu es breton ? dit-il dans cette langue.

Les yeux gris du garçon s'arrondirent de stupeur tandis que la fillette brusquement cessait de pleurer.

— Natif de Landévennec pour vous servir, Monsieur l'Officier.

— Qu'est-ce que tu fais à Paris, alors ? Tu ne serais pas mieux au pays ? Tu es pêcheur, j'imagine ?

L'autre détourna la tête et rougit sous son hâle.

— J'étais pêcheur. J'étais même au service des moines de l'abbaye, mais j'avais ma barque. Et puis j'ai eu des malheurs ! Il a fallu partir, surtout à cause de Gaïd, ma sœur. Elle peut pas se passer de moi. Sans vous, je ne sais pas ce qu'elle serait devenue.

La fillette s'était en effet ressaisie ; avec une sorte d'avidité, elle se cramponnait si fort au bras de son frère que les jointures de ses doigts en blanchissaient. Ses grands yeux gris, étonnamment semblables à ceux de son frère, dévisageaient l'officier avec un mélange de crainte et d'admiration. Pour l'apprivoiser le jeune homme lui sourit :

— Portefaix c'est un métier pénible. Où habitez-vous, tous les deux ?

Une vraie terreur passa sur le visage de l'enfant qui s'accrocha davantage encore à son frère.

— Lui dis pas, Gildas, lui dis pas !... Allons-nous-en !

Il lui caressa la main doucement comme il eût fait pour calmer un petit animal craintif.

— Allons, Gaïd, il a été bon pour nous, il nous a aidés. Sans lui...

— Je sais ! Mais lui dis quand même pas...

À cet instant, un mendiant qui se tenait à quelques pas à l'entrée de la pompe de la Samaritaine et qui les observait depuis un moment, s'approcha, clopinant sur deux béquilles crasseuses.

— Feriez mieux de filer, les gosses ! Si le racoleur rapplique vous êtes flambés ! Laissez-les se tirer, mon gentilhomme, sans quoi à peine vous aurez tourné l'dos qu'on repiquera le garçon...

— Entendu, je m'en vais. Que Dieu te garde, Gildas ! Mais crois-moi, tu devrais retourner au pays ! Ici tu ressembleras toujours à une mouette qui s'est cassé une aile !

Il mettait déjà le pied à l'étrier tandis que le mendiant s'éloignait en poussant les jeunes Bretons devant lui mais, tout à coup, Gaïd lâcha son frère et, courant presque en dépit de sa jambe malade, elle revint vers le chevalier, saisit sa main, au risque de rouler sous les sabots du cheval, y posa un baiser et repartit aussi vite qu'elle était venue. Arrêté un peu plus loin, son frère l'attendait. Gilles vit alors qu'il était pieds nus dans des sabots et qu'une de ses chevilles entortillées de chiffons qui glissaient portait une trace rouge circulaire et une blessure encore mal guérie. Malgré son jeune âge, ce garçon avait dû porter des fers, assez récemment même. Il était peut-être en fuite et cela expliquerait bien l'angoisse latente de sa sœur, sa terreur de faire connaître une adresse à un soldat du Roi. Dans ce cas, mieux valait, en effet, ne pas chercher à en savoir davantage et laisser ses jeunes compatriotes poursuivre leur destin comme ils l'entendaient. Il en éprouva tout de même un peu de regret car il aurait aimé pouvoir faire davantage pour ces enfants qui avaient vu le jour sous le même ciel que lui mais qui, de toute évidence, n'avaient pas eu autant de chance...

Cependant, en arrivant rue du Colombier, il les oublia vite, non dans les délices d'une cuvette d'eau chaude, d'un déjeuner substantiel et du merveilleux café de Nicolas Carton, mais par la vertu d'une lettre qui avait été portée dès l'aube et que l'hôtelier lui remit. Elle était de Boehmer et ne lui causa qu'un plaisir mitigé.

Avec beaucoup de circonlocutions et dans un style passablement ampoulé, le joaillier de la Reine lui faisait savoir que son associé et lui-même ne pouvaient plus envisager la vente du collier hors des frontières du royaume.

« Nous avons su d'une personne hautement autorisée qui veut bien nous honorer de sa clientèle, que Sa Majesté la Reine pourrait éprouver quelque tristesse en apprenant la vente, à qui que ce soit, d'un joyau aussi exceptionnel. Il semblerait que Sa Majesté désirât encore vivement notre collier bien qu'elle n'osât plus en faire la demande au Roi et qu'elle nous serait sans doute très reconnaissante de lui laisser, avant de conclure un autre marché, quelque temps de réflexion et d'évaluation de ses propres possibilités pour réunir la somme demandée.

« Les désirs, même informulés, de Sa Très Gracieuse Majesté dont nous sommes les humbles serviteurs, étant pour nous des ordres, nous avons assuré notre visiteur de notre entière bonne volonté. Nous nous inclinons donc, avec quelque regret peut-être, mais Monsieur le Chevalier comprendra sans peine notre position et approuvera quand il saura que l'on a bien voulu nous promettre, en récompense, la survivance de Monsieur Aubert en tant que Joailliers de la Couronne de France quand le temps en sera venu.

« Par le même courrier nous avisons bien entendu Monsieur le Consul Général d'Espagne de l'impossibilité où nous sommes de poursuivre avec lui le marché dont nous étions convenus.

« Évidemment, si à la fin de ce délai moral qui s'achèvera avec l'année Sa Majesté renonçait définitivement à acquérir notre collier nous serions extrêmement heureux de pouvoir reprendre avec vous la négociation là où nous la laissons, en espérant sincèrement que Son Excellence Madame la duchesse d'Albe voudra bien consentir à prendre patience... »

Même un imbécile notoire aurait deviné sans peine qui était la « personne hautement autorisée » grâce à laquelle Boehmer repoussait, momentanément certes, mais repoussait tout de même, une offre aussi alléchante que celle de Cayetana, alors même que ses bailleurs de fonds, tel le financier Baudard de St James, qui lui avaient permis de réaliser le collier, commençaient à souhaiter ardemment rentrer dans leur argent. Ce qui était moins facile à comprendre c'était la raison pour laquelle Monsieur, dont on disait qu'il détestait sa belle-sœur au moins autant que son frère, tenait tellement tout à coup à lui éviter le chagrin d'apprendre qu'une autre femme allait se parer d'un bijou trop cher pour elle. Mais il était pratiquement impossible d'aller discuter avec Boehmer et Bassange de ce point de psychologie princière et Gilles remit à plus tard l'examen de la question.

Il rangea soigneusement la lettre dans la poche intérieure de son habit en se promettant d'y répondre un peu plus tard après en avoir écrit à la duchesse d'Albe et avoir rendu visite à Lecoulteux de la Noraye, son banquier, afin de lui faire part de l'état de la négociation. Après tout, Cayetana pouvait bien attendre six mois la réalisation de son ruineux désir car son mandataire ne voyait pas du tout comment la Reine que l'on disait déjà endettée et qui perdait au jeu de fortes sommes, pourrait bien arriver à réunir seize cent mille livres...

Avant de quitter l'hôtel, Gilles s'enquit tout de même de Fersen dans l'espoir de le trouver plus disposé à entendre l'austère voix de la raison et à enterrer avec lui la hache de guerre mais il fallut y renoncer : le Suédois était parti depuis une heure avec M. de Stedingk.

Il était grand temps pour le chevalier de rentrer à Versailles mais, à peine dans la rue, il guida tout naturellement Merlin dans la direction opposée. C'était plus fort que lui, il ne pouvait pas quitter Paris sans retourner voir un peu ce qui se passait aux alentours du palais du Luxembourg. Le désir le tenaillait d'apercevoir Judith ne fût-ce qu'un instant, ne fût-ce qu'à travers la vitre d'une fenêtre...

Et puis on lui avait défendu de chercher Mlle de Saint-Mélaine mais on n'avait rien dit de Mlle de Latour...

Le décor du quartier avait changé avec le jour. Le théâtre éteint semblait mort ; par contre les ouvriers avaient repris possession de leurs échafaudages et chantaient sous le ciel bleu où, très haut, filait le vol rapide des hirondelles. Toutes les fenêtres ouvertes montraient les servantes au travail armées de plumeaux et de chiffons ; certaines s'intéressant davantage d'ailleurs à ce qui se passait dans la rue qu'à leur ouvrage. D'autres, un grand panier à chaque bras, allaient vers le marché Saint-Germain ou en revenaient, trottant sous le poids des carottes, navets, poireaux, choux, salades et grosses pêches duveteuses dont débordaient leurs osiers. Beaucoup d'entre elles jetaient un coup d'œil rapide sur le cheval et le cavalier, certaines se retournaient. Or Gilles souhaitait pouvoir s'arrêter sans attirer l'attention.

La chance le servit quand il atteignit la petite rue des Fossoyeurs [1] où il y avait grand concours de monde devant une maison d'assez belle apparence dont les volets clos et les tentures funèbres disaient assez qu'il y avait là un enterrement. Personne ne prit garde à ce jeune officier qui attachait son cheval à l'anneau d'une maison voisine, se mêlait un instant à la foule juste assez pour apprendre qu'il s'agissait d'un sculpteur connu nommé François Vernet et s'éclipsait discrètement pour remonter vers le Petit Luxembourg.

Il n'avait pas de plan précis. Il voulait seulement voir de plus près et en plein jour la maison où vivait Judith... Peut-être aurait-il la chance de l'en voir sortir pour aller à une messe, par exemple à Saint-Sulpice ou au couvent voisin...

Il attendit une grande heure sans que la jeune fille parût. La demeure du comte de Provence était

1. Actuelle rue Garancière.

étrangement tranquille et silencieuse. À l'exception des sentinelles qui montaient aux portes leur garde imperturbable, rien n'y bougeait ; toutes les fenêtres sur la rue étaient closes.

Soudain, Gilles vit paraître une femme d'un certain âge vêtue comme une servante de grande maison d'une robe de soie noire sur laquelle un trousseau de clefs pendait. Un élégant bonnet garni de rubans noirs coiffait les cheveux gris et soignés de cette femme qui tenait sous le bras un livre de messe.

Elle semblait pressée mais comme elle traversait la rue de Vaugirard en venant droit sur le jeune homme, celui-ci n'y tint plus : mettant le chapeau à la main, il la salua avec une grande politesse :

— Pardonnez-moi de vous arrêter car vous semblez pressée, Madame, mais vous me voyez dans un grand embarras et je ne vois que vous qui puissiez m'en tirer...

Un coup d'œil inquisiteur et un sourire malicieux sortirent de sous le bonnet de dentelle

— Je n'aurais jamais cru pouvoir être d'un si grand secours aux armées de notre bon roi, fit-elle.

— Pour les armées je ne sais pas mais pour moi j'en suis certain. Vous appartenez, j'imagine, à la maison de Madame ?

— La belle devinette ! Vous venez de m'en voir sortir !

— Soyez indulgente, je vous en prie, et ne me rendez pas la tâche trop difficile. Je voudrais savoir des nouvelles d'une personne qui habite elle aussi cette maison... une personne qui me touche de très près.

— À votre choix, Monsieur, j'imagine, moi, que cette personne est jeune et jolie ! Nous n'en avons pas tellement ici. Me ferez-vous la grâce de me confier son nom ?

— Mlle de Latour.

— Ah !

Ce « ah ! » était si bref que Gilles s'inquiéta.

— Vous la connaissez au moins ?

— Je la connais... Avez-vous oublié... que je vous ai dit mon désir d'avoir de ses nouvelles ?

— Nullement : elle se porte à merveille !

— Madame, Madame, fit le jeune homme au supplice, vous me torturez à plaisir ! Ces nouvelles, je souhaite de tout mon cœur les entendre de sa bouche. Ne pouvez-vous me conduire à elle ? Je n'ai, je vous le jure, que d'excellentes intentions. Je me nomme Gilles de Tournemine et je suis l'un de ses cousins.

Cette fois la dame se mit à rire.

— C'est ce que disent tous les amoureux du monde quand ils souhaitent approcher l'objet de leur flamme ! Je ne doute pas, Monsieur le Lieutenant, que vous ne soyez homme d'honneur, cela se lit dans vos yeux, mais je doute que vous soyez un cousin de Mademoiselle Julie. Cela dit, je ne peux absolument pas vous conduire à elle.

— Oh ! Pourquoi ?

— Parce que c'est impossible !

— Mais la raison...

— ... est toute simple : Mlle de Latour n'est plus là. Elle a quitté le palais ce matin de bonne heure avec un sien parent, qui doit d'ailleurs être un peu le vôtre, non ? ajouta-t-elle avec un sourire moqueur. Avez-vous de la famille en Italie ?... Non, vous n'en avez pas, c'est écrit sur votre figure ! Eh bien, je ne peux vous dire que ce que j'ai appris moi-même : un seigneur italien est venu la chercher de la part de sa tante qui la demandait d'urgence. Mon Dieu ! ne faites pas cette tête-là, jeune homme ! Il n'est rien arrivé de mal à Julie, je vous en réponds ! ajouta-t-elle en voyant le visage de Gilles se décomposer sous la pluie d'une colère. Ce damné Cagliostro l'avait joué comme un enfant ! C'était lui, bien entendu, qui pour être bien certain que Gilles ne retrouverait pas celle qu'il aimait était venu la chercher dès l'aube. Et pour l'emmener où ? Presque machinalement il murmura :

— Savez-vous où elle est allée ?

— Chez sa tante, j'imagine !... Non, ne croyez pas que je veuille me moquer. Je vois que vous avez de la peine et je voudrais sincèrement vous aider. Vous ne connaissez pas cette tante, bien entendu ?

— Non. Mais vous, Madame, vous savez peut-être son nom... et où elle demeure ?

La dame aux rubans noirs ne répondit pas. Elle semblait soucieuse, tout à coup. Prise peut-être entre la sympathie que lui inspirait visiblement le jeune homme et un sentiment moins évident qui pouvait être la crainte, elle tirait nerveusement sur ses mitaines en se mordillant les lèvres. Ce fut la sympathie qui l'emporta.

— C'est la baronne de Saint-Ange, jeta-t-elle brusquement. Julie l'appelle sa tante mais elle ne l'est pas vraiment : une cousine éloignée de sa mère, simplement.

— Et elle habite ?

— À Argenteuil. Mais n'y allez pas car vous ne la trouverez pas. Elle est partie il y a huit jours pour ses terres de Savoie. Voyez-vous, jeune homme, il se trouve que je connais Mme de Saint-

Ange depuis longtemps. Je l'ai connue à Turin lorsque son défunt mari servait le duc Victor-Emmanuel III père de Madame et de la comtesse d'Artois. C'est même grâce à moi si sa nièce est entrée dans la maison.

— Mais alors... elle est partie pour la Savoie ?

— Peut-être... Je n'en sais rien. C'est possible... mais je ne crois pas ! Et ne me demandez pas pourquoi, ajouta-t-elle avec un début de colère, car je ne vous le dirai pas. Simplement je vous devine prêt à bondir sur n'importe quel cheval et à galoper à bride abattue jusque là-bas. Croyez-moi, vous y feriez chou blanc tout autant qu'à Argenteuil.

— Je vois...

Il hocha la tête, envahi par un amer chagrin. Le fil fragile qu'il avait eu tant de peine à retrouver venait de casser net entre ses mains. Où chercher à présent, où aller ? Au fond de quelle retraite cachée le maudit médecin avait-il emmené la jeune fille et pourquoi ? Était-il reparti avec elle pour Bordeaux ? Fallait-il aller jusque-là ? Et quels étaient donc les noms de ces hommes qui, là-bas, patronnaient le médecin et dont avait parlé, cette nuit, le cardinal ?... Sa mémoire brouillée par la peine lui faisait à présent défaut...

Avec un soupir, il recula d'un pas, salua.

— Pardonnez-moi, Madame, de vous avoir importunée. Et merci de m'avoir répondu.

— Vous ne m'avez pas importunée, dit-elle avec beaucoup de gentillesse cette fois et je voudrais vous aider. Vous m'avez dit vous appeler... Tournemine, je crois ?

— En effet !...

— Eh bien quand Mlle de Latour reviendra...

ou quand elle fera savoir de ses nouvelles, je vous enverrai un petit mot d'écrit à l'hôtel des Gardes du Corps. Je suis Madame Patri, première femme de chambre de Madame. Maintenant, sauvez-vous et laissez-moi aller à mon enterrement. Sinon j'arriverai à la fumée des cierges...

Légère et gracieuse en dépit de son âge, elle s'éloigna dans le bruissement léger de ses robes poursuivie par le « Merci » chaleureux que lui lançait le jeune homme. Il la vit se fondre dans les derniers rangs de la foule qui s'écoulait lentement en direction de l'église Saint-Sulpice dont les cloches sonnaient le glas depuis un instant. Bientôt, il n'y eut plus dans la rue que Merlin attaché à son anneau.

Le cœur lourd, Gilles alla le rejoindre. Malgré la promesse de Mme Patri, la confiance ne lui revenait pas. Quelque chose lui disait que Judith ne reparaîtrait pas de sitôt au Luxembourg si elle y revenait jamais. Elle était mêlée à une histoire si sombre ! Et comment savoir quel rôle exact elle y jouait aux mains de cet homme dont il comprenait maintenant que l'on eût envie de le tuer...

Et Gilles de Tournemine, qui n'avait jamais regretté d'avoir porté secours à son semblable, se mit à regretter de tout son cœur d'avoir, la nuit précédente, tiré ce Cagliostro des mains de ses agresseurs...

Il n'avait plus qu'à regagner Versailles pour y reprendre le fil monotone de sa vie en espérant seulement un miracle...

CHAPITRE X

LA FEMME AU VOILE BLEU

Le baron Ulrich-August von Winkleried zu Winkleried était un homme qui ne gaspillait pas sa sympathie et qui ne distribuait son amitié qu'avec parcimonie. Mais lorsque quelqu'un lui plaisait, il était capable de se couper en mille morceaux pour lui rendre service, lui être utile ou simplement lui simplifier la vie.

Il avait promis à son nouvel ami Tournemine de lui trouver un logis commode à Versailles et, dès le surlendemain de leur rencontre, le jeune homme emménageait rue de Noailles, au premier étage d'un petit pavillon niché dans un jardin ombreux et situé presque en face de la maison où demeurait le jeune Suisse. L'endroit était charmant. Le jardin, pas trop bien entretenu, abritait sous deux marronniers, trois tilleuls et un bosquet de lilas, un fouillis de fleurs à demi sauvages dont la plus grande partie poussait là par habitude sans que personne, en dehors d'un vieux jardinier sujet aux rhumatismes, se mêlât de leur imposer sa loi.

Du premier coup d'œil, Gilles aima ce jardin qui lui rappelait un peu celui de sa mère, à Kervignac. C'était exactement l'asile qui convenait à une âme en peine et il était sûr, au moins, d'y trouver le calme et la tranquillité.

La propriétaire, Mlle Marguerite Marjon, était une aimable demoiselle, contemporaine du feu roi Louis XV et qui d'ailleurs n'avait jamais consenti à admirer, dans sa vie, un autre homme que le défunt Bien-Aimé.

Elle accueillit son candidat locataire avec grâce, lui fit visiter les quatre pièces claires et fraîchement repeintes qui lui étaient destinées. Les meubles en étaient simples, anciens, de bonne qualité et confortables et l'ensemble aurait laissé supposer qu'il avait été disposé pour accueillir une dame plutôt qu'un jeune officier si une tenace odeur de tabac n'y régnait en maîtresse.

— Je reconnais volontiers que j'eusse aimé accueillir une personne ayant un peu les mêmes goûts et le même âge que moi, soupira la propriétaire, mais, bien que les peintures aient été refaites, il a été impossible d'enlever cette odeur. Aussi, bien que le prix de location soit, je crois, raisonnable, je n'ai pu décider aucune dame ou demoiselle à la supporter.

— Votre précédente locataire était cependant bien une dame à ce que l'on m'a dit. Elle ne fumait tout de même pas ?

— Eh bien si ! Voyez-vous, Mademoiselle d'Éon n'était pas une femme comme les autres. Elle était charmante, avec le meilleur ton et de grandes manières. Elle appartenait à la meilleure noblesse de Bourgogne et elle portait des robes ravissantes que lui fournissait la modiste de la Reine, Mlle Bertin, mais elle était... bizarre. D'abord, elle avait une voix un peu rude pour une dame et puis elle ne recevait jamais personne à l'exception, dans les derniers temps, d'une dame russe fort jolie d'ailleurs qui ne la quittait plus et avec laquelle elle est partie pour l'Angleterre.

— Ce n'est pas si bizarre...

— Peut-être, mais, ce qui l'était davantage, c'était sa manière de vivre : elle griffonnait toute la journée dans le salon qu'elle avait transformé en bibliothèque, tout en fumant une longue pipe. Une manie qu'elle avait prise, paraît-il, dans ses nombreux voyages.

— Bah ! J'ai vu souvent, chez les Indiens d'Amérique, des femmes fumer la pipe. Le tabac est chez eux un médicament et j'avoue que personnellement j'en use volontiers. Ainsi l'odeur ne me gênera pas. Est-ce tout ?...

C'était tout, encore que Mlle Marjon tînt visiblement en réserve toute une collection d'histoires concernant son ancienne locataire. On se mit d'accord sur le prix qui était des plus raisonnables et, le soir même, Pongo, aidé de Niklaus, le valet de Winkleried, transportait dans le nouveau logement les vêtements de son maître, les siens propres, leurs armes à l'un et à l'autre et le sac-médecine qu'il avait apporté depuis les forêts de Virginie. Après quoi le Breton et le Suisse s'en allèrent sceller, autour d'un bon souper, une amitié destinée à traverser les années sans se ternir même d'un grain de poussière.

La lettre promise par Madame Patri arriva quelques jours plus tard. Elle ne contenait que quelques mots, avec un simple P. comme signature, mais ce qu'elle disait était inattendu.

« Mademoiselle de Latour a écrit pour faire part de son désir de quitter le service de Madame et d'entrer au couvent. Je ne sais rien de plus. P. »

Envahi par un curieux sentiment de colère, de soulagement et d'inquiétude tout à la fois, le chevalier chercha à analyser lequel des trois l'emportait et finit par décider que le soulagement prévalait. Que Cagliostro eût choisi un couvent pour Judith l'irritait mais, d'autre part, c'était certainement l'endroit du monde où elle serait le mieux à l'abri des retombées éventuelles du complot dans lequel l'inconsciente était ainsi engagée. Restait à savoir de quel couvent il s'agissait : il y en avait tellement essaimés à travers le royaume ! Restait à savoir également si la jeune fille était pleinement consentante et pour quelle durée elle était enfermée. C'était si commode un couvent pour s'y débarrasser d'un être devenu gênant.

Enfin... restait à savoir si c'était vrai ou si le sorcier italien n'avait pas trouvé là un bon moyen d'enlever et de garder pour lui une adorable créature à laquelle il semblait attaché... Parvenu à ce stade de ses cogitations, le jeune homme sentit son sang bouillir. La pensée de sa jolie nymphe de l'estuaire entre les mains endiamantées de l'Italien, livrée sans recours possible à ses caprices, à ses caresses, lui faisait voir rouge !

— Ce couvent, il faut que je le retrouve. Il faut que je sache où il est !...

— Ce ne sera pas facile, fit Winkleried qui, à présent, n'ignorait plus rien des soucis de son ami.

Il y en a plusieurs centaines en France. Comment savoir ?

— En cherchant ! Même s'il faut tous les visiter l'un après l'autre, je la retrouverai. Mais je pense qu'il y a peut-être des régions où la chance serait plus grande...

— En Bretagne par exemple ?

— Je ne crois pas qu'elle accepterait d'y retourner. Néanmoins, pour ne rien laisser au hasard, je vais écrire au recteur d'Hennebont, l'abbé de Talhouët, mon parrain, pour lui demander de vouloir bien se renseigner. Il n'aura aucune peine et si Judith est retournée là-bas, il le saura. Non, je pense plutôt à la région de Bordeaux puisque ce damné médecin habite là-bas. En admettant que ce soit vrai et qu'il y ait bien un couvent...

— Pourquoi aurait-elle envoyé une lettre mensongère ?

— Pourquoi pas ? Sous la contrainte on écrit n'importe quoi et Cagliostro peut vouloir brouiller les pistes...

Décidé à tout tenter, à frapper à toutes les portes pour retrouver la jeune fille, Tournemine se souvint alors avec un peu de remords de ses amis Cabarrus, d'Antoinette et de Thérésia qu'il n'avait pas revues depuis leur arrivée à Paris. Par leurs relations familiales dans toute la région du Sud-Ouest elles pouvaient lui être d'un grand secours, et ce secours, il était bien certain qu'elles ne le lui refuseraient pas. Sous ses airs évaporés Antoinette était une excellente créature. Quant au cœur de Thérésia, il était de ceux auxquels on ne s'adresse jamais en vain. Lorsqu'elle le saurait malheureux, elle lui prendrait la main et le ferait asseoir près d'elle en déclarant de sa petite voix chantante :

— Venez là, señor Gilles, et dites vos chagrins à votre amie Thérésia...

La réalité fut tout autre.

En arrivant chez ces dames, il put constater, avec quelque étonnement, que mère et fille, lancées avec enthousiasme dans un véritable tourbillon mondain, rivalisaient à présent de frivolité et de folies.

La ravissante Thérésia, qui semblait avoir singulièrement grandi en quelques jours, l'accabla de reproches sur le mode précieux touchant « l'affreux abandon » où il l'avait laissée, lui tendit sa petite main à baiser avec des airs de duchesse, lui déclara qu'elle n'avait pas beaucoup de temps à lui consacrer parce que, devant danser le soir même chez le comte de Laborde, elle avait un rendez-vous urgent chez sa couturière Mme Eloffe, lui fit jurer d'assister au bal qu'elle et sa mère comptaient donner prochainement. « ... Et ne vous avisez pas de me rejouer le tour de la Pradera de San Isidro ! J'ai promis à mes amies de leur montrer le célèbre Gerfaut, l'amoureux de la princesse indienne, et je ne veux pas être ridicule... » Puis, sans même prendre le temps de respirer, elle disparut dans un tourbillon de gaze et de rubans rose tendre.

Quant à Antoinette, qui régnait sur un salon plein d'insupportables bavardes, elle lui offrit une tasse de thé à l'anglaise tout en gémissant sur les incommodités et douleurs que lui causait son logis actuel qu'elle jugeait mesquin.

— Cela ne peut durer. Thérésia tient à donner un bal et c'est impossible ici. Nous aurions l'impression de donner à danser chez la concierge ! Aussi ai-je écrit à mon époux pour qu'il vienne, toutes affaires cessantes, constater l'état lamentable où nous sommes réduits, les enfants et moi, et qu'il nous sorte de ce taudis !...

La cause était entendue. Préférant ne pas insister et plaignant de tout son cœur François Cabarrus, Gilles laissa Antoinette à son « taudis » qui se présentait pour l'heure présente sous les aspects d'un salon aux boiseries claires, plein de fleurs et d'invités élégants, ouvert sur un jardin ombreux et fleurant bon le thé frais et les pâtisseries vanillées. Il rentra à Versailles, furieux.

Comment avait-il pu être assez stupide pour espérer trouver de l'aide auprès de deux pécores uniquement préoccupées de leur entrée dans la bonne société parisienne et dont les pensées les plus élevées ne dépassaient pas la mesure d'une contredanse ou l'échafaudage d'une coiffure ? Une chose était certaine : bal ou pas bal, à aucun prix il ne reviendrait dans cette maison ! Le rôle de bête curieuse qu'on lui imposait en était venu à l'exaspérer et plus encore ce personnage de don Juan iroquois qui faisait pâmer les belles désœuvrées en quête de sensations nouvelles !... C'en était fini, pour lui, de l'ère des salons !

Heureusement, d'ailleurs, la vie mondaine allait se faire plus calme avec la chaleur qui commençait à se faire lourdement sentir. Le niveau de la Seine baissait, amenant des pestilences et, dans le noble faubourg Saint-Germain comme aux alentours de la place Royale, nombreuses étaient les demeures dont les propriétaires fuyaient vers leurs châteaux provinciaux afin d'y trouver un air plus pur et plus salubre. Et la Reine, enfermée dans son cher Trianon avec une poignée d'amis inchangeables, jouait à la fermière sous les ombrages de sa ferme joujou au milieu de ses moutons enrubannés...

Hélas, l'exode de l'été ne se répercutait nullement chez les Gardes du Corps puisque le Roi, lui, ne bougeait jamais de Versailles et la tentative de Tournemine d'obtenir une permission afin d'aller explorer à son aise la région bordelaise aboutit à un échec. Le comte de Vassy, son chef direct, lui fit entendre clairement qu'il serait mal vu en demandant déjà à s'éloigner après si peu de temps de présence au corps. Force lui était donc de demeurer, pieds et poings liés à sa consigne, ce qui n'arrangea nullement son humeur dans les jours qui suivirent.

À tout hasard et dans l'espoir de glaner quelque renseignement, il était retourné rue Saint-Gilles, bien décidé cette fois à entrer dans la maison où Judith était venue et à y affronter la voleuse de lettres royales. Mais la maison, aveuglée par ses volets, était muette, la comtesse absente et, comme le lui apprit le savetier voisin, « partie avec tout son monde pour la campagne... ».

Pourtant, parmi ses camarades de la Compagnie Écossaise, le chevalier avait lié sympathie avec un jeune porte-étendard, Paul de Neyrac, originaire de Guyenne qui avait, lui, obtenu cette bienheureuse permission pour se rendre auprès de son père à Bordeaux. Garçon aimable, sentimental et grand lecteur de romans de chevalerie. Neyrac compatit de tout son cœur aux malheurs de Tournemine qui d'ailleurs ne lui en avait appris que ce qu'il jugeait utile. Il jura d'aider son camarade à retrouver sa fiancée, tout au moins dans la mesure de ses moyens.

Un soir des tout premiers jours du mois d'août,

les deux jeunes gens soupaient ensemble au « Juste[1] » où Gilles avait tenu à inviter son camarade qui prenait le lendemain la malle-poste pour Bordeaux et devait coucher à l'hôtel.

Tout le jour la chaleur avait été aux limites du supportable mais, avec la nuit, un vent léger s'était levé, apportant une bienfaisante fraîcheur dont le chevalier décida de profiter et, en quittant l'hôtel, il se mit en devoir de rentrer chez lui à pied. Son humeur noire s'accommodait depuis quelques soirs de ces lentes promenades au long des rues désertes en respirant l'odeur des jardins fraîchement arrosés et en écoutant la chanson des fontaines. Il n'avait même pas envie de s'enivrer comme il lui était arrivé bien souvent de le faire lorsque sa coupe d'impatience et d'ennui débordait.

Ce qui lui aurait apporté le plus de soulagement, c'eût été une bonne bagarre mais si, parfois, au cours de ces marches nocturnes, il avait eu l'impression bizarre d'être suivi il n'avait jamais pu en avoir la confirmation. Ce ne pouvait être d'ailleurs que le fruit de son imagination car il ne voyait pas bien qui pouvait s'intéresser d'assez près à ses faits et gestes.

Il avait fait quelques pas hors du porche du « Juste » lorsqu'il vit surgir devant lui deux femmes étroitement voilées en dépit de la température encore élevée. Il s'écarta pour leur laisser le passage mais aussitôt l'une d'elles s'évanouit dans l'ombre d'une porte tandis que l'autre, posant sa main gantée sur le bras du jeune homme, l'obli-

1. Cet hôtel, le meilleur de Versailles, portait ce nom grâce à son enseigne représentant le roi Louis XIII.

geait à s'arrêter et, d'une voix mal assurée, lui demandait de l'accompagner.

La misogynie toute neuve de Gilles qui, en fait de femmes, ne tolérait plus alors que Mlle Marjon, se réveilla et il marmotta sans trop d'amabilité :

— Croyez à mes regrets, Madame, mais je suis fort pressé. Je n'ai pas le temps...

— Un homme de votre aspect, de votre âge et de votre nom a toujours le temps pour une femme... que l'on veut bien dire jolie, fit l'inconnue dont la voix s'était raffermie.

— C'est selon !...

— Vous n'êtes guère galant, Monsieur de Tournemine, et je crains que l'on ne m'ait trompée sur vous.

— Qui est « on » ? Et d'où savez-vous mon nom ?

Cette fois la femme au voile couleur de nuit se mit à rire.

— Vous êtes aussi curieux que peu aimable. Alors, c'est dit : vous ne voulez pas m'accompagner ? Nous n'irions pas si loin : rue de l'Orangerie simplement... Prenez que j'ai peur d'errer seule dans les rues la nuit !

— Vous étiez deux si j'ai bien vu. Qu'avez-vous fait de votre compagne ?

— Ma compagne est arrivée à destination. Moi, j'habite plus loin...

À moins de s'installer résolument dans l'attitude d'un goujat, il était impossible de refuser. Et puis la curiosité du jeune homme commençait à s'éveiller. Qui pouvait être cette femme ? Elle le connaissait mais rien dans sa personne ou dans sa voix n'éveillait ses souvenirs. Une chose était certaine : ce n'était pas une des nombreuses prostituées qui cherchaient fortune dans les auberges ou autour des casernes de Versailles : la tournure était élégante, le port de tête avait de la noblesse et la voix était cultivée, distinguée même. Quant au visage il était parfaitement invisible sous l'épais voile sombre qui recouvrait toute la tête.

S'inclinant courtoisement, Tournemine offrit son bras sur lequel la dame appuya une main légère et l'on se mit en marche en direction des abords du château. On fit quelques pas en silence sous le ciel criblé d'étoiles. La dame dégageait un agréable parfum de roses fraîches.

— Puisque j'ai accepté de vous suivre, pourquoi n'ôtez-vous pas ce voile ? Vous devez mourir de chaleur...

— Le temps n'est pas encore venu de l'enlever. En outre, la chaleur, même très forte, ne m'a jamais incommodée.

Pour mieux l'en persuader, elle se rapprocha de lui au point de s'appuyer à son épaule avec un abandon plein de promesses.

— À quoi rime cette comédie ? fit-il avec irritation. Que voulez-vous de moi, à la fin ?

— Profiter avec vous de cette nuit si belle... et vous plaire, si je puis !...

— Je n'en vaux pas la peine. Et puis, c'est difficile : on ne me plaît plus !

— Vous êtes bien jeune pour être déjà blasé ! N'aimez-vous pas les femmes ?

— J'aime une femme et elle vaut toutes les autres ! Je ne veux et ne désire qu'elle !

— Elle a de la chance. Mais il ne faut pas dire : fontaine je ne boirai pas de ton eau ! Je n'ai pas encore renoncé à vous plaire, moi ! Nous arrivons, d'ailleurs...

Elle s'arrêtait devant une maison dont la modestie ne correspondait guère à l'élégance de sa tournure et de sa mise. Gilles s'écarta :

— Alors, ma mission est remplie. Vous voici chez vous... et il me reste à vous saluer, Madame.

— Ceci n'est pas ma maison et vous ne me quitterez pas si vite. N'avez-vous aucune envie de voir mon visage ?

— Saurai-je qui vous êtes ?

— Peut-être... si vous me donnez votre parole d'honneur la plus sacrée que vous ne parlerez jamais de cette aventure quand mes traits vous seront connus.

— Est-ce donc une aventure ?

— Pourquoi non ? Vous me plaisez, je vous plairai peut-être... Faites-vous fi des amours de rencontre ? Vous seriez bien le seul de toute l'armée !...

— Je n'ai pas dit cela. Mais vous ne ressemblez pas à ces femmes qui font métier des amours de rencontre...

— Qui a dit que j'en faisais métier ? Disons qu'il s'agit d'un passe-temps. Venez-vous ?...

Elle frappa plusieurs coups rapides à la porte qui s'ouvrit presque aussitôt sur une servante armée d'une chandelle qui, sans un mot, les précéda dans un escalier de bois dépourvu de tapis dont les marches criaient à chaque pas. Les habituelles gravures représentant le Roi et la Reine décoraient des murs qui auraient eu besoin d'une peinture neuve.

La servante, muette, poussa devant le couple la porte d'une chambre blanchie à la chaux dont le principal, et presque le seul meuble, était un large lit abrité sous des rideaux d'indienne à fleurs. Ce lit, tout ouvert, montrait des draps propres De même, sur la table de chevet, un chandelier à trois branches brûlait auprès d'un petit plateau supportant deux verres et une bouteille dans un rafraîchissoir comme si les visiteurs étaient attendus.

Le regard froid du chevalier fit le tour de la pièce, notant au passage chacun de ces détails, et revint se poser sur sa compagne qui semblait avoir fait entrer dans la chambre un petit morceau de la nuit, car sa robe et les voiles qui l'enveloppaient étaient de la couleur exacte du ciel à cette heure. Quant aux étoiles, les yeux qui étincelaient dans les profondeurs des légers tissus pouvaient les remplacer assez bien. Mais sans chercher à découvrir son visage, Gilles alla jusqu'à la fenêtre dont il souleva un instant le rideau pour regarder la rue déserte.

— Vous venez souvent ici ? fit-il d'un ton indifférent.

— Si votre vanité peut y trouver son compte... non, pas très souvent ! Eh bien, chevalier, allez-vous à présent me tourner le dos ? Avez-vous peur de me regarder ?

— Nullement !

Il se retourna, vit qu'elle avait rejeté son voile et la considéra un instant en silence. La femme qu'il découvrait lui était totalement inconnue mais elle n'appartenait certainement pas au commun. Même, par certains côtés elle rappelait un peu Cayetana. Très jeune, vingt-cinq ou vingt-six ans peut-être, l'inconnue possédait elle aussi des yeux noirs, un teint éblouissant et une beauté étrange qui ne pouvait guère laisser indifférent qu'un aveugle. Mais la duchesse d'Albe n'avait pas ce petit nez insolent, typiquement français, cette bouche moqueuse ni, dans les yeux, cette lueur espiègle. Pas plus que ces épais cheveux blond cendré.

Pour le reste, la dame au voile bleu offrait une taille très mince mais une gorge généreuse que le large décolleté carré de sa robe découvrait jusqu'à la pointe des seins.

L'examen silencieux du jeune homme parut l'impatienter.

— Eh bien ? Que pensez-vous de votre conquête ? Est-ce qu'elle vous fait honneur ?

— Vous êtes extrêmement belle, Madame ! C'est sans doute à cause de cela que j'ai peine à croire à ma chance : vous êtes une conquête trop flatteuse !

— Vous n'y croyez pas ?

— Mon Dieu, non !

— Eh bien mettez-moi à l'épreuve. Je ne vous ai conduit ici que pour me donner à vous... et je ne suis pas de celles qui apprécient un refus.

— Parfait ! Dans ce cas...

Décidé à la prendre au mot, il revint vers elle et, calmement, se mit à la déshabiller avec autant de froideur et de compétence que s'il eût été sa femme de chambre. Le temps passé sous la défroque d'une duègne espagnole lui avait appris bien des choses en cette matière. La robe tomba puis une foule de lingeries neigeuses et raffinées : les dessous d'une vraie grande dame... ou d'une courtisane de haut vol : les jupons, le pantalon de dentelles, le corset dont le satin blanc masquait agréablement la férocité. L'inconnue le laissait faire sans broncher. Ce fut seulement quand il en fut à la chemise qu'il permit à ses mains d'effleurer la chair douce des épaules et les durs mamelons érigés. Alors, sous la légère caresse, la femme gémit, ses yeux se fermèrent tandis que tout son corps frémissait.

La chemise tomba, révélant une nudité si capiteuse que Gilles sentit son propre corps s'émouvoir. Il se prenait au jeu équivoque de cette beauté inconnue qui lui tombait ainsi du ciel, ou de l'enfer. Il eut d'elle, tout à coup, une envie violente qu'il n'y avait aucune raison de ne pas satisfaire. Un passe-temps, avait-elle dit tout à l'heure ? Quel passe-temps est plus agréable, plus rafraîchissant que l'amour quand on a du vague à l'âme, les nerfs en boule et que l'on subit l'énervante chaleur de l'été ? Après tout, cela pouvait être aussi tonique qu'une bataille ou un duel ! Il plongea son visage dans la masse parfumée des cheveux qu'elle avait dénoués d'un seul mouvement de tête et ses lèvres commencèrent à courir le long de la nuque tandis que ses deux mains emprisonnaient les seins de la femme. Elle eut un long frisson, se tordit comme une couleuvre.

— Attends ! haleta-t-elle, rien qu'un instant...

Elle glissa de ses bras, se retourna, vint presque contre lui et, avec des doigts qui tremblaient un peu, entreprit à son tour de le dévêtir.

— Moi aussi je fais cela très bien ! fit-elle avec un rire espiègle mais un peu forcé contre lequel s'inscrivait le trouble de son regard.

Elle était, en effet, aussi habile que le jeune homme. Quand il n'eut plus rien sur le corps, elle vint dans ses bras aussi naturellement que s'ils se connaissaient depuis des mois puis la blancheur du lit aux draps frais les accueillit sans apporter le moindre apaisement à l'incendie qui les dévorait et que le premier baiser avait fait éclater.

Ils firent l'amour sans dire un mot. Ce fut seulement quand l'orage sensuel se fut apaisé un moment que Gilles demanda :

— Comment t'appelles-tu ?

— Anne... tu peux m'appeler Anne.

— C'est un nom que j'aime... un nom de chez moi. Mais Anne comment ? Anne de quoi plutôt, car tu appartiens à la noblesse sans aucun doute.

Elle se mit à rire.

— C'est ma façon d'aimer qui t'a si bien renseigné ?

— Sûrement pas ! tu fais l'amour mieux qu'une courtisane ! C'est ton corps, tes mains, ta voix, les mots que tu emploies...

— Je préfère prendre tout cela pour autant de compliments. Cela dit, pour toi je suis Anne de rien ! Anne tout court si tu préfères. Qu'as-tu besoin d'en savoir davantage du moment que tu as envie de moi autant que j'ai envie de toi... chuchota-t-elle en cherchant ses lèvres.

Il voulut la soumettre de nouveau à son désir renaissant mais elle le repoussa.

— Non, pas tout de suite ! Buvons d'abord. Je meurs de soif et le vin doit être frais, juste à point.

— Qu'est-ce que c'est ton vin ?

— Du vouvray. Tu aimes ?

— J'aime tout ce qui est bon... ou beau ! fit-il en cherchant à l'attirer de nouveau mais elle glissa de ses bras, sauta à bas du lit et en fit le tour pour venir à la table de chevet verser elle-même le vin doré. Elle emplit les deux verres de cristal rouge de Venise, s'assit au bord du lit tout contre Gilles et lui tendit l'un des verres.

— Bois tout ! C'est un vin merveilleux pour l'amour !

— Je n'ai pas besoin de cela mais c'est vrai

que j'ai soif... et que ce vin est délicieux ! Il a un parfum extraordinaire, fit-il après avoir bu jusqu'à la dernière goutte.

— Tu en veux encore ?

— Pourquoi pas ?

Elle s'éloigna de lui tandis qu'il achevait de boire, alla se poser devant une glace ronde appliquée contre le mur du fond et se mit à examiner son visage avec une gravité comique.

— Eh bien, mais que fais-tu ? Reviens !

— Un petit moment. J'ai quelque chose qui me fait mal là au coin de la lèvre. J'ai dû me griffer...

— Quelle importance ! Tu n'en seras pas moins belle.

En reposant le verre qu'il venait de vider, il s'aperçut que celui de la jeune femme était toujours plein.

— Mais... tu n'as pas bu ? Je croyais que tu mourais de soif !

Elle s'étira comme une chatte dans la lumière jaune des bougies. L'ombre étirée de son corps monta jusqu'au plafond.

— Eh bien non, tout compte fait, je n'avais pas si soif !

— Qu'est-ce que cela signifie ?

— Que le caprice est mon maître et qu'il m'arrive souvent de changer d'avis d'une minute à l'autre. Tu sauras cela, à la longue, car tu me plais encore plus que je n'imaginais et j'espère bien te garder longtemps comme amant.

— Alors, reviens !

— Tout à l'heure ! Rien ne presse...

— C'est ce que nous allons voir !

Il voulut se lever à son tour, la rejoindre et la ramener mais à peine eut-il posé le pied par terre que les murs de la chambre se mirent à tournoyer en même temps qu'une vague nausée montait de son estomac. Ses yeux s'obscurcirent. Ses bras battirent l'air et, sans pouvoir prononcer une parole, il s'abattit comme une masse aux pieds de la belle Anne...

Bien qu'il eût perdu connaissance sur le parquet grossier d'une chambre de hasard et sans le moindre vêtement, Gilles ne s'en retrouva pas moins tout habillé et confortablement étendu sur la courtepointe brodée d'un lit somptueux, quand il reprit l'usage de ses sens. En outre, il faisait grand jour ainsi que l'attestaient les minces flèches brillantes filtrant entre les épais volets de bois peint et doré qui obturaient les hautes fenêtres.

La chambre dans laquelle il se trouvait était à la fois d'une grande richesse et d'une grande vétusté. Le lit à colonnes datant de Louis XIII était tendu de velours violet galonné d'argent contrastant agréablement avec le damas gris des murs mais ce damas montrait des traces d'usure et d'humidité. Une superbe table d'argent massif supportait un grand miroir assorti, des chandeliers de cristal à pendeloques et une infinité de flacons, de boîtes et de petits pots. Un élégant déshabillé était jeté sur un fauteuil raide dont le velours usé montrait les crins par endroits et, rejoignant la table à coiffer, certain grand bouquet de fleurs fraîches fusant d'un grand vase chinois affirmait que cette chambre était occupée par une femme mais pas très souvent car il y avait de la poussière sur la plupart des objets.

La tête lourde, Gilles quitta ce lit où il avait été déposé mais dut se retenir à l'une des colonnes pour ne pas tomber. La drogue dont on avait usé pour l'endormir devait être singulièrement puissante car il ne parvenait pas à en chasser les fumées.

Apercevant une porte ouverte sur ce qui semblait être un cabinet de toilette, il se dirigea de ce côté d'un pas hésitant. La vue d'un grand pot d'eau posé près d'une cuvette de faïence et d'une pile de serviettes lui rendit courage. Il remplit la cuvette puis, ôtant rapidement l'habit de fin drap couleur tabac qu'il portait, il plongea sa tête entière dans l'eau fraîche avec délices, bénissant l'habitude qu'il avait prise de ne jamais faire poudrer ses cheveux, se contentant de la perruque lorsqu'il était en uniforme.

Après avoir trempé un moment dans sa cuvette, il se frictionna vigoureusement la tête à l'aide d'une serviette et sentit une bienheureuse clarté revenir dans ses idées. Sa chemise était trempée mais il régnait dans cette chambre trop bien fermée une chaleur de four et elle sécherait vite.

Pour achever de se remettre les idées en place il but trois verres d'eau coup sur coup puis, avec un soupir de soulagement, entreprit de visiter sa prison car il était difficile d'appeler autrement cette pièce très certainement fermée à clef. Par acquit de conscience il s'en assura, alla tâter les volets assujettis par des cadenas, de même que les fenêtres puis, après avoir tenté d'apercevoir les alentours par l'étroite fente qui laissait passer le jour, il revint s'asseoir sur le pied du lit noblement surélevé de deux marches.

Où était-il ? Qu'était cette demeure habitée par le silence à la manière d'un tombeau ? Qu'était cette campagne ensoleillée qu'il avait aperçue sans pouvoir distinguer autre chose qu'un reflet d'eau, une herbe brûlée et la verdure d'une forêt ? Mais, surtout, qui était cette femme ravissante qui s'était donnée à lui avec une ardeur difficile à contrefaire ?...

Le grincement d'une clef dans la serrure lui fit relever la tête. Sourcils froncés, il regarda la dame au voile bleu faire une entrée presque aussi éclatante qu'un lever de soleil grâce à la robe de gaze jaune serin qui l'habillait et à l'extravagant chapeau de même nuance surchargé d'une floraison de pavots aux tons dégradés, d'épis de blé dorés et de grands nœuds de satin jaune qui tenait par un miracle d'équilibre sur l'échafaudage de ses cheveux, devenus d'un étonnant gris tourterelle par la magie de la dernière poudre à la mode.

— Oh ! tu es déjà réveillé ! s'écria-t-elle en allumant un éblouissant sourire. Je pensais que tu en avais bien encore pour deux bonnes heures de sommeil. Mais tu es jeune, donc vigoureux.

Tout en parlant elle alla déposer précautionneusement sur un tabouret le lourd plateau qu'elle portait aussi aisément que s'il eût été couvert de fleurs, lui aussi, au lieu de supporter une lourde et antique argenterie. Cela fait, elle voltigea jusqu'au jeune homme qu'elle contempla d'un air consterné.

— Seigneur ! Mais tu es trempé. Qu'as-tu fait ?

— Un peu de toilette ! Et maintenant si vous m'expliquiez ?

Elle se pencha pour l'embrasser mais il la repoussa sans douceur.

— Je vous en prie ! Nous n'en sommes plus là ! Où sommes-nous ? Qu'est-ce que je fais ici ?

Pourquoi m'avez-vous joué cette grotesque comédie et, enfin, qui êtes-vous ?...

L'innocente consternation qui se peignit sur le joli visage était un chef-d'œuvre d'art mais Gilles avait eu sa part de théâtre depuis la veille.

— Allons, j'écoute ! fit-il impatiemment.

— Comme tu me parles ! Pourquoi es-tu si dur ? Cette nuit tu disais mon nom assez doucement.

— Votre nom ! Parlons-en ! Un mensonge sans doute comme tout le reste...

— Mais non, je m'appelle réellement Anne.

— Cela ne me suffit plus. Après ?

Le grand cartel de Boulle posé sur la cheminée sonna deux coups et la fit tressaillir.

— Mon Dieu ! Déjà !... Écoute, je n'ai pas le temps de te donner des explications. Sache seulement que je n'ai pas joué la comédie... pas vraiment et moins que tu ne l'imagines. C'est vrai que tu me plais et je n'aime pas que l'on abîme ce qui me plaît avant que j'aie pu y goûter. Or, si je n'avais agi comme je l'ai fait, tu serais mort à l'heure qu'il est !

— Sottise ! Trouvez autre chose !

— Sur la mémoire de mon père, je jure que je dis la vérité. Tu es en danger, en grand danger pour avoir offensé gravement un très haut, très puissant personnage... un personnage qui peut tout contre toi et qui ne connaît guère le pardon.

— Qui est ce personnage ? Dites-le au moins si vous voulez que je vous croie. Son nom et l'offense qu'il me reproche !

— C'est, dit-elle avec un soupir mais en détachant bien les mots, quelqu'un qui n'aime pas être attaqué la nuit dans les jardins et délesté de son courrier.

— Je ne comprends pas un mot de ce que vous dites, Madame.

— Vraiment ?

— Vraiment ! Me ferez-vous la grâce de m'apprendre qui je suis censé avoir attaqué, où, quand, et ce que je lui ai pris ?

Elle eut un petit rire agacé, haussa les épaules.

— Que de temps perdu ! Très bien ! Puisque tu veux jouer au plus fin je vais répondre en quatre paroles à tes quatre questions. Monsieur, Trianon, 21 juin, une lettre... Cela te suffit ?

— C'est de la poésie hermétique !

— C'est l'expression de la vérité. Pendant le bal donné pour le comte de Haga, tu as attaqué le comte de Provence pour lui voler une lettre dans les jardins de Trianon...

— Tout simplement ? L'histoire est belle mais... en admettant qu'elle soit vraie, me direz-vous comment elle aurait pu venir jusqu'à vous ? Monsieur ne me fait pas l'honneur de me connaître.

— Je crois qu'à présent il te connaît assez bien. Et si, pour me croire, tu as besoin de savoir comment il a su, alors je vais te le dire : l'intrigue nouée entre la Reine et le comte de Fersen intéresse prodigieusement Monsieur. Imagine un peu que cette sotte se mêle de donner un bâtard à la France ?... Hein ? Le beau scandale ?...

— Très beau, fit Gilles, impassible. Après ?

— Eh bien, cela coule de source. S'intéressant au Suédois, Monsieur le fait surveiller. Tu n'imagines pas comme il est facile, avec un peu d'or ou une menace, d'obtenir l'aide d'un domestique...

même dans les hôtels les mieux tenus comme l'hôtel d'York. Tu me crois, à présent ?... Oui, j'ai bien l'impression que tu me crois...

Le chevalier ne répondit rien. Il se revoyait dans la chambre de Fersen, s'apprêtant à lui rendre la lettre de la Reine. Il revoyait aussi la camériste et le valet qui étaient entrés, portant les plateaux du petit déjeuner. Lequel avait parlé ? Lequel était à la solde de Monsieur ? Le garçon, la fille... ou les deux ?

Anne le laissa un instant à ses pensées puis, très doucement, elle ajouta :

— Quant à toi, tu étais attendu chez toi, hier au soir, par des hommes qui avaient ordre de ne te laisser aucune chance. Sur la mémoire de ma mère, je pourrais le jurer. Et c'est cela que je n'ai pas voulu !

— C'est bien aimable à vous, soupira le jeune homme, mais nous sommes en plein délire. Ou alors... vous allez, dans un instant, me dire que vous m'aimez ? C'est cela, n'est-ce pas ? Vous ne m'avez jamais vu, vous ne me connaissez ni d'Ève ni d'Adam mais vous brûlez pour moi d'une inextinguible passion et vous avez tout à coup décidé de me sauver...

— C'est à peu près cela, fit-elle calmement.

Puis, le regard soudain plus trouble, elle vint tout contre lui, se haussa sur la pointe des pieds pour atteindre ses lèvres mais il croisa les bras et tourna le dos sans vouloir entendre le soupir qu'elle poussait.

— Innocent ! Tu es plus connu que tu n'imagines, mon bel oiseau sauvage. On sait tes aventures en Amérique et je ne suis pas la seule femme de Paris qui souhaite coucher avec celui que la

Reine appelle en riant « Seigneur Gerfaut... ». J'espérais que tu m'apprendrais comment les Indiennes font l'amour... On parle d'une princesse rouge...

Il haussa les épaules avec rage, furieux de voir encore surgir son aventure indienne, de constater qu'elle en était à courir les alcôves et à exciter une volière de perruches en mal de sensations nouvelles. Mais il se refusa à relever le propos.

— Je croyais que vous étiez pressée ? fit-il durement, les yeux sur la pendule.

— C'est vrai ! Mon Dieu ! Tu as raison ! Écoute, tu ne dois sortir d'ici sous aucun prétexte. D'ailleurs tu ne le pourrais pas. Je dois partir mais cette nuit je reviendrai et je te promets de t'en dire davantage !

— Et... vous avez l'intention de me garder longtemps dans cette boîte sans air ?

Elle eut un sourire provocant qui alluma ses yeux sombres et fit briller sa bouche humide.

— Tant que tu seras en danger... et que j'aurai envie de toi ! Mais rassure-toi, tu ne resteras pas longtemps dans cette maison. Je ne t'y ai amené que pour parer au plus pressé mais dans quelques jours je t'emmènerai ailleurs... dans un coin à moi, un endroit tranquille, perdu. Nous pourrons y comparer nos... talents amoureux et je ne désespère pas d'arriver à te faire oublier ta sauvagesse, car, vois-tu, il y a dans mes veines une part de sang bohémien. Cela ne se sait pas, c'est un secret de famille mais tu comprendras cette nuit même ce que cela veut dire. Je t'ai apporté à manger : restaure-toi, repose-toi afin d'être plein de forces cette nuit : tu en auras besoin !

Elle disparut, laissant derrière elle son parfum

de roses et Gilles quelque peu abasourdi. Cette femme était folle, folle à lier ! Un de ces gracieux chefs-d'œuvre de libertinage et de perversion comme on en rencontrait décidément beaucoup dans ce siècle réputé de l'élégance et de l'art de vivre ! Mais qui était-elle ? Sans doute une femme puissante pour oser contrecarrer comme elle le faisait les plans d'un comte de Provence... Seulement, qui dit puissance dit aussi danger et, même pour en savoir davantage, Gilles n'avait aucune envie de demeurer plus longtemps en son pouvoir.

— Si elle tient tellement à faire des recherches sur l'amour chez les Indiens, soliloqua le jeune homme, je lui enverrai Pongo !

La pensée de l'Indien le traversa comme une flèche. Qu'avait dit cette folle ? Qu'une embuscade avait été tendue chez lui, chez lui où Pongo était seul ? Et que ces hommes ne devaient lui laisser, à lui Tournemine, aucune chance d'échapper ? Il connaissait bien le courage impassible de Pongo. Certainement il devait avoir essayé de défendre le logis de son maître, ou simplement la pauvre Mlle Marjon qui devait être affolée mais que pouvait-il faire, seul, contre une troupe d'hommes déterminés qui peut-être auraient trouvé plaisant de se venger sur lui de l'absence du maître ?

À l'angoisse qui s'empara de lui, Gilles put mesurer l'amitié qu'il portait à son serviteur. Et, sans plus attendre il se mit à la recherche des moyens de recouvrer sa liberté. Il fallait qu'il sache ce qui s'était passé rue de Noailles la nuit précédente.

Il commença par aller coller son oreille à la porte pour tenter de saisir les bruits de cette maison. Mais quand se fut éteint le roulement de la voiture qui emportait sa belle geôlière il ne put plus en saisir aucun. Il était entouré d'un silence si épais qu'il en devenait palpable. Pourtant, il était impossible qu'il n'y eût personne, sinon qui donc aurait préparé tout ce qu'il y avait sur le plateau et que d'ailleurs il laissait bêtement refroidir ? Ce n'était sûrement pas l'aristocratique Anne qui s'était mise pour lui à la cuisine ?...

Afin de se donner le temps de la réflexion et de réparer ses forces, il porta le plateau sur le lit et entreprit de déjeuner. Son hôtesse avait bien fait les choses et le menu, qui comportait une poule au pot, un ragoût de champignons, un fromage de Brie et une assiette de gâteaux, le tout arrosé d'une vieille bouteille de Chambertin, était en tout point respectable.

Une fois restauré, il alla d'abord examiner les volets qui obturaient la haute fenêtre. Ils étaient de bois épais et les cadenas qui fermaient leurs gâches étaient eux aussi d'une épaisseur décourageante. Il eût fallu des tenailles pour les ouvrir.

Découragé de ce côté-là, il alla ensuite considérer la porte. Elle était solide, elle aussi, et défendue par une belle serrure de bronze doré qui semblait aussi vigoureuse que les cadenas. Mais s'il était possible de la dévisser du chambranle rien n'empêcherait plus la sortie du jeune homme. La difficulté était de trouver un outil convenable pour attaquer les vis...

Méthodiquement Gilles fouilla la chambre. Le plateau du déjeuner ne comportait qu'un fragile couteau d'argent beaucoup trop frêle pour ce genre d'entreprise et, naturellement, on s'était bien gardé de lui laisser son épée. Le tisonnier de la cheminée pouvait fournir un levier car c'était un bon vieux tisonnier de fer forgé, à l'ancienne mode et d'une irréprochable vigueur mais ce n'était pas ce qui convenait pour des vis de serrure. À tout hasard et pour soulager ses nerfs le jeune homme commença par donner quelques vigoureux coups de pied dans cette porte qui gémit mais ne céda pas avec, pour seul résultat, d'éveiller en bas les aboiements d'un chien bientôt suivis d'une forte voix d'homme qui lui apprirent que la maison n'était pas aussi vide qu'il y paraissait.

Il commençait à désespérer de trouver jamais l'outil de ses rêves quand son regard tomba sur la table à coiffer et là, dans une coupelle longue, il découvrit une collection de ces petits outils que les femmes emploient pour leurs ongles : ciseaux, petites baguettes à repousser les peaux et surtout de minces limes de fer, assez étroites pour que leur tranche pût s'insérer dans les têtes des vis.

Ce fut un travail long et pénible. N'ayant jamais eu à cambrioler aucune maison, Tournemine ignorait tout de l'art délicat des serruriers.

— Si j'avais su, j'aurais demandé des leçons au Roi, marmotta-t-il pour s'encourager à l'ouvrage.

L'une des limes cassa mais c'était sans importance : il y en avait deux autres et les morceaux pouvaient encore servir. Une vis tomba, puis une autre, une autre encore... Enfin la dernière resta dans les mains abîmées du jeune homme qui, délicatement, attira la serrure à lui. Mais son exclamation de joie aboutit à une exclamation de colère : la porte ne s'ouvrait pas ! Quelque chose la maintenait de l'extérieur.

Furieux, il alla chercher l'une des bougies pour examiner la rainure et aperçut en travers une tige de ferraille, un loquet sans doute. Restait à savoir comment il s'ouvrait...

Alors, reprenant la dernière de ses limes qui était aussi la plus longue, il la fit glisser doucement dans l'étroite fente, juste sous la tige, et souleva. Ce n'était pas facile car il avait peu de prise mais la tige bougea légèrement. Ce devait être un loquet à clapet que l'on soulève pour le libérer de sa gâche. Une fois, deux fois... la tige cependant assez mince résistait. Le visage en sueur et le front appuyé contre le vantail de bois, Gilles jura superbement. Cela lui calma les nerfs et lui permit de réunir de nouvelles forces.

Enfin, il y eut un déclic et la porte, tout doucement, tout gentiment, sans le plus petit grincement, s'ouvrit comme d'elle-même... La liberté redevenait possible...

Plein de joie, Gilles alla se laver les mains, rafraîchit son visage en sueur puis, après avoir vidé d'un coup le fond de sa bouteille de Chambertin, entreprit de quitter sa prison.

Il s'aperçut de deux choses : d'abord la chambre formait le fond d'une galerie déserte et vide à l'exception de banquettes couvertes de tapisserie disposées dans les embrasures des grandes fenêtres arrondies, par lesquelles il aperçut un vaste paysage de bois limitant un parc à la française, orné de quelques statues, et ensuite le jour déclinait. Le soleil était couché. La campagne prenait, sous le ciel mauve, les nuances de bleu profond qui annonçaient la nuit.

Sur la pointe de ses pieds chaussés de courtes bottes à revers, Gilles alla jusqu'au bout de la galerie qui devait être située au second étage d'un château. Ce fut pour y trouver un nouvel obstacle :

une autre porte, encore plus solide que celle de la chambre, la fermait impitoyablement. Mais cette fois, il ne s'attarda pas à chercher un moyen d'ouvrir. La nuit tombait, le temps commençait à presser car Anne pouvait revenir d'un moment à l'autre. Il restait les fenêtres et il faudrait bien en passer par là...

La première qu'il attaqua s'ouvrit sans difficulté mais, en se penchant au-dehors, Gilles s'aperçut que sa situation ne s'était guère améliorée car, non seulement il se trouvait bien au second étage, très élevé, d'un château, mais encore le pied dudit château plongeait dans une douve qui, pour être à sec, ne semblait pas plus rassurante. Pourtant, il fallait descendre à tout prix.

En examinant mieux la situation, il s'aperçut qu'une solution pouvait s'offrir à un garçon aussi souple et aussi agile que lui : un balcon prolongeait la fenêtre qui se trouvait juste sous la sienne. S'il pouvait s'y laisser glisser, ce serait une bonne étape sur le chemin du sol.

Retournant dans la chambre qu'il avait quittée, il se pendit aux longs rideaux de velours qui garnissaient les fenêtres, et réussit à en arracher deux. Les traînant après lui, il retourna à la fenêtre, laissa glisser l'un d'eux, avec d'infinies précautions, jusque sur le balcon et attacha le second à l'appui de la fenêtre, après l'avoir ouvert partiellement en deux. Puis, priant Dieu pour que leur vétusté ne les ait pas rendus trop fragiles, il enjamba ledit appui, empoigna fermement le tissu poussiéreux qui résista honorablement et, à la force des poignets, descendit le long de cette corde improvisée qui l'amena sans secousse sur le balcon du dessous. Il n'eut plus qu'à recommencer la même opération pour arriver jusqu'à la hauteur du rez-de-chaussée mais cette fois, ses pieds ne trouvèrent aucun appui car il s'en fallait encore de beaucoup qu'il fût au fond de la douve et cette douve était entièrement maçonnée. S'il se recevait mal, il avait une bonne chance de se casser quelque chose.

Mais il n'avait pas le choix. Confiant dans son expérience de coureur des bois qui lui avait inculqué depuis longtemps l'art de tomber sans accident, il descendit jusqu'à la limite extrême de son rideau pour bénéficier au maximum de sa taille, ouvrit les mains, se laissa tomber et atterrit sans mal sur ses jarrets. Mais le fond de la douve ne marquait pas le fond de ses peines : à présent il fallait remonter de l'autre côté, ce qui équivalait à escalader un mur terminé par un rebord en surplomb. Cette fois, il allait falloir se tirer de là à la force des poignets...

Heureusement, le crépuscule s'attardait avant de se fondre en une belle nuit claire et les yeux du « Gerfaut » étaient habitués depuis longtemps à fouiller les ténèbres. Afin de trouver les meilleures prises possibles, il suivit le fond du fossé jusqu'à l'endroit où d'épais piliers soutenaient un pont dormant et pouvaient offrir un appui supplémentaire. Le mur était fait d'ailleurs de gros moellons où les prises devaient être assez faciles pour un homme habitué à escalader des rochers.

Choisissant soigneusement les anfractuosités commodes, Gilles vint facilement à bout de son mur. Un rétablissement plus acrobatique lui permit de franchir le surplomb et il se retrouva trempé de sueur et debout au bord de la douve, devant un magnifique panorama fait de grandes pièces d'eau éclairant de vastes tapis d'herbe, doux comme du velours avec, comme toile de fond, les grands arbres d'une épaisse forêt.

Le château lui-même, qu'il découvrit en se retournant, était une imposante demeure de brique et de pierre blanche datant du roi Henri IV dont les différents pavillons, percés de lucarnes à frontons triangulaires, étaient coiffés de hauts toits à la française couverts d'ardoises fines qui luisaient doucement sous la lueur pâle des étoiles. Aucune lumière n'apparaissait à aucune fenêtre et Gilles se demanda où avaient bien pu passer le chien et l'homme dont il avait perçu la voix. Dans les imposants communs, peut-être, dont les bâtiments se développaient sur la droite du château derrière un rideau d'arbres ?...

Droit devant lui, dans les profondeurs, il aperçut une grille à peu près infranchissable tendue entre deux pavillons faiblement éclairés par des lanternes. Une grille qu'un mur assez élevé semblait continuer sur chaque côté.

— Il doit bien y avoir un village quelque part, soliloqua le jeune homme. Mais où, mais de quel côté ? Et quel est ce village ? Où se trouve-t-il par rapport à Paris ou à Versailles ?

Il ignorait, en effet, quelle distance on lui avait fait parcourir pendant qu'il était sous l'influence de la drogue, et dans quelle direction. Le ciel, qu'il avait appris tout enfant à lire couramment à l'école des pêcheurs, ne lui était d'aucun secours.

À tout hasard, il décida de suivre la ligne des arbres qui filait le long des pièces d'eau, ponctuée de blanches statues. Cela formait comme une immense avenue pointée vers l'horizon et, pour en finir plus vite, Gilles se mit à courir de statue en statue. Les dames de pierre lui seraient d'une grande utilité en cas de rencontre imprévue. Ses pas ne faisaient aucun bruit dans l'herbe épaisse et peu à peu, il ralentit sa course, séduit par la beauté silencieuse de ce parc livré aux ombres et à la paix nocturne. La lune venait d'apparaître au-dessus de la forêt et sa lumière irréelle glissait sur l'eau immobile des étangs dont les margelles blanches enchâssèrent alors de larges coulées d'argent.

Soudain, l'oreille de Gilles perçut un léger clapotis en même temps que ses yeux découvraient une brisure dans le miroir le plus proche de lui. Quelqu'un nageait lentement, paresseusement, quelqu'un qui profitait de la nuit pour demander à l'eau un peu de fraîcheur après l'étouffante chaleur du jour.

Pensant à un jardinier, à l'homme au chien peut-être, le fugitif s'abrita derrière un socle de pierre sur lequel une grande déesse aux formes exubérantes s'efforçait hypocritement de retenir une draperie qui ne cachait rien du tout. Il trébucha, manqua de tomber et s'aperçut qu'il piétinait un tas de vêtements que leur ampleur destinait tout naturellement à une femme. Machinalement il ramassa une robe de mousseline blanche d'où émanait un parfum à la fois frais et doux, un parfum de lilas au printemps, de muguet et d'herbes sauvages qu'il respira avec une brusque nostalgie.

La vague douce-amère des souvenirs l'enveloppa, le roula dans ses profondeurs. La femme qui se baignait là, dans l'eau tranquille d'une pièce d'eau, ne pouvait pas imaginer qu'elle avivait une vieille blessure, jamais complètement cicatrisée, celle qu'avait gravée dans le cœur et dans la chair de Gilles Goëlo la rousse sirène d'un estuaire breton dont il avait, un instant, tenu contre sa poitrine le corps fragile et ensorcelant...

Fasciné, Gilles ne pouvait plus détacher ses yeux de la forme imprécise flottant au fil de l'eau. Jamais, autant qu'à cette seconde, il n'avait éprouvé, aussi déchirants, la faim de l'absence, le sentiment de frustration de l'être amputé d'une part de son corps et que cette part absente torture pour un souffle d'air frais ou le souvenir d'une joie disparue.

Et puis, soudain, dans un clapotis léger, la baigneuse, lassée du bain sans doute, vint au bord de l'étang, se hissa sur la margelle et se releva tournant le dos au spectateur passionné dont elle n'imaginait pas la présence et qui la dévorait des yeux tandis que, d'un geste plein de grâce, elle tordait sa longue chevelure avant de la rejeter sur son dos où elle descendit plus bas que les reins.

La silhouette de cette femme était idéalement fine et longue. Elle avait l'air, dans la lumière froide de la lune qui caressait la rondeur délicate de son épaule, d'une déesse d'argent. La colonne mince et flexible du cou supportait une tête petite dont Gilles n'apercevait qu'un profil perdu sans comprendre pourquoi son cœur, tout à coup, s'était mis à battre la chamade.

Elle resta là un moment, laissant les rayons bleutés couler sur son corps comme elle l'eût fait en face du soleil. Puis, comme à regret, elle se détourna lentement. Gilles la vit de profil, puis de face tandis que de son pas dansant elle revenait vers lui... Alors toutes les étoiles du ciel explosèrent en même temps dans sa poitrine quand il comprit que le miracle existait, que le temps était revenu, que tout recommençait...

Lentement, comme s'il craignait que chacun de ses pas ne fît évanouir le rêve, il quitta l'abri du socle, l'ombre des grands arbres et s'avança dans la lumière sans même s'apercevoir qu'il tendait les bras.

— Judith ! murmura-t-il pour lui-même, si bas qu'il crut être seul à s'entendre. Ma sirène... ma déesse de la mer... Judith de mes rêves et de mes désespoirs...

Un instant, il eut peur que le mirage ne s'évanouît. Elle s'était arrêtée en l'apercevant avec le double et naturel geste de ses bras pour cacher ses seins et sa plus tendre intimité mais ce ne fut qu'une très brève seconde. Les bras retombèrent et, aussi naturellement qu'un enfant perdu va vers son refuge naturel, Judith, le visage illuminé d'une joie presque surnaturelle, alla vers Gilles d'un pas si léger qu'elle semblait flotter sur l'herbe.

Quand elle fut près de lui, elle toucha ses épaules, ses bras qui n'osaient pas se refermer, sa tête comme si elle n'arrivait pas à croire à sa réalité. Ses petites mains étaient froides et tremblantes.

— Toi !... C'est bien toi ! soupira-t-elle. Je t'ai tellement appelé sans que tu me répondes que je ne croyais plus te revoir jamais...

Il voulut parler mais aucun son ne franchit l'étau serré de sa gorge. La chaleur de ce corps, si proche du sien que les tendres seins effleuraient sa poitrine, l'embrasa mais ses muscles semblaient lui refuser tout à coup leur service tandis que son cerveau, au bord d'une joie trop forte, luttait contre l'incohérence... Alors, avec un petit soupir agacé, elle se haussa sur la pointe des pieds, noua ses bras derrière le cou de Gilles.

— Embrasse-moi ! ordonna-t-elle tandis que sa

bouche fraîche allait au-devant des lèvres du jeune homme, s'y collait en un baiser dont l'ardeur fit fondre son étrange paralysie.

Toute sa passion déchaînée, toute sa retenue envolée, il l'étreignit avec une ardeur sauvage, l'enlevant de terre pour mieux la serrer contre lui, pour la joie de sentir son poids et de mieux s'assurer ainsi de sa réalité.

Ils roulèrent ensemble sur l'herbe, comme si la vie qui leur avait enfin permis de se rejoindre ne leur permettait plus de se désunir, comme s'ils ne devaient plus se séparer jamais. Ils se chuchotaient des mots tendres, absurdes et un peu fous, développant à l'infini le thème éternel des amants longtemps séparés, la toute petite phrase magique par laquelle Adam avait, au fond des âges, fait surgir l'humanité de sa double chair.

— Je t'aime...

Ils avaient tout oublié du lieu, de l'heure, de ce qui n'était pas leur joie partagée mais quand, de baisers en caresses, Gilles, affolé par le parfum de ce corps merveilleux et doux qui semblait si près de s'ouvrir pour lui, tenta de le faire totalement sien, Judith eut un sursaut si violent qu'il ressemblait à un réveil brutal et presque à un spasme.

— Non !...

Elle se dérobait, s'échappait des bras qui la retenaient, courait à ses vêtements dont elle se revêtait avec une hâte maladroite cependant que blessé, frustré et déjà malheureux de voir s'interrompre sur un « couac » sa brûlante symphonie, Gilles la regardait sans comprendre, incapable même d'un reproche et ne trouvant qu'un seul mot :

— Pourquoi ?...

Tout en achevant d'édifier autour de sa beauté

le fragile rempart de mousseline et de rubans, elle le regarda à travers la retombée brillante de ses cheveux dénoués.

— Parce que !...

Mais comme ce maître mot de la mauvaise foi féminine lui semblait tout de même un peu court, et qu'il ne s'en contenterait sans doute pas, elle ajouta presque à regret :

— Parce que je ne peux pas. Je n'ai pas le droit...

— Pas le droit ? Mais c'est insensé ? Mon Dieu ! Tu n'es pas...

Il ne put aller au bout de sa phrase mais elle traduisait tant de crainte et de chagrin que Judith, avec un cri, revint se blottir dans ses bras.

— Non ! Non !... Ni mariée, ni fiancée, ni promise à qui que ce soit, pas même à Dieu ! Simplement, il me faut rester fille... pour le moment tout au moins ! Je l'ai promis... Je t'aime mais je ne dois pas !

— Quelle sottise ! Mais je t'aime, moi, je ne veux plus me séparer de toi, je veux t'épouser demain... tout de suite ! J'en ai le droit, tu sais ? Demain je demanderai la permission du Roi, au maréchal de Castries, mon chef de corps, et tu deviendras ma femme...

Avec une joie orgueilleuse il vit les grands yeux de la jeune fille s'emplir d'admiration.

— Au Roi ?... Au maréchal de Castries ? Mais qu'es-tu donc devenu ?

— Officier des Gardes du Corps, Compagnie Écossaise, Madame ! Et j'ai maintenant un nom à t'offrir, un nom digne de toi : celui que m'a rendu mon père, Pierre de Tournemine, mourant sur le champ de bataille de Yorktown. Tu m'avais donné trois ans, souviens-toi, pour te mériter. Je n'en ai employé que la moitié. Mais lorsque je suis revenu te chercher tu n'étais plus là !...

Elle se serra plus étroitement contre lui, nicha sa tête encore humide contre son épaule.

— Raconte ! soupira-t-elle. Depuis que j'ai quitté mon couvent d'Hennebont, je ne sais plus rien de toi !

Apaisé par cette confiance, cette tendresse, il retraça de son mieux ce qu'avait été sa vie depuis le soir où il l'avait quittée devant la porterie de Notre-Dame-de-la-Joie, au bord du Blavet, où elle voulait vivre les trois ans d'attente qu'elle leur avait imposés à tous deux tandis qu'il s'en allait chercher un nom et la gloire de l'autre côté du grand océan.

Il ne réussissait toujours pas à comprendre comment Judith pouvait se trouver là, dans ses bras, sur son cœur, alors qu'il faisait fouiller pour la revoir tous les couvents de Bretagne et de Guyenne, mais son âme bretonne, nourrie de légendes, avait été, de tout temps, ouverte au surnaturel, aux miracles et il avait en Dieu qui peut tout, même l'impossible, une foi inébranlable. Et surtout, il ne voulait pas ternir, par des questions, la beauté fragile d'une minute si longtemps attendue. Le temps viendrait des explications...

Son récit, à vrai dire, lui posa bien quelques problèmes car au fil de l'histoire Gilles se retrouva parfois en face d'épisodes qu'il fallait bien sauter. Il était parfaitement impossible en effet de lui parler de Sitapanoki et de toutes celles qui l'avaient si bien aidé à supporter les rigueurs de l'absence et les exigences de sa jeunesse...

Enfin, quand vint le moment d'effleurer le drame de Trécesson il marqua une hésitation. Sa bien-aimée savait-elle qu'il avait tué son frère aîné et que le cadet n'avait échappé que de justesse à son impitoyable justice ? Comment, sans réveiller chez elle l'épouvantable souvenir de la fosse dans la forêt, évoquer ce qu'il avait appris, par une nuit terrible, au relais de Ploërmel ? Mais presque inconsciemment elle lui facilita les choses en demandant timidement :

— Est-ce que Monsieur de Talhouët a pu te faire tenir ma lettre ?

— Bien sûr, et elle ne m'a jamais quitté, pas plus que ton souvenir, ajouta-t-il en caressant des lèvres les beaux cheveux de soie couleur de cuivre rouge.

— Alors tu n'as pas cherché à me retrouver puisque tu me croyais donnée à un autre ?

— Je n'ai fait que te chercher et j'ai trouvé ta trace, gravée comme celle d'une biche effrayée, au bord d'un étang de la forêt de Paimpont. Malheureusement je l'ai reperdue aussitôt. Mais j'avais trouvé celle de tes frères. Tudal est mort de ma main...

Elle tressaillit si violemment qu'il crut au début d'une crise nerveuse et la serra plus étroitement contre lui. Dans la nuit claire il vit étinceler son regard sombre.

— Tu as... tué Tudal ? souffla-t-elle incrédule.

— Je l'ai pendu à la maîtresse poutre de sa maison et c'était encore de la clémence car il méritait la roue !

— Et Morvan ?

Il eut un geste d'impuissance :

— Disparu ! Il n'était pas au Frêne lorsque j'ai

rejoint Tudal et j'ai su par la suite qu'il s'était enfui. Sinon il aurait subi le même sort. Mais je ne désespère pas : je sais que je le retrouverai un jour.

Elle se mit à trembler comme une feuille d'automne et sa voix terrifiée ne fut plus qu'un souffle quand elle demanda :

— Pour faire ainsi justice, as-tu donc appris ce qui s'était passé... tout ce qui s'était passé ?

— Tout ! Ne dis plus rien !

Et pour mieux juguler l'épouvante de l'atroce souvenir qu'il sentait revenir il ferma d'un baiser infiniment tendre les lèvres frémissantes de la jeune fille.

— Tu n'as rien à m'apprendre, fit-il seulement quand il s'écarta, sinon ce que tu as fait après ta fuite.

Avec une surprise vaguement irritée, il la sentit alors se raidir, s'écarter et il eut la sensation qu'elle se refermait d'un seul coup.

— Il y a peu de choses à dire, dit-elle avec un petit rire sans joie. Ma vie à moi n'a rien eu d'héroïque. Je savais que ma mère avait une parente éloignée à Paris, une parente dont mes frères ne connaissaient pas l'existence, je crois bien. Je suis allée chez elle et je lui ai tout dit. Elle m'a prise alors sous sa protection et m'a cachée quelque temps, le temps de me trouver une position qui me mette à l'abri.

— C'est elle qui t'a fait entrer comme lectrice de la comtesse de Provence ?

— O... ui, mais...

— Et c'est elle encore, naturellement, qui t'a fait connaître ce merveilleux médecin italien, cet excellent comte de Cagliostro !

Du coup, Judith s'arracha de ses bras, sauta sur ses pieds et Gilles eut à nouveau devant lui la Judith d'autrefois, méfiante, combative et impatiente.

— Comment sais-tu tout cela ?

— Peu importe comment je le sais. Est-ce vrai ?

— C'est vrai. Elle m'a procuré la sécurité d'une maison royale, la bonté de Madame qui m'aime bien et me protège.

— Sous un faux nom !

— Bien sûr sous un faux nom ! Devais-je risquer, en m'avouant Judith de Saint-Mélaine, de voir mes frères me retrouver, me reprendre ? Grâce à tante Félicité j'ai cessé d'avoir peur.

— Et grâce à ce fameux Cagliostro, qu'as-tu obtenu ?

— La fin de mes terreurs, la possibilité de vivre à nouveau normalement, la guérison ! Sais-tu ce qu'ont été mes nuits, durant des semaines, après... Trécesson. Je ne pouvais plus dormir, je ne voulais plus dormir par crainte de retrouver l'abominable cauchemar, toujours le même, que je refaisais sans cesse ! Je ne pouvais plus supporter l'obscurité ! J'étais malade, délirante, à moitié folle. Alors tante Félicité qui ne savait plus que faire a fait chercher le comte. Il l'avait guérie jadis d'une maladie de langueur et elle était demeurée en correspondance avec lui parce qu'elle éprouve, pour cet homme de bien, vénération et amitié. Il est venu, de fort loin d'ailleurs, et, sous ses mains, j'ai enfin retrouvé la paix, la santé, presque la joie. C'est un homme merveilleux... plus qu'un homme même !...

— Eh bien ! Quelle apologie ! Disons un dieu et n'en parlons plus !

— Et moi je veux en parler, s'écria Judith avec une brusque colère. Pourquoi serais-je ingrate, indifférente envers un homme qui m'a rendu la raison ?

Une amère jalousie envahissait lentement l'âme de Gilles. Il avait tant souhaité, lorsqu'il retrouverait celle qu'il aimait, être pour elle le refuge, la barrière et le défenseur, le confident, l'ami et l'amant tout à la fois et voilà qu'un autre était déjà pour elle presque tout cela, un autre qui possédait en outre le pouvoir de guérir. Et comme elle refusait l'amant, cela ne lui laissait plus grand-chose...

Irrité à son tour, il ne put retenir les mots cruels qui lui venaient parce que l'être humain est ainsi fait qu'il éprouve le besoin de rendre coup pour coup, blessure pour blessure.

— On dirait que les médecins ont beaucoup d'importance dans ta vie. Le malheureux que tu avais épousé et que tes frères ont tué le jour de ton mariage était bien médecin, il me semble ?

Il comprit qu'il lui avait fait mal à la crispation soudaine de ses traits et il en éprouva un remords immédiat mais il ne pouvait plus reprendre ses paroles.

— Pauvre Job Kernoa ! murmura-t-elle. Il était bon et doux... Il m'avait trouvée à moitié morte et il m'avait soignée sans rien me demander. Je crois qu'il m'aimait.

— Et toi, tu l'aimais ?...

— Je l'aimais bien. Il était si gentil, si prévenant... cela n'a pas été facile de lui faire avouer son amour.

— Si je comprends bien, ce n'est pas lui qui t'a épousée, c'est toi qui en as fait ton mari !

Qu'est-ce qui t'obligeait à te marier ? Ne m'avais-tu pas promis de m'attendre trois ans ?...

— Attendre quoi, attendre qui ? J'étais persuadée que tu ne reviendrais jamais et puis j'avais peur de mes frères, tu entends : peur ! Tu sais ce que c'est que ça, la peur ?

— Oui, je sais ce que c'est ! Oh ! Judith, Judith ! nous sommes là à nous disputer stupidement alors que nous ne devrions échanger que des mots d'amour !... Que faisons-nous dans ce parc au lieu de partir ensemble, la main dans la main ?... Sais-tu que je te croyais enfermée au fond d'un couvent ? J'ai appris que tu avais écrit chez Madame pour demander la permission d'abandonner son service et de te faire nonne ?

— Tu sais cela aussi ? Mais tu es le Diable ! Qui a bien pu te renseigner ?

— Je n'ai pas le droit de te le dire mais je le sais. Pourquoi as-tu écrit cela ?

— Parce qu'on me l'a conseillé. Le comte pensait qu'il fallait m'éloigner le plus possible de la maison de Madame... et de Monsieur. Il disait que je n'y étais plus en sécurité. Le couvent était l'explication la plus simple, la plus normale...

— Et moi j'aurais pu mettre le feu à tous les moutiers de France et de Navarre pour te retrouver... alors que tu étais ici. Mais, au fait, où sommes-nous ? Quel est ce château ?

L'étonnement fit tomber momentanément la colère de la jeune fille, de la même façon que la pluie abat le vent.

— Tu ne le sais pas ? Mais comment es-tu venu, alors ?

— On m'avait fait boire je ne sais quelle drogue. J'étais inconscient.

— Qui t'a amené ?

— Une femme que je ne connais pas. Je ne sais d'elle qu'un prénom : Anne.

— Vraiment ? Et... comment est-elle, cette Anne ?

Un peu inquiet à cause de la dureté soudaine de la voix de Judith, Gilles fit de sa geôlière un portrait exact mais succinct, s'efforçant surtout de ne pas s'attarder sur le charme voluptueux de la dame.

— Je vois !...

Le ton glacial de la jeune fille n'avait rien de rassurant. Et, brusquement, elle éclata, sans cris, mais d'une voix sifflante qui cinglait comme la lanière d'un fouet :

— Quelle sorte de menteur êtes-vous devenu, Gilles Goëlo ? Vous prétendez appartenir à la Maison du Roi, vous fréquentez la Cour et vous osez me dire que vous ne connaissez pas la comtesse de Balbi, la toute-puissante maîtresse de Monsieur ? Que vous ne connaissez pas non plus les demeures des princes du sang ? Peut-être que vous ne connaissez pas Versailles non plus !...

— Mais ceci n'est pas Versailles, j'imagine !

— Non. C'est Grosbois ! Seulement moi qui ne connais qu'à peine la Cour, qui ne mets pratiquement jamais les pieds à Versailles, il se trouve que je connais bien Anne de Balbi, que je sais qu'elle trompe le prince avec tous les hommes dont elle a envie et que, si elle prend la peine de droguer un imbécile et de l'amener dans un château désert, ce n'est certainement pas pour lui apprendre à tricoter des mitaines ! Qu'avez-vous fait ici ensemble ?

— Mais... rien, absolument rien ! articula Gilles

un peu démonté en face de cette jeune furie dont les yeux lançaient des éclairs et qui semblait prête à se jeter à sa figure toutes griffes dehors.

— Vous mentez ! Oserez-vous jurer que vous n'avez jamais couché avec elle ? Oserez-vous le jurer ?... tiens, sur la mémoire de votre père !

— Non, je ne le jurerai pas. Mais, bon dieu ! gronda Gilles à qui la moutarde commençait à monter au nez, je suis un homme, moi, et un homme a besoin de certaines choses qu'une gamine ne saurait imaginer ! Je n'aurais jamais touché une autre femme si tu...

— Je vous interdis de me tutoyer ! Gardez cela pour vos maîtresses, lança-t-elle avec une rage enfantine.

— Je n'ai pas de maîtresse ! Cette femme n'a été pour moi qu'une aventure de rencontre, rien de plus. D'ailleurs, si je l'avais aimée, aurait-elle eu besoin de me faire avaler un somnifère pour m'obliger à la suivre ?... Judith, il faut me croire : je n'ai aimé, n'aime et n'aimerai jamais que vous !

Mais elle ne l'écoutait pas. Debout à quelques pas de lui, elle mordillait le bout de ses doigts et semblait fouiller dans sa mémoire pour y trouver quelque chose.

— Judith ! reprocha le jeune homme doucement, vous ne m'écoutez même pas !...

— Tournemine... Tournemine ! marmotta-t-elle les yeux au ciel. Cela me rappelle quelque chose ! Où ai-je entendu parler de Tournemine ?...

— Mais... chez nous, en Bretagne ! C'est l'un de nos plus vieux noms, l'un des plus...

Elle laissa tomber sur lui un regard aussi tendre que le basalte.

— Je connais l'armorial breton, figurez-vous,

car je l'ai étudié avant vous ! Je connais les Tournemine, leurs armes, leurs titres, leurs terres, leurs devises et leurs légendes même. Je sais...

Elle s'arrêta net comme si une soudaine illumination venait de lui venir du ciel. Puis, avec une douceur aussi soudaine qu'inquiétante.

— Dites-moi un peu, mon ami... est-ce que vous ne seriez pas ce compagnon de La Fayette à qui les Indiens ont donné un nom d'oiseau ? Mais oui !... le Tournemine qui a ressuscité le fameux Gerfaut, ça doit être vous ?

— Bien sûr, c'est moi, mais...

— Oh !... Et vous osez encore m'adresser la parole, me tutoyer ? Si je ne m'étais pas défendue, vous me violiez, ma parole ? Vil suborneur ! Coureur de jupons ! Allez donc retrouver vos sauvagesses, vos filles perdues et vos catins de haut vol ! Vous êtes mort pour moi !

Elle vira sur ses talons et, rassemblant la mousse de ses jupons virginaux, elle partit en courant à travers les arbres en direction d'une construction basse dont on apercevait vaguement les murs.

Furieux, et très ennuyé car il se souvenait de ce que lui avait dit Mme de Balbi – puisque tel était son nom – des récits sur lui et sa belle Indienne qui couraient les salons de Paris, Gilles s'élança derrière elle et n'eut aucune peine à la rattraper. Il l'empoigna fermement par les deux bras et réussit à l'immobiliser malgré les efforts qu'elle faisait pour se libérer.

— Allez-vous enfin cesser de dire des sottises ? J'ignore quelle sorte de potins vous avez bien pu entendre dans vos sacrés salons parisiens, mais je me doute de ce que cela pouvait être. Les gens de ce pays semblaient n'avoir rien d'autre à faire que causer à tort et à travers sur les uns ou les autres mais surtout de ce qu'ils ne connaissent pas ! Vous voulez la vérité, vous voulez vraiment l'entendre ?

— Je vous mets au défi de la dire !

— Parfait ! Vous l'aurez voulu ! C'est vrai, j'ai eu pour maîtresse l'épouse d'un grand chef iroquois. Elle était d'une très grande beauté et j'ai cru, un moment, que je pourrais l'aimer parce que j'aimais son corps.

— Taisez-vous ! Je vous ordonne de vous taire !

— Trop tard ! Où est votre célèbre courage ? Vous avez voulu la vérité et croyez-moi vous allez l'entendre tout entière. Cette femme a été ma maîtresse et elle n'est pas la seule parce que je suis un homme fait de chair et de sang et parce que le corps de l'homme a besoin de celui de la femme pour vivre en équilibre. J'ai été l'amant d'autres femmes, de petite naissance ou nées sur les sommets de la société. Toutes étaient charmantes et certaines étaient plus que belles. Pourtant mon cœur n'a jamais réussi à vous oublier. Vous entendez ? Pourtant j'ai quitté toutes ces femmes pour vous chercher, vous retrouver, vous avoir à moi parce que, au milieu des millions de femmes qui peuplent le monde, il n'en existe réellement qu'une seule pour moi, une seule, la plus belle, la plus adorable, la seule qui ait le pouvoir de me faire souffrir et de me faire connaître l'enfer. Cette femme c'est vous, c'est toi... mon amour, mon terrible et merveilleux amour, mon aimée... Cesse de te défendre contre moi, contre nous ! N'avons-nous pas été assez malheureux ?

Peu à peu, ses bras s'étaient refermés sur elle, l'emprisonnèrent. Contre sa poitrine il sentait battre le cœur affolé de Judith qui s'abandonnait contre lui, amollie, comme vidée de toute son énergie. Il baissa la tête, s'empara de sa bouche avec passion et sentit que son visage était mouillé de larmes.

Longuement, il prolongea son baiser, envahi pour elle d'une immense tendresse, d'un besoin profond de la garder toujours ainsi, fragile et vulnérable, à l'abri de ses muscles solides et de son amour. Dans un instant, il allait l'enlever de terre, l'emporter loin de ce château désert, de ce refuge que l'inquiétant Cagliostro lui avait trouvé au fond de ce parc et où il la maintenait dans la crainte d'on ne savait quelle fumeuse menace, l'emmener jusqu'à sa petite maison de la rue de Noailles où Mlle Marjon saurait si bien prendre soin d'elle. Ensuite, ils partiraient tous deux, le plus loin possible, pour y fonder leur bonheur sur des bases solides, telles qu'il était impossible d'en creuser dans le sable d'une cour royale...

Repris par son vieux rêve d'une maison blanche dans une prairie de Virginie, il desserra un peu son étreinte pour soulever le corps léger de la jeune fille mais, d'une bourrade, elle le repoussa si violemment qu'il trébucha. La gifle qu'elle lui assena acheva de le déséquilibrer et il se retrouva assis dans l'herbe tandis que Judith reprenait sa course vers la petite construction dont une fenêtre éclairée brillait au fond d'un layon.

Avec un affreux juron, il se releva d'un bond, s'élança à sa poursuite mais elle courait avec la légèreté d'une biche poursuivie et il s'était tordu un pied en tombant. Quand il arriva devant la maison ce fut juste à temps pour se faire claquer la porte au nez.

Furieux, il allait se jeter sur cette porte de toute

sa force pour tenter de l'enfoncer mais une voix de femme, douce et affectueuse, lui parvint :

— J'allais aller au-devant de vous, mon enfant. J'étais inquiète. Vous ne devriez pas vous attarder tellement dans le parc lorsque le château est vide. Mais, vous pleurez ?

— Ce n'est rien... je suis tombée et je me suis fait mal. Ne soyez pas en souci, bonne amie, je n'irai plus dans le parc... jamais. Je crois bien avoir aperçu un rôdeur. Vous devriez dire à Pierre de faire une ronde...

— C'est une bonne idée. J'y vais tout de suite...

Il eût été dangereux de rester plus longtemps. Non loin de la maisonnette, Gilles aperçut, sous la lumière de la lune, le mur du parc et s'élança vers lui sans demander son reste, se promettant bien de revenir dès le lendemain. Il y avait une bonne chance pour qu'un chemin longeât ce mur.

Quand il eut atteint le faîte, il vit que c'était une large route et que des lumières brillaient assez loin au bout de cette route : le village, sans doute. Sautant à terre, il allait marcher vers ces lumières mais le roulement d'une voiture qui se rapprochait rapidement l'incita à demeurer caché et il se tapit dans les herbes hautes du fossé.

Un instant plus tard, la voiture, une élégante berline, passait tout près de lui, se dirigeant au galop vers la grille du château dont il pouvait apercevoir les lanternes. C'était très certainement Mme de Balbi qui revenait comme elle l'avait promis et la pensée de sa déception, de sa colère peut-être quand elle s'apercévrait de sa fuite lui arracha un sourire. Mais c'était une raison de plus pour ne pas s'attarder...

En quelques minutes il eut atteint les lumières

qu'il avait vues briller au loin. C'étaient celles d'un relais de poste, celui du village de Boissy-Saint-Léger, et il n'eut aucune peine à y trouver un cheval puis, renseigné par un postillon qui lui indiqua le chemin à suivre, il sauta en selle et s'élança, à bride abattue, sur la route de Versailles.

Quand il y arriva, le hâtif jour d'été commençait à poindre allumant l'or aux grilles et aux girouettes du palais. Le soleil n'allait pas tarder à bondir dans le ciel et à déverser ses rayons sur les jardins endormis où les jardiniers étaient déjà à l'œuvre ratissant les allées et nettoyant les canalisations des jeux d'eaux.

Les rues étaient désertes, paisibles et Gilles se sentait étonnamment dispos malgré les émotions des dernières heures. La course dans le vent frais du petit matin lui avait fouetté le sang et atténué la déception causée par la gifle de Judith. À présent il pouvait en sourire car, à la réflexion, il en était venu à ne plus y voir qu'une défense ultime et désespérée, une réaction de jeune fille contre sa propre faiblesse. Elle s'était vengée sur lui de n'avoir pu s'empêcher de répondre – et avec quel abandon ! – au dernier baiser qu'il lui avait imposé. Et puis, la nuit prochaine, il retournerait à Grosbois avec Winkleried et leurs serviteurs. À eux quatre, ils sauraient bien enlever la rebelle et la ramener à Versailles.

« Dès demain, échafaudait le chevalier, je demanderai audience à la Reine afin qu'elle accorde à Judith sa protection et dans une semaine nous nous marions ! »

Ces agréables pensées l'accompagnèrent jusqu'au bout du voyage mais, quand il atteignit la rue de Noailles, ce fut pour constater que son arrivée déclenchait une manière de révolution en miniature. Mademoiselle Marjon, sa propriétaire, qui, enveloppée de coiffes imposantes, était tout juste en train de fermer sa porte pour se rendre à la première messe au moment où il sautait de cheval dans le jardin, lâcha tout à la fois ses clefs et son livre de messe en poussant un cri :

— Mon Dieu ! Le voilà !

Le cri fit apparaître Pongo qui dégringola de l'arbre où il était installé, une carabine à la main, et Niklaus, le valet de Winkleried, qui surgit d'un buisson de framboisiers armé d'une paire de pistolets. Presque simultanément l'une des fenêtres de la chambre de Gilles s'ouvrit pour laisser passer la tête hirsute d'Ulrich-August qui, lui, tenait son épée d'une main et un pistolet de l'autre.

— Eh bien ! cria-t-il, c'est pas malheureux ! Je commençais à croire que tu étais mort ! D'où viens-tu donc ?

— De l'enfer et du paradis en même temps ! Mais je te jure que c'est le paradis qui l'emportera !...

Un moment plus tard, tout le monde était réuni chez Gilles autour d'un grand pot de café odorant comme savait admirablement le préparer Niklaus et Mlle Marjon, oubliant pour la première fois de sa vie ses devoirs religieux et ses principes, mettait Gilles au courant de ce qui s'était passé l'avant-veille et qui tenait, à vrai dire, en peu de mots : à la nuit noire, des hommes masqués avaient envahi le jardin et l'avaient enfermée chez elle en la menaçant de brûler sa maison si elle bougeait seulement le petit doigt.

— Quelque chose a-t-il pu vous suggérer qui pouvaient être ces hommes ?

— Non. Je n'ai remarqué que les yeux noirs de leur chef qui étincelaient derrière les trous de son masque et son allure générale qui était celle d'un gentilhomme. Il était grand avec une voix assez métallique... ah !... et un léger accent qui pouvait venir du Midi. Mais je n'ai guère eu le temps d'en voir davantage.

— Vous avez dû avoir une peur horrible ! Je suis navré...

Mais elle se mit à rire tandis qu'un œil singulièrement batailleur brillait malignement sous ses coiffes de dentelle.

— Il ne faut pas ! Je n'ai pas eu peur un seul instant ! Voyez-vous, je ne déteste ni l'odeur de la poudre... ni celle du tabac si vous voulez tout savoir, fit-elle en tendant sa tasse à Niklaus pour qu'il la resservît ; je me suis laissé enfermer chez moi sans mot dire mais, par l'escalier intérieur, j'ai été prévenir Monsieur Pongo. Je dois dire qu'il a eu une réaction intéressante.

— Laquelle, mon Dieu ?

— Il s'est déshabillé ! En un rien de temps j'ai eu sous les yeux un véritable chef indien... moins les plumes bien entendu !

— Vêtements pas commodes pour glisser dans feuillage sans faire bruit, coupa l'incriminé. Pongo sortir facilement par fenêtre cuisine, descendre dans buisson et réussir à quitter jardin sans que personne voir ou entendre.

— Il ne devrait jamais s'habiller comme tout le monde ! remarqua Ulrich-August en riant. Le costume d'Adam lui va beaucoup mieux ! Quand je l'ai vu arriver ainsi, j'ai seulement regretté la peinture et les plumes... et aussi que ma propriétaire résidât trop loin ! Ça l'aurait tuée !

— Car, bien sûr, il est allé tout droit te prévenir ?

— *Natürlich !* Je venais de rentrer. J'ai pris mon épée, Niklaus un couteau de cuisine et un pistolet.

— Ensuite, continua Mlle Marjon peu disposée à céder la vedette, le baron et son valet sont allés à côté, chez l'aubergiste Lolandre où soupaient quelques-uns de ces Messieurs les Suisses.

— Avec Pongo toujours tout nu ? Vous avez dû avoir un succès !

— Je lui avais prêté une culotte ! précisa vertueusement Winkleried.

— Tout ce monde est revenu en force, acheva la propriétaire et en un clin d'œil le jardin a été nettoyé. Les envahisseurs se sont enfuis en désordre, emportant leur honte et un ou deux blessés qui avaient quelque peine à marcher.

Ulrich-August avait alors remercié ses camarades après quelques libations au ratafia de coings et à l'anisette des Indes généreusement offerts par la vieille demoiselle puis, Tournemine ne reparaissant toujours pas, il avait tenu avec Mlle Marjon, Niklaus et Pongo une manière de conseil de guerre restreint aux termes duquel on s'était réparti les gardes pour veiller jusqu'à ce que Gilles fût de retour. Mais la nuit s'était écoulée sans ramener le jeune homme.

Au début, ses amis n'avaient pas été autrement inquiets. Le fait qu'ils avaient pu désamorcer le piège tendu les rassurait mais la journée s'étant passée sans autres nouvelles, l'inquiétude était revenue avec la nuit. De l'enquête rapide menée par Winkleried il ressortait que Tournemine s'était évanoui dans le brouillard dès sa sortie du « Juste ». Et, à l'exception de Mlle Marjon qui était allée se coucher, les trois autres avaient décidé de poursuivre leur veille. Mais cette fois rien n'était venu troubler la tranquillité des alentours.

Émû par cette amitié qu'il découvrait aussi vigilante, même chez une vieille fille qu'il ne connaissait que depuis peu de semaines, Gilles tenta de rassurer ses amis en leur expliquant brièvement que tout ceci était simplement le résultat d'une histoire de femme ajoutant que, très vraisemblablement, les gens de l'embuscade étaient soudoyés, et peut-être conduits par un mari jaloux. Mais il n'y réussit pas tout à fait.

— Peste ! grommela Mlle Marjon. Vingt hommes pour une paire de cornes ? Votre jaloux doit être au moins duc et pair et je vous en fais mon compliment bien sincère !

Elle redescendit chez elle en annonçant que, pour plus de sûreté, elle allait acheter le plus gros chien qu'elle pourrait trouver.

Alors, à Winkleried, Gilles, toutes portes closes, raconta son aventure dans toute sa vérité.

— De toute évidence, le comte de Provence a tenté de me faire, sinon assassiner, du moins enlever cette nuit ! conclut-il.

— Je pencherais pour l'assassinat ! Qu'est-ce que tu veux qu'il fasse de toi ? Il va falloir prendre des précautions car, quand il va s'apercevoir que son coup a raté, il va devenir méchant !

— J'espère ne pas lui en laisser le temps, fit Gilles en souriant. Si tout marche comme je l'espère, dans quelques jours je serai marié et je demanderai un congé pour emmener ma femme en Bretagne...

La conférence, à cet instant, fut interrompue par

l'entrée en scène d'un jeune soldat, porteur d'une lettre qui venait d'arriver pour le chevalier de Tournemine à l'hôtel des Gardes du Corps.

Le billet était de Cagliostro si l'on en croyait le texte très bref et le grand C un peu trop orné qui lui tenait lieu de signature.

« Vous avez eu grand tort de ne pas suivre mon conseil, chevalier ! À présent, il est inutile de revenir où vous savez car à l'heure où vous lirez cette lettre, la personne qui vous intéresse n'y sera plus. Je l'emmène en sûreté. Tenez-vous en repos et laissez le temps et les hommes travailler en paix. »

Sous l'œil intéressé d'Ulrich-August, Gilles, furieux et désolé de voir celle qu'il aimait lui échapper encore, écrasa le papier dans son poing et l'envoya rouler dans un coin de la pièce avant de s'effondrer sur une chaise, les coudes aux genoux et la tête dans les mains.

— Partie ! Elle est partie ! Ce damné Italien me l'a encore enlevée ! Ce démon qu'elle aime tant ! Mais j'arriverai bien à les retrouver et alors, ce charlatan aura des comptes à me rendre !

Pendant ce temps Winkleried était allé tranquillement ramasser la boule de papier, l'avait défroissée sur un coin de table et en avait tranquillement pris connaissance.

— J'aimerais bien rencontrer ce Cagliostro, soupira-t-il. Rien que pour voir si un sorcier est à l'épreuve des balles et d'une bonne épée.

— Tes balles te reviendraient, ton épée se briserait. C'est le Diable que cet homme-là ! Mais Diable ou pas, il faudra bien qu'un jour je le tue ! lança Gilles avec rage.

CHAPITRE XI

JEUX DE REINE...

Le mercredi 11 août, le Roi avait ordonné son jeu pour le soir.

Dès sept heures, les six salons en enfilade qui constituaient les Grands Appartements illuminaient, bien qu'il ne fît pas encore nuit, leurs marbres polychromes, leurs bronzes dorés, leurs porphyres, leurs brocarts d'or et leurs tapisseries chatoyantes au feu de centaines de bougies parfumées brûlant dans les grands lustres d'argent massif et les girandoles de cristal de roche. Cette grande illumination aggravait la chaleur et les fenêtres étaient largement ouvertes sur les allées rectilignes et les tapis de gazon du Parterre du Nord. La Cour emplissait lentement le fabuleux décor planté pour elle deux siècles plus tôt et empourpré par la gloire d'un soleil couchant...

Toute la Cour, d'ailleurs, ce qui était rare, y compris la Reine et sa coterie privilégiée de Trianon qui se fussent bien gardées d'être absentes car le jeu de ce soir constituait une manifestation de mauvaise humeur royale fort peu habituelle chez le bon Louis XVI. Mais le Roi avait été victime, dans l'après-midi, d'une plaisanterie de mauvais goût comme avaient un peu trop tendance à en inventer les joyeux amis de sa femme : s'étant laissé aller, après son repas, à une petite sieste sur un banc de Trianon, le Roi avait retrouvé, à son réveil, le livre de chasse qu'il lisait remplacé par un volume des œuvres de l'Arétin orné de gravures tellement obscènes qu'elles avaient, en touchant son horreur du libertinage, déchaîné sa colère. On l'avait entendu déclarer, fort vertement, à la Reine :

— Puisque, chez vous, l'on est incapable de respecter le Roi, vous me permettrez de rentrer chez moi, Madame ! Votre frère l'empereur Joseph a bien raison de dire que vous ne savez vous entourer que de catins et de croquants et je ne connais guère, ici, que votre fermier Valy qui soit respectable et de commerce agréable ! Vous verrez à me faire rendre mon livre. Il est propre et j'y tiens !

Et, jetant loin de lui l'indécent bouquin, Louis XVI était parti à grandes enjambées pour Versailles sans rien vouloir entendre de plus.

L'atmosphère de la soirée menaçait de s'en ressentir. Autour des tables disposées dans l'admirable salon de Mercure, malheureusement veuf du fabuleux mobilier d'argent massif jadis commandé par Louis XIV, la famille royale et les Grands Emplois vinrent prendre place dans un murmure atténué de sanctuaire pour s'y livrer aux joies sages du loto.

C'était le seul jeu que le Roi aimât et il y prenait en général grand plaisir alors qu'il détestait le pharaon, si cher à la Reine qu'elle y passait des nuits blanches et y grevait si dangereusement ses finances que Louis XVI avait interdit ce jeu et ses relents de tripot. Aussi Marie-Antoinette, que le loto en revanche ennuyait prodigieusement, faisait-elle contre mauvaise fortune bon visage. Elle n'y avait d'ailleurs pas beaucoup de peine car, excellente maîtresse de maison, elle savait, naturellement, faire rayonner sur tous sa grâce et son sourire. Ce qui ne l'empêchait pas de jeter de temps à autre un coup d'œil un peu inquiet au visage nuageux de son époux.

— Le torchon brûle, chuchota Winkleried qui était de service aux portes des Grands Appartements quand Gilles passa près de lui.

Mais le chevalier, debout derrière le fauteuil du Roi qui en avait exprimé le désir, n'y prêtait guère attention, se contentant de savourer la joie d'une faveur royale aussi inattendue et aussi manifestement exprimée en face de toute la Cour.

À ce poste de choix, il vit arriver, pour la première fois réuni à ses yeux, l'inquiétant ménage à trois qui avait entrepris de jouer un rôle dans sa vie : Monsieur, plus gros que jamais dans un fabuleux costume qui semblait vouloir concurrencer le soleil, Madame, laide et moustachue, dont la seule beauté tenait toute dans son maintien majestueux et ses vastes yeux sombres, malheureusement sans grande expression, et enfin, étincelante sous une batterie de saphirs et un extravagant métrage de satin bleu pâle, la séduisante comtesse de Balbi en laquelle Gilles n'eut aucune peine à reconnaître sa maîtresse d'une nuit et son geôlier d'un jour...

Le prince et la comtesse semblaient d'excellente

humeur. Leurs rires et les plaisanteries qu'ils échangeaient apportèrent un agréable contraste à l'ambiance guindée et la détendirent un peu mais attirèrent une remarque du Roi

— Vous me semblez bien joyeux, ce soir, mon frère ? fit-il en plissant légèrement ses yeux myopes.

— Je suis toujours joyeux, Sire, lorsque j'ai le bonheur de passer la soirée en votre compagnie et en celle de la Reine qui me paraît ce soir plus éclatante que jamais !

— Bien aimable aussi, marmotta le Roi entre ses dents. Cela cache quelque chose...

La douce Mme Élisabeth qui était assise auprès de Louis XVI, tapa doucement sur sa main avec le bout de son éventail.

— Pourquoi ne serait-ce pas vrai ? Je suis toujours plus heureuse, moi, quand je suis près de vous !...

— Oh ! vous, ma sœur, vous êtes un ange. Et puis vous m'aimez bien. Je n'en dirai pas autant de tout le monde, ajouta-t-il avec un regard noir à l'adresse du comte de Vaudreuil, un créole phtisique et brutal mais séduisant, qu'il soupçonnait d'être l'auteur de la mauvaise plaisanterie de l'après-midi.

Occupé à examiner les cartons de la Reine auprès de laquelle il était assis et dont il était d'ailleurs l'un des amis les plus chers, Vaudreuil ne parut pas s'en apercevoir.

— Ça, jouons ! fit le Roi avec impatience tandis que le comte d'Artois, vêtu de blanc de la tête aux pieds et le nez au vent, effectuait à son tour une entrée tapageuse. Et que les gens incapables d'arriver à l'heure prennent au moins la peine de se faire oublier !

Mais, sans se soucier outre mesure de la mauvaise humeur fraternelle, Artois s'en alla baiser la main de sa belle-sœur et la complimenter sur l'élégance de sa robe de soie bleu Nattier, finement rayée d'argent, dernier chef-d'œuvre sorti le matin même des ateliers de l'importante Rose Bertin, son « ministre » de l'Élégance.

— Asseyez-vous près de moi, mon frère, et prenez des cartes sinon nous allons tous nous faire gronder, lui dit-elle en riant.

Tandis que le jeu commençait aux sons atténués d'une ariette de Gluck que les violons de la Chambre du Roi jouaient dans le salon voisin, Tournemine s'efforça de ne pas regarder trop fixement le comte de Provence qui, assis vis-à-vis de son frère, lui faisait face. Mais force lui était bien de constater que le regard du prince, filtrant sous une paupière lourde, pesait assez souvent et avec insistance sur lui. Et comme Mme de Balbi se tenait debout derrière Provence, il n'échappait au regard de l'un que pour trouver celui de l'autre, insolent et moqueur tout à la fois.

La chaleur devenait pénible. Les divers parfums dont femmes et hommes étaient inondés alourdissaient singulièrement l'atmosphère.

— J'ai soif ! dit tout à coup Louis XVI qui était en train de se faire plumer par son frère et n'en était pas plus souriant pour cela.

Le duc de Coigny, Premier Gentilhomme de la Chambre, se précipita, armé d'un plateau et d'un verre de champagne, et l'offrit au souverain mais, sans le regarder, celui-ci refusa.

— Ma foi, non ! Cela ne me vaut rien. Monsieur de Tournemine ajouta-t-il en se tournant à demi vers le jeune officier, voyez donc à me faire apporter de l'eau de Vichy !

— Vous, mon frère... de l'eau ? s'écria Provence surpris.

— Ma foi, oui ! Lassone, mon médecin, exige que j'en boive beaucoup. Il prétend que cette eau est tout à fait capable de me débarrasser de ces somnolences qui me prennent après les repas... et dont je me trouve si mal. Je conçois votre surprise mais j'imagine qu'en bon frère, vous m'encouragerez dans cette voie car ma santé, n'est-ce pas, vous est chère ?

— Vous n'en doutez pas, j'espère ?

— En aucune façon. Quarante-neuf ! Ah, cette fois c'est pour moi ! Votre chance tournerait-elle, mon frère ?... L'eau de Vichy peut-être...

Tandis que le Roi escarmouchait ainsi avec Monsieur, Gilles était parti comme une flèche vers le Salon de l'Abondance où l'on avait coutume de dresser les buffets. Mais si vite qu'il fût allé, il n'en fut pas moins rejoint à mi-chemin par Anne de Balbi.

— Puisque vous êtes en veine de commission, chevalier, apportez-moi donc un sorbet...

— Tout à l'heure, Madame, lorsque le Roi sera servi !

— Toujours aussi galant à ce que je vois ! Nous avons à parler, mon bel ami. Vous me devez, il me semble, quelques explications...

— Je n'en ai pas conscience, Madame... et le Roi attend !

— Au diable le Roi ! siffla-t-elle entre ses dents serrées. Je veux te voir, tu entends ?... Et cette nuit même ! Je t'attendrai jusqu'à l'aube... où tu sais !...

Sans répondre, il lui tourna le dos, alla jusqu'aux buffets, se fit remettre l'eau demandée et revint sur ses pas. Mais elle l'attendait à l'entrée du salon de Vénus et, alarmé par le battement accéléré de son éventail nerveusement manié, il n'osa pas l'écarter.

— Viendras-tu ? chuchota-t-elle.

— Votre vouvray ne me plaît pas !

— Il n'y en aura pas. Mais je te conseille cependant de venir. J'ai réussi à obtenir que l'on ne... visite plus ton jardin la nuit. Cela mérite peut-être un remerciement. Alors ? Tu viendras ?

— Dans ce cas... Peut-être !

Saluant courtoisement, il passa devant elle et alla offrir au Roi le verre qu'il avait demandé.

Lorsque dix heures sonnèrent à l'admirable pendule à automate de Morand qui était l'ornement principal du salon, le Roi ramassa l'or empilé devant lui, le mit dans sa poche, se leva et alla offrir la main à la Reine tandis que tous les joueurs se hâtaient de se lever.

— Allons souper, dit Louis XVI dont la bonne humeur, jamais bien longtemps absente d'ailleurs, semblait revenue. Venez-vous, Madame ? Mais la Reine, sans prendre la main offerte, plongea dans sa révérence.

— Non, Sire, avec votre permission. Il fait une chaleur insupportable et je n'ai pas faim. Je préférerais descendre sur la terrasse avec mes dames pour respirer un peu.

Elle enveloppait son époux de son sourire lumineux qui était un miracle de charme et, fidèle à son habitude, il n'y résista pas.

— Eh bien allez... mais ne vous attardez pas trop au jardin. Les nuits d'été réservent parfois des surprises passé minuit et vous pourriez prendre froid. Quant à nous, messieurs, qui sommes de nature moins éthérée, nous irons souper !

Le cortège des souverains, encadré par les Gardes du Corps, se partagea en deux groupes et, tandis que la Reine, appuyée sur le bras de la duchesse de Polignac, son intime amie, regagnait son appartement pour y changer de toilette, le Roi se dirigeait vers la salle à manger voisine de sa bibliothèque pour y accomplir l'un des rites les plus importants de sa vie : souper. Mais, avant de passer à table, il entra un instant dans la bibliothèque faisant signe à Tournemine de le suivre.

— Venez, Monsieur, j'ai un mot à vous dire.

Et, tandis que les courtisans s'interrogeaient sur cette nouvelle marque de faveur, Gilles en face de son souverain attendait respectueusement, debout au milieu de la grande pièce blanche.

— Vous m'avez dit ici même, chevalier, que je pouvais tout demander à votre dévouement ? dit Louis XVI après un instant de silence.

— Tout, Sire ! Rien ne me rendrait plus heureux que de donner ma vie pour le Roi... et le Roi le sait !

— Cela n'ira pas jusque-là pour ce soir. Je voudrais de vous un service... très personnel ! Ne le prenez pas en mauvaise part, n'allez pas imaginer que je désire de vous que vous vous livriez à l'espionnage... mais je désirerais que vous descendiez sur la terrasse et que vous y observiez discrètement la Reine. Non... encore une fois ne vous méprenez pas ! ajouta-t-il vivement. Je ne soupçonne votre souveraine d'aucun méfait. Seulement je désire m'assurer qu'elle ne se laissera pas entraîner par ses amis à retourner cette nuit à Trianon pour y jouer au pharaon dans la tranquillité de sa maison... et loin de mes regards. Elle... ne sait pas bien résister à ses amis, voyez-vous !

— Et au cas où sa Majesté retournerait effectivement à Trianon ?

— Vous reviendrez me le dire et je vous autorise à demander que l'on me réveille. Sinon, si la Reine rentre dans sa chambre après sa promenade, eh bien, mon ami, vous ferez comme tout le monde : vous irez vous coucher vous aussi et nous ne parlerons plus de tout cela. C'est bien compris ?

— C'est compris, Sire. Le Roi sera obéi à la lettre.

— Je vous remercie. Allez, Monsieur !

Tandis que le Roi repassait dans la salle à manger, le jeune homme sortit par l'autre porte, traversa le Cabinet Doré et rejoignit l'escalier grâce auquel il rejoignit rapidement le Parterre Nord et la Terrasse.

Il eut tout d'abord quelque peine à retrouver la Reine car il y avait foule. Par les soirs d'été, quand la ville, construite dans un bas-fond humide, se faisait étouffante, ses habitants, pour peu qu'ils fussent proprement vêtus, avaient le loisir de venir prendre le frais sur la terrasse et d'y côtoyer, le plus démocratiquement du monde, les gens du château, ceux de la Cour, voire la famille royale en personne. On s'y promenait à petits pas en écoutant la musique des Gardes Suisses ou celle des Gardes Françaises qui s'y faisaient entendre alternativement. Parfois, les dimanches et jours de fête, en regardant les jeux d'eau des bassins.

Ce soir-là, c'était au tour des Gardes Françaises de déchaîner l'harmonie et les accents entraînants de *Marlbrough s'en va-t-en guerre !* voltigeaient allégrement sur les conversations et les rires de la foule en vêtements clairs recréant au pied du palais une autre fête, plus spontanée et plus sincère que les fastes royaux qui venaient de s'achever.

N'apercevant pas Marie-Antoinette, Tournemine s'adressa à l'un des pages qui déambulaient entre les groupes, toujours à la recherche d'une grosse bêtise à faire ou d'un bon tour à jouer, car la promenade vespérale des Versaillais était pour eux un terrain de manœuvres privilégié.

L'envie ne manquait peut-être pas au jeune garnement d'envoyer l'officier visiter l'Orangerie ou un lointain bosquet mais la carrure de Tournemine et son regard peu rassurant pouvaient laisser prévoir une suite de représailles et ce fut assez poliment qu'il indiqua les marches menant au parterre de Latone.

— Sa Majesté est là avec ses dames et ses gentilshommes. Vous la trouverez sur un banc près du bassin aux Lézards...

La Reine était bien là, en effet. Vêtue cette fois d'une simple robe blanche, en linon moucheté, coiffée de l'un de ces charmants demi-bonnets vaporeux que l'on appelait des « Thérèse », un mantelet de mousseline sur les épaules et un grand éventail à la main, elle était assise sur un banc au milieu d'un demi-cercle de dames et de gentilshommes dont le plus âgé mais non le moins bavard était le colonel des Cent-Suisses, le baron de Besenval, l'un des boute-en-train de la petite bande.

Une des femmes de chambre de la Reine, Mlle Dorvat, était assise près d'elle, l'autre côté étant tenu par la ravissante et indolente duchesse de Polignac dont les yeux bleus semblaient toujours noyés dans les brumes d'un rêve et que Marie-Antoinette tenait affectueusement par la main. Debout devant elles, une jeune femme laide mais d'une laideur nerveuse et pleine d'élégance avait entamé avec Besenval une sorte de discours en duo qui devait être fort amusant car toute la compagnie riait de bon cœur. C'était la comtesse Diane de Polignac, belle-sœur de la duchesse et sans doute la plus mauvaise langue de la Cour.

N'osant s'approcher davantage, Gilles prit position derrière l'un des ifs taillés bordant l'allée semi-circulaire en pente douce qui descendait vers les bassins en dominant le banc où se trouvait Marie-Antoinette.

Peu à peu la foule qui errait sur la Terrasse et le Parterre d'Eaux se clairsema. Vers minuit il n'y avait plus grand monde et la musique entamait son dernier morceau quand Tournemine qui commençait à trouver le temps long tressaillit : des profondeurs obscures du parc, un homme venait de surgir, un homme dans lequel il reconnut avec stupeur le dandy aux cheveux rouges qui servait de secrétaire à Mme de La Motte.

Le nouveau venu s'approcha du groupe joyeux qui s'ouvrit pour lui et vint saluer très profondément la Reine à laquelle il dit quelque chose à voix trop basse pour que Gilles pût entendre. Mais aussitôt Marie-Antoinette se leva.

— Eh bien, allons ! s'écria-t-elle joyeusement. Je crois que nous allons nous amuser !...

Il y eut une défection. Mme de Polignac, peut-être lasse, demanda la permission de rentrer, fit la révérence et s'éloigna au bras de son mari. Marie-Antoinette prit celui de Mlle Dorvat et tout le groupe suivit le secrétaire qui repartait vers l'épaisseur obscure du parc. Gilles s'élança sans hésiter sur leurs traces marchant dans l'herbe pour étouffer le bruit de ses pas. De toute évidence la Reine n'allait pas à Trianon. Mais alors où allait-elle ainsi à la suite d'un personnage si étroitement lié à une aventurière ?

Le cortège descendit jusqu'à l'Allée de l'Automne, contourna le Bosquet de la Salle de Bal et s'enfonça dans l'ancien Labyrinthe de Louis XIV que l'on avait redessiné, replanté d'une foule d'arbres aux essences rares et rebaptisé Bosquet de Vénus[1].

C'était un endroit frais et obscur, situé en contrebas des murs soutenant le gigantesque Escalier des Cent Marches et bien protégé des regards curieux par plusieurs rangs de charmilles étayées par des treillages de bois et délimitant des allées circulaires.

Le regard de Gilles n'avait aucune peine à suivre les robes claires de la Reine et de ses dames dans cette obscurité. Une fois dans le Bosquet, ce fut un jeu, en passant de l'autre côté d'une charmille, de s'en approcher suffisamment.

Le groupe était à présent arrêté entre deux frêles murailles vertes embaumées par le parfum des acacias et des tulipiers de Virginie. Aucun bruit ne se faisait entendre. La Reine et ses amis observaient un profond silence. Mais soudain, la silhouette sombre d'une femme apparut qui plongea dans une révérence.

— Eh bien, comtesse ! chuchota la Reine, est-ce prêt ?

1. C'est actuellement le Bosquet de la Reine car elle affectionnait cette partie du parc.

— Tout à fait prêt, Madame, répondit l'arrivante qui n'était autre que Madame de La Motte. Si Votre Majesté veut bien jeter un regard à travers les feuilles, elle pourra apercevoir la femme. Quant à lui, on l'amène dans un moment.

— Est-ce qu'elle me ressemble beaucoup ?

— Votre Majesté jugera...

« Apparemment, pensa Gilles, il s'agit là d'une scène intéressante que l'on va jouer au milieu du Bosquet ! Il serait bon que je puisse, moi aussi, applaudir les acteurs...

Et, silencieusement, il franchit l'une des portes percées dans le feuillage pour mettre en communication les différentes allées mais en s'éloignant suffisamment du groupe royal pour n'en être pas vu. Enfin, à son tour, il s'approcha de la charmille dont il écarta les branches avec mille précautions.

Ce qu'il vit le plongea dans un étonnement sans limites.

Au milieu du Bosquet une femme était debout, une rose à la main. Elle était grande, élancée, toute blanche. À cet instant, un mince quartier de lune sortant de derrière un nuage l'éclaira faiblement mais suffisamment pour qu'il fût possible à des yeux perçants de voir qu'elle ressemblait beaucoup à la Reine et qu'elle était vêtue exactement comme elle.

Cette femme semblait nerveuse. De l'observatoire où il se cachait, Gilles pouvait l'entendre respirer. Elle avait peine à rester en place et faisait, de temps en temps, quelques pas hésitants. Soudain, la comtesse, qu'il était malaisé de reconnaître parce qu'elle portait un domino noir, reparut accompagnée d'un homme vêtu de noir, lui aussi, d'une sorte de lévite fermée jusqu'au cou et les traits dissimulés sous un chapeau à large bord.

Mme de La Motte lui désigna la fausse Reine. L'homme recula comme si une balle venait de le frapper et porta sa main à sa poitrine. Puis, ôtant son chapeau pour se courber en un salut si profond qu'il était presque agenouillé, il s'avança ensuite d'un pas d'automate jusqu'à la blanche silhouette devant laquelle, comme si ses forces venaient de l'abandonner brusquement, il tomba lourdement à genoux avant de se prosterner comme devant une divinité. Gilles l'entendit murmurer avec un sanglot dans la voix :

— Oh Madame, Madame !... Enfin Votre Majesté veut bien pardonner ?...

Or, cet homme, c'était celui que le chevalier avait vu chez Cagliostro par la fente d'une porte. Cet homme qui se prosternait devant une femme, c'était un prêtre. C'était même le Grand Aumônier de France, le cardinal Louis de Rohan.

Avec stupeur, il le vit étreindre les pieds du fantôme royal, y poser ses lèvres cependant que celui-ci laissait tomber sur lui la rose qu'il tenait à la main et murmurait :

— Vous savez ce que cela veut dire...

À cet instant, une voix se fit entendre, celle du dandy-secrétaire

— Alerte ! Voici Madame et Madame la comtesse d'Artois qui viennent par ici !

Mme de La Motte se précipita, arracha le cardinal à sa prosternation et, presque de force, l'entraîna à sa suite vers l'autre bout du Bosquet, lui laissant tout juste le temps de ramasser la rose sur laquelle il pressa ses lèvres. Cependant le secrétaire, escorté d'un homme que Gilles n'avait encore jamais vu, rejoignait la fausse reine, lui jetait un manteau sur les épaules et l'emmenait dans une autre direction.

Le silence retomba sur le Bosquet lorsque le bruit de leurs pas précipités se fut éteint. Alors, tout à coup, un éclat de rire fusa, léger, argentin, puis un autre, et un autre...

— On a envie d'applaudir, fit une voix d'homme. Nous pouvons féliciter la comtesse. Elle s'entend parfaitement à monter la comédie ! Vous devriez, Madame, lui confier votre théâtre de Trianon...

— Elle y ferait peut-être merveille – cette fois c'était la voix de Marie-Antoinette –, en tout cas il y a longtemps que je ne me suis autant amusée. Était-il assez ridicule ce malheureux homme ? L'avez-vous vu se prosterner ? J'ai cru un instant qu'il allait se mettre à pleurer.

— Mais qui est cette femme ? dit une autre voix. C'était peut-être le costume, mais dans cette obscurité presque totale, car on ne peut compter la lune pour éclairage, elle m'a paru faire assez bien illusion...

— Voilà pourquoi je dis que ce cardinal est un imbécile et un misérable, fit la Reine avec un début de colère, car savez-vous avec qui, lui, prince de l'Église, lui Grand Aumônier de France, lui ancien ambassadeur à Vienne auprès de l'Impératrice ma mère, m'a confondue ? Le savez-vous ? Avec une fille des rues : une certaine Oliva, barboteuse de ruisseau qui vit de ses charmes au Palais-Royal ! Vrai, c'était impayable et j'aurais donné mes plus beaux diamants pour que le Roi et toute la Cour le puissent voir délirant aux pieds d'une roulure !

Une voix de femme, une voix douce et apitoyée, se fit entendre :

— Madame, Madame !... Comme Votre Majesté le hait ! Je ne l'ai pas trouvé si ridicule, moi, mais plutôt pitoyable et bien malheureux ! Songez qu'il aime passionnément, qu'il aime qui le déteste... et qu'il se croit délivré de son cauchemar !

— Qui le déteste ? Qui l'exècre, voulez-vous dire ! Allons, mon enfant, vous avez de la pitié à revendre. Vous avez vu un amoureux quand je n'ai vu moi qu'un ambitieux insolent et téméraire car, savez-vous de quoi rêve cet homme ? D'être Premier ministre et il espère y arriver en me séduisant, moi, la Reine de France !

— Lui, un Rohan ! lança audacieusement la voix d'homme qui avait entamé la discussion. Avez-vous oublié, Madame, la devise de cette haute maison : « Roi ne puis, prince ne daigne, Rohan suis » ? Il ne doit pas y voir de si grande impossibilité... les Rohan sont plus anciens que les Habsbourg !

— Monsieur de Vaudreuil, coupa la Reine tremblante de colère, je vous prie de ne plus renouveler pareille plaisanterie si vous souhaitez demeurer au nombre de mes amis. Rentrons, maintenant ! Je sens un peu de frais...

Le groupe revenait. Gilles eut juste le temps de changer d'allée et se tapit contre le tronc d'un tulipier, retenant son souffle. La soie des robes glissa tout près de lui avec un bruit doux, cependant qu'une bouffée de parfum montait à ses narines. Puis les pas s'éloignèrent.

Il ne restait plus à Gilles qu'à en faire autant. Pourtant, au lieu de remonter vers le château, l'envie lui vint de visiter à son tour les lieux où s'était déroulée la bizarre comédie dont il venait d'être le témoin, une comédie jouée par des personnages plus bizarres encore et au cours de laquelle une aventurière avait aidé une reine à ridiculiser un prince de l'Église avec l'assistance d'une putain. Le goût de Marie-Antoinette pour le théâtre était trop connu ainsi que l'étourderie foncière qui la poussait à trouver plaisir à ce qui aurait dû choquer en elle au moins la Reine sinon la femme ! N'avait-elle pas arraché à Louis XVI qui l'avait interdit l'autorisation de représenter publiquement le scandaleux *Mariage de Figaro* de Pierre Caron de Beaumarchais, que d'ailleurs son ami Vaudreuil n'avait pas craint de faire insolemment jouer chez lui en privé et qui constituait, contre la monarchie, le plus dangereux des pamphlets politiques ?... Il n'y avait donc pas à s'étonner de cela, pas plus que des fréquentations louches d'une souveraine qui semblait se complaire, au contraire, à frôler le vice et le danger. Mais on pouvait tout au moins le déplorer et prier Dieu pour que toutes ces inconséquences n'aboutissent pas à un drame immense si les rats du quartier du Temple avaient licence de continuer à ronger les pieds dorés du Trône. Des pieds qui avaient perdu la lourdeur un peu écrasante du style Louis XIV pour la fragile légèreté du style Louis XV et de ce style « moderne » qu'affectionnait la Reine...

En arpentant le Bosquet, Tournemine aperçut dans l'herbe quelque chose de blanc, le ramassa et vit que c'était un papier plié, échappé sans doute à l'un des deux personnages qui s'étaient tenus là. Il le mit dans sa poche. Puis, comme l'endroit n'avait vraiment plus rien à lui apprendre, il reprit à son tour le chemin du palais où les lumières s'éteignaient les unes après les autres dans les appartements.

En arrivant dans la Cour de Marbre, il leva la tête vers les fenêtres obscures du Roi, aux prises avec une dernière hésitation qui ne dura qu'un instant. Tandis qu'il revenait à travers les jardins il avait, en effet, examiné soigneusement la conduite à tenir et décidé, finalement, de s'en tenir à sa seule consigne. Louis XVI avait dit : « Si la Reine se rend à Trianon... » Or la Reine, dont l'appartement seul était encore brillamment illuminé, n'était pas allée à Trianon mais venait de rentrer chez elle. Il ne restait donc à Gilles qu'à s'occuper de ses propres affaires car il se voyait mal rapportant au Roi le curieux spectacle qu'il lui avait été donné de contempler.

Par contre, il apparaissait urgent d'en discuter avec la Reine elle-même. Il était plus que temps d'éclairer définitivement Marie-Antoinette sur le compte de la femme qu'elle autorisait, si malencontreusement, à organiser ses distractions nocturnes puisque, apparemment, et malgré son avertissement, Axel de Fersen n'en avait rien fait avant son départ...

Une voix essentiellement suisse le tira de ses méditations. Ulrich-August débouchait du Grand Vestibule à la tête d'un piquet de compatriotes rouge et or, auréolés de fraises tuyautées et hérissés de hallebardes étincelantes telle une escouade d'anges exterminateurs.

— Tu vas te coucher ? Tu as de la chance ! Je meurs de sommeil, moi, et j'en ai encore pour quelques heures !

— Winkleried, mon ami, tu manges trop. C'est ton estomac trop rempli qui te donne sommeil.

Mais si cela peut te consoler, je ne vais pas me coucher. J'ai encore une visite à faire...

Il venait en effet de se rappeler qu'Anne de Balbi lui avait donné, rue de l'Orangerie, un rendez-vous comminatoire auquel il serait peut-être de bonne politique de se rendre. Si la jeune femme avait réellement convaincu Provence de le laisser vivre en paix, cela méritait tout de même quelque considération car, réduit à l'état de cadavre, Gilles n'aurait plus aucune chance de retrouver Judith, sinon dans l'autre monde.

Mais quand il franchit le seuil de la chambre qu'il connaissait déjà et où le mena une servante maussade, il n'eut même pas le temps d'ouvrir la bouche et d'entamer la conversation : il reçut dans les bras un paquet parfumé de légères mousselines et de chair brûlante, tandis qu'une bouche avide et déjà délirante murmurait contre la sienne :

— Tu es venu !... J'étais sûre que tu viendrais !... Je t'aime !... Oh ! je vais tellement t'aimer que tu ne pourras plus jamais t'éloigner de moi ! Viens... viens vite !

Il comprit alors qu'il avait, sans le vouloir, menti à Ulrich-August et qu'il allait bel et bien se coucher... mais pas seul, ce qui faisait toute la différence car il ne serait pas beaucoup question de dormir dans ce lit vers lequel on l'entraînait. De toute façon, passer la nuit comme cela ou autrement, l'important était de ne pas se retrouver transporté comme par magie dans quelque château inconnu. Et, pour empêcher sa partenaire de songer à lui offrir de dangereux rafraîchissements, il prit bravement sa part du débat...

Quand il la quitta à l'aube, Mme de Balbi, exténuée, les paupières lourdes et violacées, fit néanmoins quelques difficultés pour le laisser sortir de ses bras et n'y consentit finalement que contre la promesse formelle de revenir le soir même.

— Je t'enverrai chercher car je ne veux plus revenir ici. Je veux t'avoir chez moi... dans mon lit ! J'en ai un ravissant dans un joli pavillon niché près des bois de Satory, tu verras !

— Et que fera, pendant ce temps, Son Altesse Royale ? On dit que Monsieur ne peut se passer de toi...

— C'est vrai ! Mais j'ai bien droit à un congé de temps en temps ! Tu ne sais pas ce que c'est que faire l'amour avec un éléphant, toi ! Je dirai que je suis malade...

— Avec cette mine ?

Le premier rayon du soleil faisait briller, dans le clair-obscur moite de la chambre, les lèvres rouges de la jeune femme, allumait des étincelles dans ses yeux noyés de lassitude heureuse. Elle éclatait de santé et de joie de vivre. Elle lui tendit sa bouche une dernière fois, en s'arrangeant pour que l'invite ressemble à une moue de défi.

— Quand je dis que je suis malade, il ferait beau voir que l'on osât me dire le contraire. Même Zaza !

— Zaza ?

— Louis-Xavier ! Cela fait Zaza pour moi. Il me passe tous mes caprices et il faudra bien qu'il me passe aussi celui-là. À ce soir ?...

Une fois dehors, Tournemine pensa qu'avant de demander audience à la Reine, il serait peut-être bon de dormir deux ou trois heures et de faire un peu de toilette. Heureusement la rue de Noailles n'était pas loin et, un quart d'heure plus tard, il dormait à poings fermés, étendu de tout son long sur son lit sans avoir seulement pris la peine d'enlever ses bottes...

Mais au début de l'après-midi, sanglé dans son uniforme de gala, astiqué sur toutes les coutures et brillant comme un écu neuf, le chevalier de Tournemine, juché sur Merlin aussi minutieusement adonisé que lui, se présentait aux grilles de Trianon et faisait prier la Reine de lui accorder audience.

Tandis qu'un palefrenier conduisait le cheval aux écuries, un valet de pied se chargea de la commission et revint peu après flanqué de l'une des femmes de chambre préférées de la Reine, la jeune Madame Campan, épouse de son bibliothécaire, une blonde au visage un peu lourd, pas réellement jolie mais agréable. Quant aux traits tout au moins car l'expression n'avait rien d'aimable.

— Est-ce que Sa Majesté vous attendait, Monsieur ?

— En aucune façon, Madame, et j'ai pleine conscience, croyez-le bien, de mon audace, mais ayez la bonté de prier Sa Majesté de considérer que seule une affaire urgente m'a poussé jusqu'ici.

— Urgente au point de ne pouvoir attendre jusqu'à demain matin ? La Reine, vous le savez, donne volontiers audience au château après la messe tandis qu'elle déteste par-dessus tout être dérangée et nous faisons de notre mieux pour préserver une tranquillité si précieuse et si difficile à acquérir pour une souveraine. Si vous vouliez bien me dire de quoi il s'agit ?...

— Je regrette, Madame, mais c'est impossible ! Je ne peux parler qu'à Sa Majesté en personne... et seule ! Voulez-vous au moins, s'il vous plaît, lui remettre ceci. J'attendrai ici.

Prévoyant les difficultés qu'il rencontrerait il avait en effet plié dans un papier blanc le billet trouvé dans le Bosquet de Vénus et scellé le tout de ses armes. C'était un fort joli vélin à tranche dorée, timbré d'une fleur de lys d'or sur lequel une main habile avait tracé, sans suscription et sans autre signature qu'un M et un A, deux ou trois phrases encourageantes, priant le destinataire anonyme de prendre patience afin de trouver un jour « dans l'obéissance absolue les suprêmes récompenses qui sont le lot des grands esprits ».

Madame Campan prit le pli et remonta précipitamment le superbe escalier de pierre blonde au pied duquel elle avait accueilli le jeune homme. Elle ne fut pas longtemps absente. Quelques instants plus tard, elle reparaissait, s'arrêtait à mi-étage :

— Venez ! ordonna-t-elle sèchement.

À sa suite, Gilles franchit l'antichambre meublée de banquettes couvertes de velours rouge et de deux grands poêles de faïence blanc et or à la mode autrichienne. Puis on le fit passer dans une agréable salle à manger ornée d'admirables peintures. Arrivée là, Madame Campan se retourna vers le visiteur. Il vit qu'elle semblait inquiète :

— Je crains que cette visite ne tourmente beaucoup la Reine car elle m'est apparue très contrariée. Veillez, je vous prie, à la ménager.

— Je suis comme vous-même un fidèle serviteur de Sa Majesté, Madame, et comme vous je ne souhaite que son bonheur, fit Gilles avec une froideur un peu agacée. (Cette femme était un véritable chien de garde et il devinait qu'elle eût donné beaucoup pour la joie de le faire jeter par la fenêtre sous l'inculpation d'un crime de lèse-tranquillité.) La Reine m'attend-elle ou non ?

— Elle est là ! soupira enfin la femme de chambre en se dirigeant vers une double porte close. Elle joue au billard avec Madame la comtesse d'Ossun mais je vais tout de même vous annoncer.

Marie-Antoinette se trouvait, en effet, dans l'agréable petite pièce que l'on appelait le « Cabinet du Fleuriste » parce qu'elle donnait sur des parterres de fleurs et où elle avait installé son billard. Elle y jouait alors avec sa dame d'atours lorsque Gilles fut introduit auprès d'elle et achevait un coup qui semblait particulièrement difficile car sa bouche se serrait et son front se plissait désagréablement...

— Vous avez demandé à me voir, Monsieur, dit-elle froidement, sans quitter des yeux le bout de la queue d'ivoire incrusté d'or. Me voici. Parlez ! Qu'avez-vous à me dire ?

Le salut du jeune homme fut la perfection même car la Reine aussi bien que la femme, tout à fait charmante dans une simple robe de percale blanche ornée d'un fichu de gaze et d'une belle rose, pouvaient chacune y trouver son compte.

— Je remercie la Reine de l'honneur qu'elle veut bien me faire... mais j'avais également osé la prier de vouloir bien me recevoir seule !

Marie-Antoinette jeta la longue canne sur le billard rouge d'un geste mécontent et se redressa, toisant sévèrement l'officier.

— Je vous ai toujours vu avec faveur, Monsieur de Tournemine mais, en tant qu'officier des Gardes, vous devriez savoir que je m'efforce de tenir hors des limites de mon cher Trianon les affaires de l'État. Elles m'ennuient ici et assombrissent la lumière !

— Il ne s'agit pas des affaires de l'État, Madame, mais bien de celles de Votre Majesté. C'est pourquoi j'ai osé me présenter ici.

— Ah ! vraiment ? Et d'abord qu'est-ce que ce papier que vous m'avez fait remettre ? D'où vient-il ?

Avec un coup d'œil à la belle jeune femme, habillée exactement comme la Reine, qui s'était retirée dans le fond de la pièce, auprès d'un vase chargé d'un grand bouquet de roses, Gilles répondit à voix contenue :

— Du Bosquet de Vénus, Votre Majesté, où je l'ai trouvé hier, un peu après minuit...

— Ah !

Il y eut un bref silence au cours duquel Tournemine admira la maîtrise d'elle-même de la Reine. Si la phrase l'avait touchée elle n'en montra rien ou si peu : un léger étonnement, une imperceptible inquiétude dans ses yeux bleus un peu saillants et ce fut tout. Mais, avec un sourire charmant, elle se tourna vers Madame d'Ossun :

— Laissez-nous, je vous prie, ma chère Geneviève. Je crois qu'il me faut, en effet, confesser seule ce jeune homme. Prenez le tonneau et faites-vous conduire au Hameau, je vous y rejoindrai tout à l'heure...

Puis, quand la forme blanche de la dame d'atours eut glissé de l'autre côté de la porte, elle se retourna vers son visiteur mais toute trace de sourire avait disparu de son visage.

— Eh bien, Monsieur, parlez maintenant ! Nous sommes seuls et nul ne peut nous entendre. Que savez-vous du Bosquet de Vénus et d'abord qu'y faisiez-vous ? Car c'est vous, m'avez-vous dit, qui avez trouvé ce billet ?

— C'est bien moi. Quant à ce que j'y faisais... je m'y promenais, Madame, fit-il avec une assurance qu'il était bien loin d'éprouver – mais aucune force humaine n'eût pu lui faire avouer la mission dont l'avait chargé le Roi car c'eût été semer une déplaisante zizanie dans le ménage royal. C'est un endroit frais par les grandes chaleurs, silencieux et apaisant pour qui sent son cœur mal à l'aise. Il est doux d'y rêver...

— Vraiment ? J'ignorais que l'on fût à ce point poète et sentimental chez Messieurs les Gardes du Corps ! Enfin, admettons. Mais maintenant parlez, Monsieur ! Qu'avez-vous à me dire ?

Sous la masse cendrée de ses cheveux haut relevés, le front de Marie-Antoinette se chargeait d'orage tandis que s'accentuait la lippe hautaine de sa « lèvre autrichienne ». Jouant alors le tout pour le tout, Gilles plia le genou mais garda l'échine droite :

— Daigne la Reine me pardonner mon audace et consentir à ne voir en moi que le plus humble, le plus fidèle et le plus dévoué de ses serviteurs. J'ai voué ma vie au service, au bonheur de mon roi et de ma reine et ce que je viens faire ici n'a pas d'autre objectif.

— Je n'en ai encore jamais douté, Monsieur, fit la Reine avec impatience mais d'une voix un peu moins rude. Après ?

— Ce que j'ai à dire à Votre Majesté c'est ceci : Madame de La Motte-Valois est une aventurière qui avilit le nom sacré que le hasard de la naissance lui a accordé, une créature indigne d'approcher même les basses-cours d'un palais royal... à plus forte raison les demeures de la Reine. Il vous faut la chasser, Madame, la chasser au plus tôt sinon je la crois capable de faire à Votre Majesté un mal affreux.

— Du mal, à moi ? Cette pauvre créature qui supporte si courageusement une grande misère, une misère d'autant plus tragique d'être vécue sous un nom aussi illustre que celui dont vous lui faites si injustement reproche ? Mais que vous a donc fait cette malheureuse, à laquelle, j'en conviens, je veux du bien, pour que vous osiez l'accuser si sévèrement ?

— À moi ? rien ! Mais à Votre Majesté, beaucoup car, je peux le jurer sur l'honneur à la Reine, Madame de la Motte est beaucoup moins dévouée à Votre Majesté qu'à une autre personne princière. La Reine permet-elle que je lui pose une question ? Une seule...

— Faites !

— Avant de partir pour la Suède, Monsieur de Fersen n'a-t-il rien dit à Votre Majesté touchant Madame de La Motte ?

— Monsieur de... Non, rien !

Brusquement la Reine porta ses deux mains à sa tête comme si elle était prise de vertiges. Sa voix s'altéra.

— Axel ! Mon Dieu... C'est vrai : vous êtes son ami...

Elle tournoya sur elle-même et alla tomber dans une bergère qui cria sous son poids. Avec épouvante, Gilles vit qu'elle était devenue blême et que les fines ailes de son nez se pinçaient. Aussitôt il fut sur pied.

— Votre Majesté est souffrante ?...

— Oui... Non ! Ce n'est rien ! Je vous en prie,

chevalier, appelez Madame de Misery... ou Madame Campan... Quelqu'un.

La première femme de chambre et l'épouse du bibliothécaire n'étaient pas loin. Elles répondirent au premier appel du jeune homme et se précipitèrent vers leur maîtresse, non sans que la petite Mme Campan ne lui eût décoché au passage un coup d'œil meurtrier.

— Je vous avais dit de ménager la Reine, Monsieur !

Marie-Antoinette eut un pâle sourire.

— Ne... malmenez pas ce jeune homme, ma bonne Campan. Menez-moi plutôt dans ma chambre ; je ne me sens pas très bien... Attendez ici, chevalier... je vous ferai appe... Oh !... Vite !

Emportée plus encore que soutenue par ses femmes, elle s'enfuit littéralement de la petite pièce, laissant Gilles assez perplexe. La Reine était-elle vraiment malade ou bien avait-elle trouvé simplement un moyen commode de rompre un entretien désagréable ? Dans un moment, sans doute, l'une de ses chambrières, cette Madame Campan peut-être qui ne semblait pas le porter dans son cœur, viendrait lui dire que Sa Majesté était au regret mais qu'il lui fallait remettre à plus tard la suite d'un entretien, un plus tard qui se situerait sans doute aux environs des calendes grecques...

Il se reprocha vite ces mauvaises pensées car, lorsque Mme Campan reparut, ce ne fut pas pour l'éconduire mais bien, au contraire, pour l'inviter à la suivre et l'introduire dans la chambre même de sa maîtresse où celle-ci, enveloppée de châles légers, était étendue sur une méridienne.

Elle était moins pâle que tout à l'heure mais une odeur indéfinissable et un peu aigre, attestant que

Sa Majesté venait d'avoir mal au cœur, traînait encore entre les soieries et les boiseries fleuries de la pièce malgré les fenêtres grandes ouvertes et l'eau de senteur qu'on y avait vaporisée.

— Votre Majesté se sent mieux ? chuchota Gilles, impressionné par les yeux cernés de Marie-Antoinette.

Elle lui sourit avec un rien de malice.

— Je vous demande excuses pour ce regrettable manque de décorum, chevalier. Du moins vous aura-t-il permis d'apprendre, premier de tous les Français, que votre reine donnera le jour dans quelques mois à un prince... ou à une princesse !

Le jeune homme s'inclina respectueusement et garda un instant le silence. La nouvelle était d'importance mais il ne pouvait s'empêcher de se demander si elle était aussi bonne qu'il y paraissait. Si par malheur la conception de cet enfant coïncidait avec le séjour de Fersen... Mais il était tout de même un peu difficile de demander à la Reine de quand datait sa grossesse. Et comme il était également difficile de rester muet plus longtemps, même pour un homme écrasé sous le poids d'une faveur insigne, il articula :

— C'est un grand honneur, Madame, et un grand bonheur d'être admis le premier à offrir à la Reine les vœux fervents que ses sujets vont former pour une heureuse naissance et j'en remercie du fond du cœur Votre Majesté !

Cette fois, Marie-Antoinette rit de bon cœur, bien loin de soupçonner les étranges pensées qui agitaient son visiteur.

— À merveille ! Vous ferez un excellent ambassadeur quand vous aurez plus de rides au front. Mais nous avons encore à parler. Tenez, prenez place ici, dit-elle en désignant un petit fauteuil placé auprès de sa chaise longue. Vous pouvez me laisser, Madame de Misery, ajouta-t-elle à l'adresse de sa femme de chambre occupée à ranger des flacons sur la toilette. Je me sens tout à fait bien maintenant.

Puis, quand la dame se fut retirée :

— Si je me souviens bien de vos propos lorsque j'ai été victime de ce petit malaise, vous me parliez d'une chose dont Monsieur de Fersen aurait dû m'entretenir touchant Mme de La Motte ?

— Oui, Madame. Et je déplore qu'il ne l'ait point fait car il s'agissait d'une chose grave... d'un vol !

— D'un vol ? Mon Dieu !

— D'un vol commis dans cette chambre même, le soir de la grande fête donnée par Leurs Majestés en l'honneur du roi Gustave de Suède... et vraisemblablement dans ce secrétaire, ajouta-t-il en se détournant légèrement pour désigner un petit meuble de bois précieux qu'il avait repéré en entrant.

— Dans ce meuble ? Mais c'est impossible ! Il est toujours fermé à clef et la clef ne me quitte pas !

— Je n'en doute pas mais si la Reine veut se convaincre de la possibilité d'ouvrir sans sa permission, qu'elle demande donc à Madame de La Motte de lui remettre la fausse clef qu'elle a fait faire d'après une empreinte à la cire. C'est une opération assez simple.

Et comme Marie-Antoinette restait sans voix, il lui fit le récit scrupuleux de ce qui s'était passé dans les jardins de Trianon la nuit de la fête.

À mesure que le récit avançait, il pouvait voir s'assombrir le front de la Reine et se crisper ses belles mains mais, à l'expression de colère et de dégoût qui se peignait sur son visage, il comprenait qu'elle ne mettait plus en doute aucune de ses paroles.

— Cette lettre volée, dit-elle enfin d'une voix altérée, l'avez-vous lue ?

Tournemine hésita un instant, apitoyé par la détresse qu'il devinait chez cette femme jeune et belle, à qui la vie avait tout donné, et fut tenté de lui mentir. Mais c'était impossible car le moindre mensonge, il le sentait, pourrait faire renaître instantanément le doute.

— Oui, Madame, dit-il doucement, sinon comment aurais-je pu savoir à qui je devais la rendre ? Mais j'ai déjà oublié ce qu'elle contenait et, en tout cas, je peux jurer à Votre Majesté que le comte de Provence, lui, n'a pas eu le temps d'y jeter seulement les yeux.

Un brusque sourire vint étirer les lèvres blanches de la Reine.

— Ainsi, vous avez osé attaquer Monsieur, l'assommer, le jeter à terre ? Savez-vous que c'est un crime de lèse-majesté qui pourrait vous valoir d'être tiré à quatre chevaux en place de Grève ?

— Je suis Garde du Corps de Leurs Majestés... pas de Monsieur et mon devoir me commande d'attaquer quiconque, fût-il roi, fût-il pape, tenterait de s'en prendre aux personnes royales qui me sont confiées. Cela dit, que Votre Majesté me fasse arrêter si elle le désire...

— À cause du comte de Provence ? Vous plaisantez, mon ami ! Vos façons d'Amérique ont du bon, seigneur Gerfaut, et la Reine vous doit bien des mercis. Ce que je n'arrive pas à comprendre c'est pourquoi Monsieur de Fersen ne m'a rien dit.

Il est vrai que je l'ai vu à peine avant son départ et uniquement en présence du comte de Haga, mais il aurait pu m'en écrire. Que vous a-t-il dit quand vous lui avez rendu la lettre ?

Le visage hâlé du jeune homme vira au rouge brique. Cela n'allait pas être facile de raconter à la Reine qu'il avait poché un œil à son chevalier servant...

— Je crains que la Reine n'apprécie guère la suite de mon récit, fit-il avec une grimace. Elle me pardonnera plus facilement d'avoir attaqué Monsieur que d'avoir assommé Fersen...

— Comment ?... Assommé, dites-vous ?

— Oui, Madame. Et je n'ai malheureusement pas pu lui en demander pardon car tout de suite après je me suis vu dans la pénible obligation d'embrocher Monsieur de Lauzun.

— Oh ! pour celui-là, je vous l'abandonne... Qu'avez-vous dit ? Embroché Lauzun ? C'est de vous la blessure qui le tient enfermé chez lui ?

— En effet, Madame. Que Votre Majesté me pardonne mais je ne suis pas certain de le regretter.

Elle eut un mouvement d'épaules plein de lassitude.

— Moi non plus, chevalier ! Les rapports de police ne sont que trop clairs au sujet des fanfaronnades de Monsieur de Lauzun. Il n'est pas de pire ennemi, voyez-vous, qu'un ami qui se croit offensé. On me rapporte des quatrains, des couplets... C'est immonde ! Mais revenons à vous et dites-moi à présent ce qui s'est passé entre vous et Monsieur de Fersen.

De toute évidence la pensée de Fersen était la seule qui fût capable de chasser les chagrins de

Marie-Antoinette. Gilles s'exécuta brièvement mais avec, cette fois, la satisfaction d'entendre rire la Reine.

— Voilà donc la raison pour laquelle il ne se montrait plus les derniers jours ? Un œil poché ! Mon Dieu ! Est-il coquet ! Mais, j'y pense, vous devez être fort mal ensemble vous et lui ?

— Fort mal, je le crains, Madame. J'en éprouve de la peine car je lui dois beaucoup.

— J'arrangerai cela car sa colère envers vous était injuste. Et puis, il me semble que, si vous devez beaucoup à Monsieur de Fersen, vous le lui avez rendu. En outre, c'est la Reine à présent qui vous doit beaucoup.

— La Reine ne me doit rien. Je suis son serviteur et la joie de la voir sourire constitue la plus belle des récompenses.

Elle hocha la tête avec un mouvement plein de grâce.

— Ne devenez pas courtisan, seigneur Gerfaut, vous me plairiez moins ! Continuez seulement à bien servir le Roi... car c'est à lui n'est-ce pas que va le plus chaud de votre dévouement ? C'est bien normal d'ailleurs.

— J'appartiens au Roi, c'est vrai, mais j'appartiens aussi à la Reine. Pourquoi oserais-je des préférences ?

— Peut-être parce que le Roi est sans mystère... tandis que la Reine a son secret. Un secret que vous possédez, ajouta-t-elle en rougissant légèrement.

Le visage fier du jeune homme s'éclaira d'un sourire.

— Je serais un bien triste sire, Madame, si, mis par le hasard au courant d'une affaire privée concernant une femme, fût-elle reine, j'osais m'en souvenir encore la minute suivante. Le secret des cœurs appartient à Dieu et la Reine est sacrée.

Dans un geste charmant et plein de spontanéité, elle lui tendit sa main.

— Tenez, chevalier, vous êtes un aimable garçon et vous me plaisez infiniment... Puis, comme il mettait genou en terre pour baiser cette royale main, au fait, où en êtes-vous de votre affaire de château familial ? Vous n'êtes jamais venu m'en reparler.

— Cela n'en valait pas la peine. J'en suis toujours au même point, Madame. Mais que la Reine n'en prenne nul souci ; j'espère parvenir un jour prochain à réunir la somme exigée par l'actuel propriétaire.

— Avec la solde d'un Garde du Corps ? C'est la plus forte de toute l'Armée, je le sais, mais tout de même...

— Avec l'aide d'un mien ami, le baron de Batz, actuellement en Espagne. Il est très versé dans les affaires d'argent alors que je n'y connais rien mais je suis de compte à demi avec lui. Puis-je demander à la Reine la permission de me retirer ?

Il devenait nerveux, détestant l'idée de parler argent à cet instant car cela venait trop tôt après une conversation importante. Marie-Antoinette s'en aperçut.

— Allez, Monsieur, dit-elle doucement. La Reine est votre obligée mais la femme entend être votre amie... (Puis, élevant tout à coup la voix, elle appela :) Madame Campan ? Venez !

La femme de chambre apparut instantanément. Gilles, amusé pensa qu'elle devait se tenir juste derrière la porte, toute prête à intervenir au cas où l'insupportable militaire qu'il était oserait encore tourmenter sa maîtresse. Elle fit une petite révérence.

— Majesté ?

— Regardez bien ce jeune homme, ma bonne Campan, mais regardez-le avec sympathie. Il se nomme le chevalier de Tournemine et il aura désormais le droit de m'approcher en tout lieu et en toutes circonstances. Vous donnerez son nom aux portes. De plus voici un ordre formel : lorsque Madame de La Motte se présentera, aujourd'hui ou demain, vous me l'amènerez sans rien lui dire ; mais, ensuite, vous veillerez à ce qu'on ne lui permette plus jamais de franchir les grilles de mes domaines. C'est bien compris ?

La figure de Madame Campan s'illumina et elle fit bénéficier Gilles de la fin de son sourire.

— Si c'est compris ? Je crois bien... et avec quelle joie !

Une joie qui en disait long sur la sympathie que lui inspirait la séduisante comtesse. Elle était même si contente qu'elle raccompagna Gilles jusqu'au perron du château, peut-être pour se faire pardonner son accueil plutôt frais et attendit même qu'il se fût mis en selle pour lui lancer :

— Si c'est pour nous apporter toujours d'aussi bonnes nouvelles, revenez souvent, chevalier, nous serons toujours extrêmement heureuses de vous voir !

— Je ferai de mon mieux, Madame !

Et, persuadé d'avoir mis momentanément la Reine à l'abri des machinations de son beau-frère, il s'éloigna, le cœur content...

TROISIÈME PARTIE

TEMPÊTE SUR VERSAILLES

1784-1785

CHAPITRE XII

LA MAISON DE MONSIEUR BEAUSIRE

Le billet, écrit sur papier rose et coquettement plié, était charmant. Il avait un air innocent et juvénile. Cependant son contenu avait de quoi faire réfléchir.

« Si vous souhaitez recevoir des nouvelles d'une belle jeune fille rousse, priez M. Lecoulteux de la Noraye, votre ami, de vous conduire à l'une des soirées de jeu qui se tiennent plusieurs fois la semaine dans certaine maison sise au n° 10 de la rue Neuve-Saint-Gilles au Marais... »

Pas la moindre signature à ce billet si ce n'est le dessin grossier d'un trèfle à quatre feuilles, symbole de chance. Quant à l'écriture, assez élégante, elle était totalement inconnue du destinataire.

— Qui peut bien m'envoyer cela ? fit Gilles en se levant pour descendre chez Mlle Marjon demander qui avait apporté, quelques instants auparavant, le billet rose.

Il le tendit à Winkleried qui, les yeux mi-clos et les pieds sur les chenets de la cheminée, fumait, avec une mine de matou satisfait, une immense pipe, accompagnement logique, pour lui, d'une heureuse digestion.

— Tiens ! fit-il. Tu me diras ce que tu en penses à mon retour.

Mais Gilles n'apprit rien d'intéressant de sa propriétaire. Un commissionnaire comme il en existait des centaines avait apporté le billet sans en révéler la provenance. Il était impossible d'en savoir davantage.

Quand il revint chez lui, Ulrich-August avait ouvert tout à fait les yeux et quitté sa pose détendue. Il tournait et retournait le papier entre ses doigts.

— Alors ? dit-il en levant les yeux sur son ami.

— Rien ! Un commissionnaire ! Et toi, qu'est-ce que tu en penses ?

— Que c'est un billet de femme. La couleur, l'écriture... mais quelle femme ?

— C'est toute la question, dit Gilles en se baissant pour remettre du bois dans le feu. Le 10, rue Neuve-Saint-Gilles, c'est la maison de Mme de La Motte... or, j'y suis encore passé il y a dix jours, cette maison est fermée, vide. Les gens du quartier interrogés ont dit que les La Motte, mari et femme, étaient partis pour Bar-sur-Aube, pour voir ceux de leur parentèle, avec un vrai déménagement...

Près de quatre mois s'étaient écoulés depuis l'entrevue que Tournemine avait eue avec la Reine à Trianon... Quatre mois désespérants au fil desquels Gilles s'était senti mille fois devenir fou à force de monotonie et de silence. Sans l'amitié tonique de Winkleried, il eût peut-être repris le chemin des États-Unis mais le Suisse, considérant la patience comme la vertu capitale par excellence, s'employait de son mieux à calmer les rages de son ami. Ainsi Judith, cent fois décrite, lui était devenue à ce point familière que la rencontrant dans une rue, il l'eût reconnue sans l'ombre d'une hésitation. Mais il n'ignorait rien non plus de son caractère difficile et les homélies à tournure philosophique qu'il délivrait périodiquement à son ami se terminaient généralement par une phrase lapidaire du genre :

— Les femmes de caractère ça fait des épouses admirables mais il y a des moments où ça vous empoisonne sérieusement l'existence. Je ne suis pas du tout pressé de marier Ursula, moi ! Un jour viendra peut-être où tu regretteras le joyeux temps du célibat !

— Je donnerais cher pour être certain d'en arriver là un jour, soupirait Gilles, et les deux amis, armés chacun d'une pipe s'enfonçaient alors dans un silence peuplé de pensées et de songes.

Ceux du Breton étaient rarement gais. Il voyait autour de lui le ciel s'assombrir. Judith avait disparu sans laisser plus de trace que si quelque main géante l'avait tout à coup effacée de la surface de la terre. Quant à Madame de Balbi l'aventure forcée que Gilles vivait avec elle en était venue à lui peser singulièrement car il n'avait jamais éprouvé d'amour pour elle et le désir, privé des ailes de la passion, s'émoussait rapidement.

Elle était trop intelligente pour ne pas s'en rendre compte et la plupart de leurs rencontres se muaient peu à peu en scènes désagréables, violentes de sa part à elle, excédées de celle du chevalier qui cherchait à rompre un lien dont on refusait farouchement de le libérer.

— Je sais que tu ne m'aimes pas, mais cela m'est égal, disait-elle. Ce que je veux c'est te garder autant que je le souhaiterai. Prends garde ! S'il te prenait fantaisie de m'abandonner avant que je n'aie décidé notre séparation ! Prends garde, non à toi mais peut-être à ceux qui te sont chers...

Alors, pour que Judith, dont il ne savait rien mais dont elle savait peut-être quelque chose, n'eût pas à souffrir des rancunes de cette femme, il restait...

À Paris l'atmosphère n'était pas meilleure. Force était aux serviteurs de la Royauté de constater que la popularité de la Reine se détériorait avec une vitesse effrayante sans que d'ailleurs elle en eût conscience le moins du monde.

L'annonce de sa nouvelle grossesse était accueillie, grâce aux nombreux pamphlétaires à gages de Monsieur ou des Orléans, par des libelles insultants et des sarcasmes dont le moins sordide chantait sur un air de gavotte :

« Belle Antoinette
Qu'importe d'où nous vient cet enfant
C'est sans doute quelque planète
Qui nous a fait ce doux présent
Belle Antoinette... »

Et le nom de Fersen, de Fersen qui était justement à Paris au moment de la conception de l'enfant, de voltiger sournoisement sur certaines bouches malintentionnées. On disait même que le comte de Provence avait l'intention de protester contre la légitimité des enfants de son frère par une lettre secrète adressée au Parlement. On disait... Que ne disait-on pas ? Et, durant ces tristes semaines, le fourreau de l'épée du Gerfaut alla s'abattre plus d'une fois sur les épaules d'un libelliste dont il avait réussi à découvrir l'identité, souvent aidé d'ailleurs par celui d'Ulrich-August qui voyait dans ces expéditions punitives une espèce de sport.

— La saison de la chasse est ouverte ! disait-il en rossant joyeusement un scribouillard terrorisé qu'il finissait par arroser du contenu de son encrier.

Mais il était plus difficile de lutter contre l'immense campagne de dénigrement qui se développait autour de Marie-Antoinette et à laquelle, malheureusement, elle ne fournissait que trop d'aliments.

Dans les cafés, les clubs et sous les galeries neuves du Palais-Royal dont les travaux attiraient les curieux, on s'indignait des nouvelles de Versailles. Il y avait d'abord l'affaire du château de Saint-Cloud : pour achever justement ses énormes travaux, le duc d'Orléans souhaitait vendre son plus beau château et Marie-Antoinette poussait le Roi à le lui acheter pour la somme de six millions [1].

— Trianon ne lui suffit plus ! Il lui faut Saint-Cloud à présent, grondait la foule indignée. Elle arrivera bien à nous ruiner !

Infiniment plus grave, cependant, était l'affaire des bouches de l'Escaut intervenue au mois d'octobre entre l'empereur Joseph II, frère de la Reine, et les Pays-Bas qui avaient tiré sur un bri-

1. L'achat devait se réaliser en février 1785, à peine deux mois plus tard.

gantin autrichien tentant de forcer la sortie du fleuve. Tout de suite on avait fait des préparatifs de guerre et tandis que l'Empereur levait une armée de 80 000 hommes, la France, protectrice des Pays-Bas, envoyait deux corps d'armée aux ordres du prince de Condé, en Flandre et sur le Rhin. Alors, Marie-Antoinette, oubliant qu'elle était reine de France et manœuvrée depuis Vienne par son frère par le truchement de l'ambassadeur autrichien Mercy-Argenteau, avait exercé sur Louis XVI un indigne chantage au sentiment, exigé de lui qu'il retirât ses troupes et convainquît les Pays-Bas de faire des excuses à l'Autriche et même participât financièrement à l'indemnisation.

De garde aux appartements du Roi, quelques jours plus tôt, Tournemine n'avait rien perdu des imprécations de la Reine et de la scène violente qu'elle avait faite au comte de Vergennes, farouchement hostile naturellement à une politique aussi inféodée à l'Autriche, allant même jusqu'à exiger une démission que Louis XVI heureusement lui avait refusée.

Bien entendu, l'officier avait enfermé au fond de son cœur les paroles entendues et la profonde tristesse qu'il en avait ressentie mais Versailles était une sorte de moulin ouvert à tous les vents et, le soir même, la nouvelle de cette scène courait vers Paris, envahissait les salons et les places publiques. Un cri avait jailli alors, dans le tumulte d'un café, une insulte qui, désormais, allait coller à la Reine comme la tunique de Nessus et jusqu'à l'heure de sa mort :

— À bas l'Autrichienne !

Cette fois, force était à l'épée de Tournemine de rester au fourreau. Comment s'en prendre à un peuple entier... surtout quand ce peuple a raison ? Mais son instinct d'enfant de la vieille terre bretonne lui faisait sentir qu'un orage allait venir et que le trop bon, mais hélas trop timide Louis XVI aurait besoin d'un rempart solide d'hommes fidèles et de dévouements inconditionnels pour lutter et défendre son trône.

Ce roi dont ils connaissaient la bonté, la générosité, la piété, l'honnêteté et la culture profondes, Gilles et Ulrich-August brûlaient à présent de le défendre, au besoin contre une épouse abusive et capable de se servir de l'amour qu'elle inspirait sans le rendre pour mieux se dévouer aux intérêts de la Maison d'Autriche.

— Peut-être avons-nous le goût des causes perdues, disait Gilles. Je n'aime pas jouer les oiseaux de mauvais augure mais j'ai peur que les folies de la Reine ne mènent le Roi aux abîmes. Elle sait, cependant, combien ses ennemis, Provence ou Orléans, sont à l'affût de son moindre faux pas pour l'amplifier et s'en faire des armes ! Pourtant elle accumule les erreurs et les défis. Elle est intelligente, cependant...

— Non, coupa Winkleried. Elle a de l'esprit, du charme, de l'éclat... mais elle n'est pas vraiment intelligente sinon elle ne demeurerait pas enfermée dans Versailles tandis que l'hiver ravage les campagnes et cause tant de misères ! Elle sera la seule reine de France qui n'aura jamais mis les pieds hors de Versailles et Paris...

Les premiers jours de décembre, en effet, l'hiver s'était abattu sur Paris comme une malédiction, un hiver qui promettait d'être aussi rude et aussi meurtrier que le précédent. Une neige épaisse, charriée par un vent glacial, enveloppait toutes choses et y demeurait attachée, sans fondre si peu que ce soit « en attendant de l'autre ! » comme disaient les paysans. Les vieillards et les malades mouraient dans les galetas sans feu, les oiseaux aussi dans les gouttières ou sur la terre gelée qui refusait aux animaux toute nourriture. Des loups avaient même fait leur apparition dans les bois de Marly. Le Roi, qui distribuait continuellement de larges aumônes, leur avait donné la chasse et en avait tué deux avec cette habileté qui confondait ses courtisans. D'où ce myope qui ne reconnaissait pas un familier à dix pas tirait-il cet étonnant coup d'œil ?

— C'est un vrai chasseur, disait Gilles. Il sent le gibier et il n'a presque pas besoin de le voir.

Il s'était levé et, le billet rose au bout des doigts, allait vers la fenêtre pour le relire comme si la lumière du jour pouvait lui révéler quelque signe caché.

— Que vas-tu faire ? demanda Ulrich-August occupé à vider sa pipe en la tapant contre le manteau de la cheminée avant de la bourrer de nouveau.

— Y aller, bien sûr. Je ne sais pas qui m'envoie ce billet mais s'il y a la moindre chance de retrouver Judith, pour rien au monde je n'y manquerais.

— Et si c'était un piège ?

— Un piège ? De qui, mon Dieu ? Et pourquoi ? Si la Reine a chassé cette La Motte, il n'y a aucune raison pour qu'elle lui ait dit que j'en étais la cause. Voilà des mois que je me ronge les poings dans l'attente d'un signe, d'un mot, d'un appel. Je suis capable d'aller jusqu'en enfer pour une simple trace. Non, ce qui m'intrigue le plus c'est la référence à Lecoulteux. Ce n'est pas un ami, tout juste une relation et encore ! Une ancienne relation serait plus exact car depuis la lettre de la duchesse et la visite que je lui ai faite, nous ne nous sommes plus revus.

En effet, contrairement à ce que pensait Gilles, Cayetana avait pris comme une offense personnelle le délai réclamé par Boehmer. Son ambassadeur avait reçu d'elle une lettre fort aimable mais fort péremptoire lui enjoignant d'avoir à rompre immédiatement les accords pris avec les joailliers.

« J'admire beaucoup la reine Marie-Antoinette, disait-elle, mais je n'ai aucune raison d'attendre humblement qu'un caprice lui vienne ou lui passe. Vous avez fait, en mon nom, mon cher chevalier, une offre plus que généreuse. Les joailliers parisiens n'ont pas su lui donner une préférence immédiate, je leur laisse donc leur collier, sans grands regrets d'ailleurs, puisque je sais, depuis peu, qu'il ne viendra pas tenter d'embellir certaine vilaine tête à laquelle la couronne ira déjà suffisamment mal... »

Il semblait, en effet, que les joailliers de la rue de Vendôme eussent perdu leurs deux clientes espagnoles à la fois. Le chevalier d'Ocariz était reparti pour Madrid afin d'y subir le mécontentement de son maître car, apparemment, Maria-Luisa n'avait pas jugé utile de s'assurer du consentement de son beau-père avant de lancer le consul d'Espagne à l'assaut des diamants de Boehmer. Or, Charles III trouvait, avec certaine raison peut-être, que la future reine possédait bien assez de diamants comme cela et que le trésor royal était hors d'état de supporter pareille extravagance.

La sagesse forcée de son ennemie avait-elle entraîné celle de la duchesse d'Albe, ou bien, avec sa manie des constructions, pensait-elle que l'argent du collier serait mieux employé dans un nouveau palais ? La lettre ne le disait pas mais sous la désinvolture des mots, Gilles crut découvrir une sorte de soulagement ; évidemment avec une femme aussi capricieuse, qui pouvait se vanter de connaître avec précision le jeu changeant des pensées ?... Elle avait eu envie de ce collier, à présent elle n'en avait plus envie... quoi de plus simple, après tout ?

Par contre, la double défection espagnole plongeait Boehmer et Bassange dans un véritable désespoir. Car si la Reine ne se décidait pas à acheter le collier c'était pour eux la ruine sans phrase. Or, la fin du délai demandé par le comte de Provence approchait et aucun signe encourageant n'étant arrivé de Versailles, les deux associés en arrivaient à offrir mille écus à qui leur ferait vendre le trop fastueux objet.

Du côté de Lecoulteux, les choses avaient été fort simples. Le banquier s'était borné à informer la succursale de Cadix de l'annulation du marché et à offrir à Gilles, au nom de la duchesse, un dédommagement que le jeune homme avait d'ailleurs refusé.

— Je n'ai eu d'autre peine que faire votre connaissance et celle des joailliers de la Reine, dit-il au banquier. Cela ne mérite vraiment aucun dédommagement.

Lecoulteux de la Noraye s'était mis à rire.

— L'homme du monde vous approuve, chevalier, mais pas l'homme d'affaires. Les beaux sentiments mènent rarement à la fortune. Cela dit, je serai toujours très heureux de vous voir...

Cette parole, Gilles venait de se décider à la lui

rappeler et à le prier, dès le lendemain, de lui servir d'introducteur dans la maison La Motte quand, à cet instant même, Javotte, la domestique de Mlle Marjon, reparut avec un autre billet.

Le nouveau venu n'avait rien de féminin. Il ressemblait beaucoup plus à un pli ministériel qu'à un poulet galant... et il était signé Lecoulteux de la Noraye, comme par hasard :

« Il m'est apparu, chevalier, que la chance pourrait vous offrir les avantages financiers que vous refusez des dames. Laissez-moi le plaisir de vous conduire à elle, dans le salon d'une charmante femme où l'on ignore ce que peut être un tricheur car on y joue honnêtement entre gens de bonne compagnie. Si vous en êtes d'accord, passez chez moi demain vers sept heures et nous irons ensemble rue Neuve-Saint-Gilles, au Marais... »

— Eh bien, qu'en dis-tu ? s'écria Gilles après avoir lu la lettre à haute voix. Je crois que nous aurions tort de garder encore une prévention. Lecoulteux est un homme droit, très fortuné et il n'a pas grand-chose à voir avec Monsieur.

— Je suis d'accord ! Si je ne devais souper demain chez notre colonel qui donne à manger à ses officiers, je serais même allé avec toi. Le billet rose a peut-être été envoyé par une jolie femme...

— Peut-être ! De toute façon, je verrai bien... et je t'emmènerai la prochaine fois si c'est intéressant !

Le lendemain, au premier coup de sept heures sonnant à l'église des Capucines, Gilles arrivait place Louis-le-Grand[1], où un énorme Louis XIV

1. Place Vendôme actuelle.

de bronze caracolait sous une épaisse couche de neige, et allait s'annoncer au nº 19 où quelques-uns des membres de l'immense famille Lecoulteux[1] possédaient un magnifique hôtel servant à la fois de maison de banque et de résidence parisienne aux deux financiers Lecoulteux de la Noraye et Lecoulteux de Canteleu, son cousin.

Il y reçut l'accueil auquel il était habitué et, laissant son cheval dans les grandes écuries de la maison, il prit place dans la voiture du banquier.

— Je vous admire de vous déplacer à cheval par un temps pareil, dit celui-ci en glissant ses jambes habillées de soie sous une épaisse couverture en peau de renard. Moi, j'aurais peur de geler tout vif.

— Nous autres militaires avons la peau dure, fit Gilles en riant. Mais dites-moi, cher ami, chez qui donc me conduisez-vous, rue Neuve-Saint-Gilles ?

— Ah, je vous ai intrigué ! Chez une amie charmante, la comtesse de La Motte-Valois. Elle tient un salon fort agréable, surtout depuis que la faveur de la Reine lui a permis de sortir de l'indigne misère dans laquelle végétait cette authentique descendante de nos rois.

— Elle était dans la misère ?

— Noire ! Elle et sa sœur ont été recueillies jadis, tout enfants, par l'excellente marquise de Boulainvilliers, la défunte épouse du Prévôt de Paris qui s'est chargée de leur éducation et a marié Jeanne avec le comte de La Motte, un gendarme aimable et bon vivant mais sans fortune. Le

1. La famille comptait 13 branches.

ménage, dans les débuts, a eu bien du mal à joindre les deux bouts mais ce sont des jeunes gens si charmants ! Ils ont su s'attirer d'abord l'amitié du cardinal Louis de Rohan qui les a secourus. Moi-même j'ai fait ce que j'ai pu mais il est bien évident que sans l'immense charité et la haute protection de Sa Majesté la Reine, ils n'en seraient pas où ils en sont actuellement.

— Ah ! Leur situation s'est donc améliorée ?

— Beaucoup, surtout dans les derniers temps. Le mari est des Gardes du comte d'Artois, quant au frère de Jeanne...

— Jeanne ?

— La comtesse, voyons ! Ah ça, vous ne les connaissez vraiment pas du tout ?

— Pas du tout ! fit Gilles sincère. J'ai un peu entendu parler de la comtesse mais je ne lui ai jamais adressé la parole.

— C'est étrange... car c'est elle qui m'a fait connaître son désir exprès de vous voir chez elle. Il est vrai que vous appartenez à cette brillante cohorte des héros d'Amérique et que vous, personnellement, êtes auréolé d'une légende qui passionne toutes nos belles romanesques. Madame de La Motte aura entendu parler de vous, dans un salon, et aura souhaité vous voir chez elle d'autant plus vivement que l'on vous dit assez sauvage.

— Mais comment a-t-elle su que nous nous connaissions ?

— Je pense qu'il me faut plaider coupable ! Je vais souvent chez elle où je me plais et je crois bien que j'ai dit vous connaître. Vous ne m'en voulez pas, au moins ?

— En aucune façon ! Il est toujours agréable de rencontrer des gens aimables...

— ... et une fort jolie femme ! Vous verrez, elle est irrésistible ! Une grâce, un charme ! Sa sœur vit avec elle mais elle est beaucoup moins belle. Oh, c'est une très bonne famille, le frère de Jeanne est chevalier de Saint-Louis et sert dans la Marine. Il commande une frégate et...

Jean-Jacques Lecoulteux était un homme charmant mais il était affreusement bavard, ce qui, pour un homme d'argent, ne laissait pas d'être un défaut. Une fois lancé, il n'y avait plus qu'à le laisser aller et Gilles l'abandonna au plus chaud d'un ardent panégyrique des Saint-Rémy de Valois et autres La Motte pour s'enfoncer dans ses pensées... Il était étrange tout de même qu'à peine rentrée à Paris – car elle n'était certainement pas là depuis longtemps – cette femme eût manifesté le désir de le rencontrer. C'était elle, sans doute, qui avait écrit le fameux billet rose dont il s'était demandé, un instant, s'il ne venait pas de Cagliostro...

Après tout, cette femme connaissait Judith, elle était peut-être son amie et, en dehors du médecin italien, il n'y avait guère qu'elle et Mme de Balbi qui fussent capables d'en avoir des nouvelles et l'important était de retrouver la jeune fille sans se préoccuper autrement du chemin emprunté par ces nouvelles...

En s'inclinant sur la petite main chargée de bagues qu'elle lui tendit, au seuil d'un élégant salon tendu d'étoffe brochée sur fond bleu, Gilles se surprit à penser que sa beauté justifiait assez le lyrisme de Lecoulteux.

Sous la lumière dorée d'une profusion de bougies roses, sa ressemblance avec Judith était moins évidente. Elle était plus âgée d'abord et son visage avait plus de mollesse que celui de la jeune fille. Elle n'avait pas non plus cette façon insolente qu'avait Mlle de Saint-Mélaine de porter bien haut sa petite tête fière ni l'éclat quasi transparent de sa peau, ni le scintillement de diamant noir de son regard. Ses yeux à elle étaient bleus, emplis d'une vraie coquetterie et d'une fausse candeur que le jeune homme jugea désagréables. Mais il ne trouva rien à reprendre à la gorge éblouissante que découvraient plus qu'à demi les mousseuses dentelles noires d'un grand décolleté carré et fort généreux que limitait à peine un fort beau collier d'or et de topazes, assorti aux pendants d'oreilles et aux bracelets qui chatoyaient sur la peau de la jeune femme.

— Monsieur Lecoulteux de la Noraye mérite de chauds remerciements pour vous avoir décidé à venir nous rejoindre, Monsieur. C'est un privilège que vous n'accordez pas facilement m'a-t-on dit ?...

— Vous êtes trop bonne, Madame, de considérer la visite d'un simple officier des Gardes comme un privilège ! Il vous suffisait de la demander vous-même : on ne saurait rien refuser à une dame aussi séduisante.

— Vraiment ? C'est ce que nous allons voir ! Venez que je vous présente...

Elle passa une main souple sous son bras et glissa avec lui vers les profondeurs d'un salon illuminé et peuplé de silhouettes vêtues de soie et de velours qui appartenaient en grande majorité à des hommes. Là, dans le grand miroir rectangulaire au-dessus de la cheminée flambante, Gilles vit s'avancer à sa rencontre sa propre image bleu et argent avec, au bras, une femme noir et or qui souriait et dont la tête poudrée à frimas semblait vouloir à chaque instant se poser sur sa large épaule. L'expression tendue de son propre visage bronzé que la blancheur de la perruque faisait plus sombre encore le surprit et il se força à sourire pour qu'aucun de ces gens ne devinât la vague inquiétude, l'instinctive méfiance plutôt, qui s'était emparée de lui quand la main de Jeanne s'était posée sur sa manche.

On le présenta à « Mlle de Saint-Rémy de Valois », sœur de la maîtresse de maison, grosse fille blonde et plutôt fade qui n'avait rien du charme piquant de sa sœur mais auprès de laquelle s'empressait cependant un fort beau jeune homme à l'énigmatique regard vert qui portait un uniforme d'officier un peu râpé et que l'on annonça comme étant « le vicomte Paul de Barras, un aimable Provençal et le chevalier servant attitré de notre chère Marie-Anne... ».

Une dizaine de personnes environ évoluaient autour des tables disposées dans le grand salon : une grande où un « banquier » taciturne disposait les cartes et les jetons du pharaon et plusieurs petites où joueraient au whist ou au nain jaune ceux qui le préféreraient. Mais, en dehors de la comtesse et de sa sœur, la seule femme était une vieille fille sèche et malicieuse auréolée d'un fantastique bonnet à rubans couleur de feu qui s'annonça elle-même pour être « Mlle Colson, lectrice de Madame... quand il lui arrive de lire et sa cousine par distraction ! ».

Les hommes appartenaient au monde de la finance ou de la haute administration. Il y avait là, outre le mari, bellâtre vantard et trop souriant que Tournemine jugea aussitôt foncièrement antipathique, l'intendant de Champagne Rouillé d'Orfeuil, le comte de Saisseval, un joueur impénitent, le Receveur Général Dorcy, l'abbé de Calbris, Conseiller au Parlement. Un soldat, mais d'importance : le comte d'Estaing que le chevalier considéra avec quelque stupeur : qu'est-ce que ce général transformé brusquement en amiral par la vertu d'un décret, qu'est-ce que le héros du combat de la Grenade pouvait bien faire dans cette galère ?... Décidément, les combattants d'Amérique remportaient de grands suffrages, rue Neuve-Saint-Gilles !

La voix de Jeanne, qui s'était chargée d'une douceur accrue, le tira de sa brève méditation en roucoulant :

— Voici à présent l'un de nos plus chers amis, Monsieur le chevalier Reteau de Vilette, un écrivain de talent et un délicieux poète...

Et Gilles se retrouva en train de saluer courtoisement le dandy secrétaire, plus dandy que jamais, dans un étonnant frac bleu lumière à boutons d'or fin. À le voir de plus près, il put constater qu'il devait être d'une vigueur à peu près égale à la sienne propre et que ce délicat poète était pourvu de mains de déménageur.

« Quelle recrue cela ferait pour les galères !... » se surprit-il à penser.

Le dernier personnage de cette bizarre collection était un moine, aussi incongru dans ce tripot déguisé en salon qu'une rosière dans une maison close. Mais le père Loth, Supérieur des Minimes de la Place Royale[1], semblait étonnamment à son

1. Place des Vosges actuelle.

aise au milieu des joueurs et se qualifia lui-même « d'ami de la famille et confesseur particulier de la comtesse Jeanne... ».

— Commettez-vous donc de si gros péchés, comtesse, qu'il vous faille garder constamment votre confesseur à portée de la main ? chuchota Gilles à l'oreille de son gracieux mentor.

Elle se mit à rire mais baissa les yeux.

— Ne sommes-nous pas tous pécheurs, chevalier ? soupira-t-elle. Dans les temps difficiles que nous vivons, une bonne part de nos actions de chaque jour sont autant d'offenses au Seigneur.

— Le jeu par exemple ?...

— Comment oserais-je me permettre de croire que le jeu offense Dieu quand les plus grands de ses serviteurs ne dédaignent pas de s'y adonner. Voyez plutôt...

Et lâchant enfin le bras du jeune homme qui en éprouva un bizarre soulagement, peut-être parce qu'il n'avait pas aimé cette façon qu'elle avait eue de claironner son nom aux quatre coins de son salon comme si elle tenait essentiellement à ce qu'aucun des assistants ne l'oubliât, Jeanne s'avança vivement vers la porte au seuil de laquelle venait d'apparaître l'imposante silhouette du Cardinal de Rohan.

Le beau prélat était vêtu comme il l'était lors de sa visite à Cagliostro mais son visage, alors tendu et inquiet, était éclairé, ce soir, par un sourire dont il enveloppa la jeune femme avec une extraordinaire expression de joie et de tendresse.

— Chère comtesse ! Enfin vous voilà de retour ! Vous nous avez tellement manqué !...

Tandis que la jeune femme s'inclinait pour baiser l'anneau de Son Éminence, Gilles, qui avait rejoint Lecoulteux près de la cheminée, ne put s'empêcher d'entendre ce que murmurait l'abbé de Calbris, qui lui tournait le dos, à son voisin l'intendant de Champagne.

— Elle lui a peut-être manqué, mais j'imagine que sa trésorerie a dû se trouver bien de l'absence en question. Notre belle Jeanne lui coûte une fortune... Le décor de la maison a changé du tout au tout depuis quatre mois !

— Et vous pensez que c'est le cardinal qui...

— Bien sûr, voyons ! Jeanne est sa maîtresse. Tout le monde sait cela...

— On dit pourtant que la Reine se montrerait extrêmement généreuse...

— La Reine ? Elle n'a jamais assez d'argent. Et d'ailleurs les Polignac ne permettraient pas qu'elle distribue à d'autres qu'eux-mêmes ou leurs amis, des libéralités de cette importance.

Le personnage principal de la soirée étant arrivé, accompagné d'ailleurs d'un de ses amis, le baron de Planta et d'un jeune secrétaire : Ramón de Carbonnières, on prit place aux tables de jeu. Gilles nota alors que la belle Jeanne n'avait pas jugé utile de le présenter au Cardinal. Elle avait même mis une certaine hâte à installer l'Éminence à une table de whist avec l'amiral d'Estaing, le baron de Planta et l'abbé de Calbris sans lui laisser beaucoup le temps d'entrer en conversation avec les autres personnages réunis dans son salon.

Le jeune homme se disposait à rejoindre Lecoulteux à la table de pharaon quand la pittoresque Mlle Colson l'interpella :

— Vous qui êtes jeune et qui semblez avoir d'excellents yeux, chevalier, voulez-vous venir à mon secours ?

— Bien volontiers, Mademoiselle. Je suis tout à votre service.

— Merci. Alors voyez donc si vous n'apercevez pas quelque part mes besicles ? Je les perds à longueur de journée et sans elles je n'y vois goutte... Allez donc jouer dans ces conditions-là !...

Suivi par elle, il entreprit le tour du salon, scrutant les consoles, les dessus de commodes, le manteau de la cheminée. Soudain, alors qu'ils se penchaient ensemble sur les rayons d'une petite bibliothèque de femme, il l'entendit murmurer très vite :

— Trouvez un prétexte quelconque mais partez ! Si vous restez ici, il vous arrivera malheur...

— Que voulez-vous dire ? chuchota-t-il sans que son visage souriant eût subi la plus légère altération.

— Je ne sais pas ! Je n'ai entendu que quelques paroles. Mais ce que je sais bien c'est qu'on ne vous veut, ici, aucun bien...

Elle se redressait déjà et, dans le mouvement qu'elle fit, il vit soudain entre ses mains à demi couvertes de mitaines noires les fameuses besicles qu'elle faisait mine de chercher.

— Ah ! Vous êtes un ange ! s'écria-t-elle très haut. Maintenant allez vite jouer et pardonnez-moi de vous avoir retardé.

Il hésita un instant. La première idée de Winkleried avait donc été la bonne : le billet rose était un piège ourdi vraisemblablement par la comtesse. Elle avait dû apprendre, d'une manière ou d'une autre, qu'il était son ennemi et elle s'apprêtait à se venger.

L'avis que lui donnait cette aimable demoiselle,

si sympathique avec sa figure de furet et ses joyeux yeux bruns, était certainement un conseil de sagesse mais il lui déplaisait de fuir devant une femme. Et puis, qui pouvait dire s'il n'apprendrait pas, tout de même, quelque chose touchant Judith ? Enfin, il portait une épée au côté, il savait se battre et, à toute extrémité, il était fermement décidé à vendre chèrement sa peau.

Le salon s'emplissait. De nouvelles personnes arrivaient. Sortir sans être vu eût été la chose du monde la plus simple mais Gilles n'avait aucune envie de se couvrir de ridicule aux yeux de Lecoulteux. Avec un sourire rassurant à l'adresse de Mlle Colson qui, derrière son éventail déployé, l'épiait avec une sorte d'angoisse, il alla d'un pas nonchalant prendre, à la table, la place que lui avait gardée le banquier, tira un louis de sa poche, le jeta sur le tapis et s'efforça de s'intéresser à la partie mais sans y mettre d'acharnement car il considérait le jeu comme une simple distraction tandis que la plupart des autres, et Lecoulteux en particulier, s'y adonnaient avec une passion qui leur mettait le feu aux joues et des éclairs dans les yeux.

Naturellement, comme tous les néophytes, il gagna, et bientôt un petit tas d'or commença à s'amasser devant lui.

— Je vous avais bien dit que la chance vous sourirait ! remarqua son compagnon.

— J'en suis le premier surpris.

— Vous devriez vous retirer, lui conseilla son voisin de gauche. C'était ce jeune vicomte de Barras qui s'intéressait de si près à l'apathique Mlle de Saint-Rémy de Valois. Il devait être plus riche de noblesse que d'écus et c'était sans doute l'opulence toute neuve de cette maison qui l'intéressait mais il offrait un curieux mélange d'arrogance et de timidité qui n'était pas sans charme.

— Me retirer ? Pourquoi donc ?

— Parce que la chance est encore plus capricieuse qu'une jolie femme. C'est la première fois que vous jouez, n'est-ce pas ?

— Cela se voit à ce point ?

— Non, pas vraiment, mais on a toujours de la chance la première fois. Vous pouvez juger d'après la mienne qu'elle me connaît peut-être depuis trop longtemps, ajouta-t-il avec un sourire qui rendit son âge exact – vingt-neuf ans – à un visage aux traits agréables, auréolé d'une chevelure blonde et bouclée, mais déjà marqué par la débauche. Sa main fine balaya devant lui le tapis résolument vierge de toute pièce.

— Si vous partez, nous partirons ensemble ! dit-il encore mais avec un soupir qui en disait long sur ses regrets.

Gilles entreprit de couper en deux son propre gain.

— Partageons ! proposa-t-il obéissant à une impulsion soudaine.

Les yeux verts de Barras s'effarèrent.

— Êtes-vous fou ? Vous ne m'avez jamais vu. Je suis peut-être un truand...

— Bah ! J'en accepte volontiers le risque ! Voyez-vous, je n'arrive pas à considérer cet argent comme m'appartenant réellement. Et puis... vous portez un nom que j'ai appris à respecter à Newport et durant la campagne d'Amérique.

— Je n'y étais pas ! fit l'autre d'un ton où entraient à la fois un défi et un regret.

— J'ai connu, pourtant, à Newport un amiral de Barras !

— Mon oncle ! Le héros d'une famille dont j'ai l'honneur d'être la brebis galeuse. Tandis qu'il atteignait à la renommée en Amérique, je me faisais dévorer par les moustiques à Pondichéry sans y trouver pour autant les trésors de Golconde.

— De toute manière vous êtes un frère d'armes. Alors... acceptez ! Vous me rendrez cela quand la chance vous reviendra.

Quelque chose qui ressemblait à une émotion passa sur le visage froid et sarcastique du jeune Provençal.

— Après tout, vous êtes peut-être un saint !... Mais je vous remercie et j'essaierai de vous revaloir cela, d'une façon ou d'une autre.

Il se remit au jeu avec une ardeur qui disait assez sa joie. La chance lui revint comme par miracle et, une heure après, il pouvait restituer à Gilles la somme qu'il lui avait prêtée.

— Vous êtes un sacré porte-veine, mon ami ! lui dit-il en lui tendant la main. Je ne suis pas près de vous oublier !

— Mais personne ici n'a envie d'oublier Monsieur de Tournemine ! fit derrière eux la voix aimable de la comtesse. C'est plutôt lui, il me semble, qui, dans l'ardeur du jeu, oublie son hôtesse... une hôtesse qui n'a encore jamais eu l'occasion d'échanger plus de trois paroles avec le fameux Gerfaut et qui cependant en meurt d'envie !

Gilles se leva instantanément.

— Pardonnez-moi, Madame ! Mais me voici à vos ordres !

— Ah ! non, comtesse, vous n'allez pas l'enlever ! protesta Barras. C'est une hérésie ! La chance est avec lui !

Il reçut pour la peine un léger coup d'éventail qui effleura sa joue.

— Vous êtes un insolent, vicomte ; et si vous souhaitez devenir mon frère, je vous conseille d'en user autrement avec moi. Qui vous dit que je n'ai pas une chance meilleure que la vôtre à offrir ?

Le vicomte haussa les épaules.

— Tout dépend, ma chère, de ce que vous pensez lui offrir, fit-il avec impertinence. Il est bien certain qu'une jolie femme dispose de trésors auprès desquels ceux d'une banque ne sont que poussière ! Eh bien, bonne chance, chevalier, mais revenez-nous vite !

— Laissons ce malotru, chevalier, et allons boire ensemble un verre de « Giroflée du Dauphiné » ou une tasse de café... Rien de tel pour faire connaissance que partager le pain et le sel...

Ils s'éloignèrent ensemble vers la salle à manger où, sur une grande table ovale garnie d'une pyramide de fruits et de deux belles aiguières de cristal et d'argent, un buffet était disposé. Gilles accepta une tasse de café et attendit que Jeanne entamât la conversation. Mais elle ne semblait pas pressée et même, depuis qu'ils avaient quitté la table de jeux, elle n'avait pas prononcé une parole, se contentant de lui sourire avec grâce tandis qu'ils traversaient les deux salons au rythme des battements nonchalants de son éventail de dentelle noire.

Elle buvait, elle aussi, du café et ses yeux bleus l'observaient attentivement par-dessus le bord doré de la tasse mais elle ne disait toujours rien.

À la lumière jaune des bougies ses prunelles

verdissaient et accentuaient sa ressemblance avec une jolie chatte en train de se pourlécher avec une tendresse cruelle en face de la souris qu'elle va griffer puis croquer dans un instant...

— Eh bien, comtesse, dit le chevalier avec un nonchalant sourire, de quoi souhaitez-vous parler ?

— De vous !... de moi !... pourquoi me détestez-vous sans me connaître ? fit-elle à brûle-pourpoint. Est-ce parce que je ressemble à quelqu'un que vous aimez... beaucoup ?

— Qui vous a dit que je vous détestais, Madame ?

— Personne. Ce n'est qu'une... impression.

— Une impression erronée. Comment pourrais-je vous détester alors que nous nous voyons pour la première fois ?

— Nous nous parlons pour la première fois. Mais nous nous sommes déjà vus... Souvenez-vous, dans cette même rue, un soir. Vous sembliez attendre quelque chose et j'ai cru naïvement que c'était moi, que... je vous plaisais. Alors qu'en fait c'était une autre que vous attendiez, une autre qui est venue plus tard et que vous aimez ! Car vous l'aimez, n'est-ce pas, cette Julie de Latour ?

— Je vous aurais peut-être aimée si je vous avais connue avant elle, fit Gilles, surpris par la soudaine tristesse qui pesait dans la voix de la comtesse.

Elle haussa ses blanches épaules.

— Certainement pas ! Je ne suis pas de celles que peut aimer un homme d'honneur, n'est-ce pas ?

— Madame ! Votre époux...

Elle reposa la tasse que le tremblement soudain

de ses mains fit tinter. Des larmes mal contenues brillaient à présent dans ses yeux.

— Ne me parlez pas de lui, se plaignit-elle à voix basse. Il est le mauvais génie de la pauvre fille que j'ai été... que je suis peut-être encore mais que pouvais-je espérer d'autre ? Avez-vous jamais connu la misère, chevalier ?

— La misère, non, mais une grande pauvreté, oui, Madame, dit-il gravement.

— Ce n'est pas pareil ! La faim, le froid, la neige comme cette nuit quand on ne sait comment s'en défendre et qu'on n'est qu'une toute petite fille, ce sont des choses qu'on ne peut oublier... Pour éviter le retour de ce cauchemar on ferait n'importe quoi...

Surpris par cette douleur soudaine et incapable de résister à la pitié que faisait lever en lui toute souffrance il prit doucement la main que Jeanne crispait sur les branches fragiles de son éventail.

— La misère est loin, à présent ; elle ne reviendra plus jamais. Vous avez des amis riches, puissants...

— Que sont des amis riches, puissants auprès d'un amour vrai ? souffla-t-elle avec une sorte de rage. Vous qui le connaissez, cet amour, gardez-le, gardez-le précieusement. Et tenez... partez, chevalier, partez à l'instant même. Ne restez pas plus longtemps dans cette maison. Mon mari... vous déteste, vous craint, je ne sais pourquoi.

— Votre mari ? Mais que lui ai-je fait ?

— Rien, sans doute, mais avec lui cela suffit.

Elle semblait tout à coup si inquiète, si fébrile, qu'il lui sourit d'un air encourageant. Était-ce là ce danger dont avait parlé Mlle Colson ? Il n'était pas bien grand dans ce cas mais, pour une vieille demoiselle, La Motte pouvait prendre aisément des allures de croquemitaine.

— Je pars, dit-il... et je vous remercie. Mais n'aviez-vous pas quelque chose à me dire, ou bien ce qu'annonçait le billet rose n'était-il qu'un appât ?...

— Le billet... mon Dieu, c'est vrai, j'allais oublier !... Non, ce n'est pas seulement un appât. On a réussi à reprendre Julie à ce démon de Cagliostro, ce mage maudit qui s'en sert pour ses expériences démoniaques, mais...

— On ? Qui, on ?

— Je ne puis vous le dire mais elle est obligée de se cacher, car le Diable est puissant, rusé. Il semble avoir des yeux partout.

— Dites-moi où elle est, rien de plus, et je m'en vais...

Elle jeta un regard circulaire autour d'elle comme si elle craignait d'être entendue, déploya son éventail et l'agita doucement tandis qu'un sourire revenait sur ses lèvres.

— Rue de Cléry, n° 15... chez un exempt de police, un certain Beausire ! Mais, pour l'amour de Dieu, ne faites semblant de rien. On nous observe. Plus haut, elle ajouta : Je suis navrée que vous deviez partir, chevalier, mais vous reviendrez, n'est-ce pas ?

Elle lui tendait la main. Il la prit, la baisa.

— Je n'y manquerai pas, comtesse, et j'aurai plaisir à revenir chaque fois que vous voudrez bien m'y autoriser...

Il repassa dans le premier salon. La partie faisait rage mais il était impossible de partir sans prévenir Lecoulteux. Il alla l'avertir discrètement.

— Êtes-vous si pressé ? dit le banquier. C'est stupide, nous sommes au fort de l'action...

— Il faut que je rentre. Je dois être au palais de bonne heure demain matin.

— Prenez au moins ma voiture pour vous ramener place Louis-Le-Grand et vous lui direz de revenir me chercher. Il fait un temps du diable !...

Gilles remercia, salua à la ronde et rendit la solide poignée de main, à l'anglaise, que lui assenait Barras, accompagnée d'un « À bientôt » tout sonore de joie méridionale.

En se dirigeant vers la porte, il dut passer tout près du cardinal de Rohan qui, las sans doute de jouer, s'était levé et faisait quelques pas avec son hôtesse, pour chercher refuge dans l'embrasure d'une fenêtre. Il salua le couple et, sans le vouloir, saisit au vol la phrase que Jeanne, redevenue très souriante, lançait au galant prélat :

— Ma foi, je n'ai pu résister à ma curiosité de femme, Éminence. Ce tantôt, je suis allée contempler le fameux collier de Messieurs Boehmer et Bassange... Quelle merveille !... Et quelle pitié que notre Reine ait dû renoncer à une telle parure...

Un instant plus tard, rencogné dans la voiture chaude et parfumée du banquier, il roulait vers la rue de Cléry sans se douter un seul instant qu'une voiture le précédait de peu, une voiture dans laquelle avait pris place l'élégant Reteau de Vilette auquel Jeanne avait glissé quelques mots tandis que Tournemine faisait ses adieux aux joueurs de pharaon...

Il ne savait plus trop que penser de Jeanne. Était-elle vraiment une victime, comme elle l'avait laissé entendre, au lieu de la redoutable aventurière qu'il avait cru découvrir dans les bosquets de

Trianon et de Versailles ? En ce cas, elle devait avoir sur elle-même un immense empire pour avoir joué son rôle avec cette perfection. Mais la misère, cet implacable dissolvant de toute dignité humaine, n'était-elle pas capable de dévoyer un être fragile qui, né dans le confort et la sécurité, n'eût peut-être jamais quitté le droit chemin ?... Au fond, le principal coupable dans cet immense complot dont Tournemine avait décelé quelques parcelles, ce n'était pas la femme aux yeux brillants de larmes qu'il avait eue devant lui tout à l'heure, même si elle jouait son rôle sans résistance, c'était l'homme qui la manœuvrait froidement, c'était le prince avide, ambitieux et félon, c'était le glacial calculateur qui, au fond de ses palais, tissait, avec une patience d'araignée, la toile mortelle où il espérait engluer son propre frère sans s'apercevoir que la couronne qu'il en retirerait n'en sortirait pas sans souillures. Si, grâce à elle, Judith lui était rendue, Gilles tenterait peut-être d'aider Jeanne à sortir de ce qui, après tout, devait être pour elle un cauchemar...

Arrivé rue de Cléry, il n'eut aucune peine à découvrir le logis de l'exempt Beausire. C'était une maison étroite et haute, à la façade vétuste et à l'apparence modeste, coincée entre un grand hôtel datant du siècle précédent mais soigneusement rénové, et le magasin aux volets clos d'un marchand drapier. Ayant trouvé l'endroit, il renvoya sa voiture à Lecoulteux comptant, sa reconnaissance terminée, trouver une voiture de place sur le boulevard tout proche, près de la porte Saint-Denis où il y avait une station.

Ancienne voie plutôt mal famée, la rue où avait vécu Corneille presque jusqu'à sa mort avait cependant subi de notables transformations depuis qu'elle avait eu l'honneur de voir naître la marquise de Pompadour. La plupart de ses maisons étaient, sinon fastueuses, du moins fort convenables. Beaucoup avaient des jardins et les lanternes axiales, dont les lumières tremblantes faisaient, sur la neige, de grandes taches pâles, avaient le mérite de fonctionner toutes, ce qui n'était pas donné à toutes les rues.

Lorsque la voiture eut disparu à l'angle du boulevard, plus aucun bruit ne se fit entendre. Il était plus de dix heures et la plupart des habitants devaient dormir mais, dans la maison qui intéressait Gilles, un peu de lumière filtrait sous un volet du dernier étage ainsi d'ailleurs que dans l'hôtel voisin où l'écho étouffé de harpes se faisait entendre.

Gilles s'approcha de la porte, souleva le marteau de bronze mais le reposa doucement, évitant au contraire le moindre bruit parce qu'il venait de s'apercevoir que le vantail était entrouvert sur l'obscurité d'un couloir filant vers les profondeurs d'une cour qui, sans la neige qui la tapissait, eût été difficilement visible.

Il sortit son briquet et le battit pour se procurer un peu de lumière. Il y avait, en effet, une porte percée dans le mur du couloir mais, faite de grosses planches mal équarries, elle ne devait ouvrir que sur une cave ou un bûcher et le jeune homme avança jusque dans la cour.

Là, tout au fond, une porte, au-dessus de laquelle une imposte éclairée montrait une lumière rougeâtre, se dressait au-dessus de deux marches déclives, usées par le temps et les pas. En face, desservant le bâtiment de façade, s'ouvrait le trou noir d'un escalier mais, tout naturellement, Gilles alla vers la lumière. Les habitants de ce logis n'étaient sans doute pas encore couchés et pourraient lui indiquer au moins où habitait l'exempt Beausire.

Doucement, puis plus fort, il frappa à la porte sans obtenir de réponse. Cependant il devait y avoir quelqu'un sinon à quoi rimait cette lumière ? Il frappa encore, appuyant la main gauche sur le clapet qui joua tout naturellement. La porte s'ouvrit sans autre protestation qu'un léger grincement et Gilles se trouva dans un petit vestibule, pauvrement meublé de deux chaises de paille et d'un coffre sur lequel une chandelle brûlait dans un bougeoir de cuivre.

Il fit quelques pas sans prendre la peine de les étouffer sur le carrelage rouge qui dallait l'entrée, espérant voir apparaître quelqu'un mais rien ne bougea.

Au fond du couloir, il y avait une porte fermée. Une autre se découpait en face du coffre, et sous celle-là filtrait un rai de lumière. Ce fut à celle-là que Gilles frappa.

— Entrez ! fit une voix étouffée.

En s'ouvrant, la porte découvrit une pièce d'assez belles dimensions qui devait servir à la fois de salon et de salle à manger. Une table, quelques chaises tendues d'un tissu râpé, un buffet, trois fauteuils couverts d'indienne à fleurs criardes, une petite commode et une horloge en formaient tout le mobilier. Une femme était assise dans l'un des fauteuils, tournant le dos à la porte et les pieds appuyés sur les chenets d'une cheminée où flambait un grand feu.

— Madame, commença Gilles, je vous supplie

de me pardonner une intrusion parfaitement insolite à cette heure, mais je voudrais savoir si Monsieur Beausire habite bien cette maison.

La dame se leva lentement, comme si elle avait des difficultés à se mouvoir, et en s'appuyant des deux mains aux bras de son fauteuil. Elle était grande, blonde et, quand elle se tourna vers lui, le chevalier retint une exclamation de surprise car cette femme, c'était celle qu'il avait vue dans le Bosquet de Vénus, c'était celle qui ressemblait à la Reine... En outre elle était fort peu vêtue, d'un peignoir de mousseline transparente qui, visiblement, fermait mal.

— C'est bien ici, Monsieur ! Puis-je savoir ce que vous désirez ?

Sa voix était à peine audible et elle paraissait terrifiée, mais Gilles n'eut même pas le temps de lui demander pourquoi : une tenture dissimulant sans doute l'entrée d'une autre pièce venait de se soulever. Deux hommes parurent, masqués de noir et l'épée à la main, au moment même où trois autres sortaient de ce qui devait être la cuisine...

Le jeune homme demeura un moment immobile tandis que la femme, avec un faible cri, se jetait sur lui comme pour lui faire un rempart de son corps en jouant, mal d'ailleurs, la comédie du désespoir.

— Sauve-toi ! Sauve-toi si tu m'aimes ! balbutia-t-elle d'une voix étranglée.

Gilles la repoussa si brutalement qu'elle alla choir à la renverse dans un fauteuil qui s'effondra avec elle puis tira son épée dont il abaissa lentement la pointe devant lui.

— Qu'est-ce que tout cela signifie ! fit-il froidement.

L'un des deux hommes apparus en premier s'avança vers lui en donnant tous les signes d'une indignation grotesque.

— C'est à vous de nous le dire, misérable, vil suborneur ! Il y a longtemps que je me doutais de quelque chose mais enfin je vous prends la main dans le sac, mes tourtereaux ! Vous êtes témoins, messieurs, que je viens de surprendre ma femme à peu près nue, en compagnie de son amant.

Il y eut un murmure approbateur. Gilles éclata de rire.

— J'imagine que vous êtes le sieur Beausire ? Eh bien, mon garçon, je ne vous fais pas mon compliment : vous êtes un piètre comédien. Quant à cette femme que je ne connais pas, j'admets volontiers qu'elle est bien faite mais qu'est-ce que vous voulez que j'en fasse ?

— Vous l'entendez, hurla l'autre. Vous l'entendez ? Non seulement je le surprends avec ma femme dans les bras...

Il sauta en arrière avec un cri de douleur. D'une brusque détente de son bras armé, Gilles avait tranché l'un des cordons de son masque qui tomba, découvrant un visage qui eût été beau s'il n'avait été si vulgaire et sans les traces visibles d'une ivrognerie habituelle. Une coupure saignante en marquait à présent la joue.

— Puisque je suis censé te faire cocu, mon garçon, autant savoir au moins à quoi tu ressembles ! Et puis tu cries vraiment trop fort ! Alors ? ajouta-t-il en faisant du regard le tour des hommes encore masqués qui se tenaient devant lui. On s'en tient à cette version grotesque ? Vous êtes là pour venger l'honneur d'un croquant, mes bons amis ?... Personnellement je n'en crois rien : un peu de courage, que diable ! Vous êtes cinq contre un seul... vous pouvez au moins vous offrir le luxe de la vérité.

— Regardez mieux ! fit l'homme qui était entré avec Beausire. Nous sommes huit... et il y en a encore dans le couloir !

D'autres hommes en effet sortaient de la cuisine et Gilles comprit qu'il avait peu de chances, cette fois, de sortir vivant de cette maison, d'autant moins qu'il venait d'identifier celui qui avait parlé.

— Ah, c'est donc vous, Monsieur d'Antraigues ? Votre masque est bien inutile car je vous ai reconnu... Ainsi, le crime de lèse-majesté ne vous suffit pas ? Vous êtes aussi assassin à vos heures ? En tout cas vous auriez pu trouver un prétexte moins misérable qu'une prétendue aventure avec une fille de bas étage mariée à un maraud !

— Je n'aime pas laisser mes dettes impayées... et puis personne ne vous assassine : vous avez une épée, défendez-vous !

— C'est bien ce que j'ai l'intention de faire. Mais puis-je savoir qui m'en veut assez pour avoir monté cette vaste opération ? Vous ne travaillez tout de même pas pour cette chère comtesse Jeanne ? Pas vous... pas un d'Antraigues tout de même !

— Et pourquoi donc pas ? fit une autre voix qu'il n'eut aucune peine à reconnaître. Est-ce qu'un d'Antraigues ne peut servir une Valois ?

— Tiens, vous êtes là vous aussi, monsieur le secrétaire à tout faire ? Décidément, le piège a été bien monté et vous ferez mon compliment à votre maîtresse. Dire que j'ai cru un instant qu'elle me ferait abattre chez elle ! Quel idiot j'ai été mais il faut avouer qu'elle est une miraculeuse comédienne !... Eh bien, braves gens, que faisons-nous ? Oserais-je vous prier de me livrer passage ?...

Son persiflage déchaîna la brusque fureur d'Antraigues.

— Allons, vous autres, sus à cet homme ! Sus pour l'honneur de Monseigneur le duc de Chartres ! Arrangez-vous pour gagner ses écus !

— Le duc de Chartres ? Qu'est-ce qu'il vient faire là-dedans ? s'écria Gilles sincèrement surpris. Eh bien, puisqu'il paraît que nous sommes chez les fous, traitons-les comme tels : gare à vous, messieurs !

Sa lame décrivit un moulinet fulgurant qui fit reculer les premiers assaillants. De sa main libre, il saisit une chaise, la lança sur l'un d'eux qui s'écroula frappé à la tête. Puis, reculant jusqu'au mur contigu à la porte d'entrée, il empoigna l'une des sculptures du buffet que, d'une traction terrible, il jeta à terre où il rebondit avec un bruit de vaisselle brisée avant de lui assurer une protection efficace sur la droite.

— Mon buffet ! Ma vaisselle ! glapit Beausire avec un gémissement si grotesque que Gilles éclata de rire.

— Tu n'auras qu'à envoyer la note au duc de Chartres, puisque apparemment c'est lui qui donne le bal !

Puis, oubliant l'exempt, il entreprit de se frayer un passage vers la porte jusqu'à laquelle le buffet lui assurait une protection suffisante. Mais un barrage de trois hommes se dressait devant lui, cherchant à l'embrocher comme un sanglier dans sa bauge. D'une brusque fente en avant, il toucha l'un à la gorge, se replia, se détendit de nouveau, trouva une poitrine puis, bondissant brusquement jusqu'au seuil, envoya son pied dans l'aine de son troisième adversaire qui s'écroula en poussant des cris de douleur.

Il était enfin dans le couloir mais sa joie ne fut pas de longue durée : six ou sept hommes barraient le chemin de la cour.

« Seigneur ! pria Gilles mentalement, le moment est venu de te demander pardon de mes fautes car je ne vais guère tarder à paraître devant toi ! »

Il se jeta le dos au mur, pour au moins mourir face à tous ses assaillants. Une lame l'atteignit à l'épaule, une autre à la cuisse mais il réussit à mettre encore quatre adversaires hors de combat. Dans un instant, cela allait être l'hallali. Déjà, il sentait son sang couler chaud, sous sa chemise...

Soudain, quelqu'un poussa un cri :

— Sainte Anne bénie. Mais c'est lui !... Par ici, Monsieur, par ici... Je vous fais le chemin !

Avec stupeur, il s'aperçut tout à coup que l'un des hommes masqués du couloir venait de se retourner contre ses compagnons, en frappait un dans le dos et d'un bond le rejoignait...

— Qu'est-ce qui te prend, morveux ! gronda l'un des assaillants.

— J'ai été payé pour abattre un fauve... pas les gens de bien, ni mes amis ! Venez, Monsieur, vous êtes blessé mais à nous deux nous passerons peut-être.

Et comme un tigre, il se jeta sur ses anciens camarades dégageant suffisamment Gilles pour lui permettre de gagner la cour.

— Mais qui êtes-vous ? haleta le chevalier. Pourquoi m'aidez-vous ?...

— Rappelez-vous le Pont Neuf ! Vous m'avez

sauvé du sergent recruteur. Je suis Gildas le Breton ! Courage !

En même temps, il arrachait son masque et le jetait à terre.

Le combat reprit dans la cour, acharné autour de ces deux hommes qui se battaient dos à dos chacun d'eux garantissant l'autre. Atteint au bras droit, Gilles se battait maintenant de la main gauche. Il avait reçu deux autres blessures sans pouvoir les localiser mais il se sentait faiblir. Le sang perdu sans doute... Il semblait qu'Antraigues eût réuni contre lui une armée. Il avait devant lui un tel fouillis d'épées qu'il lui semblait se trouver en face d'un nid de vipères furieuses dans lequel son épée piquait inlassablement, ouvrant des jours. Gildas, lui aussi, se battait comme un lion et Gilles se surprit à se demander où diable ce garçon qui avait dû tâter des galères avait appris à tenir une épée. Autour d'eux la neige était rouge de sang et jonchée de corps.

— Essayons de gagner la rue, souffla Gilles... Là, nous aurons peut-être du secours.

Rompant en même temps, ils coururent vers le couloir.

— Attention, vous autres ! cria Antraigues, ils vont nous échapper...

— Battez-vous vous-même, espèce de lâche, au lieu de laisser faire votre sale besogne par vos sbires ! hurla Gilles fou de rage en se retournant pour faire face à trois épées à la fois et protéger la fuite de Gildas dont il entendait les pas claquer dans le couloir. Encore une fois, son épée frappa arrachant un cri de douleur, un autre de terreur.

— Mais c'est le Diable, cet homme-là !

— Parbleu ! ricana le chevalier en trouant une poitrine.

La chute du corps lui assura un court répit. Il enfila le couloir aussi vite que le lui permettaient ses jambes qui s'alourdissaient d'instant en instant. Mais, comme il passait près de la porte de bois grossier qu'il avait remarquée en entrant, celle-ci s'ouvrit. Un homme surgit, un poignard à la main. La main se leva, frappa dans le dos... Gilles poussa un cri étouffé, plia les genoux mais ne tomba pas. Titubant sur ses jambes qui fonctionnaient encore par la vitesse acquise, il surgit enfin dans la rue et tomba dans les bras de Gildas qui revenait vers lui après avoir abattu l'homme qui faisait le guet au-dehors...

Les yeux du jeune homme devenaient vitreux. Il aperçut le visage angoissé du petit Breton comme à travers un brouillard, essaya de lui sourire.

— Je... suis mort ! souffla-t-il... Adieu... ami !

Et, échappant des bras épuisés du jeune homme, il glissa dans la neige, face contre terre, au moment même où Antraigues et ce qui restait de ses hommes jaillissaient de la mortelle souricière qu'ils avaient tendue au Gerfaut.

— À l'aide ! cria Gildas de toute sa voix. Au secours ! À moi !...

Un coup d'épée l'atteignit à l'épaule. Lui aussi portait plusieurs blessures mais aucune n'était mortelle. Il comprit néanmoins qu'il ne pourrait pas, seul, tenir tête à la meute, d'autant plus furieuse qu'elle était terriblement clairsemée à présent. Alors, avec un hoquet fort bien imité, et sans attendre que tous lui tombent dessus, il se laissa glisser à terre, s'arrangeant pour couvrir de son corps celui du chevalier assassiné... priant éperdument pour qu'ils le croient suffisamment mort pour n'être pas tenté de l'achever.

— Ils sont morts tous les deux, dit quelqu'un. Filons !

— Il vaudrait mieux s'en assurer, coupa la voix froide d'Antraigues... Frappez encore !

Mais les cris du jeune homme avaient alerté la rue. Des fenêtres s'ouvraient. Des volets claquaient. Des têtes apparaissaient. Des gens criaient à la rescousse et à la garde !

— Plus le temps, dit le chef. Il faut filer !... le poste des Gardes Françaises de la porte Saint-Denis peut nous tomber dessus...

Ils s'enfuirent dans la rue blanche comme une volée de sinistres corbeaux, traînant les blessés, fuyant les boulevards et les zones éclairées. Avec un indicible soulagement, Gildas comprit qu'il était sauvé et se redressa péniblement, priant pour que le poids de son corps n'eût pas éteint le dernier souffle de vie, s'il en restait encore, dans le grand corps de celui qu'il avait voulu sauver... Il avait envie de pleurer et il ne pouvait pas, il cherchait à prier et il ne trouvait plus les mots. À genoux dans la neige, il ne sentait ni le froid ni même ses blessures mais il était tellement épuisé que ses membres lui refusaient tout service. Il ne pouvait même plus appeler...

— On vient, cria quelqu'un. Tenez bon !...

Au même instant, un cavalier déboucha du boulevard, grimpa la courte pente et sauta à terre en voltige auprès du garçon toujours agenouillé.

— Bon dieu de bon dieu ! gronda-t-il en découvrant le corps étendu sur la neige dans son uniforme haché de coups. J'arrive trop tard... Est-ce qu'il est mort ?

— Je ne sais pas, Monsieur, je n'ose pas le toucher...

— Tu as raison. Il faut du secours...

Et le vicomte Paul de Barras alla se pendre à la cloche du grand hôtel d'où venaient toujours des échos de musique. En même temps il se mit à crier d'une telle voix de stentor qu'en un instant il y eut, pataugeant dans la neige, une demi-douzaine de bourgeois en bonnet de nuit emballés de manteaux et de couvertures sur leurs chemises de nuit et qui se mirent à crier tous à la fois sans apporter aucune aide appréciable. Barras apprit seulement d'eux qu'une troupe d'hommes s'était enfuie après avoir tenté d'assassiner le gentilhomme et le jeune garçon qui était agenouillé près de lui.

— Ouais ! marmotta Barras pour lui-même... quand le cocher de Lecoulteux a dit qu'il l'avait conduit 15, rue de Cléry, c'est-à-dire chez ce truand de Beausire, j'ai eu raison de me méfier. Malheureusement !... Ah, vous voilà tout de même !

Le grand portail de l'hôtel venait enfin de s'ouvrir livrant passage à une foule d'hommes et de femmes d'aspect étrange aussi bien pour l'époque que pour la saison car, sous d'énormes manteaux de fourrure, ils portaient tous des toges et des tuniques grecques taillées dans les plus belles soieries de Lyon. Cet hôtel était celui qu'habitait un couple de peintres, le célèbre Lebrun et sa non moins célèbre jeune femme, Madame Vigée-Lebrun, portraitiste attitrée de Marie-Antoinette et des plus jolies femmes de la Cour. Le couple donnait ce soir-là une de ses célèbres soirées « antiques » où l'on s'efforçait d'oublier les grâces du XVIIIe siècle pour vivre un instant à l'heure de la Grèce de Périclès.

— Je ne sais pas à quoi vous jouez, s'indigna Barras qui les considérait avec stupeur, mais vous feriez mieux de vous préoccuper de ce qui se passe à votre porte quand on y égorge les officiers du Roi !

— Holà, vous autres, cria Lebrun à l'adresse d'une escouade de valets qui accouraient avec des flambeaux, moins de lumières et plus d'aide ! Un brancard, des couvertures ! Que l'on transporte les blessés dans la maison. Et que chacun rentre chez soi, ajouta-t-il superbement à l'adresse des bourgeois qui ne se le firent pas dire deux fois, trop heureux de se remettre bien vite les pieds au chaud.

Avec d'infinies précautions, le corps sanglant de Gilles fut emporté sur une civière jusque dans l'antichambre illuminée et fleurie tandis que l'on soutenait Gildas qui semblait frappé de stupeur. Barras dirigeait les opérations avec autant d'autorité que s'il eût été chez lui.

— Allez chercher un médecin ! ordonna-t-il.

— Je suis médecin ! déclara un jeune homme blond au visage ouvert qui, gracieusement couronné de roses, surgissait à cet instant des profondeurs d'un salon en compagnie d'une jeune personne dont la coiffure, un brin déséquilibrée, était assez révélatrice du genre de conversation qu'ils y tenaient.

— Eh bien, voilà de l'ouvrage ! fit Barras superbement.

Arrachant sa couronne de roses, le jeune homme écarta sans douceur la foule des « Athéniens » qui se pressait autour du brancard près duquel Mme Vigée-Lebrun, agenouillée, essuyait avec un mouchoir fin la neige et la boue qui maculaient le visage blême de Gilles.

— Comme il est beau ! soupira une femme.

— Quelle pitié ! dit une autre. Si jeune ! Est-ce qu'il est vraiment mort ?

— Comment voulez-vous que je le sache, grogna le jeune médecin. Laissez-moi au moins approcher.

— Mon Dieu !... Mais je le connais, s'écria une ravissante créature drapée dans une lourde soie blanche agrafée d'un cabochon d'émeraudes qui rendait pleinement justice à une admirable silhouette.

Vivement, Aglaé d'Hunolstein alla vers Gildas que l'on avait fait entrer dans une curieuse salle à manger où la grande table habituelle était remplacée par une série de lits disposés comme les rayons d'une roue, et fait asseoir près du feu. Un valet le débarrassait de sa souquenille noire trempée et déchirée tandis que Lebrun lui versait un verre de vin.

— Que s'est-il passé ? demanda la jeune femme d'un ton tellement autoritaire qu'il perça l'espèce de stupeur de Gildas. Qui a fait cela ?

Le jeune Breton leva vers elle un regard qui reprenait vie.

— On nous a dit... que c'était Monseigneur le duc de Chartres.

Aglaé poussa un cri indigné

— L'horreur !... Qui a pu prétendre une chose pareille ? Jamais le duc ne donnerait l'ordre d'assassiner quelqu'un, et surtout pas un officier du Roi. Il n'est pas fou !

— Je suis de votre avis, Madame, intervint Barras qui avait entendu. Je connais le duc. Il est violent, emporté, orgueilleux mais c'est un vrai gentilhomme. Eût-il été offensé par ce jeune homme qu'il eût exigé réparation par les armes... mais il n'eût jamais ordonné qu'on le massacre lâchement dans un coupe-gorge ! Il faut d'ailleurs l'en avertir. Oh ! Je saurai le fin mot de tout cela !...

Un murmure de satisfaction arriva du vestibule en même temps que les porteurs qui amenaient la civière. Le jeune médecin venait de déclarer :

— Il n'est pas encore mort. Il est vrai qu'il n'en vaut guère mieux. Il me faudrait un vrai lit, une chambre... je dois l'examiner en détail.

Le joli visage du peintre de la Reine se décolora :

— Ici ? Vous êtes fou, Corvisart ! Cette histoire trouble est capable de nous brouiller aussi bien avec Versailles qu'avec le Palais-Royal tant que les responsabilités ne seront pas établies. Ne peut-on le transporter ailleurs ? Je ne sais pas, moi... chez un ami ?...

— Chez moi ! coupa sèchement Mme d'Hunolstein. Ce sera la meilleure manière d'affirmer que le duc Philippe n'est pour rien dans ce lâche attentat. Peut-on l'emporter, docteur ?

Nicolas Corvisart haussa les épaules.

— Il faudra bien ! De toute façon, il peut aussi bien mourir pendant qu'on lui fera monter l'escalier.

— Alors, vite, mes gens, ma voiture ! Sans vous compromettre trop, ajouta-t-elle en se tournant vers le couple de peintres : vous me prêterez bien des couvertures, des fourrures, des chaufferettes pour éviter le refroidissement ? Venez aussi, mon garçon, dit-elle à Gildas. Puis, tournée vers le jeune médecin : vous venez aussi, Monsieur, j'espère ?

— Le temps de reprendre un vêtement plus convenable, même pour un disciple d'Esculape. Où habitez-vous, Madame la baronne ?

— J'occupe actuellement le pavillon de l'Hermitage, près du château de Bagnolet qui est à Monseigneur le duc d'Orléans. Par les boulevards nous y serons vite.

Un instant plus tard, Gilles emballé comme un ver à soie dans son cocon, était transporté sur les coussins de velours crème d'une belle voiture dont le confort douillet avait été soigneusement étudié pour une femme délicate. Mme d'Hunolstein s'y installa de façon que la tête du blessé reposât sur ses genoux. Corvisart et Gildas, que l'on avait pansé et auquel on avait donné une houppelande fourrée, prirent place sur le devant, Barras reprit son cheval.

— Faites vite, Florentin ! jeta la baronne à son cocher, mais essayez d'éviter le plus possible les cahots...

D'une main légère, le cocher enleva ses chevaux ferrés à glace et l'équipage, glissant sur la neige plus qu'il ne roulait, partit le long du boulevard que les feux allumés par les différents postes de garde ponctuaient de brasiers rougeoyants. La porte de l'hôtel Lebrun se referma, cependant que, dans la maison d'à côté, le sieur Beausire entreprenait de débarrasser son logis des cadavres qui l'encombraient avec l'aide du seul de ses complices qui n'avait pas pris la fuite. Il n'avait aucune envie d'être pendu pour une poignée d'écus. Heureusement pour lui, la neige se remit à tomber dru, recouvrant les taches de sang et les traces du combat...

CHAPITRE XIII

AGLAÉ

La chambre ressemblait à une infirmerie de campagne tandis que Nicolas Corvisart achevait de panser les blessures de Gilles. Ce n'étaient partout que paquets de charpie, linges sanglants, débris de vêtements découpés aux ciseaux qu'une caméриste, à genoux par terre, rassemblait dans un panier. Le corps absolument inerte, étendu sur une table afin de faciliter l'examen et les soins, avait la beauté d'un marbre antique et l'immobilité tragique d'un transi de cathédrale. À chaque bout de la table un valet en livrée bleue brandissait un buisson de hautes bougies pour éclairer le médecin qui s'activait, les manches de sa chemise haut retroussées sur ses bras vigoureux. Assise non loin de la table, dans une débauche de dentelles blanches, Aglaé d'Hunolstein, presque aussi pâle que Gilles, regardait avec des yeux agrandis le visage aux yeux clos envahi d'une inquiétante teinte bleuâtre. On n'entendait rien d'autre que la respiration haletante du blessé, le cliquetis léger des instruments du médecin et, parfois, l'éclatement d'un tison dans la cheminée...

— Allez-vous pouvoir le sauver ? murmura enfin la jeune femme.

— Sincèrement je n'en sais rien !... Il est en piteux état. S'il n'y avait que les quatre blessures faites à l'épée j'en répondrais à coup sûr mais le coup de poignard dans le dos est beaucoup plus grave car le poumon est atteint... La fièvre monte...

Il se mit avec deux doigts à taper de petits coups secs sur la poitrine découverte comme s'il cherchait à éveiller les échos de ses profondeurs.

— Que faites-vous donc ? dit Aglaé.

— J'emploie une nouvelle méthode d'examen, celle du médecin viennois Auenbrugger. Mon maître, Desbois de Rochefort, estime que c'est une méthode d'investigation infiniment plus précise que la palpation, surtout dans les affections de poitrine. Elle permet de délimiter le mal beaucoup plus sûrement[1]... Avez-vous enfin convaincu l'autre blessé d'aller se coucher et de boire le calmant que je lui ai préparé ?

— Hélas non ! Il a voulu repartir à tout prix... il parlait d'une sœur infirme qui deviendrait folle d'inquiétude s'il n'était pas là au matin et quand je lui ai proposé d'envoyer chercher cette enfant, il a eu un drôle de sourire et il m'a dit que mes gens ne reviendraient peut-être pas vivants s'ils allaient là où il habite... « Les carrières de Montmartre ne sont pas un lieu où il fait bon se pro-

1. C'est cette méthode qui allait conduire Laennec, élève de Corvisart, à la découverte du stéthoscope.

mener la nuit, Madame la baronne, a-t-il ajouté. Il faut que j'y aille moi-même... »

— À Montmartre, par cette neige, à pied et blessé ? Mais c'est de la folie ! Il n'arrivera pas vivant !

— Rassurez-vous. Je lui ai donné des vêtements chauds, un peu d'or pour qu'il fasse quitter à sa sœur cet abominable endroit et il vous attend dans le vestibule. Mon cocher le déposera à la Barrière des Martyrs après vous avoir déposé chez vous. Et il m'a promis de revenir...

— Jamais de la vie ! Nous le déposerons avant moi. Je veux m'assurer de son état, sinon je le ramène moi-même aux carrières.

Tout en parlant, le jeune médecin avait fini de poser son dernier appareil. Il alla se laver les mains à une cuvette d'eau chaude que lui tendait une servante, puis il revint examiner son patient que deux valets vigoureux étaient en train d'installer dans le lit soigneusement bassiné, le dos soutenu par une pile d'oreillers pour prévenir le retour de l'hémoptysie[1] qui s'était produite au moment de l'arrivée à l'Hermitage. Il le considéra un moment, sourcils froncés.

— Vous êtes inquiet ? demanda Madame d'Hunolstein.

— Oui, je l'avoue. Je n'aime ni cette respiration difficile ni cette fièvre qui monte trop vite. Le temps qu'il a passé dans la neige après sa blessure peut être fatal en entraînant la pleurésie et je ne sais pas si je ne préfère pas l'hémoptysie à

1. Le sang de l'hémorragie interne passe dans les bronches et s'écoule par la bouche.

l'hémothorax[1]. De toute façon, je reviendrai à l'aube avec les drogues convenables que je passerai prendre chez Baumé[2], mais si vous le permettez j'amènerai avec moi Philippe Pelletan, notre meilleur chirurgien, car il sera peut-être bon de pratiquer rapidement une thoracentèse[3]... à moins que vous ne préfériez que je remette le malade à votre médecin personnel ?

— Je n'ai pas de médecin personnel, ma santé est excellente et, depuis la mort de Tronchin[4], je n'ai pas pris confiance en son successeur.

— Bien. Puis-je cependant vous conseiller un peu de repos ? Il suffira de faire veiller le patient par un serviteur.

— Je préfère le veiller moi-même. Aussi bien je n'ai pas sommeil.

Corvisart baissa ses manches, enfila son habit et considéra attentivement la jeune femme.

— Pourquoi faites-vous cela ? Vous connaissez à peine ce garçon, m'avez-vous dit. Une simple rencontre dans un « restaurant », n'est-ce pas ? Et cependant voilà que vous bouleversez votre vie pour lui. Est-ce seulement pour défendre la réputation de la maison d'Orléans ?

Elle haussa ses belles épaules avec une désinvolture que démentait la mélancolie du regard.

— Est-ce que je sais ? Peut-être parce qu'il y a des moments où je suis lasse d'une existence vouée uniquement au plaisir, à la futilité et, tout

1. Le sang s'accumule dans la cavité de la plèvre.
2. Le premier véritable et grand pharmacien parisien.
3. Ponction du liquide accumulé dans la plèvre au moyen d'un trocart.
4. Célèbre médecin suisse, partisan de la médecine naturelle, qui était au service du duc d'Orléans. Mort en 1781.

compte fait, à une certaine solitude. Mon époux ne quitte guère ses terres de Lorraine, mes fils leur collège. Quant à l'amour auquel vous pensez, n'est-ce pas, sachez que ma place auprès du duc de Chartres est davantage celle d'une indispensable amie plus que d'une sultane favorite. Alors pourquoi donc n'userais-je pas un peu de ce temps dont j'ai à revendre pour venir en aide à l'un de mes semblables ?

Le médecin retint un sourire, admirant avec quelle aisance une femme d'esprit pouvait atteindre à bon compte aux sublimations du dévouement et se gardant bien de dire que l'action eût été sans doute moins facile et plus méritoire si le « semblable » de la belle Aglaé eût été vieux et laid. Le superbe animal qui gisait présentement sous le baldaquin azuré du lit avait tout ce qu'il fallait pour susciter l'intérêt passionné de toute femme digne de ce nom sans distinction d'âge ou de condition. Restait seulement à savoir s'il quitterait ce lit pour celui de la belle Provençale ou pour les quatre planches d'un cercueil car non seulement il n'avait pas encore repris connaissance mais la fièvre augmentait encore et le délire n'était pas loin....

Lorsque le blessé émergea du coma, un peu plus tard dans la nuit, personne ne s'en rendit compte, pas même lui. Une fièvre ardente le dévorait, desséchant ses lèvres et brûlant sa poitrine. Elle faisait resurgir de son inconscient des bribes incohérentes de l'heure sanglante qu'il avait vécue rue de Cléry mêlées à des images plus lointaines, de guerre et de mort. À d'autres instants un vertige l'emportait au fond de cratères enflammés où des rochers d'un poids intolérable s'abattaient sur lui pour l'écraser cependant qu'éclataient à ses oreilles les hurlements de hordes démoniaques. L'enfer lui-même semblait vouloir s'ouvrir devant son âme torturée que son corps ne retenait plus qu'avec peine.

Prisonnier d'une succession ininterrompue de cauchemars effrayants, Gilles subissait cependant toutes les souffrances de son corps déchiré. Il étouffait interminablement cependant que le feu qui le dévorait refusait de s'éteindre.

Durant des jours et des nuits, son organisme en proie à un délire violent lutta inconsciemment contre la mort. La fièvre lui arrachait des cris, des supplications, des appels qui terrifiaient tous ceux qui l'approchaient et faisaient pâlir la femme immobile à son chevet. Parfois, aux prises avec ses phantasmes, le blessé hurlait des malédictions, des défis et des accusations si étranges qu'Aglaé, inquiète, allait s'assurer que portes et fenêtres étaient bien fermées pour que les domestiques, au moins, n'entendissent pas.

Mais parfois aussi la voix haletante s'adressait, suppliante, à un fantôme invisible qu'elle appelait Judith, avec des accents d'amour si passionnés, si déchirants aussi que la silencieuse gardienne laissait ses larmes couler tandis que les doigts brûlants étreignaient sa main. Et, à d'autres instants, elle appliquait ses deux paumes sur ses oreilles, pour ne plus rien entendre.

Alors, Pongo qui ne quittait la chambre de son maître ni de jour ni de nuit, la prenait doucement par le bras et la conduisait jusqu'au salon voisin où il l'obligeait à s'asseoir dans un fauteuil.

— Cris mauvais !... dangereux, disait-il, causés par esprit mauvais ! Femme trop faible pour supporter...

Winkleried et l'Indien étaient arrivés, en effet,

comme une tempête une douzaine d'heures après que Gilles fut tombé sous les coups des meurtriers. Dès l'aube, Paul de Barras avait couru chez Lecoulteux pour se faire donner l'adresse du blessé et il avait galopé jusqu'à Versailles afin de prévenir la famille du jeune Breton si d'aventure il en avait eu. Il avait trouvé au moins aussi bien, sous les traits de Mlle Marjon qui avait éclaté en sanglots avant de se ruer à la plus proche église sans même prendre le temps de mettre un chapeau, sous ceux de Pongo qui n'avait pas soufflé mot mais qui était devenu gris et enfin sous ceux de Winkleried qui, fou de rage, avait failli l'étrangler pour lui arracher plus vite les renseignements.

Guidés par Barras, les deux hommes étaient arrivés à l'Hermitage juste à temps pour en voir sortir le duc de Chartres qui se trouvait alors au château de Bagnolet et qu'Aglaé avait fait prévenir.

— Je vous conseille de faire comme moi, messieurs : attendez, dit le duc qui avait reconnu le Suisse du premier coup d'œil. Les médecins sont auprès de votre ami. (Puis, se tournant vers Barras qui était un habitué du Palais-Royal et qu'il connaissait bien :) J'espère, vicomte, que vous aurez assuré à ces messieurs que je ne suis pour rien dans l'ignoble traquenard tendu à votre ami ? Je me rends de ce pas chez le Lieutenant de Police Lenoir pour exiger de lui qu'il fasse, sur cette lamentable affaire, une lumière pleine et entière. Je ne me tiendrai pour satisfait que lorsque le vrai responsable sera sous les verrous...

— Monseigneur, coupa Ulrich-August, je crois être l'interprète du chevalier de Tournemine en suppliant Votre Altesse Royale de n'en rien faire. Elle causerait à Monsieur Lenoir des soucis bien encombrants car il ne pourra jamais prendre le véridique coupable.

— Comment cela ? Voulez-vous dire...

— Que le coupable est hors d'atteinte parce qu'il est placé trop haut ? dit Barras qui avait attentivement examiné le visage embarrassé du jeune Suisse. Je le croirais assez volontiers pour ma part...

Philippe d'Orléans regarda tour à tour les trois hommes, hocha la tête.

— Je vois. Eh bien ! nous nous contenterons pour commencer des comparses tels que ce Beausire par exemple... Vous n'avez rien contre, Barras ?

Le Provençal se mit à rire.

— Rien du tout, mais de ce côté-là aussi, Votre Altesse fera chou blanc. Je connais le bonhomme. Il aura tiré au large sans attendre son reste.

— Eh bien, soupira le prince, il nous reste à espérer que le blessé ne mourra pas et pourra nous renseigner. Il aurait reconnu le chef de ses assassins ? C'est du moins ce que prétend le jeune homme qui l'a sauvé mais il n'a pas compris le nom prononcé par le chevalier...

Jean-Nicolas Corvisart et Philippe Pelletan qui sortaient à ce moment de la chambre interrompirent la conversation. Mme d'Hunolstein les suivait et leurs mines à tous trois étaient si graves que chacun des assistants sentit son cœur se serrer.

— Eh bien ? demanda le duc.

— Il faut attendre, Monseigneur, dit Pelletan. Nous ferons de notre mieux mais la vie du patient est dans la main de Dieu. Sa jeunesse et sa vigoureuse constitution sont sans doute ses meilleures armes...

Sans un mot, alors, Pongo était entré dans la chambre. Un long moment, il avait regardé Gilles puis, sous l'œil effaré de la baronne, il avait ôté sa perruque, découvrant son crâne rasé et la mèche de cheveux noirs qui en ornait le sommet, ouvert sa chemise pour prendre sur sa poitrine le petit sac de peau qui ne le quittait pas et qui contenait ses talismans personnels et il l'avait passé au cou du moribond.

— Moi rester ici auprès de seigneur Gerfaut ! déclara-t-il avec hauteur à la jeune femme stupéfaite. Moi ne plus quitter jusqu'à ce que Grand Esprit décide de vie ou de mort. Si c'est mort, elle devra passer sur corps de Pongo !

Puis, les jambes croisées et l'échine aussi raide qu'une baguette de fusil, il s'était assis sur le tapis, au pied du lit et, croisant ses bras sur sa poitrine, il avait entamé une interminable attente qu'il n'interrompait qu'à de très rares intervalles et seulement pour quelques instants, afin de satisfaire aux obligations naturelles d'un corps humain ou pour calmer d'un mot, d'un geste, les angoisses de la baronne.

Or, si la présence de l'Iroquois impressionnait les domestiques de la maison et faisait régner autour de la chambre une sorte de crainte sacrée, Aglaé s'habitua très vite à voir dressée au pied du lit cette statue de cuivre qui ressemblait à quelque dieu tutélaire venu là pour défier la mort d'approcher. Ils passaient de longues heures face à face sans prononcer une seule parole et la jeune femme tirait un curieux réconfort de cette longue confrontation car Pongo savait rendre ses silences plus éloquents que les plus longs discours.

Quant à Winkleried, il avait complètement disparu depuis le premier jour, se bornant à informer Mme d'Hunolstein qu'il serait sans doute absent pendant quelque temps. On ne l'avait pas revu.

Une nuit, alors que Gilles était aux prises avec l'un de ses rêves affreux et s'agitait dans son lit à tel point que Pongo ne parvenait plus à le maîtriser, les démons qui assiégeaient l'esprit enfiévré du jeune homme disparurent brusquement. Leurs images grimaçantes firent place à un regard fixe et étincelant tout à la fois, deux yeux immenses, sombres et lumineux qui plongeaient jusqu'à l'âme du blessé et lui apportaient le soulagement en lui faisant rompre soudainement ses amarres. C'était comme si l'esprit se dégageait du poids intolérable de la chair souffrante et planait au-dessus d'elle à la manière d'un oiseau sur une bête abattue.

À cet instant, Gilles « se » vit lui-même étendu dans un lit aux draps en désordre au milieu d'une chambre qu'il ne connaissait pas. Il vit une femme brune, très belle, dont le visage ne lui était pas inconnu. Il vit Pongo debout, les bras croisés au fond de la pièce, impassible auprès d'un Winkleried couvert de boue et qui semblait exténué. Enfin, il vit... Judith qui sanglotait à genoux auprès de ce lit où gisait son double de chair, la tête contre le drap dans la position même qu'il lui avait vue à Hennebont, la nuit où était mort son père.

Il y avait encore un autre homme, et en fait c'était lui qui tenait le centre du tableau. Un homme de taille moyenne, vigoureusement bâti, entièrement vêtu de noir mais avec des mains admirables et couvertes de pierreries qui effectuaient devant les yeux clos du moribond des gestes étranges, doux et cependant pleins de force, qui arrachaient des éclairs à ses bagues. En même temps il murmurait des mots bizarres dans une langue inconnue et cet homme c'était Cagliostro...

Gilles le reconnut sans surprise, sans colère non plus comme si sa présence devant son lit de mort eût été chose toute naturelle. Des hauteurs où son âme planait les gangrènes morales de la terre perdaient toute signification et elle pouvait sentir alors que les intentions du médecin étaient bonnes.

Lorsque ses mains eurent achevé leur curieux ballet, le médecin tira de sa poche une petite fiole de verre brun, en versa quelques gouttes dans la bouche entrouverte du blessé et tendit le flacon à Pongo qu'il avait appelé d'un geste.

Et puis il n'y eut plus rien. L'esprit déjà errant du chevalier réintégra son enveloppe épuisée et sombra avec elle, enfin apaisée, dans un sommeil aussi profond que l'océan, un sommeil sans rêves tandis que la mort, déjà embusquée derrière le ciel de lit, s'envolait dans la nuit plus noire du petit matin...

Le bienfaisant sommeil dura longtemps. Lorsque Gilles posa, pour la première fois depuis plusieurs semaines, un regard intelligent sur ce qui l'entourait, la douleur n'était plus qu'une légère difficulté à respirer et la fièvre, sous la forme d'une sueur abondante qui avait obligé ses gardiens à changer ses draps par deux fois, avait enfin abandonné le champ clos.

Ses yeux découvrirent une grande chambre claire tendue d'un tissu bleu semé de fleurs, au milieu desquelles des bergers d'opéra-comique et des moutons enrubannés folâtraient, une cheminée de marbre blanc où flambait un feu de sapin qui embaumait, des meubles laqués blancs, d'un élégant modernisme, et puis, insolite à souhait dans ce décor résolument féminin, Pongo qui se tenait accroupi, jambes croisées, sur le grand tapis décoré de bouquets blancs et roses. Il était tellement immobile qu'il ressemblait à sa propre statue mais ses yeux brûlaient comme des chandelles dans son visage amaigri.

— Pongo !... appela Gilles d'une voix si ténue qu'elle ne lui parut pas franchir la limite de ses lèvres.

Mais l'ancien sorcier des Onondagas n'avait pas besoin d'entendre pour accourir. Déjà il était debout.

— Maître ! souffla-t-il d'une voix incrédule où la joie n'osait pas encore dire son nom. Maître... toi... vivant. Toi voir, toi entendre ?...

Pour la première fois de sa vie, Gilles vit une larme rouler sur la joue creuse de l'impassible Indien.

— Oui... je crois, fit-il en essayant un sourire qui n'atteignit évidemment pas la perfection. Mais, dis-moi..., où est-ce que nous sommes ?

— Vous êtes chez moi...

Précédée d'un petit plateau d'argent où fumait une tasse, Aglaé, fraîche comme une laitue nouvelle dans une robe vert feuille, ses beaux cheveux noirs sans poudre haut relevés et brillants sous un soupçon de mousseline verte baptisé bonnet, faisait son entrée dans la chambre. Le sourire qui découvrait ses dents très blanches illuminait son visage.

— Dieu merci ! fit-elle en déposant son plateau sur la table de chevet. Je crois que nous pouvons respirer et que vous voilà sauvé ! Comment vous sentez-vous ?

— À peu près aussi solide qu'une poignée de sable. Mais je croirai vraiment que je vais mieux si je peux faire suffisamment travailler mon pauvre cerveau ramolli et découvrir sans aide en quel lieu et en quelles circonstances nous nous sommes rencontrés, Madame.

— Le beau compliment que voilà ! Eh bien, cherchez ! Vous avez de la chance de nous avoir fait si peur car bien peu de femmes apprécient que l'on oublie leur première rencontre. Mais vous avez toutes les excuses. Voulez-vous que je vous aide ?

— Non, non... Ma mémoire n'est seulement pas encore bien débarrassée de ses brouillards. Attendez... Il me semble... Oui ! Le salon du sieur Hue, le restaurateur ! Vous m'avez sauvé d'un crime de lèse-altesse contre le duc de Chartres... Malheureusement on ne m'a pas dit votre nom.

— Bravo pour la mémoire ! Quant au reste, je suis Aglaé de Barbentane, baronne d'Hunolstein. Cette demeure est un pavillon qui se nomme l'Hermitage, situé sur la route de Bagnolet, aux confins du parc du château. Je la loue à son propriétaire, un gouverneur de province, parce que je m'y trouve près de mes amis d'Orléans et plus à l'aise que dans mon hôtel du faubourg Saint-Germain. Au reste elle est enclavée dans les murs du domaine.

« Et maintenant que vous savez l'essentiel, cessez de parler car vous allez vous fatiguer. Et puis, buvez ceci.

Aidée par Pongo, elle souleva les oreillers afin de permettre au malade de boire la tisane additionnée de miel qu'elle avait apportée. Il l'avala sans protester mais fit la grimace.

— Faut-il que je boive uniquement des herbes ? Je donnerais un semestre de solde pour une grande tasse de café ! Il me semble que cela me rendrait des forces.

— Si le docteur en est d'accord, vous aurez votre café, mais, pour l'amour de Dieu, cessez de parler et de vous agiter ainsi. Songez qu'il y a trente-six heures vous étiez mourant !

Il eut un pâle sourire tandis que les bras amicaux qui le soutenaient le reposaient dans le lit. Ce simple mouvement où, cependant, ses muscles n'avaient joué aucun rôle, l'avait épuisé.

— J'en ai... pleinement conscience, vous savez ? Mais... il y a tant de choses... que je voudrais savoir...

— Vous aurez tout le temps de poser une foule de questions car vous n'êtes pas à la veille de remonter à cheval et de courir les routes... Alors, pour le moment, tenez-vous l'esprit en repos.

Il sortit ses mains des draps, les étendit devant lui. Elles étaient si maigres qu'elles paraissaient interminables : des os articulés recouverts d'un peu de peau.

— J'ai tellement changé ?

— Vous voulez en juger ?

Elle alla jusqu'à une petite table, y prit un miroir à main qu'elle tendit au jeune homme, sans lui dire qu'à plusieurs reprises ce miroir avait servi à s'assurer qu'il respirait toujours.

Ce qu'il y vit n'avait rien d'agréable. Sous la peau irrémédiablement basanée par trop de soleils et de vents marins pour jamais perdre son hâle, la chair avait fondu ne laissant que l'ossature hardie et au fond des orbites creuses deux yeux sans couleur bien définie mais où, dans la grisaille générale, n'apparaissait aucune trace de bleu.

Aglaé, cependant, ne le laissa pas contempler longtemps cet affligeant spectacle. Doucement, mais fermement, elle lui ôta la glace.

— Voilà ! Si j'ai permis que vous vous regardiez, mon ami, ce n'est pas par cruauté c'est pour que vous compreniez qu'il vous faut être très raisonnable si vous voulez retrouver aussi vite que possible votre superbe apparence. Cela dit, je ne vous rendrai cet objet que lorsque ce que vous pourrez y contempler me conviendra ! Et maintenant, dormez ! On vous apportera à manger dès que le médecin vous aura vu.

— Qui est le médecin ?

— Un jeune savant fort intelligent et fort habile qui exerce à l'hôpital de la Charité : le docteur Corvisart...

— Ah !...

Il était déçu car il avait espéré un autre nom. En retrouvant une conscience à peu près claire, il s'était ressouvenu de l'étrange rêve qui lui avait montré Cagliostro à son chevet et surtout Judith, effondrée près de son lit et pleurant toutes les larmes de son corps, les lèvres collées à sa main.

Mais apparemment ce n'était rien d'autre qu'un songe engendré par le délire et par ce besoin douloureux qu'il éprouvait de la présence de la jeune fille. L'épreuve qu'il subissait lui faisait prendre une conscience exaspérée de la profondeur de son amour. Judith !... Elle avait suscité le premier battement d'un cœur d'homme dans une poitrine d'adolescent, elle avait, par le charme innocemment pervers de sa beauté, éveillé son premier désir. Aucune autre, jamais, ne pourrait occuper la place qu'elle avait prise et Gilles savait bien, à présent, qu'en étreignant d'autres femmes il n'étreindrait jamais que le vide, car il avait été écrit depuis toujours, dans le livre du Destin, qu'il ne constituait qu'une moitié d'un tout dont le nom était peut-être Bonheur mais dont l'autre moitié s'appelait Judith...

Alors, parce qu'il n'avait plus de question vraiment importante à poser, Gilles tourna la tête vers le mur, ferma les yeux et s'efforça de se rendormir pour essayer au moins de retrouver son rêve...

Lorsque Corvisart vint, un peu plus tard dans la journée, visiter son malade, il se montra extrêmement satisfait encore que passablement surpris du changement extraordinaire survenu en quelques heures : les blessures se refermaient, le drain que Pelletan avait posé après la ponction n'avait plus rien à rejeter, la respiration se régularisait et tout rentrait dans l'ordre.

— C'est extraordinaire, avoua-t-il avec une grande honnêteté. Ce poumon semblait ne devoir jamais s'arrêter de saigner, le patient n'avait plus que quelques heures à vivre et je me sentais cruellement impuissant et puis, tout s'est arrangé sans que je puisse dire pourquoi... Je n'oublierai jamais ma surprise d'hier soir en le découvrant dormant paisiblement alors que je m'attendais à un tout autre sommeil... Dans ce cas, ajouta-t-il en souriant, mon ordonnance d'aujourd'hui tiendra en deux mots : nourriture et repos. Il faut à présent laisser faire la nature qui semble se débrouiller si bien dans ce jeune homme...

Gilles eut son café et se sentit plus fort. Il en éprouva une joie presque enfantine. Après l'enfer qu'il avait enduré, c'était merveilleux de sentir la vie revenir doucement comme une source apparue soudain et qui sourd peu à peu à travers une terre desséchée.

Ses pensées elles aussi se faisaient plus claires et, chose bizarre, il pouvait de moins en moins les empêcher de revenir obstinément à son rêve. Elles s'y raccrochaient au contraire, cherchant toujours à y découvrir de nouveaux détails.

Naturellement, il s'efforça d'apprendre d'Aglaé si vraiment, au cours de la nuit où il glissait inéluctablement vers la mort, rien, ni personne, n'était venu s'interposer mais elle l'avait regardé avec une sorte d'indignation.

— Ne croyez-vous pas au miracle et à la puissance de Dieu, vous, un Breton ?

— J'y crois fermement au contraire. Seulement... je ne vois pas pourquoi Dieu se serait donné la peine d'un miracle pour un personnage aussi mince que moi...

— Laissez donc Dieu décider lui-même de l'importance de ses créatures et cessez de poser des questions stupides.

Elle sortit sur ces fortes paroles qui n'empêchèrent nullement Gilles de remarquer que, tout compte fait, elle n'avait pas vraiment répondu à sa question.

Brusquement, un détail du rêve lui revint et, d'un signe, il appela Pongo auprès de son lit.

— Pongo, dit-il doucement, où as-tu mis le flacon que t'a remis, l'autre nuit, le médecin étranger ?

Malgré son empire sur lui-même l'Indien tressaillit légèrement.

— Flacon... médecin ? répéta-t-il avec un regard involontaire vers la porte mais Gilles avait déjà compris qu'il y avait, dans son rêve, une part de réalité et qu'une sorte de conspiration du silence avait été décidée, peut-être par son hôtesse, peut-être avec les meilleures intentions du monde et pour son propre bien, encore qu'il ne comprît pas quel mal une grande joie pouvait lui faire.

Gilles tendit la main, saisit celle de l'Indien.

— Pongo ! Tu es mon ami bien plus que mon serviteur, et jamais tu ne m'as menti. Il est possible que l'on t'ait demandé le secret et tu n'as jamais manqué à ta parole. Mais moi, j'ai besoin que tu m'aides à savoir si mon esprit est demeuré sain ou si je suis en train de devenir un fou, sujet aux hallucinations. Veux-tu répondre à une ou deux questions ?

L'Indien hésita un court instant.

— Pongo promis de ne rien raconter, fit-il avec un sourire qui découvrit ses dents de lapin géant, mais pas promis pas répondre à questions. Parle !

— Bien ! Est-ce que tu as vu venir ici un homme vêtu de noir qui était un médecin étranger, un homme accompagné d'une très belle jeune fille rousse ?

— Oui. Pas dernière nuit mais fin de nuit avant. Jeune fille beaucoup pleurer. Pas vouloir partir, pas vouloir quitter toi... mais obligée. Homme noir dire grand danger pour elle si elle rester ! Elle obéir à condition homme noir jurer toi guérir.

— Je vois. Et qui les a menés jusqu'ici ?

— Seigneur Ours Rouge ! déclara Pongo pour qui le nom de Winkleried était aussi hermétique et imprononçable qu'un discours de mandarin. Lui parti sur cheval jour où toi attaqué. Allé loin. Mauvais temps. Revenu seulement l'autre nuit avec homme noir et Fleur de Feu...

Le surnom indien fit sourire Gilles. Il allait si bien à Judith !... Ainsi, c'était Winkleried qui était allé chercher Cagliostro et Judith. Mais où ? Mais comment avait-il réussi à les retrouver en si peu de temps alors que lui-même cherchait vainement depuis des mois ?...

— Au fait, où est-il celui-là ? Depuis que j'ai repris connaissance, je ne l'ai pas vu.

— Lui promettre revenir vite, mais lui très très fatigué. Presque rien mangé pendant plusieurs jours.

— Eh bien, soupira Gilles, ému, si ce n'est pas là une éclatante preuve d'amitié, je veux bien être pendu ! Il va avoir diminué de moitié...

Mais quand Ulrich-August fit son apparition chez son ami, il n'y avait rien en lui qui pût inspirer la pitié. Plus rutilant que jamais dans son superbe uniforme rouge bleu et or, le bicorne à cocarde blanche et plumet or crânement penché sur l'oreille, il éclatait à la fois de santé et de satisfaction. Il commença par se planter au pied du lit, regardant son ami d'un œil à la fois méfiant et scrutateur.

— Eh bien ? fit Gilles. Comment me trouves-tu ?

— Beaucoup moins boueux ! Ce n'est pas encore le grand fleurissement mais on commence à te reconnaître. Oh ! Je suis si « extravagamment » content !

Et, se ruant sur Gilles impétueusement, il l'embrassa avec tant d'ardeur que le jeune homme se sentit pâlir.

— Eh là ! ... doucement !... Je suis encore fragile, tu sais !

— Désolé...

— Il ne faut pas ! C'est l'affection qui compte ! Ulrich... je sais ce que je te dois ! je sais ce que tu as fait pour moi ! Si je suis vivant à cette minute, c'est uniquement grâce à toi.

— Moi ? Je n'ai rien fait... que du cheval !

— Eh bien disons que c'est grâce à toi et à ton cheval.

— Mes chevaux... Je crois bien que j'en ai crevé dix !

— Dix ? Où as-tu donc été ?

— À Lyon ! C'est là que résidençait ton sorcier italien. Il fallait bien y aller pour lui dire que tu avais besoin d'aide... et bien plus encore si tu devais mourir de revoir au moins une fois certaine belle demoiselle qui pourrait être ma sœur pour la couleur des cheveux !... À propos, mes compliments ! Quelle ravissante créature ! Même Ursula n'est pas si émerveillante !... Seulement, ce qu'elle a pu verser comme larmes quand j'ai dit le piteux état où tu étais, c'est pas imaginable. De quoi remplir le lac de Zurich ! Et des cris, et des supplications, et des injures et des trépignements parce que le médecin ne montait pas assez vite en voiture ! Elle jurait de se tuer sur ta tombe si elle n'arrivait pas à temps... et aussi si le Cagliostro ne pouvait pas te sauver ! Je crois bien qu'elle a pleuré tout le long du chemin...

Le cœur épanoui, Gilles écoutait la voix vigoureuse du jeune Suisse, faite pour les commandements hurlés dans le fracas des batailles, avec le ravissement qu'il eût réservé à une harpe céleste. Le désespoir de Judith était pour lui le plus merveilleux des baumes et la plus douce des espérances.

— Tu ne peux pas savoir la joie que tu me donnes, Ulrich ! Mais ce que je n'arrive pas à comprendre c'est comment tu as fait pour les retrouver. Tu ignorais autant que moi ce jour-là où se cachait Cagliostro ?

— C'est vrai, mais en réfléchissant un peu et surtout en me rappelant ce que tu m'avais raconté, j'ai fini par conclure qu'il y avait à Paris quelqu'un qui devait le savoir. Et je suis allé lui demander, tout simplement !

— À qui, mon Dieu ?

Winkleried prit un temps comme un comédien chevronné qui tient à fignoler son effet, sourit largement et déclara :

— Au cardinal de Rohan !

— Au cardinal... Tu as osé ? Et il ne t'a pas fait jeter dehors ? Le Grand Aumônier de France ?

— Quand la vie de mon meilleur ami est dans le péril, il n'y a pas de Grand Aumônier de France qui tienne ! J'aurais été le demander au Pape s'il avait fallu... ou plutôt au comte de Provence, c'est-à-dire au Diable ! D'ailleurs, je suis protestant, moi. Et je dois dire qu'il a été très gentil... très compréhensible !

— Compréhensif ! rectifia Gilles machinalement. Et qu'est-ce qu'il t'a dit ?

— Que le Cagliostro avait quitté Bordeaux pour Lyon où il avait à fonder un logement en maçonnerie pour des Égyptiens...

— Une loge maçonnique, tu veux dire ! Mais pourquoi des Égyptiens ?

— Je ne sais pas. De toute façon, il ne faisait que passer à Lyon. Le cardinal m'a appris comme la bonne nouvelle que le Cagliostro avait enfin décidé de venir s'installer à Paris et même que son secrétaire, un certain Ramón de Carbonnières, était chargé de lui trouver une maison pour lui et sa famille.

— Il a donc une famille ?

— Il a au moins une femme et même une belle ! C'est une grande dame romaine, paraît-il, qu'il appelle Sérafina. Maintenant, ne me demande pas où tout ce monde se trouve à cette heure parce que je n'en sais absolument rien. Parlons d'autre chose maintenant et dis-moi...

— Encore un mot ! Pongo m'a dit que Judith voulait rester auprès de moi et qu'on l'en a empêchée. Sais-tu pourquoi ?

— Pas vraiment... Peut-être est-elle en danger. Le médecin lui a dit : « Vous savez bien que vous n'avez rien à craindre tant que vous demeurerez sous ma protection... » N'empêche qu'il a dû lui jurer sur toutes les divinités possibles que tu allais guérir pour qu'elle accepte enfin de le suivre... Mais, au fait, comment sais-tu tout cela, toi ? Tu étais presque mort et le Cagliostro avait exigé le secret...

— Je crois que c'est justement parce que j'étais presque mort que j'ai vu, tu entends, « vu » comme un spectateur devant une scène de théâtre, ce qui s'est passé dans cette chambre. Je sais qu'il y avait, autour de mon lit, Cagliostro, Judith, toi, Pongo et Mme d'Hunolstein, mais personne d'autre. Que dis-tu de cela ?

— Que c'est une très bizarre chose et, dans ce cas, qu'il vaut mieux ne pas dire à ton... hôtesse que tu sais. Elle a une redoutable peur du Cagliostro.

— Je commence à croire que tout le monde a

peur de tout le monde ici ! Mais tu as raison : je ne lui dirai rien...

Il n'avait d'ailleurs plus de questions à poser. Il savait qu'il n'était pas fou, il savait que le médecin italien allait venir s'installer à Paris et il savait, surtout, que Judith l'aimait d'un amour égal au sien. Il pouvait prendre sa guérison en patience.

La longue convalescence qu'il dut subir se révéla d'ailleurs, à l'usage, une agréable période de rémission. L'Hermitage était une charmante maison et Aglaé une charmante hôtesse qui faisait de son mieux pour distraire et fortifier un malade auquel visiblement elle s'attachait, mais qui le lui rendait bien. Le charme de la jeune femme était de ceux qui séduisent et retiennent.

Chez Tournemine, cet attachement se doublait d'une vive reconnaissance mais, chose étrange si l'on considérait la qualité de beauté essentiellement voluptueuse de la belle Provençale, elle n'éveillait en lui que des sentiments purs de tout désir. S'il l'aimait, c'était avec la chaude tendresse d'un frère pour une sœur aînée très belle et très admirée mais rien de plus...

Grâce à elle les amis de Gilles prirent l'habitude de se réunir quotidiennement ou presque autour du lit, puis de la chaise longue où il redevenait lentement lui-même. Winkleried d'abord, lorsqu'il n'était pas de service, accourait depuis Versailles apportant toujours, avec le vent de ses chevauchées forcenées, une saine bouffée de l'air vif du dehors. Barras ensuite, qui vivait du jeu, plutôt mal que bien, et parfaitement désœuvré en dehors de ses nuits passées dans les tripots, venait se chauffer les pieds au feu de la cheminée en buvant force tasses de chocolat et en racontant les derniers potins de Paris. L'excellente Mlle Marjon, elle aussi, fit plusieurs fois le voyage depuis la rue de Noailles afin d'assurer elle-même son pensionnaire de son affection... et de lui apporter les lettres qui s'entassaient chez elle, lettres parfumées à la rose dont Gilles devinait trop bien la provenance et qu'il la priait régulièrement de remporter sans même les avoir ouvertes.

— Le mieux est, si l'on vient vous interroger, que vous prétendiez ignorer tout de l'endroit où je me trouve. Cela vous sera plus facile si vous pouvez éventuellement rendre ces lettres à leur propriétaire.

Elle s'exécutait de bonne grâce, regrettant vivement dans son for intérieur de n'avoir pas le plaisir de veiller elle-même sur la convalescence de son locataire. Mais, instruite par l'assaut dont sa maison avait été le théâtre, elle admettait sans peine que l'Hermitage, enclos dans un domaine des Orléans, assurait une sécurité que son pavillon était incapable d'offrir.

Le duc de Chartres, qui apparut un matin flanqué du Lieutenant de Police Lenoir, en avait assuré lui-même le jeune homme.

— C'est en mon nom que l'on vous a attaqué, chevalier, lui dit-il. Il y va donc de mon honneur que vous ne quittiez cette maison qu'entièrement guéri et seulement quand vous serez en état de reprendre votre service à la Maison du Roi. J'y tiens essentiellement et, si vous le voulez bien, c'est un sujet que nous ne discuterons plus car je ne sais personne d'assez fou pour oser s'en prendre à l'un de mes amis sur mes terres. À présent, veuillez écouter ce que souhaite vous dire Monsieur le Lieutenant de Police.

Lenoir venait, en fait, recueillir la déposition du blessé car, il n'en fit aucun mystère, l'enquête, ordonnée cependant par le Roi en personne que Winkleried avait averti et exigée par Chartres, piétinait lamentablement. Le sieur Beausire avait disparu sans laisser plus de traces qu'un oiseau dans l'air et sa maîtresse, une certaine Nicole Legay, dite Oliva, la femme qui ressemblait à la Reine, s'était elle aussi volatilisée. Il n'était jusqu'à leur maison qui n'eût subi un nettoyage si minutieux qu'il était impossible de soupçonner que le sang y avait coulé en telle abondance.

Tout avait dû y être disposé dans ce but car, si la défense désespérée de la victime et l'aide inattendue qu'elle avait reçue n'avaient conduit le combat jusqu'au-dehors, ameutant le quartier, personne n'aurait jamais pu soupçonner quoi que ce soit. Gilles eût été effacé de la surface de la terre sans qu'il fût possible de savoir ce qu'il était devenu...

Cependant, aux questions de Lenoir, le jeune homme opposa une fin de non-recevoir. Il ignorait tout de ceux qui composaient la troupe de ses assassins.

— Le garçon qui vous a porté secours, et qui d'ailleurs n'a pas reparu, a déclaré en arrivant ici que vous aviez reconnu le chef de la bande mais qu'il n'avait pas compris le nom que vous aviez prononcé. Nous l'avons fait chercher cependant aux carrières de Montmartre mais nul ne sait ce qu'il est devenu.

— Il s'est trompé d'ailleurs, répondit Tournemine qui répugnait au rôle de dénonciateur même envers des misérables tels qu'Antraigues ou Reteau. Il se peut que j'aie cru, à certain moment, reconnaître quelqu'un mais comme je n'en ai eu aucune assurance vous comprendrez aisément qu'il m'est difficile de donner un nom.

— Laissez-nous le soin d'en juger ! Vous avez failli être assassiné, Monsieur ! Aucun code de l'honneur ne vous oblige envers des meurtriers.

— Ni à accuser sans preuves un innocent ! Je regrette, Monsieur le Lieutenant de Police, mais je ne puis rien vous dire de plus.

Lenoir se leva en soupirant. Policier dans l'âme, mais dans la grande tradition des La Reynie, il avait appris depuis longtemps à connaître les hommes et bien peu pouvaient se vanter de pouvoir dissimuler le fond de leur âme à son œil à la fois perçant et taciturne. Mais il y avait des exceptions et il en prenait parfois conscience avec quelque mélancolie.

— Je n'en crois pas un mot, Monsieur, soupira-t-il. Mais après tout, il s'agit de votre vie et je ne puis être plus royaliste que le Roi. Je vous souhaite le bonsoir... Réfléchissez néanmoins...

Le duc de Chartres ne repartit pas avec lui. Il avait encore apparemment quelque chose à dire.

— J'admire votre discrétion, chevalier, fit-il en se plantant en face du jeune homme, les mains nouées au dos qu'il chauffait devant le feu. Pourtant... si j'en crois Mme d'Hunolstein, votre délire, naguère, a été moins... hermétique. Vous avez prononcé un nom. À plusieurs reprises même ! Un nom que la baronne connaît fort bien car c'est celui d'un de ses amis... et des miens. Est-ce parce que j'étais présent que vous avez refusé de parler du comte d'Antraigues ?

— Certainement pas, Monseigneur ! Je respecte profondément Votre Altesse Royale mais elle me pardonnera, j'espère, de lui avouer que je n'ai pas peur d'elle. Je n'ai rien dit parce que, recouvrant chaque jour un peu de mes forces grâce aux soins de Mme d'Hunolstein et espérant fermement en retrouver bientôt la totalité, je n'ai pas la moindre raison de m'en remettre à la Police du soin de régler mes propres affaires. Je me suis déjà trouvé en face de Monsieur d'Antraigues l'épée à la main et cela n'a pas été pour son bien. La prochaine fois je le tuerai, voilà tout !

Le visage rouge du prince s'éclaira d'un sourire qui n'alla pas jusqu'aux yeux demeurés attentifs et froids.

— Au fait... êtes-vous bien certain qu'il s'agisse d'Antraigues ? Il n'était pas à Paris en décembre et, lorsque vous avez été attaqué, il était parti depuis trois jours pour ses terres du Vivarais afin d'y passer le Noël en famille. Il doit y avoir une erreur quelque part.

Le sourire de Gilles répondit à celui du prince sans qu'il y fît, lui non plus, participer son regard.

— Si Votre Altesse Royale le dit, cela doit être vrai ! fit-il tranquillement. Vous voyez bien, Monseigneur, que j'ai eu raison de garder le silence... puisque le comte n'était pas là. J'ai dû voir, ou entendre, un fantôme...

Il y eut un petit silence que les deux hommes employèrent à se jauger mutuellement, mais Philippe de Chartres le rompit brusquement d'un éclat de rire.

— Faites à votre idée, chevalier ! Vous êtes décidément un homme d'esprit ! J'aurai plaisir à revenir causer avec vous pendant le reste de votre séjour ici. Peut-être avec quelques amis. Vos exploits américains vous ont fait un succès auprès des femmes. Voyons ce que vous ferez auprès des hommes... À propos, j'ai pu voir en entrant chez vous que vous aviez un serviteur bien étrange. N'est-ce pas un Indien ?

— C'en est un, Monseigneur. Un guerrier iroquois de la tribu des Onondagas que j'ai attaché à moi en lui faisant... euh ! traverser la Delaware en crue. C'est même un sorcier !

— Magnifique ! Vous devriez me le vendre ! Je lui ferais reprendre le costume de son pays et il aurait un énorme succès dans mon antichambre.

— Vous le vendre ? Monseigneur, mais c'est impossible, s'écria Gilles, scandalisé. On ne vend pas ses amis ! et Pongo est un ami pour moi... un ami très cher même !

— Bah ! je sais ce que valent les amis. Tout dépend du prix ! Et je suis prêt à payer une fortune pour ce garçon. Voyez-vous, mon cher, ce bon La Fayette vient de rentrer d'un voyage, triomphal à ce qu'il prétend, auprès du général George Washington et il en a ramené un jeune Indien superbement emplumé qui lui sert de domestique et qui le suit partout. Flanqué de ce jeune oiseau il a un succès tel que j'enrage ! Grâce à votre serviteur je pourrais reprendre le dessus...

Gilles se mit à rire.

— Ne me dites pas, Monseigneur, que le premier prince qui ait été assez hardi pour s'aventurer dans les airs a besoin d'un Indien décoratif pour s'assurer la suprématie dans les salons ! Je regrette. Si Pongo n'était qu'un serviteur je le donnerais à Votre Altesse sans hésiter et sans qu'il soit question de prix. Mais il est un ami fidèle... et un homme libre ! Je ne saurais en disposer. Et puis, accordez-moi permission d'être aussi scrupuleux envers mes amis qu'envers ceux de Votre Altesse Royale !

— Touché ! s'écria Philippe. Décidément, vous me plaisez. À bientôt !...

Philippe de Chartres tint parole. Lorsque Gilles, étayé d'un côté par l'épaule de Pongo et de l'autre par une canne, put quitter sa chambre pour le grand salon en rotonde qui occupait la majeure partie du pavillon, il put y voir venir pour les thés à l'anglaise que le prince, anglophile passionné, affectionnait, quelques-uns de ceux qui composaient la « petite bande » de Philippe : Victor de Broglie, Mathieu de Montmorency, Louis de Narbonne, le beau bâtard de Louis XV, les Girardin et certains autres qui étaient pour lui d'anciens compagnons d'armes comme les deux Lameth. Enfin un véritable ami : le vicomte de Noailles qui lui sauta au cou sans cérémonie et grâce auquel le thé à l'anglaise prit la tournure de réunions d'anciens combattants.

— Le service des rois n'est valable qu'en temps de guerre, lui déclara-t-il, sans phrases. Tu n'as rien à faire à Versailles, mon ami ! le temps de la servitude s'achève. Viens voir se lever avec nous celui des hommes libres, les temps bénis de la fraternité. L'Amérique nous montre le chemin...

— Noailles, mon ami, dans un instant tu vas me parler république, je te dirai des choses désagréables et nous serons obligés d'aller sur le pré. Laisse-moi au moins le temps de me réparer. As-tu des nouvelles de Fersen ?

— Ma foi non ! Toujours en Suède ! Tu sais que La Fayette est revenu ? Il m'a chargé de te dire son chaud sentiment et ses vœux de bonne santé.

— Que n'est-il venu lui-même ? Nous avons fait tant de coups de main ensemble ! Je serais heureux de le revoir...

— Lui aussi mais il est déjà reparti, non seulement de Paris mais pour une nouvelle croisade. Cette fois, il s'agit des Protestants de France dont il veut améliorer la condition. Il dit que cette condition est détestable bien qu'il n'y ait pas contre eux de persécution ouverte, qu'ils dépendent d'un caprice du Roi, de la Reine, du Parlement ou d'un ministre et c'est vrai ! Nous ne sommes plus au temps des Dragonnades, mais leurs mariages ne sont toujours pas légaux, leurs testaments n'ont pas forme officielle, leurs enfants sont pratiquement bâtards et, même s'ils sont gentilshommes, on peut parfaitement les pendre comme manants. La Fayette dit que cela a assez duré !...

— On voit qu'il revient d'Amérique, soupira Gilles. J'aimerais l'aider ! Tu as raison quand tu dis qu'à Versailles les idées et les esprits se déforment. L'éclat de la royauté et la splendeur des palais couvrent trop de menées tortueuses, de pensées sordides, de complots sinistres... Tu n'imagines pas à quel point parfois j'ai envie de retourner en Virginie !

— Alors, n'hésite pas ! Retournes-y !... Moi, j'y retournerai un jour ! Écoute... ajouta-t-il en baissant la voix, l'histoire qui a failli te coûter la vie je ne la connais pas mais je sais que tu t'es fait des ennemis, ou tout au moins un ennemi puissant ! Le Roi est un faible, il ne saura pas te défendre longtemps contre cet ennemi et ta casaque de Garde du Corps ne te servira pas de cuirasse. Retourne là-bas où tu as laissé une légende, des amitiés puissantes. Tu auras des terres, une situation et surtout tu seras un homme libre...

— Je sais, soupira Gilles. Mais il y a le devoir. Celui d'un soldat est de défendre son roi, non d'être défendu par lui ! Et j'ai grand peur que le mien n'ait besoin de tous ses soldats avant longtemps !

Dans le salon tiède d'Aglaé, embaumé par les énormes lilas mauves provenant des serres de Bagnolet, les nouvelles arrivaient toutes fraîches, apportées avec les dernières neiges d'un hiver qui ne voulait pas mourir et les premières bourrasques d'un printemps qui n'arrivait pas à naître. Des pluies diluviennes s'abattaient journellement sur le royaume tandis qu'un brusque réchauffement de la température accélérait la fonte des neiges, créant un peu partout de dramatiques inondations, augmentant la misère, faisant renaître un peu partout la colère et la haine...

Quand on apprit, à Paris, que la Reine avait enfin réussi à faire acheter Saint-Cloud par le Roi, ce fut une flambée de fureur. Les clubs et les cafés, les loges maçonniques et les faubourgs soufflèrent le feu et la tempête, les libellistes se déchaînèrent avec plus de violence que jamais cependant qu'avec les six millions de la vente, et ceux tirés de ses équipages de chasse vendus au comte d'Artois, le duc d'Orléans faisait achever ses Galeries du Palais-Royal. On porta les Orléans aux nues, on traîna la Reine dans la boue et quand le 27 mars, cent un coups de canon tonnant sur Paris annoncèrent que Marie-Antoinette était heureusement accouchée d'un fils, il n'y eut pas de véritable liesse, pas de cris de joie et d'explosions d'enthousiasme comme en avait déchaîné la naissance du Dauphin, quatre ans plus tôt.

Paris, d'ailleurs, avait la fièvre. Désireux de se concilier l'Église, le comte de Provence et le baron de Breteuil avaient obtenu une lettre de cachet contre Beaumarchais et le trop heureux auteur du *Mariage de Figaro* était allé réfléchir à Saint-Lazare, la prison des voyous et des mauvais garçons, sur les inconvénients que l'on éprouve à s'attaquer à un archevêque de Paris, Mgr de Juigné, maladroitement chansonné par lui. On ne lui avait pas donné le fouet comme cela se pratiquait pour les nouveaux pensionnaires mais c'était tout juste. Il n'y était resté heureusement que cinq jours mais, à peine sorti, s'était hâté de se faire consoler par les amis de la Reine. On lui avait promis que son *Barbier de Séville* serait joué à Trianon et que la Reine elle-même jouerait le rôle de Rosine... Ce qui constituait un désaveu flagrant d'un ordre du Roi.

Mais Paris s'était aussi trouvé un médecin. Le comte Alexandre de Cagliostro s'était installé rue Saint-Claude au Marais dans le bel hôtel d'Orvilliers qu'avait fait louer pour lui son protecteur le cardinal de Rohan. Le succès qu'il y rencontrait était immense et rejoignait celui qu'avait connu jadis le fabuleux comte de Saint-Germain. On disait qu'il faisait de l'or, des diamants, qu'il possédait un élixir de jeunesse éternelle, qu'il pouvait guérir n'importe quelle maladie, qu'il prédisait l'avenir et cent autres choses encore... Des foules se pressaient à sa porte.

Alors, Gilles ne vécut plus que dans l'attente du jour où il serait assez fort pour quitter l'Hermitage et pouvoir, lui aussi, rendre visite à cet homme dont la principale valeur à ses yeux tenait en bien peu de mots : il savait où était Judith...

Cependant, à mesure que les forces revenaient à son pensionnaire, le charmant visage d'Aglaé s'assombrissait et, un matin d'avril, alors qu'ils faisaient, ensemble, au jardin une courte promenade en profitant d'une éclaircie, elle ne put s'empêcher de soupirer.

— Encore un peu de temps et vous serez guéri, mon ami. Encore un peu de temps et nous ne nous verrons plus...

— Ne plus nous voir ? Mais pourquoi ? Allez-vous m'interdire votre maison parce que je ne serai plus votre malade ? J'en serais très malheureux.

— Croyez-vous ? Votre cœur a bien d'autres sujets d'intérêt que le souci d'une amie.

Ils s'étaient arrêtés près d'un buisson de pivoines fraîchement écloses, aussi roses que le visage de la jeune femme. Gilles prit doucement sa main pour en baiser la paume.

— Une amie ? Vous êtes beaucoup plus qu'une amie pour moi, Aglaé.

— Une sœur alors ?... Eh bien, soit ! Je serai votre sœur... assez heureuse si vous avez, un jour, à nouveau besoin d'elle.

— Besoin ? Quel mot !

Elle eut un petit sourire triste.

— L'avenir m'apparaît si sombre, mon cher Gilles ! Ce que j'entends autour de moi me fait frémir. J'ai peur que nous n'allions vers des temps redoutables où les familles se déchireront, où le père reniera le fils, où le frère haïra la sœur...

— Vous haïr, vous ? Vous, la grâce, le charme, la douceur, la générosité ?

— Moi, la maîtresse du duc de Chartres, bientôt duc d'Orléans car son père décline, moi qui serai dans un camp différent du vôtre un jour, un camp ennemi car la rancœur s'amasse lentement dans le cœur de Philippe qui n'est pas vraiment mauvais. Lentement mais sûrement. Un jour, elle l'envahira entièrement. Il aurait pu être un mouton heureux de vivre, les tracasseries de Versailles en feront un loup enragé. Ce jour-là, oui, vous commencerez à me détester.

— Jamais ! Même si Orléans entrait en révolte ouverte, vous me resteriez chère entre toutes les femmes...

— Vous en êtes bien certain ?

— Sur mon honneur... et ma tendresse pour vous !

Elle lui sourit, rejetant sur son front une mèche de cheveux que le vent faisait voltiger.

— Dieu veuille que je n'aie jamais à vous rappeler ce serment, mon ami...

CHAPITRE XIV

DEUX CŒURS DE FEMMES...

Deux mois plus tard, Gilles de Tournemine et Merlin, enfin ressoudés, contemplaient ensemble la façade muette de la maison de Cagliostro.

Dans la lumière indécise du crépuscule, la demeure du sorcier avait l'air d'attendre quelque chose, tapie derrière le triple abri des arbres du boulevard, d'un fossé assez profond pour se donner des allures de douves et de grands murs hérissés d'artichauts de fer qui ne laissaient apercevoir que les fenêtres de l'étage supérieur et les hauts combles à la Mansart, habillés d'ardoise. Elle avait assez l'air d'un gros chat patient, roulé en boule sur lui-même mais toujours prêt à lancer une patte preste sur toute imprudente souris passant à sa portée... La rue Saint-Claude ouvrait à son flanc un boyau en pente raide qui plongeait vers le couvent des Filles du Saint-Sacrement. C'était sur ce côté que donnait la porte cochère de l'hôtel, une porte cochère rébarbative à souhait avec les énormes clous qui la renforçaient et la féroce tête de griffon en bronze qui lui servait de marteau.

Pourtant, jamais demeure royale, éclatant Versailles ou délicieux Trianon n'avait inspiré au chevalier une joie aussi vive que cet hôtel austère et vaguement inquiétant. Il ne savait pas très bien quelle sorte de paroles allaient s'échanger entre lui et le médecin italien. Peut-être seraient-elles aussi dangereuses que les balles d'un duel car il fallait qu'elles fussent définitives...

Dans le valet qui vint ouvrir le portail, à l'appel du marteau, Gilles reconnut le gigantesque et fugitif concierge de l'hôtel Ossolinski. Mais si celui-ci reconnut le jeune homme il n'en montra rien.

Il acquiesça d'un signe de tête quand on lui demanda à voir son maître, appela d'un geste un palefrenier qui se chargea du cheval et guida le visiteur vers le fond de la cour où, sous un portique vaguement grec, s'ouvrait un large vestibule et s'enroulait la dernière volée d'un bel escalier de pierre blanche. Des banquettes couvertes de velours rouge étaient disposées au pied de cet escalier pour les nombreux visiteurs qui, journellement, assiégeaient la demeure du thaumaturge avec autant d'ardeur qu'ils avaient, tout récemment encore, assiégé le fameux baquet magnétique de Mesmer ; mais l'heure était déjà tardive et Gilles s'y trouva seul quand on le pria, du geste, d'y prendre place. Puis le valet disparut dans les hauteurs de la maison : il allait prévenir son maître...

Un silence absolu régnait. Aucun bruit ne se faisait entendre : ni le grincement d'une porte, ni le craquement d'un parquet, ni l'écho d'un pas, comme si la maison cherchait, par son ambiance de mystère, à préparer dès le seuil l'esprit de ceux qui y pénétraient. Mais ce silence n'en fit éclater qu'avec plus de majesté le fracas du carrosse qui pénétra dans la cour quelques instants après Tournemine.

Les valets d'écurie se précipitèrent. Les laquais accrochés aux ressorts du magnifique véhicule dont la laque pourpre se rehaussait d'armes imposantes sautèrent à terre, ouvrirent la portière et abaissèrent le marchepied pour permettre au cardinal de Rohan, superbe et rayonnant sous la pourpre cardinalice, de faire son apparition...

Le prélat mit pied à terre, pénétra dans la maison d'un pas vif et s'élança dans l'escalier en homme qui connaît les lieux et qui n'a aucun besoin d'introducteur. Gilles vit la robe rouge onduler sur les marches et disparaître. Il y eut le bruit d'une porte que l'on ouvre et que l'on referme, l'écho d'une voix puis plus rien... La maison retomba dans le silence...

Le gigantesque valet reparut sans faire plus de bruit qu'un chat, informa Gilles, dans un mauvais français, que le comte le priait de patienter un moment puis disparut, laissant le jeune homme à des réflexions qui manquaient de gaieté : si le cardinal en avait pour longtemps l'attente risquait d'être longue...

Mais, au bout d'une demi-heure, le cardinal reparut, et seul, ce qui était assez extraordinaire car les usages voulaient qu'un visiteur fût reconduit jusqu'à sa voiture par le maître d'une maison, à plus forte raison quand il s'agissait d'un prince de l'Église. En le voyant descendre l'escalier, Gilles se leva, salua tandis qu'à sa surprise le prélat venait vers lui.

— Nous nous sommes déjà rencontrés, Monsieur de Tournemine, dit-il aimablement, mais je n'ai pas eu le plaisir que l'on vous présente à moi... Les jolies femmes ont de ces étourderies. Vous êtes breton, naturellement... et vous êtes l'homme que les Indiens ont surnommé le Gerfaut ?

— En effet, Monseigneur. Votre Éminence me fait beaucoup d'honneur en se montrant si renseignée à mon sujet.

— Vous êtes Tournemine, Monsieur, et je suis Rohan. Nos maisons sont aussi anciennes l'une que l'autre en Bretagne.

— Mais la mienne a moins d'éclat, fit Gilles avec ce sourire qui lui donnait tant de charme. Le cardinal y fut sensible.

— N'importe. Bien souvent nos ancêtres ont combattu côte à côte. En outre, j'ai eu l'occasion d'entendre parler de vous de façon plus intime, voici quelques mois, par un jeune Suisse qui a virtuellement pris mon hôtel d'assaut, quelque peu rossé mes gens et fait, dans mon cabinet, une irruption tout à fait spectaculaire. Vous avez de bons amis, Monsieur !

— Le baron Ulrich-August von Winkleried zu Winkleried n'est pas l'homme des demi-mesures, Éminence. L'ouragan est son élément normal. Évidemment, il ne m'avait pas dit que les choses s'étaient passées de cette manière... tumultueuse et j'en demande bien pardon pour lui. Son excuse est qu'il était, je crois, sous le coup d'une grosse émotion.

— Il n'a pas besoin d'excuses. Vous étiez mourant... une très vilaine histoire si j'ai bien compris, et ce pauvre garçon avait besoin du seul être qui pût, effectivement, agir puissamment en votre faveur. Lorsque quelqu'un cherche le grand Cagliostro, je me trouve tout de suite en communion d'idées avec lui. Je vois d'ailleurs que le miracle s'est produit une fois de plus. Vous êtes vivant et en parfaite santé apparemment.

— En parfaite santé, en effet. Mais puis-je demander à Votre Éminence si Winkleried lui a appris comment... et grâce à qui j'avais été ainsi... endommagé ?

La cardinal hocha la tête tandis que son regard bleu s'assombrissait.

— Il l'a fait... mais je lui ai dit que j'avais peine à le croire. Il doit y avoir une confusion quelque part. La charmante comtesse est...

— Une femme dangereuse, Monseigneur ! Sur la mémoire de tous ces vieux Tournemine qui furent souvent bons serviteurs des Rohan je supplie Votre Éminence d'y prendre garde.

— C'est étrange ! Savez-vous que vous me dites, presque mot pour mot, ce que vient de me faire entendre Cagliostro ? J'admets qu'il y ait chez elle des bizarreries, des contradictions, des idées folles parfois mais, j'en suis certain, son cœur est bon et elle a fait pour moi des merveilles telles qu'il m'est impossible de les oublier. Mes paroles peuvent vous sembler obscures. Pourtant bientôt vous pourrez les comprendre mieux quand le Destin m'aura élevé à une place si haute que plus rien n'aura d'importance pour moi, sinon... la joie que j'aurai à m'entourer de gens tels que vous, Monsieur, et à leur faire tout le bien que je pourrai...

Le souvenir de ce qu'il avait vu et entendu dans la nuit du Bosquet de Vénus revint à la mémoire de Gilles et surtout les paroles pleines de colère de la Reine ? « Savez-vous de quoi rêve cet homme ? D'être Premier ministre... » De quelle illusion insensée l'infernale comtesse de La Motte bernait-elle cet homme trop confiant ?...

— Monseigneur... commença-t-il.

Mais déjà Rohan prêt à se retirer lui offrait son anneau à baiser et le courbait sous le poids du respect religieux.

— J'aurai toujours plaisir à vous voir, Monsieur de Tournemine, ne l'oubliez pas !...

Malgré l'incorrection qu'il y avait à poursuivre un entretien contre la volonté d'un prince, Gilles allait se risquer à le retenir mais quelqu'un toucha sa manche et il s'aperçut que le valet était revenu sans qu'il l'entendît seulement approcher et lui faisait signe de le suivre... Le cardinal, d'ailleurs, était déjà remonté dans sa voiture.

À la suite de l'homme il gagna le premier étage, traversa une antichambre sans fenêtres mais éclairée par une profusion de bougies et dont le mur était orné d'une grande plaque de marbre noir gravée de caractères orientaux et d'une sorte de prière dont les premiers mots étaient :

« Père de l'Univers, Suprême Intelligence... »

Le valet poussa une porte et le visiteur se trouva en face du maître de la maison...

— Entrez, chevalier, dit Cagliostro. Je vous attendais...

La pièce dans laquelle il se tenait était un grand cabinet sévèrement meublé de chêne sombre et encombré d'une foule d'objets étranges allant des cornues de l'alchimiste à des statuettes égyptiennes verdies par le temps. Des rayonnages chargés de livres montaient à l'assaut des murs. D'autres livres encore, d'énormes in-folio, s'empilaient à même le sol. Une table de travail chargée de papiers et d'échantillons de minéralogie occupait une petite partie de cette pièce dont les vastes dimensions échappaient un peu à la mesure car les murs qui n'étaient pas changés en bibliothèques étaient tendus de velours noir dissimulant sans doute d'autres portes. Une odeur d'encens et de myrrhe brûlée flottait dans l'air portée par la fumée bleuâtre qui montait d'un grand brûle-parfum de bronze posé sur un trépied.

Cagliostro lui-même n'était pas moins impressionnant que son décor composé très certainement pour frapper l'imagination des foules. Son corps vigoureux disparaissait sous les plis d'une dalmatique noire où les signes du zodiaque apparaissaient brodés d'argent et de soie rouge. Ses cheveux, partagés en plusieurs cadenettes, se réunissaient sur la nuque sous un catogan noir et ses mains disparaissaient sous les éclairs lancés par une profusion de diamants et de rubis.

Machinalement, Gilles s'assit dans le fauteuil qu'une de ces mains lui indiquait.

— Vous m'attendiez, dites-vous ? Comment cela est-il possible ? Votre serviteur ne m'a même pas demandé mon nom...

— C'était inutile. Je savais que vous alliez venir comme j'ai su, depuis plusieurs mois, chacune de vos actions.

— Là où j'en étais, ce n'était guère difficile. Il suffisait d'avoir à vos gages l'un des serviteurs de Mme d'Hunolstein.

— Vous me faites crédit de bien peu de puissance, Monsieur ! fit dédaigneusement le médecin. Le bas espionnage ancillaire n'est pas mon fait.

Puisque vous doutez de mon pouvoir, voulez-vous que je vous dise ce que vous avez fait depuis vingt-quatre heures ? Vous verrez ainsi qu'aucun serviteur à gages n'aurait pu m'en dire autant.

— Faites !...

— Vous avez quitté le pavillon de l'Hermitage, sans esprit de retour, à deux heures dix, dans la voiture que vous avait amenée votre ami, le baron von Winkleried. Vous lui avez d'ailleurs reproché de vous traiter en vieille femme, assurant qu'il aurait beaucoup mieux fait de vous amener votre cheval, Merlin. Vous avez fait à la baronne des adieux qui lui ont mis les larmes aux yeux. Je crois... qu'elle aurait aimé vous garder un peu plus longtemps, mais elle est destinée à vous revoir ! De là vous êtes rentré directement à Versailles où votre propriétaire vous attendait...

« C'est une bien charmante demoiselle. Ses sentiments pour vous sont ceux d'une mère et elle avait fait, pour vous accueillir, une superbe toilette. Une robe de soie grise, n'est-ce pas, avec des rubans et un bonnet roses ? Elle pensait vous offrir noblement sa main à baiser mais en vous revoyant, elle n'a pas pu résister et elle s'est jetée dans vos bras en pleurant... J'ajoute qu'elle avait préparé pour vous un repas des plus fins. Il y avait, je crois, une alose au beurre blanc, des cailles farcies, des cardons à la moelle, le tout arrosé de ce bourgogne que vous aimez tant. Mais vous n'avez pas voulu vous mettre à table tout de suite. Vous avez couru à l'écurie afin d'y retrouver votre cheval et là vous avez pris sa tête dans vos bras... et vous l'avez embrassé ! Est-ce que cela vous suffit ou bien désirez-vous savoir autre chose ?

— Ma foi non, cela suffit ! souffla Gilles abasourdi. C'est de la magie... de la sorcellerie !

— Disons de la clairvoyance, le mot est plus aimable, moins dangereux aussi, bien qu'en notre siècle de Lumières on ne brûle plus les sorciers.

— Admirable ! En ce cas, et puisque vous semblez posséder le don de lire à votre gré dans la pensée, vous devez savoir aussi pourquoi je suis ici ce soir ?

— En effet ! Encore que votre pensée ne soit pas des plus claires... même pour vous-même ! Vous êtes venu ici partagé entre le désir de me témoigner votre reconnaissance et l'envie de me combattre parce que vous voyez en moi un obstacle à votre bonheur...

Cagliostro s'était assis dans le grand fauteuil de cuir brun, patiné par le temps, de sa table de travail. Les coudes sur la table, le menton dans ses mains, il dardait sur le jeune homme un regard si étincelant que celui-ci se sentit brusquement mal à l'aise. Afin d'échapper à son pouvoir, il se leva, s'éloigna de quelques pas comme s'il souhaitait examiner les objets renfermés dans une vitrine.

— Ne l'êtes-vous pas ? dit-il amèrement.

— En aucune façon !

— Allons donc ! Vous prétendez lire dans les âmes, vous savez donc à quel point j'aime Mlle de Saint-Mélaine, vous savez que je lui ai voué ma vie et qu'il n'est aucune de mes actions, en dehors du service dû à mon roi, dont elle n'ait été l'inspiratrice, le moteur et le but. Cependant, sachant tout cela, vous voulez me faire croire que mon amour peut lui être néfaste ?

— Je ne veux pas vous le faire croire car vous ne le croirez jamais ! Et pourtant cela est ! dit le mage tristement. Parce que vous aimez très profondément et très ardemment vous vous croyez de taille à vaincre tous les obstacles, à combattre toutes les armées du monde pour défendre votre bonheur. Pourtant, vous n'êtes qu'un homme... ainsi que vous venez d'en avoir la preuve tragique. Par mon humble entremise le Créateur vous a rendu la vie, la force... mais pas la paix car votre destin vous pousse en avant. Vous êtes de ceux qui peuvent atteindre à la gloire. Malheureusement votre chemin passe par trop d'embûches, de sang et de drames pour qu'il soit sage d'y attacher une femme.

— Que savez-vous de mon destin ? s'écria Gilles avec colère. Et pourquoi serais-je le seul officier du Roi qui ne devrait pas avoir droit à un foyer, à une famille ? Au nom de quoi empêchez-vous Judith de venir à moi ?

— Du droit qu'elle a, elle, d'être préservée, défendue. Elle n'a que faire de la gloire et de l'aventure. Avez-vous oublié le drame épouvantable qui a marqué sa jeunesse ?

— J'ai tué l'un des deux misérables qui l'avaient jetée vivante au fond d'une fosse boueuse... et je tuerai le second dès que je l'aurai retrouvé !

— Mais vous ne tuerez pas le souvenir ! N'importe quelle femme serait devenue folle. Judith a pu résister, mais elle est demeurée fragile. Elle a besoin de calme, de paix, de sécurité, tout ce qu'elle n'arrive pas à trouver. Regardez où elle en est depuis que vous l'avez revue : elle doit se cacher afin de fuir les trames tortueuses d'un prince dont vous êtes l'ennemi, qui le sait et qui sait aussi qu'il peut vous atteindre à travers sa fragilité !

— Je n'ignore rien de tout cela, figurez-vous, et je veux autant que vous-même lui donner la paix, le bonheur tranquille d'un foyer, la liberté ! Rendez-la-moi et je partirai avec elle. Depuis que je la connais, je rêve de l'emmener en Amérique, là où les hommes ont commencé à apprendre à vivre libres. Nous irons bâtir notre maison en Virginie...

— Vous, l'homme du Roi, vous, l'oiseau chasseur, qui protégez et armez sa main, vous, le Gerfaut... vous partiriez pour aller vous mêler aux querelles des bavards du Congrès, aux sordides luttes d'intérêts qui commencent à se développer là-bas ? Vous abandonneriez vos armes pour les mancherons d'une charrue ?

— Pourquoi pas ? Je suis né paysan. Quant à ce gerfaut que vous me jetez au visage, sachez qu'il est né là-bas et qu'il peut y vivre à l'aise. Il y a assez de place, assez d'immenses forêts, assez de terres vierges pour que les bruits du Congrès n'y atteignent jamais. Je porte l'aigle de Cincinnatus. Je peux, comme son modèle, redevenir laboureur si, en rentrant le soir au logis, je retrouve le sourire de Judith, les bras de Judith, l'amour de Judith... Quand donc aurez-vous compris que je l'aime ?...

— Et elle ? Vous êtes sûr qu'elle vous aime aussi ? Vous ignorez tout de ses sentiments. Peut-être qu'elle ne vous aime pas...

— Si ! Oh si !...

L'une des portières de velours venait de se soulever, presque de voler sous la main nerveuse de la jeune fille qui, avec ce cri, jaillissait de l'obscurité pour se jeter dans les bras de Gilles.

— Oh si, je t'aime ! Ne l'écoute pas !... Il ne peut pas savoir, lui... Il m'avait enfermée mais je t'ai vu arriver !... Oh, tu es là, vivant... bien vivant ! Tu es guéri... et l'on voudrait te faire croire que je ne t'aime pas ? Mais je ne respire que par toi !

Elle l'entourait de ses bras, se serrait contre lui secouée de longs frissons. Avec une infinie tendresse, il prit entre ses deux mains le ravissant visage inondé de larmes brûlantes et baisa longuement ses lèvres tremblantes.

— Ma douce... mon amour, ne pleure pas, ne tremble pas !... C'est fini, nous allons partir !...

— Il ne veut pas, il ne voudra jamais !... Il dit que je ne peux pas être à toi... ni à aucun homme d'ailleurs, que je dois rester vierge pour que l'Esprit demeure en moi !

Farouchement, Gilles enferma la fragile forme blanche entre ses bras tandis que son regard glacé toisait le médecin.

— Si vous m'expliquiez ce nouveau mystère, maître sorcier ? Ainsi, vous vous arrogez le droit de lui interdire l'amour, le bonheur, le don d'elle-même ? À quel titre ? Êtes-vous Dieu ?... Ne seriez-vous pas plutôt amoureux d'elle ? C'est cela, n'est-ce pas ? Vous ne voulez pas qu'elle soit à moi parce que vous voulez la garder pour vous ?

— Imbécile !...

Lentement, Cagliostro alla prendre un candélabre chargé de bougies allumées et le porta jusqu'à une alcôve dans laquelle Gilles aperçut soudain la table au tapis noir et aux objets d'argent qui avait si bien disparu de l'hôtel Ossolinski. Mais cette fois, le miroir tournant était remplacé par une simple carafe de cristal remplie d'eau.

— Judith ! appela Cagliostro sans élever la voix. Venez ici !

Dans le nid que lui faisaient les bras de Gilles la jeune fille tressaillit. Le chevalier gronda :

— Laissez-la en repos ! Je lui défends de bouger !...

— Je ne lui veux aucun mal. Je veux seulement que vous, vous compreniez !

Comme si une force irrésistible eût soudain commandé à sa volonté, les bras du jeune homme retombèrent, libérant Judith sans qu'elle protestât. Elle se redressa, se tourna vers le regard étincelant qui l'appelait, alla à lui d'un pas qui avait perdu sa souplesse habituelle au profit d'un bizarre automatisme.

— Me voici, maître...

Et elle alla, sans qu'il fût besoin de le lui ordonner, s'agenouiller devant la table.

— Qu'est-ce que ce nouveau tour ? gronda Tournemine, inquiet. Que lui voulez-vous ?... Reviens, Judith, ne l'écoute pas !

— Elle ne vous entend pas. Soyez en repos, je vous répète qu'elle n'éprouvera aucun mal de tout ceci. Mais vous, vous, aveugle et sourd qui ramenez les manifestations de la puissance divine aux misérables limites de l'amour humain, je vais vous faire toucher du doigt votre erreur et votre aveuglement. Tout à l'heure, dans le vestibule, vous avez rencontré, n'est-ce pas, le cardinal de Rohan ? Il vous a parlé ?

— En effet, mais...

— Je vais vous dire plus : vous avez été sur le point de lui apprendre certaines choses qu'il est incapable d'entendre car lui aussi, tout comme vous, est sourd et aveugle à ce qui n'est pas sa passion. Vous plairait-il de savoir ce que fait, à cette minute précise, le cardinal ?

Le regard clair du jeune homme soutint celui, sombre et scintillant, du médecin.

— Pourquoi pas ?

Cagliostro hocha la tête et posa, très doucement, sa main droite sur la tête de la jeune fille.

— Un grand personnage a quitté cette maison voici peu. C'est un prêtre, un cardinal. Cherchez-le ! Est-il encore dans sa voiture ?

Les paupières de la jeune fille battirent rapidement puis son regard se fixa sur la carafe dans les profondeurs de laquelle la lumière faisait vivre des zones lumineuses et des ombres. Sa voix, étrangement lointaine, s'éleva :

— Je vois la voiture... Elle est arrêtée devant le perron d'un hôtel illuminé mais elle est vide.

— Où est le cardinal ? Je vous ai dit de le chercher.

— Il est dans une grande chambre, une chambre très belle, très riche...

— Pouvez-vous la décrire ?

— Elle ressemble à un jardin de rêve... Il y a des boiseries peintes. Je vois des fleurs, des arbres... oh ! et des petits animaux noirs, des singes, je crois...

— Très bien. Le cardinal est dans sa chambre. Qu'y fait-il ?

— Il écrit...

— À qui écrit-il ?

— À une femme... une femme qu'il appelle « le Maître »...

— Savez-vous qui est cette femme ?...

— Ce n'est pas difficile, elle occupe entièrement sa pensée. C'est la Reine !...

— Que lui dit-il ?

— Rien pour le moment... Il n'est pas satisfait de ce qu'il a écrit. Il froisse sa lettre, il la jette... Il prend une autre lettre qui est ouverte devant lui... Il la relit... C'est une jolie lettre... Je vois un papier à tranche dorée, une fleur de lys d'or gravée dans un coin...

— Pouvez-vous lire cette lettre en même temps que lui ?

Le front de la voyante se plissa sous l'effort tandis que Gilles, d'un revers de main, essuyait la sueur qui coulait du sien.

— « D'après tout ce que j'ai entendu dire de l'homme extraordinaire dont tu me parles, je ne peux le regarder que comme un charlatan ; c'est peut-être une prévention de ma part et je sais, par expérience, qu'on ne doit jamais juger personne sur le rapport des autres mais j'ai beaucoup de raisons pour ne pas céder à tes instances. Je ne suis pas superstitieuse et l'on m'en fait difficilement accroire, mais comme ces sortes de gens font quelquefois des choses qui vous étonnent et vous disposent par là à voir et croire tout ce qu'ils vous disent, je ne suis point dans une position à endurer de pareilles épreuves. D'ailleurs, il serait très difficile et même impossible de le recevoir aussi mystérieusement que je le voudrais et tu sais les précautions que j'ai à prendre en ce moment.

« La Comtesse m'a beaucoup fait rire en me racontant la dernière scène ; cela tient du prodige et me donne le plus grand désir de voir le Grand Copte. Cependant, si j'en crois la Comtesse, il faut être bien innocent pour voir les mystères de ce grand homme mais, à en juger d'après les circonstances de tous ses apprêts, je crois qu'il te regarde, ainsi que la Comtesse, comme deux innocents et vous traite comme deux dupes. Ne te fâche pas de ma franchise, je te promets d'en juger par moi-même.

« Le Ministre[1] me quitte le moins qu'il peut. Je n'en devine pas encore la raison mais cela ne tardera pas. Je n'ai pas, heureusement, affaire à un Égyptien comme ton Cagliostro qui devine le passé, prédit l'avenir. Il n'a pas le talisman qui fait parler les bijoux ; aussi je suis tranquille et je ne crains pas l'indiscrétion du mien.

« Pardonne mes folies : il m'arrive si rarement de me divertir depuis quelque temps que tu seras sans doute charmé de m'avoir fourni l'occasion de m'égayer un instant. »

Judith se tut. La main de Cagliostro se posa sur son épaule.

— Très bien !... reposez-vous un moment après cet effort. Dans un instant, nous reprendrons.

Les genoux de la jeune fille plièrent, elle s'assit sur ses talons et parut s'endormir cependant que Cagliostro se tournait vers Gilles qui la contemplait avec une sorte d'épouvante.

— Eh bien ?

— C'est effrayant !

— Nullement ! Simplement le sommeil hypnotique fait surgir des profondeurs d'un être des pouvoirs insoupçonnés à la condition expresse qu'il

1. Le Ministre désignait le Roi dans la prétendue correspondance secrète échangée entre la Reine et le cardinal de Rohan. Cette lettre est tirée des *Mémoires* de Madame de La Motte édités à Londres en 1789.

soit entièrement pur. Judith est une voyante au degré le plus élevé. Je m'en suis aperçu lorsque j'essayais de l'arracher à la folie. Mais ce don, qui est une étincelle de pure divinité, ne peut vivre que dans le corps d'un enfant, ou d'une fille vierge. Voilà pourquoi j'essaie de la préserver de l'amour et du vôtre en particulier car, vous, elle vous aime. Souhaitez-vous savoir autre chose ?

Sans en avoir clairement conscience, l'intérêt de Gilles s'était éveillé. Il en oubliait presque son amour car les paroles de la jeune fille découvraient devant lui des choses obscures, étranges et menaçantes.

— Oui. Cette lettre incroyable... Il est impossible qu'elle ait été écrite par la Reine !

— C'est ce que nous allons savoir. Reprenons, ma colombe ! Vous devez être reposée.

D'un mouvement gracieux, la jeune fille se redressa. Ses grands yeux lumineux se posèrent de nouveau sur le cristal.

— Revenez à la lettre que vous venez de lire. Examinez-la bien, regardez l'écriture.

— Je la regarde.

— Pouvez-vous dire qui l'a écrite. Est-ce la Reine ?

— Non.

— Est-ce une femme ?

— C'est une femme qui l'a apportée, mais ce n'est pas elle qui l'a écrite.

— C'est donc un homme ?

— Oui.

— Ne quittez pas la lettre. Pouvez-vous voir l'homme qui l'a écrite ?

Judith hésita. À nouveau son front se plissa.

— Je ne sais pas... Je ne le vois pas.

— Voyez-vous la femme qui a apporté la lettre ?

— Oui.

— Cherchez autour d'elle !

Il y eut un instant de silence puis, soudain, avec une expression d'indicible soulagement, la jeune fille s'écria :

— Ah ! je le vois ! C'est un jeune homme pâle... Il a des cheveux roux. Il est habillé comme un Anglais... très élégant.

— Reteau de Vilette ! traduisit spontanément Gilles. Encore lui ! Mais que vient-il faire dans cette histoire ?

Cagliostro haussa les épaules.

— Il est l'amant et l'âme damnée de la comtesse, de la comtesse qui vous hait parce que vous l'avez dénoncée à la Reine, et qui me hait tout autant d'ailleurs. C'est elle qui avait chargé les bandits dont vous m'avez défendu de m'assassiner.

— Pourquoi ? Je vous croyais amis.

— Nous avons été associés un temps... d'ordre supérieur ! Mais elle a vite eu peur de moi et elle a choisi de m'éliminer. À présent nous entretenons d'excellentes relations de façade. Nous soupons ensemble, nous nous adorons... Le succès que je rencontre à Paris l'impressionne, ma fortune aussi et elle essaie de me séduire. Tout ce qui brille l'attire : l'or... les diamants, les bijoux...

Il étala devant lui ses mains chargées de pierreries auxquelles la flamme des chandelles arracha des éclairs. Une idée soudaine traversa l'esprit de Gilles.

— Il y a quelques mots, dans cette prétendue lettre de la Reine, que je n'ai pas compris.

Qu'est-ce que ce bijou auquel il est fait allusion ? Le cardinal n'a tout de même pas l'audace d'offrir des bijoux à la Reine ?...

Un gémissement poussé par Judith le fit tressaillir. Toujours aussi droite, le regard toujours fixé sur la carafe, la jeune fille se plaignait.

— Je suis lasse !... Je suis si lasse !...

Vivement, Cagliostro alla vers elle, la prit sous les bras pour l'aider à se relever.

— Cela a été trop long ! Pardonnez-moi et recevez mes remerciements. À présent vous allez dormir... dormir longtemps pour vous reposer de l'effort fourni... Sérafina !

Comme si elle n'avait attendu que cet appel pour paraître, une femme blonde d'une grande beauté, élégamment vêtue d'une robe de faille du même bleu que ses yeux, entra. Elle alla vivement jusqu'à Judith que Cagliostro soutenait et se substitua à lui, cependant que son regard examinait curieusement le chevalier.

— Voici ma femme, la comtesse de Cagliostro, présenta le mage. Elle aime beaucoup Judith et la soigne comme une sœur aînée. À défaut de moi, ajouta-t-il avec un sourire, vous pouvez lui faire entière confiance. Emmenez-la, Sérafina, et veuillez la coucher. Elle est très fatiguée...

Soutenue par la comtesse, sur l'épaule de laquelle s'appuyait sa tête, Judith quitta la pièce sans un mot, sans un geste à l'adresse de Gilles qui la regarda sortir avec un mélange de douleur et de colère.

— Vous gagnez, n'est-ce pas ? fit-il amèrement à l'adresse de Cagliostro. J'étais pourtant décidé à ne repartir qu'avec elle...

— Je ne gagnerai pas toujours, dit l'Italien gravement. Un jour vous et elle serez réunis à tout jamais. Cela je peux vous l'assurer. Mais le temps n'est pas encore venu... loin de là ! Il vous faudra beaucoup de patience... beaucoup d'amour aussi !

— Qui m'oblige à vous croire ?...

— Rien ni personne. Le destin se chargera de vous convaincre. Asseyez-vous, maintenant, et acceptez un verre de vin d'Espagne, vous en avez besoin pour entendre ce que j'ai à vous dire concernant les bijoux de la Reine ou plutôt certain bijou que vous connaissez bien !...

Gilles accepta le siège et le vin dont la chaleur le réconforta. Malgré la douceur de ce soir de printemps, il se sentait glacé jusqu'à la moelle des os. Curieusement, il craignait à présent de poser la question que les dernières paroles du thaumaturge suscitaient naturellement. Mais il n'était pas homme à demeurer longtemps sur une impression de crainte.

Vidant d'un trait le précieux verre vénitien gravé d'or, il le reposa.

— Que je connais bien ? reprit-il. Ne me dites pas qu'il s'agit de ce damné collier de diamants ?

— Mais si... c'est bien de lui qu'il s'agit. Vous n'avez pas pu apprendre dans votre hermitage que Boehmer et Bassange avaient enfin vendu l'encombrant objet. La chose devait en effet demeurer très secrète...

— La Reine aurait donc finalement répondu par l'affirmative ? Elle a levé l'option qui expirait en janvier ?

— C'est ce que croit Boehmer. En fait, la Reine ignore complètement qu'elle a acheté le collier !

Gilles fronça les sourcils.

— Vos propos me semblent obscurs, Monsieur

le Sorcier ! Comment cela est-il possible ? Comment la Reine aurait-elle pu acheter, sans le savoir, un collier de seize cent mille livres ?

— De la façon la plus simple du monde. C'est le cardinal de Rohan qui l'a acheté pour elle.

— Le cardinal ? Il a donc vu la Reine, fait la paix avec elle ?

— Je me tue à vous dire que la Reine ignore tout ! fit Cagliostro avec impatience. Le cardinal a acheté le collier au nom de la Reine parce qu'il croit, dur comme fer, que la Reine l'en a chargé. Voyez-vous, depuis certaine nuit du mois d'août l'an passé... depuis certaine rencontre dans les jardins de Versailles, le cardinal est intimement persuadé qu'il est devenu l'ami... le tendre ami de la Reine. Avez-vous oublié le Bosquet de Vénus, chevalier ? Il me semble pourtant que vous y étiez !

— Il faut que vous soyez le Diable pour savoir cela ! C'est vrai, j'y étais ! Mais je n'ai vu qu'une assez pauvre comédie ; jouée pour amuser la Reine, une comédie où l'on s'est beaucoup diverti à voir un grand Aumônier de France baiser en tremblant les pieds d'une catin !

— Si vous voulez vivre à l'air libre au lieu de pourrir sur la paille d'une prison tout le reste de vos jours, seigneur Gerfaut, je vous conseille d'oublier que la Reine était alors spectatrice ! Quoi qu'il en soit, le cardinal a tout avalé, l'appât, l'hameçon et même la ligne. Il est persuadé que la Reine l'aime d'un tendre amour, qu'elle n'attend que l'occasion propice pour déclarer hautement, à la face de tous, que non seulement elle ne garde plus aucun ressentiment contre lui mais encore qu'elle souhaite lui voir occuper à l'avenir la charge de Premier ministre. Il se voit Mazarin plus encore que Richelieu ! Aussi il n'est rien qu'il puisse désormais refuser à celle qu'il appelle son Maître !... et à son intermédiaire bien entendu.

— Mais la Reine l'exècre ! Je l'ai entendue le dire, de mes oreilles !

— Dites cela à Rohan, il n'en croira pas un mot. Il est sûr d'être aimé. Il a des preuves, des lettres... Cela ne servirait à rien, non plus, d'essayer de lui faire entendre que la belle Jeanne n'est qu'une misérable et une voleuse. Il pense qu'il sera bientôt ministre grâce à elle !

— Je sais. Il m'en a touché deux mots tout à l'heure.

— Vous voyez bien ! Elle peut en tirer ce qu'elle veut. Ainsi, peu de temps après l'affaire du Bosquet, elle lui a dit que la Reine avait besoin de 120 000 livres pour des aumônes à une famille digne d'intérêt, qu'elle était gênée et notre dupe, bien qu'ayant elle-même des ennuis de trésorerie, a donné les 120 000 livres sans un battement de paupières...

— Les 120 000 livres qui sont à l'origine de la subite aisance des La Motte, j'imagine ?

— Exactement ! Notre comtesse aurait pu se contenter de cela mais... l'appétit vient en mangeant. Et puis... il y a dans l'ombre un personnage qui tire de loin toutes les ficelles de ce beau pantin, un personnage qui a compris depuis longtemps quel parti l'on pouvait tirer des habitudes de dissipation de Marie-Antoinette, de sa passion pour les diamants et de l'amour du cardinal pour sa souveraine. Ce personnage avait espéré que Jeanne parviendrait à faire rentrer en grâce le cardinal, qu'il réussirait à séduire la Reine.

— Séduire la Reine ? Songez-vous à ce que vous dites ?

— C'est une question que vous devriez poser, Monsieur, à votre ami Fersen dont les mauvaises langues prétendent qu'il est le père du jeune duc de Normandie, né en mars !... Mais la Reine a l'aversion tenace. On a donc trouvé un autre moyen, plus subtil. Et Jeanne a eu simplement à dire que la Reine avait le cœur déchiré de ne pouvoir faire acheter le collier par le Roi – avec les six millions de Saint-Cloud, cela eût causé une révolution ! –, qu'elle garderait une éternelle gratitude à qui réussirait à s'entremettre pour le lui assurer et notre cardinal s'est rué chez Boehmer. Le 24 janvier, il achetait le collier au nom de la Reine en effectuant un premier versement de 100 000 livres et en stipulant que le reste serait payé par quartiers de 400 000 livres payables de six mois en six mois. Et, le 1er février, le cardinal, entré en possession du collier, le portait à Versailles, place Dauphine chez Mme de La Motte où il pouvait le remettre à un soi-disant valet de chambre de la Reine... qui n'était en fait que l'ineffable Reteau déguisé...

— Mais le collier... qu'est devenu le collier ?...

— Il n'y a plus de collier ! Le chef-d'œuvre de Boehmer et Bassange ne doit plus être, à cette heure, qu'un tas de diamants démontés que l'heureuse Jeanne écoule par fractions, ici et en Angleterre !

Gilles se leva si brusquement que le fauteuil dans lequel il était assis s'abattit sur le sol avec un grand bruit. La sueur coulait le long de son dos et il avait l'impression qu'un abîme sans fond venait de s'ouvrir sous ses pas. Le coup d'œil qu'il jeta à l'Italien était chargé à la fois d'horreur et de colère.

— Quel homme êtes-vous donc ? Vous savez tout cela, vous savez que l'on a abusé du nom de la Reine, que l'on entraîne le Grand Aumônier de France dans une mare de boue et vous restez là sans rien faire ? Mais qu'attendez-vous pour courir chez le Lieutenant de Police, chez le cardinal, chez la Reine même ?

— Pour être envoyé à la Bastille... ou à la rigueur à Charenton ? Calmez-vous, mon ami, et sachez bien que tout ce que je pourrais dire à présent ne servirait à rien. Le mal est fait, le collier est vendu, il a disparu. Il est trop tard, on n'y peut plus rien. Croyez-vous que je n'aie rien dit au cardinal lorsqu'il m'a annoncé cette belle opération ? Je jure que j'ai voulu le mettre en garde. Il n'a fait que rire, aveuglé qu'il est par son rêve d'amour et de portefeuille...

— Que le cardinal soit fou, je ne dis pas le contraire, mais le Roi, lui, ne l'est pas ! Demain il saura la vérité !

Le jeune homme, saisissant son chapeau sur une chaise, s'élançait déjà hors de la pièce. Cagliostro se jeta derrière lui et le retint d'une main de fer.

— Qu'allez-vous faire ? Vous aimez le Roi, n'est-ce pas ? Alors, comment allez-vous dire à cet homme, à cet époux profondément épris de sa femme, que son Grand Aumônier, se croyant l'amant de cette femme, ou tout comme, s'est permis de lui acheter le collier jadis commandé par Louis XV pour une courtisane ? Vous vous sentez vraiment le courage de lui dire cela en face ? À moins que vous ne préfériez lui apprendre que son frère est un misérable qui ourdit dans l'ombre les complots les plus noirs contre sa couronne, son honneur... ou même sa vie ?

Brisé dans son élan, les jambes fauchées, Gilles se laissa tomber sur une banquette sous la plaque de marbre noir où s'étalait la prière de Pope.

— Non... vous avez raison, je ne pourrai jamais ! Pourtant il va bien falloir qu'il l'apprenne un jour !

— Ce n'est pas obligatoire. Le coup de la comtesse... et de son complice a été bien monté : elle pense qu'au moment du premier paiement le cardinal, s'apercevant qu'il a été trompé, n'aura rien d'autre à faire qu'à payer sans bruit le collier pour échapper au ridicule et à la honte. Ce ne sera pas sans peine mais il vendra des terres, des abbayes, que sais-je ? Malgré la faillite récente du prince de Guéménée, les Rohan sont encore riches. Ils étoufferont l'affaire.

— Mais la Reine, la Reine saura inévitablement ! Alors, que fera-t-elle ?

— Si elle était avertie, je ne saurais dire comment elle réagirait car elle est imprévisible et je n'ai pas le secret des pensées qui n'existent pas encore. Mais il est possible que tout se résolve entre le cardinal et les bijoutiers. Ceux-ci viennent d'être nommés joailliers de la Couronne en survivance de M. Aubert qui vient de mourir. Ils sont au pinacle et je les vois mal allant compromettre leur dignité nouvelle en déchaînant sur Versailles un affreux scandale. Selon moi les choses se passeront dans l'ombre. À moins que...

— À moins que ?

— Vous connaissez le baron de Breteuil ?

— Le Secrétaire d'État à la Maison du Roi ? Naturellement !

— Il est l'ennemi mortel du cardinal qui lui a jadis soufflé au nez l'ambassade de Vienne. Il est aussi des amis de Monsieur. Qu'il ait vent de la chose et il fera tout pour envoyer l'homme qu'il exècre dans la boue, dût cette boue éclabousser jusqu'aux marches du Trône ! Comprenez-vous enfin que la seule chance d'éviter le moindre remous nauséabond autour de cette histoire, la seule, vous entendez bien, c'est le silence ?

Avec effort Gilles se releva, dominant de toute la tête Cagliostro dont le regard fouillait le sien.

— Pourquoi m'avez-vous raconté tout cela si vous craignez à ce point que je parle ?

— Parce qu'il fallait que je vous donne une preuve de confiance pour obtenir la vôtre. Et pour que vous compreniez que je ne veux ni votre malheur ni celui de Judith. Ce royaume est condamné, chevalier de Tournemine. Tôt ou tard la tempête s'abattra sur lui et en balayera la surface. Trop d'hommes, comme vous-même, ont appris, outre-océan, à prononcer un mot admirable, le plus beau des mots... le plus redoutable aussi par les pièges qu'il recouvre : le mot Liberté ! Tournez le dos à ce vieux monde en décomposition : partez ! Franchissez de nouveau les mers ! Allez vers les terres vierges où peuvent vivre les cœurs purs. Quand vous y serez décidé, quand vous aurez tout disposé pour cela, revenez me demander Mlle de Saint-Mélaine et, j'en fais serment, je la mettrai moi-même et avec joie entre vos bras !...

— Je m'en souviendrai. Adieu, comte !

Debout au milieu de l'antichambre où la flamme des bougies se reflétait sur la plaque de marbre poli, Cagliostro écouta le pas rapide du jeune homme décroître dans l'escalier. Quand il entendit sa voix résonner dans la cour et grincer la porte de l'écurie où son cheval l'attendait, il sourit et, lentement, regagna son cabinet.

— Il ne partira pas ! murmura-t-il avec un haussement d'épaules. Ce serait trop facile !...

Tandis que le palefrenier lui amenait Merlin, Gilles aperçut un morceau de papier qui voltigeait à ses pieds et se baissa pour le ramasser.

C'était un portrait de Cagliostro, levant au ciel un regard inspiré et dominant une légende composée de quatre vers :

« De l'ami des humains reconnaissez les traits
Tous ses jours sont marqués par de nouveaux bienfaits
Il prolonge la vie, il secourt l'indigence
Le plaisir d'être utile est sa seule récompense... »

Avec un haussement d'épaules agacé, il froissa le papier et le rejeta au sol. « Drôle de bonhomme en vérité ! pensa-t-il. Esprit surhumain ou charlatan rusé ? Cette grossière publicité était tout juste bonne pour les faibles d'esprit. Pourtant cet homme semblait doué de pouvoirs étranges, qui eussent dû l'en dispenser, et possédait les secrets des rois... Où était la vérité ? »

Remettant à plus tard l'examen de la question, le jeune homme enfourcha son cheval, en voltige suivant sa vieille habitude, piqua des deux et s'élança au galop en direction de la barrière de la Conférence et de la route de Versailles, où il voulait en effet rentrer ce soir même. Après tout ce qu'il venait d'entendre, il lui était impossible d'aller s'enfermer dans une chambre d'hôtel. La chevauchée dans la fraîcheur du soir lui ferait du bien et l'aiderait à débarrasser son esprit des miasmes étouffants que lui avait fait respirer le sorcier de la rue Saint-Claude. Il avait besoin d'air pur, des reflets de la Seine, de l'odeur des roses dans les jardins au long de la route. La terre, gorgée d'eau durant les inondations, avait fini par faire jaillir un printemps tardif mais foisonnant.

Il était près de minuit quand il atteignit les faubourgs de la ville, après un parcours qui lui avait paru incroyablement rapide, tant il s'était absorbé dans ses pensées. Si Cagliostro avait pu lire dans sa pensée tandis qu'il galopait au rythme joyeux des sabots du cheval, il eût peut-être éprouvé quelque surprise car le jeune homme n'avait rêvé que de cet instant où il irait lui réclamer celle qu'il aimait, et des moyens d'arriver à cette minute éblouissante.

Or, tandis que, passé la barrière de la Conférence, il courait le long du fleuve longeant le village de Passy, il avait vu briller dans la nuit, au-delà des jardins de la princesse de Lamballe, les lumières du magnifique hôtel de Valentinois, propriété du financier Leray de Chaumont, dont la fortune et les navires avaient si puissamment aidé les Insurgents d'Amérique. Là, il le savait, logeait encore l'homme dont la parole avait su galvaniser toute une jeunesse et sceller l'union de la vieille France et des jeunes États-Unis, l'homme que des deux côtés de l'Atlantique on révérait maintenant comme un prophète et un génie : Benjamin Franklin !

D'après Philippe de Chartres qui entretenait avec lui les meilleures relations, Franklin, sa tâche terminée, s'apprêtait à quitter la France pour rentrer à Philadelphie, tandis qu'arriverait le nouvel ambassadeur des États-Unis Thomas Jefferson. Pourquoi ne pas essayer de partir avec lui ?...

En arrivant rue de Noailles, Gilles n'avait pas encore trouvé de réponse satisfaisante à cette importante question mais il ne s'en tourmentait pas outre mesure. L'espoir du bonheur, c'est déjà une joie suffisamment enivrante...

Il trouva Pongo au bas du perron et lui jeta la bride de Merlin.

— Ne me dis pas que tu étais inquiet, vieux père nourricier. Tu sais bien que je me porte à présent comme un charme...

— Pongo pas inquiet pour santé. Pongo inquiet à cause de femme qui attend là-haut ! Pongo pas aimer...

— Une femme ? Comment est-elle ?

— Difficile savoir : elle porte grand voile bleu. Mais Pongo pas aimer tout de même...

Ainsi, Mme de Balbi savait déjà son retour ? À quelle surveillance avait donc été soumis le paisible pavillon de la rue de Noailles ?...

Elle était là, en effet, debout près de la cheminée du salon où Mlle Marjon avait remplacé les flammes du foyer, que la douceur du temps rendait inutiles, par un feu d'artifice de genêts dorés. Elle était vêtue exactement comme au soir de leur première rencontre, mais le voile bleu était abandonné sur un fauteuil et, au bout de ses doigts fins, un petit éventail d'ivoire battait une mesure paisible.

Une mesure qui ne s'accéléra qu'imperceptiblement lorsque le chevalier pénétra dans le salon et offrit à sa visiteuse un salut volontairement trop cérémonieux. Mais elle n'avait pas décidé de se laisser mener par lui sur un terrain strictement protocolaire et mondain. Sans plus tarder elle attaqua :

— Pourquoi n'as-tu répondu à aucune de mes lettres ?

— Pourquoi aurais-je dû y répondre ? dit-il doucement.

— Parce que cela se fait ! N'as-tu donc pas aimé ce que je t'écrivais ?

— Je ne saurais en juger : je n'ai pas lu ces lettres !

— Menteur ! Tu as simplement envie d'être désagréable, mais quel homme peut laisser s'accumuler sans les lire les lettres d'une femme ?

Pour toute réponse, il alla jusqu'à un petit secrétaire à demi dissimulé entre les grands plis soyeux des rideaux gris décorant ses fenêtres, l'ouvrit au moyen d'une clef qu'il prit dans sa poche, et en tira un paquet noué d'un ruban bleu qu'il tendit à la jeune femme.

— Comptez ! fit-il brièvement. Elles y sont toutes !...

Elle ne prit pas les lettres et il dut les reposer sur une table. Un silence s'établit, si profond qu'il pouvait entendre sa respiration devenue tout à coup plus rapide tandis que l'éventail, lui aussi, battait plus vite. Mais elle avait détourné la tête et il ne put voir l'expression de son visage.

Avec un léger soupir, elle quitta enfin son coin de cheminée et s'approcha de Gilles.

— Tu ne m'aimes plus ?

— Vous aurais-je déjà laissé entendre que je vous aimais ? Je ne m'en souviens pas.

— En effet ! Disons alors que ton comportement faisait assez bien illusion et que l'on pouvait s'y tromper. D'ailleurs, quelle idée stupide et bourgeoise de vouloir toujours et à tout prix que l'amour ait son mot à dire ? A-t-il jamais été question, entre nous, d'autre chose que de plaisir partagé ?

— Je serais un ingrat si je niais avoir passé auprès de vous d'agréables moments.

— Alors pourquoi n'y pas revenir ?...

Insensiblement, elle était venue tout près de lui, l'enveloppant de son parfum de rose. Ses lèvres pleines et rouges frémissaient, déjà prêtes à monter vers les siennes mais, avec beaucoup de douceur, il la repoussa.

— Non ! Comment ne comprenez-vous pas que plus rien n'est possible entre nous, même le plaisir ?

Elle ouvrit de grands yeux tellement innocents qu'ils en devenaient une gageure.

— Pourquoi cela ?

— Mais, ma chère, parce que l'arrêt de mort de nos agréables relations a été signé, dans ma chair, par les épées et les poignards des assassins aux gages de votre royal amant. À vous entendre, cependant, vous aviez obtenu de lui qu'il consente à m'oublier un peu ? Or, la preuve de cet oubli est encore assez cuisante en moi... du moins les jours de pluie !

— Il fait un temps idéal. Et puis, ce n'est pas lui ! Ce ne peut pas être lui ! Les assassins étaient à la solde du duc de Chartres et leur chef...

— Je sais qui était leur chef. Le duc de Chartres aussi d'ailleurs. On a simplement trouvé commode d'essayer de lui faire endosser l'affaire afin d'éviter les remous du côté du Roi. Mais le prince m'a donné trop de preuves pour que je puisse croire encore à cette sinistre fable.

— Cependant...

— Vous perdez votre temps et vos paroles, Madame ! C'était bien à Monseigneur de Provence qu'obéissait cette nuit-là le comte d'Antraigues, en même temps qu'à sa propre rancune d'ailleurs, car nous nous haïssons cordialement, Mais vous voyez bien que plus rien n'est désormais possible entre nous...

Les yeux noirs de la comtesse laissèrent échapper un éclair de colère.

— C'est elle, n'est-ce pas ? C'est cette putain d'Hunolstein qui t'a embobiné en te soignant ? Je devine sans peine comment ! Elle est très forte et tu n'as dû éprouver aucune peine à retrouver toute ta vigueur avec elle. Il n'y a pas, dans tout le royaume, de plus chaude garce que...

— Je crois qu'il est grand temps de vous retirer, Madame ! coupa Gilles froidement. Vous devenez vulgaire ! Permettez-moi de vous reconduire jusqu'à votre voiture.

Il alla jusqu'à la porte qu'il ouvrit et maintint ouverte de la main, attendant qu'elle la franchît.

— Réponds-moi d'abord ! cria-t-elle. As-tu couché avec elle ?

— Je n'ai pas remarqué ! Si cela doit vous mettre en repos, sachez que Madame d'Hunolstein m'a seulement montré une affection et un dévouement de sœur. Dévouement et affection que je lui rends avec usure et qui font que je ne tolérerai jamais qu'on l'insulte devant moi ! Une dernière fois, sortez, Madame, si vous ne souhaitez pas que je vous reconduise un peu énergiquement. Et ne vous avisez jamais de revenir ici !

Elle ramassa son voile, le jeta sur son bras d'un

geste désinvolte et marcha jusqu'à la porte. Au seuil, elle s'arrêta et toisa le chevalier.

— C'est bien. Je m'en vais ! Inutile de me reconduire, ce serait grotesque ! Un mot encore cependant : je ne reviendrai jamais dans cette maison, soyez-en persuadé. Mais vous n'en avez pas fini avec moi pour autant, mon bel ami, et nous nous reverrons.

Il s'inclina, ironique, et, désinvolte :

— Quel plaisir ce sera ! Ne vous pressez pas, cependant : ma convalescence est encore trop récente pour me permettre de supporter sans inconvénients les trop grandes joies ! Adieu, Madame...

Resté seul, il alla reprendre le paquet de lettres abandonné sur la table et alla rejoindre, dans la cuisine, Pongo qui, connaissant son maître, était occupé à faire du café suivant la recette précise que lui avait enseignée Niklaus.

— Tiens, lui dit-il, jette cela dans le feu. Il y a des influences qu'il est dangereux de garder dans une maison honnête...

CHAPITRE XV

« ARRÊTEZ MONSIEUR LE CARDINAL !... »

Le lundi 15 août 1785, Versailles s'apprêtait à célébrer tout à la fois la grande fête religieuse de l'Assomption, le renouvellement du vœu du roi Louis XIII dévouant la France à la Vierge Marie et la fête patronale de la Reine. Aussi, dès neuf heures du matin, les Grands Appartements et la Galerie des Glaces furent-ils envahis d'une foule énorme et très brillante qui mêlait la Cour entière, le Corps diplomatique, les habitants de Versailles, les visiteurs venus de Paris et ceux venus de province, voire même de l'étranger. Car, ce jour-là, les portes du palais s'ouvraient, plus largement encore que de coutume, à ceux qui souhaitaient admirer le traditionnel et magnifique cortège qui, tout à l'heure, mènerait à travers les pièces d'apparat et jusqu'à la Chapelle la famille royale au grand complet pour entendre la grand-messe célébrée traditionnellement par le Grand Aumônier de France.

Par les fenêtres de la Galerie des Glaces, largement ouvertes sur la longue perspective bleue du Grand Canal, sur les parterres fleuris et sur la féerie étincelante des jets d'eau qui faisaient retomber leurs immenses plumes irisées sur les bassins où se reflétait le ciel indigo, le joyeux soleil d'été glorifiait l'or des boiseries et des bronzes, des torchères et des meubles, l'éclat limpide des hautes glaces et les chamarrures de toute cette foule en habit de fête qui s'entassait tout au long du chemin gardé libre pour le cortège par le cordon bleu et rouge des soldats de la Maison du Roi : Gardes du Corps, Cent-Suisses, Gardes de la Porte ou de la Prévôté, tous les régiments chargés de la protection des souverains s'échelonnaient entre les portes des Appartements Royaux et la Chapelle.

Planant sur tout cela le brouhaha des conversations et le battement scintillant des éventails faisaient ressembler plus que jamais le palais à une immense volière parfumée par la poudre des chevelures et les eaux de senteur dont était inondée cette foule élégante.

Débout dans le salon de l'Œil-de-Bœuf qui servait d'antichambre au Roi et où se groupaient lentement les ministres et les chefs des plus hautes maisons de la noblesse, Gilles de Tournemine, en grande tenue, assurait la surveillance de la porte des appartements de Louis XVI où deux Gardes de la Porte, habit bleu et rouge et baudrier à damiers blancs et or, montaient une garde rigoureusement immobile et muette. Dans un coin, le beau Calonne, Ministre des Finances, s'entretenait avec Vergennes tandis qu'un peu plus loin, le

Garde des Sceaux Miromesnil avait avec le baron de Breteuil un entretien qui semblait singulièrement passionné.

Tout à coup, l'atmosphère de fête s'alourdit. Ceux qui se trouvaient dans le salon, et Gilles tout le premier, eurent l'impression qu'il se passait quelque chose d'inhabituel. La Reine venait de surgir brusquement de son appartement, traversait l'Œil-de-Bœuf sans un regard pour personne et s'engouffrait dans la Chambre du Roi si rapidement que les valets galopant derrière elle n'eurent même pas le temps d'ouvrir la double porte.

Un murmure de stupeur parcourut l'assistance car le visage de la souveraine, habituellement souriant, avait une expression dure, tendue et montrait des traces de larmes récentes. En outre, si elle était vêtue, avec une extrême élégance, d'un grand habit de soie de Chine lilas jaspé surchargé de dentelles, il était absolument évident qu'elle n'était pas coiffée ! Ses beaux cheveux blond cendré, dépourvus de poudre, retombaient en boucles molles sur ses épaules, négligence qui, chez la coquette souveraine et pour un tel jour, représentait la plus effarante des entorses au protocole.

Les occupants de l'antichambre eurent à peine le temps de commenter l'événement, qu'un huissier de la Chambre apparaissait à son tour, récupérait Breteuil et Miromesnil et les introduisait rapidement chez le Roi.

Winkleried, dont les hommes gardaient les portes de la Reine et qui effectuait une petite tournée d'inspection, rejoignit discrètement son ami.

— Je ne sais pas ce qu'il se passe, chuchota-t-il, mais il y a du drame dans l'air.

— À quel propos, selon toi ? J'avoue ne rien comprendre.

Ulrich-August haussa ses larges épaules aussi dorées qu'un missel.

— Va savoir ! La comtesse de Provence, la comtesse d'Artois et Mesdames Tantes[1] se morfondent dans le Grand Cabinet de la Reine qui n'a pas daigné les recevoir encore et qui vient de sortir de chez elle comme une tempête pour s'engloutir chez le Roi. J'ai entendu des cris indignés, des larmes... Si cela continue le cortège ne partira jamais à l'heure pour la chapelle. Le cardinal risque de faire le pied de grue.

— Cela m'étonnerait, fit Gilles. Le Roi est toujours fort exact.

— Eh bien, il sera en retard aujourd'hui. Tu imagines la Reine assistant à la grand-messe les cheveux dans le dos ? Tiens, d'ailleurs, à propos du cardinal, le voilà ! Flanqué lui aussi d'un huissier de la Chambre. Qu'est-ce que tout cela veut dire ? Madame l'Étiquette ne s'en remettra pas ! ajouta-t-il avec un coup d'œil vers la sévère duchesse de Noailles, jadis affublée de ce sobriquet par la Dauphine et qui avait suivi, d'un face-à-main offusqué, l'irruption fort peu protocolaire de Marie-Antoinette.

Le cardinal de Rohan venait en effet de pénétrer dans l'antichambre en grand costume pontifical. La traîne de faille rouge de sa simarre allongeait derrière lui une langue de feu. Les pierreries de sa

1. Madame Adélaïde et Madame Victoire, filles de Louis XV qui vivaient habituellement dans leur château de Bellevue où elles cultivaient les fleurs, les livres, la cuisine, l'horlogerie et le cor de chasse!

croix du Saint-Esprit et celles des bagues qui couvraient ses gants de pourpre renvoyaient en éclairs les rayons du soleil parmi les dentelles sans prix de son rochet. Il tenait d'une main un grand bonnet carré en velours rouge et offrait machinalement l'autre aux lèvres des nobles fidèles. Son visage rayonnait. Jamais il n'avait été aussi splendide et, à lui tout seul, il accaparait la lumière...

Tout cela disparut à son tour dans la Chambre du Roi dont les portes se refermèrent. Une nouvelle attente commença. Une attente qui allait durer une heure portant à son paroxysme la curiosité des courtisans. La célèbre antichambre où avaient pris naissance la plupart des potins de Versailles depuis sa construction, frémissait comme une eau sur le point de bouillir. Les regards allaient sans cesse de la grande pendule d'or moulu posée sur la cheminée à la double porte close de la Chambre. Quelque chose allait se passer certainement. Tout le monde le sentait mais personne ne pouvait dire quoi...

Et soudain Tournemine comprit. Il venait d'apercevoir, se glissant à travers les rangs des courtisans, les silhouettes apeurées des joailliers de la Couronne, Boehmer et Bassange, qui sortaient de chez la Reine. Avec leurs yeux effarés et leurs vêtements sombres, ils ressemblaient à des rats fuyant une demeure condamnée. Boehmer pleurait et Gilles l'entendit murmurer :

— Nous sommes ruinés... nous sommes ruinés.

Ainsi, la catastrophe à laquelle ne croyait pas Cagliostro s'était produite. La Reine, de toute évidence, venait d'apprendre la vérité sur le collier. Cela expliquait son agitation, son désordre mais...

Brusquement, la porte du Roi venait de s'ouvrir

à deux battants. Pas pour le cortège mais pour le cardinal seul. Un murmure d'étonnement salua son apparition : il était plus blanc que ses dentelles et son regard halluciné était celui d'un homme frappé à mort. Derrière lui venait le baron de Breteuil qui retenait avec peine, très visiblement, les éclats d'une joie sauvage.

La porte franchie, celui-ci vint près du cardinal et, côte à côte, ils firent quelques pas comme s'ils continuaient une conversation. Puis, comme ils approchaient de la porte de la Galerie des Glaces, Gilles entendit le cardinal murmurer :

— Nous ne pouvons pas rester là. Ne pouvez-vous pas me garder en nous promenant ?...

En même temps, il pénétrait dans la Galerie et s'avançait au milieu de la double et épaisse haie des courtisans. À cet instant précis, le regard de Gilles croisa celui de Breteuil... et ce fut le drame.

D'une voix de stentor qui roula jusqu'au salon de la Guerre par-dessus les têtes déjà inclinées, le Ministre de la Maison du Roi cria, s'adressant au jeune officier :

— Par ordre du Roi : arrêtez Monsieur le Cardinal de Rohan !

En s'abattant sur lui, la fabuleuse voûte du plafond n'aurait pas assommé davantage le jeune homme qui, abasourdi, regarda Breteuil comme s'il devenait fou.

— Obéissez ! siffla Breteuil entre ses dents. Assurez-vous de lui et conduisez-le à son appartement !...

Foudroyé par l'ordre, le cardinal s'était arrêté, si droit au milieu du silence terrifié de la foule que Gilles se surprit à penser qu'il était changé en statue. Mais il fallait obéir.

— Gardes ! appela-t-il d'une voix tellement enrouée qu'il ne la reconnut pas. Entourez Monsieur le Cardinal !...

À cet instant arriva le duc de Villeroi, capitaine par quartier des Gardes du Corps à qui le Roi venait de donner, lui-même, l'ordre de s'assurer de la personne du prélat. Il informa le prisonnier de ce que son devoir l'obligeait à l'escorter jusqu'à l'appartement de fonction qu'il occupait au palais, près de la Chapelle, et à y saisir tous les papiers qui s'y trouveraient.

Encadré par les Gardes avec Villeroi à son côté et Tournemine derrière lui, le cardinal-prince de Rohan parcourut d'un pas calme l'admirable galerie éblouissante sous sa parure de fête, puis les Grands Appartements : salons de la Guerre, d'Apollon, de Mercure, de Mars, de Diane, de Vénus, de l'Abondance, d'Hercule...

Révolté, car tout en lui, son orgueil de Breton comme son respect de l'Église, protestait contre une arrestation qu'il savait injuste et qui servait seulement une vengeance privée, le chevalier de Tournemine suivit la haute silhouette pourpre et blanc, passant lentement comme le fantôme d'une gloire déjà mourante à travers le noble décor peuplé de merveilles amassées par trois rois.

En abordant le salon d'Hercule, le cardinal s'arrêta un bref instant, parut se courber. Gilles put voir qu'il écrivait quelques mots sur un papier dissimulé au fond de son bonnet et bien entendu ne dit rien. Villeroi, occupé à donner ordre à l'aide-major-comte d'Agout de faire venir le carrosse du prélat et de se préparer à l'accompagner à Paris, n'avait rien remarqué. Quant à Breteuil, après avoir visiblement joui de son triomphe durant la traversée de la galerie, il avait disparu.

La nouvelle avait traversé le palais à la vitesse d'une traînée de poudre. En arrivant à la porte de son appartement, le cardinal trouva son valet de chambre en larmes qui l'attendait et se jeta à ses genoux pour baiser sa main. Rohan se pencha vers lui pour le relever, mais le petit papier passa d'une main dans l'autre tandis qu'il murmurait à l'oreille de son serviteur :

— Ce mot à l'abbé Georgel ! Vite !...

Redressé et les yeux soudain séchés, le valet s'éclipsa sans que personne d'ailleurs songeât à l'arrêter, tandis que le cardinal pénétrait dans son appartement pour y prendre un habit plus conforme à son nouvel état de prisonnier. Il passa dans sa chambre et fit signe au chevalier de le suivre tandis que Villeroi commençait à rassembler les papiers disposés sur la table du cabinet de travail.

— Venez avec moi, Monsieur, dit-il avec hauteur. Je suis votre prisonnier et vous devez, j'imagine, me garder à vue !

— Escortez Monsieur le cardinal ! ordonna le capitaine qui avait entendu. Tant que vous ne l'aurez pas remis à Monsieur d'Agout, vous ne devez pas le quitter.

Gilles s'inclina et pénétra dans la chambre à la suite du prélat qui, à peine la porte refermée, se tourna vers lui.

— Vous êtes breton et je suis Rohan, Monsieur de Tournemine. Puis-je me fier à votre honneur ?

— Oui, Votre Éminence... pour tout ce qui n'est pas contraire à la fidélité que je dois au Roi !

— Cela va sans dire. Si j'eusse atteint les sommets que l'on m'avait laissé espérer, je vous eusse accordé toute ma protection. C'était un rêve fou, je le sais bien, et je me vois aussi contraint d'y renoncer. Néanmoins, voulez-vous bien faire à un malheureux prisonnier d'État l'aumône d'un service ?

— De tout mon cœur ! s'écria le jeune homme avec une ardeur dont il ne fut pas le maître. La noblesse et la grandeur avec lesquelles cet homme, élevé si haut par sa naissance, supportait la catastrophe qui venait de s'abattre sur sa tête forçait son admiration.

Vivement, alors, le cardinal ouvrit sa simarre, sa chemise et prit, à son cou, un petit sachet de soie rouge brodé des huit mascles d'or qui constituaient les armes de sa famille. Une chaîne d'or fin le soutenait. Il la fit passer par-dessus sa tête et mit le tout dans la main du jeune homme.

— Il y a là une lettre... et un portrait. Brûlez la lettre, mais gardez le portrait. Si je recouvre un jour la liberté, vous me le rendrez car il sera ma consolation. Si je meurs en prison, gardez-le comme un témoignage de l'amitié que je n'aurai pas eu le temps de vous donner.

Avec respect, Gilles baisa le sachet, geste qui fit monter des larmes aux yeux du cardinal, puis le mit dans la poche intérieure de sa veste.

— Je le rendrai un jour à Votre Éminence, affirma-t-il tout en l'aidant à se débarrasser de ses moires rouges au profit d'un habit noir infiniment plus simple. Il n'y a aucune raison pour que le Roi vous tienne en prison jusqu'à la fin de vos jours.

Avec un sourire amer, le cardinal, qui achevait de nouer son jabot, se tourna vers le jeune homme.

— Savez-vous de quoi l'on m'accuse, chevalier ?

— D'avoir déplu au Roi... ou à la Reine, je pense !

— Si ce n'était que cela ! On m'accuse d'avoir volé un collier de diamants... un collier que la Reine elle-même m'avait chargé d'acheter pour elle !

La protestation jaillit des lèvres de Gilles avant même qu'il ait eu le temps d'y penser.

— Mais ce n'est pas vous qui l'avez volé ! C'est Mme de La Motte !...

Le cardinal le regarda avec une sincère stupeur.

— Pensez-vous réellement ce que vous dites ? Cette femme si charmante, cette amie si parfaite...

— Est la pire des rouées ! Sur mon honneur, je pense chacun des mots que je dis... et Cagliostro les pense encore plus que moi !

Il y eut un silence.

— Cagliostro ! soupira Rohan... pourquoi ne l'ai-je pas écouté ! Tant de fois il a essayé de me mettre en garde ! Lui aussi joue un jeu étrange, mais je crois qu'il m'aime bien !

Le duc de Villeroi, en entrant dans la chambre, mit fin à l'entretien. Il eut un geste d'approbation en constatant que le prisonnier était prêt et salua.

— Avec votre permission, Monseigneur, nous allons partir.

— Où me conduisez-vous ?

— Chez vous, à l'hôtel de Rohan-Strasbourg d'abord... puis à la Bastille !

— Ah !...

Traçant vivement le signe de la bénédiction sur le front du chevalier qui s'agenouilla, il quitta enfin l'appartement où il ne devait jamais revenir...

Dans le joyeux ruissellement de cette belle journée de l'Assomption, Gilles regarda s'éloigner, environné d'un escadron de Gardes de la Prévôté à cheval, le carrosse qui emportait le Grand Aumônier de France vers une prison d'État... Il était midi.

Rentré chez lui, il fit allumer du feu par Pongo dans la cheminée de sa bibliothèque puis lui demanda de le laisser seul. Alors, il tira de son habit le sachet de soie rouge, l'ouvrit et en tira effectivement deux objets : un petit billet au parfum fané, au papier vieilli, à l'écriture maladroite et décolorée qu'il jeta dans les flammes sans autoriser son regard à s'attarder même sur un mot de la suscription et un petit portrait serti dans un cadre d'or et de saphirs. Et ce portrait c'était naturellement celui de la Reine...

Pourtant, le sourire espiègle que le peintre avait si bien reproduit sur l'étroite plaquette d'ivoire n'était plus celui de la femme épanouie, courroucée et vengeresse qu'il avait vue tout à l'heure s'engouffrer dans le Cabinet du Roi. C'était celui d'une très jeune fille blonde et ravissante, d'une Marie-Antoinette de quinze ans. C'était celui de la Dauphine dans tout l'éclat de sa fraîcheur, au temps où il n'était pas un Français qui ne fût amoureux d'elle.

Il le garda longtemps au creux de sa main, regardant d'un œil vague bondir les flammes qui, depuis longtemps, avaient dévoré le mince billet. Il éprouvait une pitié profonde pour l'homme qui, durant des années peut-être, avait gardé ces reliques sur son cœur. Qui pouvait dire depuis combien de temps Louis de Rohan aimait celle qui était devenue l'épouse de son Roi ? Qui pouvait dire si ce grand désir qu'il avait de devenir Premier ministre n'était pas dicté par le besoin impérieux de se rapprocher d'elle et si, à tout prendre, ce n'était pas encore de l'amour ? L'aventure fabuleuse d'un Mazarin avait de quoi faire rêver même un moindre personnage qu'un Rohan !

Finalement, Gilles enferma la miniature dans un petit coffret qui se trouvait dans le tiroir de sa table à écrire et s'en alla retrouver Ulrich-August dont il entendait la voix de basse-taille rugir dans le salon.

— Je t'invite à souper au Juste ! déclara le Suisse. Arrêter un prince de l'Église en plein Versailles, c'est un événement qui compte dans la vie d'un homme ! Te voilà historique. Il faut arroser cela !

— Arroser cela ? fit Gilles scandalisé. Tu as de ces mots ! Mais, mon pauvre ami, c'est une épouvantable catastrophe que cette arrestation à grand fracas. Et il paraît que c'est la Reine, poussée par Breteuil et par son confesseur l'abbé de Vermond, qui l'a exigée du Roi. Elle doit être folle pour n'avoir pas mieux mesuré quelles désastreuses conséquences cela pouvait avoir dans le peuple quand on a sa réputation. Tu imagines le bruit que cela va faire à Paris ? Les pamphlétaires vont s'amuser...

— Nous aussi ! riposta Winkleried épanoui. La chasse au pamphlétaire est mon « sport » favori. Parle-moi d'un vilain petit pamphlétaire à la broche, c'est immangeable mais c'est excessivement réjouissant pour l'œil ! Viens-tu souper, oui ou non ?

— Je n'ai jamais dit que j'avais l'intention de me laisser mourir de faim ! fit Gilles en riant. Bien sûr je viens ! Ne serait-ce que pour entendre ce qu'on raconte au Juste ce soir. Après l'Œil-de-Bœuf, c'est la meilleure boîte à cancans de Versailles !

— Eh bien voilà ! conclut Ulrich-August. Tu as compris !...

À vrai dire c'était plus à un chaudron de sorcière qu'à une simple potinière que ressemblait ce soir-là la célèbre salle à manger. Le silence terrifié qui avait plané sur le palais au moment de l'arrestation avait éclaté dès le cardinal disparu en un brouhaha indescriptible que seul le passage, plus que tardif, du fameux cortège royal avait réussi à éteindre momentanément. Encore le visage fermé de la Reine, ceux effarés de ses belles-sœurs et de ses tantes avaient-ils eu de quoi alimenter les hypothèses et les suppositions car, dix minutes après la messe, le bruit du scandale prenait possession de Versailles et, deux heures après, pareil à une vilaine inondation, il envahissait Paris où il déchaîna de nauséabonds remous.

Lorsque parut, quarante-huit heures plus tard, la *Gazette de France* qui était l'organe officiel de la Cour, on s'en arracha les feuilles dans l'espoir d'y découvrir d'autres détails sur ce que l'on appelait déjà « L'Affaire » mais les espoirs furent déçus. Prise d'une tardive sagesse, la Cour n'avait fait paraître qu'un communiqué fort anodin :

« Le 15, Fête de l'Assomption de la Vierge, Leurs Majestés et la Famille Royale assistèrent dans la chapelle du château à la grand-messe célébrée par l'évêque de Digne et chantée par la musique du Roi. La comtesse de Sérent fit la quête.

Dans l'après-midi le Roi, accompagné de la famille royale, se rendit à la chapelle et assista à la procession qui a lieu tous les ans pour l'accomplissement du vœu de Louis XIII... »

Rien de plus. Du drame de la Galerie des Glaces, pas un mot C'était une erreur car, faute d'aliment, les imaginations s'en donnèrent à cœur joie et aussi les pires suppositions dont la plus courante fut que la Reine avait fait voler le collier de ses joailliers par le cardinal de Rohan qui était son amant. Une légende qui allait avoir la vie dure. En n'écoutant que sa colère et ses mauvais conseillers la Reine était en train de faire lever, des bas-fonds du royaume, une vague immonde dont elle ne soupçonnait pas encore la puanteur.

En attendant, on continuait à Versailles à accumuler les sottises. Ainsi, tandis que Marie-Antoinette, pressée d'effacer de son esprit les traces de sa colère, courait s'enfermer dans son cher Trianon pour y reprendre les répétitions du *Barbier de Séville* sans se rendre compte que ce n'était guère l'instant d'y jouer le rôle de la piquante Rosine : « ... la plus jolie petite mignonne, douce, tendre, accorte et fraîche, agaçant l'appétit... », ces ordres d'arrestation ne partaient vers les vrais coupables qu'avec une sage lenteur et une étrange discrimination. Il est vrai qu'un sérieux flottement régnait alors à la Lieutenance Générale de Police où, comme par hasard, le consciencieux et habile Lenoir avait été remplacé, quatre jours avant le scandale de Versailles et à l'instigation du comte de Provence, par l'incapable Thierry de Crosne. On l'avait envoyé exercer ses talents sur les services sans danger de la Bibliothèque Royale !...

Aussi fut-ce seulement trois jours après le cardinal que Jeanne de La Motte fut arrêtée à Bar-sur-Aube, alors qu'elle revenait d'une fête donnée à Châteauvillain par le duc de Penthièvre. Encore fut-elle arrêtée seule et laissa-t-on à son époux toute latitude de conserver ses bijoux et de prendre paisiblement le chemin de l'Angleterre. Le secrétaire-dandy avait disparu lui aussi. De toute évidence le baron de Breteuil se donnait un mal affreux pour que le pauvre cardinal demeurât seul coupable...

Au soir du 23 août, alors que Gilles et Ulrich-August, installés devant la fenêtre de la bibliothèque, ouverte sur la fraîcheur du jardin, s'affrontaient en une partie d'échecs aussi acharnée que silencieuse et que Mlle Marjon, assise dans un grand fauteuil d'osier, sa chatte Bégonia sur les genoux et son chien Brutus, un énorme bouvier des Flandres, couché à ses pieds, prenait le frais sous le seringa du jardin en attendant l'heure d'aller au lit, la cloche de la porte se fit entendre. Berthe, la servante, étant allée se coucher, ce fut la vieille demoiselle qui alla ouvrir...

Dans la lumière de la chandelle qu'elle avait prise dans le vestibule, elle découvrit un jeune visage noyé de larmes dans l'encadrement d'un grand capuchon brun.

— Est-ce bien ici que loge le chevalier de Tournemine ? balbutia la nouvelle venue d'un air si égaré que Mlle Marjon se demanda si ce n'était pas une pauvre démente échappée de l'asile.

— C'est bien ici mais...

Elle eut tout juste le temps de se rejeter en arrière pour ne pas être précipitée à terre. Avec un gémissement inarticulé, la jeune folle – ou ce qu'elle croyait bien en être une – s'élança dans le jardin en appelant Gilles d'une voix déchirante.

Les pièces de l'échiquier roulèrent à terre cependant que le jeune homme se jetait à la fenêtre, n'osant croire à ce qu'il entendait.

— Judith ! cria-t-il... Mon Dieu !...

Il était déjà dans l'escalier qu'il dégringola quatre à quatre. L'instant suivant il recevait dans les bras une Judith sanglotante et désespérée qui s'accrochait à son cou avec des gestes d'aveugle. Il la serra contre lui.

— Mon cœur !... Ma douce ! Que t'est-il arrivé ?... Qui t'a fait du mal ?

Il ne reçut pas de réponse. Avec un petit soupir de délivrance, la jeune fille venait de s'évanouir. Vivement, il l'enleva de terre, l'emporta en haut de l'escalier où il trouva Winkleried et Pongo qui accouraient.

— Qu'est-ce qu'elle a ? demanda le premier. Elle n'est pas blessée ?

— Je ne crois pas... Je vais la mettre sur mon lit. Pongo, cours demander à Mlle Marjon des sels, un cordial, quelque chose !

— Inutile de vous déranger, cria la vieille demoiselle dans les profondeurs de l'escalier. J'arrive ! Je vous apporte tout cela !...

Elle apparut quelques instants plus tard armée de flacons variés. Avec d'infinies précautions, Gilles avait étendu la jeune fille et l'avait débarrassée de sa grande mante sombre. Elle portait en dessous une simple robe de percale blanche à pois verts et un fichu de mousseline noué sur sa poitrine. La robe était tachée, maculée de poussière et portait des accrocs. L'une des mains où apparaissaient des traces de sang était entourée d'un mouchoir. Les cheveux défaits, encore humides de sueur, pendaient sur ses épaules.

— On dirait qu'elle a été prise dans une émeute ! remarqua Ulrich-August. Pauvre petite ! quand je l'ai vue courir dans le jardin, elle avait l'air d'un oiseau épouvanté.

— Si vous vous écartiez ? fit sévèrement Mlle Marjon, je pourrais peut-être la soigner. Ce n'est l'affaire ni d'un Garde du Corps ni d'un Suisse de délacer le corset d'une fille !...

— C'est encore une idée toute faite, marmotta Winkleried. Moi, je fais ça très bien !

— Oui ? eh bien, allez donc voir dehors si j'y suis, Don Juan !

Et prenant le jeune homme par le bras elle le poussa dehors sans cérémonie après quoi elle toisa Gilles d'un œil dubitatif.

— C'est une de vos parentes ?

— C'est ma fiancée !

— Compliments ! Elle doit être d'une grande beauté quand elle est propre ! Mais, dans ce cas, vous pouvez rester.

Rapidement, elle ouvrit la robe dont le corps baleiné gênait la respiration de la jeune fille, bassina ses tempes avec un vinaigre aromatique et lui passa doucement sous les narines un flacon de sels d'ammoniaque dont l'effet se révéla foudroyant. Judith éternua violemment, ouvrit de grands yeux effrayés qui se remplirent instantanément de larmes puis, apercevant Gilles, tendit les bras vers lui.

— Tu es là... enfin ! hoqueta-t-elle. Ne me... quitte pas !

Et elle se remit à sangloter de plus belle. Alors il vint s'asseoir au bord du lit, prit les deux mains qu'elle tendait, les réunit dans les siennes et les baisa doucement.

— Calme-toi, ma chérie ! fit-il navré de ce chagrin qui ne voulait pas finir. Tu es en sûreté ici ! Personne ne te fera de mal. Il n'y a que des amis, et moi je ne te quitterai plus !

— B... bien vrai ?... Tu... pro... promets ?

Elle avait du mal à reprendre sa respiration.

— Tenez, faites-lui boire cela, dit Mlle Marjon qui était allée verser dans un verre le contenu de l'un de ses nombreux flacons. Cela lui fera du bien.

Il la soutint pendant qu'elle buvait, éprouvant une absurde émotion à la voir tremper ses lèvres roses dans le liquide doré. Presque autant qu'elle il aurait eu besoin d'un cordial car, à cette minute, son amour pour elle l'oppressait. Puis, comme calmée, elle se laissait aller avec un soupir parmi les oreillers, il se rassit sur le bord du lit et reprit sa main, s'efforçant sagement de ne pas s'apercevoir du ravissant désordre que présentait sa robe ouverte sur une lingerie trop fine pour n'être pas transparente.

— Si tu te sens mieux, dit-il doucement, veux-tu me dire ce qui t'est arrivé... ou bien préfères-tu dormir un peu avant ?

Elle lui offrit un sourire encore tremblant.

— Non... je vais te dire ! Mon Dieu... je dois avoir l'air d'une folle !... mais j'ai vécu une si terrible journée ! Pardonnez-moi, Madame, ajouta-t-elle en tournant sa tête vers Mlle Marjon. J'ai dû vous bousculer... mais je ne savais plus ce que je faisais. J'étais... désemparée !

— C'était l'évidence même, ma pauvre enfant ! dit Mlle Marjon avec un bon sourire, et personne ne songe à vous en vouloir. À présent, il faut vous détendre. Vous êtes en sûreté ici. Je vais vous laisser tous les deux et redescendre chez moi. Voulez-vous qu'on lui prépare une chambre ? demanda-t-elle à Gilles. En ce cas je reviendrai la chercher tout à l'heure.

Mais ce fut Judith qui se chargea de la réponse. Son regard sombre s'emplit d'angoisse tandis qu'elle se cramponnait aux mains du jeune homme en protestant :

— Non... non, je vous en prie ! Je ne veux pas aller ailleurs qu'ici ! Je ne veux pas me séparer de lui !

Pour la calmer, Gilles se pencha sur elle et l'embrassa doucement sur la joue.

— N'aie pas peur, je suis là ! (Puis, se tournant vers la vieille demoiselle :) Pour cette nuit, elle dormira dans ce lit, chère Mademoiselle. Le canapé du salon sera très suffisant pour moi.

— Comme vous voudrez. Mais si vous avez besoin de quoi que ce soit, appelez-moi !

Laissant les deux jeunes gens tête à tête, elle quitta la pièce sur la pointe des pieds et ce fut seulement la porte refermée qu'elle se permit un sourire plein de malice.

— Pas folle, cette petite, marmotta-t-elle. À son âge moi aussi j'aurais préféré le lit d'un beau garçon à celui d'une vieille bique ! Et je crois bien que ce diable de chevalier est encore plus séduisant que le feu roi Louis !...

Avant de descendre, elle écouta un instant à la porte et n'entendit rien... pour l'excellente raison que, demeurés enfin seuls, les deux jeunes gens n'avaient pu résister plus longtemps à l'élan de leur amour : ils s'embrassaient passionnément.

Ce fut seulement quand ils se séparèrent que Judith, bien calée dans les bras de Gilles, consentit enfin à lui faire le récit de ce qui s'était passé et qui tenait en peu de mots : le matin même, à sept heures, le Procureur Chesnon, accompagné de l'Inspecteur de police de Brugnières et d'une troupe armée, avait fait irruption dans l'hôtel de Cagliostro. Surpris encore au lit, Cagliostro et sa femme avaient été arrêtés mais, tandis qu'un premier piquet emmenait aussitôt le médecin, lui laissant tout juste le temps de s'habiller, Sérafina, par égard pour son sexe, reçut permission non seulement de faire sa toilette, de rassembler quelques effets qui pourraient lui servir en prison mais encore de réunir ses valeurs dans un portefeuille, ses bijoux dans une cassette, sur lesquels le procureur, débordant d'une galanterie visiblement émoustillée par la beauté de cette femme, apposa un large cachet de cire. Après quoi, il l'engagea à fermer à clef les portes de son appartement privé et à mettre la clef dans sa poche au lieu de la remettre à sa femme de chambre comme elle en avait eu l'idée tout d'abord. Les domestiques restés dans les autres parties de l'hôtel reçurent l'ordre de calfeutrer les fenêtres et de s'en aller tandis que deux argousins veilleraient à la porte cochère jusqu'à nouvel ordre.

— Ainsi, fit Gilles songeur, Cagliostro est arrêté ? Sous quelle inculpation, le sais-tu ?

— Le procureur l'a dit. Cette La Motte, cette affreuse femme qui voulait être mon amie, l'a dénoncé comme complice du cardinal de Rohan dans le vol du collier ! Quelle infamie ! Il faut que cette femme soit le Diable en personne ! Pauvre comte Alexandre !... Il est si bon, si...

— Mais au fait, et toi, où étais-tu ? coupa Gilles que ce début de panégyrique n'enchantait qu'à demi. Du côté où étaient les domestiques ?

— Non. Ma chambre n'était séparée de celle du comte et de la comtesse que par un petit couloir obscur pris dans l'épaisseur d'un mur. On n'en pouvait sortir que par leur chambre. Le Maître voulait que je sois toujours sous sa garde...

— Sous sa surveillance serait plus juste, non ? Qu'était-il pour toi, au juste ?

— Un père ! fit Judith sévèrement. Il m'aimait beaucoup, il avait peur pour moi d'une foule de dangers.

— Mais enfin, la comtesse t'a tout de même fait sortir avant de fermer à clef ?

La jeune fille hocha la tête négativement.

— Devant lui, elle me montrait toujours beaucoup d'amitié, d'affection même... mais je savais bien qu'elle me détestait ! Elle a dû être enchantée de me jouer un mauvais tour... à moins qu'elle ne m'ait oubliée, tout simplement. J'avoue qu'il y avait tout de même un peu de quoi !

— Mais toi, pourquoi n'es-tu pas sortie puisque tu entendais tout ? Pourquoi ne t'es-tu pas montrée ? Tu pouvais te faire passer pour l'une des chambrières et partir tranquillement avec les domestiques.

— Non. C'était impossible. Si je m'étais montrée, j'étais perdue...

Elle se serra plus étroitement contre le jeune homme, posa son front contre son cou et, tout à coup, il sentit qu'elle tremblait.

— Mais... tu as encore peur, tu meurs de peur ! murmura-t-il navré en couvrant de baisers le petit visage où les larmes s'étaient mises à couler de nouveau. Et tu pleures !... Mon Dieu, qu'est-ce que je peux faire ?...

— Rien, rien, mon amour ! mais il faut que tu saches : du couloir de ma chambre non seulement je pouvais entendre mais je pouvais entrevoir les gens qui étaient avec la comtesse. Il y avait là un homme... un exempt de police qui ne me connaissait que trop et dont la vue m'a fait défaillir un moment !

— Un exempt de police ? Comment peux-tu connaître ces gens-là ? Qui était-ce ?

— C'était mon frère !

— Ton...

— Oui. C'était Morvan...

Un instant, ils gardèrent le silence cependant que se levait, au fond de la mémoire de Gilles, avec une âcre bouffée de haine, la silhouette brutale du plus jeune des Saint-Mélaine. Ainsi, l'homme qu'il s'était donné à tâche de retrouver et d'envoyer en enfer rejoindre Tudal son aîné était à Paris ? Il l'avait peut-être côtoyé dans la foule sans le reconnaître...

Sentant que Judith tremblait encore, il caressa doucement sa tête puis, obligeant sa voix à demeurer parfaitement calme :

— Eh bien, disons que c'est une bonne nouvelle ! Puisqu'il appartient à la Police je n'aurai guère de peine à le retrouver.

— Que veux-tu faire ?

— Rien de plus simple : le tuer ! Tant qu'il vivra, tu ne connaîtras pas la paix et je ne veux plus te voir ces yeux de biche épouvantée. Je t'aime, Judith. Tu es toute ma vie et je veux être toute la tienne ! Il n'y a pas de place entre nous pour un misérable comme Morvan... Oublie-le un instant en attendant de l'oublier tout à fait et raconte-moi la fin de ton histoire. Comment as-tu réussi à sortir de ta souricière ?

— Par le toit !... Il y a au-dessus de la chambre du comte des soupentes, un grenier que l'on peut atteindre par un petit escalier intérieur. Je suis sortie par là et par les gouttières... comme un chat mais un chat qui mourait de peur ! J'ai réussi à gagner le toit de la maison voisine non sans peine. Heureusement que nous sommes en été car il y avait une lucarne ouverte. Je suis passée dans un grenier très encombré et très sale. C'est là que je me suis blessée à la main avec le loquet de la porte. Mais j'ai trouvé l'escalier et j'ai pu enfin arriver dans la rue. Là, tournant le dos au boulevard, j'ai couru, couru jusqu'à ce que je trouve un fiacre qui accepte de me conduire jusqu'à Versailles. Encore m'a-t-il laissée à la grille de la ville car il était pressé de rentrer à Boulogne où il remise. J'ai dû chercher seule cette maudite rue de Noailles et j'ai cru un moment que je n'y arriverais pas, tant j'étais lasse et apeurée. À chaque instant il me semblait que j'allais voir reparaître Morvan...

— Tu ne le reverras plus ! Je ferai ce qu'il faut pour cela. Mais ton fiacre, comment as-tu pu le payer ? Tu avais de l'argent ?

Pour la première fois depuis qu'elle était arrivée, il vit une lueur joyeuse briller dans ses grands yeux. Même elle se mit à rire.

— Eh oui !... Je suis riche, figure-toi ! enfin... assez riche ! Regarde !

Et, se penchant en avant, elle retroussa le bas de sa robe, l'un de ses jupons brodés et découvrit, cousue à celui de forte toile qui donnait l'ampleur à sa jupe, une grande poche de toile dont elle tira une grosse liasse de billets et un petit sac d'or qu'elle jeta sur le lit.

— Qu'est-ce que tout cela ?

— Le contenu du portefeuille de Sérafina. Ce n'est pas solide du tout un cachet de cire rouge, même très gros ! Et cela lui apprendra à m'oublier, volontairement ou non ! Je lui ai laissé ses diamants, c'est déjà bien.

— Eh bien, et ton cher comte Alexandre ? Je croyais que tu l'aimais tant. Cet argent est à lui...

— S'il avait été là il aurait été le premier à me le donner. L'or ne signifie rien du tout pour lui, tu sais ? Il en fabrique !

— Il en fabrique ! fit Gilles éberlué.

— Mais oui. Dans la cave de la maison où il a installé des fourneaux, des cornues, des tas de choses bizarres. Je l'ai vu faire une fois. Oh ! c'était tellement impressionnant ! Voilà pourquoi j'ai pris cet argent sans remords. Oh, Gilles ! je t'ai entendu dire à Cagliostro que tu étais prêt à tout abandonner pour moi, ta carrière, le Roi, Versailles, à m'emmener en Amérique mais, lorsque j'en ai parlé au Maître, il a souri en disant que tu étais sûrement sincère mais que tu étais loin d'avoir assez d'argent. Maintenant nous en avons, quand partons-nous ?

— Bientôt ! J'espérais même que nous pourrions profiter du départ de Benjamin Franklin mais lorsque je suis allé chez lui, il venait de partir pour Brest. Il était trop tard.

— Grâce à cet argent, cela n'a plus d'importance à présent. Nous pourrons partir demain, tout de suite... Nous allons enfin pouvoir être heureux.

Toute sa pétulance retrouvée, elle glissa de ses

bras, sauta à bas du lit et, retenant sa robe dénouée contre sa poitrine, elle virevolta autour du lit avec une légèreté de ballerine. Puis, dans un mouvement plein de grâce, vint s'abattre près de Gilles sur les genoux duquel elle posa sa tête rousse dont les longs cheveux brillants tombèrent jusqu'à terre.

— Allons-nous-en !... enlève-moi, mon beau chevalier, et allons nous aimer au bout du monde ! Je te donnerai des fils aussi vaillants que toi, des filles aussi odieuses que moi... et tant d'amour, tant d'amour ! J'en ai tellement à te donner ! Épouse-moi et partons !

Bouleversé il se pencha sur elle jusqu'à ce que ses lèvres touchent la masse soyeuse de ses cheveux.

— Judith... mon amour, murmura-t-il, songes-tu à ce que tu dis ?...

Il l'entendit rire presque contre sa bouche.

— Bien sûr que j'y songe ! Je suis peut-être stupide, mais je sais ce que c'est que le mariage. Et je veux être ta femme !

— As-tu oublié ce qu'a dit Cagliostro ? Il disait que tu ne devais pas céder à l'amour, que tu étais un être rare et qu'à cause de cela tu devais rester...

Elle se redressa brusquement, dardant sur lui un regard étincelant.

— Vierge ? Je sais. Seulement je ne veux plus ! Quelle sottise que tout cela et pourquoi devrais-je être privée des joies les plus normales qu'une femme puisse connaître ? Cagliostro est en prison, il n'en ressortira peut-être jamais ! Il n'a plus besoin de moi et moi je ne veux plus être une voyante, un être hybride ni tout à fait ceci ni tout à fait cela ! Je ne veux plus être qu'une femme, ta femme ! Je t'aime, Gilles, je t'aime comme la folle que je suis et je veux, tu entends, je veux être à toi, rien qu'à toi et tout entière.

— Tu le veux ? Tu le veux vraiment ? fit-il d'une voix déjà enrouée par le désir.

— Regarde... et juge !

Elle écarta légèrement ses mains qui retenaient sa robe, dégagea ses épaules d'un mouvement souple et se releva lentement tandis qu'en même temps robe et lingerie glissaient de sa gorge, de ses hanches. Comme Vénus sortant de la mer, elle s'érigea tout à coup, aux yeux émerveillés du jeune homme, sur le cercle écumeux de ses jupons. Le reflet tendre des bougies dorait sa chair lisse et ferme comme celle d'un fruit, la sculptait d'ombres si douces et de courbes si lumineuses que le jeune homme se laissa glisser à genoux comme devant une statue divine, prêt à se prosterner, en adoration devant cette enivrante beauté qu'elle lui offrait et qui, parvenue à la perfection, laissait loin derrière elle la petite sirène encore fragile du Blavet...

Mais la déesse voulait être adorée de plus près. Entre ses deux mains, elle saisit la tête du jeune homme, cherchant son regard dans lequel elle enfonça le sien, brûlant à travers les mèches cuivrées de ses cheveux.

— Aime-moi... chuchota-t-elle. Il y a si longtemps que mon corps désire s'ouvrir pour toi... Depuis le premier jour ! Je te détestais mais tu me plaisais tellement ! Si tu avais essayé de me prendre, je crois que je t'aurais laissé faire... quitte à te déchirer le visage ensuite !

De ses deux mains, il entoura la taille, si fine qu'elles en faisaient presque le tour puis, dévotieusement, caressa des lèvres le ventre ferme et la courbe tendre des petits seins parfaits, s'attardant aux délicates pointes roses qu'il sentait frémir et se durcir sous sa caresse... Les yeux fermés, la tête rejetée en arrière, Judith s'abandonnait frissonnante. Il sentait trembler contre lui ses jambes nerveuses.

Alors, brusquement, il se releva, la fit basculer dans ses bras et la reporta sur le lit.

Elle s'y tordit comme une couleuvre d'or, battit l'air de ses bras.

— Viens ! gémit-elle.

— Un moment...

Croyant qu'il allait se dévêtir, elle ouvrit toutes grandes ses larges prunelles pleines de curiosité et d'un vague défi. Mais elle le vit aller jusqu'aux différents chandeliers disposés dans la pièce et en allumer toutes les bougies. Puis, quand ce fut fini, il passa dans le salon, revint avec deux grandes torchères illuminées qu'il disposa de chaque côté du lit, alla chercher encore une paire de girandoles que, faute de place, il mit aussi sur le tapis.

Avec étonnement Judith considéra la chambre illuminée plus étincelante qu'un salon de Versailles un soir de fête.

— Que fais-tu donc ? souffla-t-elle.

— Je veux beaucoup de lumière, dit-il tendrement. J'avais rêvé de t'aimer pour la première fois dans le plus beau des rayons de soleil pour qu'il n'y ait aucune ombre sur ta beauté, ni aucune dans tes yeux à l'instant où tu deviendrais mienne. Demain, je t'épouserai devant Dieu mais cette nuit, notre première nuit, je la veux éblouissante et païenne et, parce que tu es ma déesse incomparable, je veux pour toi un autel...

Tout en parlant, il s'était rapidement débarrassé

de ses vêtements. Un instant, dans le brasillement des flammes, il érigea auprès du lit illuminé son grand corps nerveux dont la peau brune modelait la puissante musculature mais montrait, roses et fragiles encore, les déchirures des récentes blessures et les sillons déjà patinés des anciennes ; puis, mettant un genou sur la soie rouge de la courtepointe, il se glissa contre la jeune fille dont les bras tendres se refermèrent étroitement autour de son cou et prit sa bouche tandis que, de sa main libre, il commençait à jouer habilement de ce superbe instrument qu'était le corps tout neuf de cette adorable fille. C'était une joie grisante et nouvelle de le sentir vibrer, se soumettre avec émerveillement. Il avait tout à lui apprendre de l'amour mais elle avait de tout temps été créée pour lui et il sentit que même si, plus tard, la vie quotidienne les opposait parfois dans ces conflits que les couples les plus unis évitent difficilement, il leur suffirait de se rejoindre au creux d'un lit et que leurs corps, du moins, seraient toujours d'accord.

Quand, avec une attentive douceur, il s'enfonça au cœur de sa chair brûlante et douce, elle poussa un petit cri qu'il étouffa sous un baiser puis, immobile en elle, il se redressa sur ses bras tendus afin de contempler ses yeux grands ouverts. Ils étincelaient, à la fois triomphants et noyés de langueur.

Tout bas, il souffla :

— Je t'ai fait mal ?...

Elle eut un sourire éblouissant qui fit briller ses petites dents blanches entre ses lèvres humides.

— Je suis heureuse... Je t'aime !...

— Ma femme !... Ma Judith adorée...

Il s'allongea de nouveau sur elle, l'enveloppa de ses bras pour mieux la souder à lui et, lentement, doucement, il commença sa danse d'amour dans ce corps dont la chair s'adaptait si étroitement à la sienne qu'il ne lui était plus possible de douter qu'elle ne lui ait été destinée depuis la nuit des temps, qu'elle était véritablement l'autre moitié d'une entité plus divine et plus parfaite qu'eux-mêmes et qui était peut-être le véritable amour...

Et le soleil rouge du plaisir à son paroxysme éclata en eux à la même seconde...

CHAPITRE XVI

« JUSQU'À CE QUE LA MORT NOUS SÉPARE... »

Trois jours plus tard, dans la chapelle de la Vierge de la cathédrale Saint-Louis, Gilles de Tournemine épousait Judith de Saint-Mélaine sans le moindre apparat. Il était huit heures du soir. Seuls quelques cierges éclairaient l'église obscure et deux témoins seulement assistaient les jeunes gens : Mlle Marguerite Marjon, admirable dans une robe de soie couleur « jeune puce » et chapeau de dentelles à plumes assorties, et le baron Ulrich-August von Winkleried zu Winkleried dans son uniforme de gala. Quant au public, infiniment plus modeste, il se composait de Pongo, de Niklaus, de Berthe, la bonne de la vieille demoiselle, du jardinier rhumatisant qui, devenu l'intime de Pongo, se considérait comme de la famille, du bedeau de la cathédrale qui était là pour veiller à ce que les cierges ne brûlassent pas plus longtemps que nécessaire et du mendiant attitré de l'église qui, en l'honneur d'un mariage, jugeait utile de faire des heures supplémentaires. On avait vainement cherché à prévenir Barras. Il avait subitement disparu.

Mais les deux fiancés étaient aussi heureux, aussi rayonnants que si leur mariage se déroulait dans la chapelle du château et en présence de toute la Cour. Ils l'étaient même infiniment plus car dans le calme de cette petite nef ils n'avaient à redouter aucune pensée malveillante, aucune jalousie ; seule l'amitié était avec eux.

Vêtue d'une robe de mousseline des Indes blanche, légèrement brodée d'argent, que Mlle Marjon, assumant avec délices le rôle de mère adoptive, avait trouvée chez Mme Eloffe, une excellente couturière parisienne, Judith était belle comme un ange et comme le printemps. Inexplicablement, elle s'était opposée à ce que l'on prévînt la tante qu'elle avait à Paris. De même elle avait refusé, pour sa coiffure et son bouquet, les fleurs d'oranger avec une jolie confusion qui avait fait sourire Mlle Marjon. Un simple piquet de roses pâles retenait le voile qui ennuageait sa tête rousse, exactement semblables à celles qui ornaient son corsage et composaient le bouquet de sa main. Elle était si belle que Gilles, émerveillé, n'arrivait pas à la quitter des yeux.

Et leur bonheur était si évident que le vieux prêtre à la mine renfrognée qui vint vers eux en boitillant flanqué de deux enfants de chœur apathiques ne put s'empêcher de sourire, d'instinct, à ce couple si merveilleusement assorti. Bouche bée, les deux gamins tombèrent dans une telle extase devant la ravissante mariée qu'il fallut les secouer d'importance pour les rappeler à leurs devoirs et commencer le service du mariage.

Comme dans un rêve Gilles prit la main de Judith et, obéissant à l'invitation de l'officiant, répéta, après lui, d'une voix forte, volontaire et qui sonna comme un défi, les paroles du serment :

« Moi, Gilles, je te prends, toi, Judith, pour ma femme et légitime épouse afin de te garder dans ma maison, t'aimer et te chérir dans la joie comme dans la souffrance et jusqu'à ce que la mort nous sépare ! »

Puis ce fut au tour de Judith dont la voix s'éleva, claire et ferme dans le silence :

« Moi, Judith, je te prends, toi, Gilles, pour mon seigneur et légitime époux. Et je demeurerai dans ta maison pour t'aimer, t'obéir et te chérir, dans la joie comme dans la souffrance et jusqu'à ce que la mort nous sépare. »

À la petite main qu'il tenait, le jeune époux passa un anneau d'or semblable à celui que Judith, une seconde après, glissait à son propre doigt tandis que, sur leurs mains unies, le prêtre traçait le signe de bénédiction qui les soudait pour la vie. Ensuite, agenouillés l'un près de l'autre sur des coussins de velours rouge, ils entendirent pieusement une courte messe basse. Enfin, après que Judith eut déposé son bouquet de mariée aux pieds de la Mère de Dieu, ils quittèrent l'église appuyés l'un sur l'autre, emportant leur lumineux bonheur vers la nuit versaillaise tandis que leurs témoins distribuaient au mendiant ravi une large aumône. La vie, une vie toute nouvelle faite d'amour partagé et de travail quotidien, les attendait de l'autre côté de l'Atlantique sur lequel ils avaient décidé de s'embarquer prochainement.

Tendrement, Gilles baisa les doigts de celle qui était désormais sa femme en la faisant monter en voiture.

— Je suis votre serviteur, Madame de Tournemine !...

Elle devint rose de joie.

— C'est vrai ? C'est bien vrai ? Nous sommes mariés ?

— On ne peut mieux mariés. Tu n'as pas remarqué ?

— Pas vraiment... C'était comme un rêve ! Il me semblait planer dans un immense ciel bleu.

Il s'installa auprès d'elle tandis que Mlle Marjon et Ulrich-August prenaient place dans une autre voiture et l'entourant de ses bras, il l'embrassa longuement. Le petit cortège s'ébranla en direction de la rue de Noailles où un souper avait été préparé par les soins attentifs des deux témoins... mais avec le bel égoïsme des amants heureux, le jeune couple voguait déjà bien au-delà de Versailles.

Durant ces trois jours, en effet, Gilles avait entièrement changé sa vie. D'abord il avait obtenu du Roi, amusé de l'ardeur que l'on mettait à les lui demander, un congé sans limite précise et l'autorisation de se marier sans tambour ni trompette.

— Je ne veux pas démissionner, expliqua-t-il à un Winkleried passablement désorienté et malheureux de voir son ami s'éloigner. Je ne peux renier le serment que j'ai fait au Roi et si le malheur voulait qu'il eût un jour besoin de moi, je reviendrais sans hésiter reprendre ma place auprès de lui.

— Autrement dit, s'il n'arrive rien au Roi, on ne te reverra jamais ?

— Pourquoi ne reviendrais-je pas ? Et toi, pourquoi ne me rejoindrais-tu pas ? Je sais, tu as des terres, un château, une fiancée mais, crois-moi, l'Amérique est un pays qui te conviendrait. Il est à tes dimensions et tu pourrais t'y tailler un domaine grand comme la Suisse... ou presque ! Épouse Ursula et venez !

— Ce serait peut-être, au contraire, une excellente occasion de ne pas épouser Ursula... À bien réfléchir, elle n'est pas tellement éblouissante, bougonna Ulrich-August à qui le charme et la beauté de Judith avaient visiblement ouvert de nouveaux horizons.

Grâce au chapelain du palais et à l'évêque de Versailles, le fiancé pressé avait obtenu une dispense pour se marier immédiatement et, à présent que la chose était faite, il n'y avait plus qu'à réaliser le plan si droit, si simple, que lui et Judith avaient tracé pour leur avenir : dans deux jours, ils partiraient pour la Bretagne. Gilles voulait revoir encore une fois La Hunaudaye et le vieux Gauthier. Il voulait revoir aussi les lieux de son enfance et les rives de ce Blavet qui lui avait un soir apporté Judith. Il voulait la présenter à son parrain, l'abbé de Talhouët, qu'il souhaitait embrasser une dernière fois ainsi que sa vieille Rozenn et, peut-être, avant de quitter la France pour bien longtemps, tenter de faire, une bonne fois, sa paix avec sa mère, la Bénédictine de Locmaria. En le retrouvant marié, prêt à fonder une famille honorable, peut-être que la dure Marie-Jeanne céderait enfin et consentirait à éprouver, pour une fois, des sentiments de mère.

Ensuite, ils gagneraient Brest où, avec Pongo et

Merlin, ils chercheraient le navire capable de les porter tous quatre de l'autre côté de l'eau. Judith, pour sa part, n'avait envie de revoir personne si ce n'est, au cimetière d'Hennebont, la tombe où reposait son père et le couvent qui avait abrité son adolescence menacée.

Ce n'était pas sans mal qu'elle avait obtenu de Gilles qu'il abandonnât Morvan à son sort. Non par un reste de convenances familiales : depuis l'atroce épreuve qu'il lui avait imposée, Morvan avait cessé d'être son frère mais parce qu'elle craignait qu'en fouillant le monde louche de la basse police, Gilles ne risquât sa vie plus sûrement que sur le plus sanglant des champs de bataille.

— Et puis, le rechercher prendrait du temps, lui avait-elle dit à l'un de ces moments où aucun homme amoureux ne peut refuser quelque chose à la femme aimée. Il faudrait rester, attendre... Puisque, aussi bien, j'ai survécu, laissons-le vivre de la vie misérable qu'il s'est choisie et partons ! Nous serons tellement mieux vengés...

L'argument était bon. Il avait prévalu. D'ailleurs, le cœur du chevalier était tellement plein d'amour qu'il n'y restait plus pour la haine la moindre place.

Lorsque l'on arriva au pavillon Marjon, fleuri jusqu'au plafond et illuminé par les soins de sa vieille amie, Gilles, qui d'accord avec sa femme avait une requête à présenter, commença par lui demander la permission de l'embrasser. Ce à quoi elle consentit bien volontiers mais en rougissant comme une jeune fille.

— Ceci est d'abord un merci, un grand merci plein d'affection, chère Mademoiselle Marguerite ! Mais c'est aussi une prière.

— Une prière ? Mon Dieu... vous savez bien que je souhaite avant tout vous faire plaisir. Je vous dois tant ! J'étais seule... grâce à vous j'ai retrouvé une famille... Mon seul regret est de la reperdre si vite !...

— Justement ! C'est de cela que nous souhaitons vous parler, Judith et moi, dit-il en attirant à lui sa jeune femme. Vous nous connaissez depuis bien peu de temps, pourtant vous nous avez traités comme si nous étions vos enfants. Eh bien vos enfants veulent vous garder : venez avec nous !

— Oui, appuya la jeune femme, accompagnez-nous.

— Vous accompagner ? Où cela, mon Dieu ? En Bretagne ?

— Non. En Amérique ! C'est un pays magnifique et étonnant. Je suis certain que vous vous y plairez ! Vous y trouverez des dames qui vous conviendront, une société que vous ne soupçonnez pas... et puis nous ! Notre maison sera la vôtre.

— Moi ? en Amérique ? Mon pauvre enfant ! Mais je ne sais pas l'anglais...

— Judith non plus. Vous apprendrez toutes deux.

Elle éclata de rire mais il vit bien qu'elle était tentée.

— Quelle folie ! Vous voulez emmener une vieille fille dans votre belle aventure ? Le bonheur, cela se vit à deux...

— Un bonheur rien qu'à deux est égoïste et ne survit guère. Et vous verrez grandir nos enfants ! dit Judith avec une assurance qui amena des larmes aux yeux de Mlle Marjon. Venez avec nous !... Vous avez tout le temps de faire vos préparatifs tandis que nous serons en Bretagne et vous nous rejoindrez à Brest avec Berthe, Brutus et Bégonia... et même le jardinier car je crois bien qu'il ne voudra jamais se séparer de Pongo !

— Eh bien ! je vous promets d'y réfléchir ! Passons à table à présent ! Je crois, en vérité, que ce jour est le plus beau de toute ma vie ! Dieu ! Quelle merveille !...

Ulrich-August, qui avait tenu à confectionner pour ses amis un magnifique pâté de mariage à la mode de son pays, venait d'apparaître avec son chef-d'œuvre, un vaste tablier blanc étalé sur son gilet brodé d'or et toutes les joies du triomphe peintes sur sa figure quand Berthe accourut :

— Monsieur le Chevalier, il y a en bas un homme qui demande à vous parler d'urgence...

Les rires et les exclamations admiratives s'arrêtèrent net cependant que Judith, instinctivement, se rapprochait de son mari.

— Un homme ? Quel homme ? demanda Gilles.

— Ce doit être un serviteur de la Reine. Il porte sa livrée sous un manteau noir et il y a une voiture de la Cour arrêtée devant la porte.

— C'est bon, j'y vais...

L'homme qui attendait au bas de l'escalier portait en effet la livrée rouge et or commune à tous les serviteurs de Trianon. Son visage d'ailleurs n'était pas inconnu à Gilles qui croyait bien l'avoir aperçu lorsqu'il avait demandé audience à Marie-Antoinette. En apercevant le chevalier, il salua en homme qui connaît son monde, tira un billet soigneusement cacheté du revers de sa manche et le tendit au jeune homme.

— De par la Reine, dit-il seulement.

Tournemine fit rapidement sauter le cachet,

déplia le billet. Il ne contenait qu'une dizaine de mots à peine.

« Suivez cet homme. Venez ! Vous seul pouvez me sauver... »

Le ton était si étrange que le chevalier ne put s'empêcher de demander :

— C'est... Sa Majesté qui vous a remis ce billet ?

— C'est Madame Campan, Monsieur le Chevalier... de la part de Sa Majesté. Elle a beaucoup insisté pour que je fasse diligence.

— Vous avez une voiture ?

— Elle attend devant la porte.

— Je vous suis. Veuillez m'attendre un instant.

Fourrant le billet dans sa poche, il rejoignit hâtivement ses amis, embrassa Judith qui, les yeux déjà pleins d'angoisse, se jetait à son cou.

— Pardonnez-moi !... Il faut que je m'absente un moment !

— Ce soir ?... Alors que vous venez de vous marier ? s'écria Mlle Marjon suffoquée.

— En dehors de vous qui êtes ici réunis, bien peu de personnes savent que je me mariais aujourd'hui. Je ne serai pas long, je pense, mais il faut que je me rende à Trianon. La Reine m'a fait demander.

— La Reine ? Mais pourquoi ? Que te veut-elle ? s'écria Judith, déjà partagée entre les larmes et la colère.

Il caressa sa joue et lui sourit.

— Peu de chose sans doute, mais je ne peux me dispenser d'y aller, mon cœur ! Winkleried te dira qu'une fois, déjà, j'ai été mêlé sans le vouloir à une affaire privée de Sa Majesté, une affaire qui touche à cette affreuse histoire de collier volé.

C'est certainement de cela qu'il s'agit encore. Je dois y aller !

— Enfin, pourquoi toi ? La Reine ne manque pas de serviteurs, que je sache !

— Peut-être parce qu'elle sait qu'elle et le Roi ont en moi un cœur fidèle et dévoué. Ne pleure pas, ma douce, il n'y a aucune raison, car je ne serai pas longtemps absent. Commencez à souper sans moi, ajouta-t-il gaiement... mais ne mangez pas tout le pâté ! Ce serait une trop cruelle punition !

Avec un dernier baiser à sa jeune femme, il prit son chapeau, son épée, tapa dans le dos d'Ulrich-August qui, la mine songeuse, ôtait lentement son tablier et rejoignit le messager de la Reine.

Dans la rue, en effet, une berline de ville semblable à toutes celles des remises royales qui assuraient le service de la Cour attendait, lanternes allumées, marchepied baissé, portière entrouverte. Le messager l'ouvrit largement. Gilles s'élança à l'intérieur.

— Un mot, un cri, un simple soupir et vous êtes mort, Monsieur le Chevalier... articula une voix aimable.

Gilles vit alors, braqué sur lui, un gros pistolet fermement tenu en main par un homme tout vêtu de noir qui se tenait assis au fond de la voiture.

— Qu'est-ce que cela signifie ? Qui êtes-vous ?...

— Asseyez-vous et restez tranquille ! Vous le verrez bien.

Il n'y avait rien d'autre à faire qu'à obéir. Gilles s'assit près de l'homme en noir dont l'arme décrivit un léger arc de cercle pour continuer à viser son cœur. Le messager en livrée monta derrière lui et, brusquement, le jeune homme ne vit plus rien : on venait de lui appliquer un bandeau sur les yeux.

La portière claqua. La voiture s'ébranla en cahotant sur les gros pavés carrés de la rue. Coincé entre ses deux ravisseurs, Gilles s'efforçait de mettre de l'ordre dans ses pensées et surtout de garder son calme.

— Où m'emmenez-vous ? demanda-t-il froidement.

— Nous ne sommes pas autorisés à vous l'apprendre. Mais rassurez-vous, il ne vous sera fait aucun mal. Nous avons ordre de vous traiter avec les plus grands égards.

— Jolis égards ! Vous êtes d'assez impudents coquins pour avoir osé vous servir du nom sacré de Sa Majesté la Reine... et de sa livrée. Car j'imagine qu'elle n'y est pour rien ?

— Absolument pour rien ! ricana l'homme en noir. Mais, si vous le permettez, nous allons prendre une petite précaution supplémentaire. Les égards en souffriront peut-être un peu et vous voudrez bien nous le pardonner mais, voyez-vous, on ne nous a pas dit que vous étiez un gaillard de cette carrure... et un mauvais coup est bien vite arrivé !

En un clin d'œil et avec une vélocité qui dénonçait une longue habitude, les mains du jeune homme furent liées étroitement puis, avec un soupir de soulagement, l'homme reprit sa place et la voiture continua sa route dans le silence.

Dans les débuts du voyage, Gilles s'efforça de suivre, par la pensée, le trajet de l'attelage, mais il acquit bientôt la conviction que l'on tournait en rond afin de brouiller la piste et quand, enfin, les chevaux s'élancèrent le long d'une ligne droite, il ne lui était plus possible de définir dans quelle direction ils se dirigeaient tant on avait décrit de méandres et de détours. Tout ce qu'il put constater c'est que l'on ne roulait plus sur des pavés...

Quand la voiture s'arrêta enfin, après avoir décrit une courbe et cahoté dans un chemin en pente qui devait être détestable tant il secoua les voyageurs, Tournemine avait évalué le trajet à une heure environ. Ses deux gardiens le prirent chacun sous un bras, le firent descendre de voiture et le guidèrent avec des soins attentifs à travers ce qui était peut-être une prairie en pente car il sentit une déclivité et de l'herbe sous ses pieds. L'air nocturne était humide. Un léger bruit d'eau courante se faisait entendre. Une porte grinça sous la main de l'un des gardiens.

— Prenez garde à la marche ! dit-il.

On était à présent dans une maison qui devait être assez vétuste car cela sentait furieusement le moisi et l'atmosphère était celle d'une cave mais Gilles eut l'impression que l'on suivait un couloir dallé. Une porte s'ouvrit, puis une autre et, enfin, après que l'on eut descendu une volée de marches glissantes, un peu de lumière filtra sous le bandeau du prisonnier. Mais on ne le lui enleva pas...

Toujours aveugle, on le conduisit jusqu'à ce qui devait être un lit ou un divan recouvert d'une fourrure sur lequel on le fit étendre non sans s'être assuré que le bandeau tenait bien sur ses yeux et que les entraves de ses mains étaient trop solides pour qu'il pût s'en défaire. Mais quand deux mains immobilisèrent ses jambes pour lier aussi ses pieds il se tordit comme un ver, essayant d'échapper à l'étreinte de ses ravisseurs.

— En voilà assez ! hurla-t-il furieux. Dites une bonne fois ce que vous voulez de moi et finissons-en !...

Mais personne ne lui répondit. Les hommes achevaient leur ouvrage. L'un d'eux glissa un oreiller sous sa tête puis ils parurent s'éloigner car Gilles entendit leurs pieds traîner sur un sol inégal. Pendant un moment il y eut un silence au fond duquel naquit bientôt l'écho d'un autre pas, plus léger, accompagné du frou-frou d'une robe de soie. Un parfum de rose parvint jusqu'aux narines du jeune homme...

— Eh bien, chevalier, fit une voix qu'il n'eut aucune peine à reconnaître, comment vous sentez-vous ? J'espère que mes gens ont été aussi respectueux que je l'avais ordonné et qu'on ne vous a point maltraité ?

— Ainsi, c'était vous ! fit-il avec un soupir excédé. Vous n'imaginez pas, j'espère, que vous avez réussi à me faire peur ?

— Ce n'était pas le but recherché. Je souhaitais seulement vous offrir mes vœux de bonheur, sans témoins, et vous dire combien j'apprécie votre goût. La jeune fille est charmante, absolument ravissante... un peu bécasse peut-être, un peu... paysanne mais charmante ! Il est bien dommage que la nuit de noces soit encore lointaine. La jeune épousée, je le crains, va trouver le temps long. Quant à vous, nous allons faire de notre mieux pour que vous ne souffriez pas trop d'impatience.

— C'est cela que vous avez trouvé ? C'est cela votre vengeance ? M'écarter de ma femme cette nuit ? fit-il méprisant. Je ne vous fais pas mon compliment. Je suis marié, ma chère, et vous n'y pouvez rien. Quant à calmer ce que vous appelez mes impatiences, il n'y faut pas compter. Vous n'avez pas l'intention de me violer, j'imagine ?

Elle eut un rire de gorge en forme de roucoulement qui passa comme une râpe sur les nerfs du jeune homme.

— Cela pourrait être amusant ! D'ailleurs, si je le voulais vraiment... je n'aurais pas besoin de te violer. Je sais si bien comment éveiller ton désir ! Mais, ce soir, je préfère te laisser à tes regrets. Et maintenant, je te souhaite une bonne nuit, mon bel amour, une longue nuit bien reposante.

Elle avait dû faire un signe car Gilles se sentit soudain soulevé par les épaules tandis que l'on approchait un gobelet de ses lèvres. Il serra les dents. Alors, sans la moindre douceur, deux doigts pincèrent son nez et, bon gré mal gré, il lui fallut bien ouvrir la bouche dans laquelle on fit couler une liqueur sucrée de goût agréable d'ailleurs qu'il avala mécaniquement. Ce n'était certainement pas du poison ainsi qu'il l'avait imaginé tout d'abord. Puis on le reposa sur son lit.

— Il était bien inutile de te défendre, dit Mme de Balbi en riant. Je n'ai pas du tout l'intention de t'empoisonner. D'abord ce n'est pas du tout mon style et, ensuite, ne t'ai-je pas dit que nous ne nous séparerions définitivement que lorsque je n'aurais plus de goût pour toi ? Ce temps n'est pas encore venu... Tu vas dormir à présent. Demain tu auras encore un peu de cette délicieuse liqueur, après-demain aussi... Sois sans crainte, elle ne te fera aucun mal. Dormir... simplement dormir ! Pauvre petite Madame de Tournemine ! Il va lui falloir conserver sa virginité plus longtemps que prévu...

Elle s'éloigna en riant et son rire décrut lentement dans les profondeurs de la maison. Un instant Gilles eut envie de lui crier que son absurde vengeance était sans objet, que Judith était bel et bien sa femme mais il se retint pour ne pas risquer de livrer sa petite sirène aux représailles toujours possibles de cette harpie. Et puis, il avait sommeil... tellement... tellement sommeil tout à coup... tellement... sommeil.

Lorsqu'il en émergea après un temps impossible à déterminer mais qui, même dans le profond anéantissement où il avait été plongé, lui avait paru durer interminablement, il ouvrit les yeux sur un décor gris de prison ou de cave et mit quelque temps à recouvrer ses esprits. Les brumes de la drogue dont il avait été gorgé ne se dissipèrent que lentement et il lui fallut un certain temps pour rassembler ses souvenirs. Puis il avait de nouveau retrouvé l'usage de ses yeux.

Quand il y vit plus clair, il constata que ses poignets et ses chevilles ne portaient plus aucune entrave, qu'il était étendu sur une sorte de paillasse recouverte de peaux de mouton et que le jour entrait dans sa prison par un soupirail devant lequel retombait la verdure d'une végétation. Il était seul...

Il commença par s'asseoir sur son lit de fortune pour laisser au vertige qui l'avait saisi en se redressant le temps de s'apaiser. Il vit alors qu'un plateau garni d'un poulet fraîchement rôti, d'un pain et d'une bouteille de vin, était posé à terre.

La faim lui vint à la vue des victuailles. Jamais il ne s'était senti l'estomac aussi creux... Cette chère Anne était décidément pleine d'attentions pour ses prisonniers et il entreprit sans plus tarder de restaurer ses forces défaillantes, écartelant le poulet à deux mains pour en avoir raison plus vite. Après quoi il se mit enfin debout, éprouva l'élasticité de ses bras et de ses jambes et se dirigea vers la porte pour voir les possibilités d'évasion qu'elle lui offrait. Mais, à sa grande surprise, il constata qu'elle était ouverte...

Sans perdre une seconde de plus, il s'élança dans une sorte de boyau qui menait à un escalier aux marches branlantes et rendues glissantes par l'humidité, l'escalada et déboucha dans le couloir dallé dont il avait gardé le souvenir. Au bout de ce couloir, il y avait une porte, ouverte elle aussi sur une prairie inondée de soleil. De frêles branches de vigne vierge bougeaient doucement dans l'encadrement de cette porte. Aucun bruit ne se faisait entendre. La maison était silencieuse et vide...

Quand il franchit le seuil ensoleillé, Gilles les yeux fermés laissa un instant la chaleur matinale des rayons caresser son visage. C'était comme un merveilleux réveil après un affreux cauchemar...

Un hennissement tout proche lui fit rouvrir les yeux et il vit qu'un cheval tout sellé était attaché à un peuplier à quelques pas de lui.

Son regard fit le tour de l'horizon tandis qu'il sortait de la maison qui était un moulin à demi ruiné. Un petit cours d'eau coulait tout auprès avec un bruit frais, sous la roue veuve de la plupart de ses pales. Il alla y tremper son visage pour achever de retrouver son équilibre, plongeant même sa tête tout entière dans la fraîcheur bienfaisante... puis courant vers le cheval qui d'un nouveau hennissement paraissait l'appeler, il le détacha, sauta en selle et, franchissant la prairie en pente qui menait à la route, partit au grand galop dans la direction qui lui semblait être celle de Versailles... Son esprit ne formulait qu'une pensée moins bien claire : rejoindre Judith !

— Vous ?... Mon Dieu ! Mais où étiez-vous ?

Berthe venait d'ouvrir la porte et, sur le seuil de son salon, Mlle Marjon accourut. Elle se jeta vers Gilles, le prit aux épaules et le regarda avec une sorte de terreur comme s'il sortait tout droit de l'enfer. Il vit qu'elle avait les yeux rouges, le visage délavé de quelqu'un qui a beaucoup pleuré.

— Je ne sais pas moi-même... On m'a enlevé. Laissez-moi passer... Je veux voir Judith !

Et il s'élança dans l'escalier appelant de toute la force de ses poumons.

— Judith ! Judith... Où es-tu, mon cœur !...

Mais seul Pongo apparut sur le palier. Un Pongo aux yeux creux dont la peau était grise comme s'il relevait d'une longue maladie. Sa figure était si tragique qu'une épouvante s'empara de Gilles. Bondissant vers l'Indien, il le prit aux épaules et le secoua.

— Où est-elle ? Où est ma femme ?...

— Elle est partie... hier soir ! dit derrière lui la voix éteinte de Mlle Marjon.

— Partie ? Mais où, mais comment ?

— Je ne sais pas !... Elle paraissait plus calme cependant. Elle s'était endormie. Je suis allée jusqu'à l'église pendant que Berthe préparait le souper. Pongo était à l'écurie pour soigner les chevaux. Quand nous sommes revenus le lit était vide... elle avait disparu ! Oh, Gilles, comment avez-vous pu lui faire cela ?...

— Lui faire quoi ? Pouvez-vous me dire ce que

je lui ai fait ?... Je vous dis que j'ai été victime d'une infâme machination !

La vieille demoiselle détourna ses yeux qui s'emplissaient à nouveau de larmes et tira son mouchoir.

— Oh... je ne sais pas au juste, mais cette absence de trois jours sans nouvelles ! Trois jours ! Pauvre petite !... Même une Reine n'a pas le droit de faire cela ! C'est infâme !

— La Reine n'est pour rien là-dedans ! C'était un traquenard, un piège... J'ai des ennemis redoutables, vous devriez le savoir !...

Elle haussa les épaules, accablée de chagrin.

— Et des amies auxquelles on n'a pas le droit de dire non, n'est-ce pas ? Sainte Vierge ! Dieu m'est témoin que jamais je n'ai prêté l'oreille aux bruits qui courent, ni sur tout ce que l'on dit de la Reine...

— Encore une fois, hurla Gilles hors de lui, je me tue à vous dire qu'elle n'y est pour rien !

— Et ça alors ?...

Elle tira de son fichu de soie grise un papier froissé trituré, informe, qu'elle mit dans la main de Gilles.

— Tenez ! Un commissionnaire a apporté ce billet pour votre femme le lendemain de votre disparition... Judith avait passé la nuit à la fenêtre à vous attendre. Elle a lu la lettre puis elle a poussé un cri affreux et elle est tombée dans les bras de Pongo, évanouie... Vous aurez peut-être du mal à la lire. Elle a tant pleuré dessus avant que je ne réussisse à la lui reprendre !

Défroissant de son mieux le billet sur son genou d'une main qui tremblait, Gilles réussit à déchiffrer les quelques lignes d'une écriture visiblement féminine.

« Prenez patience, petite Madame, vous ne reverrez pas de sitôt votre séduisant époux. Il faut être bien naïve, bien sourde et bien fraîchement sortie de sa province... ce que vous êtes, pour ignorer que votre beau chevalier est l'amant de la Reine et qu'on n'a jamais rien repris à Marie-Antoinette parce qu'elle ne le permet pas. Consolez-vous ! Vous êtes si jeune... Votre tour viendra !... Une amie sincère ! »

Le poing de Gilles écrasa le petit chiffon empoisonné. Il se sentait devenir fou et serra les paupières pour retenir les larmes qui lui venaient.

— Elle a lu ça !... Elle a lu ça ! Mais comment a-t-elle pu y croire ?... Elle sait pourtant bien que je n'aime qu'elle ! Ah ! Dieu... Je l'aime tant !...

— Elle... trouver aussi portrait ! Alors... elle croire !

Et Pongo vint mettre entre les mains de son maître le coffret dans lequel il avait enfermé la miniature du cardinal. Et le coffret était vide...

D'un geste insensé, Gilles saisit le coffret dont il n'avait jamais songé qu'il pût lui faire un jour tant de mal et de toute sa force le jeta à travers une fenêtre dont les vitres volèrent en éclats, avant d'aller s'abattre, secoué de sanglots convulsifs, sur le lit que personne n'avait eu le courage de refaire et où demeurait la trace du corps léger de sa femme... Pendant des heures il appela Judith à grands abois rauques de fauve en furie...

Quand le jardin s'emplit de soldats, vers la fin du jour, il n'en entendit rien. Ce fut seulement quand une main ferme se posa sur son épaule qu'il émergea de l'abîme de désespoir où il s'était englouti.

Relevant la tête, il vit, sans la moindre surprise, un officier debout auprès du lit, un officier qu'il reconnut. C'était M. Gaudron de Tilloy, Lieutenant des Gardes de la Prévôté, qui le regardait avec une immense pitié. Mais sa voix n'en perdit rien de son officielle fermeté en prononçant les paroles fatidiques :

— Chevalier de Tournemine de La Hunaudaye, au nom du Roi, je vous arrête !...

Cherchant vainement la signification de ces mots incroyables Gilles se releva, murmura :

— Vous m'arrêtez ?... Moi ?...

— Vous êtes accusé de collusion et de complicité avec le cardinal prince de Rohan, inculpé de vol et d'atteinte à la majesté royale ! Veuillez me suivre.

Les yeux de Gilles, presque aveugles d'avoir tant pleuré, firent le tour de la chambre. Ils découvrirent Mlle Marjon qui, à genoux sur le parquet, pleurait et priait, Winkleried qui venait d'arriver et qui, dans un coin, se rongeait les poings, Pongo raide comme une lance auprès d'un sac qu'il venait de remplir à la hâte et déjà prêt à suivre le destin de son maître. Puis ils revinrent se poser sur l'officier qui attendait sans impatience. Alors, haussant les épaules, il murmura :

— Je vous suis, Monsieur... Après tout, pourquoi pas ?

Plus rien n'avait d'importance !...

Saint-Mandé, septembre 1977.

TABLE DES MATIÈRES

PROLOGUE

LE NID DU GERFAUT

PREMIÈRE PARTIE

LA NUIT D'ARANJUEZ

DEUXIÈME PARTIE

LE SORCIER

TROISIÈME PARTIE

TEMPÊTE SUR VERSAILLES

DU MÊME AUTEUR
CHEZ POCKET

La Florentine

1. FIORA ET LE MAGNIFIQUE
2. FIORA ET LE TÉMÉRAIRE
3. FIORA ET LE PAPE
4. FIORA ET LE ROI DE FRANCE

Les dames du Méditerranée-Express

1. LA JEUNE MARIÉE
2. LA FIÈRE AMÉRICAINE
3. LA PRINCESSE MANDCHOUE

Catherine

1. IL SUFFIT D'UN AMOUR - 1re PARTIE
2. IL SUFFIT D'UN AMOUR - 2e PARTIE
3. BELLE CATHERINE
4. CATHERINE DES GRANDS CHEMINS
5. CATHERINE ET LE TEMPS D'AIMER
6. PIÈGE POUR CATHERINE

REINES TRAGIQUES

DANS LE LIT DES ROIS
DANS LE LIT DES REINES

LE ROMAN DES CHÂTEAUX DE FRANCE t. 1 et t. 2

UN AUSSI LONG CHEMIN

DE DEUX ROSES L'UNE

LES ÉMERAUDES DU PROPHÈTE

LA PERLE DE L'EMPEREUR

Les Chevaliers

1. THIBAUT OU LA CROIX PERDUE
2. RENAUD OU LA MALÉDICTION
3. OLIVIER OU LES TRÉSORS PERDUS

Impression réalisée sur Presse Offset par

BRODARD & TAUPIN

GROUPE CPI

24646 – La Flèche (Sarthe), le 23-07-2004
Dépôt légal : avril 2003
Suite du premier tirage : juillet 2004

POCKET – 12, avenue d'Italie - 75627 Paris cedex 13
Tél. : 01.44.16.05.00

Imprimé en France